L'Extravagant Voyage du jeune et prodigieux T. S. Spivet

HOTLINE
DES HOBOS
308·535·1598

«Elle ne figure sur aucune carte, comme tous les lieux réels.»
- Herman Melville, Moby Dick

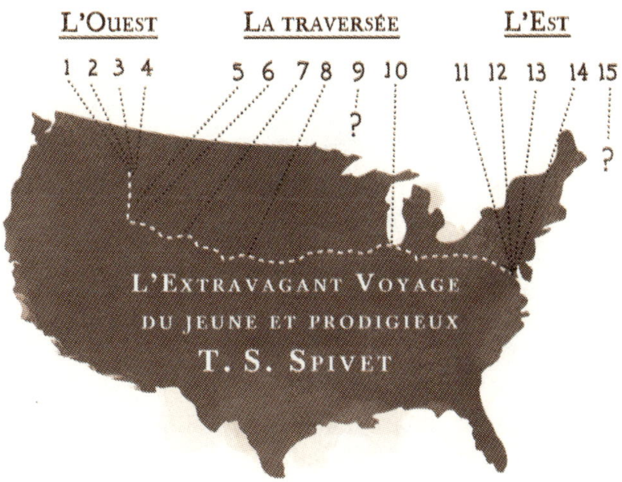

REIF LARSEN

Traduit de l'anglais (États-Unis)
par Hannah Pascal

NiL éditions

Édition originale :

The Selected Works of T. S. Spivet

The Penguin Press, 2009, Penguin Group (USA) Inc.

ISBN : 978-1-59420-217-9

CE LIVRE PARLE :
1. D'ENFANTS CARTOGRAPHES, DU MONTANA - FICTION
2. D'AVENTURES ET DE VOYAGE - FICTION

Édition française :

ISBN : 978-2-84111-409-2

MAIS AUSSI :
3. DE DIVIDES - FICTION
4. DE SANSONNETS - FICTION
5. DE COLÉOPTÈRES, DE CICINDÈLES VAMPIRES - FICTION
6. DE FILLES, DE FILLES QUI AIMENT LA MUSIQUE POP - FICTION

Mise en pages et typographie de Ben Gibson.

Les illustrations ont été créées par Ben Gibson et Reif Larsen, excepté celles des pages 3, 104, 171, 270 et 343, qui ont été faites par Martie Holmer et Ben Gibson, et s'inspirent des dessins originaux de l'auteur.

La carte de *Moby Dick* a été réalisée par Ben Gibson.

ET AUSSI : 7. DE LA FAÇON DE BOIRE LE WHISKY - FICTION. 8. DE FUSILS, DE LA CARABINE WINCHESTER, MODÈLE DE 1886. CAL. 40-82 - FICTION. 9. DU SMITHSONIAN - FICTION. 10. DU CLUB DU MÉGATHÉRIUM - FICTION. 11. DE HOBOS - FICTION. 12. DE SIGNES DE HOBOS - FICTION. 13. DE LA RÉSILIENCE DE LA MÉMOIRE - FICTION. 14. DU JEU VIDÉO « LA PISTE DE L'OREGON » POUR APPLE IIGS - FICTION. 15. DE LA THÉORIE DES MONDES MULTIPLES - FICTION. 16. DE HONEY NUT CHEERIOS - FICTION. 17. DE SOURIRES, DE SOURIRES DE DUCHENNE - FICTION. 18. DE CORDONS PORTE-BADGE - FICTION. 19. DE NOURRITURE EN GOURDE - FICTION. 20. DE L'HÉRITAGE DE L'HISTOIRE - FICTION. 21. DE L'INERTIE - FICTION. 22. DE TROUS DE VER, DES TROUS DE VER DU MIDDLE WEST - FICTION. 23. DE MOUSTACHES - FICTION. 24. DE RÊVES COMMUNS - FICTION. 25. DE MOBY DICK - FICTION. 26. DE MÉDIOCRITÉ - FICTION. 27. DE RÈGLES, DE LA RÈGLE DES TROIS SECONDES - FICTION.

Pour Katie

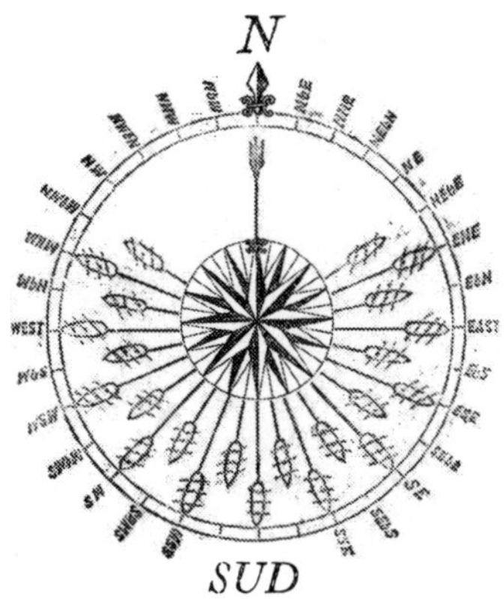
N
WEST
EAST
SUD

.-.. .- -.--- - --- -.

RANCH
COPPERTOP
LIGNE DU DIVIDE

PARTIE 1 : L'OUEST

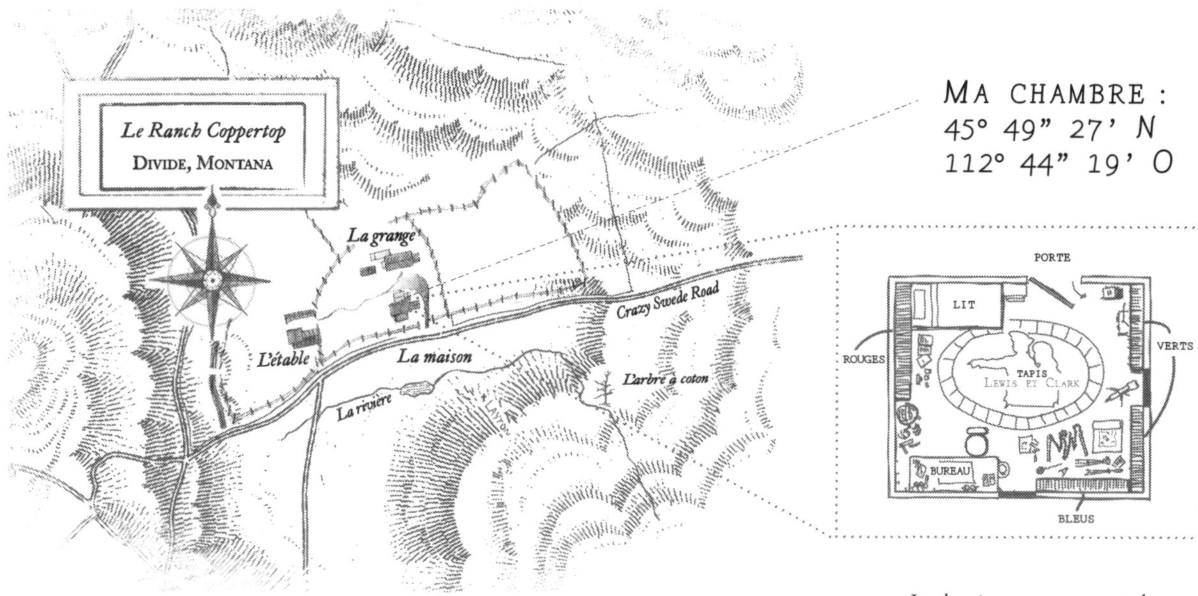

CHAPITRE 1

Le téléphone a sonné un après-midi du mois d'août, alors que ma sœur Gracie et moi étions sur la véranda en train d'éplucher le maïs doux dans les grands seaux en fer-blanc. Les seaux étaient criblés de petites marques de crocs qui dataient du printemps dernier, quand Merveilleux, notre chien de ranch, avait fait une dépression et s'était mis à manger du métal.

Peut-être devrais-je m'exprimer de manière un peu plus claire. Quand je dis que Gracie et moi épluchions le maïs doux, ce que je veux dire, en fait, c'est que Gracie épluchait le maïs doux tandis que moi, de mon côté, je schématisais dans l'un de mes petits carnets bleus les différentes étapes de cet épluchage.

J'avais des carnets de trois couleurs. Les BLEUS, soigneusement alignés contre le mur sud de ma chambre, étaient réservés aux « Schémas de gens en train de faire des choses », à la différence des VERTS, sur le mur est, qui contenaient des croquis zoologiques, géologiques et topographiques, et des ROUGES, sur le mur ouest, que je remplissais de dessins d'insectes

Je devais constamment lutter contre l'étrange poids de l'entropie pour éviter d'étouffer dans ma chambre minuscule, remplie à ras bord des sédiments d'une vie de cartographe : instruments d'arpentage, télescopes anciens, sextants, pelotes de ficelle de lin, boîtes de cire de lapin, boussoles et vieux ballons météo fripés et malodorants. Il y avait aussi, perché sur ma table à dessin, le squelette d'un jeune sansonnet qui s'était écrasé contre la fenêtre de notre cuisine le jour de ma naissance. Un ornithologue boiteux de Billings avait reconstitué son squelette brisé, et j'avais reçu un deuxième prénom.

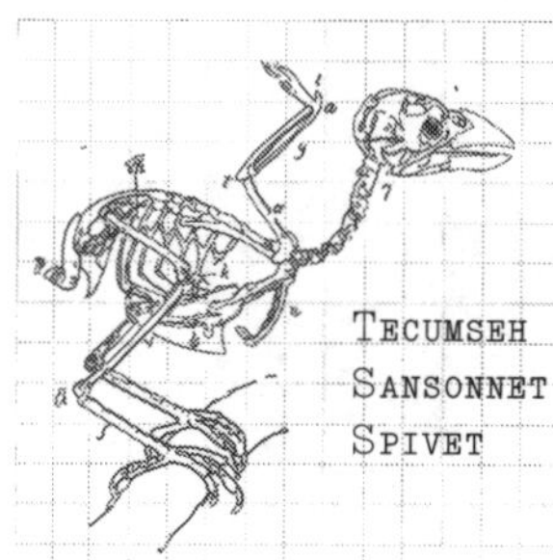

Le squelette du sansonnet
Carnet V214

pour le cas où ma mère, le Dr Clair Linneaker Spivet, aurait eu besoin de mes services.

Un jour, pris d'une frénésie de rangement, j'avais ajouté une bibliothèque contre le mur nord, mais j'avais oublié que c'était là que se trouvait l'entrée de ma chambre, et quand le Dr Clair avait voulu ouvrir la porte pour me prévenir qu'on passait à table, tout m'était tombé sur la tête.

J'étais resté un moment par terre, sur mon tapis Lewis et Clark, recouvert de carnets et de débris de bibliothèque. « Est-ce que je suis mort ? » avais-je demandé, tout en sachant que ma mère ne me le dirait pas, même si je l'étais.

« Ne te laisse jamais submerger par ton travail », avait répondu le Dr Clair de derrière la porte.

Et je pense que c'était un bon conseil.

Tous mes instruments étaient suspendus par des crochets aux murs de ma chambre, et j'avais dessiné derrière eux leur contour, comme un écho, accompagné d'une référence, de manière à toujours savoir quand l'un d'entre eux manquait et où il devait être rangé.

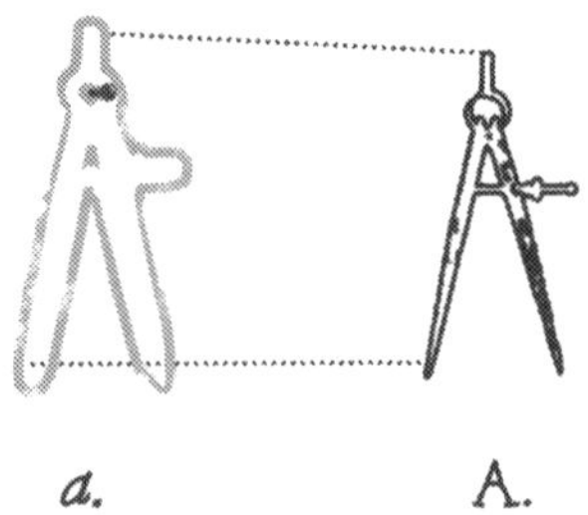

Pourtant, je voyais bien que, même avec ce système, certains de mes outils tombaient et se cassaient, que des piles se formaient, et que mes efforts d'organisation se révélaient finalement vains. Je n'avais que douze ans, mais, à travers mille levers et couchers de soleil, mille cartes tracées au fil des jours, j'avais déjà acquis une certaine sagesse et compris que, face à l'inexorable anéantissement de tout être et de toute chose, rien ne sert de se chagriner.

Ainsi se désagrégeait le monde de ma chambre. Il n'était pas rare que je me réveille en sursaut dans mon lit, couvert d'instruments de topographie, comme si les esprits de la nuit avaient voulu dresser la carte de mes rêves.

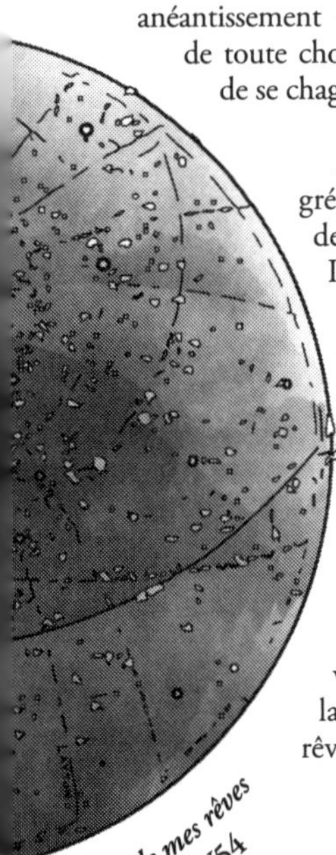

Carte de mes rêves
Carnet V54

Notre ranch était situé à quelques kilomètres au nord de Divide, une toute petite ville du Montana que l'on pouvait très bien manquer, sur l'autoroute, rien qu'en réglant sa radio au mauvais moment. Divide était nichée au milieu des Pioneer Mountains, dans une vallée parsemée de buissons de sauge et de cabanes à moitié brûlées, souvenirs d'une époque où la région était un peu plus peuplée. Du nord arrivait le chemin de fer, de l'ouest la Big Hole River, et, s'étant rejoints au bout de la ville, tous deux partaient vers le sud à la recherche de plus vertes prairies. Chacun, cependant, traversait le pays à sa façon et possédait sa propre odeur. Le chemin de fer fonçait tout droit, sans se préoccuper du sol rocheux qu'il sillonnait ; ses rails de fer forgé sentaient la graisse à essieux et ses traverses en bois la vieille gomme-laque parfumée à la réglisse. La rivière, au contraire, s'attardait, recueillait des ruisseaux sur son passage et serpentait tranquillement, bavarde, en se laissant couler sur le chemin qui lui offrait le moins de résistance. La Big Hole sentait la mousse, la boue et la sauge, et parfois les myrtilles, quand c'était la bonne saison, même si cela faisait des années qu'il n'y avait plus de bonne saison.

Le train ne s'arrêtait pas à Divide, et seuls des convois de marchandises de l'Union Pacific sillonnaient la vallée dans un grondement saccadé à 6h44, 11h53 et 17h15, avec quelques minutes d'avance ou de retard suivant les conditions météorologiques. Le grand essor des villes minières du Montana appartenait au passé; les trains n'avaient plus de raison de s'arrêter.

Autrefois, Divide possédait un saloon.

« Le Blue Moon Saloon » : nous nous amusions à prononcer ce nom avec mon frère Layton, quand nous jouions à faire la planche dans notre ruisseau, et nous le disions d'un air hautain, en relevant le nez, comme si l'établissement n'était fréquenté que par le grand monde. En vrai, je crois que nous nous faisions des illusions : on ne croisait déjà plus à Divide que des fermiers obstinés, des fanatiques de la pêche et peut-être, de temps à autre, un terroriste antitechnologie qui restait le plus clair de son temps cloîtré dans une cahute isolée, pas des mirliflores amateurs de jeux distingués.

Layton et moi n'étions jamais allés au Blue Moon Saloon, et nous demander ce qui pouvait se passer à l'intérieur et qui l'on pouvait y rencontrer devint la base de bien des histoires que nous nous racontions en nageant dans le ruisseau. Peu après la mort de Layton, le Blue Moon a brûlé, mais alors, même en flammes, il n'était plus une source d'imaginaire; c'était un bâtiment comme tant d'autres dans la vallée, un bâtiment qui brûlait, un bâtiment brûlé.

Si on allait se placer sur ce qui était autrefois le quai de la gare, au pied du panneau blanc rouillé sur lequel, en plissant les yeux d'une certaine façon, on pouvait encore lire DIVIDE; si, depuis cet endroit, on se tournait droit vers le nord, en utilisant pour cela une boussole, le soleil, les étoiles ou son intuition, et que l'on marchât ensuite 7,61 kilomètres vers le nord, en se frayant un chemin au milieu des broussailles qui surplombaient la rivière, puis parmi les sapins qui recouvraient les collines, on entrait en collision avec le portail de notre petit ranch, le Coppertop, situé sur un plateau isolé

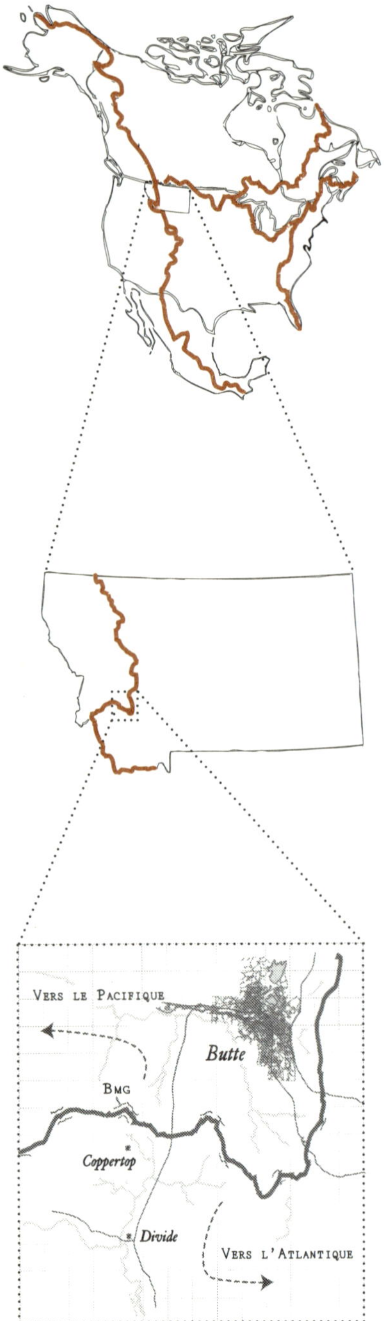

Fractalité de la grande ligne de partage
Carnet B58

à 1 628 mètres d'altitude et à deux pas, à l'est, de la ligne de partage des eaux, le grand *divide* qui avait donné son nom à la ville.

Le *divide*, ô le *divide* ! J'avais grandi avec cette immense frontière dans le dos et son existence silencieuse mais infaillible avait pénétré au plus profond de mes os et de mon cerveau. C'était une ligne gigantesque, étalée, dont les contours étaient définis non par la politique, la religion ou les guerres, mais par les lois de la tectonique, du granit, de la gravité. Il est surprenant qu'aucun président des États-Unis n'en ait fait une frontière officielle, alors que son tracé a affecté la conquête de l'Ouest d'innombrables manières. Cette sentinelle déchiquetée décide du cours que prennent les eaux du pays – vers l'est ou l'ouest, l'Atlantique ou le Pacifique – et à l'ouest, en ce temps-là, l'eau était or, et là où elle allait, les hommes la suivaient. Et tandis que les gouttes de pluie que le vent précipitait à quelques miles à l'ouest de notre ranch atterrissaient dans des ruisseaux qui coulaient doucement jusqu'à la Columbia River pour se jeter dans le Pacifique, l'eau de Feely Creek, notre ruisseau, avait pour tâche bénie de parcourir mille miles de plus, jusqu'aux bayous de Louisiane, avant de se déverser, à travers un delta fangeux, dans le golfe du Mexique.

Souvent, avec Layton, nous escaladions Bald Man's Gap, qui se situe exactement au milieu du *divide*, lui avec un verre d'eau à la main qu'il faisait de son mieux pour ne pas renverser, moi avec un appareil à sténopé fabriqué avec une boîte à chaussures. Une fois en haut de la colline, je le photographiais qui courait et versait de l'eau de chaque côté en criant alternativement « Salut Portland ! » et « Salut La Nouvelle-Owléains ! » avec son meilleur accent créole. Mais j'avais beau tourner les boutons sur le côté de mon appareil et essayer tous les réglages possibles, mes photos ne parvenaient jamais à rendre l'héroïsme de Layton à ce moment-là.

Un soir, au dîner, alors que nous rentrions de l'une de nos expéditions, Layton avait dit : « On peut apprendre beaucoup d'une rivière, pas vrai, p'pa ? » Et même si Père n'avait rien répondu, j'avais bien vu, à la façon dont il avait terminé sa purée, que c'était le genre de pensées qu'il appréciait chez son fils. Mon père aimait Layton plus que tout au monde.

Dehors, sur la véranda, Gracie épluchait et je dessinais. Nos champs crépitaient du crincrin des criquets, et août s'épanchait dans l'air, ardent, lourd et remarquable. Le Montana resplendissait sous le soleil d'été. À peine une semaine plus tôt, j'avais regardé l'aube se couler lentement, dans le silence, sur l'échine douce, couverte de sapins des Pioneers. J'avais passé la nuit à préparer un folioscope qui superposait un croquis du corps humain datant de la dynastie Chin et un triptyque des conceptions navajo, shoshone et cheyenne du fonctionnement de l'organisme.

Au point du jour, j'étais sorti sur la véranda, pieds nus et en extase. Malgré le manque de sommeil, j'étais ému par la magie intime de l'instant, si ému que j'avais serré mon petit doigt derrière mon dos jusqu'à ce que le soleil émerge de derrière les Pioneers et jette sur moi l'éclat de son visage insaisissable.

Sidéré, je m'étais assis sur les marches en bois, et cette vieille rusée de véranda en avait profité pour engager la conversation :

Il n'y a que nous ici, mon pote – chante avec moi une chanson douce.

J'ai du travail, avais-je répondu.

Quel travail ?

Je ne sais pas… il y a fort à faire sur le ranch.

Tu n'as rien d'un rancher.

Ah, tu crois ça ?

Tu ne siffles pas d'airs de cow-boy et tu ne craches pas dans des boîtes de conserve.

Je ne suis pas très doué pour cracher. Je fais des cartes.

Des cartes ? Pff, des cartes de quoi ? Crache plutôt dans des boîtes de conserve. Galope dans les collines. Lâche un peu les rênes.

Des cartes de plein de choses. Je n'ai pas le temps de lâcher les rênes. Je ne suis même pas sûr de savoir ce que ça veut dire.

Tu n'es pas un rancher. Tu es stupide.

Je ne suis pas stupide… Tu me trouves stupide ?

Je te trouve seul.

Ah bon ?

Où est-il ?

Je ne sais pas.

Tu le sais très bien.

Oui.

Alors, assieds-toi, et siffle une complainte de cow-boy solitaire.

Je ne peux pas , je n'ai pas fini mes cartes. J'ai encore des choses à dessiner.

J'avais dessiné ma toute première carte depuis cette véranda.

***Salut Dieu*, par T. S. Spivet, 6 ans**

À l'époque, je pensais que cette carte fournissait des informations utiles à celui qui voulait marcher jusqu'au paradis, en escaladant ce vieux grincheux de mont Humbug, pour serrer la main de Dieu. Quand je la regarde aujourd'hui, je la trouve maladroite, mais pas seulement à cause de la grossièreté enfantine du trait : ce que je n'avais pas encore compris, à l'époque, c'est qu'une carte n'est pas ce qu'elle représente. À six ans, je croyais le monde de la carte identique à l'original.

Tandis que Gracie et moi épluchions le maïs, le Dr Clair est sortie sur la véranda. Nous avons tous deux levé les yeux en entendant les vieilles planches craquer sous ses pas. Serrée entre le pouce et l'index, elle tenait une épingle au bout de laquelle luisait un scarabée bleu-vert, au vif éclat de métal, que j'ai identifié comme une *Cicindela purpurea lauta*, rare sous-espèce de cicindèle originaire de l'Oregon.

Ma mère était une grande femme osseuse, au teint si pâle que les gens ne pouvaient s'empêcher de la dévisager quand nous marchions dans les rues de Butte. Un jour, j'entendis une vieille dame en chapeau de paille fleuri chuchoter à sa compagne : « Elle a des poignets si fragiles ! » Et c'était vrai : si ce n'avait pas été ma mère, je l'aurais trouvée bizarre.

Le Dr Clair remontait ses longs cheveux bruns en un chignon qu'elle fixait à l'aide de deux baguettes blanchâtres semblables à des os polis. Elle ne les relâchait que le soir, dans sa chambre, et, même alors, seulement derrière une porte close. Quand nous étions petits, avec Gracie, nous nous relayions pour regarder par le trou de la serrure la scène de toilette secrète qui se déroulait de l'autre côté. Le trou était trop petit pour que nous puissions tout voir, nous ne distinguions que son coude qui allait et venait, encore et encore, comme si elle travaillait devant un vieux métier à tisser, et parfois, en nous déplaçant un tout petit peu, nous avions la chance d'apercevoir une partie de sa chevelure, et la brosse qui passait et repassait avec un bruissement doux. Le trou de la serrure, les images volées, le bruissement : c'était l'une de nos bêtises les plus délicieusement troublantes.

Layton, comme Père, n'avait pas le moindre intérêt pour tout ce qui se rapportait à la beauté ou à l'hygiène et ne participait donc jamais à ce plaisir. Sa place était auprès de Père, dans les prés, à mener le bétail et à débourrer les chevaux.

Le Dr Clair portait beaucoup de bijoux verts qui tintaient doucement – des boucles d'oreilles en péridot, de fins bracelets d'émeraudes scintillantes –, même la chaîne de ses jumelles, qu'elle ne quittait jamais, était faite de malachites vertes trouvées lors d'une expédition de recherche en Inde. Parfois, avec ses baguettes blanches dans les cheveux et toutes ses pendeloques couleur émeraude, elle me faisait penser à un bouleau au printemps, sur le point de fleurir.

Le Dr Clair n'a rien dit pendant quelques instants ; elle se contentait de nous regarder, Gracie avec son gros seau en fer-blanc rempli d'épis jaunes entre les jambes et moi, assis sur les marches, avec mon carnet et ma loupe frontale. Nous attendions qu'elle parle.

Alors elle a dit : « T. S., téléphone.

— Téléphone ? s'est exclamé Gracie. Pour lui ?

— Oui, Gracie, téléphone pour T. S., a dit le Dr Clair, non sans une certaine satisfaction.

— Qui c'est ? ai-je demandé.

— Je ne sais pas, a répondu ma mère sans cesser d'examiner sa cicindèle, qu'elle tournait et retournait à la lumière, au bout de son épingle. Je n'ai pas demandé. »

Pour tout vous dire, j'étais moi-même un peu déconcerté par ce coup de téléphone, car je n'avais que deux amis :

1) *Charlie.* Charlie était un garçon aux cheveux blond blanc, une classe en dessous de moi, qui était toujours très désireux de m'aider dans mes expéditions de topographie lorsqu'elles nous menaient dans les montagnes, loin de la caravane où vivait sa famille, dans le sud de Butte, et devant laquelle sa mère passait son temps, assise sur une chaise de jardin, à rafraîchir ses pieds énormes sous le jet d'un tuyau d'arrosage. Je me disais souvent que Charlie devait être mi-garçon, mi-chèvre des montagnes Rocheuses, car il ne semblait jamais plus à l'aise que sur les pentes inclinées à quarante-cinq degrés ou plus, brandissant son bâton de géomètre orange vif pour que je le repère depuis l'autre versant de la vallée.

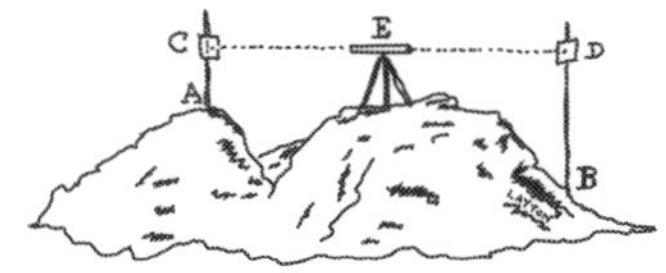

2) *Dr Terrence Yorn.* Le Dr Yorn était professeur d'entomologie à l'université de l'État du Montana à Bozeman, et c'était aussi mon mentor. Le Dr Clair nous avait présentés lors d'un pique-nique organisé par les amateurs de coléoptères du sud-ouest du Montana. C'était le Dr Yorn qui m'avait encouragé (derrière le dos de ma mère, il faut l'avouer) à soumettre mes travaux à *Science* et au *Smithsonian*. Je crois qu'à certains égards on pourrait le considérer comme mon « père scientifique ».

Jimney, le théodolite.
Le Dr Yorn m'avait fait cadeau de ce théodolite quand ma première illustration était parue dans le *Smithsonian*.

Le Dr Clair était le genre de mère à vouloir vous apprendre le tableau de Mendeleïev à treize mois en vous faisant manger votre bouillie, mais pas à s'inquiéter, en cette ère de terrorisme mondial et d'enlèvements d'enfants, de savoir qui vous téléphonait.

Ma curiosité était tout de même modérée par le fait que j'étais en plein travail, et qu'un croquis inachevé me laissait toujours un chatouillement désagréable au fond de la gorge.

Sur mon schéma, « Gracie épluchant le maïs doux, n° 6 », j'avais tracé un petit « 1 » à côté du dessin de l'épi, pour indiquer l'endroit qu'elle saisissait en premier : le haut de l'enveloppe. Puis elle donnait trois coups vers le bas, *crac, crac, crac*, mouvements que j'avais représentés par trois flèches, dont l'une était tout de même plus petite que les autres car le premier coup rencontrait toujours un peu plus de résistance : il fallait d'abord vaincre l'inertie de l'enveloppe. J'adore le son du maïs qu'on épluche. Cette violence, ce craquement explosif des soies qui se rompent m'évoquent le bruit que ferait un pantalon très cher, sans doute italien, en se déchirant sous les poings serrés d'une personne en proie à une crise de rage qu'elle regrettera sûrement plus tard. Du moins, c'était ainsi que Gracie arrachait les enveloppes, ou arroppait les envelaches, comme je le disais parfois avec une certaine malice, car ma mère n'aimait pas que je déforme les mots de cette manière. On ne pouvait pas vraiment lui en vouloir : elle était coléoptériste et avait passé la majeure partie de sa vie d'adulte à étudier à la loupe de minuscules créatures, puis à les classer avec précision en familles et en superfamilles, en espèces et en sous-espèces, en fonction de leurs caractéristiques physiques et évolutives. Elle avait même accroché une gravure du Suédois Carolus Linnæus, inventeur du système de classification taxonomique moderne, au-dessus de notre cheminée, au plus grand dégoût, muet mais persistant, de mon père. Ce n'était pas étonnant qu'elle s'agace de m'entendre dire une « autre aile » pour une « sauterelle » et un « archichaud » pour un « artichaut », parce que, son travail, c'était d'observer des détails infimes, invisibles à l'œil nu, puis de s'assurer que, par exemple, la présence d'un poil au bout d'une mandibule ou d'une petite tache blanche au bas des élytres signifiait que tel coléoptère était une *C. Purpurea purpurea* et non une *C. purpurea lauta*. Personnellement, je trouvais que ma mère aurait dû s'inquiéter un peu moins de mes jeux de mots, sorte d'aérobic mental à laquelle il était sain de s'adonner quand on avait douze ans, et se soucier plutôt de la légère folie qui s'emparait de ma sœur chaque fois qu'elle arroppait les envelaches, car elle contrastait avec le calme de la Gracie de tous les jours, adulte pragmatique enfermée dans le corps d'une adolescente de seize ans, et constituait, à mon avis, le signe d'une colère profonde et ignorée. En fait, je crois que même si Gracie n'avait que quatre ans de plus que moi, elle m'était infiniment supérieure en termes de maturité, de bon sens, de connaissance des usages sociaux et de compréhension de la pose théâtrale. Peut-être que l'air un peu fou qu'elle affichait quand elle épluchait le maïs n'était rien de plus que cela, une pose, une façon de nous rappeler qu'elle était avant tout une actrice incomprise profitant de l'une des nombreuses corvées qu'on lui infligeait sur ce ranch du Montana pour peaufiner son jeu de scène. Peut-être, oui – mais j'avais tendance à croire que, sous son air irréprochable, elle était tout de même un peu givrée.

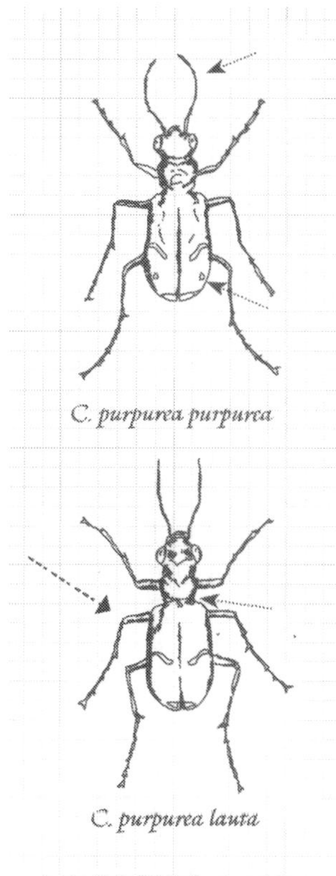

Identification des sous-espèces de cicindèles
Carnet R23

Je n'ai pas montré ces dessins au Dr Clair. Elle ne m'a pas demandé de les faire, et j'ai peur de la mettre en colère si j'empiète encore sur ses plates-bandes.

Oh, Gracie. Le Dr Clair l'avait trouvée époustouflante dans la représentation des *Pirates de Penzance* par la troupe de son lycée, pièce dans laquelle elle tenait le premier rôle, mais que je n'avais pas pu voir parce que je devais terminer, ce soir-là, un croquis pour *Science* illustrant la manière dont la femelle du bousier australien *Ontophagus sagittarius* se sert de ses cornes pendant la copulation. Je n'avais pas parlé de ce travail au Dr Clair. J'avais simplement raconté que j'avais mal au ventre, puis j'avais fait manger de la sauge à Merveilleux, et quand il avait vomi partout sur la véranda j'avais fait comme si c'était mon vomi, comme si c'était moi qui avais mangé toute cette sauge, ces os de souris et cette pâtée pour chien. Gracie avait sans doute été formidable dans le rôle de la fiancée du pirate. C'était une femme formidable en général, et probablement celle qui, de nous quatre, avait le plus les pieds sur terre, car, quand on y pense, le Dr Clair était tout de même une entomologiste saugrenue, qui cherchait depuis vingt ans une espèce fantôme de coléoptère – la cicindèle vampire, *Cicindela nosferatie* – dont elle-même doutait qu'elle existât vraiment ; quant à mon père, Tecumseh Elijah Spivet, dresseur silencieux et maussade de jeunes mustangs fougueux, c'était le genre d'homme à entrer dans une pièce et à marmonner quelque chose comme : « On peut pas couillonner une sauterelle » puis à partir sans autre explication, un cow-boy dans l'âme, visiblement né cent ans trop tard.

Et puis il y avait mon petit frère, Layton Housling Spivet, le seul fils Spivet, en cinq générations, à ne pas porter le prénom de Tecumseh. Mais Layton était mort en février dans un accident avec un fusil dans la grange dont personne ne parlait jamais. J'étais dans la grange avec lui, je mesurais l'amplitude des coups de feu. Je ne sais pas ce qui s'est passé.

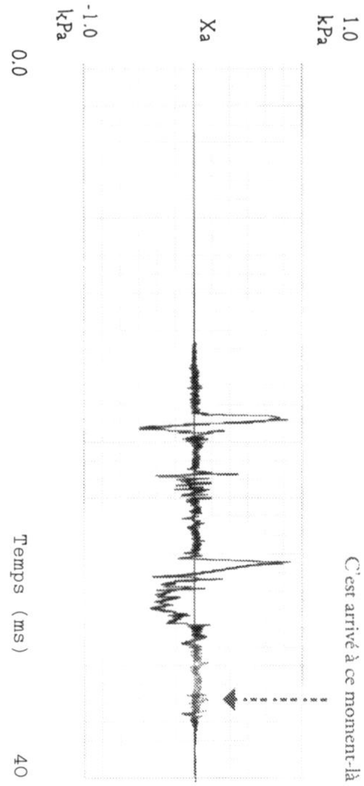

Coup de feu n° 21
Carnet B345

Après, j'ai caché son prénom dans toutes mes cartes.

• • •

« Il doit s'impatienter, T. S. Tu ferais bien d'aller répondre », disait le Dr Clair.

De toute évidence, elle avait découvert dans la *C. purpurea lauta* embrochée sur son épingle une caractéristique intéressante, car j'ai vu ses sourcils s'élever sur son front, puis redescendre, puis s'élever encore avant qu'elle tourne les talons et disparaisse dans la maison.

« Je vais finir d'éplucher, a dit Gracie.

— Tu n'as pas intérêt.

— Si. Je vais finir.

— Si tu fais ça, je ne t'aiderai pas à fabriquer ton costume pour Halloween. »

Gracie s'est tue, évaluant ce qu'elle avait à perdre, puis elle a répété : « Je vais finir », en levant son épi d'un air menaçant.

Avec soin, j'ai retiré ma loupe frontale, j'ai fermé mon carnet et j'ai posé mon stylo dessus, en biais, pour qu'il soit bien clair que j'allais revenir – que mon schéma de l'épluchage du maïs n'était pas terminé.

En passant devant le bureau du Dr Clair, je l'ai vue aux prises avec un énorme dictionnaire taxonomique qu'elle portait d'une seule main tandis que, de l'autre, elle tenait toujours du bout des doigts, bien en l'air, la cicindèle à l'extrémité de son épingle. C'était ainsi que je me souviendrais de ma mère si jamais elle mourait : comme le point d'équilibre entre le délicat spécimen et l'immense système auquel il appartenait.

Pour rejoindre la cuisine où m'attendait le téléphone, je disposais d'une infinité d'itinéraires possibles, possédant chacun leurs avantages et leurs inconvénients : le *Chemin Couloir/Garde-manger* était le plus direct mais aussi le plus ennuyeux, le *Chemin Étage/Rez-de-chaussée* était le plus sportif mais me donnait un peu le tournis à cause du changement d'altitude. Dans le feu de l'action, je décidai d'emprunter un chemin que je n'empruntais pas souvent, surtout quand mon père rôdait dans la maison. Avec précaution, j'entrouvris la porte en pin brut et m'avançai dans l'obscurité et l'odeur de cuir du Sellon.

Le Sellon était la seule pièce de la maison qui appartenait exclusivement à Père. Il en revendiquait la propriété avec une férocité silencieuse qu'il valait mieux ne pas mettre à l'épreuve. La conversation de mon père se résumait le plus souvent à des grommellements, mais un soir où Gracie, pendant le dîner, avait commencé à parler de transformer le Sellon en un salon normal où des gens *normaux* auraient pu se détendre et avoir des discussions *normales*, il s'était mis à bouillir au-dessus de son assiette de purée, et soudain nous avions entendu un craquement léger, cristallin, et en nous tournant vers lui nous avions constaté que son verre de whisky s'était fendu entre ses doigts crispés. Ça avait beaucoup plu à Layton. Je le revois encore, il avait trouvé ça épatant.

« C'est l' dernier endroit de la maison où j' peux encore m'asseoir et balancer mes bottes », avait dit mon père, tandis que de fines rivières de sang coulaient lentement de sa main dans ses pommes de terre. Et nous en étions restés là.

Le Sellon avait quelque chose d'un musée. Juste avant que mon arrière-grand-père, Tecumseh Reginald Spivet (*voir en marge l'arbre des Tecumseh*), ne meure, il avait donné à mon père, pour son sixième anniversaire, un morceau de cuivre gris de l'Anaconda. Il l'avait volé dans la mine où il travaillait au début du siècle, époque où Butte était devenue, grâce à ses ressources en cuivre, la plus grande ville entre Minneapolis et Seattle. Ce morceau de cuivre avait jeté comme un sort à mon père, et il avait peu à peu pris l'habitude de ramasser sur l'immense décor de western qu'était pour lui la prairie tous les petits accessoires qu'il y trouvait.

Sur le mur nord du Sellon, juste à côté d'un grand crucifix que mon père touchait tous les matins, se dressait un autel dédié à Billy the Kid, éclairé assez gauchement par une ampoule nue, et garni de peaux de serpent à sonnette, d'éperons poussiéreux et d'un vieux colt 45 disposés autour d'un portrait du célèbre boucanier de l'Ouest. Père et Layton avaient mis un temps fou à aménager cet oratoire. Un étranger aurait pu trouver bizarre de voir honorer de la même façon Dieu et un hors-la-loi, mais il en allait ainsi sur le ranch Coppertop : mon père accordait autant d'autorité au code tacite du cow-boy distillé par ses westerns bien-aimés qu'à n'importe quel verset de la Bible.

Pour Layton, ce Sellon, c'était le truc le plus cool du monde après les croque-monsieur. Le dimanche, en rentrant de l'église, Père et lui s'installaient devant la télévision qui occupait le coin sud-est de la pièce et passaient l'après-midi à regarder les westerns qu'elle diffusait en continu. Juste derrière le poste s'étalait un vaste choix de cassettes VHS soigneusement sélectionnées. *La Rivière rouge*, *La Chevauchée fantastique*, *La Prisonnière du désert*, *Coups de feu dans la Sierra*, *La Poursuite infernale*, *L'homme qui tua Liberty Valance*, *Le Dernier Cow-boy*, *Le Trésor de la Sierra Madre* : je ne m'étais jamais assis dans le Sellon avec mon père et Layton pour regarder tous ces films, mais, par un effet de lente osmose, ils avaient pénétré par tous les pores de ma peau et je les percevais moins comme des chefs-

Les Tecumseh Spivets

Morts
Tecumseh Tearho Spivet (1851-1917) *
Tecumseh Reginald Spivet (1878-1965)
Tecumseh Perrymore Spivet (1917-1978)

Pas morts
Tecumseh Elijah Spivet (1959-)
Tecumseh Sparrow Spivet (1995-)

* Le père de Reginald (c'est-à-dire mon arrière-arrière-grand-père) était né tout près d'Helsinki et se nommait en réalité Tehro Sievä, ce qui signifie, en finlandais, quelque chose comme M. Beau Gland. Peut-être fut-ce donc un soulagement pour lui quand l'agent de l'immigration à Ellis Island déforma son nom, le renommant « Tearho Spivet » et créant ainsi, par le truchement d'une erreur de plume, un nouveau patronyme. Tearho partit vers l'ouest pour travailler dans les mines de Butte et, sur son chemin, s'arrêta dans un saloon délabré de l'Ohio assez longtemps pour entendre un ivrogne, qui se prétendait à moitié navajo, conter une histoire à la gloire de Tecumseh, le grand guerrier shawnee. C'était au moment du récit où Tecumseh livre un ultime combat à l'Homme Blanc, lors de la bataille de la rivière Thames, que mon arrière-arrière-grand-père s'était mis à pleurer doucement. Après avoir abattu le grand chef de deux balles dans la poitrine, les hommes du général Proctor l'avaient scalpé et mutilé jusqu'à le rendre méconnaissable, puis jeté dans une fosse commune. En sortant du saloon, Tearho avait décidé de prendre le nom de Tecumseh, un nouveau nom pour son nouveau pays.

Du moins, c'est ce qu'on m'a dit ; on ne sait jamais avec ces légendes familiales.

d'œuvre du cinéma que comme les plus intimes et les plus obsédants de mes rêves. Souvent, au retour de l'école, le crépitement assourdi des coups de feu et le galop des chevaux en sueur me parvenaient depuis l'étrange télévision, sorte de version personnelle, pour mon père, de la flamme éternelle. Il avait trop de travail pour la regarder dans la journée, mais je pense que ça le réconfortait de savoir qu'elle restait toujours allumée *ici*, à la maison, quand il était *ailleurs*.

Cela dit, « l'aura » particulière du Sellon ne provenait pas que de cette télé. On y trouvait tout un bric-à-brac d'accessoires de cow-boy : lassos, mors de parade, hackamores, étriers, bottes usées jusqu'à la corde par quinze mille kilomètres dans les plaines, mugs à café, et même une paire de bas de dame, portés autrefois par un cow-boy excentrique de l'Oklahoma qui prétendait que ça l'aidait à trotter droit. Dans tout le Sellon, il y avait des photos jaunies d'hommes et de chevaux anonymes qui s'effaçaient peu à peu. Et puis une photo de Soapy Williams monté sur ce vieux fou de Firefly et tout désarticulé, son corps élastique tenant encore, sans qu'on sache bien comment, sur le dos du cheval en furie. On aurait dit un vieux couple uni pour le meilleur et pour le pire.

Sur le mur ouest, derrière lequel le soleil se couchait tous les soirs, mon père avait suspendu une couverture indienne en crin de cheval, à côté d'un portrait du grand Tecumseh et de son frère, le prophète shawnee Tenskwautawa. Sur le manteau de la cheminée, surplombant une crèche et ses santons de porcelaine, se dressait une statue en marbre de Väinämöinen, dieu finnois à la barbe fournie que mon père considérait comme le premier cow-boy, à une époque où le grand Ouest n'existait pas encore. Il ne trouvait pas contradictoire de mélanger dieux païens et naissance du Christ. « Jésus aime tous les cow-boys », disait-il souvent.

Si vous voulez mon avis, et mon père ne me l'a jamais demandé, le mausolée du Far West de M. T. E. Spivet célébrait le souvenir d'un monde qui n'a jamais vraiment existé. Bien sûr, au début du vingtième siècle,

« Chaque pièce a son aura. »

C'est ce que j'avais appris de Gracie qui, quelques années plus tôt, s'était passionnée pendant toute une semaine pour la parapsychologie. L'aura du Sellon se manifestait par une puissante impression de nostalgie du Far West, qui vous balayait par vagues. Elle tenait en partie aux odeurs : vieux cuir taché de whisky, relents de cheval mort provenant de la couverture indienne, légère moisissure des photos, et, derrière tout cela, une odeur semblable à celle de la poussière qui retombe sur une prairie que des cow-boys viennent de traverser au galop : choc des sabots qui ébranlent le sol, avant-bras tannés, tendus, mains serrées sur les rênes, et à présent les nuages de poussière qui retournent doucement à la terre, disparaissent, ne laissant qu'un écho de ce passage. Ainsi, quand on entrait dans le Sellon, on avait toujours l'impression d'avoir manqué quelque chose d'important, comme si chaque objet venait de reprendre sa place après une grande agitation. C'était une sensation assez triste, tout à fait assortie à la mine de mon père, le soir, quand il s'asseyait dans son Sellon après une longue journée de travail dans les champs.

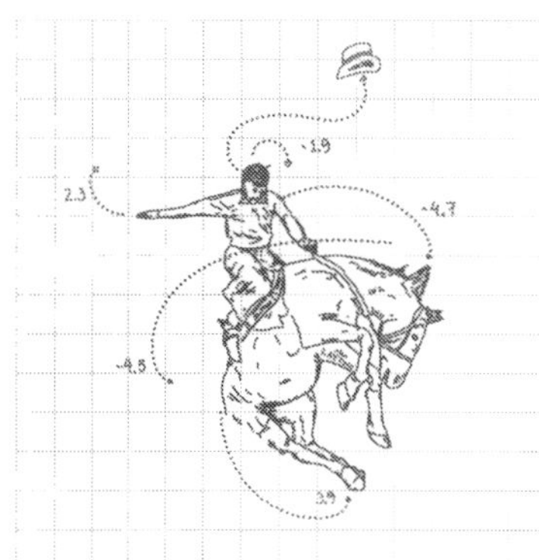

Soapy Williams,
Vecteurs de mouvement
Carnet B46

Père boit son whisky
avec une régularité incroyable
Carnet B99

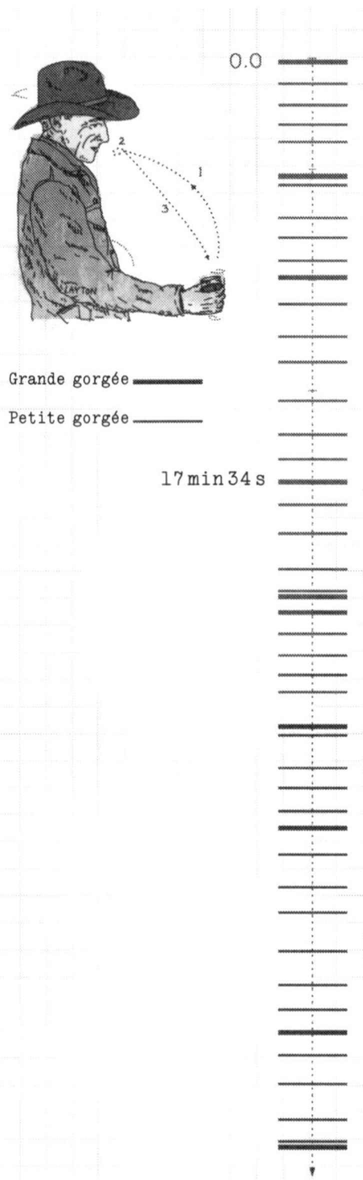

il y avait encore des cow-boys, mais quand Hollywood a commencé à façonner l'« Ouest » du western, les barons du barbelé avaient depuis longtemps découpé les plaines en terres clôturées, et l'époque des grands déplacements de bétail était révolue. Plus aucun homme en bottes, chaps à franges et Stetson décoloré par le soleil ne rassemblait les bêtes dans les prairies épineuses du Texas pour les conduire, à travers les vastes plaines habitées par les tribus hostiles des Comanches et des Dakotas, à mille six cents kilomètres au nord, dans le tumulte de l'un des dépôts ferroviaires du Kansas à partir duquel le bétail était distribué à l'est. Je crois que ce qui plaisait à mon père, c'était moins ces vrais cow-boys que l'écho mélancolique de la traversée, qui irradiait tous les plans de tous les films de sa collection. C'était ce souvenir factice – inscrit non seulement dans sa mémoire à lui, mais aussi dans la mémoire collective – qui poussait mon père à s'asseoir tous les soirs dans son Sellon, à retirer ses bottes et à porter son whisky à ses lèvres avec une régularité incroyable, toutes les quarante-cinq secondes.

Peut-être que si je n'ai jamais fait remarquer à mon père la contradiction essentielle qui fondait l'herméneutique de son Sellon, ce n'est pas seulement parce que je tenais à la vie, mais parce que moi aussi, je l'avoue, je pensais au Far West avec une certaine nostalgie. Tous les samedis, je demandais au Dr Clair de m'emmener en ville et j'allais rendre visite aux archives de Butte. Là-bas, je m'asseyais avec mes chewing-gums aux fruits et ma loupe frontale et j'étudiais les cartes anciennes du Corps des ingénieurs topographiques. Au dix-neuvième siècle, l'Ouest était vierge et, chaque matin, Lewis, Frémont et le gouverneur Warren buvaient leur café noir à l'arrière du chariot-cantine, les yeux fixés sur une chaîne de montagnes encore anonyme qu'avant la fin de la journée ils auraient ajoutée à la somme toujours croissante des connaissances cartographiques du monde. C'étaient des conquérants au sens propre du terme, car tout au long du siècle ils avaient transféré, morceau par morceau, le vaste continent sans nom dans la grande machine du Savoir, celle qui découvre, désigne, classifie, représente – ils l'avaient arraché au mythe pour le faire entrer dans le royaume de la science empirique. Pour moi, le Far West, c'était cette histoire-là : l'inexorable accroissement des connaissances, et la transformation, par un quadrillage énergique, de l'immense territoire au-delà du Mississippi en une carte qui pouvait être pliée et rangée avec les autres.

J'avais mon propre musée du Far West dans ma chambre, à l'étage, avec mes copies de vieilles cartes, des diagrammes scientifiques et des croquis d'observation de Lewis et Clark. Si vous m'aviez demandé, par une chaude journée d'été, pour quelle raison je recopiais encore leur travail, alors que je savais très bien qu'il était rempli d'erreurs, je n'aurais pas su quoi vous répondre, à part ceci : il n'a jamais existé de carte rigoureusement exacte, et vérité et beauté n'ont jamais fait bon ménage.

« Allô ? ai-je dit dans le combiné. J'ai enroulé le cordon autour de mon petit doigt.

— Monsieur T. S. Spivet ? »

À l'autre bout du fil, l'homme avait un imperceptible cheveu sur la langue qui glissait dans chacun de ses *s* un doux « pff », comme les pouces d'un boulanger s'enfonçant à peine, à peine, dans une boule de pâte. J'essayais de ne pas me représenter sa bouche en train d'articuler mon nom. Je n'étais pas doué pour les conversations téléphoniques car je ne pouvais jamais m'empêcher de visualiser ce qui se passait de l'autre côté et, du coup, j'oubliais souvent de parler quand c'était mon tour.

« Oui, ai-je répondu en m'efforçant de ne pas voir en gros plan, comme dans un film, la langue de cet inconnu se glissant contre ses dents et éclaboussant le combiné d'infimes gouttelettes de salive.

Une brève histoire du cordon de notre téléphone

Gracie était en plein dans une période où elle adorait passer ses soirées au téléphone, et elle avait piqué une crise quand mon père avait refusé de lui installer un poste dans sa chambre. Elle avait fait tout une comédie, mais mon père avait rétorqué : « Peux pas toucher à ce fouillis, la baraque va s'écrouler », et il avait quitté la table sans que personne ait très bien compris ce qu'il voulait dire. Gracie avait été forcée de passer à la quincaillerie de Sam pour acheter, faute de mieux, l'un de ces longs cordons de téléphone que vous pouvez étirer sur trois cents mètres si ça vous plaît. Et ça lui plaisait.

Le cordon, lorsqu'il n'était pas déployé sur des distances inimaginables par Gracie et sa solitude, pendait recroquevillé au bout d'un petit crochet vert que mon père avait cloué là pour dompter sa multitude de boucles et de volutes.

« On pourrait attraper un élan à un demi-mile, avec un lasso pareil, avait fait mon père en plantant le crochet. Comme si c'te gamine pouvait pas dire ce qu'elle a à dire dans la cuisine… Qu'est-ce qu'elle a à raconter de toute façon ? »

À ses yeux, parler était une corvée, comme ferrer un cheval : on ne le faisait jamais par plaisir, seulement par nécessité.

Cela vous surprendra peut-être, mais Layton connaissait les noms de tous les présidents des États-Unis dans l'ordre, ainsi que leur date d'anniversaire, leur lieu de naissance et le nom de leurs animaux de compagnie. Et il les avait tous classés selon des critères que je n'ai jamais vraiment réussi à comprendre. Je crois que le président Jackson était parmi les premiers, peut-être à la quatrième ou à la cinquième place, parce que c'était un « dur » et qu'il « savait bien tirer ». J'ai toujours été stupéfié par le talent d'encyclopédiste que manifestait mon frère dans ce domaine, parce que pour le reste c'était un vrai fils de rancher. Ce qui lui plaisait, c'était de tirer sur n'importe quoi, de rassembler les vaches et de cracher dans des boîtes de conserve avec notre père.

Peut-être pour me prouver que nous étions bien du même sang, j'interrogeais inlassablement Layton, testant ses connaissances en matière de présidence américaine.

« C'est qui, le président que tu aimes le moins ? lui ai-je demandé un jour.

— William Henry Harrison. Né le 9 février 1773, à Berkeley Plantation, en Virginie. Il avait une chèvre et une vache.

— Et pourquoi tu l'aimes moins que les autres ?

— Parce qu'il a tué Tecumseh. Et Tecumseh l'a maudit, et il est mort un mois après avoir été élu.

— Tecumseh ne l'a pas maudit. Et puis ce n'est pas sa faute s'il est mort.

— Si, a dit Layton, quand tu meurs, c'est toujours de ta faute. »

— Ah, enfin, monsieur Spivet ! Ici monsieur G. H. Jibsen, sous-secrétaire à la conception graphique et aux illustrations au Smithsonian. Dites-moi, ce n'est pas une mince affaire que de vous joindre ! J'ai cru que la communication avait été coupée…

— Désolé, ai-je dit. Gracie faisait sa chipie. »

Il y a eu un silence à l'autre bout du fil et j'ai entendu une sorte de tic-tac en bruit de fond, comme celui d'une grande horloge dont la porte aurait été ouverte, puis l'homme a répondu : « Excusez-moi, mais… vous avez une voix très jeune. Vous êtes bien monsieur T. S. Spivet ? »

Entre ses lèvres, notre nom de famille prenait une sonorité sifflante et explosive, un peu comme le bruit qu'on fait pour chasser le chat de la table. *Son téléphone était couvert de postillons.* C'était sûr et certain. Il devait être obligé de l'essuyer de temps en temps avec un mouchoir, qu'il gardait peut-être sur lui, dissimulé avec goût sous son faux-col et réservé à cet usage.

« Oui, ai-je dit en faisait de mon mieux pour me concentrer sur la conversation d'adultes que nous avions. Je suis très jeune.

— Mais vous êtes bien le T. S. Spivet qui a réalisé le dessin du *Carabidae brachinus* pour notre exposition sur le darwinisme et le dessein intelligent : ce magnifique dessin qui explicite si brillamment le procédé par lequel il mélange et projette des sécrétions abdominales bouillantes sur ses ennemis ? »

Le carabe bombardier. J'avais passé quatre mois sur cette illustration.

« Oui, ai-je répondu. Ah, d'ailleurs, j'aurais voulu vous prévenir plus tôt, mais il y a une petite erreur dans la légende de la glande…

— Ah, formidable, formidable ! Votre voix m'avait décontenancé, a dit M. Jibsen en éclatant de rire, puis, se reprenant : Monsieur Spivet, avez-vous la moindre idée du nombre de réactions que ce dessin a suscité ? Nous l'avons imprimé en grand, en immense ! Et nous en avons fait la pièce maîtresse de notre exposition, éclairée par-derrière et tout le tintouin. Imaginez les partisans du dessein intelligent qui arrivent, proclamant haut et fort leur vérité, leur fameuse *complexité irréductible* – sujet de consternation absolue pour nous au Château – et qui découvrent votre série glandulaire au milieu de la salle. CQFD ! Complexité *réduite* ! »

Plus il s'enthousiasmait, plus il zézayait, et je n'arrivais pas à me concentrer sur autre chose. Je ne pensais qu'à sa salive, à sa langue, à son mouchoir, donc j'ai pris une profonde inspiration et j'ai essayé de trouver quelque chose à lui dire, n'importe quoi d'autre que le mot « postillons ». Les adultes appellent ça parler de tout et de rien, alors c'est ce que j'ai fait : « Vous travaillez au Smithsonian ?

— Ha-ha ! Oui, monsieur Spivet, j'y travaille. Beaucoup disent même que c'est presque moi qui le dirige. Ah, l'accroissement et la diffusion du savoir, plébiscités par nos législateurs il y a plus de cent cinquante ans et soutenus sans réserve, à l'époque, par le président Andrew Jackson… On a du mal à le croire, n'est-ce pas, quand on voit le gouvernement actuel. »

Il a ri et j'ai entendu sa chaise grincer, comme si elle approuvait ses paroles.

« Wahou », ai-je dit, et pour la première fois j'ai réussi à détacher mes pensées de son cheveu sur la langue et à prendre conscience de l'importance du personnage. Debout sur le vieux plancher de notre cuisine, au milieu de notre collection quelque peu absurde de baguettes chinoises, j'imaginais les fils de cuivre qui traversaient le Kansas et tout le Midwest jusqu'à la vallée du Potomac pour relier mon combiné à celui de M. Jibsen, assis dans le désordre de son bureau du Smithsonian.

Le Smithsonian ! *Grenier de la nation*. Même si j'avais étudié les plans du Château et que j'en avais même recopié certains détails, j'avais encore du mal à me le représenter. J'ai toujours pensé que pour s'imprégner vraiment de l'atmosphère d'un lieu, ou, comme dirait Gracie, pour ressentir son « aura », rien ne remplace le contact direct et la participation active de nos cinq sens. Et il aurait fallu pour cela être sur place, pouvoir humer l'odeur de l'entrée, goûter l'air poussiéreux des portiques, et se heurter, pour ainsi dire, à la réalité physique du Smithsonian. L'impression de grandiose et de sacré qui s'en dégageait, les frissons qu'il suscitait tenaient moins, de toute

L'image la plus fascinante que j'aie jamais vue du Smithsonian, je l'ai découverte, chose étonnante, dans le magazine *Time* que nous parcourions avec Layton, couchés sur le ventre sous le sapin de Noël, un matin à 6 h 17. Nous ne le savions pas encore, mais c'était le dernier Noël où nous pourrions passer du temps ainsi, côte à côte sous le sapin.

Comme d'habitude, Layton feuilletait le magazine en rafale, à la vitesse d'environ une page par seconde, quand soudain j'ai aperçu une image qui m'a poussé à agripper son bras pour l'arrêter.

« Qu'esse-tu fais ? » a râlé Layton. Il m'a regardé avec l'air qu'il prenait quand il allait me frapper. Layton avait un sale caractère que mon père réprouvait et encourageait à la fois par son silence.

Je n'ai pas répondu. J'étais envoûté par la photo. Au premier plan, il y avait un grand meuble de classement dont un tiroir avait été ouvert, révélant trois énormes spécimens séchés de grenouilles taureaux d'Afrique australe, *Pyxicephalus adspersus*, les pattes tendues comme s'ils étaient en train de sauter. Derrière, de part et d'autre d'un couloir qui semblait infini, s'alignaient des milliers d'autres vieux meubles en métal, tous identiques, remplis de millions d'autres spécimens. Au cours de leurs expéditions dans l'Ouest au dix-neuvième siècle, les explorateurs du Smithsonian avaient collecté pêle-mêle crânes de Shoshones, carapaces de tatous, pommes de pin ponderosa et œufs de condor et avaient tout renvoyé vers l'est, d'abord en diligence, puis, plus tard, en train. En raison de ce brusque accroissement des collections, beaucoup de spécimens n'avaient jamais pu être classés et se trouvaient à présent enfouis là, dans l'un ces innombrables meubles. En voyant la photo, je m'étais aussitôt demandé quelle aura pouvait bien émaner de cette réserve.

« T'es vraiment débile ! avait rugi Layton, et il avait tiré tellement fort sur la page qu'elle s'était déchirée, en plein milieu du long couloir.

— Désolé, Lay. »

Et j'avais lâché la page, mais l'image m'était restée.

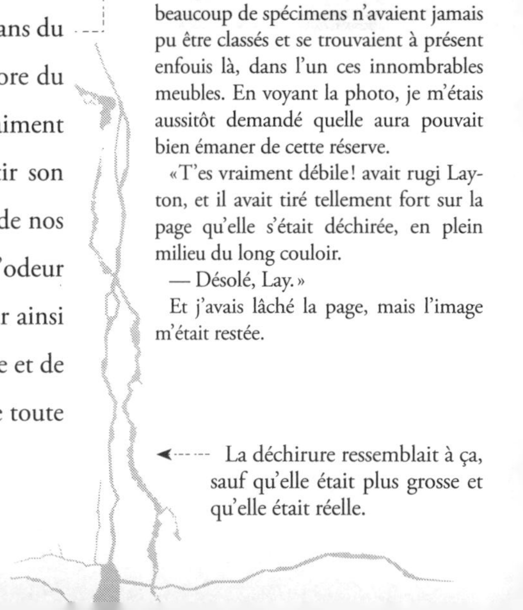

La déchirure ressemblait à ça, sauf qu'elle était plus grosse et qu'elle était réelle.

évidence, à son architecture qu'au karma de la collection éclectique et vertigineuse qu'abritaient ses murs.

M. Jibsen continuait de parler à l'autre bout du fil, et j'ai de nouveau concentré mon attention sur sa voix intelligente, un peu traînante et légèrement zézayante d'Américain de la côte Est : « Oui, c'est vrai que c'est un lieu chargé d'histoire. Mais je crois qu'aujourd'hui les hommes de science comme vous et moi se trouvent à la croisée des chemins. Les chiffres de fréquentation sont au plus bas – je peux bien vous l'avouer puisque vous êtes des nôtres, maintenant… Mais je dois reconnaître que c'est extrêmement angoissant. Jamais, depuis Galilée… ou Stokes, tout au moins… je veux dire, tout à coup, de façon inexplicable, ce pays a l'air de vouloir revenir sur cent cinquante ans de théorie darwinienne… Parfois, c'est à croire que le *Beagle* n'a jamais mis les voiles. »

Ça m'a rappelé quelque chose. « Vous ne m'avez jamais envoyé *Les Aventures de Bomby le carabe bombardier*. Vous me l'aviez promis, dans votre lettre.

— Oh ! Ha-ha ! Quel sens de l'humour ! Ah, monsieur Spivet, je sens que nous allons nous entendre à merveille ! »

Comme je ne répondais rien, il a repris : « Mais, bien sûr, je peux encore vous l'envoyer. Je vous l'avais proposé pour plaisanter, parce que vous aviez l'air d'accorder autant d'importance aux aventures de ce Bomby qu'à votre propre travail et… je veux dire, je suis ouvert au débat, bien sûr… mais ce livre, ce livre pour enfants ! C'est tellement insidieux ! Je veux dire, c'est exactement contre ce genre de choses que nous nous battons, ici. Ils se servent des livres pour enfants pour saper les principes mêmes de la science !

— J'aime bien les livres pour enfants. Gracie veut me faire croire qu'elle n'en lit plus, mais je sais qu'elle ment parce que j'en ai trouvé une pile dans son placard.

— Gracie ? Gracie ?… C'est votre femme, je présume ? Ah, je serais enchanté de rencontrer toute la famille ! »

Je regrettais vraiment que Gracie n'ait pas entendu la façon dont il avait prononcé son nom avec ce zézaiement curieux, presque inquiet – *Graspfie* ? – comme si c'était celui d'un dangereux monstre marin.

« On épluchait le maïs quand vous… »

Je me suis tu.

« Eh bien, monsieur Spivet, en tout cas, je suis très honoré de vous avoir enfin parlé… Et alors vous vivez dans le Montana, ç'est bien ça ?

— Oui.

— Vous savez, par une coïncidence extraordinaire, je suis moi-même né à Helena et j'y ai passé les deux premières années de ma vie. J'ai toujours gardé au fond de moi l'image d'un Montana mythique. Je me demande souvent ce qui serait arrivé si j'étais resté là-bas et que j'avais grandi *à la ferme*, comme on dit. Mais mes parents ont déménagé à Baltimore et… ainsi va la vie, ajouta-t-il avec un soupir. Où habitez-vous exactement ?

— Au ranch Coppertop. 7,61 kilomètres au nord de Divide. 24,01 kilomètres au sud/sud-est de Butte.

— Ah oui ? Il faudra que je vous rende visite un de ces jours. Mais écoutez, monsieur Spivet, j'ai une excellente nouvelle à vous annoncer.

— Longitude : 112° 44" 19'. Latitude : 45° 49" 27'. Enfin, ça, ce sont les coordonnées de ma chambre. Je n'ai pas les autres en tête.

— C'est incroyable, monsieur Spivet. Et d'ailleurs votre sens du détail transparaît de manière remarquable dans les dessins et les schémas que vous nous avez fournis cette année. C'est renversant.

— Notre adresse : 48 Crazy Swede Creek Road, ai-je répondu, et je l'ai regretté aussitôt, parce que je ne pouvais pas encore écarter tout à fait la possibilité que mon interlocuteur ne soit pas et soit en fait un kidnappeur d'enfants du Dakota du Nord. Dans le doute, pour brouiller les pistes, j'ai dit : Enfin, c'est peut-être notre adresse.

— Fantastique, fantastique, monsieur Spivet. Écoutez, je ne vais pas faire durer le suspense : vous avez gagné notre prestigieux prix Baird pour la popularisation de la science. »

Il y a eu un nouveau silence, puis j'ai dit : « Spencer F. Baird, le deuxième secrétaire du Smithsonian ? Il a son prix ?

— Oui, monsieur Spivet. En fait, vous l'ignorez peut-être, mais, comme vous ne pouviez pas concourir vous-même pour ce prix, Terry Yorn a présenté un portfolio en votre nom. Et alors, vraiment… jusqu'ici nous n'avions vu que les petits travaux que vous aviez réalisés pour nous… mais, ce portfolio… nous aimerions organiser très vite une exposition autour de son contenu.

— Terry Yorn ? »

Au début, je n'ai pas reconnu ce nom, comme il arrive parfois que le matin, au réveil, on ne reconnaisse pas sa propre chambre. Puis, peu à peu, j'ai retracé les contours de l'homme qui le portait : le Dr Yorn, mon mentor et partenaire de Boggle ; le Dr Yorn avec ses énormes lunettes à la monture noire, ses chaussettes blanches remontées sur les mollets, ses pouces papillonnants, son rire qui le faisait hoqueter et semblait émaner d'un mécanisme caché à l'intérieur de son corps… *Le Dr Yorn ?* Le Dr Yorn était censé être mon ami et mon guide scientifique, et je découvrais qu'il avait déposé sans m'en parler ma candidature pour ce prix ? Un prix créé par des adultes, pour des adultes. J'avais envie de courir me cacher dans ma chambre et de ne plus jamais en sortir.

« Vous pourrez bien sûr le remercier plus tard, continuait M. Jibsen. Mais chaque chose en son temps : nous voulons vous faire venir au château le plus vite possible, pour que vous puissiez prononcer votre discours de remerciement et annoncer ce que vous allez faire pendant votre année de résidence… Bien entendu vous pouvez prendre le temps d'y réfléchir, mais nous organisons jeudi prochain un gala à l'occasion de notre cent cinquantième anniversaire, et nous espérons vivement vous compter parmi

Spencer F. Baird était dans mon top cinq. Il s'était donné pour mission de rapporter au Smithsonian tous les spécimens de la faune et de la flore, tous les artefacts archéologiques, tous les dés à coudre et les dentiers que la terre pouvait porter. Il avait fait passer le fonds du musée de 6 000 à 2,5 millions de spécimens avant de mourir à Woods Hole, en regardant la mer, et en se demandant peut-être pourquoi il ne pouvait pas l'ajouter à sa collection.

Il fut en outre le père du club du Mégathérium, nom d'une espèce éteinte de paresseux géant. Cette société, dont l'existence, au milieu du dix-neuvième siècle, fut de courte durée, rassemblait de jeunes scientifiques et explorateurs en herbe. Logés dans les tours du château, les Mégathériums étudiaient chaque jour sous l'œil attentif de Baird et, chaque nuit, buvaient du lait de poule corsé et faisaient tout un charivari avec leurs raquettes de badminton dans les salles d'exposition du musée. Quelles conversations passionnantes avaient dû naître entre ces jeunes trublions sur la nature de la vie, la conductivité et le mouvement ! C'était comme s'ils accumulaient à l'intérieur de ces immenses salles remplies de fossiles et d'animaux empaillés, toute l'énergie cinétique imaginable en prévision du jour où Baird les lâcherait dans la nature et où, armés de leurs filets, de leurs sextants et de leurs raquettes de badminton, ils partiraient vers l'ouest pour participer au grand rodéo de la connaissance.

Quand le Dr Clair m'avait parlé de ce club, j'étais resté muet pendant trois jours, contrarié que les lois du temps m'empêchent de faire partie de cette bande d'explorateurs.

« Est-ce qu'on pourrait créer un club du Mégathérium dans le Montana ? » avais-je demandé à ma mère, retrouvant finalement ma langue à la porte de son bureau.

Elle avait levé les yeux vers moi et avait baissé ses lunettes. « Le Mégathérium s'est éteint », avait-elle dit avec mystère.

Megatherium americanum
Carnet V78

nos intervenants. Votre travail est exactement le genre de production scientifique innovatrice et visuellement… euh, visuellement stimulante que le Smithsonian cherche à promouvoir aujourd'hui. Le gouvernement actuel a décidé de faire obstacle à la science, et nous allons devoir combattre le feu par le feu…Nous devons être beaucoup plus percutants pour que le public, *notre* public, vienne à notre rencontre.

— C'est-à-dire que… je reprends les cours la semaine prochaine.

— Ah, oui. Bien sûr. Le Dr Yorn ne m'a pas donné votre CV complet, donc c'est… ah ! hum, c'est un peu embarrassant, mais puis-je vous demander quel poste vous occupez à présent ? Nous avons beaucoup de travail ici, et je n'ai pas encore trouvé le temps de téléphoner au président de votre université pour lui annoncer la bonne nouvelle, mais je peux vous assurer qu'il n'y a jamais eu de problème, même en s'y prenant aussi tard. Je suppose que vous enseignez comme Terry à l'université de l'État du Montana ? Je connais justement très bien le président Gamble. »

D'un seul coup, toute l'absurdité de la situation m'est apparue. J'ai compris que cette conversation entre le zézayant M. Jibsen et moi-même était la conséquence d'une série de sérieux quiproquos construits sur la rétention, et peut-être même la falsification de certaines informations. Un an plus tôt, le Dr Yorn avait proposé ma première illustration au Smithsonian en prétendant que j'étais un collègue à lui, et, à l'époque, la gêne que j'avais ressentie devant ce mensonge avait été dissipé par l'espoir secret que, peut-être, le Dr Yorn me considérait vraiment comme un collègue. Quand cette première illustration, qui représentait un bourdon dévorant un autre bourdon, avait été acceptée *et* publiée – s'il vous plaît ! – nous avions fêté ça avec le Dr Yorn, de façon assez furtive parce que ma mère n'était toujours au courant de rien. Le Dr Yorn était venu en voiture de Bozeman, traversant deux fois le *divide* (d'abord vers l'ouest, avant Butte, puis vers le sud pour arriver jusqu'au Coppertop), et il m'avait emmené manger une glace chez O'Neil dans le centre historique de Butte.

Assis sur un banc, face à la colline, avec notre boule de glace à la noix de pécan, nous regardions au loin la silhouette silencieuse d'un chevalement qui marquait l'entrée de l'un des puits de la vieille mine.

« Tu te rends compte que ces chevalements servaient à faire descendre des bennes remplies d'hommes à près de mille mètres sous terre et qu'ils y restaient pendant huit heures d'affilée ? Pendant huit heures, leur monde était sombre, étouffant, plein de sueur, et mesurait un mètre de large. La ville entière vivait au rythme de ce roulement : huit heures de travail au fond de la mine, huit heures de beuverie dans les bars, huit heures de sommeil. Les hôtels eux-mêmes louaient des lits pour huit heures. Ils savaient qu'ils pouvaient gagner trois fois plus de cette manière. Tu imagines ?

— Est-ce que vous auriez été mineur, si vous aviez vécu ici à cette époque ?

— Je n'aurais pas vraiment eu le choix… Pas beaucoup de coléoptéristes en ce temps-là. »

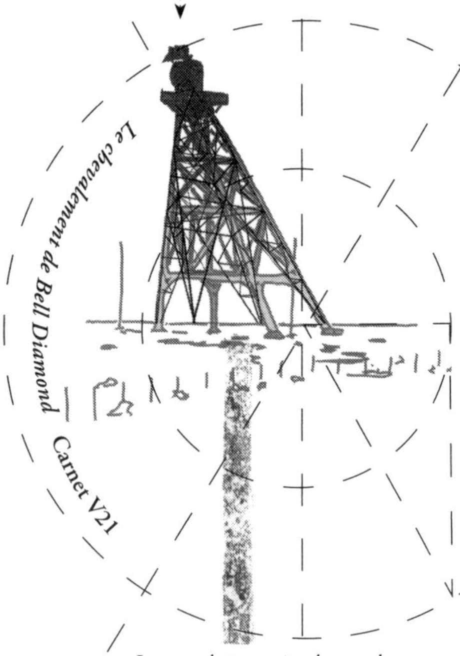

Les squelettes noirs de ces chevalements parsemaient la colline qui surplombait le centre-ville de Butte, évoquant comme autant de pierres tombales le souvenir des mines de cuivre défuntes qui gisaient sous la ville. Quand on se couchait sous l'un d'eux, on entendait le vent gémir dans son treillage. Souvent, avec Charlie, nous nous déguisions pour les escalader : nous étions des pirates qui montaient vers la grand-voile, le premier arrivé en haut avait gagné.

Ensuite, nous étions allés chasser les papillons à Pipestone Pass. Nous nous étions tus durant un long moment, guettant les petits lépidoptères volages. À plat ventre dans les hautes herbes, nous scrutions les alentours quand le Dr Yorn m'a dit : « Tout ça s'enchaîne très vite, tu sais.

— Quoi donc ?

— La plupart des gens attendent toute leur vie ce type de reconnaissance. »

De nouveau, le silence.

« Comme le Dr Clair ? ai-je fini par demander.

— Oh ! non, ta mère sait ce qu'elle fait. C'est une femme brillante.

— Vous pensez ? »

Il n'a rien répondu.

« Vous croyez qu'elle va la trouver un jour, sa cicindèle ? »

Brusquement, le Dr Yorn a plongé avec son filet, manquant de beaucoup un porte-queue verdâtre, *Callophrys grynea*. La créature gracile s'est élevée vivement vers le ciel en petits sursauts légers, comme si elle riait de son échec. Le Dr Yorn n'était pas un grand sportif.

« Tu sais, T. S., on peut attendre un peu, a-t-il dit, le souffle court. Le Smithsonian a encore de beaux jours devant lui. On n'est pas obligés de continuer à leur envoyer des dessins, si ça te met mal à l'aise.

— J'aime bien dessiner pour eux. Ils sont gentils. »

Après cela, nous sommes restés silencieux un bon moment. Nous avons continué à surveiller les hautes herbes, mais les papillons étaient partis.

« Un jour ou l'autre, il faudra tout de même lui en parler, a dit le Dr Yorn comme nous retournions vers sa voiture. Je suis sûr qu'elle serait très fière de toi.

— Je le ferai, ai-je dit. Quand ce sera le bon moment. »

Ce n'était jamais le bon moment. Même si le Dr Clair n'avait pas l'air de s'en rendre compte, il était évident que son entêtement à traquer la cicindèle vampire, qui restait introuvable malgré vingt années de recherches, maintenait sa carrière dans des limbes perpétuels et l'empêchait de se concentrer sur les découvertes fondamentales qu'elle était capable de faire dans son domaine. J'étais convaincu que, si elle s'en donnait les moyens, elle pouvait devenir l'une des scientifiques les plus acclamées au monde, et cependant l'emprise que la cicindèle vampire avait sur elle me poussait à tenir ma langue quant à l'essor de ma propre carrière, essor précoce, inexplicable mais bien réel, et de plus en plus rapide.

Notre correspondance avec le Smithsonian était donc demeurée clandestine, et les mensonges pour qu'elle le reste s'étaient multipliés : à la maison, mes parents n'étaient au courant de rien ; à Washington, on me croyait titulaire d'un doctorat. Par l'intermédiaire du Dr Yorn, j'avais commencé à proposer régulièrement mes dessins non seulement au magazine du Smithsonian, mais à *Science*, au *Scientific American*, à *Discovery*, et même au *Sports Illustrated for Kids*.

À quoi ressemble une famille de scientifiques normale ?

Je me demandais parfois comment les choses auraient tourné si j'avais eu pour père le Dr Yorn au lieu de M. T. E. Spivet. Le soir, à table, le Dr Yorn, le Dr Clair et moi aurions pu avoir des conversations scientifiques sur la morphologie des antennes de coléoptères ou sur la meilleure façon de jeter un œuf du haut de l'Empire State Building sans le briser. La vie aurait-elle été normale alors ? Dans une telle atmosphère, le Dr Clair aurait-elle eu assez confiance en elle pour reprendre des recherches sérieuses ? J'avais remarqué qu'elle m'encourageait toujours à passer du temps avec le Dr Yorn, comme si elle pensait qu'il pouvait jouer un rôle qu'elle-même se sentait incapable de tenir.

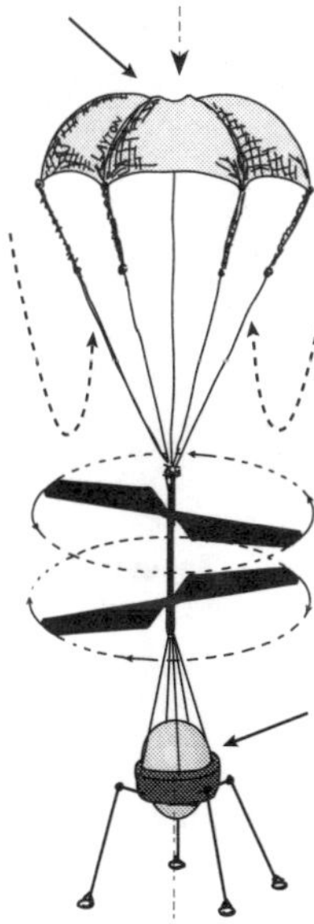

Projet pour le largage d'un œuf du haut de l'Empire State Building (2e prix au concours d'inventions de l'école)

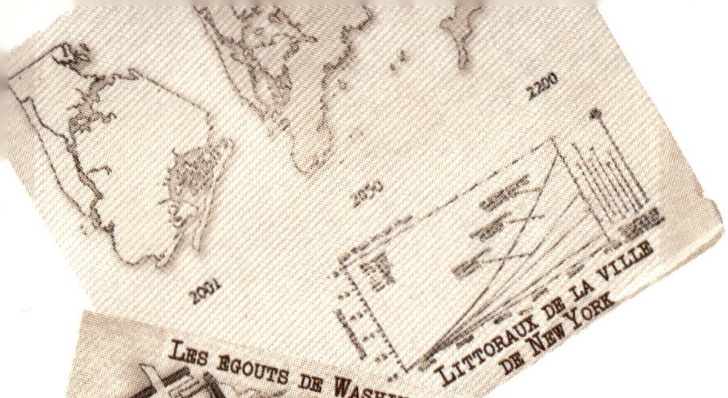

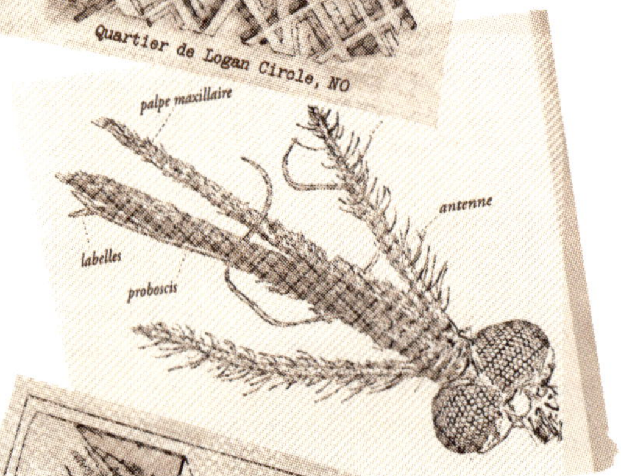

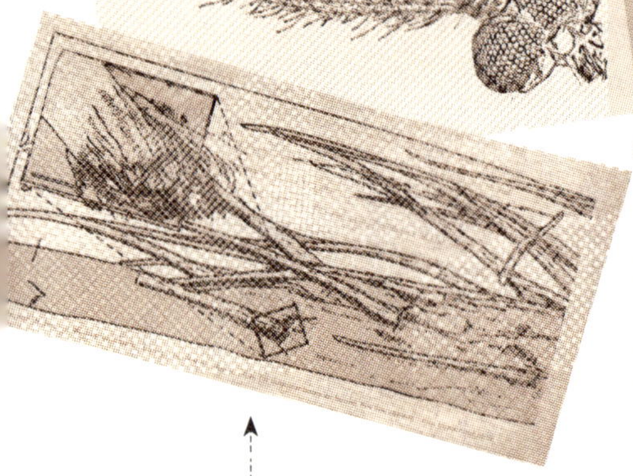

Trompe et sensilles du moustique

Mes projets étaient d'une grande variété. Il y avait les illustrations : croquis de colonies de fourmis coupeuses de feuilles et de lépidoptères bigarrés, schéma éclaté du système circulatoire de la limule, dessin d'une vue au microscope électronique des sensilles plumeuses que l'on observe sur les antennes de l'*Anopheles gambiae*, le moustique de la malaria.

Et, bien sûr, il y avait aussi les cartes : plan des égouts de la ville de Washington en 1959, superposition de transparents démontrant le déclin progressif des nations indiennes dans les Hautes Plaines depuis deux cents ans, série de cartes illustrant trois hypothèses contrastées de l'évolution du littoral des États-Unis au cours des trois siècles à venir, fondées sur des théories concurrentes du réchauffement climatique et de la fonte de la calotte glaciaire.

Et puis il y avait mon préféré : l'immense dessin, long de deux mètres quinze, de la carabe bombardier mélangeant ses sécrétions bouillantes (je dis « la » car il s'agissait d'une femelle), dessin que j'avais mis quatre mois à préparer, à réaliser et à légender, et qui s'était terminé par une terrible coqueluche et une semaine entière au lit sans pouvoir aller à l'école.

Le Dr Yorn, si hésitant lorsque, filet à papillons à la main, nous avions fêté la parution de ma première illustration à Pipestone Pass, s'était visiblement laissé tourner la tête par mes perspectives de carrière et avait soumis mon travail, sans mon consentement et, même à mon insu, au jury du prix Baird. Cela me paraissait étrangement peu adulte de sa part. Je croyais qu'il était censé être mon mentor… Mais, au fond, que savais-je des adultes et de leur monde souvent trompeur ?

Je me souvenais rarement que j'avais douze ans. J'avais une vie trop bien remplie pour m'attarder sur ce genre de détail, mais, à cet instant précis, devant ce grand malentendu fabriqué par des adultes, j'éprouvais tout à coup le poids de mon jeune âge, à travers une douleur aiguë qui se concentrait, pour une raison mystérieuse, au niveau des artères de mes poignets. En même temps, je comprenais que si M. G. H. Jibsen, qui se trouvait à des milliers de kilomètres, avait d'abord pu s'étonner du timbre musical de ma voix de petit garçon, il me considérait maintenant à la fois comme un adulte et comme son collègue.

J'ai senti que j'arrivais à un carrefour décisif.

À ma gauche s'étendaient les plaines. Je pouvais dissiper le malentendu, expliquer à M. Jibsen que, pour moi, reprendre les cours la semaine prochaine signifiait retourner au collège de Butte et non pas aller donner des cours à l'université de l'État du Montana. Je pouvais m'excuser poliment de la confusion, le remercier pour le prix, mais lui expliquer qu'il valait sans doute mieux le donner à quelqu'un d'autre, quelqu'un qui était capable d'aller au bureau en voiture, de voter et de faire des blagues sur ses impôts lors d'un cocktail. Cela mettrait le Dr Yorn dans le pétrin, or j'étais moi-même dans le pétrin. Et ce serait la solution la plus honorable – celle que mon père, en accord avec le code tacite du cow-boy, aurait choisie.

À ma droite, les montagnes. Je pouvais mentir. Je pouvais mentir le temps d'arriver à Washington, et peut-être même continuer une fois là-bas, en me terrant dans une chambre d'hôtel qui sentirait le vieux mégot et l'Ajax vitres, et où je préparerais des illustrations, des cartes et des communiqués de presse que je glisserais sous ma porte close, comme un magicien d'Oz des temps modernes. Ou alors, je pourrais engager un acteur pour jouer mon rôle : un homme qui aurait l'âge requis, aux allures de cow-boy, de cow-boy-scientifique, qui posséderait aux yeux des habitants de Washington l'esprit vif et l'individualisme typiques des hommes du Montana. Je pourrais me réinventer, et même me choisir une nouvelle coupe de cheveux.

« Monsieur Spivet ? a dit Jibsen. Vous êtes toujours là ?

— Oui. Je suis là.

— Alors, nous pouvons compter sur votre présence à ce gala ? Ce serait parfait si vous pouviez arriver au plus tard jeudi prochain. Et faire un discours pour nos invités ! Ils seraient fous de joie. »

Notre cuisine était vieille. On y trouvait des baguettes chinoises, des mètres de cordon téléphonique, du vinyle ignifugé, et aucune réponse à mes questions. Je me suis demandé ce que Layton ferait à ma place. Layton, qui gardait ses éperons à la maison, collectionnait les pistolets anciens, et qui, un jour, avait dévalé le toit du ranch en vélo dans son pyjama d'astronaute après avoir regardé *E.T.* Layton, qui avait toujours voulu voir Washington parce que c'était là que vivait le Président. Layton y serait allé.

Mais je n'étais pas Layton, et je n'avais pas comme lui l'étoffe d'un héros. Mon destin à moi, c'était de rester dans ma chambre, devant ma table à dessin, à cartographier lentement tout le Montana.

« Monsieur Jibsen, ai-je dit, en me mettant presque à zozoter moi aussi, je vous remercie de votre proposition – je ne m'y attendais pas du tout, vraiment. Mais je ne crois pas que ce soit une très bonne idée. J'ai trop de travail et… enfin merci beaucoup quand même et excellente journée. »

Et j'ai raccroché avant qu'il puisse protester.

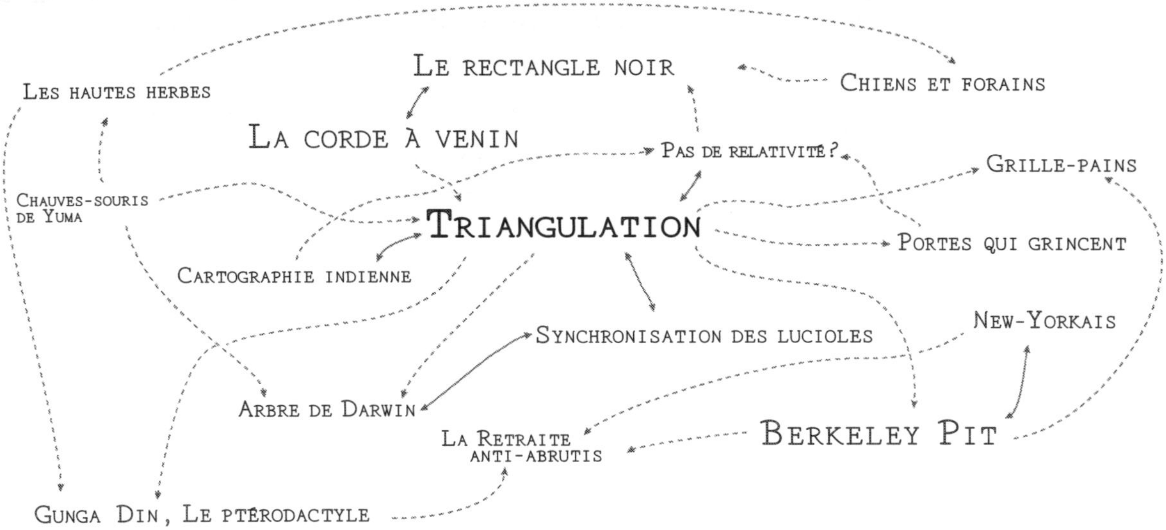

Carte des 22 et 23 août
Carnet V100

Chapitre 2

Le téléphone était raccroché, la communication entre Washington et le Coppertop terminée. J'imaginais, dans un petit central téléphonique sinistre du Midwest, une femme aux lunettes d'écaille qui débranchait une fiche, provoquant par son geste un léger « pop » dans son casque, puis qui se retournait vers sa voisine de box pour revenir à la conversation sur les vernis à ongles qui durait depuis le matin à cause des interruptions incessantes.

En repartant, je me suis arrêté devant le bureau du Dr Clair. Elle avait maintenant cinq énormes ouvrages taxonomiques ouverts devant elle. Son index gauche pointait, immobile, une ligne dans l'un des gigantesques volumes reliés de cuir, tandis que son index droit, pour recouper les informations trouvées, épluchait frénétiquement les descriptions minutieuses des différents taxons, sautant d'un livre à l'autre comme s'il dansait le tango avec un troupeau de puces.

Elle s'est aperçue de ma présence. « J'ai bien l'impression qu'il s'agit d'une nouvelle sous-espèce, a-t-elle dit en levant les yeux vers moi, ses deux index figés à leurs places respectives. Le dernier sternite abdominal montre un

Elle mentait.

C'était *Gracie* qui allait se mettre aux fourneaux. Le Dr Clair faisait toujours mine de commencer à cuisiner, puis elle se souvenait brusquement qu'elle avait quelque chose d'important à terminer dans son bureau et nous laissait tout le travail. Ce n'était pas grave : c'était une horrible cuisinière. Elle avait déjà détruit vingt-six grille-pain depuis ma naissance, soit un peu plus de deux par an, dont un qui avait explosé et mis le feu à la moitié de la cuisine. Chaque fois qu'elle se faisait griller une nouvelle tranche de pain et qu'elle quittait la pièce, je montais discrètement dans ma chambre chercher ma frise chronologique des grille-pain, qui rappelait les moments forts de la carrière de chacun d'eux ainsi que la date et les circonstances de sa mort.

N°21, « Le Glouton »
a explosé le 05/04/2004
alors qu'il grillait
une tranche de pain complet

Puis je redescendais et je me plantais à l'entrée de son bureau, en brandissant la frise dépliée au-dessus de ma tête comme une banderole, et en général, à ce moment-là, la fumée arrivait dans la pièce, elle levait les yeux, sentait l'odeur de brûlé, me voyait et criait « *yigs sfsfiii!* » comme un coyote blessé.

« C'est un miracle que c'te maison tienne encore debout avec une cantinière pareille », disait souvent mon père.

sillon qui n'a jamais été décrit… enfin je ne *crois* pas. Je ne crois pas… il y a toujours une possibilité, mais je ne crois pas.

— Est-ce que tu sais où est Père ? ai-je demandé.

— Je ne crois pas…

— Est-ce que tu sais où…

— Qui était-ce, au téléphone ?

— Le Smithsonian. »

Elle a ri. On ne l'entendait pas souvent rire, et j'ai eu un léger sursaut. Je crois même que, de surprise, j'ai dû me mettre au garde-à-vous.

« Des salauds, a-t-elle dit. Si, un jour, tu travailles pour une grande institution, souviens-toi que ceux qui la dirigent sont par définition des salauds. La bureaucratie réduit à néant toute forme de bienveillance.

— Et les fourmis, alors ? Elles ont bien une bureaucratie.

— Oui, mais leurs colonies ne sont composées que de femelles. C'est différent. Le Smithsonian est un club de vieux bonshommes. Et puis, les fourmis n'ont pas d'ego.

— Merci, docteur Clair, ai-je répondu, et je me suis tourné pour partir.

— Vous avez fini, avec le maïs ? Je comptais bientôt me mettre aux fourneaux. »

Gracie était en train d'éplucher le dernier épi quand je l'ai rejointe sur la véranda.

« Alors, Gracie ? Combien d'abîmés ?

— Je te le dirai pas.

— Gracie ! Tu vas fausser les statistiques !

— T'es resté au moins six heures au téléphone. J'en ai eu marre.

— Qu'est-ce que tu as fait des épis abîmés ?

— Je les ai donnés à Merveilleux.

— Les… ? Ha-ha ! Alors il y en avait plusieurs. Combien ? »

Elle a arraché les dernières soies de l'épi et l'a jeté dans le seau avec les autres. Entassés à l'intérieur, les cônes flamboyants pointaient dans toutes les directions et leurs grains jaunes, mûris à point, brillaient sous le soleil de cette fin d'après-midi. Il n'y a rien de mieux qu'un seau de maïs doux tout juste épluché pour vous mettre de bonne humeur. Tout ce jaune, cette richesse symbolique, la promesse du beurre fondu : ça suffit à vous changer la vie.

Je me suis dit qu'avec une bonne dose de courage, je pouvais ramasser le tas d'enveloppes et les compter, puis compter les épis que contenait le seau et faire une petite soustraction pour découvrir combien Gracie en avait jeté. Je me suis maudit de ne pas avoir noté sur mon schéma le nombre d'épis que nous avions au départ, mais comment aurais-je pu prévoir l'incroyable mutinerie de ma sœur ?

Sur mon schéma, « Gracie épluchant le maïs doux, n° 6 », qui gisait, inachevé, sur les marches de la véranda, j'avais laissé un blanc en haut à droite pour les épis abîmés. Au moment où j'étais parti répondre au téléphone, nous n'en avions trouvé aucun, mais je savais que ça pouvait arriver : d'habitude, dans ce cas-là, je faisais un croquis aussi ressemblant que possible d'un épi à demi épluché, je notais la date et l'heure de sa découverte et éventuellement le type de ravageur incriminé – chenille, charançon des grains ou légionnaire d'automne – puis je barrais l'épi d'une croix pour qu'on sache qu'il était abîmé et qu'il ne fallait pas le manger. J'avais aussi inclus des données chiffrées : j'avais indiqué très clairement, sous forme fractionnaire, le nombre d'épis abîmés sur le nombre total d'épis épluchés au cours de nos cinq dernières séances d'épluchage sur cette véranda. Ces chiffres fourniraient à tout historien, même au plus novice, une bonne idée de la vaillance de nos épis.

Ces données étaient conservées dans ma collection de carnets bleus. Ces carnets bleus contenaient des schémas décrivant presque toutes les actions accomplies sur le ranch au cours des quatre dernières années,

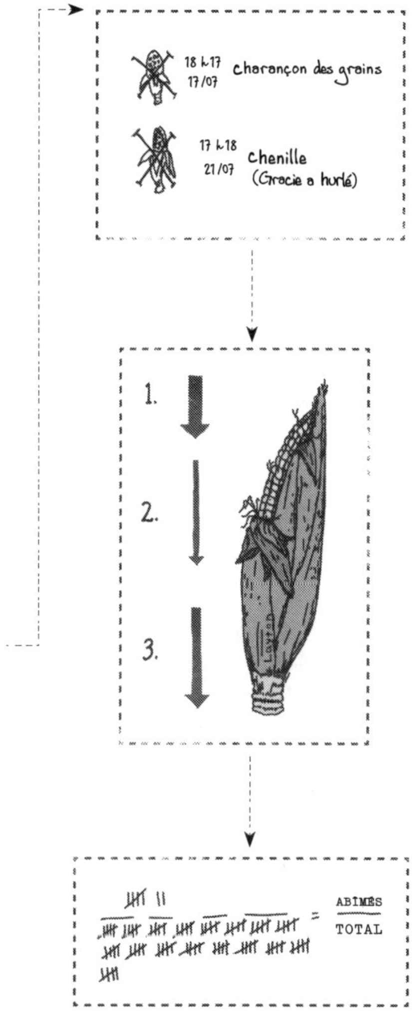

Détail de
« Gracie épluchant le maïs doux, n° 6 »*
Carnet B457

* Je tiens à préciser que cette récolte était exceptionnelle : seulement sept épis abîmés sur quatre-vingt-cinq, même si l'exactitude de ces chiffres était à présent remise en question par l'arrogance stupide de Gracie.

ce qui incluait, entre autres, la dérivation du ruisseau, la réparation des clôtures, le rassemblement et le tri du bétail, le ferrage des chevaux, les foins, les vaccinations et aussi les castrations (!), le débourrage des poulains, l'abattage des poules, des cochons et des lapins, la cueillette des micocoules, le fauchage des fougères, la récolte du maïs et l'épluchage du maïs, la tonte de la pelouse, le balayage, le nettoyage de la sellerie, l'enroulage des lassos, le graissage du vieux tracteur Silver King et la libération, à coups de pied, des chèv'es prises dans les barbelés pour pas qu' les coyotes les bouffent.

Je faisais des croquis très détaillés de toutes ces activités depuis que j'avais huit ans, âge auquel mes facultés cognitives et mon intelligence avaient commencé à s'épanouir, juste assez pour m'accorder le recul nécessaire au travail du cartographe. Je ne prétends pas que mon esprit était entièrement développé : j'aurais été le premier à reconnaître que je restais un enfant à bien des égards. Pour tout dire, il m'arrivait encore de faire pipi au lit, et je conservais une peur panique du porridge. Mais j'étais fermement convaincu que la cartographie avait gommé beaucoup de mes croyances enfantines. Quelque chose, dans le fait de mesurer la distance entre l'*ici* et l'*ailleurs*, dissipait le mystère de ce qui se trouvait entre les deux, mystère parfois terrifiant pour moi qui, comme la plupart des enfants, manquais de connaissances empiriques. Comme la plupart des enfants, je n'étais jamais allé *ailleurs*. J'étais à peine arrivé *ici*.

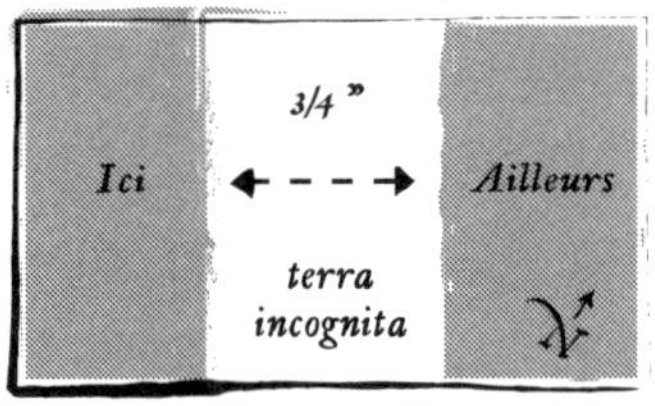

La distance entre **l'Ici *et* l'Ailleurs**
Carnet V1

Je pense que c'était l'une des raisons pour lesquelles je faisais pipi au lit quand j'étais petit : je craignais toujours que le méchant ptérodactyle caché sous mon lit – que j'avais nommé « Gunga Din » et que j'imaginais avec des petits yeux durs et incandescents et un terrible bec de la mort – ne se jette sur moi si je posais le pied sur le plancher glacé et marchais jusqu'aux toilettes. Alors je me retenais jusqu'à ne plus pouvoir me retenir, et mes draps étaient mouillés et chauds, puis mouillés et froids. Et je restais là, frissonnant mais vivant, vaguement réconforté par l'idée que peut-être mon pipi gouttait sur la tête de Gunga Din et le rendait encore plus fumasse et affamé. Mais je ne crois plus à Gunga Din, je ne peux donc pas vous expliquer pourquoi, parfois, je fais encore pipi au lit. La vie est pleine de petits mystères.

Voici la règle numéro un, en cartographie : si l'on ne peut pas observer soi-même un phénomène, on n'a pas le droit de le représenter. Nombre de mes prédécesseurs, cependant, parmi lesquels M. Lewis, M. Clark et même M. George Washington (président autrefois cartographe, incapable de dire des mensonges, mais tout à fait capable d'en dessiner), peut-être parce qu'ils étaient nés dans un monde de grande incertitude, avaient allégrement transgressé cette règle en représentant derrière chaque nouvelle montagne toutes sortes de lieux imaginaires. *Un fleuve menant tout droit au Pacifique, des Rocheuses aussi insignifiantes qu'une farandole de collines* – il était si tentant de greffer nos désirs et nos peurs sur les espaces blancs de nos cartes. « *Icy règnent lès dragons* » : ainsi les cartographes de jadis scellaient-ils les abysses qui s'ouvraient juste derrière les frontières tracées par leur plume.

Et quelle était ma tactique personnelle pour déjouer l'envie d'inventer plutôt que de représenter ? C'est très simple : chaque fois que mon stylet cherchait à s'aventurer hors des limites établies par mes recherches, je m'arrêtais pour boire une gorgée de Tab soda, dont j'avais toujours une cannette sur ma table à dessin. Le Tab soda était ma drogue, peut-être, mais une bonne drogue qui me forçait à rester honnête.

« Gracie, ai-je repris, de mon ton le plus adulte et le plus diplomate. Si tu avais la gentillesse de me dire combien d'épis abîmés tu as trouvés, je pourrais compléter notre relevé, qui contient des données primordiales pour le traitement des ravageurs dans la région. Il faut toujours finir ce qu'on a commencé. »

Elle m'a regardé ; d'une pichenette, elle a chassé quelques soies qui collaient encore à son jean.

« D'accord, a-t-elle répondu. On va dire… dix.

— Tu mens. Ça fait beaucoup trop.

— Comment tu peux le *savoir* ? Tu étais là ? Non. Tu étais au *téléphone*. Et d'ailleurs, c'était qui au téléphone ?

— Le Smithsonian.

— Qui ?

— C'est un musée à Washington.

— Et qu'est-ce qui leur a pris de t'appeler, *toi* ?

— Ils voulaient m'inviter là-bas pour faire des illustrations et des discours.

— Hein ? a dit Gracie.

— Euh…

Gracie est une femme compliquée et je ne prétends pas comprendre ce qui se passe dans la boîte noire de sa tête, mais quand elle a dit « Hein ? », il se peut que se soient succédé en rafales dans son cortex les impulsions suivantes :	J'étais moins compliqué que Gracie, mais, en poussant mon « Euh… », j'ai moi aussi ressenti une succession de bourrasques synaptiques quasi simultanées :	Temps (s)
1. Un puissant désir de me rire au nez devant le ridicule de ce que je venais de dire.	1. Ça me mettait mal à l'aise de parler de ça parce que Gracie risquait de se moquer de moi et peut-être même de me frapper.	00:00:00,0
2. La crainte que j'aie dit la vérité et que moi, son naze de petit frère, je puisse quitter le Montana avant elle.	2. Je ne savais pas comment lui expliquer la situation sans lui faire un croquis.	
3. Une pointe de fierté parce que, si j'avais dit la vérité, c'était son naze de petit frère à elle qu'on invitait à Washington.	3. Je ne voulais pas qu'elle aille tout répéter au Dr Clair.	00:00:00,5
4. Une envie perfide de découvrir un stratagème pour qu'on la laisse accompagner son naze de petit frère à Washington.	4. J'étais encore en train de me demander combien d'épis abîmés elle avait trouvés aujourd'hui.	
5. Son désir perpétuel d'être réincarnée en éléphant.	5. Nous ne serons jamais des éléphants. Ou : Nous sommes déjà des éléphants.	00:00:01,0
6. Un puissant désir de me rire au nez en se représentant la scène : moi, en train de faire mon discours devant un parterre d'adultes attentifs armés de stylos et de bloc-notes, alors que le haut de mon crâne dépassait à peine du pupitre.	6. Jibsen ! Le Cheveu sur la langue ! Bon sang de bonsoir ! Le Smithsonian !	00:00:01,3

— Qu'est-ce que tu racontes ?

— Je te dis, ils veulent que j'aille à Washington et que je fasse des trucs.

— Mais pourquoi toi ? Tu as douze ans ! Et t'es un naze ! »

Elle s'est tue. « Attends… Tu me fais marcher, c'est ça ?

— Non, je t'assure. Mais je leur ai dit que je ne pouvais pas. Comment tu voudrais que j'aille à Washington ? »

Gracie m'a regardé comme si j'étais atteint d'une dangereuse maladie tropicale. Elle a plissé les yeux imperceptiblement, de la même manière que le Dr Clair quand elle était sceptique.

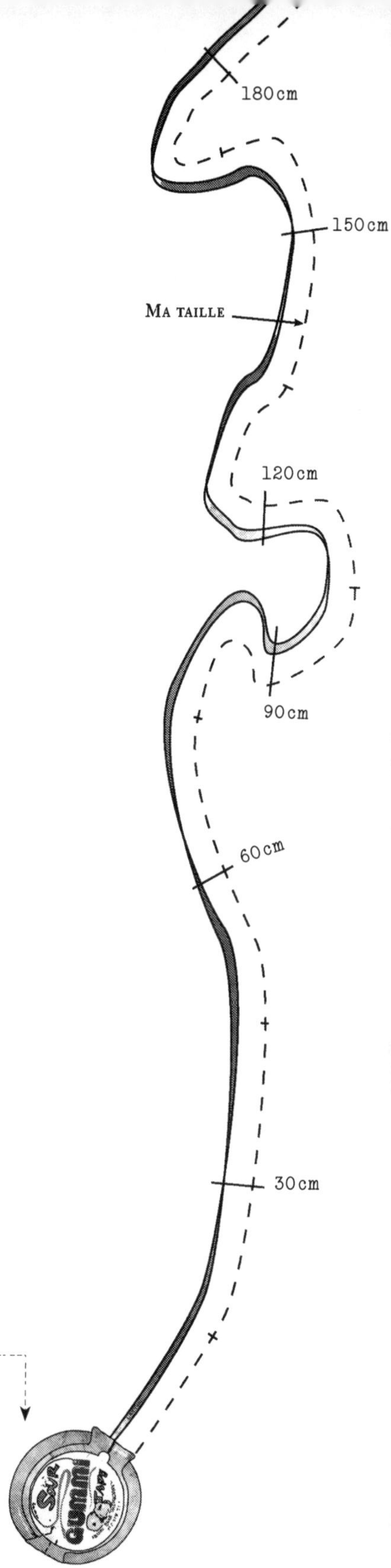

« Ce monde me fait halluciner. Franchement, j'ai l'impression que Dieu me déteste. C'est comme s'Il m'avait dit : "Tiens, Gracie, je t'ai trouvé une famille de cinglés ! Ah, et au fait, vous allez devoir vivre dans le *Montana* ! Ah, et puis ton frère, *qui est un pauvre naze*, va aller à Washington…

— Je t'ai dit que j'y allais pas…

— … parce que, tu ne sais donc pas, Gracie ? Tout le monde adore les nazes ! C'est la nouvelle mode à Washington ! »

J'ai pris une profonde inspiration. « Gracie, je crois que tu t'écartes un peu du sujet… Dis-moi juste combien d'épis abîmés tu as trouvé, *pour de vrai*… Tu n'es pas obligée de me dire quel genre d'insecte il y avait dessus. »

Mais je l'avais déjà perdue, elle était en pleine « retraite anti-abruti ». Ce phénomène comportemental se manifestait d'abord par un grognement que je n'avais jamais entendu dans aucune autre circonstance, à part dans un documentaire où un babouin mâle donnait un grand coup de poing dans le ventre de son frère et où son frère poussait un râle très semblable à celui que Gracie venait de laisser échapper, râle que le narrateur du documentaire interprétait comme un signe de « soumission à la loi du clan ». Puis elle allait s'enfermer dans sa chambre et n'en sortait plus, même pas pour prendre ses repas. Elle y restait des heures, jusqu'à trente-six le jour où je l'avais électrocutée (par accident) avec le polygraphe que j'avais fabriqué moi-même et que, par la suite, j'ai pris la sage décision de démonter. Ce jour-là, je n'avais réussi à lui faire abandonner son cocon de pop sucrée qu'en lui offrant presque cent cinquante mètres de chewing-gum en ruban (et toute mon allocation mensuelle de l'Institut de surveillance géologique y était passée).

« Je suis désolé, Gracie, avais-je dit à travers la porte. Je t'ai apporté presque cent cinquante mètres de chewing-gum en ruban. » Et j'avais déposé par terre les quatre sacs plastique.

Une minute plus tard, Gracie avait sorti la tête. Elle avait toujours l'air fâché, mais je voyais bien qu'elle était fatiguée et affamée par sa retraite.

« OK, avait-elle dit. Puis, traînant les sacs à l'intérieur de sa chambre : T. S., à partir de maintenant, tu ne voudrais pas être normal ? »

L'après-midi s'est écoulé. Comme Gracie me faisait la tête, je n'avais personne à qui parler : le Dr Clair semblait absorbée par ses sempiternelles études comparatives et Père, à son habitude, avait disparu dans les champs. Pendant quelque temps, j'ai essayé de faire comme si M. Jibsen ne m'avait pas téléphoné. Oui, oui : c'était un jour d'été semblable à tous les autres, on allait bientôt rentrer les derniers foins, dans deux semaines l'école reprendrait, il ne restait plus beaucoup de temps pour aller se baigner dans le bassin creusé par notre ruisseau près de l'arbre à coton.

Mais le doux zézaiement de Jibsen me poursuivait partout. Cette nuit-là, j'ai rêvé que j'étais invité à un grand cocktail sur la côte Est, où son cheveu sur la langue était l'attraction de la soirée. Tout le monde était suspendu à ses lèvres, comme si sa diction chuintante donnait à des mots tels que « transhumanisme » une légitimité toute particulière. Je me suis réveillé en sueur.

« Transfhumanisfme ? » ai-je zézayé dans l'obscurité.

Le lendemain, pour me distraire, j'ai essayé de me lancer dans la cartographie de *Moby Dick*.

Cartographier un roman est une tâche délicate. Parfois, les paysages imaginaires m'offraient un refuge, un répit dans la mission que je m'étais assignée de cartographier le monde réel dans sa totalité. Mais ce répit était toujours assorti d'un sentiment de vacuité : je savais que je me leurrais, que l'œuvre de fiction n'était qu'une illusion. Sans doute certains parviennent-ils à justifier le plaisir de l'évasion par la conscience du leurre, peut-être est-ce précisément là tout l'intérêt des romans, mais pour ma part j'ai toujours trouvé difficile d'accepter cette cohabitation de la réalité et de la fiction. Peut-être faut-il simplement être adulte pour réaliser ce numéro d'équilibriste qui consiste à croire tout en ne croyant pas.

En fin d'après-midi, je suis sorti pour chasser de mon esprit les fantômes de Melville. J'ai suivi le chemin sinueux que mon père avait tracé dans les hautes herbes avec la tondeuse. En cette fin d'été, les hautes herbes étaient presque plus hautes que moi. Elles se couchaient sous le vent en vagues lentes et la lumière du couchant, bleu et saumon, pénétrait la treille ondulante formée par les tiges et les pédoncules.

Il y avait tout un monde caché dans ces hautes herbes. Si l'on s'allongeait par terre, la nuque appuyée sur les tiges rugueuses, les yeux rivés sur le grand ciel bleu découpé par les lames immenses des herbes dressées, le ranch et tous ceux qui y vivaient disparaissaient dans un rêve lointain. Étendu ainsi sur le dos, on pouvait se téléporter n'importe où : je fermais les yeux, j'écoutais le bruissement des herbes et j'imaginais que j'étais dans la gare de Grand Central Terminal, où les hommes se bousculaient dans un froissement de pardessus, pressés d'avoir leur express et de rentrer dans le Connecticut.

Avant, Layton, Gracie et moi, nous passions des heures à jouer dans ces hautes herbes. Nous nous passionnions pour des jeux comme « Le survivant de la jungle : Qui va se faire manger ? » ou « On a rétréci : que faire ? ». (Étrangement, la plupart de nos jeux prenaient la forme de questions.) Nous rentrions toujours à la maison « blessés à l'arme verte », les tibias couverts des piqûres urticantes microscopiques infligées par ces herbes rebelles et sans pitié.

Le monde caché des hautes herbes n'était pas seulement notre terrain de jeux : c'était aussi un no man's land qui devait satisfaire à la fois aux besoins de l'observation scientifique et aux impératifs liés au bon fonctionnement d'un ranch. Le Dr Clair et moi allions y chasser, armés de nos filets et de nos bocaux à cyanure, pour tenter de récolter des cantharides et des scarabées dégringoleurs qui gigotaient avec une telle frénésie quand nous les attrapions que nous éclations de rire et les laissions s'échapper.

Mais mon père n'appréciait guère de voir les hautes herbes et les broussailles envahir notre ranch. À l'époque où je faisais de mon mieux pour

« Maman, est-ce que l'herbe peut me donner le sida ? avait un jour demandé Layton.

— Non, avait répondu le Dr Clair. Seulement la fièvre pourprée des Rocheuses. »

Ils étaient en train de jouer à l'awalé. J'étais sur le canapé, occupé avec une de mes cartes.

« Est-ce que je peux donner le sida à l'herbe ? avait demandé Layton.

— Non, avait dit le Dr Clair. »

Tac tac tac avaient fait les petites pièces de verre dans les réceptacles en bois.

« Tu as déjà eu le sida, toi ? »

Le Dr Clair avait levé les yeux. « Qu'est-ce que c'est que toutes ces questions sur le sida, Layton ?

— Je ne sais pas, avait répondu Layton. C'est juste que je veux pas l'attraper. Angela Ashworth a dit que c'était très dangereux et que je l'avais sûrement. »

Le Dr Clair a regardé Layton. Elle tenait au creux de sa main ses pièces d'awalé.

« La prochaine fois qu'Angela Ashworth te dit quelque chose comme ça, réponds-lui que ce n'est pas parce que sa condition de petite fille dans une société qui fait peser sur ses semblables une pression démesurée afin qu'elles se conforment à certains critères physiques, émotionnels et idéologiques — pour la plupart injustifiés, malsains et tenaces — lui ôte toute confiance en elle qu'elle doit reporter sa haine injustifiée d'elle-même sur un gentil garçon comme toi. Tu fais peut-être intrinsèquement partie du problème, mais ça ne veut pas dire que tu n'es pas un gentil garçon avec de bonnes manières, et ça ne veut absolument pas dire que tu as le sida.

— Je suis pas sûr de pouvoir tout me rappeler, avait répondu Layton.

— Alors, dis à Angela que sa mère est une grosse plouc alcoolique de Butte.

— OK », avait dit Layton.

Tac tac tac avaient fait les petites pièces.

être un bon apprenti cow-boy comme Layton, Père nous envoyait tous les deux faucher l'herbe pour libérer de nouvelles pâtures, ou parfois simplement pour empêcher la végétation d'empiéter sans vergogne sur le monde ordonné de ses champs.

« Quoi, c'est une réserve naturelle, ici ? » disait-il, et il nous tendait de petites machettes pour faire reculer les envahisseurs. Bientôt on va avoir besoin d'un périscope pour voir où on pisse. »

Je sentais que ces défrichages déplaisaient au Dr Clair – après tout, les hautes herbes étaient son terrain de chasse – mais, le plus souvent, quand elle voyait que nous avions déblayé un nouveau pré pour que Père puisse le clôturer, elle se contentait de retourner au désordre de son bureau et à ses spécimens de coléoptères. Et tandis qu'elle se remettait à épingler et à archiver, rien, sinon ses gestes, d'une voracité légèrement supérieure à l'ordinaire, trahissaient une contrariété que j'étais sans doute le seul, en tant que confrère, à pouvoir détecter.

D'aussi loin que je m'en souvienne, cette lutte de pouvoir entre mes parents a toujours existé au Coppertop.

Pendant la mue imaginale des cigales, qui se produisait tous les dix-sept ans, le Dr Clair avait bloqué l'accès du grenier à foin, ce qui avait mis mon père dans une telle rage que pendant toute une semaine il avait pris ses repas à cheval.

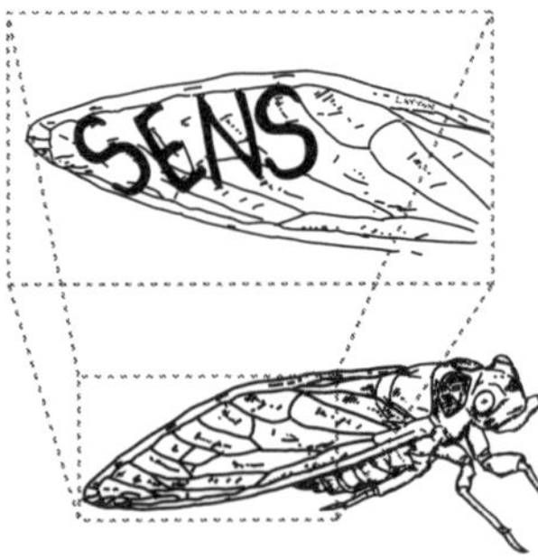

Recherche de mots sur les élytres des cigales
Carnet R15

Un peu plus tard, il avait (à dessein ou non, le débat n'était pas clos) laissé entrer ses chèvres dans l'enclos qui contenait toutes les moitiés d'orange sur lesquelles le Dr Clair élevait ses larves de charançon tout juste arrivées du Japon. Ces pauvres, pauvres larves. Elles avaient traversé le Pacifique, parcouru près de six mille kilomètres rien que pour se faire dévorer par une bande de « chèv'es ignares » du Montana.

C'était ce que mon père avait trouvé pour éviter de présenter ses excuses au Dr Clair : « Faut leur pardonner, c'est des chèv'es, essont ignares, avait-il marmonné, son Stetson à la main. Jus'e ignares. C'est tout. »

Mon poste d'observation préféré, au Coppertop, c'était un grand piquet de clôture qui se dressait au centre de tout. Quand je me juchais dessus, j'avais derrière moi les hautes herbes et la maison (avec le bureau du Dr Clair), et, devant moi, les champs, les génisses et les chèv'es ignares qui mâchaient toute la journée avec leurs petites bouches à moteur. De là, je me rendais bien compte que notre ranch était, plus que toute autre chose, un admirable compromis.

Je me suis allongé dans l'herbe et j'ai essayé d'imaginer ce que ça me ferait de voir le Smithsonian en vrai, de descendre le National Mall et d'arriver devant le château, ce temple de la découverte et de l'invention, avec toutes ses tours. *Pourquoi donc avais-je refusé cette invitation ?*

Tout à coup, un bruissement dans les hautes herbes a interrompu mes visions smithsonniennes. J'ai tendu l'oreille. On aurait dit un puma qui approchait. En silence, j'ai roulé sur moi-même et improvisé une position d'attaque. Je n'avais plus qu'à attendre. J'ai tâté mes poches. J'avais laissé mon multioutil Leatherman (modèle spécial cartographe) dans la salle de bains. Si ce puma avait faim, j'étais perdu.

Les contours de l'animal se sont lentement précisés à travers les hautes tiges. Ce n'était pas un puma. C'était Merveilleux.

« Tu n'as pas autre chose à faire, Merveilleux », ai-je dit. Et je m'en suis aussitôt voulu.

Merveilleux était un pauvre corniaud ébouriffé. J'avais consulté de nombreux livres sur les chiens pour essayer de découvrir ses origines, et j'en étais arrivé à la conclusion qu'il devait être à moitié golden retriever et à moitié koolie, une race de chien de berger australien qui était, je le reconnais, peu commune dans la région, mais je ne voyais pas d'autre manière d'expliquer les tourbillons gris, noirs et feu qui tachaient son poil et le faisaient ressembler à un tableau d'Edvard Munch passé à la machine.

Le Dr Clair, qui était pourtant une obsédée de la classification, s'était révélée étrangement indifférente aux origines de Merveilleux.

« C'est un chien », voilà tout ce qu'elle avait dit ; exactement la même chose que Père le jour où il avait ramené Merveilleux à la maison, quand j'avais neuf ans. Il était allé acheter des seringues à Butte pour vacciner le bétail et il avait aperçu le petit Merveilleux gambadant sur l'aire de repos de l'I-15.

« Qui est-ce qui l'a laissé là, à ton avis ? avait demandé Gracie en caressant le dos du petit chien d'une façon qui révélait tout l'amour qu'elle lui portait déjà.

— Les forains », avait répondu Père.

Gracie avait baptisé Merveilleux au milieu des buissons de sauge, près du ruisseau, au cours d'une cérémonie très élaborée, avec guirlandes et airs d'accordéon. Tout le monde pensait que c'était un nom parfait, sauf mon père. Il grommelait que « Merveilleux », ce n'était pas un nom pour un chien de rancher, que quelque chose de bref et de dur comme « Chip » ou « Rip » ou « Patate » aurait été beaucoup plus convenable.

« C'est mauvais pour l'éducation d'un chien, un nom comme ça, avait dit mon père, en descendant son porridge à petites cuillerées rapides. Y va oublier qu'il a un boulot. Y va croire que c'est les vacances. *New-yorkais.* »

New-yorkais était une expression que mon père utilisait à tout bout de champ et dans n'importe quel contexte. Il la collait en fin de phrase pour exprimer une condamnation générale, chaque fois qu'il parlait de quelque chose qu'il trouvait « mou » ou « chichiteux » ou « pas comme y faut ». Par exemple : « Trois mois que j'ai c'te chemise et elle est déjà fichue. Des beaux dollars tout prop'es pour c' machin qui tombe en loques avant que j'aie enlevé l'étiquette ! *New-yorkais.* »

« Qu'est-ce que t'as contre les New-Yorkais ? lui avais-je demandé un jour. Tu y es déjà allé, à New York ?

— Pour quoi faire ? avait-il répondu. C'est d'là que viennent tous les New-Yorkais. »

Chien de ferme médiocre, Merveilleux était pourtant devenu ce que Layton avait de plus cher au monde. Ces deux-là étaient inséparables. Père passait son temps à se plaindre que Merveilleux ne valait pas son poids en fumier, mais Layton se moquait bien de la façon dont son ami s'acquittait de ses tâches. Ils parlaient un langage composé d'une série de claques, de sifflements et d'aboiements cadencés, qu'ils étaient seuls à comprendre. Quand Layton était à table, Merveilleux suivait du regard le moindre de ses gestes et, quand Layton se levait, Merveilleux lui emboîtait le pas, ses griffes cliquetant sur le plancher. Je crois que Gracie était jalouse de cette complicité, mais c'était ainsi : l'amour, le vrai, ça ne se discute pas.

Quand Layton est mort, Merveilleux est devenu fou pendant deux ou trois mois : il courait dans tous les sens sur la véranda, scrutait sans cesse l'horizon, passait des après-midi à mâchonner les seaux en fer-blanc jusqu'à se faire saigner. J'assistais en silence à son supplice, désolé de ne pouvoir l'aider.

Puis, un jour, au début de l'été, Gracie l'a emmené faire une longue promenade dans les prés, une promenade qui aurait pu ressembler à n'importe quelle autre, sauf qu'elle lui a tressé une guirlande de pissenlits et qu'ils se sont assis un moment près de l'arbre à coton. Quand ils sont revenus, il y avait dans leurs yeux à tous les deux une sorte de sérénité. Merveilleux a cessé de s'en prendre aux seaux.

Après cela, nous avons pris l'habitude de nous servir de lui chacun à notre façon. Quand l'un d'entre nous avait le cafard, il se levait de table et faisait claquer sa langue, pas tout à exactement comme le faisait Layton, mais presque : c'était pour dire à Merveilleux de venir se promener dans la prairie. Et ça n'avait pas l'air de le déranger, Merveilleux, qu'on se serve de lui ainsi. Il était parvenu à se résigner à la perte de son maître. Et puis ces promenades étaient pour lui l'occasion de parfaire sa technique de gobage de lucioles, *Photinus pyralis*. Certaines nuits, à la fin du mois de juillet, les lucioles clignotaient à l'unisson, comme si elles suivaient le rythme de quelque divin métronome.

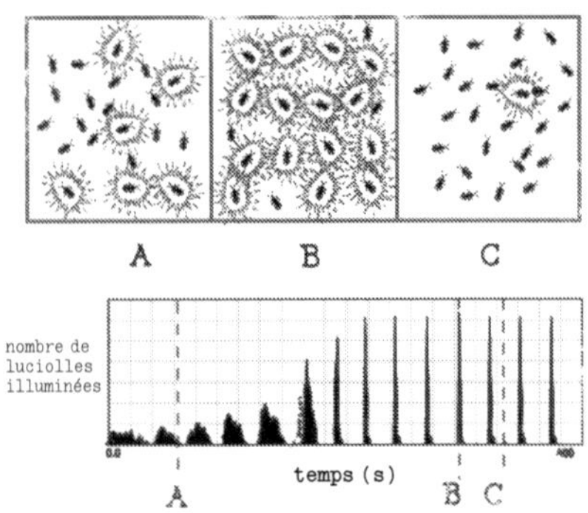

Synchronisation chez
Photinus pyralis *du Montana*
Carnet R62

« Viens, Merveilleux, ai-je dit. Allons nous promener. »

Mais Merveilleux a esquissé une sorte de feinte « hop ! tac-hop ! » un peu désordonnée, puis il a aboyé deux fois, ce qui signifiait qu'il ne voulait pas aller se promener mais voulait jouer à « Les humains ne peuvent pas m'attraper ».

« Non, Merveilleux, je ne veux pas jouer. Je veux juste marcher. J'ai besoin de réfléchir à certaines questions. Des questions très importantes », ai-je ajouté pour moi-même.

J'ai fait quelques pas, lentement, et Merveilleux s'est tourné lentement lui aussi vers le chemin que nous allions prendre, mais nous savions tous les deux qu'il s'agissait d'une ruse. J'essayais de le rouler et il n'était pas dupe. Il m'a laissé m'approcher jusqu'au moment précis où j'allais attraper son collier, et alors il a détalé – ah, ça devait faire un moment qu'il rêvait de détaler – et je me suis jeté à sa poursuite. Quand on le poursuivait, Merveilleux avait la manie de revenir brusquement en arrière avant de repartir dans l'autre sens, dans une espèce de danse torturée et frénétique. Ses flancs volaient de gauche et de droite, et l'effet était moins déstabilisant pour nous que pour lui : tous ses membres semblaient s'emmêler et l'on croyait à chaque instant qu'il allait se retrouver les quatre fers en l'air. C'était ce qu'on attendait, et c'est en partie pour ça qu'on continuait à lui courir après ; ses singeries n'étaient peut-être donc qu'une ruse destinée à nous faire galoper.

Et j'ai galopé. Je voyais sa petite queue mouchetée de jaune et de brun voltiger à travers les hautes herbes et le chiendent, bondissante, pareil au petit lapin mécanique qu'on lâche devant les lévriers. Puis, tout à coup, nous avons émergé des hautes herbes et nous nous sommes retrouvés à découvert. Nous longions la barrière. Je courais à perdre haleine. Juste au moment où j'envisageais de me jeter sur Merveilleux pour le plaquer, je me suis rendu compte, trop tard, que la barrière était sur le point de faire un virage à quatre-vingt-dix degrés dans notre direction. Merveilleux avait dû tout prévoir. Avec souplesse, il a plongé en dessous tandis que j'essayais désespérément de freiner, percutais tout de même la barrière et retombais sur le dos de l'autre côté.

J'ignore si j'ai perdu conscience, mais quand j'ai rouvert les yeux Merveilleux me léchait le visage et Père se dressait au-dessus de moi. Sans doute un peu sonné, j'ai eu envie de croire que c'était bien un sourire que je voyais flotter sur ses lèvres.

« Qu'esse t'as à courir après ce cabot, T. S. ? a demandé Père.

— Je sais pas trop, ai-je dit. Il voulait qu'on lui coure après. »

Père a soupiré et son expression a légèrement changé : serrement de lèvres, infime mouvement de mastication. Avec le temps, j'avais appris à interpréter ce couple de tics faciaux comme un équivalent de la phrase : « Mais comment est-ce que j'ai pu faire un fils comme toi… ? »

C'était une tâche ardue que de déchiffrer les expressions de mon père. J'avais essayé (sans succès) de dresser une carte de son visage qui capturât

On était toujours obligé de respirer un grand coup quand on faisait face à M. Tecumseh Elijah Spivet. Dans les sillons de son visage en papier de verre, dans les mèches poivre et sel qui dépassaient sous son chapeau taché de sueur, on découvrait les stigmates d'un style de vie exigeant, répétitif, une existence rythmée par les changements de saison : débourrage des chevaux sauvages en été, marquage au fer rouge au printemps, rassemblement du bétail à l'automne, même barrière ouverte et refermée année après année.

C'était ainsi au Coppertop : on ouvrait et on fermait toujours la même barrière, et on n'avait pas à se poser de questions. Et pourtant, moi, je voulais explorer, pousser la barrière des voisins, entendre le bruit qu'elle faisait en grinçant sur ses gonds et le comparer à celui que faisait la nôtre.

Grincement de la porte des Chiggin comparé à celui de la nôtre.

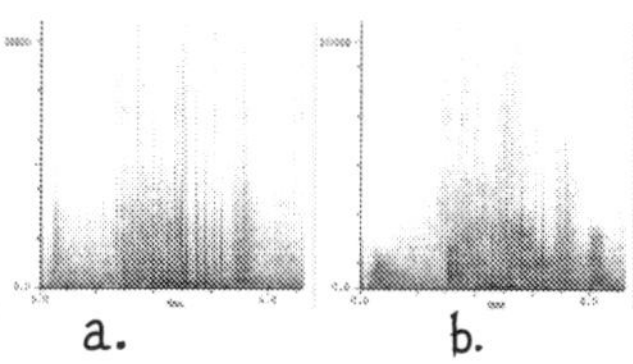

Pour Père, ouvrir et fermer cette barrière était nécessaire, et malgré toutes ses petites manies – son Sellon, ses métaphores étranges et désuètes, son insistance pour que tout le monde, dans la famille, s'écrive des lettres pendant les vacances (alors que les siennes ne faisaient jamais plus de deux lignes) – malgré tout cela, mon père était l'homme le plus pragmatique que j'aie jamais connu.

C'était aussi l'homme le plus sage que j'aie jamais connu. Et je sentais, avec cette clairvoyance enfantine que l'éducation ne peut étouffer, qu'il était sans doute l'un des meilleurs ranchers de tout le sud-ouest du Montana. Cela se voyait à son regard, à sa poignée de main, à l'adresse avec laquelle il maniait le lasso, montrant tout simplement au reste du monde que sa façon de faire était la bonne et le resterait à jamais.

avec précision tout ce qui s'y jouait. Il avait les sourcils en pétard, un peu trop longs et broussailleux pour des sourcils, mais semblables, quand on les regardait de près, à autant d'arbres miniatures dressés par le vent sur son front, comme les témoins d'une longue chevauchée au galop dans les collines. Sa moustache poivre et sel était nette et fringante, mais ni assez nette ni assez fringante pour qu'on risque de la confondre avec celle d'un mirliflore ou d'un péquenaud : elle lui donnait plutôt l'air à la fois émerveillé et confiant de celui qui se tourne vers l'horizon infini de la prairie au crépuscule. Son menton était marqué d'une cicatrice de la taille et de la forme d'un trombone déplié, petit v de peau blanche juste assez visible pour attester de son indéfectible résistance, mais qui suggérait aussi que, malgré la fermeté avec laquelle sa main tenait le pommeau de sa selle, il était conscient de ses faiblesses : de celle de son auriculaire droit, par exemple, qu'il avait fracturé un jour en plantant un piquet de clôture. L'ensemble de cette physionomie était maintenu en place par un réseau de fines ridules qui bordaient son visage depuis ses yeux jusqu'au bas de ses joues, attirant moins l'attention sur son âge que sur son souci du travail bien fait et sur l'existence de cette barrière qu'il avait passé sa vie à ouvrir et à refermer. Tout cela, on le percevait en un instant lorsqu'on voyait mon père en chair et en os, et je craignais, sans doute à juste titre, qu'un dessin ne sût pas le rendre.

Quand j'avais onze ans, j'avais illustré pour *Science Magazine* un article sur une nouvelle technologie, applicable entre autres aux distributeurs automatiques de billets, qui reconnaissait non seulement la voix mais aussi les expressions faciales des utilisateurs. L'article était signé du Dr Paul Ekman, qui avait lui-même inventé le système de codage des actions faciales exploité par cette technologie. Ce système permettait de décomposer n'importe quelle expression du visage humain en un certain nombre d'unités faciales de base ; il en existait en tout quarante-six. Grâce à ce système, j'avais pu tenter de retracer la genèse musculaire de l'expression que j'avais dénommée, chez mon père : « Rumination solitaire du père qui doute », ou : « C'est pas possible, c' gamin a dû être échangé à la naissance. » En termes techniques, c'était une UA-1, UA-11, UA-16 : élévation des sourcils intérieurs, creusement de l'intervalle naso-labial, abaissement de la lèvre inférieure (parfois, son expression tombait même un peu dans l'U-17 et son menton trombonisé se ridait et se grenelait, mais pour cela il fallait que j'aie fait quelque chose de très spécial : c'était arrivé la fois où j'avais attaché des GPS au cou des poules, par exemple, ou celle où j'avais fixé mon appareil chronophotographique sur la tête de Tupu le Bouc, parce que je voulais voir ce que voyaient les chèvres).

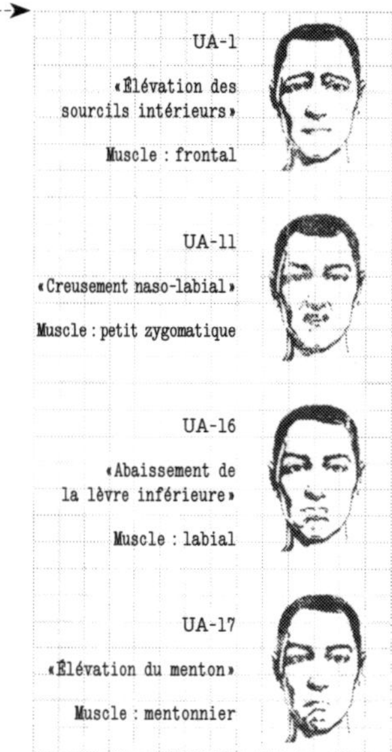

Le Dr Ekman s'était servi du visage de cet homme pour tous ses exemples d'unité d'action. Je me demandais qui c'était, et s'il n'avait pas fini par avoir le visage très fatigué à force de faire toutes ces expressions.

« Dis, tu me filerais un petit coup de main ? m'a demandé mon père. T'es occupé ?

— Nan, nan, chuis pas occupé, ai-je répondu de mon meilleur accent de rancher. Qu'esse-t'as besoin ?

— Faut équilibrer l'eau. Vanne sud. Le ruisseau a déjà p'us soif qu'une poule d'eau sur un toit de zinc, mais on va lui faire cracher tout ce qu'il a 'vant qu'y s'assèche pour de bon.

— On a le droit, si tard dans la saison ? Z'ont pas besoin de l'eau, les aut' ranchers ?

— Y en a pu d'autres. Thompson a vendu à l'État. Et les types de l'eau s'occupent que d' faire des histoires à cause des drainages dans la vallée. Personne surveille not' Feely. »

Il a craché par terre. « Alors tu crois que tu peux m'aider ? J'voudrais que tout soit pelleté avant la nuit. »

Le soleil s'accroupissait derrière les Pioneers. Les montagnes étaient pourpres et brunes ; les derniers rayons révélaient le chatoiement des pins et des sapins et répandaient sur la vallée une brume sanguine dans laquelle elle semblait frémir. Nous nous sommes tus quelques instants pour contempler ce spectacle.

« Pour sûr que je peux t'aider », ai-je dit, en essayant d'y croire.

Parmi les innombrables tâches à accomplir au Coppertop, « équilibrer l'eau » était celle qui, en raison des idées d'harmonie et de synchronie qui y

Cette question a éveillé en moi deux émotions contradictoires :

1) J'étais heureux que Père me demande de l'aider car, même s'il me confiait encore quelques tâches ici et là, il avait compris depuis un certain temps que, comme Merveilleux, je n'étais bon à rien sur le ranch. Je me souvenais, quand il avait marqué le bétail, de l'avoir aperçu par la fenêtre et avoir eu envie de mettre mes bottes pour le rejoindre, mais quelque chose m'avait retenu, comme si une ligne invisible avait été tracée entre lui et moi et que je ne pouvais pas la franchir. (Qui avait tracé cette ligne ? Était-ce lui ? Était-ce moi ?)

2) En même temps, voir ce rancher contraint de demander au seul fils qu'il lui restait, celui qui n'était bon à rien sur le ranch, s'il voulait bien l'aider dans l'une de ses tâches quotidiennes m'emplissait d'une immense tristesse. Ce n'était pas ainsi que les choses auraient dû se passer. Un fils de rancher était censé travailler toute sa vie sur les terres de son père et l'aider chaque année un peu plus, jusqu'au jour où avait lieu le transfert définitif des responsabilités du patriarche au fils, cérémonie poignante qui se déroulait de préférence sur une colline au coucher du soleil.

étaient associées, m'avait toujours le plus attiré. Perchés dans un pays rude et rocailleux, où dès le mois de juin la pluie se faisait rare et où la plupart des ruisseaux se réduisaient à de minces filets exténués qui disparaissaient entre les cailloux, nous connaissions peu de biens aussi précieux que l'eau. Barrages, canaux, systèmes d'irrigation, aqueducs, réservoirs : c'étaient eux, les véritables temples sacrés de l'Ouest, distribuant l'eau selon des lois incroyablement complexes que personne ne comprenait vraiment mais sur lesquelles tout le monde, mon père inclus, avait son opinion.

« Ces lois, c'est du crottin de Rintintin, avait un jour déclaré mon père. Ils veulent m'expliquer comment je dois utiliser mon eau à moi sur mes prop' terres ? Ils ont qu'à y venir, au ruisseau, on réglera ça à la bagarre. »

Je ne pouvais pas parler avec la même détermination, peut-être parce que je ne me préoccupais pas de l'irrigation depuis aussi longtemps que lui. Ou peut-être parce que je savais que, de l'autre côté du *divide*, la ville de Butte vivait une histoire tragique avec son approvisionnement en eau, histoire qui me préoccupait assez pour justifier maintes nuits passées à mon bureau à élaborer des solutions en sirotant un Tab soda.

Tous les samedis, Père allait à Butte et, quand il n'était pas trop grincheux, j'en profitais pour lui demander de me déposer aux archives de la ville. Les archives étaient installées à l'étage d'une ancienne caserne de pompiers, dans une pièce qui peinait à contenir le fatras de documents accumulé dans la structure lamellaire compacte de ses étagères. Il y flottait une odeur de papier moisi mêlée d'un parfum très particulier, un peu âcre, de lavande, dont Mme Tathertum, la vieille dame qui rangeait les dossiers, devait s'asperger généreusement tous les matins. Ce parfum déclenchait en moi un réflexe de Pavlov : chaque fois que je le respirais sur une autre femme, où que je sois, j'éprouvais aussitôt la même fièvre de découverte qu'aux archives de Butte et je croyais sentir sous mes doigts le vieux papier, dont la surface était poudreuse et fragile comme la membrane des ailes d'un papillon de nuit.

Il suffisait d'entrouvrir un registre des naissances ou des décès ou une gazette du temps jadis, aux pages rongées par l'humidité, pour pénétrer dans un autre monde. L'amour, l'espoir, le chagrin, avaient partout laissé leurs traces dans ces documents officiels, mais plus intéressants encore étaient les journaux intimes et les carnets de voyage que je découvrais de temps à autre derrière une boîte en grosse toile quand, une fois n'est pas coutume, Mme Tathertum était de bonne humeur et m'ouvrait les portes des archives privées au rez-de-chaussée. S'y trouvaient, en pagaille, photos jaunies, petits carnets très ordinaires qui révélaient parfois, si on prenait le temps de s'y plonger, quelques moments d'intimité intenses, mais aussi actes de vente, horoscopes, lettres d'amour, et même un ouvrage universitaire mal rangé sur les trous de ver dans le Middle West.

Assis au milieu de ces piles d'archives le samedi, dans les effluves acides de lavande, dérangé seulement par les fantômes de pompiers curieux qui venaient me taper sur l'épaule, j'en étais peu à peu venu à découvrir l'une des grandes ironies de Butte. Même si les entreprises minières suçaient depuis plus de cent ans la moelle des montagnes, ce n'était ni une avalanche ni un effondrement des sols qui menaçaient aujourd'hui la ville : c'était l'eau, l'eau rouge, mêlée d'arsenic, qui montait lentement dans le ventre immense du Berkeley Mining Pit. Chaque année, le niveau de ce lac cramoisi s'élevait de douze pieds, et d'ici à vingt-cinq ans il déborderait, contaminerait la nappe phréatique et inonderait la Grand-Rue. On pouvait considérer une telle catastrophe comme une simple réaction du sol se réappropriant sa substance perdue, un geste naturel recréateur d'équilibre, en accord avec les lois de la thermodynamique. Pendant un siècle et demi, l'économie et la renommée de la ville de Butte avaient en effet reposé tout entières sur le succès de son industrie d'extraction du cuivre, industrie si extraordinairement oublieuse des principes du développement durable qu'il était tentant de voir dans ce puits gigantesque, large de mille six cents mètres, profond de cinq cent quarante, et que l'écoulement des

Cette monographie, intitulée « Prépondérance des trous de ver de Lorentz dans le Middle West américain, 1830-1970 », était l'œuvre d'un certain Petr Toriano. J'étais tellement heureux de ma découverte que j'avais caché le dossier au-dessus du placard des toilettes pour être sûr de le retrouver. Mais quand je suis revenu la semaine suivante, il avait disparu.

eaux souterraines emplissait rapidement d'un fluide empoisonné, la marque honteuse des excès de la ville moderne, et l'annonce de son châtiment karmique et écologique prochain. Quelques années plus tôt, trois cent quarante-deux bernaches du Canada qui s'étaient posées sur le lac avaient péri, l'œsophage brûlé, et c'était comme si en mourant chacune d'elles avait soufflé : *Je suis venue ici pour préfigurer vos souffrances.* Gracie avait organisé une petite cérémonie en leur souvenir sous le vieil arbre à coton, avec du colorant rouge et des oies en origami.

Au printemps dernier, j'avais décrit, dans un compte rendu d'expérience pour mon cours de sciences de cinquième, la diminution préoccupante des ressources en eau de la ville de Butte. Ce compte rendu était censé porter sur la salinité de cinq liquides mystères, je reconnais donc que ce n'était sans doute pas le cadre idéal pour me lancer dans une longue méditation sur le Berkeley Pit, enrichie d'une métaphore filée comparant le puits et l'eau qui s'y accumulait à une énorme plaie à la poitrine se remplissant de sang. Je terminais par une ébauche de réflexion assez peu convaincante sur la responsabilité sociale des entreprises, ignorant les notions adultes de « budget » et d'« inertie bureaucratique » dans ma hâte d'arriver à des conclusions idéalistes impliquant une intervention globale de l'État. J'avoue que cette dernière partie frisait, au mieux, le médiocre, on sentait qu'elle avait été écrite par un enfant possédant une vision déformée de la réalité, mais j'étais content de mon analogie, qui me permettait de présenter le résultat de mes recherches de manière très vivante. Je n'étais pas un littéraire, la métaphore de la plaie n'était donc pas une fioriture : elle avait, au contraire, emmené toute ma démonstration, me poussant même à examiner les similitudes stupéfiantes entre la coagulation dans les capillaires sanguins et certains phénomènes observés au sein des couches aquifères.

> Le titre de mon compte rendu était :
>
> **Chap. 2. expérience 5**
> **La salinité de cinq liquides *mystère* !***
>
> *Mais aussi, une plongée au cœur du **Berkeley Pit** et de ses principales **Sources d'eau souterraine**, et la modeste suggestion d'**une métaphore** concernant la relation entre **Butte et son eau.**

M. Stenpock, mon professeur de sciences, n'avait pas apprécié.

M. Stenpock était une créature pleine de contradictions. On s'en apercevait dès le premier regard, où l'on remarquait à la fois ses grandes lunettes de vue démodées, forme aviateur, dont l'une des branches tenait avec un bout de scotch – ce qui constituait, en soi, le signe distinctif de base du gros ringard – et le blouson de cuir noir dernier cri qu'il portait toujours pendant la classe, comme si, par ce détail vestimentaire, il essayait de nous dire (sans nous convaincre) : « Les enfants, il se pourrait bien qu'après l'école je fasse des choses que vous n'êtes pas encore en âge de comprendre. »

Ses remarques, dans la marge de mon devoir sur le Berkeley Pit, aideront à mieux comprendre son étrange dualité. À côté de mon travail sur les cinq liquides mystères, il avait écrit :

Excellent travail, T. S. Tu as très bien compris l'exercice.
Belle illustration ! ⟶

Mais dès que commençait, après une transition assez ténue, mon analyse, beaucoup plus longue, de la question du Berkeley Pit (41 pages sur les 44 de mon devoir), il changeait complètement de ton :

Cela n'a rien à faire dans un compte rendu d'expérience. Sois un peu sérieux !
Ce n'est pas un jeu.

et

À quoi joues-tu, Spivet ?
Pour qui me prends-tu ?
Pour un idiot ?!

et

Je ne suis pas un idiot. Je vais te
Tu n'as aucune chance contre moi, Spivet.

Je ne jugeais personne, mais il me semblait que, comme bien des gens à Butte, M. Stenpock ne voulait plus entendre parler du Berkeley Pit ni

Depuis, j'ai inventé le terme : « Stenpock » :

Stenpock. […] *n.* tout adulte qui tient à ce que chacun demeure à la place qui lui est assignée et qui ne nourrit aucune passion pour le décalé et l'incroyable.

S'il n'y avait que des Stenpocks sur la terre, nous serions encore au Moyen Âge, du moins du point de vue des sciences.

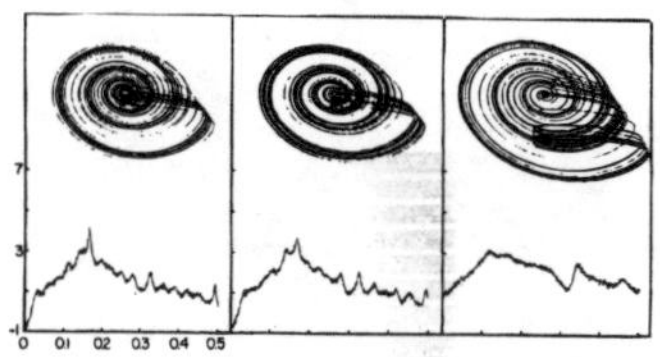

PAS DE RELATIVITÉ ?

S'il n'y avait que des Stenpocks sur la terre, il n'y aurait pas de relativité. Pas de pénicilline. Pas de cookies aux pépites de chocolat. Et pas de mines à Butte. Je trouvais ironique que M. Stenpock, qui était à l'origine du terme, ait justement choisi d'être professeur de sciences, métier dont il m'avait toujours semblé que le noble principe était d'éveiller la curiosité des enfants et de leur ouvrir les portes d'un monde merveilleux.

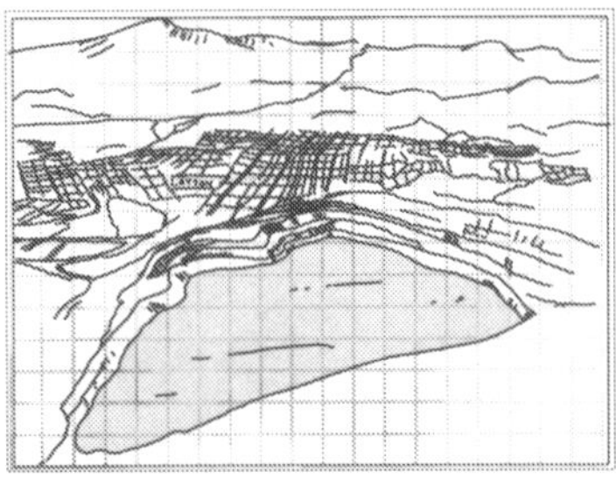

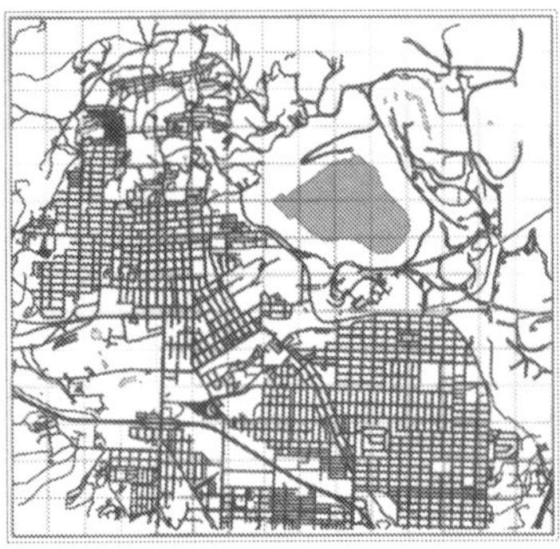

Extrait de « Chap. 2, expérience 5 : "La salinité de cinq liquides mystères" »

de l'avenir apocalyptique qui attendait la ville au détour de la Grand-Rue. Je le comprenais. Un an sur deux, à l'approche de la journée de la Terre, Butte faisait les gros titres des quotidiens nationaux, montrée du doigt comme le symbole de ce qui pouvait arriver de pire si l'humanité continuait à abuser de la bonne volonté de la nature. Cela finissait par devenir fatigant de vivre dans la ville référence en matière de désastre écologique, d'autant qu'il s'y passait un tas de choses intéressantes : Butte possédait un institut d'enseignement technique qui organisait des matchs de football américain et un centre civique où se déroulaient régulièrement des salons pour les amateurs d'armes à feu, un marché paysan s'y tenait tous les samedis pendant les mois d'été, les célèbres Evel Knievel Days, avec leurs spectacles de cascades, et le festival irlandais de la Saint-Patrick continuaient d'attirer les foules, et les gens d'ici buvaient du café, aimaient, vivaient et faisaient du crochet comme n'importe où ailleurs. La ville ne se résumait pas au Berkeley Pit. Néanmoins, il me semblait qu'un professeur de sciences aurait dû s'y intéresser et le considérer, au-delà de la mauvaise réputation qu'il donnait à sa ville, comme un trésor : une mine d'analyses projectives, d'études de cas et de métaphores.

M. Stenpock n'avait pas apprécié, en particulier, la façon dont j'avais utilisé son personnage dans la deuxième partie de mon devoir, celle qui portait sur le Berkeley Pit, où, pour un effet plus dramatique, je faisais remarquer que si nous nous figions sur place, lui et moi, au moment où je lui rendais mon devoir et que nous restions immobiles ainsi pendant vingt-cinq ans, un grondement phénoménal finirait par se faire entendre, puis la porte de la salle de classe serait brusquement arrachée par un déluge de poison rougeâtre qui, en un instant, détremperait nos affiches sur la gravité, la masse et les œufs de poule, et, pour citer mon devoir, « brûlerait nos tendres peaux humaines et hérisserait la petite moustache en forme de barrette de M. Stenpock ».

« Tu crois tout savoir sur tout, m'avait dit M. Stenpock quand j'étais allé le voir à la fin du cours. Écoute : tiens-t'en à tes leçons. Tu es très fort en sciences, tu auras de bonnes notes, ça te permettra d'entrer à l'université et de te tirer de ce trou perdu. »

La classe était vide, on avait ouvert les fenêtres en cette première journée vraiment chaude du printemps, et dehors les enfants de la petite école riaient au milieu du faible hennissement de leurs balançoires et du bruit doux, élastique, d'un ballon rouge sur l'asphalte. J'étais en partie tenté de les rejoindre, d'oublier les questions d'entropie et d'inévitabilité et de m'abandonner aux joies d'un chat perché.

« Mais, et le puits ? avais-je demandé.

— Tu me les *brises*, avec ton puits. »

Cet instant de confrontation se figea dans mon esprit, faisant étrangement écho au face-à-face immobile que j'avais décrit dans mon devoir. J'avais envie de lui demander ce que je lui brisais exactement, mais j'avais trop peur. Il y avait tant de mépris dans sa voix que j'avais reculé et cligné des yeux, et cligné encore. Comment un homme soi-disant dévoué à la science, cette force vitale qui poussait ma mère à décortiquer le monde naturel, cette discipline dans laquelle s'inscrivaient ses inépuisables recherches, cette méthode d'investigation qui orientait ma curiosité et mon désir d'action vers la confection de mes petites cartes plutôt que vers la fabrication de bombes destinées à de grands capitalistes – comment un scientifique pouvait-il adopter une position aussi bornée et aussi agressive que le suggérait l'expression : « Tu me les brises » ? Même si je savais que les scientifiques restaient en majorité des hommes, je m'étais dit à cet instant qu'il y avait peut-être, dans le couple chromosomique XY, quelque chose de déterminant : que peut-être les hommes, avec leurs blousons de cuir, leur bedaine entropique et leurs chapeaux de cow-boy portés en biais, n'étaient pas vraiment capables de se montrer aussi ouverts d'esprit, curieux et perfectionnistes dans leur rapport à la science que ma mère, le Dr Clair. J'avais l'impression qu'ils ressemblaient tous à Stenpock et étaient plutôt conçus pour ouvrir et refermer toute leur vie la même barrière, travailler à la mine et enfoncer dans le sol des traverses de chemin de fer, convaincus que taper toujours sur le même clou suffisait à faire tourner le monde.

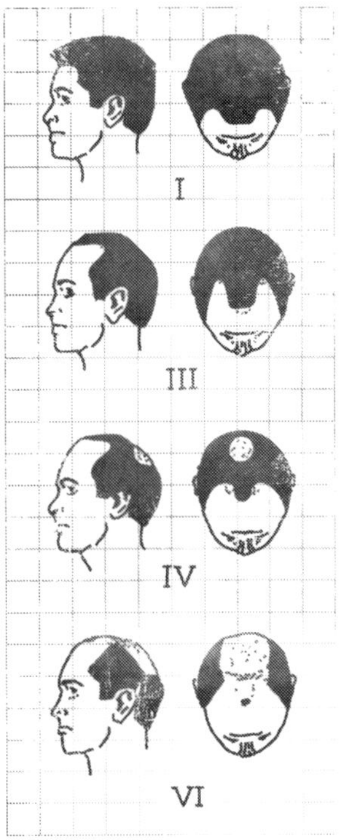

Différents degrés d'alopécie masculine – Carnet B27

Tous les hommes ne sont pas mauvais.

Le Dr Yorn, par exemple. C'était un homme, mais il était aussi curieux et perfectionniste que le Dr Clair. Un jour, nous avions débattu pendant trois heures de savoir qui gagnerait, d'un ours polaire ou d'un requin tigre, dans un combat qui les opposerait l'un à l'autre (dans quatre pieds d'eau, en pleine journée). Mais le Dr Yorn vivait à deux heures de chez moi et je ne savais pas conduire ; je n'avais donc, dans le voisinage, d'autres modèles que des cowboys et des Stenpocks.

Nous nous faisions face, M. Stenpock et moi, dans la classe, et au lieu du flot d'eau rouge j'ai senti surgir en moi l'un de ces rares éclairs de conscience qui détruisent, peu à peu, les liens fibreux qui nous rattachent à l'enfance. M. Stenpock et moi avions beau, comme tous les hommes, nous sentir invincibles, notre vie ne tenait qu'à un fil : une légère baisse de la température de nos corps, un minuscule changement dans la composition chimique de l'air de la classe, une altération infime des propriétés de l'eau contenue dans nos tissus, la douce pression d'un doigt sur une détente, n'importe lequel de ces événements pouvait moucher en un instant la flamme de notre conscience, sans roulement de tambour et avec bien moins d'efforts qu'il n'en avait fallu pour l'allumer. Peut-être que quelque part au fond de lui-même, bien que ses gestes et son verbiage arrogant semblassent indiquer le contraire, M. Stenpock avait tout à fait conscience de la fragilité de son existence, et s'enveloppait dans son blouson de cuir comme dans un cocon rassurant qui, espérait-il sans doute, dissimulait la rupture, la désintégration et le recyclage inéluctables de son architecture cellulaire.

« Tout va bien, vous n'êtes pas fâché ? » ai-je demandé à M. Stenpock. Je ne trouvais rien d'autre à dire.

Il a cligné des yeux. Les balançoires ont grincé.

L'espace d'un instant, si bref que j'ai à peine eu le temps de le voir passer, j'ai eu envie de serrer M. Stenpock dans mes bras, de me presser contre la chair tendre cachée derrière tout ce cuir et ces lunettes d'adulte vieillissant.

Ce n'était pourtant pas la première fois que je prenais conscience de notre tendance à la désintégration. La première fois, c'était dans notre grange : j'étais en train de régler mon séismographe et je tournais le dos à

Layton quand j'ai entendu le « pop », si étrangement silencieux dans mon souvenir, suivi du bruit de son corps qui heurtait la table d'expériences, puis le sol, encore couvert de foin d'hiver.

Je suis monté dans le pick-up du côté passager, manœuvrant non sans difficulté la portière gémissante. Quand j'ai finalement réussi à la claquer derrière moi, je me suis soudain trouvé enclos dans une bulle de silence. Mes doigts tremblaient sur mes genoux. Tout, dans la cabine du pick-up, évoquait le travail : un enroulement inextricable de câbles ombilicaux occupait la place de l'autoradio, au-dessus du tableau de bord reposaient, tête contre tête, deux tournevis comme réunis en conférence, et partout il y avait de la poussière, de la poussière et encore de la poussière. Rien de superflu. Aucune touche d'excès, aucune concession faite au raffinement, à l'exception d'un fer à cheval miniature, suspendu au rétroviseur central, que le Dr Clair avait offert à mon père pour leurs vingt ans de mariage. Il n'y avait que cela : le faible éclat argenté de ce bibelot, agité d'un très léger mouvement, mais cela lui suffisait.

Le jour était sur le point de se sauver, les champs se préparaient au sommeil. En plissant les yeux, je distinguais notre troupeau de génisses très haut dans la montagne, sur une pâture publique, juste au-dessus de la ligne formée par la cime des arbres. Dans un mois et demi, Ferdie et les Mexicains reviendraient et les feraient redescendre au ranch pour l'hiver.

Ah, le retour du bétail ! Le grondement des sabots sur le sol meuble, le cliquetis des cornes contre les barbelés, l'odeur de la boue et de la peau des vaches mélangée au parfum singulier de la crème que, le matin, avant de monter aux pâtures, les Mexicains se faisaient passer dans une boîte noire grosse comme le poing, et dont ils enduisaient les rabats de leur selle. À leur retour, à la fin de la journée, ils se rassemblaient sous la véranda et discutaient entre eux en crachant doucement dans les gardénias, avec une grâce étrange et des plus naturelles. Pour l'occasion, le Dr Clair chaussait exceptionnellement ses souliers de maîtresse de maison et leur servait de la limonade et des biscuits au gingembre. Ils adoraient ces biscuits au gingembre. Je pense que c'est pour cela qu'ils venaient discuter et cracher sous la véranda : pour manger ces biscuits, qu'ils manipulaient avec précaution entre leurs doigts calleux, comme de précieuses amulettes, les grignotant par tout petits morceaux.

C'était un rituel qui, tout autant que la chute des premières feuilles, marquait le début de l'automne, et, même si je n'avais jamais été invité à y prendre part, je me suis surpris à me demander si je serais là, cette année, pour le voir s'accomplir.

Père a ouvert la portière du côté conducteur et l'a claquée exactement comme il fallait la claquer, bien fort. Il avait échangé ses bottes de cuir contre des cuissardes en caoutchouc jaune vif, et il m'en a tendu une paire identique.

« C'est pas qu' tu vas en avoir besoin, a-t-il dit. Le ruisseau est p' us sec qu'une rate de momie, mais on va les mett'e quand même. » Il m'a posé les cuissardes sur les genoux, en les tapotant. « On va les mett'e pour rire. »

J'ai ri. Ou j'ai essayé. Je m'imaginais peut-être des choses, mais j'avais l'impression qu'une certaine gêne imprégnait les mouvements de mon père. Il était mal à l'aise de m'avoir avec lui dans son espace de travail, comme s'il redoutait que je dise quelque mots inappropriés ou embarrassants.

Le vieux pick-up Ford était bleu et aussi cabossé que s'il avait été pris dans une tornade (ce qui, paraît-il, lui était effectivement arrivé, à Dillon). Il s'appelait Georgine. C'est Gracie qui l'avait nommé ainsi, comme elle avait nommé tout ce qui se trouvait sur le ranch. Je la revois annonçant ce baptême à Père ; il avait opiné de la tête en silence et lui avait donné une grande claque un peu trop forte sur l'épaule. Dans son langage, ça voulait dire : « J'approuve. »

Père a mis le contact et le moteur a tourné, une fois, deux fois, lâchant, au terme d'une quinte de toux et de quelques éternuements, une petite détonation sèche avant de s'enclencher et de prendre vie dans un rugissement. Père a mis les gaz. J'ai regardé derrière nous par la petite vitre crasseuse et j'ai vu, peinte sur l'une des parois de la benne, la fresque inachevée de la *Bataille de Little Big Horn.* Cette fresque était une copie grossière du dessin réalisé par Taureau Solitaire, neveu du grand chef sioux Taureau Assis.

Sur le dessin de Taureau Solitaire, le temps s'écoulait, de gauche à droite. L'ajout de cette dimension temporelle ainsi que le traitement fantaisiste des coordonnées spatiales me gênaient un peu, mais j'avais essayé de ne pas m'en formaliser. Pour Taureau Solitaire, plusieurs moments pouvaient exister de façon simultanée.

l'une des contributions de Layton

Elle avait vu le jour l'après-midi où nous avions décidé, avec Layton, de recouvrir Georgine d'une histoire des grands conflits mondiaux. À vrai dire, c'était surtout mon idée ; Layton, je crois, voulait juste échapper à quelques-unes de ses corvées, car après avoir dessiné Andrew Jackson et Teddy Roosevelt en train de tirer sur des trucs (sans référence historique particulière), il m'a regardé peindre tout le reste : les poneys, les soldats blessés, le sang et le général Custer au milieu, et puis il s'est endormi, jusqu'à ce que Père nous crie de rentrer. Nous n'avons jamais terminé cette carte.

Au cours des jours étranges qui ont suivi sa mort – avec l'église, la maison vide, la porte de sa chambre qui restait toujours entrouverte – je n'arrêtais pas de penser à cette fresque inachevée : je regrettais que nous n'ayons pas pris un autre après-midi pour la terminer. Cinquante autres après-midi. Ça m'aurait été égal que Layton ne m'aide pas. Si au moins il avait pu s'asseoir à côté de moi et me regarder peindre, ou même dormir. Ça m'aurait suffi.

Nous longions la clôture en cahotant. Les amortisseurs de Georgine avaient lâché depuis bien longtemps et il n'y avait pas de ceintures de sécurité, aussi devais-je me cramponner des deux mains à la poignée de la portière si je voulais éviter d'être éjecté par la fenêtre. Père n'avait pas l'air de remarquer que sa tête manquait de s'encastrer dans le plafond chaque fois que nous roulions dans une ornière. Cela dit, elle ne s'y encastrait jamais : devant mon père, les contours de la matière semblaient toujours s'effacer pour ne pas gêner ses mouvements.

Nous avons roulé pendant un certain temps en écoutant le bruit de la voiture et le vent qui s'infiltrait en gémissant par les vitres, qui ne fermaient plus tout à fait jusqu'en haut.

Finalement, mon père a parlé, moins à moi qu'à lui-même. « Il coulait encore un peu la s'maine dernière. Il d'vait rester un peu d' neige. Franchement, c' ruisseau, on croirait une donzelle qui fait son allumeuse. Il montre ce qu'il a, pis il r'prend tout. »

J'ai ouvert la bouche et je l'ai refermée. Je voyais plusieurs manières d'expliquer le cycle hydrologique de la rivière, mais je les avais déjà exposées à mon père. Au printemps dernier, quelques mois seulement après la mort de Layton, j'avais réalisé une grande carte des eaux souterraines de la vallée, avec environ deux douzaines de schémas décrivant leurs variations de niveau, la direction de leurs écoulements, la profondeur des nappes les plus anciennes, la composition du sol et sa capacité d'absorption. J'étais entré dans le Sellon, ma grande carte dans les bras, un soir d'avril pluvieux ; c'était la première averse du printemps et la fonte des neiges allait commencer à gonfler les ruisseaux de la montagne.

Je savais que les Mexicains ne devaient pas arriver avant trois semaines et que Père allait donc avoir besoin de mon aide pour assurer la remise en marche du système d'irrigation. Si j'étais prêt à sangler mes cuissardes et à partir à travers champs, j'avais néanmoins pensé que mes schémas lui seraient plus utiles, étant donné la supériorité évidente de mon cerveau sur mes muscles. Avant, c'était toujours Layton qui mettait les cuissardes et qui allait déboucher les fossés avec sa pelle, dérouler les bâches et dégager de la boue les rochers engloutis. Layton était si jeune, si petit, et pourtant il avait une élégance incroyable, juché sur Teddy Roo, son Quarter Horse gris presque bleu. Père et lui chevauchaient côte à côte et conversaient interminablement dans une langue que je connaissais, mais que je ne parlais pas :

LAYTON : Quand esse tu le coupes ?
PÈRE : L'est pas loin d'êt'e prêt… Trois s'maines, j'pense, et on pourra le couper, le charger, en vend'e un quart à peu près… Faut le prend'e quand il vient. T'es pressé de t'y mett'e ?
LAYTON : C'est juste à cause de l'hiver, p'pa. Quand on triait l'bétail la s'maine dernière… Ces fichus bestiaux sont maig'es comme des clous… Et y a Ferdie, Ferdie il dit que les terres publiques sont pourries, c't'année.
PÈRE : Sont pareilles qu'les aut'es. Qu'essil en sait, Ferdie ? Il est pas du pays, que j'sache.

Père avait un tic : il se léchait régulièrement les doigts, comme s'il s'apprêtait à réaliser une tâche délicate requérant un supplément d'adhérence ou de dextérité. Souvent, aucune tâche ne suivait ce geste, coup de langue machinal et avant-goût des innombrables corvées à venir ; c'était comme si mon père, malgré lui, se préparait toujours à l'effort. Même confortablement assis dans son endroit préféré, devant ses westerns, un whisky à la main, il n'était jamais tout à fait détendu.

Et moi j'arrivais sur Sansonnet (qui portait le même nom que moi et avait beaucoup trop de choses en commun avec l'oiseau pour être un bon cheval), et Sansonnet renâclait et se frottait la tête contre les jarrets au lieu de régler naturellement son pas sur celui des deux autres comme le font les chevaux dans les films.

« Vous parlez d'quoi ? ai-je lancé. L'hiver arrive plus tôt ? »

LAYTON : – Silence –
PÈRE : – Silence –

Layton disparu, je me suis demandé comment Père allait réussir à équilibrer l'eau tout seul. Je ne pouvais pas trotter à sa rencontre et remplacer l'irremplaçable, alors j'ai fait mes recherches, j'ai réalisé ma carte des eaux souterraines et je suis entré dans le Sellon ce soir d'avril.

Père sirotait son whisky devant la télé, absorbé par *Le Dernier Cow-boy*. Posé à côté de lui sur le canapé, son chapeau avait l'air de garder la place. Il s'est léché les doigts.

À l'écran, des hommes à cheval galopaient pour rassembler le bétail, les sabots de leur monture égratignaient la terre, soulevaient un nuage de poussière qui enflait, de plus en plus dense, puis retombait en tourbillonnant. Je les ai regardés avec mon père pendant quelques minutes. Il y avait dans cette scène nébuleuse une intense beauté, car on distinguait à peine les cavaliers qui dansaient au milieu du bétail fatigué, et pourtant, même quand ils disparaissaient dans cette mer de poussière, on savait qu'ils étaient encore là, quelque part, en train d'accomplir leur destin. Mon père opinait doucement de la tête devant ce spectacle, cette union du cheval, de la terre et de l'homme, comme si les images qu'il voyait défiler étaient celles d'un de nos vieux films de famille en super 8.

Dehors, les gouttes s'abattaient en lourdes vagues sur la véranda. À mes yeux, c'était bon signe : c'était la preuve que ma carte des eaux souterraines pourrait se révéler utile dans un avenir proche. Sans rien dire, j'ai commencé à la dérouler sur le plancher. J'ai utilisé deux des presse-papiers cow-girls de mon père pour la faire tenir à plat. Au-dessus de moi, j'ai entendu l'un des chevaux hennir et un homme crier quelque chose d'inaudible par-dessus le vacarme des sabots.

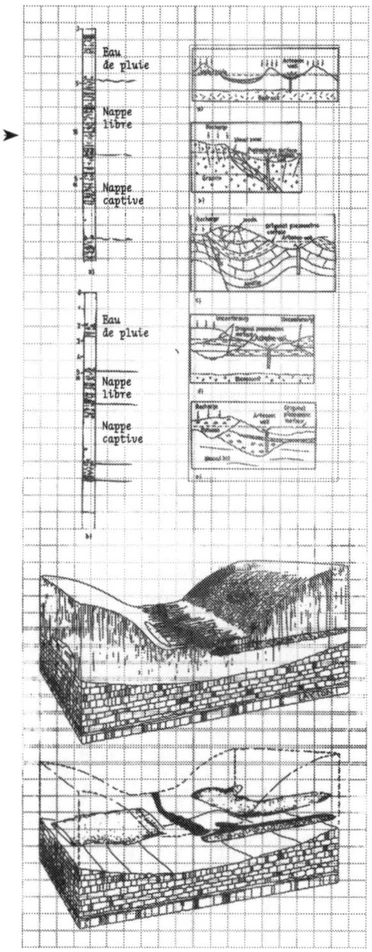

Série sur les eaux souterraines
Carnet V56

À ce moment-là, Merveilleux est entré dans la pièce, ruisselant de pluie. Sans quitter l'écran des yeux, Père a crié : « File ! » et Merveilleux a filé avant de pouvoir nous asperger.

J'ai fini d'arranger ma carte et j'ai attendu que les cow-boys terminent de rassembler le bétail.

« Tu veux jeter un coup d'œil ? »

Père s'est essuyé le nez et a posé son whisky. Avec un long soupir, il s'est soulevé du canapé et, lentement, il s'est approché de ma carte. Il a survolé les schémas du regard, s'accroupissant une ou deux fois pour mieux voir. C'était plus d'intérêt qu'il n'en avait accordé à aucun de mes projets, et mon pouls s'est mis à battre quand je l'ai vu, toujours accroupi, balancer son poids d'un pied sur l'autre et se frotter la joue avec le revers de la main, les yeux fixés sur mon travail.

« Qu'est-ce que t'en penses ? ai-je demandé. Parce que je me disais qu'on devrait pas se reposer autant sur Feely. À mon avis, ce qui faut, c'est creuser un tunnel jusqu'à Crazy Swede Road et…

— Foutaises », a dit mon père.

Tout à coup, je me suis rappelé que j'avais caché le nom de Layton dans les cadres de tous mes schémas, comme je le faisais depuis sa mort. Mon père s'en était-il aperçu, dans la semi-obscurité du Sellon ? Avais-je commis une entorse au code du cow-boy ? Franchi quelque ligne de silence tracée dans le sable ?

« Quoi ? » ai-je dit. Je ne sentais plus le bout de mes doigts.

« Foutaises, a répété mon père. Tu pourrais m' faire un dessin qui montre comment amener l'eau de Three Forks de derrière la montagne et tu pourrais y mett'e plein d' belles couleurs, pour moi ce s'rait toujours d' la bouse en boîte. Ce genre de truc, c'est qu' des chiff'es sur une page et des foutaises de chochotte. Tu t'en rendrais compte si t' ouvrais un peu les yeux. »

En général, j'étais le premier à contester ce genre de discours. Des chiffres sur une page, oui, mais depuis le néolithique nous avions représenté le monde sur les murs des cavernes, dans la poussière du sol, sur des parchemins, sur les arbres, les assiettes, les serviettes de table et même sur notre peau, et tout cela de façon à nous rappeler l'endroit où nous vivions, l'endroit où nous voulions aller, l'endroit où il valait mieux que nous allions. Un élan instinctif nous poussait à extraire de la bouillie de notre esprit ces positions, ces désirs, ces opinions et à leur donner une forme concrète. Depuis le jour où j'avais dessiné ma première carte, celle du chemin à prendre pour aller serrer la main de Dieu, j'avais appris que la représentation d'une chose n'était pas la chose représentée, mais que, d'une certaine manière, c'était justement cette dissonance qui en faisait tout l'intérêt : l'écart entre la carte et le monde réel nous laissait de l'espace pour respirer, faire le point et comprendre où nous nous trouvions.

Je me souviens de la première fois que j'ai vu les carnets de Charles Darwin. Ce jour-là, j'ai examiné tous ses croquis, ses notes dans les marges, ses digressions, à la recherche de l'instant de révélation, de l'éclair de génie qui avait mené à la découverte de la sélection naturelle. Évidemment, je n'ai rien trouvé de tel, et je doute en vrai qu'aucune grande découverte ait été faite de cette manière : elles doivent plutôt résulter d'une série de tentatives et d'erreurs, de corrections et de changements de direction, au sein de laquelle même les idées qui suscitent un « ah-ha ! » sont ensuite révisées et réfutées.

Cela dit, une page de ces carnets avait tout de même attiré mon attention : celle ou figure le premier schéma connu d'un arbre de l'évolution, quelques lignes qui se divisent, se ramifient, rien de plus : une version embryonnaire de l'image qui nous est devenue si familière. Cependant, ce n'est pas cet arbre qui m'avait frappé. Juste au-dessus, Darwin avait écrit :

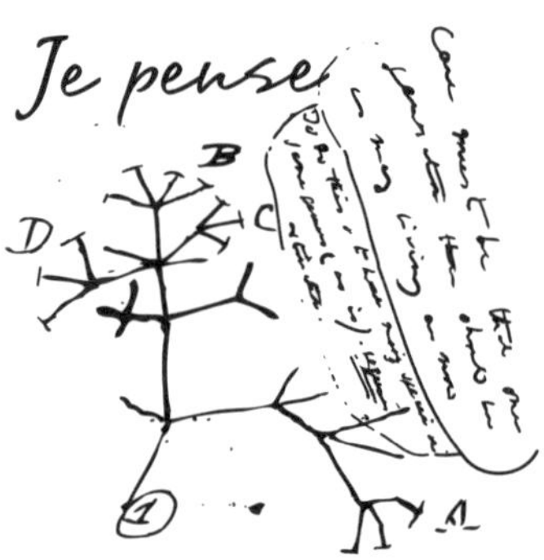

Debout dans le Sellon, avec les trombes d'eau qui fouettaient les murs en pin de notre ranch, les gouttes s'infiltrant dans les fissures, gonflant le bois, ruisselant sur les vitres et traversant le plancher de la véranda pour terminer dans le gosier assoiffé des scarabées, souris et sansonnets pelotonnés les uns contre les autres sous nos pieds, je me demandais comment faire comprendre à mon père que mes yeux étaient bien ouverts et que la cartographie n'était pas un acte de contrefaçon, mais un acte de translation et de transcendance.

Or à peine avais-je commencé à mettre mes idées en forme pour lui répondre que déjà il s'en retournait vers le canapé, et que j'entendais les ressorts grincer. Son whisky à la main, il avait reporté toute son attention sur la télévision.

Je me suis mis à pleurer. Je détestais pleurer, surtout devant mon père. J'ai serré très fort mon petit doigt derrière mon dos, ce qui me réconfortait dans ce genre de moments, et j'ai dit : « OK, p'pa », et je suis sorti.

« Tes dessins ! » a hurlé mon père alors que j'arrivais au milieu de l'escalier. Je suis retourné dans le Sellon et j'ai roulé ma carte. À l'écran, les cow-boys s'étaient regroupés sur la colline et discutaient. Le bétail paissait paresseusement dans la plaine, comme s'il avait tout oublié des instants de tension qu'il venait de traverser.

À un moment donné, mon père a fait glisser son pouce sur le rebord de son verre, produisant un son aérien et aigu comme celui du cristal. Nous nous sommes regardés, surpris. Cela n'a duré que le temps de trois battements de cœur. Puis Père a léché son pouce et j'ai quitté le Sellon, ma carte inutile à la main.

Père a freiné très fort. La terre sèche s'est écrasée en craquant sous nos pneus. Je l'ai regardé avec étonnement.

« Ah ! quelles ignares, ces chèv'es ! »

En m'avançant sur mon siège, j'ai aperçu Tupu, l'un de nos boucs, célèbre entre tous pour sa tendance particulière à se prendre dans les barbelés, et qui, là, justement, s'était pris dans les barbelés. Son autre signe distinctif était sa couleur : sur les quatre cents chèvres de notre troupeau, il était le seul à posséder une robe entièrement noire, à l'exception de quelques minuscules taches blanches éparpillées le long de son dos.

En entendant notre pick-up monter la colline, Tupu s'est mis à s'agiter dans tous les sens pour essayer de se libérer.

« La bête noire de notre ranch » : c'est ainsi que mon père l'appelait. Moi, je l'appelais « Flan-Noir-Qui-Pue », ou juste « Tupu », parce qu'il faisait toujours beaucoup caca quand il était coincé dans la clôture. Visiblement, ce soir ne faisait pas exception.

Père a poussé un grand soupir et a coupé le moteur. Il allait ouvrir la portière quand, sans réfléchir, j'ai dit : « Je m'en occupe.

— Tu veux ? » a dit mon père.

Il s'est rassis contre son dossier. « Bah ! si j'y allais moi, j' serais bien capab' de l' tuer. C' crétin a moins d' cervelle qu'une sauterelle et j'en ai ma claque d' passer mon temps à l' dégager d' ces barbelés. Il mériterait d' servir d' casse-croûte à un coyote. »

En descendant du pick-up, je me suis surpris à chantonner en boucle : « Moins de cervelle qu'une autre aile », comme le refrain entêtant d'une comptine.

Quand je suis arrivé à la hauteur de Tupu, il a soudain cessé de bouger. Je voyais ses côtes se soulever et s'abaisser au rythme de son souffle. Il avait le cou tout déchiré à l'endroit où le métal avait accroché la chair ; le sang perlait et gouttait du barbelé. Je ne l'avais jamais vu aussi salement blessé. Je me suis demandé depuis combien de temps il était là.

« C'est pas beau à voir », ai-je dit en me retournant à demi.

Mais le pick-up était vide. Mon père disparaissait toujours comme ça, sans qu'on s'en aperçoive, pour aller s'occuper d'une chose ou d'une autre, avant de réapparaître de manière tout aussi inattendue.

Je me suis approché prudemment.

« Tout doux, Tupu, ai-je dit. Je ne vais pas te faire de mal, je veux juste te libérer. »

Tupu respirait fort. Il tenait la patte arrière levée à quelques centimètres de sol, comme s'il allait botter. J'entendais son souffle court glisser dans ses narines humides, je voyais un fil de bave couler le long de sa barbiche noire. Son poil était humide de sang. La plaie de son cou s'ouvrait et se fermait à chaque respiration.

J'ai cherché dans son œil la permission de toucher son cou.

« Tout doux, ai-je dit. Tout doux. » Son œil était une chose magique. La pupille avait la forme d'un rectangle presque parfait. J'y reconnaissais bien un œil semblable au mien, mais il y avait quelque chose d'incroyablement étrange dans sa fixité globuleuse, dans l'absence totale d'amour ou de peine à l'intérieur de ce rectangle noir et tremblant.

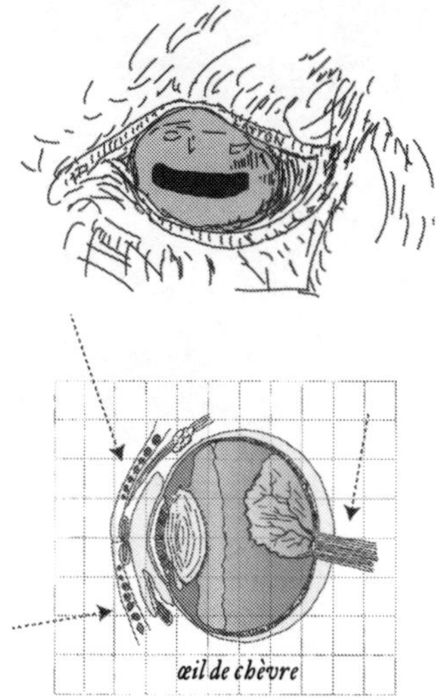

Le rectangle noir
Carnet V57

Je me suis allongé par terre et, en m'appuyant sur un coude, j'ai doucement tiré le fil barbelé vers le bas. Normalement, on était juste censé flanquer un bon gros coup de pied dans le front des chèv'es pour les dégager, mais j'avais peur de le faire avec Tupu. Il était déjà très abîmé et il souffrait tellement qu'il ne bougeait plus du tout ; si je le frappais, la pointe du barbelé risquait de s'enfoncer dans sa plaie et de lui déchirer le cou jusqu'à la bouche. Et alors il serait mort.

« Tout doux, tout doux », ai-je dit.

Puis je me suis rendu compte que ce n'était pas moi que Tupu regardait, et j'ai entendu un cliquetis sur ma gauche, pareil au bruit que font les pièces de l'awalé quand on les secoue dans leurs petits réceptacles en bois. J'ai suivi son regard, et là, à cinquante centimètres de ma tête, pas plus, il y avait le plus gros serpent à sonnette que j'aie jamais vu. Son corps était large comme une batte de base-ball et sa tête, dressée à quelques centimètres du sol, oscillait, oscillait, avec un air lourdement préoccupé, pas du tout comme les hautes herbes oscillent dans la brise. Je n'étais plus très sûr de savoir quoi que ce soit à cet instant, à l'exception de : un serpent à sonnette peut vous tuer s'il vous mord au visage, et c'était là, justement, que celui-ci me visait.

J'ai soudain pris conscience de l'étrange danse de survie que nous étions en train d'exécuter, Tupu, le serpent et moi, réunis dans ce ballet triangulaire par les fils croisés du destin. Comment chacun de nous vivait-il ces secondes ? Avions-nous tous trois conscience, au-delà des rôles qui nous étaient assignés – peur, prédation, défense du territoire – de notre extrême vulnérabilité ? J'avais presque envie de m'avancer vers le serpent et de serrer sa main invisible. Je lui aurais dit : « Même si tu ne sais rien faire d'autre

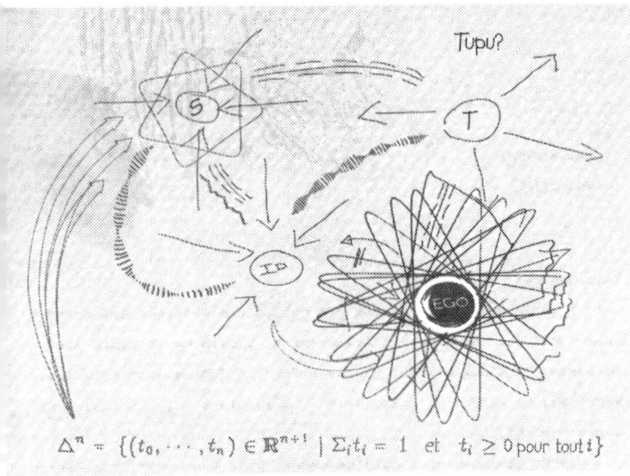

Triangulation de Tupu et de la corde à venin
Carnet B77

qu'être serpent à sonnette, tu n'es pas un Stenpock, et, pour cette raison, je serre ta main invisible. »

Mais alors le serpent a tendu le cou vers moi avec des yeux métamorphosés, emplis d'une détermination inflexible, et j'ai fermé mes propres yeux en me disant que c'était ma destinée, que mourir sur un ranch d'une morsure de serpent au visage était encore plus approprié, pour un fils de rancher, que de se tirer soi-même une balle dans la tête avec un vieux fusil dans une grange glacée.

J'ai entendu deux coups de feu :

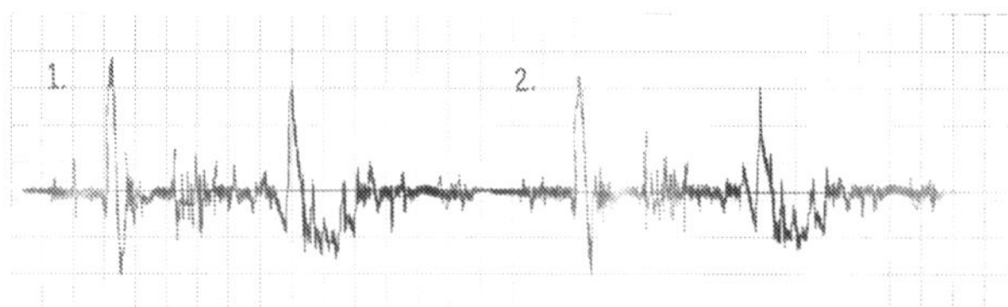

Le second m'a ramené à la réalité et, quand j'ai ouvert les yeux, j'ai vu que la tête du serpent gisait sur le sol, arrachée, et que du sang coulait de son cou épais. Le corps sans tête était secoué de lourdes palpitations, comme s'il tentait d'articuler quelque chose d'important. Il s'est enroulé sur lui-même, en bobine serrée, s'est déroulé, puis s'est figé pour de bon.

Je sentais mon cœur battre, battre, battre, si fort qu'un instant j'ai même cru qu'il avait changé de place dans ma poitrine et que tous mes autres organes s'étaient réorganisés en conséquence (*situs inversus!*), et que j'étais devenu une curiosité scientifique condamnée à mourir jeune dans un rocking-chair.

« Tu comptes l'embrasser, c' te corde à v'nin ? »

J'ai levé les yeux. Père tenait le fusil, s'avançait vers moi, me relevait en me tirant par le bras.

« Et alors ? » Il parlait d'une voix bourrue, mais il avait les yeux humides et très ouverts. Je ne pouvais pas répondre. J'avais la bouche plus sèche qu'une rate de momie.

« T'es stupide ou quoi ? »

Il m'a donné une grande claque dans le dos, et je ne savais pas si c'était pour m'épousseter, pour me réprimander ou pour éviter de me serrer dans ses bras.

« Non, je voulais…

— Un truc comme ça t' règle ton compte en moins d' temps qu'il n'en faut pour dire "nom d'une pipe", et je s'rai pas là pour l' descendre la prochaine fois. T'as eu d' la veine. C'est comme ça qu' la vieille Nance est partie les pieds d'vant.

— Oui, p'pa.

Père a poussé du bout du pied la carcasse du serpent.

« Dis donc. C'tait un sacré morceau. On peut p' têt'e le rapporter à la maison. Montrer à ta mère.

— Nan, laissons-le.

— Tu préfères ? »

Il a remué encore un peu le serpent, puis il s'est tourné vers Tupu, qui n'avait toujours pas bougé.

« T'as tout vu, toi, hein, pauv' crétin ? »

Et il l'a dégagé d'un coup de pied si violent que Tupu est allé s'étaler au moins cinq mètres plus loin. J'avais mal pour lui. Il est resté immobile quelques secondes, hébété, à se passer la langue sur le museau avec un air fou.

Je le regardais, effrayé peut-être à l'idée que toutes ces émotions puissent lui être fatales, mais les animaux ont une qualité rare, que certaines personnes, comme mon père, qualifieraient de bêtise, mais qui me semble plus proche d'une aptitude au pardon. Je regardais Tupu se lécher le museau et j'avais presque l'impression de voir la tension accumulée au cours des instants passés s'échapper de son corps. Puis il a bondi sur ses pieds et a grimpé la colline au galop, sans un regard derrière lui, s'éloignant au plus vite de ce lieu de fureur et de folie.

« Fichues chèv'es. C' pas possible d'êt'e aussi ignare, a dit mon père en vidant les cartouches du fusil sur le sol [clat-ta-chink, clat-ta-chink]. Allez, viens, maint'nant, faut qu'on s'y mette : le jour 't' en train d' se faire la malle. »

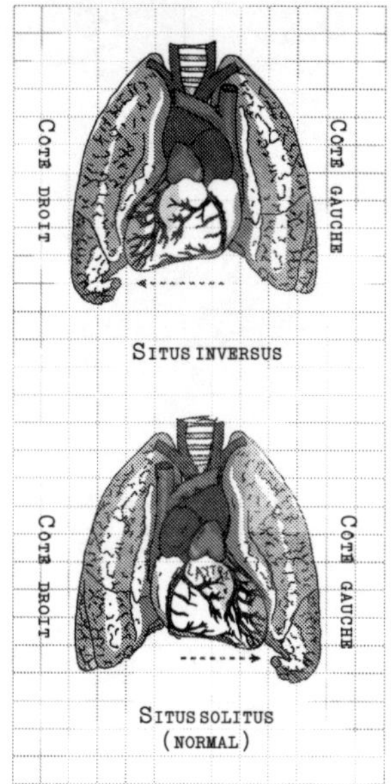

Tu es des nôtres, mais tu n'es pas comme nous
Carnet V77

Cet acte m'avait bien l'air de violer la règle n° 4 du *Code du cow-boy* de Gene Autry. Cela dit, il me semblait que la foi de mon père en ce code éthique, comme en la Bible, était assez sélective : il ne se référait à l'un ou à l'autre que quand cela l'arrangeait.

LE CODE DU COWBOY

1. Le cow-boy ne doit jamais tirer le premier, frapper un homme plus petit que lui, ni profiter injustement d'autrui.
2. Il ne doit jamais revenir sur sa parole ni trahir la confiance qu'on lui a accordée.
3. Il doit toujours dire la vérité.
4. Il doit se montrer doux avec les enfants, les anciens et les animaux.
5. Il ne doit pas nourrir ni prôner d'intolérance raciale ou religieuse.
6. Il doit venir en aide à ceux qui sont dans la détresse.
7. Il doit être bon travailleur.
8. Il doit rester pur dans ses pensées, ses paroles, ses actes et ses habitudes personnelles.
9. Il doit respecter les femmes, les parents et les lois de la nation.
10. Le cow-boy est patriote.

Je l'ai suivi jusqu'au pick-up. Tandis qu'il s'affairait à convaincre cette vieille carne de moteur de repartir, j'ai commencé à avoir atrocement chaud. Je cuisais, et le bout des doigts me brûlait comme si je venais de les plonger dans de la neige. Quelque chose, dans la façon dont mon père avait poussé ce serpent du bout du pied, dont il n'avait vu que lui à cet instant et l'avait complètement oublié l'instant d'après, me troublait profondément. Sitôt la crise évitée, il en était revenu à son souci initial : la remise en eau des fossés, et cela avec une assurance qui signifiait, en substance : *Il n'y a pas de miracles sur cette Terre.*

Je n'étais pas né pour vivre ici. Je le savais depuis longtemps, sans doute, mais le geste de mon père avait cristallisé cette vérité. Je n'étais pas une créature de l'Ouest.

J'allais me rendre à Washington. J'étais cartographe, scientifique, et on avait besoin de moi là-bas. Le Dr Clair elle aussi était scientifique, mais, je ne sais trop pourquoi, le ranch lui convenait aussi bien qu'à mon père. Ces deux-là étaient à leur place ici, ensemble, à se tourner autour sur les pentes infinies du *divide*.

À travers la vitre du pick-up maculée de traces de paume, je contemplais les couleurs délicates du crépuscule. De minuscules silhouettes sombres dansaient dans le ciel gris, insondable : les chauves-souris de Yuma avaient commencé leur frénétique ballet d'écholocation. Des millions d'infimes signaux radar devaient résonner dans l'air autour de nous. Mais j'avais beau ouvrir grand mes oreilles, je ne parvenais pas à saisir dans son entier le vaste treillage sonique de leurs allées et venues.

Nous bringuebalions dans le pick-up; mon père avait la main posée sur le haut du volant, son mauvais petit doigt légèrement relevé. Je regardais les chauves-souris qui fusaient en grinçant sur le ciel de plus en plus sombre. Si légères. Elles vivaient dans un monde d'échos et d'écarts, en conversation constante avec les surfaces et les solides.

Je n'aurais pu supporter de vivre ainsi : elles ne connaissaient pas d'*ici*, seulement l'écho d'un *ailleurs*.

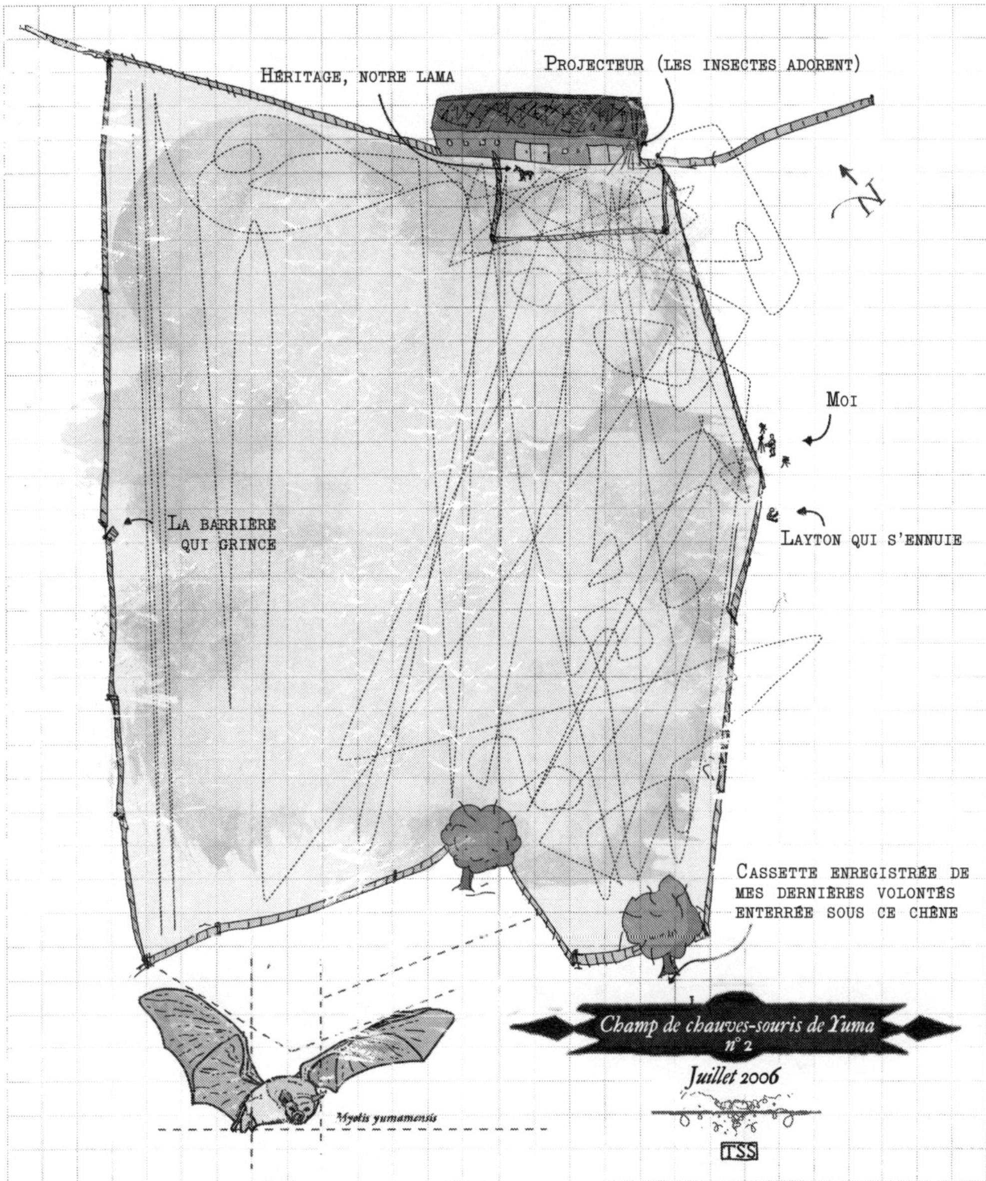

J'ai dessiné cette carte pour le Dr Yorn, parce qu'il s'intéressait à la chiroptérologie. Mais je l'ai aussi dessinée pour le cas où je mourrais. Je voulais qu'il sache où se trouvaient mes dernières volontés. (C'était avant qu'il commence à me mentir.)

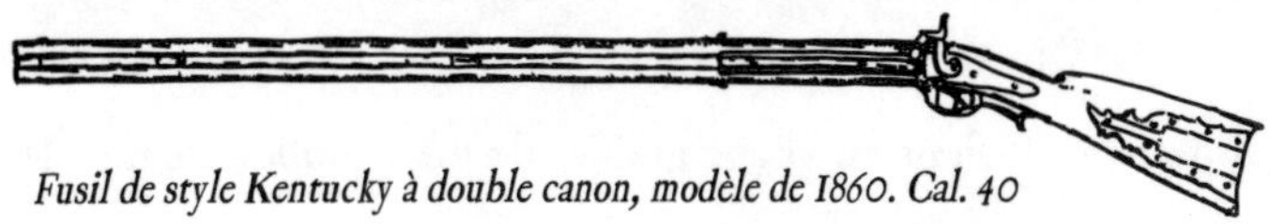

Fusil de style Kentucky à double canon, modèle de 1860. Cal. 40

Mousquet à silex, modèle de 1815. Cal. 72

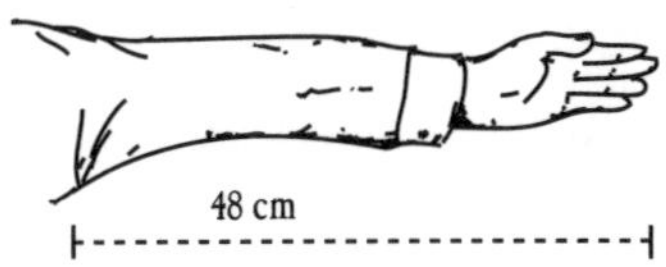

Il s'est tué avec la Winchester, le seul fusil dont le canon était assez court pour qu'il puisse le pointer sur son visage.

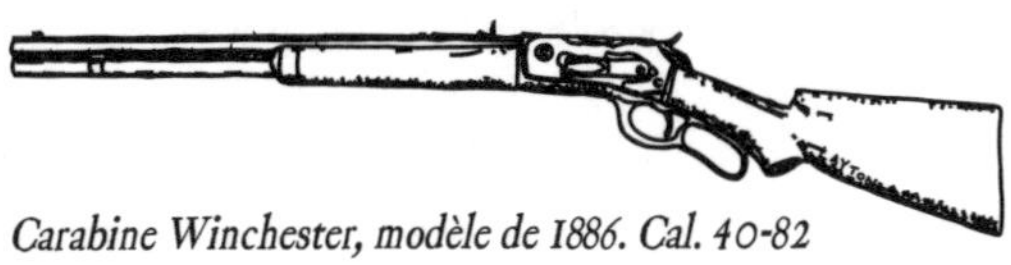

Carabine Winchester, modèle de 1886. Cal. 40-82

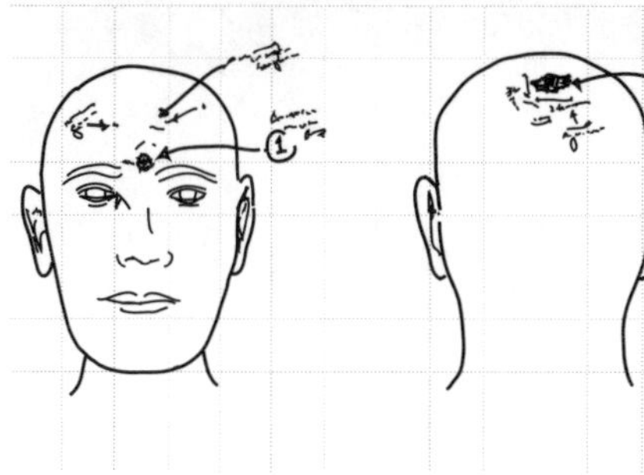

Le rapport d'autopsie
Carnet V45

Un jour, quand l'un des avocats est venu au ranch, j'ai aperçu, posé sur sa mallette, le rapport du médecin légiste. J'ai profité qu'il parte voir la grange avec Père pour recopier ce schéma. La tête sur laquelle le médecin légiste avait reporté les blessures de Layton ressemblait plus à celle d'un dangereux espion russe qu'à celle d'un garçon de dix ans, mais je pense que Layton aurait adoré être dessiné comme ça.

Chapitre 3

Nous pelletions sans mot dire la boue accumulée dans les fossés. À un moment donné, mon père a poussé un grognement et a relevé la tête pour étudier le terrain, puis il a pointé deux doigts, comme un pistolet, vers le fossé situé de l'autre côté du ruisseau.

« Ç'ui-là, a-t-il dit en appuyant sur la détente. Va l' déblayer.

— D'accord », ai-je soupiré, et je me suis exécuté, le pas lourd.

Quelqu'un d'autre aurait sans doute décelé dans les décisions de mon père une intuition admirable pour les faits hydrologiques, mais, moi, ça ne m'impressionnait plus. J'avais le sentiment d'être un enfant acteur engagé pour donner un peu de vie, dans la demi-obscurité recréée d'un soir de fin d'été, à une exposition du Smithsonian sur les traditions du Far West.

Sur la gauche de ce tableau vivant, une pancarte à la typographie élégante était plantée dans la boue.

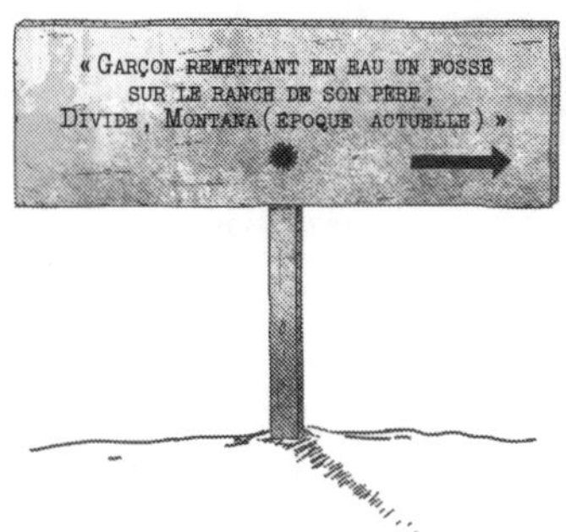

Je jouais mon rôle : je déblayais. En fond sonore de ce tableau, on entendait des glougloutements de boue et les ordres secs et gutturaux de mon père, assourdis par le rassemblement des bourrasques du soir, venues de la vallée, qui nous soufflaient au visage graines de lin et pollen de pin (le Smithsonian avait-il importé cela aussi ?).

Je me suis arrêté au milieu d'une pelletée. L'eau de la rivière, froide et boueuse, a encerclé puis submergé mes pieds. Mes jambes étaient des îles. Je sentais la fraîcheur de l'eau à travers la membrane en caoutchouc de mes cuissardes, mais tout me semblait irréel à présent, et j'ai soudain regretté que l'eau ne puisse couler librement entre mes orteils et infliger à leur chair tendre son pincement glacé.

Nous sommes rentrés sans échanger une parole, la boue de nos cuissardes dégoulinant sur le plancher usé du pick-up. Je me demandais si mon père avait conscience de mon malaise. Il n'était pas du genre à s'étonner du silence des autres. Pour lui, le silence était un plaisir, pas un signe de désarroi.

Quand nous sommes arrivés devant la maison, Père m'a fait signe de descendre. « Salue ta mère d' ma part. J'ai encore du travail. Gardez-moi une platée. »

J'étais un peu surpris, car Père insistait toujours, c'était l'un de ses principes, pour que tout le monde soit présent à la table du dîner. Il était moins strict sur ce point depuis la mort de Layton, mais, la plupart du temps, nous prenions encore notre repas tous les quatre sous le regard de Linnæus, dans un demi-silence étudié.

Père a dû deviner mon étonnement, car il a souri, peut-être dans le but de me rassurer. J'ai sauté du pick-up dans mes cuissardes, mes mocassins à la main. J'aurais voulu trouver une phrase d'adieu, des mots simples qui puissent exprimer le respect et l'aversion simultanés que j'éprouvais pour cet endroit, pour lui. Bien sûr, la pression était trop forte et je n'ai rien trouvé, alors je me suis contenté de dire : « C'était l' bonheur. »

Même si Père n'a pas pu mettre le doigt sur ce qui clochait dans ce commentaire, il a perdu son sourire. Faible odeur d'huile de moteur s'échappant du capot, âcre gémissement de la portière à laquelle j'imprimais un

1.

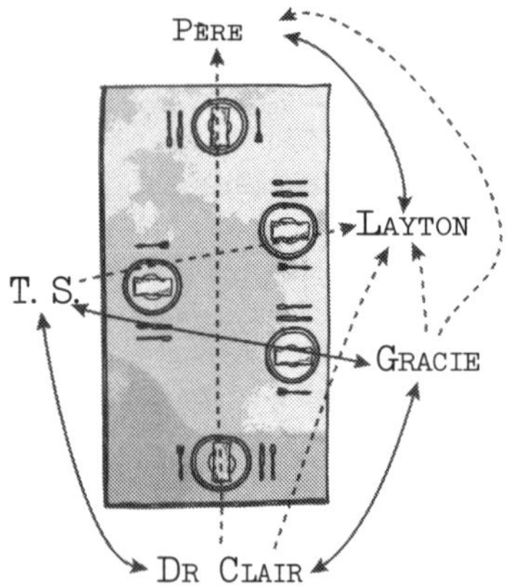

2.

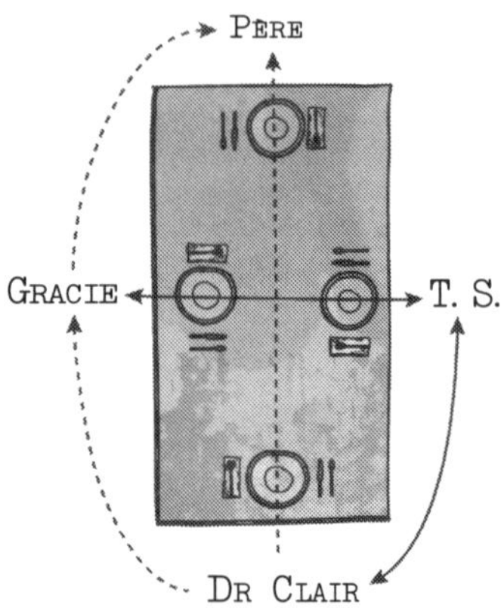

Schémas de discussions croisées, avant et après
Carnet B56

léger mouvement de va-et-vient. Nous prenions racine, les yeux dans les yeux. Père m'a fait signe de fermer la portière. Je n'ai pas réagi.

« Ferme », a-t-il fini par dire, et j'ai obéi. La portière a geint et s'est fermée avec un cliquetis, peut-être pas complètement. Je fixais encore la silhouette de mon père derrière la vitre quand le moteur a vrombi, et j'ai regardé le pick-up s'éloigner sur la route sombre, ses deux feux rougeoyant, s'embrasant, et puis s'évanouissant.

Le dîner n'était pas succulent. Purée de maïs saupoudrée de ces paillettes rouges bizarres, petits pois en boîte, et ce qu'on pouvait peut-être décrire comme un pain de viande en forme de tourte, mais qu'on appelait simplement le « délice secret » car Gracie refusait d'en révéler la composition. Personne ne s'est plaint de ce repas, cependant : il n'était pas succulent, mais il était là et il était chaud.

Nous mangions lentement notre délice secret. Gracie parlait concours de beauté. Apparemment, Miss USA passait demain soir à la télévision, ce qui constituait un événement annuel capital pour un certain membre de la famille Spivet.

Le Dr Clair souriait et mastiquait.

« Est-ce que ces filles ont des talents particuliers ? Pour la peinture, par exemple ? a-t-elle demandé en levant mollement sa fourchette comme s'il s'agissait d'un pinceau, mimant l'artiste à l'œuvre. Ou pour le karaté ? Ou pour les expériences en laboratoire ? Ou est-ce qu'elles ne sont jugées que sur leur physique ?

— Non, c'est juste un concours de beauté. »

Gracie a poussé son célèbre soupir. « C'est dans Miss America qu'il y a une section "talents". Mais Miss USA, c'est mille fois mieux.

— Tu sais, Gracie, le physique ne suffit pas dans la vie. Je parie que ces filles souffrent toutes de pourrissement cérébral.

— Qu'est-ce que c'est, le pourrissement cérébral ? ai-je demandé.

— Miss Montana vient de Dillon, a dit Gracie. Elle mesure un mètre quatre-vingt-six. Combien mesure papa ?

— Un mètre quatre-vingt-douze et demi, ai-je dit.

— Wahou…, a fait Gracie avec de petits claquements de lèvres, comme si elle était en train de compter dans sa tête tout ce que ça représentait en centimètres.

— Je pense juste que les talents des participantes, leurs aptitudes, *leurs aptitudes scientifiques*, devraient être prises en compte, disait le Dr Clair.

— Euh… maman ? Ça serait une fête des sciences, ça, OK ? »

Gracie s'était retournée vers le Dr Clair et dans sa voix s'était glissée cette pointe de sarcasme qui lui était si particulière. « Et ça n'intéresserait personne, parce que ce serait nul. Comme ma vie. » Une bouchée de petits pois pour ponctuer ce discours.

« Je pense juste que tu possèdes beaucoup plus que ton physique, a insisté le Dr Clair. Le reste devrait compter aussi, comme ton talent de comédienne ! Et ta voix ! Tu chantes tellement bien. Et puis, tu sais jouer du hautbois ! »

Bien que le Dr Clair ait formulé sa phrase à moitié comme une question, nous connaissions tous la réponse. Il existait de très nombreux graphiques illustrant les fausses notes tirées de cet instrument, les improvisations débridées, ou encore le *do* moyen joué et rejoué pendant des heures à l'occasion de l'un de ses replis dans sa retraite anti-abrutis ou après chacune de ses ruptures dramatiques avec Farley, Barrett et Whit.

Gracie a pris sa mine consternée. Elle a aspiré une bouffée d'air qui devait faire la taille d'une noix et elle a répondu, les yeux rivés sur son assiette : « Il y a *déjà* un concours pour ça. Ça s'appelle Miss *America*, et il y a une section "talents". Moi, je parle de Miss USA. » Elle parlait en détachant chaque mot et en poussant du bout de sa fourchette un unique petit pois qu'elle entraînait autour de son assiette dans une danse elliptique, lente et menaçante.

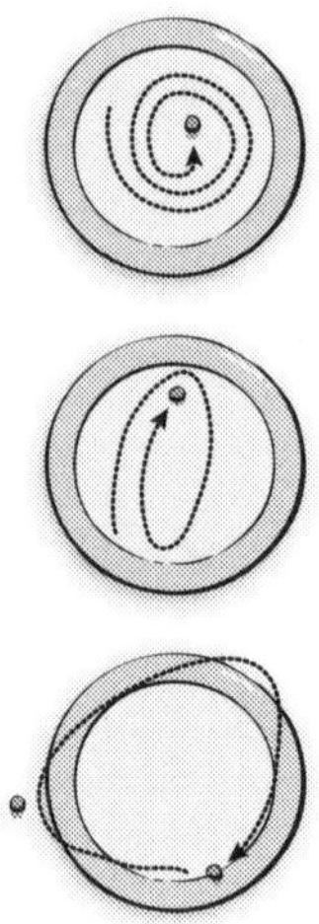

Variations des ellipses rageuses du petit pois
Carnet B72

« Je pense juste qu'ils devraient encourager les jeunes femmes à développer leurs facultés », a dit le Dr Clair de sa voix distraite. (Sens : je suis en train de réfléchir à des histoires de mandibules.) « Pour qu'elles puissent devenir scientifiques. »

Gracie l'a dévisagée. Elle a ouvert la bouche puis l'a refermée. Elle a regardé le plafond, avec l'air de rassembler ses pensées, puis elle s'est mise à parler comme si elle s'adressait à un tout petit enfant : « Maman, je sais que ce n'est pas facile pour toi de m'écouter. Mais je veux que tu essaies. C'est Miss *USA* que j'aime. C'est un concours de beauté. Les filles qui participent ne sont pas intelligentes. Elles sont bêtes et elles sont belles et je les adore. Il n'y a pas d'expériences en laboratoire : ce n'est que du divertissement. Du di-ver-ti-sse-ment. »

Son ton d'institutrice de maternelle semblait avoir un effet anesthésiant sur le Dr Clair. Elle se tenait très immobile et l'écoutait.

Gracie a continué : « Et pendant une heure, rien qu'une heure, je peux presque oublier que je suis dans cette ferme de cinglés du Montana en train de dépérir comme un chat aveugle. »

L'image du chat aveugle a pris tout le monde par surprise. Nous avons échangé des regards et Gracie a détourné le sien, gênée. Cette comparaison animalière constituait un étrange hommage à notre père, et pourtant, dans la bouche de Gracie, elle sonnait faux, comme une réplique héritée de lui et qu'elle n'avait pas su s'approprier, ce qui, en fait, donnait du poids à l'idée fondamentale dont elle nous rebattait les oreilles depuis le jour où elle avait eu ses règles : que cette famille avait lentement érodé son potentiel d'actrice et ruiné ses chances de devenir célèbre, la condamnant à rester à tout jamais l'une de ces pauvres filles de fermiers à l'âme brisée.

Cédant avec fureur à la nécessité d'une retraite anti-abrutis de niveau supérieur, Gracie : 1.) a pris son iPod dans sa poche et a mis rageusement ses écouteurs, oreille gauche, oreille droite, 2.) a renversé son jus de raisin sur les restes de son délice secret et 3.) s'est levée de table, débarrassant bruyamment son assiette et ses couverts.

Pour tout vous dire, jusqu'à la mention du chat aveugle et le déclenchement intempestif de la retraite anti-abrutis, je n'avais pas vraiment suivi sa conversation avec le Dr Clair, car leur dialogue de sourds était un véritable rituel qu'elles rejouaient presque tous les soirs.

Non pas que ce fût inintéressant – imaginons que j'aie été psychologue pour humains et fasciné par les interactions familiales : entendre parler le Dr Clair et Gracie, c'était un peu comme découvrir le Pompéi des relations mère-fille. Leurs rapports étaient régis par une dynamique complexe : étant les deux seules femmes sur le ranch, elles étaient attirées l'une vers l'autre de manière naturelle et se donnaient des conseils sur des sujets de filles comme les boucles d'oreilles, les gels exfoliants et les après-shampooings, conversations qui formaient d'éphémères cocons de féminité sur la joue mal rasée d'un ranch sec et rocailleux. Néanmoins, le Dr Clair n'était pas une mère comme les autres, en cela qu'elle se serait sans doute sentie plus à l'aise si ses enfants avaient eu un exosquelette et n'avaient vécu que le temps d'accomplir leur devoir d'insectes. Elle faisait des efforts, mais, au bout du compte, elle restait quand même une incurable *intello*, et la possibilité d'une transmission héréditaire tardive de ce trait était la plus grande angoisse de Gracie. Il suffisait de murmurer à son oreille le mot en « I » pour la faire sombrer dans des crises de colère épouvantables, dont les pires se voyaient attribuer une année, comme *La Crise de colère de 2004*. En raison de ces précédents historiques, « i------ » était l'un des quatre mots interdits au Coppertop.

Qu'est-ce qui les avait réunis ces deux-là ?

Je connaissais l'histoire (ils s'étaient rencontrés à un bal country dans le Wyoming), mais pas les mécanismes intimes qui avaient permis à leur union d'exister et de durer. Pourquoi diable étaient-ils restés ensemble ? Ils étaient taillés dans des étoffes entièrement différentes :

Mon père : cet homme silencieux et pragmatique, avec ses sacs vides et ses mains lourdes, qui sanglait les jeunes mustangs farouches, le regard sur l'horizon et jamais sur vous.

Ma mère : cette femme qui ne pouvait voir le monde qu'en fragments, des fragments minuscules, infimes, microscopiques, des fragments qui n'existaient peut-être même pas.

Comment avaient-ils pu se plaire ? J'avais envie de le demander à mon père, parce que je sentais sa profonde déception face à mon goût pour les sciences. Je voulais lui dire : « Et ta femme, alors ? Notre mère ? Elle est bien scientifique, elle ! Et pourtant, tu l'as épousée ! Ce n'est pas possible que tu détestes autant les sciences, si tu l'as choisie, elle ! »

Mais la genèse et la survivance de leur amour faisaient partie des sujets qu'on n'abordait pas au Coppertop. Seuls de minuscules objets attestaient de leur réalité : le petit fer à cheval dans la cabine du pick-up, une unique photographie de mon père jeune, debout près d'une voie de chemin de fer, que ma mère avait épinglée au mur de son bureau, et puis aussi ces contacts silencieux qu'ils avaient parfois dans les couloirs, quand leurs mains se touchaient brièvement comme s'ils échangeaient en secret un petit tas de graines.

« Comment ça s'est passé, avec ton père ? » m'a demandé le Dr Clair. Gracie faisait du vacarme dans la cuisine.

Je ne m'étais pas rendu compte que l'attention s'était reportée sur moi, aussi m'a-t-il fallu un moment pour répondre : « Bien. Enfin… oui, bien. Je crois. Il avait l'air en colère contre l'eau. C'est vrai qu'elle était basse. Je n'ai pris aucune mesure, mais elle m'a paru basse.

— Et lui, comment va-t-il ?

— Bien, je crois. Pourquoi, tu ne le trouves pas en forme ?

— Oh, tu le connais. Il n'est pas du genre à en parler, mais je crois qu'il a quelque chose sur le cœur. Il n'est pas…

— Tu penses à quoi ?

— Il peut se montrer tellement rétif dès qu'on avance une idée nouvelle… Il a peur du changement.

— Quelle idée nouvelle ?

— Ce n'est pas toi qui as épousé ton père », a déclaré le Dr Clair, étrangement, puis elle a posé sa fourchette, marquant ainsi la fin de cette conversation.

« Demain, je pars pour le Nord, a-t-elle repris. Je vais près de Kalispell.

— Pour quoi faire ?

— Capturer des spécimens.

— Tu vas essayer de trouver la cicindèle vampire ? » ai-je demandé, et j'ai retenu mon souffle.

Elle a mis quelques instants à me répondre. « Eh bien… oui, entre autres. Enfin, j'imagine. Oui. »

Nous sommes restés sans rien dire pendant un certain temps. Je mangeais mes petits pois, elle mangeait les siens. Gracie continuait à faire du vacarme dans la cuisine.

— Tu voudrais venir avec moi ? a demandé ma mère.

— Où ça ?

— À Kalispell. Tu me serais d'une grande aide. »

N'importe quel autre jour, je me serais réjoui de cette proposition. Le Dr Clair ne m'invitait pas souvent à l'accompagner dans ses expéditions de chasse, peut-être parce qu'elle n'aimait pas me sentir toute la journée penché au-dessus de son épaule, mais, quand elle avait besoin d'un illustrateur, je jubilais à l'avance à l'idée de la voir travailler. On pouvait critiquer son perfectionnisme obsessionnel, son entêtement aveugle, mais, filet fauchoir en main, elle faisait des merveilles ; je ne connaissais personne qui sût mieux deviner où se cachaient les insectes, et c'était ce qui m'inquiétait : il me semblait que si elle-même, après toutes ces années, n'avait pu découvrir de cicindèle vampire, c'était qu'il n'en existait point.

Mais, à présent, j'avais l'impression de la trahir. Je ne pouvais pas l'accompagner dans le Nord demain parce que je partais pour Washington, DC. *Washington, DC* ! Un bref instant, j'ai songé à tout lui avouer, là, à la table du dîner. Il y avait quelque chose dans ces petits pois et cette tourte à la viande qui me rassurait et m'incitait à parler. Oui, assis là, au milieu de tout ce qui symbolisait ma famille, la seule famille que j'avais, j'allais révéler mon secret à ma mère, car, si je ne pouvais lui faire confiance à elle, à qui pouvais-je faire confiance ?

« Je voulais te dire… Je vais… », ai-je commencé timidement, pendant que mes mains entamaient leur danse de la petite bête qui monte, qui monte – pouce droit contre auriculaire gauche et auriculaire droit contre pouce gauche, je pivote et je recommence plus haut – comme chaque fois que la nervosité me gagnait.

La petite bête qui monte
Carnet B19

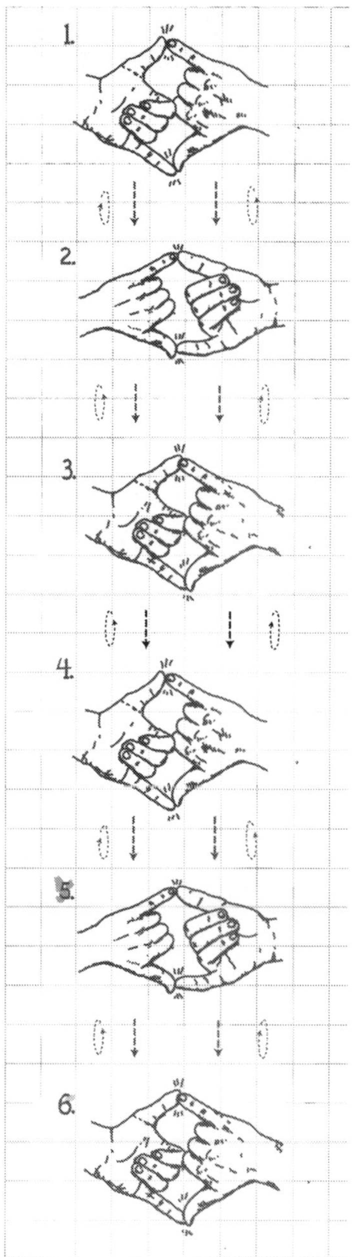

Merveilleux est entré dans la pièce d'un pas nonchalant et s'est mis à chercher des petits pois sur le sol.

« Oui ? » a dit le Dr Clair.

Je me suis aperçu que je m'étais tu. Et que j'avais arrêté d'imiter la petite bête.

J'ai soupiré. « Je ne peux pas t'accompagner, ai-je dit. J'ai des choses à faire. Je dois aller dans la vallée, demain.

— Ah oui ? Avec Charlie ?

— Non. Mais, en tout cas, bonne chance, là-bas. Dans le Nord, je veux dire. J'espère que tu la trouveras. La cicindèle vampire, je veux dire. »

Le nom de l'espèce introuvable ressemblait à un gros mot dans ma bouche. J'ai essayé de me rattraper.

« Kalispell, Montana… *Wowee !* » ai-je dit très fort, comme si je déclamais la phrase finale d'une publicité en Technicolor réalisée avec un budget minable par l'office du tourisme de Kalispell. C'était tellement absurde qu'en fait, ça a détendu l'atmosphère.

« Eh bien, c'est dommage, a dit le Dr Clair. J'aurais bien aimé t'avoir avec moi. Je pars tôt, donc je ne te verrai sûrement pas demain. Elle s'est levée pour débarrasser la table. Mais il faudra qu'on trouve un peu de temps à mon retour, j'aimerais te montrer un de mes carnets. Je travaille sur un nouveau projet qui devrait t'intéresser, et t'aider à comprendre certaines choses… Elle me fait penser à toi…

— Maman. »

Elle s'est tue ; elle m'a dévisagé, ses assiettes dans les mains, la tête penchée sur le côté. Merveilleux, sous la table, avait déniché des petits pois qu'il ramassait à coups de langue discrets, sans faire plus de bruit qu'un robinet gouttant dans une pièce lointaine.

Au bout d'un moment, un moment un peu trop long, peut-être, elle s'est remise à débarrasser, mais elle s'est arrêtée près de moi sur le chemin de la cuisine. Les couteaux tremblaient sur la pile d'assiettes qu'elle tenait.

« Sois prudent », a-t-elle dit, et elle a quitté la pièce.

Une fois la vaisselle lavée et séchée, le Dr Clair retirée dans son bureau et Gracie dans son cocon de pop sucrée, je me suis retrouvé tout seul dans la salle à manger, face à une série de tâches difficiles, de celles qui sont normalement réservées aux adultes.

J'ai pris une profonde inspiration et je suis allé dans la cuisine, où était branché le téléphone. J'ai décroché le combiné et j'ai appuyé sur le « 0 », très fort, parce que chez nous cette touche était un peu récalcitrante. La ligne a cliqueté puis bourdonné, et finalement une voix de dame a gentiment demandé :

« Quel nom, s'il vous plaît ?

— Je voudrais parler à Gunther H. Jibsen du Smithsonian Museum, s'il vous plaît. Je ne connais pas son deuxième prénom.

— Ne quittez pas. »

La dame est revenue presque aussitôt.

« Le Smith quoi ? Quelle ville ?

— Washington, DC. »

La dame a ri. « Mais, mon chou, il faut appeler… » Elle a fait claquer sa langue et a soupiré : « Bon, *d'accord.* Ne quittez pas. »

J'aimais bien quand elle disait : « Ne quittez pas », ça sonnait presque comme : « Tenez bon », et j'imaginais que pendant que je patientais, un tas de gens faisaient tout leur possible pour me venir en aide et mettre la main sur l'information dont j'avais besoin.

Au bout de quelques instants, elle est revenue et m'a dicté le numéro. « Je ne sais pas qui tu essaies de joindre là-bas, mon bonhomme, mais, à ta place, j'appellerais le standard et je leur demanderais de m'aider.

— Merci, opératrice. »

Je trouvais cette dame vraiment formidable. J'aurais voulu qu'elle puisse m'emmener en voiture à Washington. « Vous faites drôlement bien votre travail.

— Oh, mais merci, jeune homme. »

J'ai composé le numéro qu'elle m'avait donné et j'ai commencé à patauger dans un menu automatique incroyablement compliqué. J'en ai fait le tour deux fois avant de finir par comprendre comment accéder à la ligne personnelle de Jibsen.

Le menu automatique du Smithsonian

La voix enregistrée annonçait : « Pour mieux vous assister, nous avons modifié les options de notre menu. Merci d'écouter attentivement. » Et c'est ce que j'ai essayé de faire. Au fur et à mesure que la voix énumérait mes options, je plaçais même les doigts sur les touches que j'aurais peut-être à choisir, mais comme les choix étaient de plus en plus nombreux, mes doigts s'emberlificotaient sur le clavier et on avait l'impression que je faisais un signe secret réservé aux membres des gangs, même si je n'étais membre d'aucun gang. Quand la voix est arrivée à l'option n° 8, j'avais déjà oublié ce qu'était l'option n° 2.

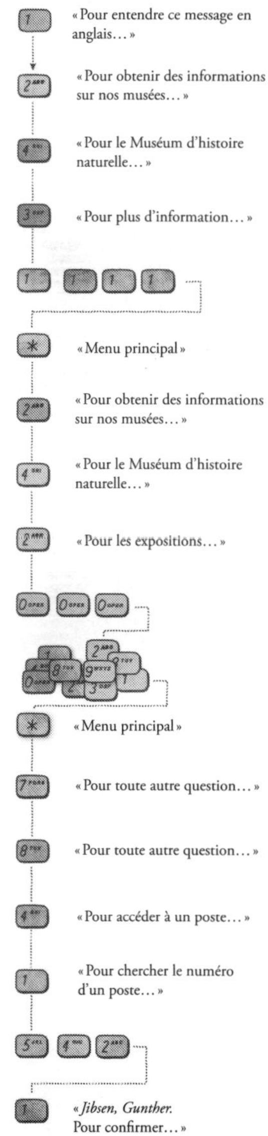

J'attendais qu'il décroche, de plus en plus nerveux. Comment devais-je m'excuser ? Devais-je invoquer une folie passagère ? Une terreur des longs voyages ? Une pléthore d'autres postes qu'on m'aurait déjà offerts ? Finalement, je suis tombé sur son répondeur. J'aurais dû m'y attendre. Il était presque dix heures du soir sur la côte Est.

« Euh… oui. Monsieur Jibsen. Ici T. S. Spivet. Vous m'avez appelé cet après-midi. C'est moi qui habite dans le Montana. Enfin bon, je vous ai dit tout à l'heure que je ne pouvais pas accepter le prix Baird… mais, contre toute attente, j'ai réussi à… euh… à m'organiser, et par conséquent je *peux* accepter votre offre et tout ce qu'elle implique. Je vais partir ce soir, vous ne pourrez donc pas me joindre au numéro que vous avez. Ce n'est pas la peine d'essayer, c'est ce que je veux dire. Mais ne vous inquiétez pas ! Je serai là à temps, monsieur Jibsen, prêt à prononcer mon discours au gala d'anniversaire, et disponible pour tout ce dont vous pourriez avoir besoin. Donc… donc… merci encore, et passez une très bonne journée. »

Je me suis dépêché de raccrocher. J'avais été *nul.* Je me suis assis sur le tabouret à côté du téléphone, accablé. J'ai recommencé à faire monter la petite bête, mais lentement cette fois-ci, avec mélancolie, en fixant la porte de la cuisine. Je n'avais pas du tout hâte de passer à l'épreuve suivante.

Voyez-vous, si mon père ne connaissait pas de faiblesses, j'en avais pour ma part un certain nombre, dont la plus flagrante était liée à une tâche fort banale et peu susceptible d'effrayer les malabars portant des ceintures à grosse boucle : j'étais terrifié à l'idée d'avoir à faire mes bagages. Même préparer mon sac pour le collège le matin me prenait, au minimum, vingt-trois minutes. Peut-être *à la limite* vingt-deux. On pouvait ne voir dans cette activité qu'un rite insignifiant, répété chaque jour par des centaines de millions d'hommes et de femmes dans le monde entier, mais, au fond, quand on y pensait, bien préparer ses affaires avant de partir quelque part, surtout lorsqu'il s'agissait d'un lieu inconnu, requérait une capacité d'anticipation extrêmement développée.

J'imagine que, comme leurs chaussures, leurs tics de langage et leur démarche, la façon dont les gens font leurs bagages en dit long sur leur compte. Le Dr Clair, par exemple, rangeait soigneusement son matériel de capture et ses instruments de dissection dans une série de boîtes en palissandre qu'elle disposait en premier au centre de sa valise, avec autant de délicatesse que s'il s'était agi de créatures vivantes dotées d'os de cristal. Autour de ce cœur fragile, qui prenait toujours la forme d'un losange méticuleusement tordu, elle déposait ensuite un salmigondis informe de vêtements et de bijoux verts, traitant ceux-ci avec une négligence choquante, à mille lieues de l'attention amoureuse accordée aux jolies boîtes. N'importe qui, la voyant faire, aurait été forcé de conclure qu'elle était tout au moins un peu schizophrène, et si ce spectateur s'était trouvé être médecin et donner une conférence sur la double personnalité de ma mère, alors un schéma rétroprojeté du contenu de sa valise aurait constitué une excellente entrée en matière (non pas que je sois prêt, pour autant, à lui céder celui que j'en ai fait).

Mon père, par contraste, ne préparait pas grand-chose et se contentait de partir. Quand il allait vendre des chevaux au rodéo de Dillon, il jetait juste une vieille besace en cuir sur le siège passager de son pick-up.

Profitant qu'il avait le dos tourné, j'avais, au cours d'une mission potentiellement dangereuse, examiné le contenu de son sac à l'aide d'une pince à spaghettis, et tout photographié. Résultats de la fouille, du dessus vers le dessous :

1) Une chemise.
2) Une brosse à dents, dont le manche semblait couvert de graisse à essieux.
3) Une feuille de papier sur laquelle figuraient les noms de dix chevaux, associés chacun à une série de nombres (plus tard, j'ai compris qu'il devait s'agir des mensurations de chaque animal).
4) Un sac de couchage.
5) Une paire de gants en cuir, le gauche déchiré à l'auriculaire et laissant échapper un peu de rembourrage rose semblable à la laine de verre qui sert parfois à isoler les murs. Cette déchirure datait de l'accident de clôture qui lui avait définitivement redressé le petit doigt.

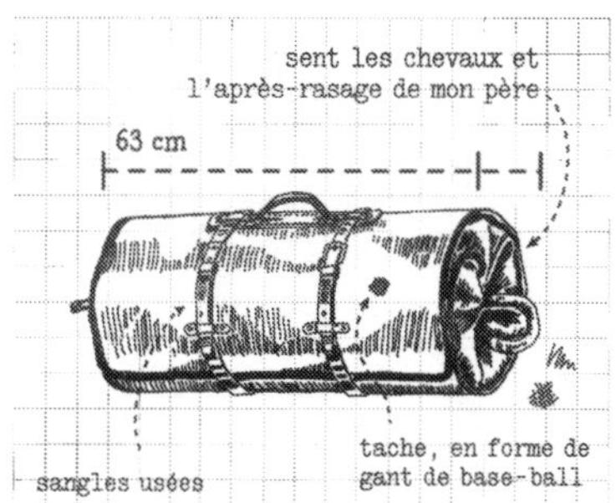

Le sac de couchage
Carnet V33

Parfois, je me disais qu'il aurait été intéressant de comparer le sac d'un cow-boy avec celui d'un moine du Cambodge. Aurait-on trouvé des similitudes minimes, ou profondes, au contraire, reflétant deux manières très proches d'aborder le monde ? Étais-je juste en train d'idéaliser l'austérité de mon père en la considérant à travers un prisme romantique ? Son laconisme, plutôt qu'un signe de sagesse, était-il un signe de peur ?

Pour ma part, je ne pouvais imaginer jeter une besace par la fenêtre d'un pick-up quelques instants avant un départ. Je faisais toujours mon sac de la même manière, selon une méthode sophistiquée dont le but premier était de me préserver d'une crise de panique.

LES CINQ ÉTAPES POUR FAIRE SON SAC

PREMIÈRE ÉTAPE : *Visualisation*

Avant tout déplacement, je jouais et rejouais dans ma tête le scénario de mon voyage. Je tâchais d'anticiper tous les risques potentiels, toutes les situations requérant l'emploi de mes instruments de mesure et de dessin, tous les spécimens que je pourrais vouloir capturer, les images, les sons, les odeurs que je pourrais vouloir enregistrer.

DEUXIÈME ÉTAPE : *Inventaire*

Je disposais ensuite sur ma table à dessin tous les objets dont je pouvais avoir besoin, en les classant par ordre d'importance.

TROISIÈME ÉTAPE : *Rangement n° 1*

Après avoir déterminé quels objets je ne pouvais absolument pas emporter par manque de place, je laissais ceux-ci sur ma table à dessin et rangeais soigneusement les autres dans mon sac, en prenant soin d'envelopper les plus fragiles dans du papier bulle et de les scotcher pour éviter qu'ils ne s'abîment pendant le voyage.

QUATRIÈME ÉTAPE : *Le gros doute*

Systématiquement, au moment de fermer mon sac, j'apercevais sur mon bureau le bocal à insectes, le sextant ou la lunette à grossissement × 4 que j'avais laissés là, et j'avais des remords, et puis j'imaginais un scénario dans lequel j'avais également besoin de mon séismographe pour effectuer un relevé des coups de bec d'un pivert sur un tronc d'arbre, et j'en arrivais très vite à repenser tout mon voyage et toute ma vie par la même occasion.

CINQUIÈME ÉTAPE : ***Rangement n° 2***
Du coup, j'étais obligé de défaire et de refaire entièrement mon sac. Et le temps de terminer tout ça, en général, j'étais en retard pour l'école.

Alors vous imaginez l'angoisse que me causait l'idée de faire mes bagages pour ce voyage-là, qui allait m'entraîner plus loin du Coppertop que je ne m'étais aventuré de toute ma vie. Ce voyage, ce départ pour la Mecque des amateurs de science, pour « *la capitale* » (comme je me le répétais dans ma tête depuis plusieurs heures, peut-être parce que mon accent français ridicule atténuait un peu le sérieux de ma décision).

J'ai vérifié que la voie était libre puis, sur la pointe des pieds, je suis sorti de la cuisine. Peut-être ai-je agi de manière un peu excessive ensuite quand, transporté par les vagues d'excitation fébrile que faisaient déferler en moi l'imminence de mon départ et la nécessité de le garder ultrasecret, je me suis plaqué, façon commando, contre le mur de l'escalier pour gravir les marches grinçantes qui menaient à ma chambre. Par prudence, je suis redescendu au rez-de-chaussée par l'escalier de derrière, puis je suis remonté encore une fois par celui de devant, juste pour m'assurer que personne ne me suivait. Personne ne me suivait, à part Merveilleux, et j'étais presque certain de son honnêteté. Je me sentais un peu bête, mais par précaution j'ai quand même vérifié qu'aucune caméra n'était fixée à son collier. Il a apprécié cette fouille et a voulu m'accompagner dans ma chambre.

« Non, lui ai-je dit en lui faisant signe de s'arrêter. Propriété privée. »

Merveilleux m'a regardé et s'est léché les babines.

« Tu ne comprends pas… Non. Écoute, va jouer avec Gracie. Elle a le cafard. Va donc écouter un peu de pop avec elle. »

Dès que le loquet de ma porte est retombé, j'ai commencé à me ronger les sangs. Pour faire ma valise, je me suis mis en tenue d'athlète, avec genouillères et bandeaux d'éponge au front et aux poignets. Je savais que ce serait encore plus épuisant que le test de gym à l'école, au cours duquel je me ridiculisais toujours, incapable que j'étais d'exécuter une simple traction.

Je me suis mis un peu de Brahms sur mon tourne-disque pour me calmer les nerfs.

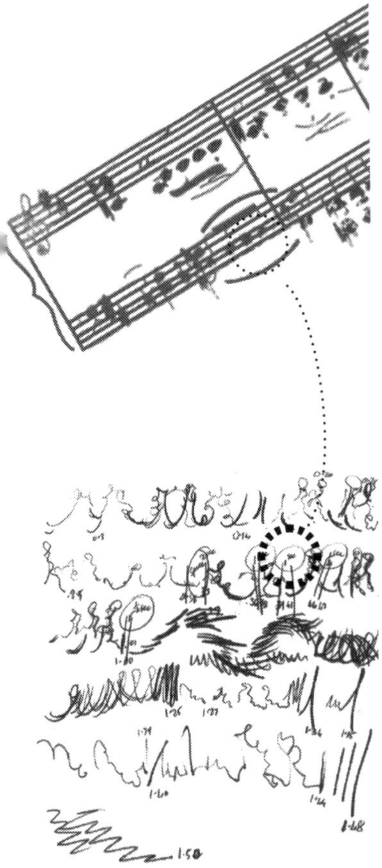

Image des sons de la Danse hongroise n° 10 *de Brahms,* par ma correspondante néo-zélandaise Raewyn Turner.

Porté par les accents de l'orchestre qui s'envolaient en grésillant de mes vieilles enceintes, j'ai imaginé mon entrée à *la capitale* : je me voyais, arrivant au pied des marches de marbre du Smithsonian en bottes cavalières, suivi de quatre serviteurs chancelant sous le poids de mes énormes malles.

« Doucement !… Jacques ! Tambeau ! Olio ! Curtis ! leur criais-je. Il y a du matériel très précieux dans ces malles. »

Et M. Jibsen sortait sur le perron de marbre d'un pas décontracté, en cravate bouton d'or, tapant les dalles du bout de sa canne comme s'il cherchait à en tester la solidité.

« Ahhh ! Mon cher monsieur Spivet, *bonjour ! Bienvenue à la capitale !* » s'exclamait-il, avec son cheveu sur la langue qui m'était devenu familier, attachant même, et, dans cette vision, qui me paraissait tout à fait… français. Chose étrange en effet : dans cette vision, les jardins du Smithsonian eux-mêmes avaient quelque chose de français : il y avait des vélos partout et, sur un banc, un petit garçon jouait de l'accordéon.

« Vous devez être *très fatigué* par tous vos voyages ! continuait M. Jibsen. Et je vois que vous êtes équipé pour parer à toute éventualité ! *Il y a beaucoup de bagages ! Mon Dieu ! C'est incroyable, n'est-ce pas ?*

— Oui, répondais-je. J'ai tenu à tout prévoir. Qui sait ce que vous pouvez me demander de faire au nom de la science ? »

Mais alors ma vision a commencé à se dissiper, car mon Jibsen français imaginaire remarquait soudain que mon moi imaginaire, qui n'avait pas vieilli d'un poil dans cette scène et ne pouvait plus donner le change en se dissimulant derrière le téléphone, avait, comme le vrai moi, seulement douze ans. Et, dans ce qui restait de ma vision, je me suis regardé, et j'ai vu que mon costume de voyage en velours français était quatre tailles trop grand, que les épaules étaient trop larges et que les manches me tombaient sur les mains – sur mes petites mains d'enfant – si bien que je ne pouvais pas serrer celle que M. Jibsen me tendait et que, à vrai dire, il retirait déjà avec effarement. « *Oe-whee-u*, faisait-il. *Un enfant !* » Même le petit garçon à l'accordéon cessait brusquement de jouer, horrifié.

Ah, oui. *Oe-whee-u.* Ce problème-là restait entier.

J'ai décroché tous les instruments suspendus aux murs de ma chambre et je les ai étalés sur mon tapis Lewis et Clark.

J'ai fermé les yeux, je me suis mis à marcher en rond autour d'eux, et j'ai imaginé les bâtiments du Smithsonian, le Mall, le Potomac, l'automne qui se faisait hiver qui se faisait printemps et l'émergence des fleurs de cerisier au doux parfum dont j'avais tant entendu parler. *La capitale.*

Presque huit heures plus tard, à quatre heures dix du matin, j'avais terminé mon inventaire, que j'avais tapé à la machine et scotché à l'intérieur de ma valise. Je devais emporter :

1. Seize paquets de chewing-gums Trident à la cannelle.
2. Des slips à profusion.
3. Un seul télescope : un Zhummel Aurora 70.
4. Deux sextants et un octant.

La boussole cassée porte-bonheur – Carnet V32

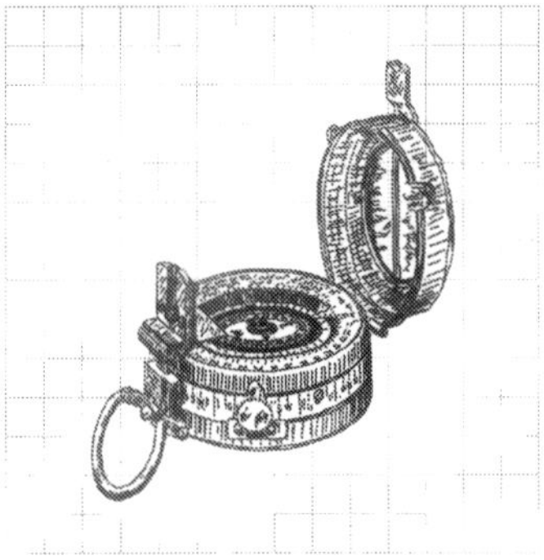

Deux boussoles topographiques, une boussole directionnelle et une qui ne marchait plus mais que j'emportais comme porte-bonheur : c'était le Dr Yorn qui me l'avait offerte pour mes douze ans. Le Dr Yorn était tout de même un sacré chic type. Il savait sans doute ce qui était le mieux pour moi. S'il avait pensé que le prix Baird était une bonne idée, alors ce devait en être une. Et lorsqu'on me le remettrait il serait fier de moi, plus fier que mon père ne pourrait jamais l'être.

Igor ne s'entendait pas avec mes autres instruments, qui étaient tous plus anciens que lui, mais je ne pouvais me passer de ses services. « On ne doit pas vivre dans le passé », m'avait dit un jour un monsieur qui travaillait à la Société historique de Butte. J'ai trouvé cela étrange venant d'un historien, mais je suis à peu près sûr qu'il était soûl.

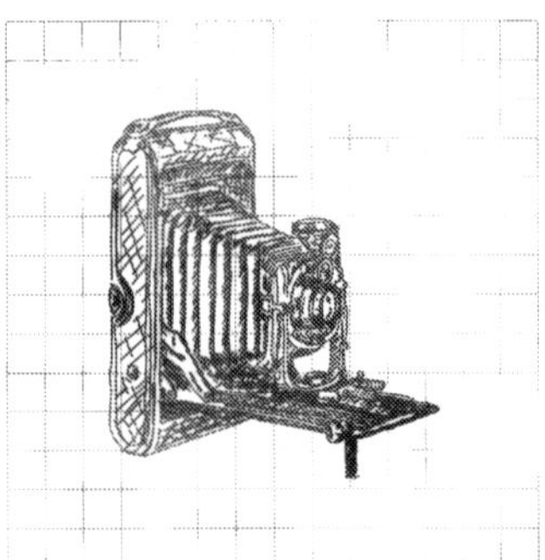

Le Maximar
(Je ne lui faisais plus confiance.)
Carnet V 39

5. Mes trois pull-overs gris foncé sans manches, et différentes choses qu'on se met sur le dos.
6. Quatre boussoles.
7. Mon papier à dessin, mon porte-plume Gillot et tout un jeu de plumes pour la cartographie, et mon rapidographe Harmannn.
8. Ma loupe frontale, «Thomas», ou «Tom» pour les intimes.
9. Deux héliotropes et le vieux théodolite que ma mère m'avait offert pour mes dix ans. Il fonctionnait encore très bien, il fallait juste savoir le prendre.
10. Mon appareil à GPS, «Igor».
11. Trois de mes carnets bleus : «Lois de conservation de Newton et déplacements latéraux des oiseaux migrateurs dans le nord-ouest du Montana, 2001-2004», «Père et l'étrange variété de ses schémas de fauchage des foins», et «Layton : gestes, impropriétés, cadence».
12. Cinq carnets verts vierges, V101-105.
13. Un mouchoir (un mouchoir Kermit).
14. Pris à la cuisine : trois barres de céréales, un sac de Cheerios, deux pommes, quatre gâteaux et huit minicarottes.
15. Ma parka bleu foncé dont j'avais renforcé les coudes avec du scotch ultrarésistant.
16. Un Leica M1 et un Maximar moyen format à soufflet.
17. Le reste du rouleau de scotch ultrarésistant.
18. Une radio multibande.

19. Trois réveils.

20. Le squelette de sansonnet reconstitué par l'ornithologiste de Billings.

> Étant donné sa fragilité, j'ai beaucoup hésité à l'emporter, mais j'avais l'impression que ne pas le prendre serait comme ne pas me prendre moi-même. La seule chose qui me distinguait des autres Tecumseh de la famille, c'était mon deuxième prénom : *Sansonnet.*

21. Ma vieille chaîne d'arpenteur qui cliquetait comme il faut.

22. Un atlas des chemins de fer américains.

23. Une brosse à dents et du dentifrice. Et aussi du fil dentaire.

24. Ma peluche, Tangentielle la Tortue.

25. Une photo de ma famille devant le garage, prise quand j'avais huit ans. Nous regardons tous dans une direction différente, jamais vers l'objectif.

> Cette photo avait été prise pour faire des cartes de Noël, mais nous ne les avons jamais fait imprimer, peut-être parce que nous nous sommes rendu compte que nous n'avions pas assez d'amis pour justifier l'impression de cartes de Noël. En plus, je crois que ce n'était pas du tout l'époque de Noël.

Ma valise était une demi-taille trop petite pour contenir toutes ces affaires. Malheureusement, je ne pouvais me séparer d'aucune d'entre elles, puisqu'il s'agissait déjà des finalistes du jeu « Les Derniers Survivants », sélectionnés au terme de quatre manches acharnées. Au bout du compte, j'ai réussi à fermer ma valise en m'asseyant (et en me dandinant) dessus avec précaution. Son contenu s'est tassé sous mon poids et j'ai entendu un certain nombre de craquements anormaux. J'ai vu, dans ma tête, des mécanismes s'écraser, des lentilles voler en éclats. Mais je n'ai pas bougé : je me suis contenté de faire glisser la fermeture Éclair tout autour de son ventre bombé en lui chuchotant des encouragements pleins de tendresse.

« Tu peux le faire, ma chérie, lui ai-je dit quand nous sommes arrivés au deuxième tournant. Allez, comme autrefois. Tu en as encore la force. »

Une fois ma valise fermée, sa panse ballonnée triomphalement zippée, je suis passé à la question suivante : la toute petite question de savoir comment j'allais bien pouvoir me rendre à Washington.

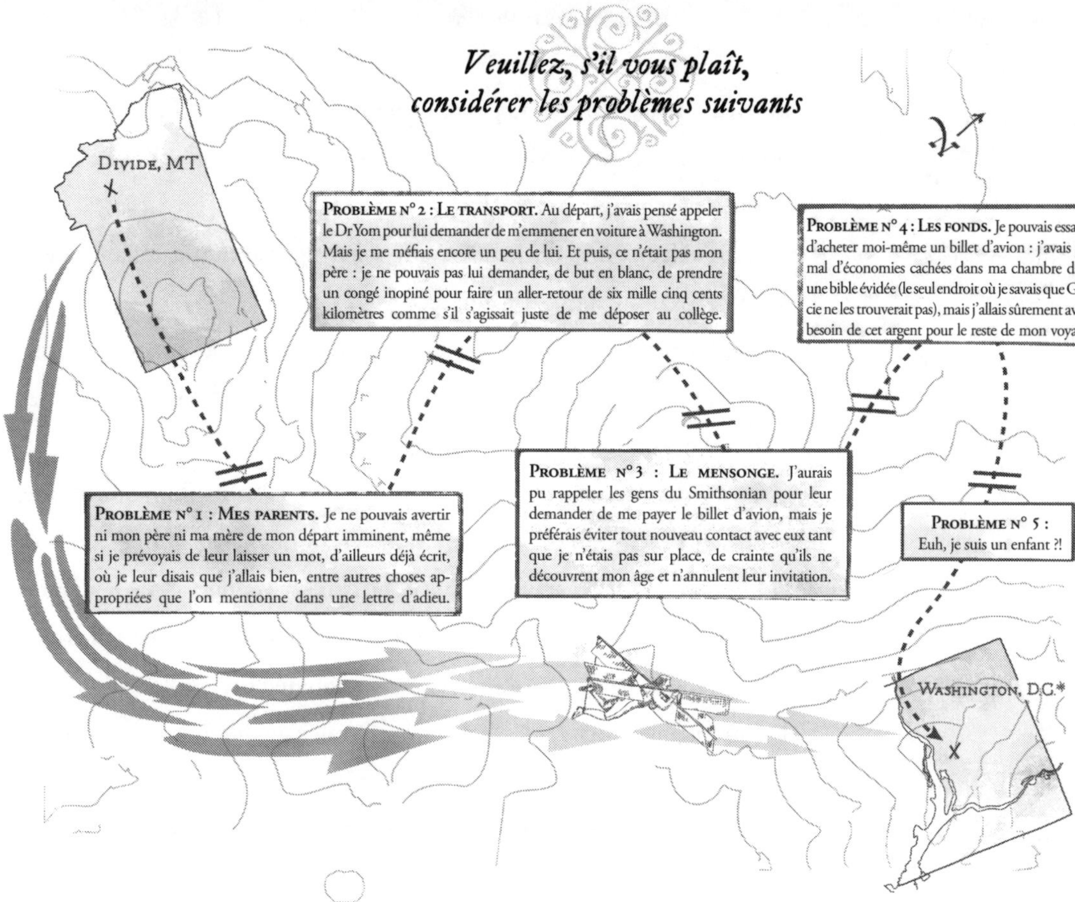

*** Note à l'attention du voyageur intrépide**
Cette carte n'est pas conçue pour l'orientation. Toute tentative de suivre le chemin indiqué sur cette carte vous enverra vous perdre quelque part au Canada.

Chapitre 4

Je suis descendu me chercher un verre d'eau à la cuisine. Je l'ai bu à toutes petites gorgées entre mes deux dents du bonheur, en surveillant le niveau qui baissait lentement. J'ai pris un raisin sec dans le placard et je suis remonté le manger dans ma chambre, en essayant d'en faire au minimum vingt bouchées. J'ai regardé ma valise.

Je me suis rendu compte que, dans les circonstances, je ne pouvais traverser le pays que d'une seule manière. Au fond, je devais le savoir depuis le début (quelque part dans mon cortex), puisque j'avais jugé nécessaire d'emporter l'atlas des chemins de fer. La solution était évidente, bien qu'un peu dangereuse et sans réelle garantie. Mais j'étais si content de l'avoir trouvée que j'ai dansé une petite gigue sur mon tapis désormais vide, en plein sur la figure de Merriwether Lewis. Le voyage qui m'attendait est soudain devenu très réel.

« Et d'ailleurs, me suis-je dit, quitte à partir à l'aventure, autant que ce soit une aventure digne de ce nom. »

Oui, c'était décidé : pour me rendre à Washington et obtenir mon premier emploi, j'allais sauter dans un train de marchandises. Et voyager en clandestin, comme un hobo (un vagabond du rail).

Finalement, je ressemblais bien à mon père : j'avais du mal à résister à l'attrait de l'histoire mythique. Mais tandis que, chez lui, la spirale de la nostalgie éternelle était axée sur l'Ouest hollywoodien des cow-boys et des grandes traversées, chez moi, c'étaient les mots « trépidante ville ferroviaire » qui, à peine murmurés, faisaient monter ma tension d'un cran. Un irrésistible patchwork d'images surgissait dans mon esprit : quais de gare remplis de familles débarquant avec des montagnes de bagages pour vivre une vie nouvelle dans l'Ouest, chuintement de la vapeur, odeur de la chaudière dans le ventre de la motrice, cambouis, poussière, conducteur à l'impossible moustache, résonance mélancolique du silence après le puissant coup de sifflet de la locomotive, et ce petit homme qui a dormi toute la journée devant le minuscule et unique bâtiment de la gare, le visage recouvert d'un journal jauni annonçant en une : *L'Union Pacific Railroad vend des terres à bon marché !*

D'accord, d'accord, je reconnais que ce sentimentalisme m'empêchait peut-être de vivre avec mon temps. Au vingt et unième siècle, le terme « chemin de fer transcontinental » ne déchaînait plus, comme dans les années 1860, la frénésie expansionniste de salons entiers de dandys new-yorkais, mais justement : je trouvais bien triste cette amnésie technologique. Si j'avais eu la moindre influence sur l'évolution des tendances aux États-Unis, j'aurais essayé de réveiller la fascination des Américains pour les villes mythiques qui jalonnaient la ligne transcontinentale, les curieux soupirs de la locomotive

La seule expérience personnelle qui s'approche de cette altération radicale de la conception de l'espace et du temps et me permette d'en entrevoir la profondeur, je l'avais vécue en jouant à « La piste de l'Oregon » avec Layton sur notre Apple II GS (notre Vieux Coucou, comme nous l'appelions).

Vingt ans, peut-être, après qu'il aurait mérité d'être remplacé par un modèle plus moderne, Notre Vieux Coucou restait le cheval de trait informatique du ranch. Si Gracie lui avait tourné le dos depuis longtemps pour s'acheter son portable rose rien qu'à elle qui ressemblait à un siège de toilettes, Layton et moi nous moquions que notre Vieux Coucou ne soit plus tout jeune et soit taché de ketchup depuis la bataille de hot-dogs. Nous l'adorions. Et nous passions des heures dessus à jouer à une version très pixellisée de « La piste de l'Oregon ». Nous donnions toujours des noms horribles à nos personnages : Morpion, Fessemolle, Petite Face de Pet ; comme ça, quand ils mouraient du choléra, nous pouvions faire semblant de ne pas être tristes.

Un jour, et je crois que c'était seulement une semaine avant que nous décidions de mener notre expérience avec les fusils dans la grange, Layton a découvert que si on dépensait tout son argent pour acheter des bœufs à Independence, dans le Missouri, au tout début du jeu – si on renonçait à la nourriture, aux vêtements et aux munitions pour acquérir une armada de 160 bêtes pour l'attelage du chariot – alors on augmentait sa vitesse de 10 km/h par bœuf, sans jamais atteindre de seuil maximum. On pouvait ainsi finir le jeu en deux jours, en voyageant, d'après mes calculs, à une vitesse d'environ 1 600 km/h. Nu, affamé et sans armes, on filait tout de même tellement vite qu'on traversait le continent en un rien de temps, en échappant au choléra. La première fois que nous avons gagné le jeu de cette manière, nous sommes restés un certain temps à fixer bêtement l'écran, en essayant de faire de la place sur nos cartes mentales pour un monde autorisant un tel raccourci.

Puis Layton a dit : « C'est un peu nul, ce jeu, maintenant. »

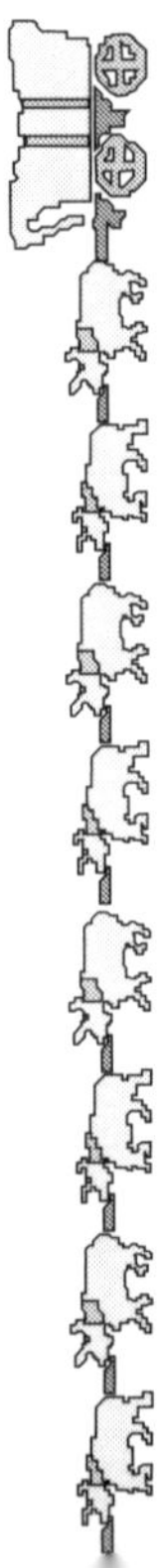

à vapeur, le tendre professionnalisme avec lequel le conducteur moustachu consultait sa montre de gousset une minute exactement avant l'arrivée du 10 h 48. Le chemin de fer avait révolutionné *le concept même de temps* : des villes entières avaient réglé leur rythme circadien sur ces coups de sifflet solitaire, et les voyages d'un bout à l'autre du pays, qui, naguère, prenaient trois mois, ne demandaient soudain plus que quelques jours.

Ma nostalgie ne reposait-elle pas sur des bases plus solides que celle de mon père ? Il se raccrochait à des mythes, moi à la science empirique. D'ailleurs, mon amour du chemin de fer s'apparentait moins, je crois, à de la nostalgie qu'à de l'admiration pour le train qui, objectivement, demeurait le summum du transport terrestre. L'automobile, le camion, l'autocar : c'étaient tous des cousins rabougris de la locomotive, parfaite, et de sa suite cliquetante.

Voyez donc l'Europe ! Voyez donc le Japon ! Ils avaient fait du train la pierre angulaire de leur système de transports. Il offrait à des foules ravies un moyen de déplacement efficace et confortable : sur le chemin de Tokyo à Kyoto, on pouvait essayer de trouver d'autres anagrammes parfaits de noms de ville, on pouvait étudier les variations topographiques et écologiques du Japon central, on pouvait lire des mangas, on pouvait dessiner des cartes des endroits qu'on traversait et les décorer avec des personnages de mangas… Qui sait, peut-être pouvait-on même rencontrer sa future femme en voyageant dans des conditions aussi relaxantes d'un point A à un point B.

Aussi, quand j'ai décidé de me rendre à Washington par la ligne de fret du Chemin de Fer américain moderne, d'honorer les derniers vestiges de cette grande industrie du temps passé, cela me paraissait avoir du sens. Ce serait comme un pèlerinage.

J'ai récemment lu un article sur un prototype de train japonais, le Maglev, qui flotte à un millimètre au-dessus des rails grâce à de puissants aimants. L'élimination de la friction lui permet d'atteindre la vitesse record de 581 km/h. J'ai écrit une lettre de félicitations aux ingénieurs de Tokogamuchi Inc., dans laquelle j'ai aussi précisé que je me tenais gracieusement à leur disposition pour tout travail de représentation topographique, car c'est d'ingénieurs comme ceux-là que le monde a besoin aujourd'hui : capables d'élaborer des techniques de pointe intégrant avec intelligence (et respect) l'héritage de l'Histoire. « Venez en Amérique, ai-je supplié M. Tokogamuchi. Nous vous organiserons une parade que vous ne serez pas prêt d'oublier. »

À 5 h 05 du matin, j'ai lancé à ma chambre un dernier regard qui n'a servi qu'à renforcer l'impression que j'avais d'oublier quelque chose d'extrêmement important, et, craignant que le moindre délai ne me pousse à arracher la fermeture Éclair de ma valise pour tout reprendre à zéro, je me suis glissé dans le couloir et j'ai descendu l'escalier en faisant de mon mieux pour étouffer le *ka-thunka ka-thunka* de ma valise sur les marches.

La maison était silencieuse. On entendait le tic-tac des horloges.

Arrivé en bas de l'escalier, je me suis arrêté. J'ai laissé ma valise par terre et je suis reparti en arrière, remontant les marches deux par deux, puis j'ai longé le couloir à pas de loup jusqu'à la dernière porte. Je ne l'avais pas ouverte depuis cent vingt-sept jours : depuis le jour de son anniversaire – il était né un 21 avril –, quand Gracie avait insisté pour organiser une petite cérémonie là-haut avec de la sauge et de fausses pierres précieuses en plastique qu'elle avait achetées au Dollar Store. Elle ne s'était pas ruinée, mais je trouvais tout de même ça gentil, et puis personne dans la famille n'en avait fait autant. En général, sa porte restait fermée, ou presque fermée, car les courants d'air faisaient toujours sauter le loquet et la maintenaient entrouverte (ce qui, je dois l'avouer, faisait un peu froid dans le dos).

À vrai dire, je ne sais pas trop pourquoi Layton avait sa chambre là-haut. On y cuisait en été, on y gelait en hiver, et ces températures extrêmes, combinées aux puissants effluves de caca de souris qui émanaient des rainures du plancher, rendaient le grenier presque inhabitable. Mais ça ne semblait pas le déranger. Il profitait de l'espace pour s'entraîner au lasso sur son cheval à bascule rouge. Le soir, quand il était encore vivant, on pouvait entendre dans toute la maison le bruit sourd de sa corde qui heurtait puis raclait le sol du grenier, encore et encore.

En montant les dernières marches, j'ai aperçu ce cheval à bascule, dans le coin du grenier où il s'était toujours trouvé. À l'exception de cette créature silencieuse et d'un porte-fusils sans fusils, la chambre était nue. Elle avait été nettoyée peu à peu, d'abord par le shérif, puis par ma mère et enfin par mon père, qui y était monté une nuit et avait repris tous les cadeaux qu'il avait faits à Layton : les éperons, le Stetson, la ceinture, les balles. Certains d'entre eux ont fini par réapparaître un à un dans le Sellon, sur l'autel dédié à Billy the Kid. D'autres ont disparu, remisés sans doute dans l'un des nombreux abris qui parsemaient le Coppertop. Père ne les a jamais portés.

Debout au milieu de la pièce, j'ai regardé le cheval à bascule. Toute mon énergie télépathique n'aurait pas suffi à le délivrer de son immobilité. J'avais l'impression que même si je m'avançais jusqu'à lui et que j'appuyais sur son encolure, il ne bougerait pas.

« Au revoir, Layton, ai-je dit. Je ne sais pas si tu es encore là ou si tu es déjà parti, mais je m'en vais pour un petit moment. À Washington, DC. Je te rapporterai un souvenir. Peut-être un petit président qui hoche la tête, ou un globe à neige. »

Silence.

« Ce n'est pas très gai, ici, dis donc. »

Le cheval à bascule était immobile. Toute la pièce était immobile, comme une image qui aurait été extrêmement bien dessinée.

Le cheval à bascule de Layton
Oh. Il me manque.

« Je suis désolé de ce que j'ai fait », ai-je dit.

J'ai refermé la porte du grenier et je suis reparti vers le rez-de-chaussée. Au milieu de l'escalier, j'ai entendu un bruit dans le bureau du Dr Clair, comme si quelqu'un frottait des petits cailloux les uns contre les autres. Je me suis figé, le pied en l'air. Je voyais de la lumière sous la porte.

J'ai tendu l'oreille. Il y avait le tic-tac de la grande horloge en acajou, il y avait les craquements de bois de la véranda. Rien d'autre. Cela confirmait l'hypothèse que j'avais formée il y a quelque temps déjà, que, passé minuit, les bruits dans les vieilles maisons n'obéissaient plus au bon vieux principe de l'effet généré par la cause : le bois de la véranda pouvait craquer de son propre chef, les petits cailloux pouvaient se frotter tout seuls les uns contre les autres.

Je suis descendu sur la pointe des pieds et j'ai avancé jusqu'à la porte du bureau. Elle était légèrement entrouverte. Le Dr Clair s'était-elle levée très tôt pour préparer son matériel avant de partir en expédition dans le Nord ? De nouveau, j'ai entendu l'étrange bruissement. J'ai pris une profonde inspiration et j'ai regardé par le trou de la serrure.

La pièce était vide. J'ai poussé la porte et je suis entré. *Oh ! quelle étrange sensation, d'entrer chez quelqu'un à son insu !* Le sang me battait dans les tempes. J'étais déjà venu ici, mais toujours en présence du Dr Clair. Cette intrusion secrète me paraissait épouvantablement illégale.

Seule sa lampe de bureau était éclairée ; le reste de la pièce se drapait d'ombres obscures. J'ai observé les innombrables rangées d'encyclopédies entomologiques, les carnets, les vitrines, les bousiers épinglés. Un jour, une version adulte de moi-même aurait chez lui une pièce exactement comme celle-ci. Sur le bureau du Dr Clair, il y avait sa série de boîtes en palissandre, déjà remplies et prêtes pour le voyage.

Ces boîtes lui avaient été offertes par un entomologiste russe, le Dr Ershgiev Rolatov, qui avait séjourné chez nous pendant deux semaines quelques années plus tôt et qui, je pense, vouait au Dr Clair un tendre béguin de scientifique, si ce n'était un authentique amour de Slave. Il ne parlait pas un mot d'anglais, mais le soir, au dîner, il discourait interminablement dans sa langue maternelle comme si nous le comprenions tous.

Puis, un jour, mon père est rentré avec les pouces glissés dans les passants de son jean, ce qui était toujours le signe que quelque chose n'allait pas au Coppertop. Plus tard, le Dr Ershgiev Rolatov est rentré à son tour par la porte de derrière, le visage ensanglanté. La mèche qu'il rabattait toujours soigneusement sur son crâne se dressait à présent comme une main aux doigts écartés. Il est passé devant moi, dans la cuisine, sans dire un mot. C'était la première fois qu'il se taisait en deux semaines, et ça m'a presque fait regretter toutes les fois où il s'était adressé à moi, avec une ardeur si sincère, dans sa langue gutturale. Il est parti le lendemain. C'est l'une des rares occasions où j'ai vu mon père réaffirmer ses liens maritaux.

De nouveau, j'ai entendu le léger frottement de cailloux et je me suis aperçu qu'il venait du terrarium où le Dr Clair conservait ses spécimens vivants. Dans l'ombre, deux grosses cicindèles se tournaient autour. Puis elles ont chargé, et la collision de leurs exosquelettes a produit un son à la fois étonnamment fort et agréable à entendre. Je les ai regardées répéter plusieurs fois ce rituel.

« Pourquoi est-ce que vous vous battez ? » ai-je demandé. Elles m'ont regardé. « Pardon, ai-je dit en toussant. Je ne voulais pas vous déranger. » Et je les ai laissées à leurs affaires.

J'ai fait le tour du bureau. Comment savoir si je ne voyais pas cette pièce pour la dernière fois ? J'ai caressé du bout des doigts les reliures bordeaux des carnets du Dr Clair. Toute une série d'entre eux portait la mention EOE. C'était peut-être un code pour ses notes sur la cicindèle vampire. *Vingt ans de notes.* Mais elle m'avait parlé d'un nouveau projet, elle voulait me montrer un de ses carnets. De quoi pouvait-il bien s'agir ?

Juste sous sa lampe de bureau, dans le rond de lumière, reposait justement l'un des carnets bordeaux EOE sur la cicindèle vampire. C'était presque comme si…

Soudain, j'ai entendu grincer les marches de l'escalier. Quelqu'un venait. Une alarme s'est déclenchée dans ma tête et, sans trop savoir pourquoi – je ne pourrais pas vous expliquer mon geste – j'ai pris le carnet qui était posé sur le bureau et je me suis enfui. *Oh! c'était un crime, je le sais bien!* D'autant plus qu'il s'agissait de notes scientifiques, et qu'en les volant je privais le Dr Clair de certaines données précieuses, peut-être même cruciales : et si c'était dans ce volume précis que se trouvait le chaînon manquant, la solution de ses recherches? Mais je voulais emporter un petit morceau d'elle. Oui, je ne le nie pas : les enfants sont parfois des monstres d'égoïsme.

Je m'étais trompé, personne ne venait. Le grincement que j'avais entendu était une anomalie de l'après-minuit. C'était encore le vieux ranch qui me jouait des tours. *Bien joué, vieux ranch, bien joué.*

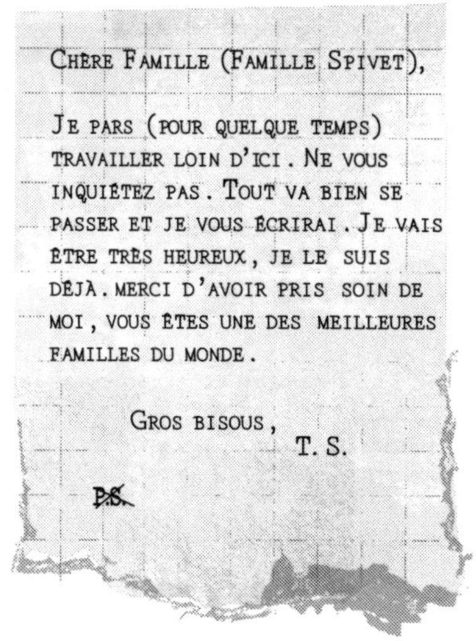
Chère Famille (Famille Spivet),

Je pars (pour quelque temps) travailler loin d'ici. Ne vous inquiétez pas. Tout va bien se passer et je vous écrirai. Je vais être très heureux, je le suis déjà. Merci d'avoir pris soin de moi, vous êtes une des meilleures familles du monde.

Gros bisous,

T. S.

~~P.S.~~

La lettre
page arrachée au carnet V54

Je n'avais plus qu'une seule chose à faire. Sans un bruit, je suis entré dans la cuisine et j'ai glissé ma lettre dans le bocal à gâteaux. Elle ne serait pas découverte avant l'heure du déjeuner, quand Gracie sortirait le bocal pour manger des cookies, et d'ici-là j'aurais déjà une bonne longueur d'avance.

Je savais que Gracie finirait sûrement par rapporter notre conversation à mes parents et que, dès lors, ils devineraient vite ma destination. Peut-être même qu'ils appelleraient Washington avant que j'y arrive, et dans ce cas le scénario de mon arrivée au Smithsonian, tel que je l'avais rêvé, ne se réaliserait jamais. Mais cette éventualité, comme tout le reste pour l'instant, échappait à mon contrôle, aussi l'ai-je ajoutée à ma « Liste des angoisses inutiles » et ai-je feint de ne plus y penser, même si, en réalité, mon angoisse s'est juste habilement dissimulée derrière un tic nerveux, une sorte de pas sauté sur le pied droit que je faisais toujours quand j'essayais de garder mon calme.

Liste des angoisses inutil

Pas assez de temps : les adulte
les attaques d'ours ; la fin de
qu'il devienne aveugle ; la ging
que le feu détruise toutes mes
que le Dr Clair ne découvre jam

En traversant le Sellon avec ma valise, j'ai vu que la télé diffusait, en silence, *L'Étrange Incident*. Dans le film, trois hommes ligotés étaient hissés sur trois chevaux et menés vers la potence sous les yeux d'une foule en colère. Pendant quelques instants, je suis resté figé, fasciné par l'acte rituel qui se déroulait à l'écran : les nœuds coulants qu'on ajustait autour du cou des hommes, l'image du coup de feu, l'image du coup de fouet, puis la lourde chute des corps, hors cadre, que je devinais. Je savais que rien de tout ça n'était vrai, mais l'effet était le même.

Merveilleux est entré dans la pièce obscure sur ses pattes cliquetantes.

« Hello, Merveilleux », ai-je dit sans quitter l'écran des yeux. Mais ils ne montraient pas les corps des pendus, seulement trois ombres silencieuses qui dansaient doucement sur le sol.

Hello.

« Tu vas me manquer. »

Il regardait la télé lui aussi. *Où est-ce que tu vas ?*

Un instant, j'ai eu peur qu'il le répète au Dr Clair, mais je me suis rendu compte que c'était absurde. Merveilleux était un chien qui ne possédait pas la faculté de la parole.

« Au Smithsonian. »

Ça devrait être chouette.

« Oui. Je suis quand même un peu nerveux. »

Il ne faut pas.

« D'accord. »

Tu reviendras ?

« Oui. Oui, j'en suis à peu près sûr. »

Tant mieux. On a besoin de toi ici.

« Ah bon ? » ai-je dit en me tournant vers lui.

Il n'a pas répondu. Nous avons continué à regarder le film quelques instants, puis je l'ai serré dans mes bras et il m'a léché l'oreille. Sa truffe, contre ma tempe, m'a paru plus froide que d'habitude. J'ai repris ma valise et, après avoir réussi, par je ne sais quel miracle, à y glisser le carnet volé au Dr Clair, j'ai ouvert la porte qui donnait sur la véranda.

Dehors, il régnait cette clarté particulière d'avant l'aube, quand l'énergie du vivant ne s'est pas encore emparée de la nouvelle journée. L'air n'était pas inondé de conversations, de bulles de pensée, de rires, de regards obliques. Tout le monde dormait ; les idées de chacun, ses espoirs, ses intentions secrètes étaient prises dans le monde des rêves et laissaient ce monde-ci libre, aussi pur, pâle et froid qu'une bouteille de lait au réfrigérateur. Tout le monde dormait, sauf Père, peut-être, qui allait se lever dans une dizaine de minutes, si ce n'était pas déjà fait. Cette pensée me fit hâter le pas pour descendre les marches de la véranda.

Les Pioneer Mountains se découpaient, ombres noires immobiles, sur un ciel lentement bleuissant. La ligne dentelée de l'horizon, où la terre devenait atmosphère, je la connaissais par cœur, je l'avais étudiée, tracée sur le papier, je la retrouvais chaque fois que je sortais par cette porte, et pourtant, ce matin, dans cette lumière, cette démarcation obscure entre le noir et le bleu, entre ce monde-ci et celui-là me paraissait entièrement nouvelle, comme si les montagnes s'étaient refait une beauté pendant la nuit.

J'ai commencé à marcher dans l'herbe humide de rosée. En deux pas, mes baskets étaient trempées. Moitié traînant, moitié portant ma valise, j'ai compris que je ne pourrais pas continuer ainsi sur le kilomètre six cent cinquante-trois qui me séparait de la gare. J'ai brièvement envisagé de voler la voiture du Dr Clair, le break Ford Taurus qui sentait le formol, le chien et les pastilles à la framboise qu'elle cachait partout, mais je me suis dit que ça risquait d'attirer l'attention sur ma disparition.

Après avoir réfléchi quelques instants au problème, je suis reparti vers la véranda, je me suis mis à quatre pattes pour regarder en dessous et j'ai trouvé ce que je cherchais : le chariot Radio Flyer rouge de Layton, couvert de toiles d'araignées, salement bigné en plusieurs endroits (depuis le jour où il s'en était servi pour tenter de s'envoler du toit), mais encore malgré tout en très bon état de marche.

Fait stupéfiant, la valise s'encastrait parfaitement entre ses parois irrégulières : le bossellement du chariot semblait correspondre exactement à ses contours.

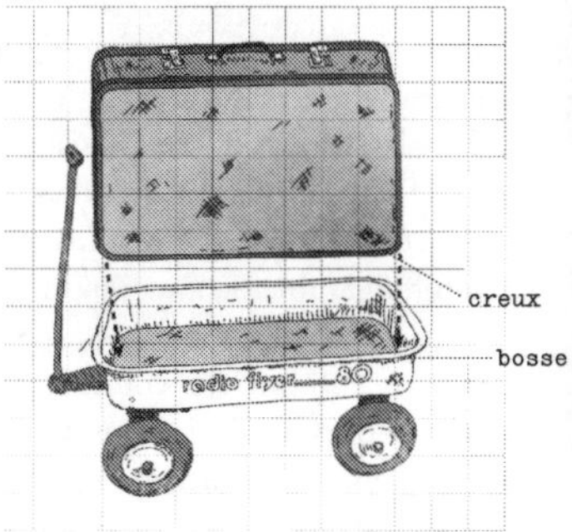

Le Radio Flyer, la valise, et la correspondance des bosses et des creux
Carnet V101

J'étais touché par l'étrange coïncidence qui, en ce matin sombre et froid, alignait en quelque sorte les aventures gravitationnelles de Layton avec la somme et la disposition exactes de mes affaires dans ma valise. Cela m'a fait regretter qu'il ne soit pas là avec moi.

Cette expression, « Chariot de vaines promesses », m'est restée dans la tête, et, en descendant la route, je me suis dit que ç'aurait pu être le titre d'une mauvaise autobiographie de cow-boy façon confessions intimes, ou d'un mauvais album de country, ou de n'importe quoi de mauvais, en fait. Mon discours regorgeait-il donc de ce genre d'expressions clichés ? Peut-être les avais-je intégrées inconsciemment, en écoutant parler mon père ; même si, quand il parlait ainsi, ces expressions ne faisaient plus cliché : dans sa bouche, elles étaient naturelles et sonnaient comme un coup de sabot sur un sol poussiéreux, ou comme le faible claquettement d'une louche sur le bord d'un pichet de limonade.

L'allée de graviers qui descendait vers la voie ferrée était pleine de trous et j'avais du mal avec le Radio Flyer, qui avait toujours l'air de vouloir prendre à gauche, vers le fossé.

« Pourquoi est-ce que tu t'obstines à foncer dans ce fossé ? ai-je fini par lui demander. Tu n'es qu'un chariot de vaines promesses. »

Tout à coup, les phares d'une voiture se sont allumés derrière moi. Je me suis retourné et j'ai senti mon cœur se serrer.

C'était le pick-up.

C'était fini. C'était fini avant même que j'aie franchi les limites de notre propriété. Comment avais-je pu imaginer que je réussirais à aller à Washington alors que je n'étais même pas capable de sortir de ma propre allée ? Néanmoins, l'idée que mon voyage s'arrêtait là m'apportait aussi un profond soulagement, comme si mon destin me rappelait à lui, comme si, de toute manière, il n'avait jamais été question que je puisse partir vivre dans l'Est. J'étais un garçon de l'Ouest, et ma place était ici, dans le vortex du Coppertop.

Le pick-up a passé le virage et s'est retrouvé directement derrière moi. Un bref instant, j'ai songé à m'enfuir dans les bois, car il faisait encore assez sombre, mais je traînais déjà le Radio Flyer avec beaucoup de difficultés et désormais, quoi qu'il en soit, les phares étaient trop proches, j'étais pris dedans, alors je me suis rangé avec mauvaise grâce sur le côté de la route pour attendre que le pick-up s'arrête et que son conducteur fasse ce qu'il avait l'intention de faire.

Mais le pick-up ne s'est pas arrêté. Il n'a même pas ralenti. C'était bien la vieille Georgine : j'avais reconnu la valse à trois temps, *freup freup freup*, de son moteur, mais à aucun moment la valse n'a cessé, et, quand le pick-up est passé, j'ai aperçu le temps d'un éclair, derrière le rideau des phares, l'intérieur de la cabine et le profil familier de Père au volant, le chapeau incliné à tribord. Il ne m'a même pas jeté un regard, et pourtant, il m'avait forcément vu : pas moyen de nous rater, le Radio Flyer, ma valise pleine à crever de matériel topographique et moi.

Pour la deuxième fois en douze heures, je me suis retrouvé à regarder les deux phares rouges de ce pick-up disparaître dans l'obscurité.

Mon corps tremblait. Je ne bougeais pas, hypnotisé par la bouffée d'adrénaline qui venait de m'envahir à l'idée de me faire prendre, et dérouté par la réaction de mon père. Pourquoi ne s'était-il pas arrêté ? Est-ce qu'il savait déjà que je partais ? Est-ce qu'il voulait que je parte ? Est-ce qu'il voulait que je sache qu'il voulait que je parte ? J'étais responsable de la mort de son fils préféré, je devais donc être banni du ranch. Ou bien était-il juste aveugle ? Aveugle, depuis toutes ces années, et s'efforçant de le dissimuler derrière une indifférence bourrue de cow-boy ? Était-ce pour cela qu'il ouvrait toujours la même barrière ? Parce que c'était la seule qu'il savait situer ?

Mon père n'était pas aveugle.

J'ai craché par terre. Un petit crachat fin, presque inexistant, comme ceux que les Mexicains jetaient constamment du haut de leurs chevaux quand ils travaillaient sur le ranch. Cette expulsion perpétuelle de liquide par la bouche m'avait toujours intrigué, et j'avais développé l'hypothèse que ces gouttelettes contenaient tous les mots que le cracheur ne prononçait pas. Tandis que je regardais ma propre perle de salive glisser entre les graviers de l'allée, j'ai eu un nouveau coup au cœur : j'ai brusquement compris que je devais continuer ma route. Un instant plus tôt, j'avais accepté ma capture et l'idée que mon voyage était terminé, et je m'étais détendu, résigné. À présent, libre à nouveau, face à une route plus ouverte que jamais, je devais retrouver mes réflexes d'aventurier. Je devais, comme un chat, rester toujours sur le qui-vive, car j'étais de nouveau un jeune hobo des temps modernes.

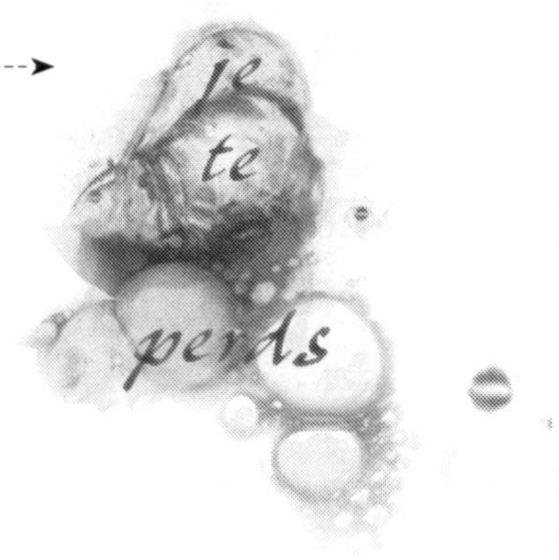

J'ai consulté ma montre.

5 h 25.

Il me restait environ vingt minutes avant que le train ne débouche dans la vallée. Vingt minutes. J'avais dessiné un jour un schéma du temps qu'il faudrait pour faire le tour de la Terre en marchant le long du quarante-neuvième parallèle ; j'avais donc mesuré à cette occasion la longueur de mes pas et la vitesse à laquelle je marchais. Je faisais des pas de soixante-seize centimètres environ, parfois un peu plus, parfois un peu moins, selon mon humeur et mon désir d'arriver là où j'allais. Je faisais entre quatre-vingt-douze et quatre-vingt-dix-huit pas par minute, couvrant ainsi, en moyenne, une distance de soixante-treize mètres.

En vingt minutes, je parcourais donc en général mille quatre cent soixante mètres. Je me trouvais à environ un kilomètre six cents de la voie ferrée. Et je me traînais ce chariot calamiteux. Il ne fallait pas être un génie pour comprendre que j'allais devoir courir pour arriver à temps.

Les dernières étoiles perdaient en éclat et quittaient le ciel en vacillant. Tout en dévalant l'allée avec le chariot rouge qui bringuebalait derrière moi et venait sans cesse me pincer les talons, j'essayais de me concentrer sur une nouvelle question : comment allais-je me débrouiller pour arrêter le Cheval de Fer ? Je n'étais pas spécialiste des voyages clandestins, mais je savais qu'on ne monte jamais dans un train en marche, parce que même s'il avance très lentement, si l'on glisse et qu'on tombe sous les roues, il ne va pas chercher à vous éviter. Petit, j'étais fasciné par Peg Leg Sam, un hobo devenu musicien qui avait rejoint la troupe de bonimenteurs de l'Appalachian Medecine Show, et jouait d'un harmonica qu'il tenait entre ses longs doigts noueux, marmonnant d'étranges chansons d'amour qui parlaient de légumes frits et de la jambe qu'il avait perdue en tombant ainsi d'un train. Je ne voulais pas devenir Peg Leg Spivet.

La solution m'est apparue quand je suis enfin arrivé à l'endroit où Crazy Swede Road croisait les rails. Nous n'avions pas ces vieilles barrières crasseuses rouge et blanc qui s'abaissent pour empêcher les voitures de passer : notre route était trop peu fréquentée pour justifier l'installation de ce type d'équipement, mais ce que nous avions, en revanche, c'était un dispositif de signalisation destiné au train lui-même. Ce dispositif se composait de deux feux superposés, très puissants, dotés chacun d'une petite visière qui les protégeait

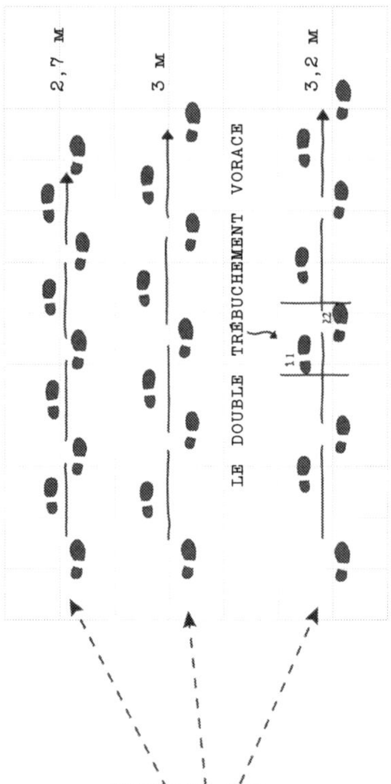

Humeur :	Longueur des pas (en cm)	Pas/minutes :	Mètres/minutes :
Désastreuse	70	92,3	64,6
Harmonieuse	76	96,4	73,2
Vorace	79	98	77,4

Tableau des pas de T. S. **– Carnet B22**

de la pluie et de la neige. Pour l'instant, les feux indiquaient « voie libre » : un feu blanc au-dessus d'un feu rouge. Si je trouvais le moyen de faire passer le feu du haut du blanc au rouge, j'obtiendrais un « double rouge » qui signifiait « arrêt impératif » sur cette ligne de l'Union Pacific. J'ai inspecté le poteau sur toute sa longueur, espérant à moitié y découvrir un boîtier de contrôle avec de gros boutons marqués « blanc », « vert », « rouge », mais je n'ai rien vu. Rien d'autre qu'un poteau de métal lisse et froid et, tout en haut, ce maudit Grand Feu Blanc qui se tenait au garde-à-vous, l'œil fixe.

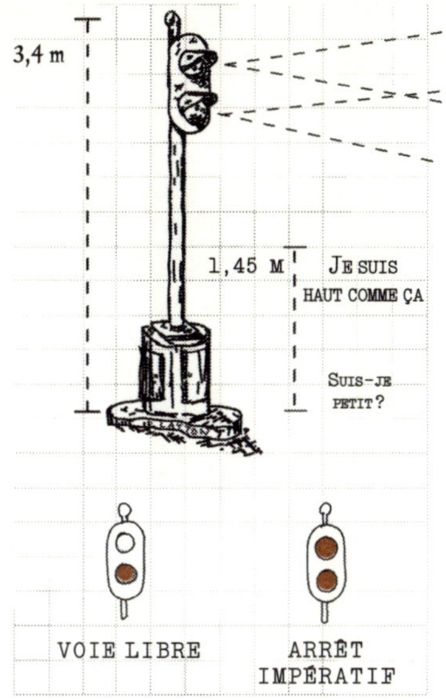

Le feu de signalisation
Carnet V55

Alors que je le dévisageais, le feu s'est mis à parler lentement, en détachant les syllabes : *Ne fais pas le malin avec moi, T. S. Je suis blanc et je vais le rester. Il y a des choses qu'on ne peut pas changer dans la vie.*

C'était peut-être vrai, mais je venais d'avoir une idée, une idée incroyablement simple et qui pouvait, à première vue, paraître ridicule. Heureusement, je savais, pour en avoir déjà fait l'expérience en cartographie, que la meilleure solution est parfois, justement, la plus simple et la plus ridicule. Quoi qu'il en soit, l'heure n'était pas au débat : je n'avais que quatre minutes pour mettre en œuvre cette solution avant que le train arrive. Mon idée, cependant, impliquait d'ouvrir ma valise et, avec le mal que j'avais eu à la faire et à la fermer, c'était un peu comme revenir sur le lieu d'un crime. J'ai essayé d'établir une carte mentale de son contenu tel que je l'avais organisé. *Dans ce coin-là, mes slips, enveloppés autour de Thomas (« Tom »), ma loupe frontale ; au-dessus, la boîte qui contient le squelette du sansonnet dont je porte le nom, et sur la droite…*

J'ai renversé non sans peine ma valise sur son autre face, et j'ai entendu mes affaires s'entrechoquer à l'intérieur. Le bruit a continué, même une fois ma valise immobile. C'était une chose effrayante, cette valise : on aurait cru un animal préhistorique victime d'une terrible indigestion. Une nouvelle fois, j'ai décompté dans ma tête les organes internes de cette créature, puis j'ai pris à ma ceinture mon multioutil Leatherman (modèle spécial cartographe), et, avec la lame moyenne, j'ai pratiqué une petite incision dans le coin en haut à droite. Le cuir s'est fendu facilement, s'entrouvrant exactement comme j'imaginais qu'une peau vivante l'aurait fait. Je m'attendais presque à ce que la valise se mette à saigner tandis que j'opérais. J'ai glissé deux doigts à l'intérieur et j'ai tâtonné quelques instants avant de repérer ce que je cherchais, puis j'ai compté *un-deux-trois-quatre-cinq* vers la gauche et j'ai tiré du trou un gros marqueur rouge tout neuf.

Je l'ai coincé entre mes dents comme un couteau de pirate, j'ai regardé le poteau avec la détermination du grimpeur infaillible et je l'ai pris d'assaut. Le métal était glacé et j'ai eu aussitôt les doigts gelés, mais j'ai poursuivi mon ascension et soudain je me suis retrouvé en haut du poteau de signalisation, les yeux dans l'œil aveuglant du Grand Feu Blanc.

J'ai lâché une main pour prendre le marqueur et je l'ai décapsulé avec les dents, faisant montre d'une agilité orang-outienne que même Layton aurait trouvée impressionnante. Au début, la mine spongieuse semblait refuser d'accrocher sur le verre courbe et grenu, mais après quelques secondes interminables d'un gribouillage furieux et absolument sans effet, l'encre a finalement coulé. Et pour couler, elle a coulé. Au bout de vingt secondes, le changement était déjà spectaculaire : le Grand Feu Blanc, blessé à mort, se gorgeait lentement de sang.

Qu'est-ce que tu fais ? Tu me détruis ! gémissait-il dans son agonie.

Tout à coup, je me suis trouvé inondé de lumière pourpre. C'était comme si le soleil, humilié au beau milieu de l'aube par la prouesse de ce nouveau venu, avait décidé de se retirer de la compétition et d'aller se recoucher sous ses brumes écarlates. Et pourtant l'éclat de cette nouvelle aube avait quelque chose d'artificiel, la mélancolie synthétique d'un éclairage de théâtre.

J'en ai eu le souffle coupé, et pour cette raison peut-être ai-je perdu ma prise sur le poteau et suis-je tombé par terre. Je suis tombé drôlement fort.

Étendu sur le dos au milieu des genévriers, hors d'haleine, tout écorché, j'ai regardé le fanal rouge au-dessus de moi et j'ai éclaté de rire. Jamais couleur primaire ne m'avait autant enchanté. Le feu brillait, vif, inflexible, visible dans toute la vallée.

Halte là! criait-il, très à l'aise dans son nouveau rôle. *Halte, j'ai dit, sur-le-champ!*

On y croyait vraiment. Rien ne laissait deviner la lutte qui avait eu lieu : on aurait dit que le feu était passé au rouge de son plein gré.

Toujours à terre, j'ai soudain senti de sourdes vibrations courir dans le sol. Dans mes paumes. Dans les tendons de ma nuque. J'ai roulé sur moi-même et j'ai rampé sous le buisson le plus proche. *Il arrivait.*

J'avais tellement l'habitude d'entendre les trains de marchandises de l'Union Pacific traverser la vallée deux ou trois fois par jour que, en temps normal, je ne les entendais même plus. Quand on ne guettait pas leur passage, quand on se concentrait sur le crayon qu'on taillait ou sur le spécimen qu'on examinait à la loupe, leurs lointaines vibrations passaient inaperçues, perdues pour nos oreilles comme tant d'autres sons auxquels on ne prêtait pas attention : le bruit des respirations, le chant des criquets, le ronflement intermittent de notre réfrigérateur.

Mais là, c'était différent : j'attendais le Cheval de Fer, et son curieux grondement s'est emparé de toutes les synapses de mon cortex sensitif.

Au fur et à mesure que le bruit s'amplifiait, j'ai commencé à dissocier ses différents composants. Il y avait d'abord cette vibration profonde, presque imperceptible du sol (n° 1), sur laquelle se superposaient, unis dans une alchimie parfaite comme les ingrédients d'un délicieux sandwich, le *clackety-clack* des roues contre les soudures des rails (n° 2), le ronronnant *bweurra-bweurra* des turbines du moteur Diesel (n° 3) et l'irrégulier *licka-tim-tam* des attelages (n° 4). Et à tout cela s'ajoutait un frémissement métallique strident, envahissant, semblable au bruit de deux cymbales frottées très vite l'une contre l'autre (n° 5), *hizzleshimsizzleshim-hizzlehimslizzlelim*, fruit du contact tressaillant, sans cesse rompu et renouvelé, révisé et ajusté, du train contre les rails et des rails contre le train. Tous ces sons s'amalgamaient parfaitement pour former celui d'un train à l'approche, lequel constituait l'un des rares sons élémentaires existant sur cette Terre (parmi peut-être une dizaine d'autres).

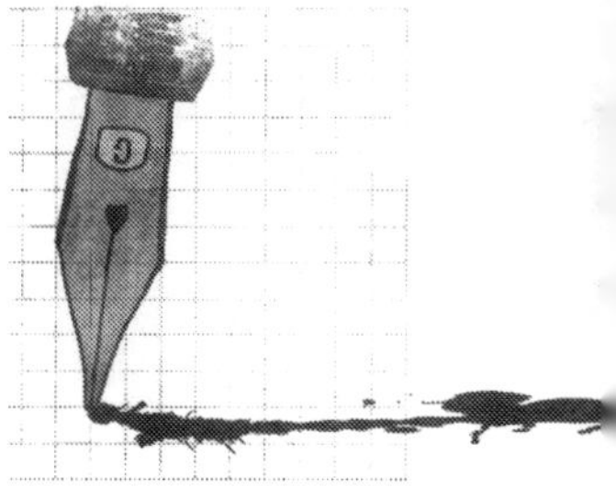

Le grattement de la plume

Autres sons élémentaires : le tonnerre; le tick tick tick de l'allume-gaz; le couinement en deux temps de l'avant-dernière marche du perron; le rire (enfin, pas n'importe lequel : je crois que je pense à celui de Gracie, quand elle se mettait à glousser sans pouvoir s'arrêter, que tout son corps se contractait et qu'on avait l'impression qu'elle redevenait petite fille); le vent qui balayait les champs de foin, surtout en automne, quand les feuilles tombaient avec un léger froissement sur les tiges barbues, les coups de feu, le grattement d'une plume Gillot sur du papier neuf.

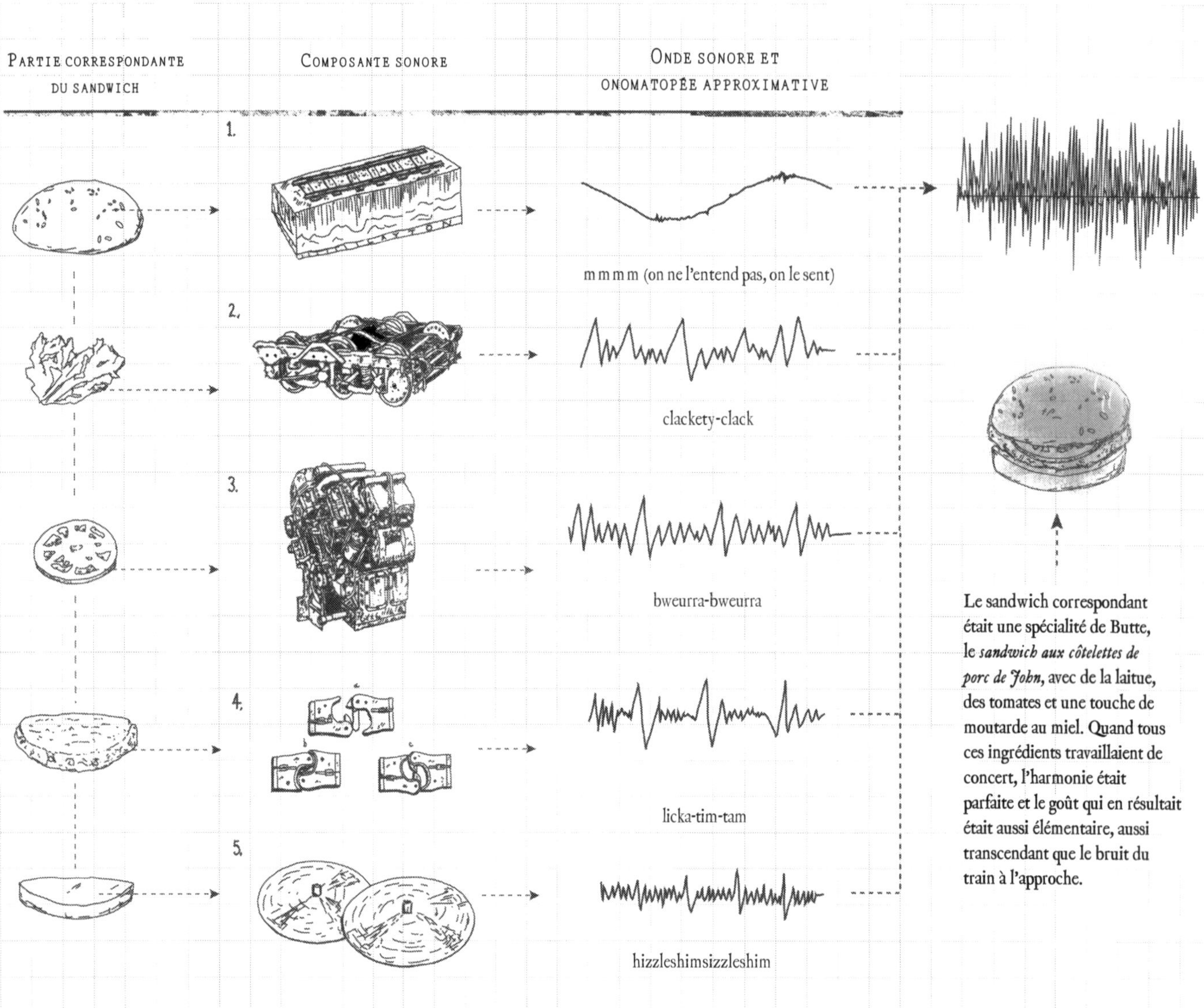

Bruit du train de marchandises perçu comme un sandwich sonore
Carnet V101

Et alors, je l'ai aperçu : l'œil brûlant de la locomotive qui émergeait de la brume, qui chargeait vers moi. Ce phare unique déchirait le brouillard et les derniers vestiges de l'aube, s'avançant comme un animal enragé dans une vallée qu'il ne voyait pas. Quand le train a pris un virage, j'ai vu se dérouler, derrière la loco jaune moutarde, son étrange corps de serpent articulé qui s'étendait à perte de vue, du moins de la vue d'un garçon de ma taille ne disposant pas de jumelles.

J'ai replongé sous le genévrier, le cœur battant. Je me rendais compte que c'était la première fois de ma vie que j'allais faire quelque chose de vraiment illégal.

J'avais des fourmis partout. On peut en apprendre beaucoup sur la solidité de ses propres fibres morales en observant la façon dont on réagit quand on commet une mauvaise action, et c'est ce que je faisais malgré moi : alors même que l'adrénaline déferlait dans mes bras et jusque dans le bout de mes doigts, je m'observais et j'observais mes réactions, et c'était comme si je suivais toute la scène avec une caméra perchée à cinq mètres au-dessus de moi. ------->

EXTÉRIEUR JOUR
UNE VOIE FERRÉE, LE MATIN.

PE montrant un train s'approchant à grande vitesse. TGP d'une main agrippant la poignée d'une valise. TGP d'un mince filet d'ÉCUME au coin d'une bouche. Un lent zoom arrière révèle le hors-la-loi aux yeux fous, qui n'a plus rien à perdre : T.S. SPIVET. CONTREBASSES et VIOLONCELLES jouent trois notes descendantes pour suggérer la TERREUR GÉNÉRALE.

Mais il n'y a eu ni écume aux lèvres ni terreur générale, car l'étrange dédoublement de la perspective dont j'étais victime s'est résolu à l'instant où j'ai pris conscience que le train arrivait toujours à vive allure, et où j'ai soudain eu l'horrible sentiment qu'il n'allait pas s'arrêter. Je n'entendais rien de ce que j'avais imaginé : aucun crissement de freins, aucun sifflement de vapeur, seulement ce lent *chugga-chugga*, et le frémissement de cymbales, et le bruit sourd des troncs d'arbres, des planches, du charbon et du maïs bringuebalés par cet énorme convoi. Et tandis qu'il continuait d'approcher (il n'était plus qu'à vingt mètres de moi à présent), je me suis maudit de ne pas avoir pris le temps de tout planifier dans le détail, de me renseigner sur sa longueur, d'évaluer le temps exact qu'il faudrait à tous ses wagons pour s'arrêter. Je songeais maintenant qu'il devait avoir accumulé beaucoup trop d'élan pour pouvoir s'arrêter net, surtout à un feu qui n'était sans doute jamais passé au rouge de toute l'histoire du chemin de fer.

La locomotive est arrivée à mon niveau et a continué sa route sans se troubler. La masse d'air déplacée m'a frappé violemment et a fait clapoter mes joues. Mon monde a disparu, écrasé par le train. Son grondement, encore décomposable quelques instants plus tôt en une somme de particules sonores, n'était plus qu'un rugissement assourdissant et confus ; des graviers, de la poussière et des saletés me volaient dans les yeux, le martèlement des roues me brisait les tympans, le monde entier se ruait en avant et je sentais ma gorge se serrer. Comment ce formidable mastodonte d'acier aux mécanismes huilés et odorants pouvait-il *jamais* s'arrêter, sans même parler de s'arrêter maintenant ? Il semblait condamné au galop éternel.

Je me suis souvenu de la première loi du mouvement de Newton, le principe d'inertie : « Tout objet en mouvement reste en mouvement à moins que quelque force n'agisse sur lui. »

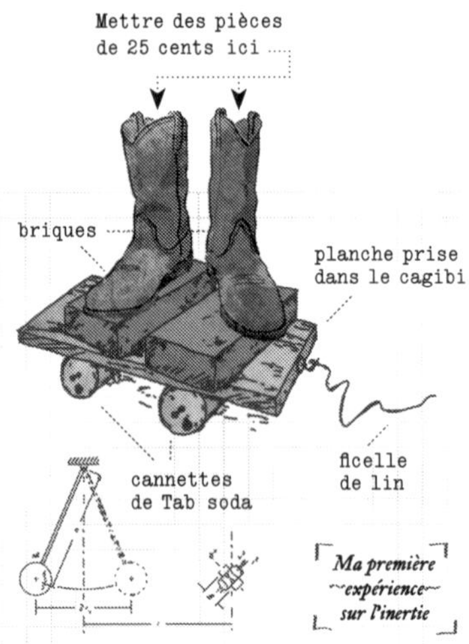

Ma première expérience sur l'inertie
Carnet V7

Ce fut un désastre. « L'inertie est plus compliquée qu'il n'y paraît », m'a dit un jour le Dr Yorn. Le Dr Yorn est vraiment intelligent.

Ma petite ruse constituait-elle une force suffisante pour agir sur cette créature ? Face au tonnage tonitruant des wagons qui me dépassaient en trombe, je savais que la réponse était *non.*

Comme le train continuait de filer à côté de moi, je me suis mis à fixer ses roues tourbillonnantes, couleur de rouille, en leur ordonnant de s'arrêter. Wagons couverts, wagons-tombereaux, wagons-trémies, wagons-citernes, wagons plats. Ça continuait encore et encore. Le vent soufflait autour de moi et l'air sentait la suie, la graisse de moteur et, étrangement, le sirop d'érable.

« Bon, on aura essayé », ai-je dit à ma valise et à son contenu.

Et c'est à cet instant précis que le vacarme a commencé à faiblir et que, à ma stupéfaction, j'ai vu l'immense file de wagons se mettre à ralentir. Le crissement de métal s'est soudain amplifié tandis que, peu à peu, les martèlements s'atténuaient, et le train parfumé au sirop d'érable a fini par s'arrêter, sans grâce, dans un grincement aigu. Une valve invisible a encore poussé quelques halètements et les attelages ont cliqueté, puis le monstre de fer s'est immobilisé, le souffle rauque. J'ai levé les yeux : devant moi se trouvait un gigantesque wagon plat. Pendant un instant, je suis resté figé, n'en revenant pas que le train se soit vraiment arrêté, que j'aie réussi, moi, avec un simple petit marqueur rouge, à interrompre la course d'un colosse pareil. Le train attendait impatiemment, dans le sifflement à peine audible de ses freins à air comprimé, au milieu de la vaste vallée.

Dans peu de temps, les choses allaient se compliquer : le conducteur allait appeler le centre de contrôle pour savoir de qui on se moquait et à quoi ça rimait, ce double feu rouge absolument pas annoncé ; mon badigeonnage serait vite découvert et mettrait tout le monde en rage, et une foule d'agents armés de lampes torches se lancerait alors à la recherche du petit fauteur de troubles que j'étais.

J'ai craché dans les genévriers et j'ai sifflé doucement entre mes dents du bonheur. C'était pour donner le signal du départ, comme un coup de feu. Et c'était parti. Je me suis relevé et j'ai extirpé ma valise de l'étreinte du chariot, qui m'a semblé s'y cramponner à cet instant : on aurait dit deux vieux amis sur le quai d'une gare, incapables de se séparer.

« Au revoir, Layton ! » ai-je lancé au chariot, et je me suis hissé sur la voie avec ma valise. Le ballast bleu-vert a crissé sous mes semelles. Ce bruit me paraissait si fort, comparé au silence relatif du train à l'arrêt, que j'étais persuadé qu'il allait me faire repérer.

M'efforçant d'être un hors-la-loi insouciant, j'ai abandonné mon idée initiale de monter dans un wagon couvert. La plate-forme qui s'était arrêtée juste devant moi ferait l'affaire : je chercherais mieux plus tard. Pour l'instant, je n'avais pas le temps d'inspecter chaque wagon en quête du logement idéal. Mais, en m'approchant du train, je me suis aperçu que le haut de la plate-forme se trouvait à au moins un mètre cinquante du sol, un sacré défi pour mon petit mètre quarante-cinq. Sans réfléchir, j'ai hissé ma valise au-dessus de ma tête, faisant preuve une nouvelle fois d'une force et d'une coordination herculéennes surprenantes, et je l'ai laissée retomber sur la plate-forme.

Hélas, lorsque j'ai voulu faire une traction (fichu test de gym !) pour me hisser à mon tour à bord du train, cette force miraculeuse m'avait presque entièrement abandonné. J'ai poussé un petit sifflement paniqué, assez semblable, ai-je pensé, au bruit que doit faire le cerf quand il comprend qu'on va lui tirer dessus.

Quelque chose comme :

Que faire de ce frêle corps de cartographe ? Haletant, je me suis glissé sous le wagon, entre les rails de métal. Je voyais devant moi, et derrière, l'enfilade infinie des châssis, et j'avais l'impression de me trouver au milieu d'un immense tunnel.

Un horrible coup de sifflet, long, dur et perçant, a retenti quelque part au-dessus du tunnel. Il a retenti une deuxième fois, et les freins ont sifflé et se sont relâchés. Puis, avec une légère secousse, l'attelage situé devant moi s'est tendu, et les wagons se sont mis à rouler lentement.

J'allais être écrasé.

Pris de panique, je me suis agrippé à l'attelage de derrière, qui s'était retrouvé au-dessus de ma tête. C'était sans doute le pire endroit où m'accrocher, à cause de toutes les pièces mobiles qui risquaient de me broyer les doigts. L'attelage était graisseux et glissant, mais il offrait de nombreuses prises. Je n'arrêtais pas d'imaginer le moment où il allait m'écraser les doigts, les aplatir comme dans les dessins animés. Pulvériser leurs os. *Pas mes doigts !* le suppliais-je. *Ils sont tellement difficiles à reconstruire.*

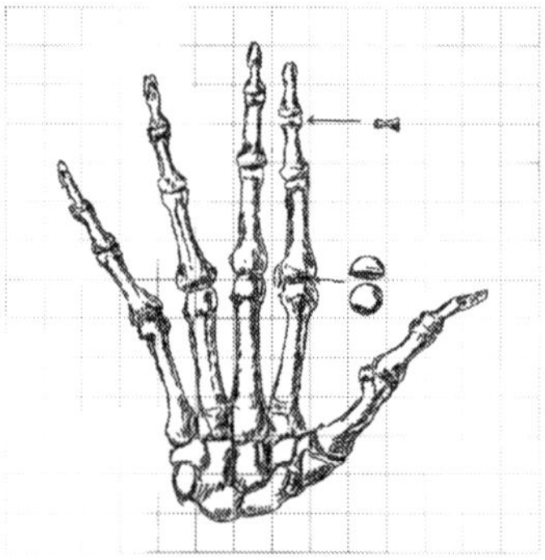

Les métacarpes du Dr Clair
Carnet V34

(Je voulais dessiner les mains de Père, avec son petit doigt abîmé, mais je ne savais pas comment lui demander de les laisser poser pour moi.)

Je tenais bon tandis que le train prenait de la vitesse. J'ai d'abord couru à reculons sur les traverses, puis j'ai lancé mes pieds en l'air pour les enrouler eux aussi autour de l'attelage, tout à fait comme un bébé singe s'accroche au ventre de sa mère quand elle évolue sur les branches d'un très grand arbre : inutile de préciser que je me cramponnais de toutes mes forces. À un moment donné, j'ai regardé en bas : les traverses étaient déjà floues. J'avais les mains pleines de sueur et de cambouis. Je me sentais lâcher prise, et je jouais en boucle dans ma tête la scène de mon inévitable chute, mais alors même que je commençais à accepter ce destin, de tomber et de mourir démembré, je continuais à lutter contre la pesanteur, et peu à peu, tandis que le train accélérait encore et que le sol au-dessous de moi devenait une soupe obscure de bois, de métal et de pierre, j'ai réussi à faire remonter ma jambe droite, centimètre par centimètre, autour de l'attelage. J'ai bataillé, j'ai soufflé, j'ai sué, et finalement je me suis retrouvé la tête en haut, à cheval sur l'attelage graisseux.

Ô triomphe ! C'était la première chose courageuse que j'avais faite de toute ma vie.

Couvert de crasse, j'ai sauté sur la plate-forme et je suis tombé sur ma valise. Enfin, je pouvais respirer. Mes doigts noircis étaient encore tout palpitants d'adrénaline. J'ai soudain regretté que Layton ne soit pas là. Il aurait adoré cette aventure.

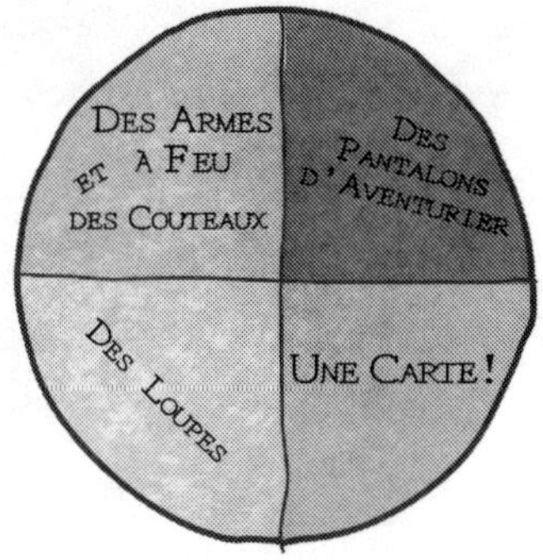

Les quatre composants de l'aventure

Par Layton et T. S. Spivet, âgés respectivement de 8 et 10 ans. Croquis original aujourd'hui enterré sous le vieux chêne avec mes dernières volontés.

Allongé sur la plate-forme, la joue contre ma valise, j'ai levé les yeux et j'ai découvert une chose absolument incroyable. Pendant un instant, je me suis senti perdu. Je venais de monter dans un train, mais j'avais devant moi un énorme motor-home flambant neuf. Au début, je n'ai pas réussi à faire le lien entre ces deux moyens de transport et je me suis dit que j'avais dû monter par erreur sur une route ou un ferry ou dans un garage, puis la raison m'est revenue. Le train transportait des motor-homes ! Et des modèles de luxe, à ce que je voyais. C'était bien la dernière chose que je m'attendais à trouver à bord d'un train comme celui-ci. Pour une raison ou une autre, je m'attendais à des marchandises plus basiques et plus sales : du bois, du charbon, du maïs, de la mélasse. Pas à cette créature merveilleuse, ce pur-sang technologique. Et je peux vous dire qu'il y a peu d'expériences aussi troublantes que de découvrir pointé sur soi le nez d'un camping-car dernier cri.

Lentement, j'ai fait le tour de la bête. *Le Palace du Cow-Boy,* lisait-on sur son flanc en fières lettres de bronze. Et sous ce nom, peint à l'aérographe dans des tons doux, minéraux, le soleil se couchait sur un ranch de la Sierra qui n'était pas sans rappeler celui que je venais de quitter, et au premier plan, un cow-boy cabrait son cheval, le bras levé vers le ciel, les doigts écartés dans un geste de conquête qui manquait un peu d'enthousiasme.

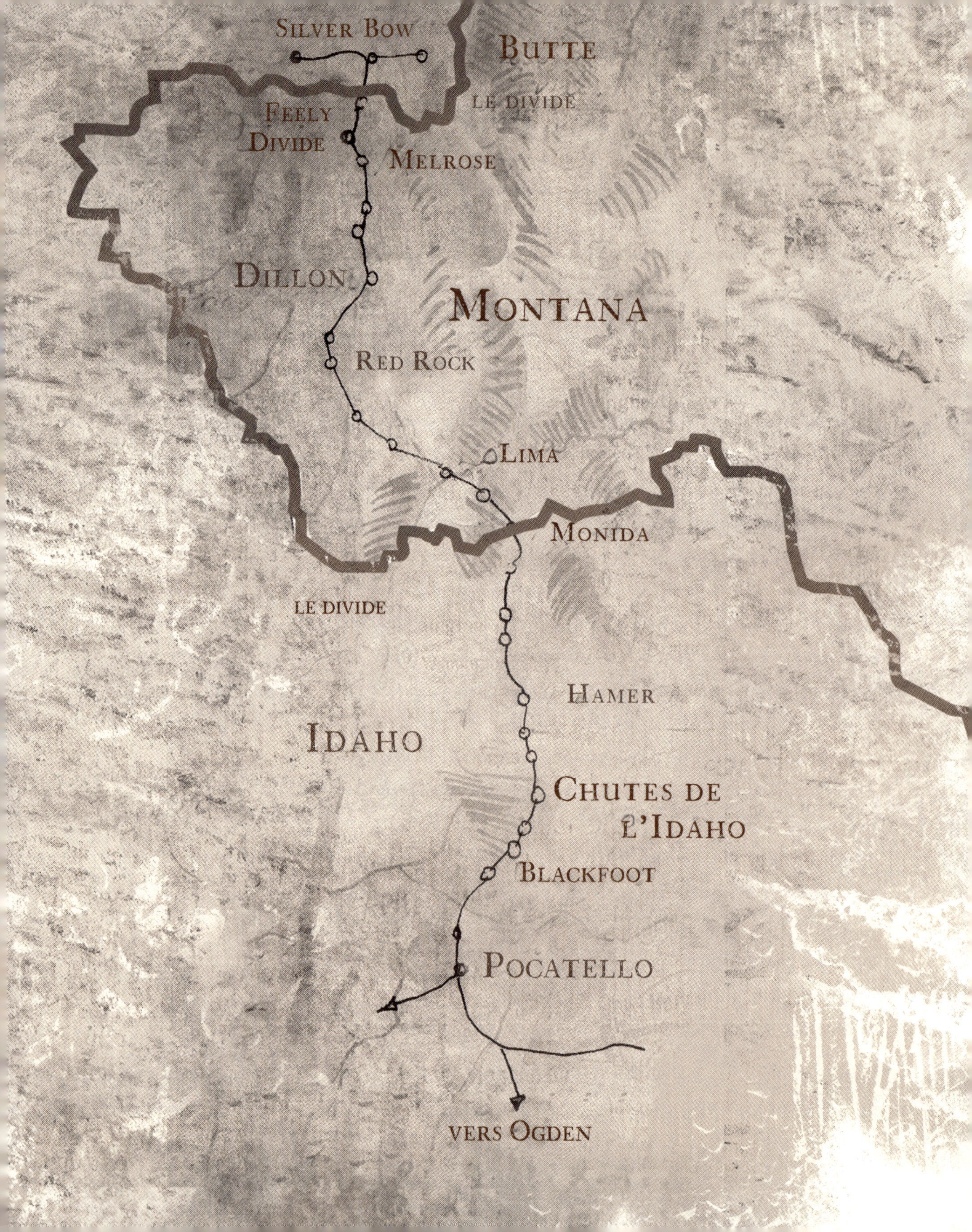
Silver Bow
Butte
Le divide
Feely
Divide
Melrose
Dillon
Montana
Red Rock
Lima
Monida
Le divide
Hamer
Idaho
Chutes de
l'Idaho
Blackfoot
Pocatello
vers Ogden

PARTIE 2 : LA TRAVERSÉE

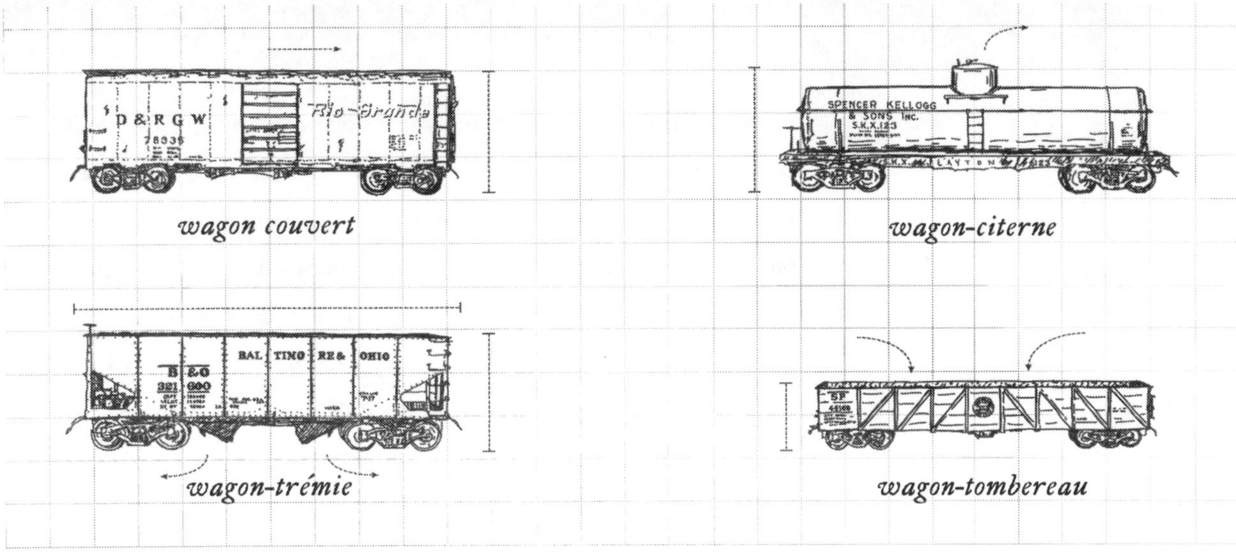

Chapitre 5

Ce que je savais du vagabondage ferroviaire, je l'avais appris pour l'essentiel en écoutant ma maîtresse de CE1, Mlle Ladle, nous lire *Hanky le Hobo*. C'était l'histoire d'un type bouclé et charismatique qui, au début du livre, habitait en Californie et traversait une mauvaise passe. Alors, que faisait-il ? Il sautait dans un train de marchandises, pardi, et c'était le début d'un tas de formidables aventures.

Vous traversez une mauvaise passe ?

Sautez dans un train de marchandises !

Même si Mlle Ladle n'avait pas jugé nécessaire d'accrocher au mur une affichette plastifiée pour nous rappeler la sagesse de ce raisonnement (à l'école, on n'affiche au mur que les truismes), il s'était bien ancré dans notre esprit.

En fait, nous étions tellement fascinés par Hanky que nous avons décidé de monter un projet de classe sur la vie des hobos. *A posteriori*, ça m'étonne que Mlle Ladle ait accepté, mais peut-être était-elle de l'école qui préconise d'encourager coûte que coûte la curiosité des enfants, même si cela implique de consacrer tout un module à l'art et à la manière de désobéir à la loi.

En travaillant sur ce projet, nous avons découvert que pendant la pénurie d'emplois de la Grande Dépression, d'innombrables chômeurs étaient partis à l'aventure en train de marchandises : c'était les premiers hobos, et on les trouvait alors groupés aux abords de tous les dépôts de chemin de fer. Parfois, toute une sarabande de hobos s'entassait dans un wagon couvert, avec peut-être un matelas ou deux, et organisait une *fête de hobos* (un de nos groupes de travail a reconstitué l'une de ces fêtes pour illustrer son exposé) : ils chantaient, faisaient cuire des œufs et regardaient le paysage défiler par la porte ouverte. Pour indiquer aux autres vagabonds voyageant sur la même ligne les endroits sûrs et les endroits dangereux, ils laissaient sur les murs des dépôts et les barrières des *signes de hobos*. Souvent, ils avaient un ami cheminot qui leur fournissait des renseignements précieux sur les horaires et les lieux de départ des trains. L'homme dont ils devaient se méfier, c'était le policier des chemins de fer, le *cogne*, comme ils disaient. Les cognes étaient d'anciens flics renvoyés pour brutalité, et beaucoup d'entre eux s'amusaient à débusquer les hobos pour leur administrer la rossée de leur vie. Autrement dit, pour les tuer. (Salmon, le garçon le moins sage mais le plus intelligent de notre classe, a fait son exposé sur les cognes du chemin de fer et, pour l'illustrer, il a commencé à casser la figure à un autre type, Olio, et il a continué pendant trente bonnes secondes avant que Mlle Ladle n'intervienne.)

Dans *Hanky le Hobo*, Hanky menait une vie palpitante où il devait sans cesse échapper aux cognes, et où il tombait des trains et autres choses du même genre. Puis, un jour, en cherchant un wagon où se cacher, il trébuchait sur une valise échouée sur le ballast. À l'intérieur, il découvrait dix mille dollars en liquide.

« Ba-wing ! » avait lancé Salmon du fond de notre petit coin-lecture. Nous ne savions pas ce que ça voulait dire, mais ça nous plaisait, alors nous avons ri.

Mlle Ladle a continué à lire. « Pourtant cette valise, Hanky ne l'a pas gardée : il l'a rendue à ses propriétaires, et a choisi de retourner à sa vie d'errance sur les rails plutôt que de dépenser de l'argent qui n'était pas le sien. »

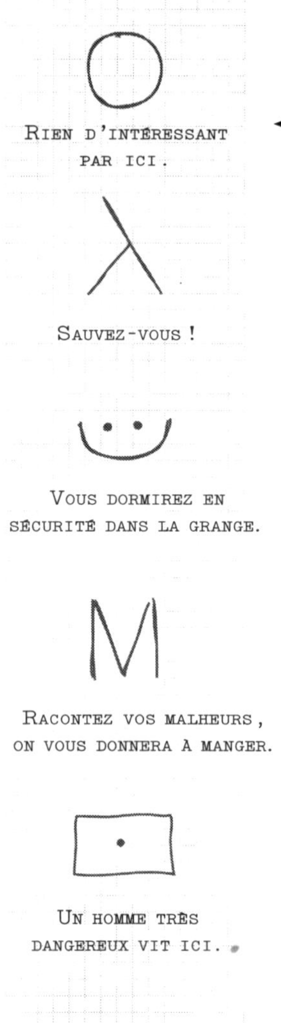

Signes de hobos
Carnet V88

Quand Layton a vu le signe de l'« homme très dangereux », il a aussitôt demandé à se le faire tatouer sur le poignet. Père n'a même pas pris la peine de lui répondre, alors Layton s'est tourné vers moi pour que je le lui dessine avec un de mes marqueurs indélébiles. C'est devenu notre rituel : chaque matin, avant de partir à l'école, je me réjouissais à l'idée de devoir repasser sur son poignet le point et le rectangle qui s'étaient estompés. Puis, un jour, Layton m'a annoncé qu'il n'avait plus besoin de mes services. Les jours suivants, j'ai regardé le symbole disparaître lentement.

Nous attendions la suite, mais, apparemment, c'était tout. Mlle Ladle a refermé le livre avec précaution, comme s'il était posé sur la cage d'une mygale.

« Alors, quelle est la morale de cette histoire ? » nous a-t-elle demandé.

Nous l'avons regardée sans comprendre.

« Qu'il vaut toujours mieux être *honnête* », a-t-elle répondu en mettant l'accent sur « honnête » comme si c'était un mot étranger.

Tout le monde a acquiescé de la tête. Tout le monde, sauf Salmon, qui a dit : « Mais, au bout du compte, il est quand même resté pauvre. »

Mlle Ladle l'a regardé, puis elle a chassé du livre un peu de poussière qui n'y était pas.

« Tu sais, il y a des gens pauvres qui sont honnêtes, a-t-elle répondu. Et heureux. »

Ce qui n'était surtout pas la chose à répondre car à cet instant, même si nous n'avons rien dit, nous avons perdu un peu du respect que nous avions pour elle. Il était évident qu'elle ne savait pas du tout de quoi elle parlait. Mais était-ce vraiment surprenant de la part d'une institutrice qui autorisait ses élèves à monter un projet de classe sur la vie des hobos ? Ce qui m'intrigue, c'est ce qu'il est advenu de notre respect. Qu'arrive-t-il au respect des enfants ? S'évapore-t-il, ou suit-il la première loi de la thermodynamique et ne peut-il donc être ni créé ni détruit, seulement transféré ?

Peut-être, ce jour-là, avons-nous simplement reporté notre respect sur Salmon, le rebelle ébouriffé qui mélangeait son lait avec son jus d'orange à l'heure du goûter, et venait de défier le système dans notre coin-lecture, nous révélant, à nous, spectateurs fascinés, que les adultes pouvaient être aussi bêtes que les enfants. Oui, c'était lui que nous respections désormais. Du moins jusqu'au jour, quelques années plus tard, où la police l'a arrêté pour avoir poussé Lila dans Melrose Canyon, et où le juge l'a envoyé au ranch de correction du Double X à Garrison.

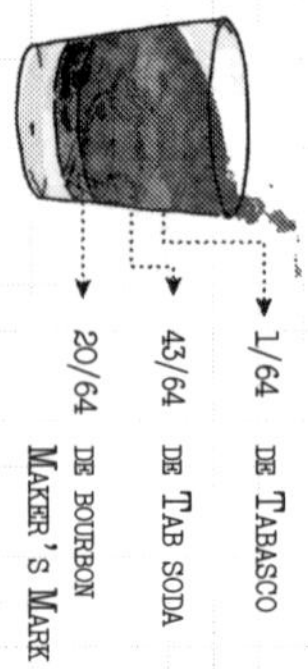

« Le coup du coyote »

Le train filait de nouveau (je n'avais pas sorti mes instruments de mesure, mais j'aurais dit, à vue de nez, que sa vitesse avoisinait les cent kilomètres à l'heure et je regardais le paysage se dérouler devant moi. La voie longeait l'I-15, une autoroute que nous avions souvent prise avec mon père pour aller rendre visite à sa demi-tante Doretta Hasting, qui habitait à Melrose. Tante Doretta était bizarre : elle collectionnait les obus non explosés de la Seconde Guerre mondiale et raffolait d'une boisson qu'elle appelait le « coup du coyote » et qui contenait, d'après mes observations, du Tab soda, du bourbon Maker's Mark et deux ou trois gouttes de Tabasco. Comme quelques minutes de bavardage suffisaient à mettre Père mal à l'aise, nous ne restions jamais longtemps chez elle, mais ça ne me dérangeait pas, car elle avait une fâcheuse tendance à laisser traîner ses mains sur mon visage, et ses mains sentaient le caca de souris et la crème de vieille dame. Plus loin sur l'I-15, il y avait aussi le rodéo de Dillon, auquel nous avions assisté cinq ou six fois avec mon père, même si nous n'y étions pas retournés depuis la mort de Layton.

La recette du coup du coyote
Carnet B55

Tante Doretta ajoutait toujours le Tabasco en dernier, d'un geste théâtral, en répétant chaque fois : « Et voilà ce qui fait toute la différence. » Il y avait un certain nombre de phrases, comme celle-là, que j'avais entendues toute mon enfance et que j'avais fini par redouter, non pas pour ce qu'elles voulaient dire, mais parce que je savais que je ne pourrais jamais y échapper.

Nous roulions vers le sud. Le jour allait éclore. J'avais froid sur cette plate-forme en plein vent, malgré mes deux pulls, et je me suis réjoui de voir les premiers rayons de soleil jaillir du col qui séparait Tweedy et Torrey Mountain et dorer les hautes pâtures. Lentement, la lumière se répandait dans la vallée, réchauffant la terre sur son passage. Les montagnes, sorties de l'ombre, semblaient s'étirer en bâillant ; leurs faces grises s'étaient parées d'un vert profond qui, à mesure que le matin avançait, cédait la place aux douces hachures aubergine des troncs d'arbres dans le lointain.

Comme elles étaient belles, ces montagnes pourpres ! Mais elles devaient leur beauté à une infestation de scolytes du pin (*Dendoctronus ponderosae*) qui tuaient peu à peu tous les pins de la région.

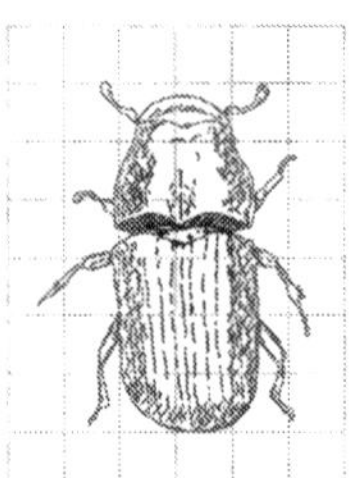

Dendoctronus ponderosae
Carnet R5

Le vent a tourné et j'ai senti l'odeur de boue de la Big Hole River, avec ses notes intenses de vase, de têtards et de pierres moussues caressées inlassablement par ce courant tortueux. La locomotive a sifflé et j'ai eu l'impression que c'était moi qui avais sifflé. De temps en temps, des effluves de sirop d'érable me parvenaient depuis l'avant, et puis il y avait toujours l'odeur du train lui-même, les vapeurs tourbillonnantes de pétrole, de cambouis et de métal grinçant, tendu, échauffé. C'était un drôle de mélange d'odeurs, mais au bout d'un moment, comme cela arrive toujours, ce paysage olfactif s'est doucement intégré à la toile de mes perceptions et j'ai cessé de le remarquer.

J'ai soudain eu à nouveau faim. Les efforts que j'avais fournis pour escalader le feu de signalisation et me suspendre à l'attelage m'avaient épuisé, sans parler des multiples vagues d'adrénaline qui avaient mis mes minuscules biceps dans un état d'alerte et de tension maximale.

Toujours effrayé à l'idée de faire exploser ma valise si je tentais de l'ouvrir, j'ai glissé la main, tout entière cette fois, dans le petit trou que j'avais percé avec mon multioutil Leatherman (modèle spécial cartographe) et j'ai farfouillé une à deux minutes à l'intérieur avant de trouver mon sac à provisions.

J'ai étalé ma nourriture devant moi. L'angoisse m'a serré le cœur. Je n'avais vraiment pas pris grand-chose. Si j'avais été un héros, un cow-boy, j'aurais pu vivre trois semaines sur les maigres réserves que j'avais devant les yeux. Mais je n'étais pas un cow-boy. J'étais un petit garçon doté d'un métabolisme hyperactif. Quand j'avais faim, mon cerveau cessait peu à peu de fonctionner : je perdais d'abord la maîtrise des délicatesses mondaines, puis ma capacité à multiplier, puis mon aptitude à former des phrases complètes, et ainsi de suite. À l'heure où Gracie sonnait la cloche du dîner, on me trouvait souvent sous la véranda, affamé et hagard, en train de me balancer lentement d'avant en arrière en poussant des petits cris de mésange.

Je combattais ce ramollissement de type Alzheimer par un grignotage continuel. J'avais des réserves de Cheerios dans toutes les poches de tous les vêtements que je possédais, ce qui avait déjà provoqué un certain nombre de catastrophes dans la machine à laver. Depuis, le Dr Clair me faisait toujours « vider les Cheerios » avant de me laisser mettre un vêtement dans la machine.

Je regardais le peu de nourriture que j'avais emportée et je me demandais ce que je devais faire. Valait-il mieux jouer la prudence et n'en consommer

La stratégie à adopter face à cette infestation faisait l'objet d'une grande controverse au niveau local, et le scolyte du pin était sans doute le seul coléoptère susceptible de se retrouver au centre d'une conversation entre des gens normaux. Ce qu'il y avait d'étrange, c'était que le Dr Clair avait justement écrit son mémoire sur la lutte contre les scolytes du pin et semblait bien partie, jusqu'à ce qu'elle rencontre Père à un bal country du Wyoming, pour devenir une héroïne de cette lutte. Après son mariage, un changement inexplicable s'était produit en elle, et elle avait abandonné une carrière d'utilité publique pour se lancer dans une vaine chasse à la cicindèle vampire.

À chaque printemps, quand de nouvelles bandes de forêts commençaient à se teinter de ce bordeaux funeste, je rêvais d'avoir une mère qui participe effectivement à la lutte contre ce fléau et aide à changer le monde. J'aurais voulu que les gens, en croisant Crazy Swede Road, pointent le doigt vers notre ranch, dans les collines, et disent : « C'est ici que vit la dame qui a vaincu les scolytes du pin. Elle a sauvé le Montana. »

Un jour, j'ai trouvé le courage de lui demander pourquoi elle n'étudiait plus le problème. Elle m'a répondu ainsi : « Qui dit que c'est un problème ? Pour les scolytes du pin, c'est plutôt une réussite.

— Mais ils vont détruire toutes les forêts !

— Toutes les forêts de pins, a corrigé le Dr Clair. Je n'ai jamais aimé les pins. Ça goutte. Ça colle. Bon débarras. Certaines choses sont destinées à disparaître. »

qu'une petite partie pour l'instant, pas assez pour me rassasier, mais suffisamment pour pouvoir encore compter jusqu'à dix et savoir où se trouvait le nord ? Cela me paraissait recommandé, surtout dans la mesure où ce train allait peut-être rouler sans s'arrêter jusqu'à sa destination finale, qu'il s'agisse de Chicago, ou d'Amarillo, ou de l'Argentine.

Ou alors… je pouvais tout manger maintenant, en misant sur l'espoir que le train ferait une étape et qu'un vendeur ambulant passerait dans les wagons pour proposer des hot-dogs et des fajitas bien chauds à tous les vagabonds embarqués à bord du train.

Après quelques instants de réflexion, j'ai choisi une barre de céréales canneberge-pomme-noisettes et j'ai rangé à regret le reste de mes provisions (*oh ! pourtant ces bâtonnets de carotte étaient si orange et si appétissants !*) dans ma valise, par le petit trou.

Mâchant aussi lentement que possible, laissant chaque morceau tourner sans fin dans ma bouche, je me suis adossé à la roue du Palace du Cow-Boy et j'ai essayé de m'habituer à ma nouvelle vie.

« Je suis un vagabond », ai-je tenté de proclamer d'une voix grave comme celle de Johnny Cash. Le résultat était ridicule.

« Un *va*-gabond ! Un v'gabond ! Un vag'bond ! » Rien ne marchait.

Les montagnes ont commencé à s'éloigner ; la vallée s'ouvrait sur le grand bassin en fer à cheval du Jefferson. Dans toutes les directions, la plaine fuyait, fuyait et allait mourir au pied des pentes, et j'avais l'impression de me trouver au milieu d'un immense bol à céréales, cerné par les hauteurs fissurées du Ruby Range, le patchwork des Blacktails et les majestueuses Pioneers, derrière nous, qui se dérobaient lentement à ma vue, avalées par un virage.

À ma gauche, lointain et solitaire au milieu de la plaine, se dressait le gigantesque rocher de la Tête de Castor. Un matin d'août 1805 exceptionnellement froid, ce rocher avait sauvé les membres de l'expédition Lewis et Clark : Sacagawea, en l'apercevant, avait su que sa tribu n'était pas loin, car les Shoshones établissaient toujours leur campement d'été aux environs de

Le rocher de la Tête de Castor
Carnet V101

Le rocher portait ce nom parce qu'il ressemblait vaguement – si on le regardait sous le bon angle et en plissant les yeux – à une tête de castor. Sur les photos que j'avais vues, il m'avait toujours plus fait penser à une baleine, mais peut-être les Shoshones, qui avaient choisi ce nom, n'avaient-ils pas connaissance de l'existence des baleines.

ce rocher. À ce stade de leur voyage, les explorateurs n'avaient presque plus de provisions et leurs chevaux étaient épuisés. N'ayant pas trouvé, comme ils l'avaient espéré, de voie navigable qui les mène directement à l'océan Pacifique, ils se préparaient à laisser derrière eux leurs pirogues pour franchir les montagnes, avec la conviction qu'ils y parviendraient en un jour ou deux. Mais les montagnes allaient se révéler beaucoup plus étendues qu'ils ne l'avaient imaginé. S'ils avaient tenté de passer le *divide* sans l'aide des Shoshones, si Sacagawea n'avait pas agrippé la manche du capitaine Clark de sa petite main calleuse et ne lui avait montré le rocher, si elle n'avait pas vu ce rocher, alors l'expédition aurait peut-être échoué, alors ils seraient peut-être tous morts…

Adossé contre la roue, je regardais la Tête de Castor tourner lentement dans la plaine à mesure que le train avançait. J'ai souri. Elle était toujours là. Beaucoup de choses avaient changé : le Cheval de Fer était arrivé, les Shoshones étaient partis, la vallée s'était remplie de voitures, de cônes glacés, d'avions, de GPS, de rock'n' roll et de McDonald's, mais le rocher, lui, avait conservé la même impassibilité et le même air plus ou moins castoresque.

J'avais l'impression que l'immuabilité de ce roc, qui dominait la vallée aujourd'hui comme il la dominait à l'époque où Sacagawea avait tiré la manche du capitaine Clark, me liait de manière intime à leur expédition. Nous voyagions dans des directions différentes, mais nous avions passé, eux et moi, la même borne immobile, semblable aux rochers pixellisés que les pionniers de la piste de l'Oregon, sur notre Apple IIGS, croisaient parfois dans le désert. Cependant, tandis que Lewis et Clark pouvaient aller où ils voulaient, choisir n'importe quel chemin pour rejoindre, au-delà du *divide*, l'océan Pacifique, j'étais pour ma part lié à ces rails, je n'avais pas le choix de mon itinéraire : je suivais une route déjà tracée. Mais peut-être, au fond, me raccrochais-je à cette idée de prédétermination pour me rassurer : peut-être ma route n'était-elle pas tracée et m'étais-je lancé dans une expédition tout aussi hasardeuse que celle des premiers explorateurs, deux cents ans plus tôt.

L'air se réchauffait. Le vent avait forci dans le bassin et fouettait l'herbe sèche des prairies, tourbillonnait autour du train, plongeait entre les lattes qui formaient le rebord du wagon-plat. Je sentais le motor-home, derrière moi, se balancer lentement d'avant en arrière, malgré les chaînes qui le maintenaient en place. Il y avait quelque chose de réconfortant dans son balancement. Je me suis balancé avec lui. Nous voyagions ensemble, le Palace du Cow-Boy et moi : nous étions comme deux compagnons.

« Comment ça va ? lui ai-je lancé.

— Bien, m'a-t-il répondu. Je suis content que tu sois là.

— Ouais, ai-je dit. Moi aussi, je suis content que tu sois là. »

J'ai sorti mon Leica M1, je me suis léché les doigts comme faisait mon père et j'ai retiré le cache de l'objectif. J'ai pris des photos du rocher de la Tête de Castor, puis j'ai fait deux ou trois tentatives d'autoportrait dans ce décor à l'aide du retardateur, avec plus ou moins de succès. Après ça, j'ai pris quelques clichés sur le vif du Palace du Cow-Boy, et de mes pieds, et de la valise, et d'autres plus travaillés de l'attelage couvert de graisse. J'ai grillé deux pellicules en dix minutes. Dès que j'arriverais à Washington, je ferais un album-souvenir de ma traversée des États-Unis, après avoir effectué un soigneux tri, bien sûr. Ça m'énervait quand les gens mettaient toutes leurs photos en bloc dans un album. Le Dr Clair faisait ça tout le temps, ce qui était étrange, car elle était d'une précision extrême dans son travail de coléoptériste, mais ses albums photo étaient toujours énormes et brouillons, quand ils n'allaient pas jusqu'à inclure des photos d'enfants qu'on ne connaissait pas.

Nous sommes passés dans un tunnel sous l'I-15, et brusquement nous nous sommes retrouvés à longer l'autoroute. Des pick-up nous dépassaient en trombe. Des poids lourds à dix-huit roues. Des camping-cars, pas très différents de celui contre lequel j'étais adossé. Puis un monospace gris métallisé est arrivé à ma hauteur. Il roulait à la même allure que les autres véhicules, mais, au moment où il est arrivé devant moi, il a ralenti et nous nous sommes mis à avancer côte à côte, comme si nous étions reliés par un fil invisible.

Au volant, j'ai distingué un monsieur chauve et dodu et, à côté de lui, une dame vêtue d'une robe magenta, qui portait de grosses boucles d'oreilles rondes. Ils avaient l'air mariés. Je ne dis pas ça parce qu'il y avait trois filles à l'arrière (même si c'était le cas), mais parce que je trouve que ça se voit, quand deux personnes ont pris l'habitude de passer des heures côte à côte sans rien se dire. À l'arrière, les filles jouaient à un jeu de ficelle collectif extrêmement élaboré. L'une d'elles (la plus vieille, je crois), très concentrée, se préparait à pincer les fils croisés au centre de la structure complexe que tenaient ses deux sœurs.

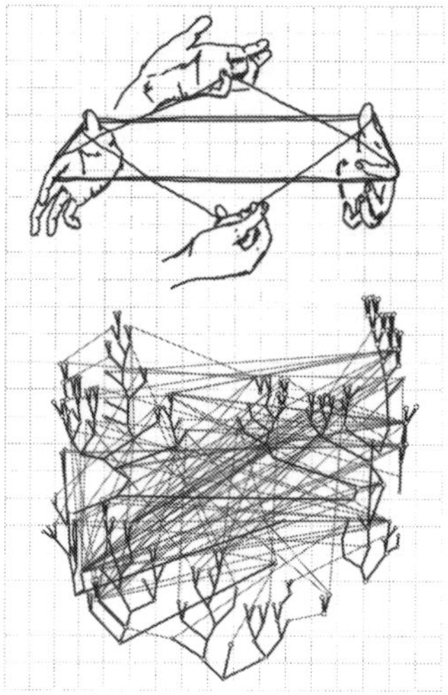

Avec Gracie, on joue au « berceau du chat » quand il y a des tempêtes de neige.
Carnet B61

(Avec un schéma illustrant tous les mouvements réalisables à partir de la position de départ ci-dessus.)

Je prenais vraiment plaisir à observer cette scène de la vie familiale, ce bel exemple de collaboration fraternelle à l'arrière du monospace. C'était mieux que la télévision. Je sentais que j'accédais à un monde qui avait toujours existé, mais qui ne s'ouvrait à moi que pour quelques secondes, un peu comme quand on croise des gens dans la rue et qu'on n'entend qu'un fragment de leur conversation, mais un fragment exceptionnel, aussi fantastique que : « Et depuis cette nuit-là, ma mère a la folie des sous-marins. »

Tout d'un coup, ça a été la pagaille. La benjamine avait dû laisser échapper la ficelle ou quelque chose de tout aussi tragique, parce que l'aînée a levé les bras d'un air exaspéré et l'a poussée contre la vitre. La petite s'est mise à pleurer, alors le père chauve s'est retourné avec ses grosses lunettes d'aviateur et s'est mis à leur crier dessus. La mère s'est retournée aussi, mais elle n'a rien dit. Le monospace a ralenti, et je les ai perdus de vue.

Quand ils nous ont finalement rattrapés, ils roulaient beaucoup plus vite. Faisant fi de toute prudence, je me suis penché par-dessus bord pour mieux les voir. Les trois filles s'étaient chacune retirées dans un coin du monospace. La plus jeune, celle qui avait ruiné le jeu de ficelle, regardait fixement par la fenêtre, la moue boudeuse, les joues brillantes de larmes.

Quand le monospace nous a dépassés, je lui ai fait signe. Elle a dû remarquer mon mouvement, parce qu'elle a levé les yeux, intriguée. Je lui ai fait signe à nouveau. Son visage s'est éclairé. J'avais l'impression d'être un superhéros. Elle était littéralement bouche bée, et elle a pressé son visage contre la vitre, puis elle s'est retournée pour crier quelques mots au reste des passagers. Je l'entendais presque à ce moment-là, mais le monospace a accéléré et s'est éloigné très rapidement. Je ne l'ai plus revu.

Bientôt, le train a soupiré, la cadence des roues s'est ralentie et nous avons commencé à perdre de la vitesse. Nous arrivions à Dillon. J'avais intérêt à me cacher, et vite. Mais où ? Me souvenant que le Dr Clair m'avait dit un jour : « N'essaie pas de faire trop compliqué » – conseil dont je doutais un peu qu'elle le suivît elle-même – je suis allé vers ce qui me paraissait le refuge le plus évident : le motor-home, et j'ai tiré la poignée située juste au-dessus de ma tête.

Évidemment, la portière était verrouillée. Qui l'aurait laissée ouverte ?

Le train s'est arrêté brutalement, dans un crissement de freins. J'ai trébuché et je suis tombé. Je me suis soudain senti très vulnérable sur cette plate-forme. Tant que le train roulait, je ne risquais rien, mais, à l'arrêt, je devenais une proie facile.

Entre les lattes du rebord, j'ai aperçu, loin devant, des voies de garage et un vieux dépôt. J'ai sursauté en voyant deux hommes sortir du dépôt et se diriger vers la locomotive. Ils ont braillé quelque chose. J'ai commencé à paniquer. Prendre ce train avait été une très, très mauvaise idée. Il valait mieux que je descende, que je trouve un autre moyen de transport.

Ou alors, je pouvais peut-être monter dans le coffre du motor-home ?

« Les motor-homes n'ont pas de coffre, me suis-je répondu. Il faut vraiment être un enfant pour avoir une idée pareille. »

J'ai fait le tour du véhicule en hâte. J'espérais trouver un abri, n'importe quoi – un side-car, un canoë, une tente – avant que le cogne débarque avec sa matraque, son monocle et sa soif de sang.

Je n'ai rien trouvé. Ces engins n'étaient-ils donc livrés avec aucun accessoire ?

Les voix, devant moi, se faisaient de plus en plus fortes. J'ai jeté un coup d'œil prudent par-dessus le rebord de la plate-forme et j'ai vu les deux

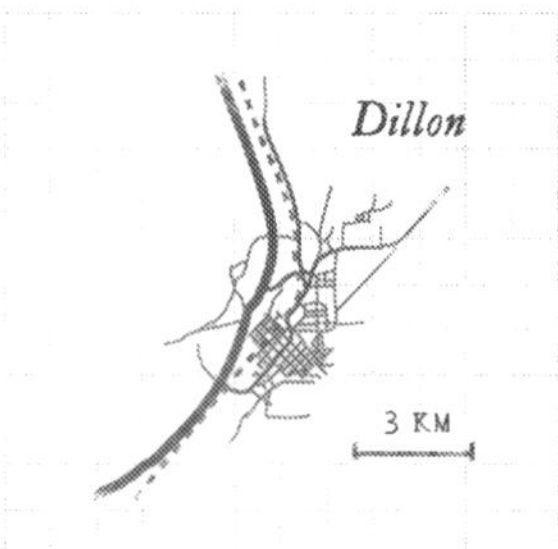

Dillon, siège du comté
Carnet V54

Dillon était un vrai trou perdu : une ville dont la caractéristique la plus notable était son statut de siège du comté de Beaverhead, domaine de la Tête de Castor. Quand on entend les habitants d'une ville employer avec vantardise les termes « siège du comté » plus de deux fois par semaine, on devine vite qu'il n'y a pas franchement de quoi se vanter. Père, bien sûr, n'aurait pas été de cet avis. À ses yeux, Dillon, c'était Broadway, et son rodéo le théâtre des plus beaux combats entre l'homme et l'animal. J'avais donc longtemps considéré Dillon comme une ville magique, jusqu'au jour où, en la cherchant sur une carte, je l'avais découverte telle qu'elle était vraiment.

hommes qui remontaient la file de wagons. L'un d'eux portait un uniforme, et faisait au moins une tête de plus que l'autre. Il était énorme. On aurait dit un phénomène de foire.

Génial, ai-je pensé. *Ils embauchent des géants, maintenant. Bon. Calme-toi. Attends que le grand arrive tout près de toi, puis lance-lui un bon coup de pied dans les gonades et cours. Cours jusqu'à une station-service et fais semblant que ta famille t'a oublié là. Achète du jus de fruit en poudre et teins-toi les cheveux. Achète du maquillage et change la couleur de ta peau. Trouve-toi un chapeau haut de forme. Prends un accent italien. Apprends à jongler.*

Les deux hommes étaient maintenant à trois wagons du mien. J'entendais leurs voix, par éclats, et le gravier qui crissait sous leurs semelles.

« Qu'est-ce que je fais ? ai-je chuchoté au motor-home.

— Appelle-moi Valero, a-t-il répondu sur le même ton.

— Valero ?

— Oui, Valero.

— OK, Valero, mais dis-moi vite, qu'est-ce que je fais ?

— Facile. Ne panique pas. Un cow-boy ne panique jamais, même quand tout paraît perdu.

— Je ne suis pas un cow-boy, ai-je chuchoté. J'ai l'air d'en être un ?

— Un peu, a dit Valero. Tu n'as pas le chapeau, mais tu es sale comme un cow-boy et tu as cette faim dans le regard. C'est une chose qui ne s'imite pas, ça, tu sais.

— Vraiment ? »

Les voix des deux hommes se rapprochaient. Ils ne devaient plus être qu'à un seul wagon de moi.

Très bien, alors qu'aurait fait un cow-boy ? À tout hasard, dans un élan désespéré, j'ai tiré sur la poignée de l'autre portière du motor-home, côté passager. Au départ, je l'ai crue verrouillée elle aussi, puis j'ai entendu le loquet se soulever et elle s'est ouverte toute grande. J'ai poussé un bref soupir de soulagement. Qui donc avait omis de la fermer ?

Qui que vous soyez, monsieur l'ouvrier d'usine, merci. Gracias et adiós.

En faisant le moins de bruit possible, j'ai ramassé ma lourde valise et je l'ai hissée à l'intérieur du motor-home, puis j'ai tiré la portière derrière moi, lentement lentement lentement. Elle s'est refermée avec un cliquetis qui m'a paru assourdissant, comme dans les films, quand les yeux du méchant se tournent brusquement vers la cachette du héros qui vient de laisser échapper un infime soupir. J'allais me faire prendre à coup sûr. Je ne me suis pas attardé dans le luxueux salon du motor-home. J'ai ignoré le canapé jaune canari et j'ai foncé tout droit vers les toilettes, au fond du véhicule, à côté de la chambre tapissée de miroirs avec son couvre-lit imprimé d'un panorama des Rocheuses en Technicolor.

J'ai refermé derrière moi la porte des toilettes. Peut-être étais-je seulement en train d'appliquer l'un de ces adages séculaires dont on apprend la valeur dès l'enfance.

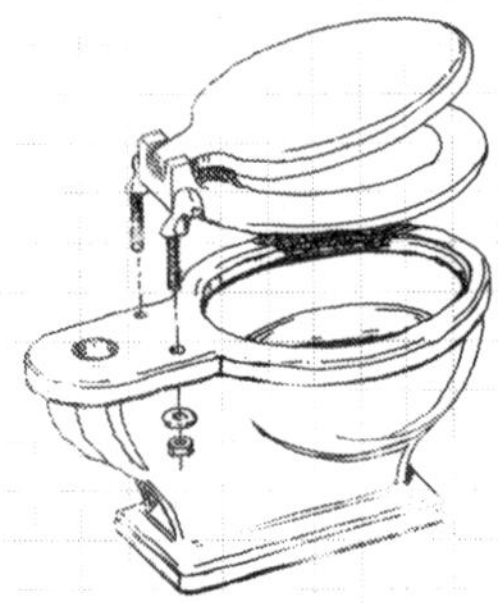

TOILETTES

=

SÉCURITÉ

Dans le monde minuscule des toilettes, j'essayais de ne pas respirer. Ce n'est pas facile, quand on a le cœur qui bat très fort. J'entendais les voix des deux hommes, et même si elles étaient assourdies par les parois du motor-home, je me rendais bien compte qu'ils se rapprochaient. Puis, ils se sont arrêtés. L'un deux a sauté sur la plate-forme de mon wagon. Une goutte de sueur a coulé au milieu de mon front, le long de mon nez et s'est immobilisée au bout, comme une coccinelle qui hésite à s'envoler. Je pouvais la voir si je louchais, et j'étais dans un tel état d'affolement, tout gonflé d'adrénaline, que je me suis imaginé que si cette goutte tombait, le cogne géant entendrait son « *kerplink* » et saurait aussitôt où je me trouvais.

La plate-forme a grincé, l'homme faisait le tour du motor-home. À ce moment-là, je me suis aperçu que la porte des toilettes possédait une sorte de judas. En cet instant d'apnée totale et de strabisme convergent, je ne me suis pas demandé, comme je l'aurais fait en d'autres circonstances, pourquoi la porte des toilettes possédait un judas, ni quel genre de scènes troublantes pouvaient découler de l'inclusion d'une telle option : je me concentrais sur la petite bille de sueur à l'extrémité de mon nez et sur les efforts que je devais faire, en tant que mammifère, pour ne pas respirer. Je me suis juste dit : *Oh, parfait, un judas : je vais pouvoir voir si les gens qui veulent me tuer vont réussir à me tuer.*

J'ai collé mon œil contre le trou. La goutte de sueur est tombée par terre. J'ai failli crier, mais pas à cause de ça. C'était ce que je voyais par le judas qui me terrifiait : un cogne monstrueux, mais vraiment, *monstrueux!* Gigantesque et aussi large que haut. Il regardait à l'intérieur, les mains en visière, le nez écrasé contre la longue vitre teintée. Et sur le sol, juste devant son énorme tête et ses pognes de gorille, il y avait ma valise bourrée à craquer.

Le cogne restait là sans bouger. À un moment donné, il a essuyé le verre avec l'une de ses grosses paumes. Il avait des mains incroyables. J'ai imaginé un minuscule bébé sansonnet perché au bout de ses doigts.

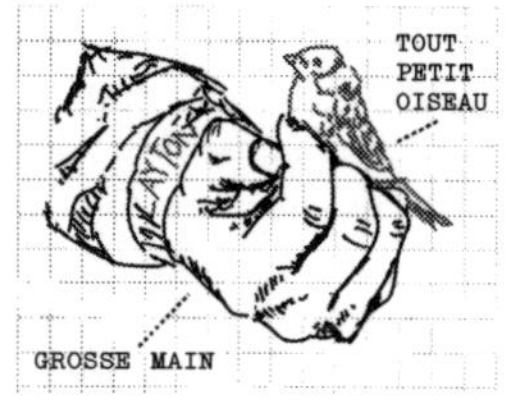

Le géant et le bébé sansonnet
Carnet V101

Après avoir essuyé la vitre, il s'est remis à scruter la pièce. J'attendais le moment où il allait remarquer la valise, où son visage allait changer d'expression : *Mais… qu'est-ce que c'est? Hé, dis donc, Sam, viens jeter un œil…*

Il en mettait, un temps! Est-ce qu'il était narcoleptique? Est-ce qu'il songeait à acheter un motor-home de ce genre-là pour sa géante de femme, et en évaluait les dimensions? Allez, mon vieux! Soit tu repères ma valise et tu viens me tuer, soit tu passes à autre chose, mais ne brise pas le rythme comme ça! Au bout de ce qui m'a paru une éternité, il a finalement décollé de la vitre sa colossale personne et a disparu de ma vue.

« Valero, ai-je chuchoté. Tu es là?

— Oui, je suis là.

— On l'a échappé belle, hein?

— Oui, j'ai eu peur pour toi. Mais tu es un terroriste habile.

— Un terroriste? »

Je n'avais pas le courage de me lancer dans un débat avec un Motorhome sur la définition du terrorisme. Il pouvait me prendre pour une crapule si ça lui chantait.

Plus nous nous attardions dans la poussière de Dillon, plus il me paraissait évident que le cogne ne laisserait pas le train repartir avant d'avoir mis la main sur le chenapan qui avait vandalisé le feu de signalisation. Mais peut-être était-ce simplement qu'il fallait beaucoup de temps à ce monstre d'homme pour contrôler tous les wagons avec le mécanicien. Au moment où je commençais à me dire que j'avais bien envie de sauter du train, de marcher jusqu'au centre-ville, de m'acheter un milk-shake et de prendre un taxi pour rentrer chez moi, j'ai entendu les freins chuinter et le train s'est remis en marche avec une secousse.

« Tu entends, Valero ? On est repartis. Washington, nous voici ! »

J'ai jugé plus prudent de rester un peu dans les toilettes et de compter jusqu'à 304.

Pourquoi 304 ?

En fait, je ne sais pas trop pourquoi ce chiffre me paraissait raisonnable. Pourquoi 304 et pas juste 300 ? Nous créons sans cesse dans nos têtes ce genre de limites arbitraires, si bien que certaines sont devenues des règles d'or étonnamment vivaces et populaires : la « règle des trois secondes », pour le temps maximal qu'un morceau de nourriture peut rester par terre avant de ne plus être comestible, la « règle des dix minutes » pour le retard qu'un professeur est autorisé à avoir avant que les élèves puissent partir en récréation. (Ça, c'est arrivé une seule fois, avec Mme Barstank, mais le bruit courait qu'elle était alcoolique, et elle a été renvoyée un mois après la rentrée, à notre plus grand regret.)

Mon père affirmait que si un cheval n'était pas débourré au bout de deux semaines d'efforts, alors il ne le serait jamais. Je me demandais si ma mère avait pour sa part une idée du nombre d'années au bout duquel elle devrait renoncer à chercher la cicindèle vampire. Vingt-neuf? Une pour chaque os de son crâne? Une pour chaque lettre de l'alphabet finnois que mes ancêtres avaient abandonné quand ils étaient partis à l'ouest? Ou est-ce qu'elle ne s'était pas fixé de limite? Allait-elle chercher jusqu'à ne plus pouvoir chercher? Je regrettais juste de ne pas savoir quoi dire ou faire pour l'encourager à mettre un terme à sa quête et à rejoindre le monde de la science utile.

Puis je suis sorti, et j'ai retrouvé l'intérieur cossu du Palace du Cow-Boy. À présent, je pouvais prendre le temps de me familiariser avec mon nouveau logement. Sur la table pliante du coin-salle à manger, il y avait un saladier rempli de bananes en plastique. Les écrans de toutes les télés étaient recouverts de grands autocollants transparents qui figuraient un personnage de cow-boy à cheval, sur un décor désertique de type Monument Valley. Au-dessus de la tête du cow-boy, une grosse bulle proclamait : « C'est un motor-home américain ! »

Le Palace du Cow-Boy avait une odeur de voiture neuve, derrière laquelle flottait une petite note de cerise chimique, légèrement sucrée et alcaline, comme si l'équipe de nettoyage avait un peu forcé sur le détergent. Tandis que je m'imprégnais du lieu, debout sur la moquette en polyester, j'ai éprouvé un brusque malaise : cette pièce avait quelque chose de familier et de rassurant, et pourtant elle me paraissait aussi incroyablement étrangère et artificielle. J'avais l'impression de pénétrer dans le salon kitschissime d'une vieille parente éloignée, brodeuse de napperons, dont j'avais entendu parler sans jamais la rencontrer.

« C'est sympa, ici, Valero, ai-je dit de ma voix la plus sincère. On se sent chez soi. » Je ne voulais pas le vexer.

Il n'a rien répondu.

Le train continuait sa course. Au bout d'un moment, les montagnes se sont resserrées autour de nous pour former un canyon qui longeait Beaverhead River. Nous avons ralenti, et les grincements de métal sont devenus plus bruyants. Je regardais par les fenêtres pour tenter d'apercevoir de part et d'autre le sommet des montagnes.

Nous montions. J'ai vu une buse à queue rouge plonger dans les remous de la rivière. Elle a disparu pendant deux bonnes secondes, entièrement submergée par l'eau glacée des montagnes. Je me suis demandé ce que ça faisait à cette créature des airs de se retrouver ainsi sous l'eau. Est-ce qu'elle s'y sentait aussi peu dans son élément que moi quand je mettais la tête dans notre étang pour observer les vairons, qui oscillaient au fond comme des taches de lumière ? Mais déjà l'oiseau rejaillissait dans une explosion de gouttelettes projetées par ses ailes battantes. Il tenait dans son bec un minuscule poisson argenté. Une languette souple, étincelante, parfaite. Il a décrit un cercle, un seul, et j'ai tendu le cou pour le voir s'éloigner, mais il avait déjà disparu.

Sans savoir pourquoi, je me suis mis à pleurer. Je me suis assis sur le canapé jaune canari de ce motor-home sans âme porté par un train de marchandises et j'ai versé mes larmes. Ce n'étaient pas des sanglots, pas des trucs de filles comme ça, juste le lent écoulement de quelque chose de petit et de triste qui était demeuré enfermé dans ma cage thoracique, prisonnier de mes organes spongieux. Je me suis assis et c'est sorti, comme quand on ouvre une fenêtre pour laisser échapper l'air fétide accumulé dans une pièce trop longtemps fermée.

Finalement, la pente s'est adoucie. La vue s'est ouverte sur la vaste étendue ondulatoire des Bitterroots, ces vieilles montagnes revêches, semblables à une assemblée d'oncles bougons qui fumeraient des cigares et se raconteraient des histoires presque crédibles de rachitisme et de rationnement en temps de guerre autour d'interminables parties de poker. Les

Bitterroots étaient âpres, mais sublimes dans leur âpreté, et, tandis que nous recommencions à monter, elles passaient près de nous comme des baleines qui auraient nagé au ralenti. Je regrettais vraiment que les Shoshones n'aient pas connu les baleines. Ils auraient tout nommé en référence à elles : le mont de la Baleine n° 1, la colline de la Petite Baleine, la vallée de la Baleine.

Schéma d'écoulement des eaux dans ces vieilles bougonnes de Bitterroots
Carnet V12

Toutes les chaînes de montagnes que je connais ont une humeur et une attitude bien à elles.

Nous sommes arrivés au sommet du col et j'ai eu la sensation de me trouver tout en haut de montagnes russes géantes, et d'attendre le grand piqué hurlant. Pas très rassuré, j'ai sorti la tête du motor-home. J'ai retrouvé le formidable vacarme du train. À l'intérieur, il était assourdi, mais dehors, le choc des engrenages, les glissements et les sursauts de toutes les petites pièces mécaniques qui propulsaient notre convoi me sautaient aux oreilles. Avec, toujours, la plainte stridente du métal qui gémissait : « Le faut-il ? Le faut-il ? » comme un millier de petits oiseaux qui auraient souffert le martyre.

L'air qui fouettait mon front était froid et pur. L'odeur fraîche des forêts de sapins me montait aux narines. C'étaient les hauteurs mythiques du grand Ouest.

La signification de notre arrivée au sommet du col m'est apparue alors que le train semblait rassembler son souffle pour la grande descente.

« Valero ! me suis-je écrié. C'est le *divide* ! On est en train de franchir le *divide* ! »

Ces montagnes étaient beaucoup plus impressionnantes que les pentes douces qui s'élevaient au nord du Coppertop. Nous étions à Monida Pass : un coin de montagne à l'histoire mouvementée, du moins en termes géologiques. Pendant des millions et des millions d'années, de grands batholites avaient émergé et s'étaient fragmentés, des plaques continentales s'étaient soulevées pour replonger, et un lit de magma révolté avait bouillonné sous la roche, modelant la splendide topographie de l'ouest du Montana. *Merci, magma*, ai-je pensé.

J'ai pris une grande bouffée d'air et j'ai failli manquer une pancarte.

J'ai souri. Si le *divide* était la frontière suprême entre l'Est et l'Ouest, peut-être était-ce la première fois que j'entrais officiellement à l'Ouest. Notre ranch était situé au sud de l'endroit où le *divide* faisait un crochet vers l'ouest pour englober le Big Hole Basin dans le versant de l'Atlantique. Ce qui signifiait que le Coppertop était situé à l'est de cette frontière symbolique. Ce qui signifiait…

Père, nous sommes des hommes de l'Est! ai-je failli crier. *Sers-moi donc un peu de cette soupe de palourdes de Nouvelle-Angleterre! Tu entends ça, Layton? Tu aurais été un cow-boy de l'Est! Nos ancêtres ne sont jamais arrivés jusqu'à l'Ouest!*

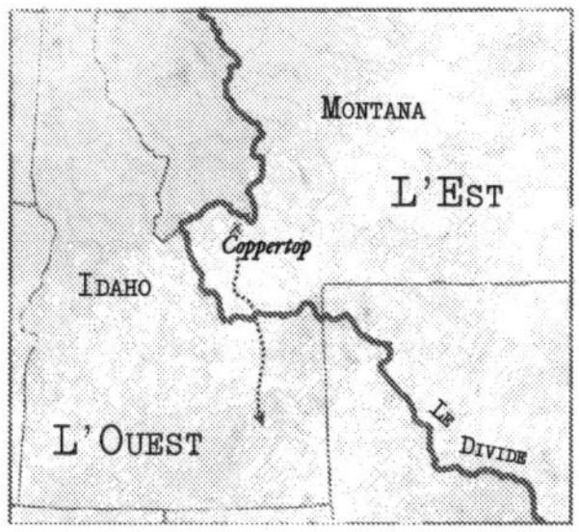

Le Coppertop, ranch de l'Est?
Carnet V101

Ça m'a rappelé les vers du célèbre poème d'Arthur Chapman :

Là où le monde se construit,
Où le désespoir se tarit,
Là commence l'Ouest.

Ces deux critères de définition suffisaient peut-être à un poète, mais un empiriste comme moi avait du mal à s'en contenter. Où se situait vraiment cette ligne magique, début de la promesse de l'Ouest, et fin de l'arrogante indifférence de l'Est?

Peut-être exagérais-je un peu, mais une chose était sûre : là, au milieu des Rocheuses, au sommet de ce col couvert de pins gris, deux frontières, l'une naturelle, l'autre politique, se confondaient. Et, à mes yeux, le *divide* avait toujours possédé un indiscutable pouvoir de délimitation. Peut-être séparait-il l'Ouest véritable, le Far West, de l'Ouest tout court. Symboliquement, ça me paraissait avoir du sens : avant de pouvoir aller à l'Est, je devais passer par le vrai Ouest.

J'ai tenté d'empoigner mon appareil assez vite pour photographier la pancarte, mais, comme c'est si souvent le cas, l'image avait disparu avant que je puisse la saisir. Je craignais que mon album ne contienne que des photos prises un instant trop tard. Combien de clichés, dans le monde, sont en fait des clichés de l'instant d'après, et non de l'instant qui poussa le photographe à appuyer sur le déclencheur? Combien de clichés ne capturent que le vestige, la réaction, le rire, les vagues? Si nombreux soient-ils, ces clichés étaient pourtant tout ce qui me restait, et, parce je ne pouvais revoir Layton qu'en photo et pas en chair et en os, ces échos d'actions, fixés sur le papier, se substituaient peu à peu dans mon esprit au souvenir des actions elles-mêmes, dont l'image m'avait échappé. Je ne me souvenais pas de Layton dévalant notre toit dans son Radio Flyer rouge, mais seulement

L'instant d'après
Boîte à chaussures n° 3

Photographie de Layton sautant sur un écureuil volant en plein vol (mais prise une seconde trop tard).

de sa chute, du chariot cabossé, et de Layton à quatre pattes, s'efforçant de cacher sa douleur en appuyant le front contre le sol, sans pleurer : jamais, jamais je ne l'ai vu pleurer.

Il faisait déjà nuit quand nous nous sommes arrêtés à Pocatello, La « Ville des Sourires », comme l'annonçait un panneau vivement éclairé. J'avais lu quelque part qu'il était illégal d'avoir l'air triste à Pocatello, mais j'avais beaucoup de mal à avoir l'air gai, en partie parce que la nourriture commençait à devenir un problème majeur. Je n'avais pas prévu assez de victuailles. Sans même m'en rendre compte, je venais de manger mon dernier bâtonnet de carotte. *Adieu, bâtonnets de carotte, vous nous manquez déjà.*

J'ai décidé, ou plutôt mon estomac a décidé, que j'allais me hasarder dans Pocatello, m'acheter un cheeseburger et revenir en courant aussi vite que possible, avant que mon train reparte. J'évaluais la durée de mon expédition à un quart d'heure environ, la distance me séparant du McDonald's le plus proche ne pouvant être que faible. Gares de marchandises et arches dorées allaient toujours de pair. J'en étais à ce point persuadé que j'ai laissé ma grosse valise et tous mes biens matériels à l'intérieur du motor-home.

À vrai dire, j'ai tout de même pris cinq objets. Un cartographe ne peut s'aventurer dans le monde tout à fait désarmé.

Après un instant d'hésitation, j'ai entrouvert la portière du motor-home. Le joint s'est décollé avec un bruit de caoutchouc. Immobile, j'ai tendu l'oreille. Au loin, un marteau cognait sur du métal. La route qui longeait les voies bourdonnait de temps à autre, dans la lumière flottante, transitoire, des phares d'une voiture. Le martèlement s'est tu. Le silence était total. Puis les coups ont repris, m'apportant cette fois le réconfort d'un son déjà familier.

Avec précaution, j'ai descendu la demi-échelle fixée sur le rebord de ma plate-forme. Si seulement j'avais remarqué ces échelons plus tôt, au lieu de m'épuiser à me hisser sur l'attelage comme un gymnaste des Balkans ! Les barreaux étaient froids et graisseux contre mes paumes. *Pauvres mains de cartographe !* Pouponnes et blanches comme le bouleau, elles avaient plus travaillé aujourd'hui qu'en toute une année sur le ranch. Je n'avais plus rien d'un mirliflore.

Mon train était garé entre deux autres trains ; de part et d'autre s'élevaient les hautes silhouettes noires des wagons somnolents. Je suis parti sur la gauche et j'ai marché sans bruit, vers le nord, dans la direction où j'imaginais que devait se trouver un McDonald's. Je n'avais pas de baguette de sourcier, mais la plupart des garçons de mon âge possèdent une sorte de sixième sens pour détecter les fast-foods.

Je n'avais pas fait vingt mètres que j'ai senti une main se poser sur mon épaule. J'ai bondi, laissant tomber ma boussole et mon carnet. *Maudits réflexes !* J'imaginais déjà une arme pointée sur mon front et, devant moi, une meute de chiens policiers tirant sur leur laisse, impatients de m'arracher le pancréas.

Mais il n'y avait, en fait, qu'un petit homme debout dans la pénombre, à peine plus grand que moi, et coiffé d'une casquette de base-ball. Il portait un pantalon plein de poches, du genre de ceux que Gracie affectionnait il y a quelques hivers, et un sac à dos d'où jaillissait une série de perches et de bâtons pointés dans toutes les directions. Il tenait à la main une pomme entamée.

« Ha ho, a-t-il dit en croquant dans sa pomme d'un air très décontracté. Tu vas où ?

— Moi ? Euh… jailite de repasse le keré », ai-je balbutié, le cœur galopant.

Je n'avais aucune idée de ce que je racontais. Mais il n'a pas semblé m'entendre.

« Je viens de me renseigner. Celui-là, a-t-il dit en lançant le pouce vers mon train, va à Cheyenne puis à Omaha. Et celui-là va à Ogden et à Vegas. »

1. BOUSSOLE

2. CARNET

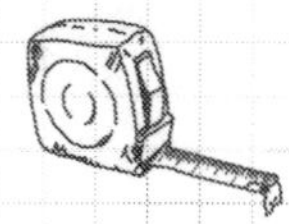

3. MÈTRE

4. LOUPE

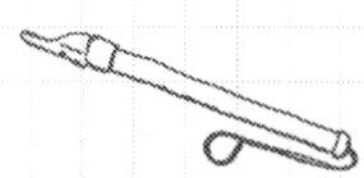

5. APPEAU

Inventaire
de ce que j'ai emporté
au McDonald's de Pocatello
Carnet V101

Puis, se rendant compte que je n'avais pas vraiment répondu à sa question : « Tu vas où, toi ? »

La vision de la meute assoiffée de sang s'était suffisamment dissipée pour me permettre de bafouiller : « Je vais… Washing… Washington…

— Washington ?

Il a poussé un sifflement, puis il a repris une bouchée de sa pomme et m'a toisé dans la faible lumière. « C'est ta première fois ?

— Oui, ai-je dit en baissant la tête.

— Eh, y a pas de honte à ça ! Il y a une première fois à tout. Deux Nuages. »

Il m'a tendu la main.

« Deux Nuages ?

— C'est comme ça qu'on m'appelle.

— Oh ! Vous êtes un Indien ? »

Il a ri. « Tu dis ça comme si on était dans un film. Je suis Cree, enfin, en partie… Mon père était blanc, italien. De *Genova*, a-t-il précisé avec un accent.

— Moi, c'est Tecumseh.

— Tecumseh ? »

Il m'a regardé, l'air de ne pas trop y croire.

« Oui, c'est une tradition dans la famille. Tous les hommes s'appellent Tecumseh, enfin, les aînés. Moi, je m'appelle Tecumseh Sansonnet.

— Comme un sansonnet ?

— Oui. »

Discuter rendait toute cette situation beaucoup moins effrayante, alors j'ai continué. « Ma mère m'a expliqué qu'au moment précis où je suis né, un jeune sansonnet a traversé la vitre de la cuisine, et qu'il est mort là, par terre. Enfin je ne sais pas comment elle peut dire que ça s'est passé au moment précis où je suis né, parce qu'elle n'a quand même pas accouché dans la cuisine. Peut-être qu'elle m'a menti. En tout cas, elle a envoyé le sansonnet mort à un ami ornithologiste, à Billings, qui savait très bien reconstituer les squelettes d'oiseaux, et son ami me l'a offert pour mon premier anniversaire. Le squelette, je veux dire. » *Et je l'ai apporté, il est dans ma valise*, ai-je failli ajouter, mais je me suis retenu.

« Tu en sais beaucoup sur les sansonnets ?

— Pas trop. Je sais qu'ils sont agressifs et que ça leur arrive même de voler les nids des autres oiseaux. Et puis, ils sont partout. Des fois, c'est vrai que je préférerais m'appeler autrement que Sansonnet.

— Pourquoi ?

— J'aurais bien aimé être un engoulevent ou un kikiwi.

— Mais tu es né sansonnet.

— Oui.

— Et pas seulement sansonnet, mais Tecumseh Sansonnet.

— Oui. Vous pouvez m'appeler T. S. si vous voulez.

— Tu connais l'histoire du sansonnet et du pin, T. S. ?

— Non », ai-je dit en secouant la tête.

Il a croqué une dernière fois dans sa pomme et l'a jetée avec une grâce folle par-dessus l'un des trains. J'aurais pu le regarder jeter des trognons de pommes toute la journée. Puis il s'est essuyé les mains sur sa chemise et a planté son regard dans le mien. « C'est une histoire que ma grand-mère me racontait quand j'étais petit. » Il s'est tu, s'est essuyé les lèvres sur sa manche. « Suis-moi. »

Je l'ai suivi jusqu'à un wagon couvert, juste en dessous d'un lampadaire.

« On ne risque pas de nous voir ? »

Il a secoué la tête, puis il a levé les mains, poignets croisés. Il les tenait devant la porte du wagon et je me suis dit qu'il essayait peut-être de l'ouvrir par la magie ; il les agitait bizarrement. J'ai attendu.

« Tu la vois ? a-t-il demandé.

— Quoi ?

— L'ombre. »

Et je l'ai vue, bien sûr, dansant sur la paroi rouillée du wagon : l'ombre parfaite d'un sansonnet en plein vol.

Deux Nuages a baissé les mains. Le sansonnet a disparu et la paroi a retrouvé son aspect initial, rouillé, banal.

Puis il a fermé les yeux un instant et il a commencé, d'une voix grave et sonore : « Il était une fois… un sansonnet très malade. Il ne pouvait pas migrer vers le sud avec les siens, alors il leur dit de partir sans lui, qu'il trouverait un abri pour l'hiver et les reverrait au printemps. Il regarda son fils dans les yeux et lui dit : "Nous nous reverrons", et son fils le crut. »

Deux Nuages faisait sacrément bien le papa sansonnet qui regarde son fils sansonnet dans les yeux. Il a continué :

« Le sansonnet alla voir le chêne et lui demanda s'il pouvait s'abriter sous ses feuilles pendant l'hiver, pour ne pas mourir de froid, mais le chêne refusa. Ma grand-mère disait que les chênes étaient des arbres froids et durs avec un cœur minuscule. Ma grand-mère… » Deux Nuages s'est tu et a semblé perdre le fil de son histoire. Il a secoué la tête.

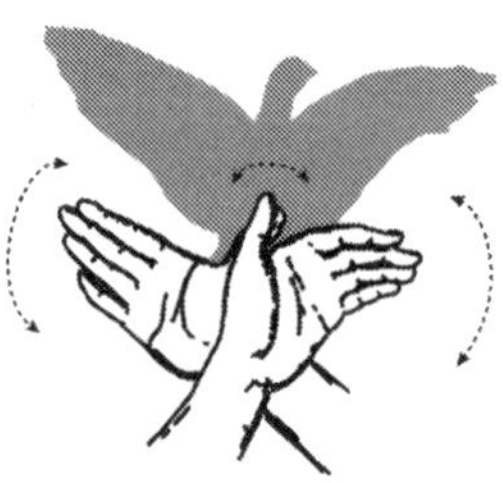

L'ombre du sansonnet
Carnet V101

« Excuse-moi. Donc, ensuite, le sansonnet alla voir l'érable et lui posa la même question. L'érable se montra plus aimable que le chêne, mais lui aussi refusa d'accueillir le sansonnet dans ses branches. Le sansonnet demanda à tous les arbres qu'il voyait s'ils voulaient bien le protéger du froid glacial de l'hiver. Au hêtre, au tremble, au saule, au charme. Tous refusèrent. Peux-tu le croire, ça ?

— Croire quoi ?

— Non. Ne réponds pas à la question. Elle fait partie de l'histoire.

— Pardon.

— Bon. Donc les premières neiges tombèrent. Le sansonnet était au désespoir. Finalement, il alla voir le pin. "Accepterais-tu de m'accueillir pour l'hiver ? demanda le sansonnet. – Je ne peux t'offrir qu'une piètre protection, dit le pin. Je n'ai que des aiguilles qui laissent passer le vent et le froid. – Ça m'ira très bien", dit le sansonnet en frissonnant. Alors, le pin accepta. Enfin ! Et devine quoi… »

J'ai serré les lèvres pour ne pas répondre.

« Protégé par les épines du pin, le sansonnet survécut à l'hiver. Quand le printemps arriva et que les collines se couvrirent de fleurs, sa famille le rejoignit. Son fils, qui pensait ne plus jamais le revoir, était fou de joie. Quand le Créateur apprit ce qui s'était passé, il se mit dans une colère noire. "Égoïstes ! dit-il aux arbres. Vous avez refusé d'aider un pauvre sansonnet malade." "Nous sommes désolés, murmurèrent les arbres." "C'est trop tard ! tonna le Créateur. Vous vous souviendrez de ce sansonnet !" Et Il décida qu'à chaque automne, tous les arbres perdraient leurs feuilles. Tous les arbres, ou presque. Le pin, qui s'était montré généreux envers l'oiseau, put conserver ses épines pendant l'hiver. »

Il se tut. « Qu'est-ce que t'en penses ?

— Je ne sais pas trop.

— Mais c'est une bonne histoire, pas vrai ?

— Oui, vous la racontez très bien.

— En fait, je ne sais plus vraiment si l'histoire parle d'un sansonnet ou d'un autre oiseau. J'ai la mémoire qui se dégrade. »

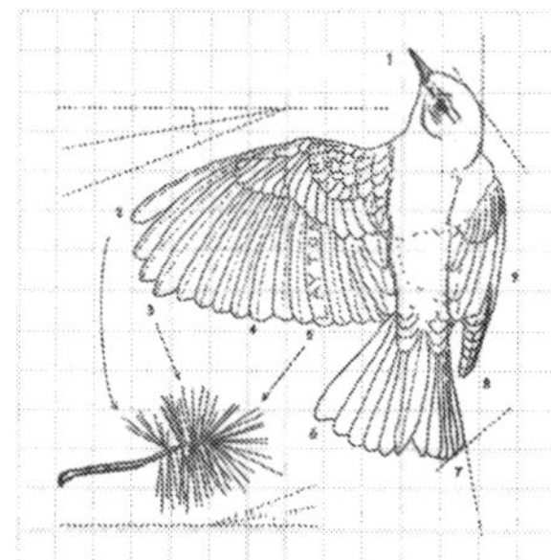

Schéma de l'histoire de Deux Nuages
Carnet V101

Dès que j'en ai eu l'occasion, j'ai fait quelques calculs et je suis arrivé à la conclusion que les propriétés isolantes des aiguilles de pin n'étaient pas suffisantes pour que le sansonnet ait survécu. C'était une belle histoire, mais elle n'était pas vraie ; la grand-mère de Deux Nuages lui avait raconté des mensonges.

Nous n'avons rien dit pendant un petit moment ; entre les coups de marteau et les soupirs des trains, nous songions aux oiseaux. Puis, j'ai demandé : « Vous voyagez souvent en train de marchandises ?

— Ouais. Tout le temps, depuis que je me suis enfui de chez moi. Et je me suis enfui y a… je sais plus. Les années servent pas à grand-chose, ici. C'est les saisons qui comptent.

— Vous allez où, maintenant ?

— Écoute, je crois que j'ai bien envie de retourner à Vegas, histoire de refaire le tour des casinos indiens. En général, si tu joues la carte du frère, ils t'offrent à boire. Enfin, au début. De toute façon, ils savent bien qu'ils vont récupérer leur mise. Ils sont malins. »

J'ai acquiescé d'un signe de tête entendu, pour lui laisser penser que je voyais très bien de quoi il parlait.

« Ouais, ça fait longtemps que je me suis pas fait ce plaisir, continuait-il. Tu sais ? Gaver ces machines en espérant qu'elles vont recracher… Et la serveuse qui t'apporte des whiskys gratos tant que tu mets des sous dans la fente… »

De nouveau, j'ai hoché la tête en souriant, comme si je me remémorais mes jours au casino.

« Le meilleur côté de cette vie, c'est toutes les choses incroyables que tu croises sur la route. Franchement, j'ai tout vu. En Floride, j'ai rencontré une famille de lutteurs spécialisés dans les combats contre les alligators. Ils faisaient ça de père en fils, quatre générations. C'était fou. Et un jour, dans l'Illinois, j'ai vu une volée d'oiseaux dévorer un homme tout vif. C'est pas une blague. Il se passe des tas de trucs dans ce pays dont personne parle à la radio. Eh, d'ailleurs, mec, ça me rappelle : t'aurais pas des piles ? Ma radio m'a lâché et, franchement, je deviens dingue. J'ai un peu honte de l'avouer, mais je peux pas me passer des émissions de Rush Limbaugh.

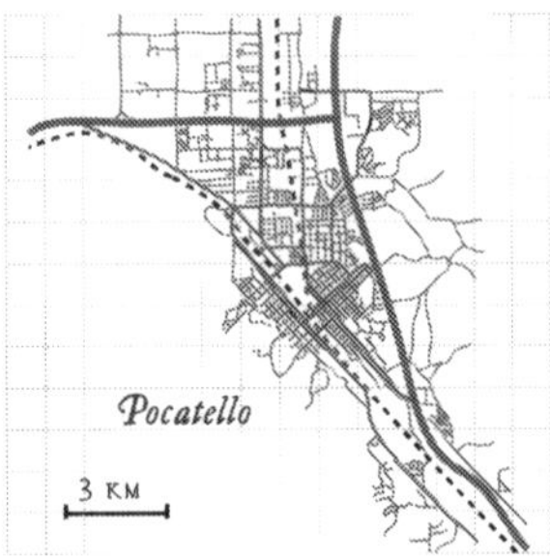

N'ayez crainte, petits enfants, il y a un McDonald's à Pocatello
Carnet V101

— Non, désolé. Je peux vous donner une boussole. »

Ça l'a fait rire. « J'ai une tête à avoir besoin d'une boussole, petit ?

— Non, ai-je reconnu. Et d'un appeau ?

— Fais voir. »

Je lui ai tendu mon appeau. Il l'a pris, l'a retourné et, très vite, le petit doigt pointé en l'air, il a fait coulisser le piston qui a émis un chuintement sec. Il a souri.

« Je peux le prendre ?

— Oui.

— Qu'est-ce que je peux te donner en échange ?

— Euh, est-ce que vous sauriez me dire où il y a un McDonald's, dans le coin ?

— Il y en a un au carrefour, là-bas, a-t-il dit en me montrant le nord. C'est là que les cheminots prennent leur pause. Je les connais tous, les cheminots d'ici : Ted, Leo, Ferry, Ister, Angus. De braves types comme toi et moi. Même le cogne est pas si terrible. Moe Johnson. *Le Mojo*, on l'appelle. Il adore quand on l'appelle comme ça, *le Mojo*. Il aime bien les trucs un peu porno, aussi, du coup on a un petit arrangement, lui et moi.

— Merci, ai-je dit en reculant. Au fait, vous savez à quelle heure il part, ce train-là ?

— Donne-moi une seconde. »

Il a sorti un téléphone portable et a composé un numéro en fredonnant. Au bout d'un instant, il a relevé les yeux vers mon train, et il a tapé une nouvelle série de chiffres.

« Qu'est-ce que vous faites ? »

Du doigt, il m'a fait signe de me taire. Nous avons attendu, puis son téléphone a bipé. « Ils disent qu'il part à 23 h 12. Ça te laisse pas mal de temps.

— Comment vous avez su ?

— La hotline des hobos.

— La hotline des hobos ?

— C'est vrai que t'es un bleu. J'avais oublié. Eh bien… tu vois, les choses ont un peu changé depuis quelques années. Les hobos ont leurs technologies, maintenant, comme tout le monde. Il y a un type dans le Nebraska qui a accès à l'ordinateur central, un type qui travaillerait pour Union Pacific, mais personne n'en est vraiment sûr. Eh bien, ce type-là a créé un petit service pour les vagabonds : il suffit d'appeler la hotline et d'entrer le numéro d'immatriculation du wagon pour savoir à quelle heure un wagon part et où il va. C'est pratique.

— Wahou, ai-je fait.

— Tu l'as dit. Le monde change. Les hommes évoluent avec eux. Si les Indiens n'avaient pas évolué, ils seraient tous morts. »

Il a sorti de l'une de ses nombreuses poches un bout de papier et un stylo et il a griffonné quelque chose. « Tiens, le numéro de la hotline. Sers-t'en si t'es dans le pétrin, mais surtout, si tu te fais pincer, brûle ce papier… ou mieux, mange-le.

— Merci !

— Pas de problème, mec. Merci pour l'appeau. On doit bien s'aider, entre vagabonds. »

Entre vagabonds. J'étais des leurs, à présent.

« J'espère que tu trouveras ton chemin, a-t-il continué. Tu ne devrais pas avoir de problème jusqu'à Chicago, mais, là-bas, les choses peuvent se gâter. C'est une grande ville avec de vrais dangers. Je peux déjà te dire que tu devras monter dans un CSX bleu et jaune. Ceux-là vont tous à l'est. Pour être sûr que le tien va bien à Washington, sers-toi de la hotline, ou, si tu n'as pas de téléphone, demande à un cheminot. La plupart sont sympas, surtout si tu leur paies une bière. Tu… tu m'as l'air un peu jeune pour leur payer une bière. Quel âge tu as ?

— Seize ans. »

Les molaires se sont mises à m'élancer. Ça me faisait toujours ça quand je mentais.

Deux Nuages a hoché la tête. « C'est à peu près l'âge que j'avais quand j'ai commencé. Quand ma grand-mère est morte. C'est là que je me suis sauvé. Mais même aujourd'hui, tu vois, je me sens encore un peu gamin. D'ailleurs, c'est un conseil : lâche pas le fil de l'enfance. La vie fera de son mieux pour te chier dessus, mais si tu te cramponnes à tes seize ans jusqu'à la fin de tes jours, tu devrais pas trop mal t'en sortir.

— D'accord. »

J'étais prêt à faire tout ce que cet homme me disait de faire.

« Deux Nuages, a-t-il dit en levant deux doigts.

— Au revoir, Deux Nuages.

— Au revoir, Sansonnet. J'espère que tu trouveras ton pin. »

En longeant la file des wagons, j'entendais, derrière moi, les douces ondulations de l'appeau s'éloigner dans l'obscurité.

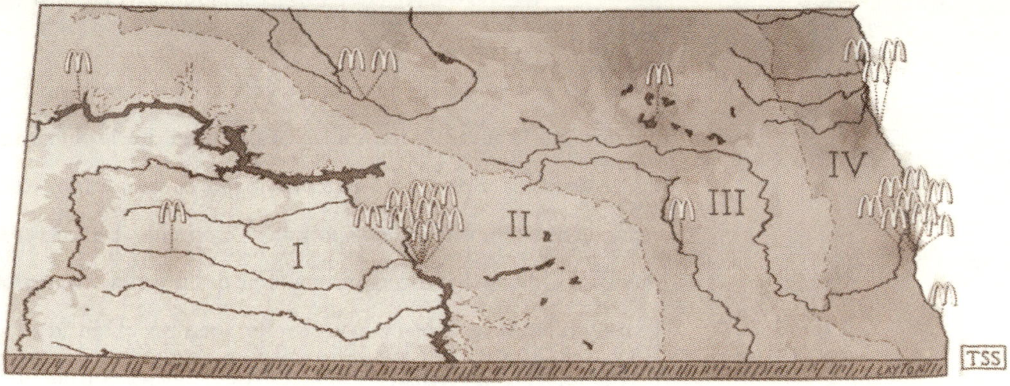

Dakota du Nord : Carte des écorégions et des eaux de surface, avec emplacement des vingt-six McDonald's

~ Pour M. Corlis Benefideo ~

ÉCORÉGIONS

I. Grandes plaines du NO
II. Anciennes plaines glaciaires du NO
III. Anciennes plaines glaciaires du N.
IV. Plaine du lac Agassiz

Chapitre 6

Loué sois-tu, McDonald's, pour ton glorieux trident de lumière.

Le Dr Clair ne voulait jamais nous emmener au McDo de Harrison Avenue, mais je dois dire que n'ai jamais bien compris pourquoi, car elle nous laissait en revanche nous empiffrer juste à côté, au Maron's Pasty Shop (prononcer pas-ti, pas peis-ti), une gargote qui servait, derrière sa devanture à damier bleu et blanc, une cuisine bien plus violente pour les artères que son grand voisin multinational.

Quand je lui ai demandé les raisons de cet embargo, elle a simplement déclaré : « Il y en a tellement. » Comme si ça répondait à ma question. Mais sa logique avait beau m'échapper, elle restait ma mère, et l'un de mes devoirs d'enfant était de suivre les règles qu'elle établissait, si absurdes soient-elles.

Néanmoins, chaque fois que nous allions manger des pasties chez Maron, je ne pouvais m'empêcher de fixer les deux arches en plastique jaune qui resplendissaient de l'autre côté du parking. Je regardais les enfants s'élancer dans les McTobbogans, je contemplais la lente farandole des pick-up et des mono-

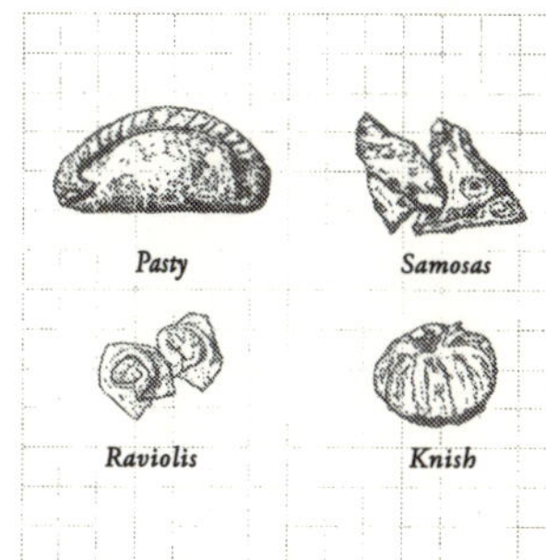

La nourriture en petites poches
Carnet V43

Importées jadis par des mineurs de Cornouailles, qui les emportaient sous terre dans leurs gamelles, les *pasties* réunissaient – dans une feuille de pâte soigneusement pliée et scellée qui formait, en cuisant, une croûte robuste et très pratique – des lamelles de pommes de terre, des cubes de viande et une saine dose de sauce au jus. Ce principe de la « nourriture en petites poches » a été inventé parallèlement par toutes les civilisations du monde, nouvelle preuve de la sélection naturelle qui s'opère parmi les idées humaines et voit subsister les plus simples et les plus modulables. Il faut bien le reconnaître : les hommes du monde entier éprouvent le même désir de tenir ce qu'ils mangent et de manger ce qu'ils tiennent.

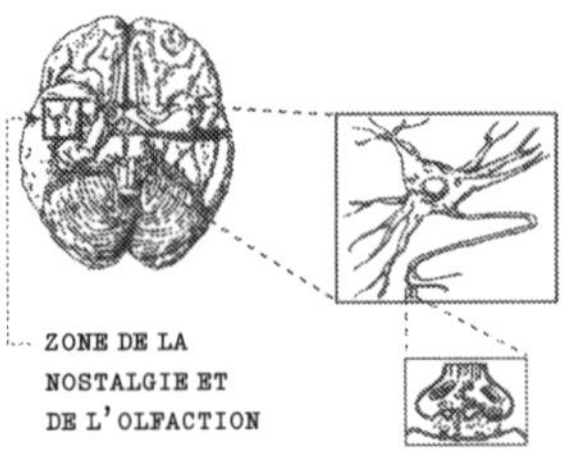

spaces sur le demi-cercle du drive-in, et ce spectacle avait sur moi un attrait plus fort que la raison. Je me rendais bien compte que la plupart des gosses de douze ans, dans ce pays, éprouvaient la même chose que moi, mais, à la différence de mes semblables, je ne pouvais m'empêcher d'étudier le fonctionnement scientifique du faisceau magnétique qui m'attirait irrésistiblement vers les rouges, les jaunes et les orange réconfortants de McDonald's. J'ai lu quelque part que ces couleurs étaient censées accroître l'appétit (mon opinion : c'est vrai).

Je n'étais pas expert en publicité, mais, en me fondant sur l'observation de mon propre comportement au voisinage d'un McDonald's, j'avais élaboré l'hypothèse que pour déjouer le barrage que constituait mon désir naturel de beauté, McDonald's recourait au trio d'éléments persuasifs suivant :

N°1
L'ODEUR

L'odeur de la friteuse en train de frire ses merveilleuses frites. Cette odeur n'est pas toujours présente, mais tout enfant y a été suffisamment exposé pour qu'elle ressurgisse dans son cortex entorhinal chaque fois qu'il voit un McDonald's. L'odeur elle-même a été composée et synthétisée avec soin, de façon à maximiser son pouvoir d'attraction, dans une usine d'odeurs et de goûts située en bordure d'une autoroute du New Jersey. Les ingénieurs ont sans doute utilisé les molécules odorantes qu'on trouve dans le bacon, parce que j'ai remarqué que l'odeur du bacon me transforme, exactement de la même manière, en un petit vorace aux yeux exorbités.

N°2
LA NOSTALGIE

Nostalgie éveillée par la présence conjointe d'un terrain de jeux et d'un petit jouet dans le Happy Meal. Même si je sais que je suis trop vieux pour jouer dans les minuscules toboggans couverts, et pour me réjouir de trouver dans mon Happy Meal une figurine pourrie même pas articulée (cela dit, un jour, j'y ai trouvé un super Scarobot qui loge toujours dans mon armoire à pharmacie), ces deux éléments attisent ma nostalgie d'un temps où j'étais encore assez jeune pour les apprécier. C'était le secret de leur pouvoir : ils agissent comme un drapeau qui nous rappelle une époque où tout était plus simple, où le poids silencieux de l'âge adulte ne nous attendait pas au tournant. Les ondulations du toboggan et la promesse d'un cadeau tout pourri nous permettent de nous rebeller contre le temps.

N°3
LES ARCHES

Les arches (soi-disant) dorées renvoient à un symbole élémentaire qui évoque bien plus qu'une simple marque. Dans la mythologie shoshone, le monde du Ciel, où toute vie prend sa source, est figuré par une arche géante dressée au-dessus de la Terre Mère qui chevauche une tortue. Il y a aussi les arches aortiques de notre cœur (à l'origine du symbole de l'amour), continuellement traversées par notre sang régénéré. Et des arches se forment même toutes seules dans la nature, par l'érosion de certaines couches géologiques, comme on peut le voir au Parc national des Arches. Je n'y suis jamais allé, mais j'ai réalisé, d'après photo, un petit schéma de l'une de ces arches pour illustrer un article de *Science Magazine*, dont l'équipe éditoriale, comme le reste du monde, ignore que j'ai douze ans et que je chéris encore mon Scarobot McDonald's.

J'ai poussé la porte du McDonald's de Pocatello. Peut-être parce que j'étais maintenant un fugueur officiel, le McTrident du désir agissait sur moi de manière plus persuasive que jamais. Parfois, quand nous roulions sur Harrison Avenue avec le Dr Clair, j'étais pris de tristesse à la vue de l'enfilade de galeries commerciales, mais, à l'instant où j'apercevais le McDonald's, tout regret face à la dévastation des grands espaces américains et à la pullulation des temples de la consommation s'évanouissait sous le charme magique du Trident.

À présent, à quatre cents kilomètres au sud de Butte, dans la Ville des Sourires, je m'approchais du menu richement illustré qui brillait au-dessus des caisses. Une fois ma cible repérée, je l'ai pointée du doigt. Je me suis aperçu trop tard que je désignais le menu avec mon mètre enrouleur. La caissière a regardé ce que je lui montrais, puis elle s'est retournée vers moi. « Happy Meal cheeseburger ? »

J'ai opiné du chef. *Dr Clair, tu ne pourras pas m'arrêter, cette fois.*

La dame a soupiré et a appuyé sur les touches de la grosse caisse grise devant elle. Un petit écran vert, sur le devant, précisait : « Temps de préparation moyen : 17,5 s. »

Une fois tous les éléments constitutifs du Happy Meal assemblés dans la boîte en carton, la dame a dit : « Ça fait cinq dollars quarante-six. »

J'ai voulu payer, mais j'avais les mains prises par ma boussole, mon carnet, mon mètre et ma loupe, et j'ai dû me réorganiser en toute hâte pour pouvoir prendre un billet de dix dollars dans mon porte-monnaie.

« Où est-ce que tu vas avec tous ces trucs ? » a demandé la caissière d'une voix monocorde en me rendant la monnaie. Je me suis dit qu'elle était en train de perdre du temps sur sa moyenne de 17,5 secondes.

« À l'est », ai-je répondu avec mystère, et je lui ai pris le gros sac en papier qui contenait mon Happy Meal. Le sac a fait entendre des petits craquètements en passant de ses mains aux miennes. Je me suis senti très adulte.

Avant de franchir les portes automatiques pour ressortir dans la nuit, j'ai regardé rapidement ce que j'avais comme jouet dans mon Happy Meal.

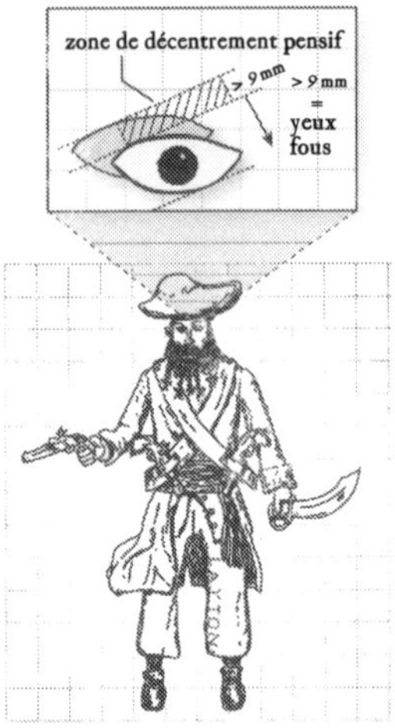

Barbe-Rouge : pensif, décentré
Carnet V101

Dans un sachet en plastique, j'ai trouvé une figurine de pirate toute pourrie et même pas articulée. Je l'ai sortie du sachet et j'ai caressé son visage avec mon pouce. Je tirais une sorte de réconfort de sa mauvaise qualité, et en particulier de la manière dont la machine chinoise chargée de la peindre avait placé ses pupilles juste en dessous du petit renflement où auraient dû se situer ses yeux, si bien qu'elle semblait baisser le regard avec une expression pensive et mélancolique, très inattendue chez un pirate.

En repartant dans la nuit, baigné de la lueur constante, plus jaune que dorée, des arches au-dessus de moi, je me suis souvenu d'une conférence à laquelle j'avais assisté à l'université de Montana Tech juste avant la mort de Layton. C'était la première fois que je repensais à cette conférence. Son souvenir s'était effacé, ce qui était étrange, car j'avais quitté l'amphithéâtre convaincu de ne jamais l'oublier.

J'avais profité que Père allait à Butte pour lui demander de me déposer à l'université, où un monsieur de quatre-vingt-deux ans, M. Corlis Benefideo, venait présenter ses travaux de cartographie du Dakota du Nord. L'événement, sponsorisé par le bureau d'études minières et géologiques du Montana à l'université de Montana Tech, avait dû être très mal annoncé, car il n'y avait que six autres personnes dans l'auditoire. Je n'avais moi-même été informé de la tenue de cette conférence que la veille au soir, par un message en morse sur mon poste de radio amateur. Cette mauvaise communication était d'autant plus surprenante que le travail de M. Benefideo était d'une qualité époustouflante. Il nous dévoilait le fruit d'une étude longue de vingt-cinq ans : une série de cartes du Dakota du Nord qui témoignaient d'une compréhension totale de l'histoire, de la géologie, de l'archéologie, de la botanique et de la zoologie de cette zone. L'une des cartes représentait la subtile oscillation est/ouest des schémas migratoires des oiseaux au cours des cinquante années passées, une autre illustrait la relation entre les formations rocheuses et les espèces de fleurs sauvages dans les plaines du sud-est de l'État, une autre encore mettait en regard le

Le message en morse
Carnet V84

-.. . -- .- .. -. -.-. --- -. ..-.
..-.. .-. . -. -.-. . ... ..- .-.
.-.. .- -.-. .- .-. - --- --. .-.
.- .--. ....-.-.- ..- -. .
... ..-.. .-. .. . -.. .
-.-. .- .-. - . ... -..
..- -.. .- -.- --- - .-
-.. ..- -. --- .-. -.. .--.
.- .-. -.-. --- .-. .-..
.. ... -... . -. . ..-. ..

taux d'homicide et le taux de fréquentation des dix-sept points de passage à la frontière avec le Canada. Elles étaient toutes réalisées à la plume et au pinceau, avec tant de minutie que, dans les diapositives de certains détails que M. Benefideo nous avait projetées, nous avions découvert un monde invisible à l'œil nu.

D'une voix très douce, il nous avait expliqué qu'il avait dressé plus de deux cents cartes du Dakota. C'était ainsi, disait-il, que nous devions étudier notre terre, nos États, notre histoire : dans leurs moindres détails. Il avait ajouté qu'il aurait aimé faire de même pour chaque État, mais qu'il allait bientôt mourir et qu'il espérait que la prochaine génération de cartographes saurait relever ce défi. Je me souviens qu'il avait dit cela en me regardant droit dans les yeux, et qu'un bourdonnement m'avait empli les oreilles.

Je marchais dans les rues obscures de Pocatello. À la fin de la conférence, l'un des auditeurs, qui me faisait l'effet d'un de ces jeunes et brillants doctorants en géologie amateurs de plein air, avait pris la parole.

« Monsieur, toutes vos cartes sont magnifiques, bien sûr, mais elles font complètement abstraction de l'époque actuelle. Pourquoi la cartographie est-elle à ce point ancrée dans le siècle dernier ? Aujourd'hui, il faudrait étudier la répartition des McDonald's, des bornes wi-fi, des réseaux de téléphonie mobile… Que faites-vous des mash-up de Google, et de la démocratisation des SIG ? Vous ne croyez pas que vous freinez le progrès en refusant de vous intéresser au monde d'aujourd'hui ? En refusant de le cartographier, en négligeant… vous voyez ce que je veux dire ? »

M. Benefideo a regardé le jeune homme, sans antipathie, mais sans grand intérêt non plus. « Vous avez ma bénédiction pour réaliser toutes ces cartes, a-t-il dit. Et vous parliez de… smash-up… ?

— De mash-up, monsieur. Aujourd'hui, l'informatique permet de réaliser très vite des cartes d'à peu près tout ce qu'on veut… par exemple, des meilleurs terrains d'escalade dans les Tetons… et de les mettre ensuite en ligne pour que les copains en profitent. »

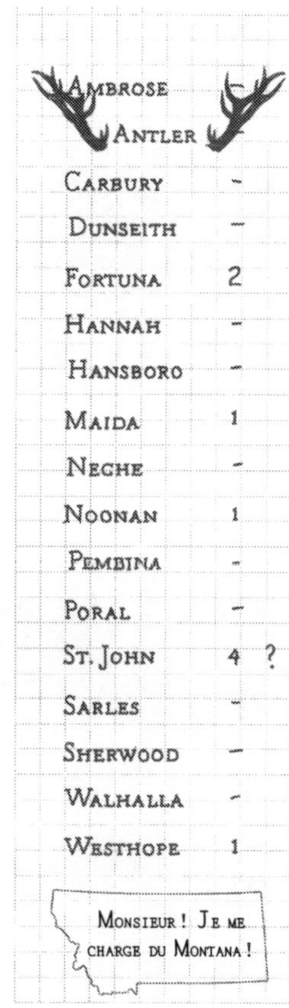

Notes prises pendant la conférence de M. Benefideo
Carnet V84

Il s'est retourné et nous a souri en se frottant la tête du plat de la main. Il n'avait pas l'air peu fier de sa carte des terrains d'escalade.

«*Mash-up*», a répété M. Benefideo en faisant tourner le mot dans sa bouche pour voir s'il y trouvait sa place. Mais je vous en prie, mon ami, faites vos mash-up. Ils m'ont l'air… divertissants. Pour ma part, je suis beaucoup trop vieux pour comprendre quoi que ce soit à la technologie.»

De nouveau, le jeune géologue a souri en se frottant la tête, visiblement amusé que ses propres connaissances technologiques dépassent à ce point celles de notre conférencier. Il allait se rasseoir quand M. Benefideo a repris :

«Je pense, toutefois, que nous avons encore bien des questions à nous poser sur la genèse des ingrédients qui composent notre cuisine, sur leur relation à la terre et leurs relations entre eux, avant de pouvoir seulement commencer à explorer l'impact que McDonald's a eu sur notre culture. Je pourrais tracer le contour du Dakota du Nord et indiquer par un point l'emplacement de chaque McDonald's, et même mettre ce dessin sur Internet, mais, à mes yeux, ce ne serait pas vraiment une carte : ce ne seraient que des points sur une page. Une carte ne se contente pas de situer : elle met au jour un sens, elle le formule, elle crée un pont entre l'ici et l'ailleurs, entre des idées disparates dont nous ne savions pas jusque-là qu'elles pouvaient avoir un lien. Faire cela, et le faire bien, est extrêmement difficile.»

Personnellement, ça ne m'ennuyait pas du tout de faire figurer sur mes cartes les artéfacts nés du progrès de la civilisation. Si j'avais tracé les sentiers empruntés par les commerçants de fourrure au dix-neuvième siècle, je les aurais même sans doute tracés en relation avec l'orientation actuelle des principaux centres commerciaux. Mais peut-être était-ce seulement parce que je n'avais pas encore bien appris à résister au sortilège du McTrident.

En revanche, la préférence avouée de M. Benefideo pour les techniques anciennes de cartographie, pour l'emploi du crayon, du stylo, de la boussole, du théodolite et d'une variété d'autres outils pourvus d'engrenages, m'emplissait d'une telle exaltation que mes doigts en tremblaient. Comme lui, je ne me servais jamais ni d'un ordinateur ni d'un appareil à GPS pour réaliser mes cartes. Assis devant un écran, j'aurais eu l'impression d'être un vulgaire opérateur. Avec tous mes instruments, je me sentais créateur.

« Tu es vieux jeu, m'avait dit un jour le Dr Yorn, en riant. Le monde avance, et toi qui es né après l'invention d'Internet, tu t'obstines à utiliser les mêmes méthodes que moi dans les années soixante-dix. »

Même si je sais qu'il ne pensait pas à mal, le Dr Yorn m'avait blessé en disant cela. C'était donc un réconfort de constater que M. Benefideo, qui possédait le plus extraordinaire faisceau de compétences que j'aie jamais vu dans le domaine de l'observation empirique, était aussi vieux jeu que moi. À la fin de la conférence, j'ai attendu que la salle se vide et je suis allé le trouver. Il avait de petites lunettes rondes qui cachaient un peu ses yeux fatigués et rougis. On distinguait, sous son nez légèrement tordu, un minuscule soupçon de moustache blanche. Il était en train de rouler ses cartes près du pupitre.

« Excusez-moi, monsieur Benefideo ?

— Oui ? »

Il a levé les yeux. J'avais des milliers de choses à lui dire. Que nous nous comprenions, lui et moi, que nous étions unis par un lien indestructible, qu'il était sans doute la personne la plus importante que j'eusse rencontrée de toute ma vie et que, même si je ne le revoyais jamais, je me souviendrais de cette conférence jusqu'à la fin de mes jours. Et aussi que ses lunettes m'intriguaient. Je voulais lui demander pourquoi il avait choisi des verres aussi petits et aussi ronds.

Mais je n'ai rien dit de tout ça. J'ai juste dit : « Je me charge du Montana.

— Parfait, a-t-il répondu sans hésitation. Le Montana est un État diablement difficile. Sept écorégions de niveau IV sur douze degrés de longitude. Mais seulement treize points de passage à la frontière. Faites bien attention de prévoir assez de temps. Le manque de temps, c'est mon problème. La flamme est encore là, mais la mèche est trop courte.

La résilience de la mémoire

Une semaine après la conférence, Layton était mort. Dans le tourbillon qui avait suivi l'accident, j'avais tout oublié de la conférence. Le souvenir des expériences les plus fortes de notre vie pouvait donc disparaître, si, dans la même période, un trou noir s'ouvrait dans notre quotidien. Mais la composition synaptique d'un souvenir est telle que certains d'entre eux résistent à l'anéantissement et, s'accrochant aux fanons de la mémoire, resurgissent des mois plus tard, comme venait de le faire, alors que je mangeais mon cheeseburger à Pocatello, l'image des petites montures rondes de M. Benefideo.

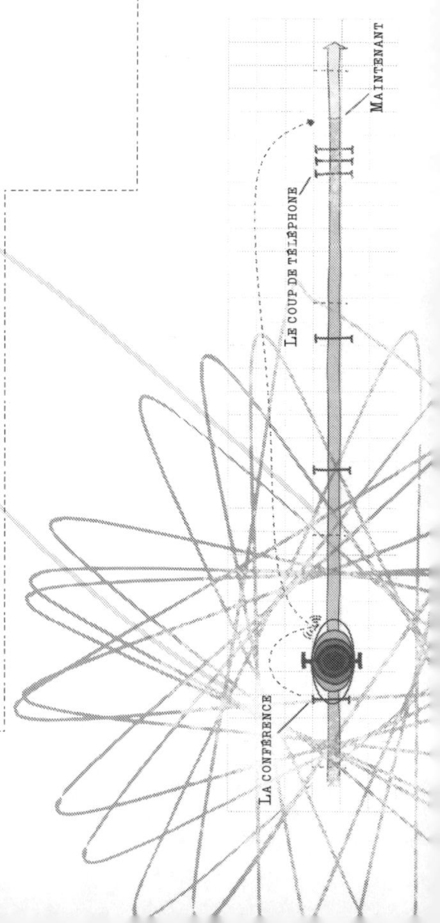

...

J'ai regardé ma montre. 2 h 01 du matin. Le Happy Meal cheeseburger n'était plus qu'un lointain souvenir. Je me suis maudit de ne pas m'être acheté un autre sandwich pour le petit déjeuner. En revenant, j'avais cherché Deux Nuages, mais il avait disparu, et le train pour Vegas aussi. Sans faire de bruit, j'étais remonté sur ma plate-forme et je m'étais glissé dans le Palace du Cow-Boy. Puis j'avais attendu. Le train n'avait quitté la gare de Pocatello que bien après minuit. Le retard sur l'heure annoncée par la hotline des hobos m'avait fait douter de la fiabilité de ce service. Qui était le type dans le Nebraska dont m'avait parlé Deux Nuages ? Est-ce que toutes ses informations étaient bidons ? Et si mon train se dirigeait vers l'ouest, en fait, vers Boise et Portland ?

Au bout d'un moment, je me suis laissé emporter par la progression lente et incontrôlable de mon train. J'irais où il allait. Je n'avais plus le choix. Portland, la Louisiane, Mexico, Saskatoon : cela m'apaisait de penser que ma destination, quelle qu'elle soit, ne pouvait plus changer. J'étais épuisé. Je venais de vivre la plus longue journée de ma vie. Dans un élan ensommeillé pour m'approprier mon territoire, j'ai posé avec audace mon pirate pensif même pas articulé sur le vaste tableau de bord du motor-home.

« Protège-moi, Barbe-Rouge. »

Je ne me rappelle pas m'être couché, mais, un peu plus tard, quand le train s'est arrêté avec une secousse, je me suis trouvé éjecté des Rocheuses imprimées sur le lit géant.

J'ai regardé par les fenêtres. Une mer de lumières orange scintillait sous une pluie légère. J'ai consulté ma montre. 4 h 34. Nous devions être à Green River, dans le Wyoming, l'une des nombreuses villes-champignons de l'Union Pacific. Je me suis demandé ce que les gens étaient en train de faire dans le scintillement orange de cette ville. La plupart devaient dormir, mais il y avait peut-être, dans une chambre, non loin des voies, un petit garçon réveillé par l'arrivée de mon train, qui se demandait comment ce serait de traverser le désert à son bord. J'avais un peu envie de changer de place avec lui, de m'asseoir sur le rebord de sa fenêtre, dans l'obscurité, et de le laisser partir vers l'inconnu, tandis que je me contentais de me poser des questions.

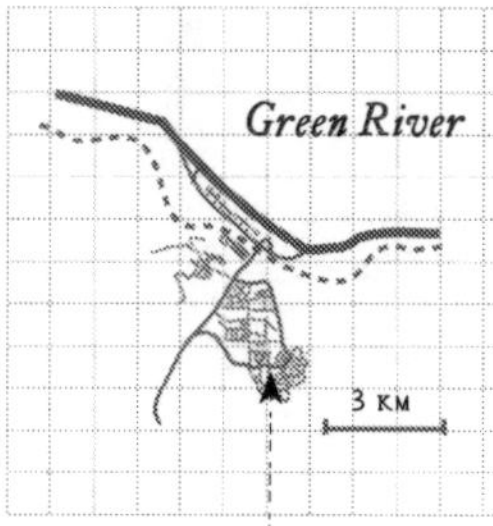

Ici, un petit garçon se pose des questions.

Puis le train a repris sa route, et j'ai regardé les lumières et leurs reflets humides s'éloigner furtivement dans les ténèbres du désert.

Je n'arrivais pas à dormir. La nuit s'écoulait peu à peu. J'ai vite compris que je ne pourrais jamais enchaîner huit heures de sommeil d'affilée et que j'allais devoir me satisfaire d'une série de courtes siestes. Il y avait trop d'arrêts et de départs, trop de bruit, trop de roulis. Le machiniste ne se souciait que de conduire son train à destination, pas d'offrir du repos à son passager clandestin. Je me suis souvenu d'un schéma que j'avais fait un jour sur le sommeil des dauphins, qui dorment avec un seul hémisphère de leur cerveau à la fois pendant que l'autre reste actif, ce qui leur permet de continuer à nager et à respirer sous l'eau sans se noyer. J'ai tenté d'appliquer cette technique et de dormir avec un œil ouvert, mais je n'ai réussi à récolter qu'une conjonctivite et un mal de tête harmonieusement réparti des deux côtés de mon cerveau.

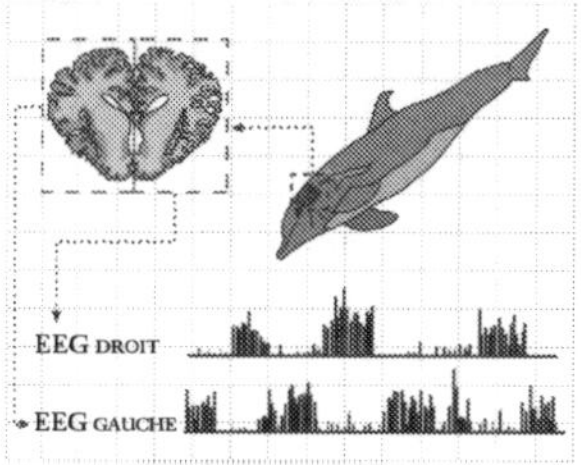

Sommeil lent unihémisphérique chez le grand dauphin
Carnet V38

Dormir avec un œil ouvert ? Quelle idée de génie ! Je continuais à penser que les dauphins étaient plus intelligents que nous et attendaient simplement que nous nous soyons autodétruits pour prendre le contrôle du monde.

Comme je tournais en rond dans le Palace du Cow-Boy, incapable de chasser l'insomnie, j'ai fini par décider qu'il était temps de risquer un œil dans ma valise. On n'y voyait presque rien ; seuls d'étranges éclairs venus du désert illuminaient parfois l'obscurité. J'ai allumé une lampe torche et je l'ai installée de telle façon que son faisceau tombe droit sur ma valise. Puis je me suis léché le pouce et l'index et j'ai tiré lentement sur la fermeture à glissière, en guettant l'explosion qui allait projeter mes affaires aux quatre coins du motor-home. En l'ouvrant, néanmoins, j'ai constaté avec stupéfaction que tout était intact, malgré la folle épopée des dernières vingt-quatre heures. Mon théodolite était en parfait état de marche. Igor bipait comme d'habitude quand je l'allumais. Tout allait bien, semblait-il.

C'est alors que j'ai vu le carnet du Dr Clair. La honte m'a submergé. Qu'avais-je fait ? Avais-je ruiné sa carrière en volant ce carnet ? Allait-elle remarquer sa disparition avant la mienne ?

J'ai examiné la couverture du carnet à la lumière de la lampe torche. Peut-être pouvais-je réparer ma mauvaise action en l'aidant, ou du moins en tentant de l'aider à résoudre le mystère de la cicindèle vampire ? J'ai ouvert le carnet. Sur la deuxième de couverture, le Dr Clair avait scotché une photocopie de ce qui m'avait tout l'air d'être un extrait d'un vieux journal intime :

Comme d'habitude, Mlle Osterville s'est levée de bon matin ; quand la plupart des hommes dorment encore, elle est déjà sur le terrain, à effectuer les relevés qu'elle reporte dans son fameux petit carnet vert. C'est une personne curieuse et passionnée par son métier, qui ne ressemble à aucune femme de ma connaissance. On la croirait née dans un corps du mauvais sexe. Nos compagnons paraissent méfiants à son égard... Non point qu'elle manque de connaissances ou de technique : il se pourrait même qu'elle soit la scientifique la plus compétente de tout le groupe, mais évidemment je ne me risquerais pas à ~~[illegible]~~ proclamer une telle chose, de crainte que le Dr Hayden ne soit frappé d'apoplexie.

Mlle Osterville ? Je connaissais ce nom. Sur une petite feuille libre coincée entre la couverture et la première page du carnet, le Dr Clair avait écrit :

Seule référence nominative à EOE de toute la durée du voyage d'étude. Extrait du journal de William Henry Jackson, photographe de l'expédition en 1870. Hayden mentionne une fois la « dame » et ses « jupes boueuses », mais ne développe pas. Question : pourquoi est-ce que je m'obstine à tenter de reconstruire ce monde disparu quand les informations dont je dispose sont si maigres ? Impossible d'appliquer la méthode scientifique. Seules sources : le livre d'Englethorpe, quelques journaux de bord, les archives de Vassar. D'où me vient le besoin d'en tirer toutes ces conjectures ? En ai-je le droit ? Qu'en penserait EOE ?

Alors, ça m'est revenu. EOE. Emma Osterville! Bien sûr! Mon arrière-arrière-grand-mère, l'une des premières femmes géologues de tout le pays. Je ne savais pas grand-chose de son histoire : juste que, pour une raison quelconque, elle avait fini par épouser Tearho Spivet, qui, en 1870, travaillait comme sémaphore à la station service de Red Desert, dans le Wyoming. Après leur mariage, ils étaient allés s'installer à Butte, où il était devenu mineur et où elle avait apparemment abandonné sa carrière pour faire des enfants dans le Montana. Ce qui constitue le point de départ de *ma* famille, je suppose.

Le Dr Clair avait parlé d'Emma Osterville à de nombreuses reprises. « La première femme à avoir épousé un Spivet, disait-elle. C'est tout de même une belle réussite ! » En fait, elle parlait si souvent d'Emma que j'en étais arrivé à croire, à tort, que c'était son arrière-grand-mère à elle et pas celle de Père.

Ce qui m'avait toujours gêné dans l'histoire d'Emma, c'était le fait qu'elle ait renoncé à son travail, à la passion de sa vie, après seulement quelques mois au sein de l'expédition Hayden. Il s'était passé quelque chose d'étrange dans le désert rouge, quelque chose qui l'avait poussée à partir, à quitter ce poste pourtant exceptionnel à une époque où l'on n'acceptait pas qu'une femme puisse être « compétente » dans le domaine des sciences. Et alors qu'elle semblait bien partie pour renverser les barrières sexistes érigées dans sa discipline en devenant la première femme du pays nommée professeur de géologie, elle avait tout laissé tomber pour un immigrant finlandais illettré qui parlait à peine anglais. *Mais pourquoi ?* Pourquoi tirer un trait sur ces bonheurs : sur les heures passées, à l'aube, à remplir de notes très précises son petit carnet vert, sur la possibilité de prouver sa supériorité à des hommes plus célèbres qu'elle, sur le plaisir d'être jalousée, sur le pouvoir, sur les territoires à cartographier ? Pourquoi abandonner tout cela et déménager à Silver Bow Junction dans le Montana, pour n'être plus rien d'autre que la femme d'un mineur ?

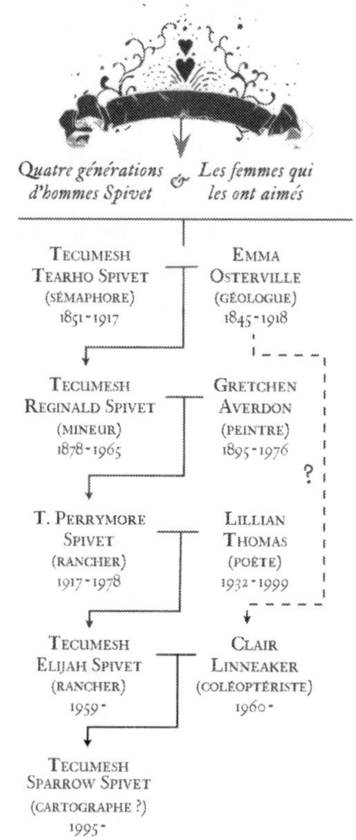

Ce sont deux femmes scientifiques, elles sont forcément de la même famille.

Pourquoi fait-on ce genre d'association ? Personne n'avait jamais dit : « Emma Osterville est l'arrière-grand-mère du Dr Clair », mais je m'en étais vaguement convaincu, simplement parce que je trouvais qu'elles se ressemblaient. Je pense que les enfants ont tendance à imaginer des liens fantaisistes comme celui-là et que, devant l'étendue du savoir à acquérir, ils se préoccupent moins de détails obscurs que de dresser une carte du monde qui ait un sens.

J'ai tourné la première page. Le Dr Clair avait écrit :

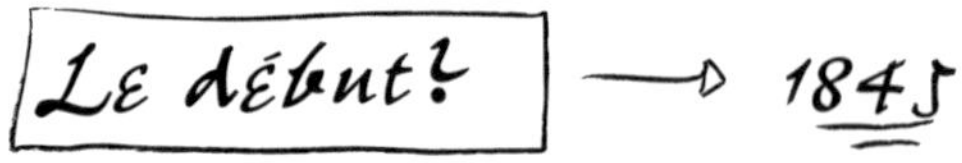

Et puis :

Elle n'était pas née dans les hautes Rocheuses qu'elle allait plus tard mesurer, étudier, où elle allait se marier et finalement s'éteindre. Elle était née à Woods Hole, dans le Massachusetts, à bord d'une petite péniche blanche amarrée au milieu du Grand Port, vaste étendue d'eau calme abritée du vent et des vagues par la mince falaise de Penzance Point, au sommet de laquelle se dressaient les belles maisons des capitaines en retraite.

Son père, Gregor Osterville, était pêcheur, issu d'une famille de pêcheurs qui sillonnaient ces eaux dans des esquifs battus par les vents depuis plus d'un siècle, à une époque où les bancs de morues étaient encore nombreux.

Sa mère, Elizabeth Tarmour, était une femme solide, le genre de femme capable d'épouser un pêcheur et de ne jamais se plaindre des taches couleur d'amande laissées sur les draps par l'air salé, ni de l'odeur des peaux de poisson collées sous les ongles de son mari, quand ils se couchaient le soir et écoutaient les vagues laper les flancs de leur logis.

Les contractions arrivèrent brusquement. C'était un jour nuageux de juillet. Elizabeth balayait le pont râpé de la péniche quand soudain elle eut la sensation qu'une main, entrée en elle, pinçait l'un de ses organes. Fort. Et puis encore plus fort.

Le balai faillit tomber par-dessus bord, mais elle le rattrapa et le posa avec précaution sur le seuil de la porte. La péniche, comme toujours, se balançait très doucement sur l'eau.

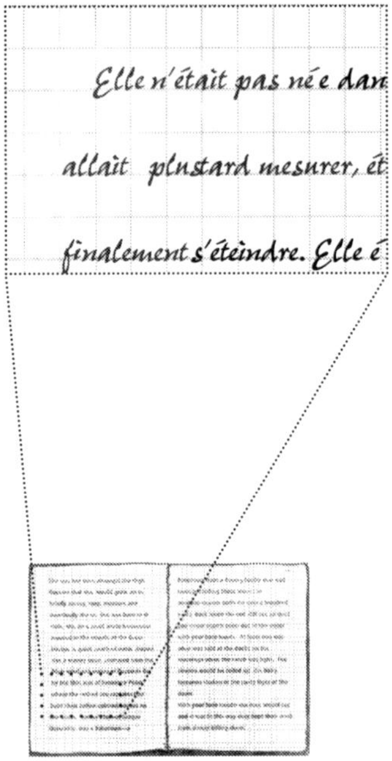

Le carnet EOE volé dans le bureau du Dr Clair

En commençant à lire le carnet du Dr Clair, cela m'a frappé de constater combien l'écriture manuscrite était une chose personnelle. Je n'avais jamais séparé le Dr Clair de son écriture : ces E en forme de demi-8 avaient toujours fait partie d'elle. Mais à présent, dans le train, si loin du cocon de son bureau, je comprenais que cette façon d'écrire n'était pas innée, qu'elle était le résultat de tout ce qu'elle avait vécu. Le tracé familier de ses lettres avait été modelé par mille petites influences : instituteurs, ateliers de poésie, entreprises scientifiques malheureuses, peut-être même lettres d'amour. (Ma mère avait-elle jamais écrit de lettre d'amour ?) Je me demande ce qu'un expert de l'écriture aurait dit de l'écriture de ma mère. Je me demande ce qu'il aurait dit de la mienne ?

Ils n'avaient pas le temps d'aller en ville. Gregor, qui venait juste de rentrer des docks, se lava les mains dans la mer avec du savon et entreprit de mettre au monde sa fille. Trois quarts d'heure plus tard, il coupait le cordon ombilical à l'aide de l'un des couteaux dont il se servait pour ses poissons. Il recueillit le placenta dans un grand bol de porcelaine blanche. Après avoir langé la minuscule enfant et l'avoir déposée, geignante, dans les bras d'Elizabeth, il sortit sur le pont et jeta le contenu du bol dans l'océan. Le placenta flotta un moment à la surface comme une méduse rouge, puis s'enfonça dans l'eau.

> En lisant cette description très crue d'un accouchement, je me suis rendu compte d'une chose : tout comme Emma était sortie d'Elizabeth, j'étais sorti du Dr Clair. *Trop bizarre.* Le Dr Clair n'était pas juste une femme qui vivait dans la même maison que moi, c'était aussi ma *créatrice.*

Au milieu de cette première nuit, Elizabeth – qui n'aimait ni la mer ni le poisson qu'ils mangeaient seuls tous les soirs dans leur salle à manger flottante, mais aimait son mari et la façon dont ses mains vidaient et lavaient rapidement, avec assurance, les morues à chair blanche – Elizabeth se leva pour regarder son bébé à la lueur de la lune, et regretta que cette petite créature rose et fripée, avec ses doigts minuscules qui s'enroulaient et se déployaient vivement comme des épinoches, soit obligée de grandir dans un tel endroit.

L'enfant était destinée à ne connaître que le lent balancement de la péniche, si bien que l'immobilité de la terre la troublerait toujours, et à n'avoir pour terrain de jeux que le basalte glissant du bassin de marée : airs fredonnés dans des coquilles de bernard-l'ermite, amitiés nouées au bas de la falaise, secrets chuchotés sous un esquif retourné sur la plage de sable humide, avec toujours l'odeur du poisson pourrissant, des algues en décomposition, avec les grommellements gutturaux et continuels des hommes qui attrapaient et fendaient les poissons, les claquements de laine mouillée, les mouettes aux yeux fixes qui volaient en cercle, les hivers longs et mornes, les longs étés plus mornes encore.

Cette nuit-là, touchée peut-être par la fugace mélancolie qui vient aux mères dans le sillage silencieux, larmoyant de l'enfantement, Elizabeth fit le vœu qu'Emma quitte vite l'unique pièce dans laquelle elles flottaient ensemble. Elle entendait la mer clapoter contre la coque en bois. Elles étaient seules. Gregor était déjà reparti.

Son vœu fut exaucé. Ce premier hiver, celui de 1846, fut le plus terrible que quiconque ait jamais connu. Il fit si froid que le canal qui menait à Eel Pond gela entièrement et que, un à un, les bateaux de pêche se fissurèrent et éclatèrent sous la pression des dalles de glace. Puis vint la tempête, à la fin du mois de février. Une tempête comme il n'y en avait pas eu depuis cent ans. Deux jours et deux nuits de brouillard blanc opaque et de vents cinglants qui finirent par arracher le clocher de l'église à l'heure du thé, même si personne ne prenait le thé un jour pareil. Au cours de la seconde nuit, toutes les péniches, sauf une, furent entraînées vers le large.

Elizabeth et Emma, par chance, dormaient cette nuit-là chez la sœur d'Elizabeth, Tamsen, qui les hébergeait depuis quelques jours. Il était devenu évident que l'unique pièce flottante de la péniche ne pouvait convenir à une enfant aussi fragile qu'Emma. On aurait cru que cette petite était née sans squelette : quand Elizabeth la tenait dans ses bras, elle semblait se fondre dans l'espace entre son ventre et le creux de son coude, et Elizabeth devait constamment s'assurer qu'elle était toujours là, qu'elle ne s'était pas évaporée.

Ce n'est pas un endroit pour un enfant, avait-elle chuchoté à Gregor comme ils étaient couchés l'un près de l'autre, une semaine avant la tempête. Au-dessus d'eux, le vent se pressait contre les joints usés du plafond. Emma tétait doucement l'air dans son berceau au pied du lit. Elizabeth toucha le bras de son mari, mais il dormait déjà. C'était toujours ainsi : ou bien il dormait, ou bien il se préparait à partir.

Ni pour une femme, faillit-elle ajouter plus fort, mais elle ne dit rien. C'était une femme volontaire, et elle s'enorgueillissait d'avoir choisi un chemin aussi différent de celui de sa sœur, qui vivait en ville et avait épousé un banquier. Un banquier délicat aux délicates mains de banquier.

À la différence de Tamsen, Elizabeth avait toujours eu le goût de l'aventure. Des années plus tôt, elle avait trouvé au bureau de poste une brochure qui vantait les attraits des immenses territoires vierges de l'Oregon et d'un lieu nommé Willamette Valley. « Un grand voyage offre de grandes récompenses à l'intrépide pionnier », assurait la brochure, avec, en illustration, de somptueux panoramas pastel des terres inexplorées qui attendaient Elizabeth de l'autre côté des montagnes. Et elle s'était mise à rêver ; elle s'était imaginée découvrant cette vallée en compagnie d'autres pionniers, construisant une petite cabane près d'un ruisseau, coupant du bois en l'absence de son mari et abattant, avec une lourde Winchester, l'ours aux yeux noirs qui s'était aventuré dans son jardin.

Elle n'avait jamais accompli cette grande traversée des montagnes, et pourtant elle avait l'impression de vivre aux limites de la civilisation, là, en Nouvelle-Angleterre, à seulement soixante-cinq kilomètres au sud de la ville de New Bedford où elle avait grandi. Quand le vent se levait sur la péniche et soufflait sur sa peau à travers son corset, son jupon, sa robe, son chandail et son châle, elle se sentait aussi loin de sa terre d'enfance que si elle s'était établie dans la mythique Willamette Valley. Aux Indiens du Far West se substituait le roulis des vagues, parfois mauvaises, toujours présentes, toujours mouvantes. Et, aux pépites d'or, le poisson que les hommes pêchaient et jetaient dans les caisses en bois alignées sur les docks, les morues couchées les unes sur les autres, suffocantes.

Et elle aimait Gregor. Elle l'aimait depuis l'instant où elle avait posé les yeux sur lui à New Bedford, alors comment décrire ce qu'elle ressentait ce matin-là en regardant le Grand Port ? Bien qu'il neigeât encore, elle laissa son bébé endormi et sortit, chaussée de bottines lacées jusqu'aux genoux, bien trop fines pour affronter les éléments. Elle avait enroulé cinq fois autour de ses mains une grosse écharpe rouge en laine rêche empruntée à sa sœur.

Elle scruta le port. Les remous n'étaient plus très gros. Les flocons tombaient paresseusement ; rien ne laissait soupçonner les ravages de la nuit. Mais la dizaine de péniches qui donnaient au Grand Port son caractère et dont la vue lui était si familière avaient disparu, à l'exception d'une seule, qui n'était pas la sienne.

Aussitôt, l'air lui manqua. Ses poumons semblaient s'être volatilisés, comme les péniches qui flottaient là avant la tempête. Et ses doigts fouillaient désespérément toutes les couches de l'écharpe en laine, comme si elle pensait retrouver sa demeure, ses poumons, son souffle, son mari dans cet espace réduit et sans douceur.

Je me suis arrêté de lire et j'ai feuilleté le carnet. Il était tout entier consacré à Emma Osterville ! Pas un seul croquis de cicindèle, pas de tableaux de données, d'itinéraires de chasse, de taxonomies détaillées. Rien du tout de scientifique. Juste cette histoire.

Comment l'expliquer ? Peut-être étais-je mal tombé, peut-être ce carnet était-il le seul de son espèce : celui dans lequel le Dr Clair écrivait, pour se détendre, une histoire de nos ancêtres ? Mais je me suis souvenu de la collection de carnets bordeaux que contenait sa bibliothèque : il y en avait au moins quarante, tous étiquetés « EOE ». Tous consacrés à Emma ? Était-ce à cela que ma mère passait son temps depuis des années ? Est-ce qu'elle n'avait jamais cherché la cicindèle vampire ? Se pouvait-il qu'elle ne soit pas scientifique, mais *écrivain* ?

J'ai repris ma lecture :

Plus tard, lorsqu'elle serait assez grande pour imaginer ce dont elle ne pouvait se souvenir, Emma allait jouer et rejouer dans sa tête les derniers moments de son père : il marchait calmement d'une fenêtre à l'autre, vérifiait les verrous, surveillait la lampe à pétrole qui se balançait sous les poussées du vent.

Puis le bruit du dehors avait dû changer, et alors l'ouragan hurlant avait obtenu ce qu'il réclamait : finalement, à force de secousses constantes, persuasives, il avait arraché la péniche à ses amarres et l'avait emportée, minuscule point de lumière glissant comme une feuille sur les flots déchaînés du Grand Port, vers Juniper Point, vers le Great Ledge, jusque dans les Straights, très loin.

Emma, bien sûr, ne pouvait se remémorer ce qu'elle n'avait pas vu, mais Elizabeth allait plus tard tout lui raconter de cette nuit-là, et de lui, de ses mains et de la façon dont elles empoignaient les poissons pour fendre leur ventre argenté, en glissant le pouce gauche dans leur branchie droite, ce pouce tordu depuis l'enfance, brisé d'un coup de sabot de cheval. Et elle expliquerait à Emma qu'il collectionnait avec passion tout ce qui venait de la mer : coquillages, oursins des sables et dents de requin, verre dépoli et hameçons rouillés.

Il possédait même un mousquet dont il disait que les Anglais l'avaient perdu en même temps que la révolution américaine. Et la péniche était remplie de cette collection, si bien que, quand le vent soufflait et ballottait leur petite maison, les coquilles irisées s'entrechoquaient doucement sur l'étagère, et c'était comme si elles s'applaudissaient.

Durant tout le printemps, les vagues ramenèrent vers le rivage des débris des péniches : une tête de lit, un tiroir, un dentier. On ne retrouva pas grand-chose de la leur ; elle avait dû être entraînée plus loin que les autres. Des corps vinrent s'échouer sur le sable : celui de John Molpy à Falmouth, celui d'Evan Redgrave sur la côte du Vineyard.

Elizabeth attendait, se cramponnant à l'espoir infime que Gregor ait survécu : il était bon nageur, il avait peut-être trouvé refuge dans une lointaine petite crique où il se reposait à présent ; il reviendrait bientôt, il remonterait à la nage le petit canal, jusqu'à la plage où elle l'accueillerait,

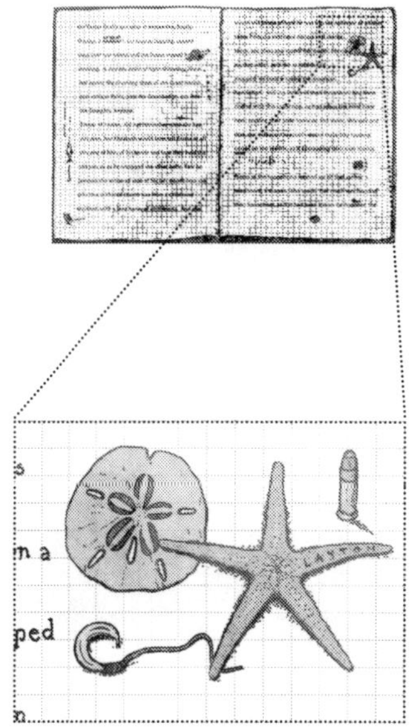

« Il collectionnait avec passion tout ce qui venait de la mer. »

Sans réaliser ce que je faisais, je me suis mis à dessiner une petite illustration dans la marge du carnet. Je sais, c'est mal. Ce n'était pas mon carnet, mais je n'ai pas pu m'en empêcher.

le gronderait, lui préparerait une tasse de thé, et logerait son pouce tordu au creux de sa paume, au calme.

Puis, un matin, en sortant de chez sa sœur, Elizabeth vit que quelqu'un avait déposé sur le pas de la porte un exemplaire détrempé des *Voyages de Gulliver*. C'était celui de Gregor. Gregor savait lire, fait rare à l'époque pour un pêcheur, mais il ne possédait que deux livres : la Bible du roi Jacques et ce récit des aventures en mer du héros de Swift. Elizabeth ramassa le livre entre le pouce et l'index, comme s'il s'agissait de la carcasse d'un animal marin. Les pages étaient décolorées et gondolées ; seule la première moitié du livre subsistait, le reste avait disparu. Elle fondit en larmes. Elle savait ce que cela signifiait.

Père et son petit doigt, Gregor et son pouce : les hommes les plus rudes avaient-ils *tous* un talon d'Achille ? Comme les superhéros, leur force était sans doute indissociable d'une faiblesse secrète…

Et moi, est-ce que j'avais un talon d'Achille ? Même si je n'étais pas très rude ? Peut-être que tout mon corps était un talon d'Achille, et que c'était pour ça que Père me regardait d'un air aussi méfiant (UA-2, UA-17, UA-22).

Un jour qu'Elizabeth se promenait dans le parc de Boston Common avec Emma, cette dernière, qui avait alors dix ans, lui demanda : « Sais-tu lequel de ses livres il préférait ? La Bible ou *Les Voyages de Gulliver* ? »

Emma venait elle-même de découvrir les plaisirs de la lecture et aimait imaginer ces deux volumes solitaires surplombant le lit de son père. En fermant les yeux, elle voyait apparaître les étagères, les livres et les tout petits coquillages qui attendaient, en équilibre, qu'un nouveau vent se lève.

« C'est une question embarrassante, dit Elizabeth. Est-ce un piège que tu me tends ?

— Comment cela ? » demanda Emma.

Elles marchaient sur le chemin, Emma gambadait devant, dansant presque, et se retournait vers sa mère pour lui poser des questions.

« La vérité, c'est que je ne l'ai jamais vu ouvrir cette Bible. Peut-être une fois, à Noël… En revanche, il a dû relire *Les Voyages de Gulliver* au moins cent fois. C'était un livre fort étrange, mais il aimait tous ces… tous ces noms. Il le lisait à voix haute, au dîner, et nous riions ensemble quand il prononçait les noms des îles et des êtres qui y vivaient : Glubbdubdribb, les Houyhnhms et les…

— Les Houyhnhms ?

— Un peuple de chevaux plus intelligents que les humains.

— Oh, peut-on lire ce livre ce soir ?

— Oui, je pense. Je ne sais pas si notre exemplaire est en assez bon état pour…

— Est-ce vrai ?

— Quoi donc ? »

C'était le printemps, les jonquilles étaient sorties, l'odeur des sycomores et du paillis frais flottait dans l'air.

« Ces endroits, existent-ils ? Gulliver les a-t-il vraiment visités ? A-t-il vraiment vu des Houyhnhms ? »

Elizabeth ne dit rien et se contenta de hocher vaguement la tête, comme si elle préférait éviter de donner une réponse tranchée, comme si l'imprécision de ce geste lui permettait de se maintenir dans cet étroit chenal d'incertitude entre ce qui existe et ce qui n'existe pas.

Quelque part dans les arbres, un pivert fit entendre un staccato rapide de coups de bec, puis se tut. Elizabeth et Emma ne parlaient plus. Elles firent deux fois le tour du lac, puis quittèrent le parc et allèrent acheter un exemplaire neuf des *Voyages de Gulliver* à la librairie Mulligan de Park Street. La boutique sentait si fort la ratatouille et le moisi qu'Emma dut se boucher le nez jusqu'à ce que sa mère ait payé.

Alors, j'ai vu ça.
Dans la marge,
ma mère avait écrit :

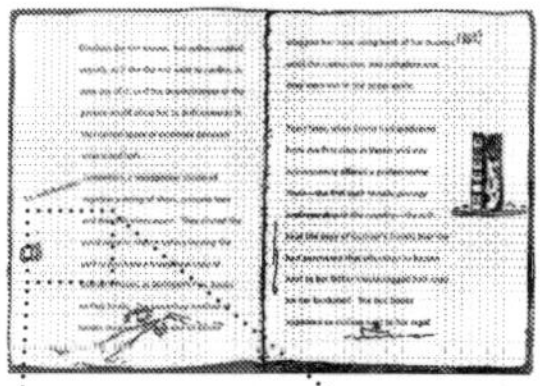

Elle voulait que ce soit moi qui illustre? Mes yeux se sont remplis de larmes. Avant de commencer à dessiner dans la marge, j'avais dû sentir, je ne sais comment, que ma mère voulait que nous collaborions, elle et moi. Que nous collaborions! (Ou : qu'on colle-à-bord). Illustrer l'histoire de mon ancêtre : ce n'était pas véritablement un travail scientifique, mais je l'acceptais avec joie. Je me suis pelotonné sur le canapé avec le carnet, ma lampe de poche et mon porte-plume Gillot. J'ai repris ma lecture, et c'était comme si ma mère se transformait devant mes yeux; j'avais l'impression de la découvrir telle qu'elle était dans ses moments les plus intimes. C'était comme si je l'espionnais par le trou de la serrure.

J'ai continué :

Des années plus tard, quand Emma sortit diplômée de la première classe de Vassar et se vit offrir un poste de professeur de géologie dans cette même université, le premier aux États-Unis à être ouvert à une femme, elle avait encore dans sa bibliothèque l'exemplaire des *Voyages de Gulliver* que sa mère lui avait acheté cet après-midi-là à Boston, et le demi-exemplaire tout gondolé qui avait appartenu à son père. Rangés côte à côte, les deux livres détonnaient tant au milieu des nobles taxonomies, des atlas et des manuels de géologie que plusieurs de ses collègues, qui la traitaient déjà avec un certain dédain, en avaient fait des gorges chaudes, imaginant un marin lubrique qui aurait brièvement navigué dans ses eaux et laissé dans son sillage le roman de Swift et un cœur brisé.

Emma ne leur expliqua jamais ce que les deux Gulliver représentaient pour elle, elle ne leur dit jamais qu'en secret, dans son cœur, elle attribuait à ces jumeaux une valeur mystique. Elle les gardait pour des raisons sentimentales, car même si elle savait que cela allait à l'encontre de son caractère empiriste, humboldtien, elle ne pouvait se départir de l'idée que le tout premier élan qui l'avait poussée à devenir topographe (un topographe né dans un corps du mauvais sexe), elle le devait à la passion nocturne de son père pour Gulliver et ses voyages.

Beaucoup d'hommes – croisés aussi bien lors de dîners à Poughkeepsie qu'à la bibliothèque de Yale où elle avait écrit sa thèse, et à la conférence de l'Académie des sciences où l'annonce de sa nomination à Vassar, en 1869, avait été accueillie dans un silence hostile – beaucoup d'hommes avaient demandé à Emma comment elle en

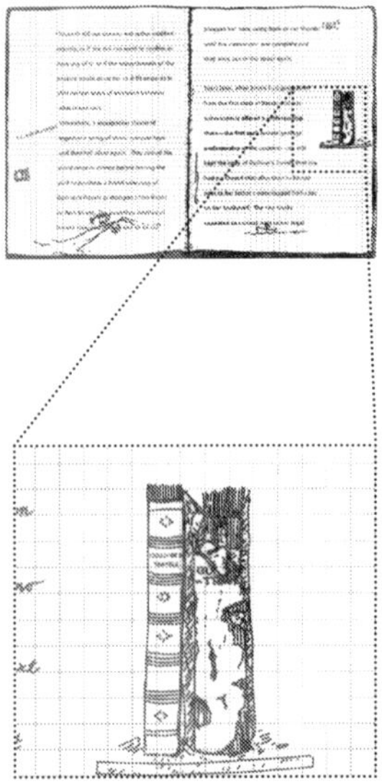

« Rangés côte à côte, les deux livres détonnaient tant au milieu des nobles taxonomies, des atlas et des manuels de géologie que plusieurs de ses collègues, qui la traitaient déjà avec un certain dédain, en avaient fait des gorges chaudes. »

Oh, comme j'aimais l'idée de ces deux volumes rangés côte à côte au milieu des livres de science ! Je me suis dit que j'allais acheter deux exemplaires de ce livre, moi aussi, et en donner un à Merveilleux pour qu'il joue un peu avec, juste assez pour reproduire les effets de la mer. Puis je me suis souvenu que je ne me dirigeais ni vers chez moi ni vers Merveilleux. Tout à coup, ma chambre, avec toutes ses étagères – ces vieilles planches récupérées dans la grange qui gémissaient sous le poids des carnets –, s'est mise à me manquer. En fait, les étagères qui tapissent une pièce sont quelque chose de très intime, un peu comme des empreintes digitales.

était arrivée à choisir la science pour profession. Ils employaient en général cette formulation précise : « arrivée à choisir la science », comme s'il s'agissait d'une aberration, d'un choix provoqué par une maladie qui l'aurait privée de tout bon sens.

Il est vrai qu'elle n'était pas parvenue à la position de topographe et de dessinatrice qu'elle occupait alors par la voie royale, celle de West Point, situé à trente milles en aval, et dont les diplômés les plus brillants partaient tous vers le grand Ouest pour conquérir ses vastes étendues et leur donner un nom.

Emma se souvenait très bien du jour où, cachée sous la table d'une salle à manger de Cambridge, elle avait entendu parler de l'Ouest pour la première fois, et où ses images envoûtantes s'étaient mises à envahir son esprit.

Emma et Elizabeth avaient déménagé à Somerville, un faubourg de Boston, où Elizabeth travaillait dans la boutique de fleurs de sa cousine Joséphine, dans le quartier de Powder House Square. Ayant grandi dans la douleur diffuse d'une enfance privée de racines et de père, Emma était une petite fille mélancolique qui passait son temps à lire et se racontait des histoires en mangeant sa soupe.

Elle avait commencé à suivre des cours dans un séminaire pour jeunes filles, grâce à une bourse qu'elle avait obtenue en dépit de la migraine qui l'avait accablée le jour de l'examen d'entrée. De telles migraines la harcèleraient toute sa vie.

À l'école, elle était bonne élève, tout à fait capable de comprendre et de recopier ses leçons, mais elle ne manifestait d'enthousiasme pour aucun sujet en particulier et n'avait qu'une seule amie, une petite fille plus jeune qu'elle prénommée Molly : une enfant étrange, de l'avis de tous, qui emmenait Emma sous les sycomores et lui chantait des chansons dans des langues mystérieuses tout en lui nouant des bâtons dans les cheveux.

Et puis, un samedi, Tamsen et son mari, en visite à Boston, avaient invité Elizabeth à les accompagner à un dîner très chic où ils se rendaient à Cambridge, près de Harvard College. Comme Joséphine ne pouvait pas s'occuper d'Emma ce soir-là, Elizabeth l'avait emmenée à la réception, non sans lui avoir fait promettre plusieurs fois, au préalable, de se tenir bien sage. D'abord enthousiasmée à l'idée de participer à ce grand événement, Emma s'y était vite ennuyée et s'était réfugiée sous la table de la salle à manger avec un pochoir à colorier du premier Thanksgiving.

Sa robe écossaise la grattait terriblement. À un moment donné, elle avait fait une pause dans son coloriage pour écouter l'homme qui discourait dans le salon.

Peut-être était-ce le timbre à la fois chaud et rêche de l'orateur qui avait attiré son attention sur l'évocation des mystères de Yellowstone Valley, des geysers, des rivières bouillonnantes, des gigantesques lacs de montagne et de la terre arc-en-ciel, de l'odeur du soufre, des pins, de la mousse d'eau, de la bouse d'élan. Il décrivait tout cela avec une sorte de nostalgie mêlée d'exagérations, comme on parle d'un oncle excentrique et peut-être vaguement célèbre qui n'a pas donné de nouvelles à la famille depuis longtemps. Son discours était parsemé de mots scientifiques étranges qui planaient dans l'air comme de petits oiseaux exotiques.

Emma distinguait mal ses traits à travers la dentelle de la nappe. Elle ne voyait que son cigare et le verre de brandy qui effectuait de dangereuses voltes au bout de son bras, mais elle préférait que le conteur reste sans visage : ainsi le monde mythique qu'il décrivait pouvait captiver toute son imagination, exactement comme l'avaient fait un peu plus tôt les Houyhnhms, le peuple de chevaux plus intelligents que les humains. Elle voulait frotter contre ses joues ces pierres jaunes de Yellowstone Valley, sentir le soufre par elle-même, visiter ce lieu qui lui semblait si

Image 1 : extraite du cahier de Layton

Image 2 : extraite de mon cahier

Ça me rappelait... Mais oui ! *Le cahier de coloriage du premier Thanksgiving avec les pélerins* ! Notre demi-tante Doretta Hasting nous en avait offert deux exemplaires, un à Layton et un à moi, quelques années plus tôt. Ni lui ni moi ne l'avions utilisé comme il fallait : Layton n'arrivait pas à colorier sans dépasser et moi, au lieu de colorier, j'avais noté toutes les mensurations des personnages et tracé leurs asymptotes. Est-ce qu'Emma avait dessiné comme moi, sous la table ? Non, c'était trop lui demander. Nous étions tout de même des créatures différentes.

incroyablement éloigné de celui où elle se trouvait à présent, sous cette table d'une salle à manger de Cambridge, emprisonnée dans une robe écossaise qui lui pinçait les aisselles. Peut-être les Houyhnhms pouvaient-ils l'emmener là-bas.

Alors, un déclic s'était produit. Un ressort s'était détendu, une roue dentée avait tourné d'un cran et tout un mécanisme à l'intérieur d'elle-même s'était mis en branle, très lentement.

Quatre mois plus tard, sous une froide pluie d'avril, Emma attendait en frissonnant que sa mère termine de ranger les seaux de fleurs dans la boutique. Bien que Joséphine lui ait interdit d'entrer sans sa permission, Emma avait si froid dans ses chaussettes mouillées qu'elle était sur le point de désobéir pour aller demander à sa mère ce qui lui prenait tant de temps, quand elle vit un homme très grand, avec une cape et une canne, s'avancer vers elle. Elle cligna des yeux, crispa les orteils dans ses chaussures.

L'homme s'accroupit devant elle.

« Bon-joouur, dit-il avec un accent britannique exagéré, en s'attardant sur chaque syllabe. Je suis monsieur Orrrr- win En-gele-thorp-ee. J'étais impatient de te rencontrer.

— Bonjour. Je me nomme Emma Osterville.

— Mais oui. Mais oui, mais oui. »

Il regarda la boutique de fleurs, puis le ciel, puis pencha la tête en arrière pour mieux voir le ciel, si brusquement qu'Emma crut qu'il allait tomber à la renverse.

Puis il redressa la tête tout aussi brusquement et chuchota, sur le ton de la confidence :

« Tu sais que ce temps d'avril-là, ce n'est rien à côté d'un temps d'avril en Sibérie ? »

Autre note en marge :

certaine joie illicite – pas de preuve scientifique à donner.

En général, je suis un grand amateur de preuves, mais quand j'ai vu cette note griffonnée par ma mère, j'ai moi-même éprouvé un délicieux frisson d'excitation…

Oui, Mère, ai-je pensé, *c'est bien. Ne t'inquiète pas de ces vilaines bêtes qu'on nomme les Preuves. C'est l'angoisse des preuves qui a paralysé ta carrière, c'est elle qui te maintient dans ces marécages obscurs depuis vingt ans.*

« Les preuves peuvent aller au diable ! », ai-je hurlé, puis je m'en suis voulu. Mes mots ont flotté dans la cabine vide du motor-home.

« Désolé », ai-je dit à Valero. Il n'a pas répondu. Je parie que, lui non plus, il ne croyait pas aux preuves.

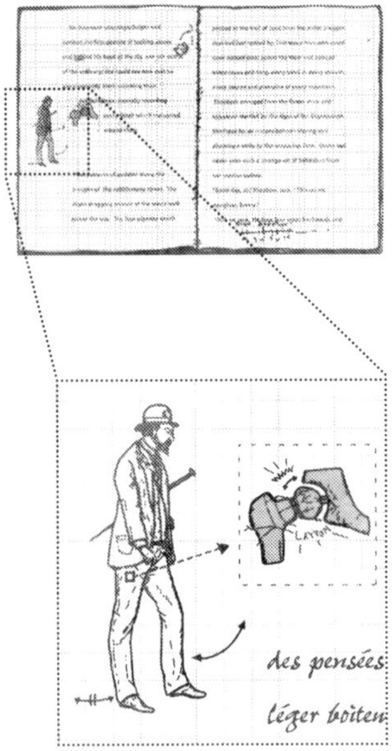

Emma sourit. La voix de cet homme, sa façon d'être, tout lui était étrangement familier.

« La Sibérie, continua-t-il, n'est pas un endroit pour les enfants. À moins bien sûr d'être né dans une famille chuckchee. Si l'on est un enfant chuckchee, c'est parfait. »

Soudain, Emma sut qui il était.

En un instant, elle fit le lien entre l'homme accroupi devant elle et le verre de brandy qu'elle avait vu se balancer à travers le canevas dentelé de la nappe : ce monsieur facétieux qui posait maintenant un genou à terre était le propriétaire de la voix grave qui l'avait tant ravie le soir du dîner à Cambridge.

Il avait un visage taillé en lame de couteau, au milieu duquel un nez long et fin voyageait, selon une trajectoire presque verticale, vers la pointe de son menton. Sa lèvre s'ornait d'une moustache sombre et hérissée, dont les tentatives d'expansion vers le reste de sa face semblaient peu le préoccuper. Son pardessus de gabardine, bien que sans tache ni accroc, était coupé un peu trop court, comme si le tailleur avait été distrait au moment de reporter ses mesures. Cependant, tout effet de laisser-aller était contrebalancé par ses superbes gants de cuir noir et l'ivoire poli de sa canne, avec laquelle il traçait doucement des demi-lunes dans la boue.

Mais c'était surtout l'éclat permanent de son regard bleu, presque gris, qui fascinait Emma. Son premier geste, quand il s'était tordu le cou pour regarder le ciel derrière lui, n'était qu'une manifestation de l'inlassable curiosité qu'elle voyait briller dans ses yeux : elle comprenait à présent qu'il était toujours alerte, attentif au monde qui l'entourait. Rien ne lui échappait, et il enregistrait tout dans le moindre détail. *La disposition des flaques dans les creux de la rue pavée. Le léger boitement de l'homme qui marchait sur le trottoir d'en face. Les quatre pigeons qui picoraient la traînée de grain laissée par la charrette du meunier*

« Le léger boitement de l'homme qui marchait sur le trottoir d'en face. »

Moi aussi, je remarquais ce genre de chose. En particulier les jambes qui traînaient, les cheveux sur la langue et les yeux qui louchaient.

Est-ce que ça faisait de moi quelqu'un de mauvais ? Père disait que c'était mal de prendre les infirmes de haut parce que c'était Dieu qui leur avait donné leur infirmité, mais est-ce que le fait de *remarquer* une infirmité, puis d'essayer de toutes ses forces de faire comme si on ne l'avait pas remarquée, c'était prendre les infirmes de haut ? Est-ce que c'était méchant de regarder le vieux Chiggin traîner la patte, puis de serrer les paupières pour m'empêcher de le regarder ? Connaissant Dieu, je pense que j'étais sûrement coupable de quelque chose.

qui venait de passer. Il aurait pu traverser l'Ouest d'une seule traite et remarquer chaque pierre, chaque brindille, toutes les courbes de toutes les rivières, chaque steppe, chaque précipice et la forme de chaque montagne.

Elizabeth sortit de la boutique de fleurs et parut très surprise de voir M. Englethorpe, qui venait de se relever. Elle se figea, puis rougit et laissa échapper un sourire. Emma n'avait jamais vu sa mère agir de façon aussi étrange.

« Bonjour, monsieur, dit Elizabeth. Je vous présente ma fille, Emma.

— Oh ! » dit-il.

Il fit quatre pas en arrière, puis se rapprocha et s'accroupit devant Emma, exactement comme il l'avait fait quelques minutes plus tôt.

« Bon-jooooouuuurrrr, dit-il avec un accent britannique encore plus exagéré que la première fois. Je suis M. Orrrrrwin En-gele-thorp-eeeee. J'étais impatient de te rencontrer. »

Il fit un clin d'œil à Emma, qui gloussa.

Elizabeth parut décontenancée. Elle fit un pas vers la boutique comme pour rentrer à l'intérieur, puis se retourna.

« M. Englethorpe revient tout juste d'un voyage en Californie, dit-elle en ne regardant qu'Emma.

— En Californie ! répéta M. Englethorpe. Tu imagines ? Et, depuis mon retour, j'ai aussi eu le plaisir de rencontrer ta maman. »

Il se redressa et se tourna vers Elizabeth pour la première fois.

La scène se brouilla devant les yeux d'Emma, se teinta, redevint nette. Entre sa mère et M. Englethorpe, elle crut discerner une imperceptible attraction gravitationnelle. La force qui les attirait l'un vers l'autre était invisible, mais sur cette froide rue pavée de Somerville, chacun, même les pigeons qui picoraient les derniers grains de blé tombés de la charrette du meunier, avait conscience de son existence.

En réalité, il n'était pas anglais, et ne scandait pas les syllabes comme il l'avait fait ce jour-là, mais il se nommait vraiment M. Orwin Englethorpe et connaissait bien sa mère depuis peu. Emma ne savait pas où ils s'étaient rencontrés : peut-être au dîner à Cambridge, dans les échos de ses histoires de vallées lointaines, ou peut-être avant cela, à la boutique de fleurs, ou par un ami commun – personne ne semblait vouloir le préciser.

Et elle allait bientôt trouver toutes ces cachotteries très contrariantes.

Elizabeth, pour sa part, était charmée, comblée, même, par les attentions de cet homme admirable.

M. Englethorpe avait fait le tour du monde, il était allé en Californie, il en était revenu, il avait vu Paris, l'Afrique de l'Est, les toundras de Sibérie, et même la Papouasie-Nouvelle-Guinée, dont le nom, aux oreilles d'Emma, sonnait plus comme celui d'un mets sophistiqué que comme celui d'un pays. M. Englethorpe était nimbé des parfums de terres exotiques, des sables rouges des déserts, de la rosée des jungles équatoriales, de la résine de pin des hautes forêts boréales.

« Quelle profession exercez-vous ? » lui avait demandé Emma devant la boutique de fleurs, le jour de leur première rencontre.

Jusque-là, elle s'était tue, laissant sa mère discuter avec lui.

« Emma ! » siffla Elizabeth, mais M. Englethorpe la rassura.

« C'est très bien d'avoir l'esprit curieux, dit-il. Cette petite jeune fille mérite une réponse. Malheureusement, je crains qu'il n'en existe point de simple. Voyez-vous, mademoiselle Osterville, j'ai passé une bonne partie de ma vie à tenter de répondre à la question que vous venez de me poser. J'aurais pu vous dire un jour que j'étais prospecteur, un prospecteur pauvre, je le précise, et un autre jour que j'étais conservateur, ou collectionneur, ou cartographe, ou même… Il lui fit un clin d'œil : … Pirate. »

« Valero, il est cartographe ! » me suis-je écrié.

Valero n'a pas réagi.

« Et pirate ! » ai-je dit à Barbe-Rouge.

Silence.

Mais ça m'était égal que mes amis ne me parlent plus. J'avais découvert la source de la rivière.

Emma s'en fut se cacher dans la boutique, au milieu des lis. Elle serra son pouce gauche dans sa main droite. Elle était amoureuse.

Après trois semaines de pluie, au premier beau jour de mai, Elizabeth et Emma se rendirent à Cambridge chez M. Englethorpe. Il leur avait donné une adresse sur Quincy Street, juste à côté de la superbe pelouse de l'université de Harvard.

Elles n'en croyaient pas leurs yeux. Devant elles se dressait une énorme bâtisse blanche, avec, compta Emma, quatorze fenêtres pour la seule façade avant.

« Quatorze ! s'exclama Emma. On pourrait faire tenir toute une maison dans cette maison, et même…

— Ça ne peut pas être ici », dit Elizabeth.

Près de la porte était suspendue une petite pancarte jaune : *École de filles Agassiz.*

« Est-il professeur, maman ?

— Je ne pense pas », dit Elizabeth.

Elle sortit de sa pochette le carton que M. Englethorpe lui avait donné et remarqua des instructions imprimées en plus petits caractères :

« Prenez le chemin qui contourne le bâtiment principal et mène à la maison d'hôtes. »

Elles poussèrent la grande grille avec précaution. Elles s'attendaient toutes deux à ce qu'elle émette une plainte aiguë et discordante et alerte tout le voisinage, aussi, quand elle s'ouvrit en silence, leur intrusion dans ce monde inconnu leur parut encore plus inquiétante. L'allée de gravier venait d'être ratissée et ses bordures égalisées. Un petit caillou rebelle s'était réfugié sur un paillis ; Emma courut le ramasser et le replaça sur l'allée.

Soudain, la porte d'entrée de l'immense maison s'ouvrit. Elles s'immobilisèrent. Une petite fille plus jeune qu'Emma apparut sur le perron, et descendit les marches deux à deux avant de remarquer les visiteuses dans l'allée. Elle s'arrêta et leur fit la grimace.

« Vous ne pouvez pas, jeta-t-elle. Mme Agassiz ne vous laissera pas faire. »

Puis elle ouvrit le portail et disparut dans la rue.

Emma se mit à pleurer. Elle voulait repartir, mais Elizabeth la calma et la persuada que la petite fille avait dû les confondre avec d'autres gens. De toute manière, maintenant qu'elles étaient là, elles feraient tout aussi bien de chercher M. Englethorpe.

Sa persévérance fut récompensée. À l'angle de la grande maison, elles découvrirent une explosion de fleurs : rhododendrons givrés de pourpre, gardénias, lilas et lis rose fuchsia dont les arômes voluptueux, mandarinés, montaient aux narines par vagues. Leurs semelles accrochaient le gravier de l'allée. Le jardin, qu'elles voyaient à présent dans son entier, était gardé de tous côtés par un rang de cornouillers, et un bassin s'ouvrait en son milieu, cerné de bouquets épars d'orchidées frangées de jaune, de lis et d'azalées. Quatre cerisiers, groupés dans un coin, abritaient un petit banc en fer forgé. Elles durent se baisser pour passer sous un saule pleureur éléphantesque que l'allée semblait consoler entre ses bras.

« On se croirait dans un livre ! s'exclama Emma. Est-ce lui qui a fait ce jardin ?

— Oui, je crois, dit Elizabeth. Il connaît les noms latins de toutes les fleurs quand il vient à la boutique.

— Est-il latin ? »

Elizabeth se tourna vers elle et lui saisit le poignet.

« Emma, arrête de poser des questions. Ce n'est pas le moment. Je ne veux pas que tu gâches tout encore une fois. »

Emma se libéra. Une moue serra ses lèvres, et les larmes coulèrent trop vite pour qu'elle pût les cacher.

En sanglotant, elle suivit sa mère, qui ne disait plus rien, sur le gravier bruissant de l'allée.

Elles arrivèrent devant la porte latérale de la petite maison d'hôtes. Une pierre, suspendue au bout d'une ficelle, oscillait très légèrement devant une plaque de bronze fixée sur la porte. La plaque était marquée d'un petit croissant à l'endroit où la pierre avait frotté. Elizabeth regarda la plaque et la pierre pendant quelques instants, puis frappa avec la main.

D'abord, elle n'entendit rien, puis elle perçut un bruit de pas précipité et M. Englethorpe ouvrit la porte, suant comme un coureur de fond. Encadré ainsi dans le chambranle de la porte, il paraissait encore plus grand que dans le souvenir d'Emma. Il les regarda toutes les deux et posa un index sur ses lèvres.

« Mon Dieu ! Madame Osterville ! Et mademoiselle Osterville ! dit-il en souriant à Emma. Bienvenue, bienvenue ! Quel plaisir de vous voir !... »

Son sourire réchauffa un peu l'atmosphère, et la glace entre la mère et la fille acheva de fondre quand il prit leurs manteaux, exsudant l'énergie perpétuelle de celui qui sait qu'une seule vie ne peut lui suffire pour accomplir tout ce qui lui tient à cœur.

Il les fit entrer et pendit leurs manteaux à deux patères qui ressemblaient à des mâchoires. Elizabeth eut un léger mouvement de recul, mais à cet instant M. Englethorpe se tourna vers elle.

« La prochaine fois, madame Osterville, je tiens à ce que...

— Je vous en prie, dit-elle un peu trop vivement. Appelez-moi Elizabeth.

— Elizabeth. Oui, dit-il, comme s'il avait décidé que le prénom lui plaisait. Eh bien, la prochaine fois, Elizabeth, je tiens à ce que vous utilisiez le heurtoir pour vous annoncer. Il m'arrive, à l'occasion, de m'absorber si profondément dans mon travail que je n'entends plus les coups qu'un simple poing humain peut frapper à la porte. Le Dr Agassiz a fait installer le dispositif actuel à la suite de plusieurs tentatives rageuses pour m'arracher à mes... expériences.

— Pardonnez-moi, dit-elle. Ce... cette chose m'a fait un peu peur, en vérité. »

Il rit.

« Peur ? Mais non, mais non. Le but de ce genre d'inventions est de nous simplifier la vie, pas de nous la rendre plus compliquée. Nous ne devons pas avoir peur de nos propres créations. Il se peut qu'elles nous laissent sceptiques, mais nous ne devons pas les craindre.

— Dans ce cas, je l'utiliserai la prochaine fois.

— Merci. Je serais désolé que vous soyez forcées de m'attendre des heures dans le froid. Vous êtes bien de mon avis, n'est-ce pas ?

Emma opina du bonnet. Elle aurait acquiescé à tout ce que disait cette voix.

Dans la marge, ma mère avait gribouillé quelque chose :

Juste quelques cercles entrelacés, sans doute dénués de sens, mais il y avait une douce beauté dans l'idée que son stylo s'était distraitement exercé sur la page tandis que quelque part, très loin de là, son esprit tournait à plein régime. Ce genre de gribouillages signalait toujours un terrain fertile, ils étaient la preuve visuelle d'un grand travail cérébral. Sauf dans certains cas : Ricky Letardo était un grand gribouilleur, mais ce n'était pas pour autant un grand travailleur cérébral.

Ils s'assirent pour prendre le thé, que M. Englethorpe leur servit selon un protocole en cinq étapes qui impliquait, entre autres, de lever la théière de plus en plus haut à mesure que le thé coulait, si bien que la dernière goutte de liquide brûlant devait parcourir entre trois et quatre pieds en piqué avant de tout éclabousser autour d'elle.

Emma le regarda faire, fascinée, puis se tourna vers sa mère. Elizabeth se tenait parfaitement immobile.

Comme s'il prenait soudain conscience de l'étrangeté de ses gestes, M. Englethorpe précisa :

« Le thé est bien meilleur lorsqu'il est servi ainsi. Cela le rafraîchit, cela l'aère, et cela me rappelle les cascades de Yosemite. J'ai appris cette technique dans une tribu de Papouasie-Nouvelle-Guinée, qui l'utilise pour servir son thé au cacao. Puissant breuvage. »

Dans les minutes qui suivirent, Emma observa sa mère qui, tout en buvant son thé et en bavardant avec M. Englethorpe, rassemblait son courage pour lui demander à qui appartenait la maison principale. Quand elle le fit, ce fut dans un murmure, sans lever le nez de sa tasse, comme si elle ne s'adressait à personne en particulier.

Mais M. Englethorpe dut l'entendre, car il sourit et, léchant sa cuillère, regarda la grande maison par la baie vitrée de la maison d'hôtes.

« Cette propriété appartient à un vieil ami qui est collectionneur, comme moi. Il est sans doute un peu plus intelligent que moi, et beaucoup, beaucoup plus organisé, mais nous partageons les mêmes passions. Malheureusement, nous avons aussi quelques divergences. Vous connaissez, évidemment, la théorie de la sélection naturelle de Charles Darwin ? »

Elizabeth cligna des yeux.

M. Englethorpe parut stupéfait, puis il rit, brusquement.

« Suis-je bête, comment pourriez-vous la connaître ? Mon Dieu... j'ai passé beaucoup trop de temps parmi les passionnés des pinsons empaillés. J'oublie que les membres du Mégathérium ne constituent pas la norme. Non, il faut reconnaître qu'en dépit de tout ce qui a été écrit à Washington, l'Église conserve une emprise trop grande sur les cœurs et les esprits pour que les idées de Darwin puissent atteindre le grand public. Mais je ne doute pas qu'elles y parviennent un jour. Quoi qu'il en soit, cette théorie est l'un des sujets sur lesquels le Dr Agassiz et moi sommes en désaccord radical. Voyez-vous, le Dr Agassiz est un homme profondément religieux, trop, peut-être, et sa prédilection pour les Saintes Écritures obscurcit parfois son jugement face aux idées nouvelles. Cela me stupéfie, vraiment : non que je sois athée, mais la science est fondée sur la recherche d'idées nouvelles ! D'idées nouvelles sur l'origine de créatures anciennes. Alors comment un homme aussi brillant que mon ami Agassiz – car enfin, tout ce que je sais, c'est à lui que je le dois –, comment un homme aussi brillant peut-il être tête de mule au point de contester la plus grande révélation de notre temps,

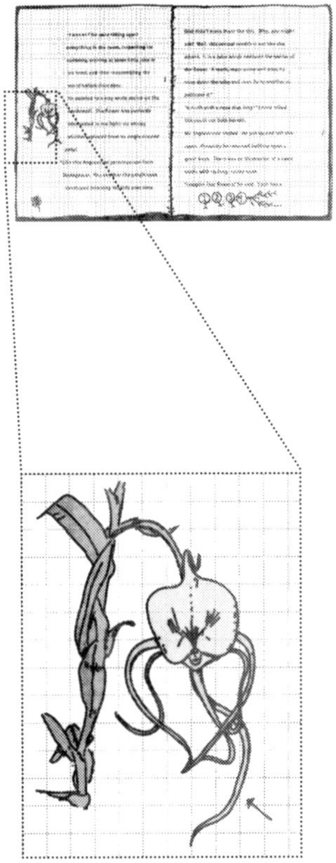

« Cette vrille-ci, celle du milieu, n'est pas un pétale comme les autres. »

Le Dr Yorn m'avait déjà parlé de cette orchidée. Et il avait même une gravure du Sphinx du tabac dans sa chambre à Bozeman.

simplement parce qu'elle remet en cause certains principes de sa théologie ? Est-il scientifique ou est-il... ? »

M. Englethorpe s'interrompit et regarda autour de lui.

« Mes excuses, dit-il. Vous voyez comme je peux m'échauffer quand j'aborde ce genre de sujet... Vous devez trouver ça d'un ennui mortel.

— Pas du tout, dit poliment Elizabeth. Continuez, je vous en prie.

— Oh, oui, continuez ! » dit Emma avec ferveur.

Sous la table, Elizabeth lui donna une tape sur la cuisse.

Englethorpe sourit et but une gorgée de thé. Son nez légèrement crochu ajoutait à l'angulosité de son visage, mais ses yeux, cernés de longs cils presque féminins, irradiaient une bonté sans réserve et une sagacité qui donnaient à son regard une douceur hypnotique. Il semblait disséquer tout ce sur quoi il posait les yeux, inspecter son contenu, et trouver dans chaque chose la matière d'une petite plaisanterie qu'il formulait en lui-même et dont il était le seul à rire.

Il se mordilla les lèvres, l'air songeur, puis se tourna vers la fenêtre et désigna à ses visiteuses une minuscule orchidée blanche posée sur le rebord. La fleur se découpait parfaitement dans la lumière : six fines moustaches se déployaient, sinueuses, sous la cupule d'un unique pétale.

« Observez cet *Angraecum germinyanum* de Madagascar, dit M. Englethorpe en s'approchant de l'orchidée. Vous voyez que ces six pétales ont la forme de longues vrilles. Cette forme est le résultat d'une évolution, Dieu ne les a pas créés ainsi. "Pourquoi ont-ils évolué de cette manière ?" me demanderez-vous. Voici pourquoi : cette vrille-ci, celle du milieu, n'est pas un pétale comme les autres. C'est un tube qui contient le pollen de la fleur, c'est-à-dire la substance qui lui sert à se reproduire. Un papillon doit y glisser sa trompe pour recueillir le pollen, puis voler vers une autre fleur pour la féconder.

— Un papillon avec une trompe aussi longue ? » s'exclama Emma.

Elle n'avait pas pu se retenir. M. Englethorpe haussa un sourcil, puis se leva et quitta la pièce. Il revint sans tarder, tenant dans ses bras un grand livre ouvert. Le livre contenait un dessin du sphinx du tabac, avec sa longue trompe courbe.

« Imaginez quatre fleurs, dit-il. Elles possèdent toutes un pétale spécial qui contient leur pollen. Arrive un méchant prédateur. Il prend une bouchée de chacune des fleurs. Dans le cas des trois premières, il croque dans le pétale qui est différent des autres car il devine que c'est là que se cache le pollen. Mais avec la mutation que présente notre jolie fleur, nous avons cinq pétales qui se ressemblent beaucoup. Comme le prédateur ne sait pas les différencier, il croque au hasard, le plus souvent sans faire de dégâts. À votre avis, laquelle de ces fleurs va avoir des enfants ? »

Emma pointa du doigt la fleur sur le rebord de la fenêtre.

M. Englethorpe approuva d'un signe de tête.

« Exactement. C'est l'orchidée qui a subi la transmutation la plus efficace pour dérouter les prédateurs. Ce qui est incroyable, c'est que ces mutations sont le fruit du plus pur hasard : il n'y a pas de cerveau derrière ces adaptations, et pourtant la sélection naturelle qui s'opère sur des milliers, des millions d'années donne l'impression d'un dessein grandiose... Car il faut dire, en plus, qu'elle est belle, n'est-ce pas ? »

Ils regardèrent tous trois l'orchidée qui se tenait parfaitement immobile dans la lumière du soleil.

« Nous pourrions peut-être en vendre à la boutique, dit Elizabeth. C'est vrai qu'elle est belle.

— Mais lunatique. Enfin, elle a du caractère, et il en faut. Le proverbe ne dit-il pas que *la beauté est éphémère* ?

— Qu'est-ce qu'une transmutation ? » demanda Emma.

Les deux adultes se tournèrent vers elle. Elle s'attendait à ce que sa mère lui administre une nouvelle tape, mais rien ne vint.

M. Englethorpe rayonnait. Du bout du doigt, il toucha délicatement l'un des pétales de l'orchidée.

« C'est une excellente question, dit-il. Mais…

— Mais quoi ? demanda Emma.

— Mais il nous faudrait tout l'après-midi pour y répondre. Avez-vous du temps devant vous ?

— Du temps ? » répéta Elizabeth, interdite, comme si elle n'avait pas envisagé que l'après-midi puisse se poursuivre au-delà de cet instant.

Mais oui, elles avaient du temps. Elles passèrent le reste de la journée à se promener dans le jardin avec M. Englethorpe, qui leur montra toutes les fleurs, précisant, pour chacunes d'elles, à quelle espèce elle appartenait, ce qui la distinguait de ses sœurs, d'où elle venait et ce qui avait conditionné son évolution particulière.

Parfois, quand il avait l'impression de ne pas être assez clair dans ses explications, il bondissait et partait chercher une carte de Madagascar, ou des Galapagos, ou des territoires canadiens, ou une vitrine contenant une collection de pinsons empaillés. Et il ne rangeait pas ces objets au fur et à mesure, si bien qu'à la fin de l'après-midi, les allées étaient couvertes d'atlas, de vitrines, de livres d'anatomie et de journaux d'explorateurs.

Il leur avait donné à chacune une loupe.

« Servez-vous de votre loupe, répétait-il sans arrêt. On ne peut pas voir grand-chose à l'œil nu. Nous ne sommes pas nés avec les outils adéquats pour observer la nature. L'évolution se soucie peu que nous soyons devenus scientifiques ! »

Il avait aussi rapporté deux exemplaires de *L'Origine des espèces* de Darwin, qu'il avait posés côte à côte sur le petit banc en fer forgé sous les cerisiers. L'un avait une couverture verte, l'autre une couverture bordeaux. Ils semblaient à leur place sur ce banc.

À un moment donné, il avait adressé un signe de la main à une silhouette qui se tenait à une fenêtre de la grande maison, mais il y avait un reflet sur la vitre et, lorsque Emma avait tenté de voir au travers, la silhouette avait disparu.

Elizabeth était un peu rouge à la fin de l'après-midi. Cela inquiétait Emma. Tout au long de leur visite, quand elle n'était pas submergée par l'intense plaisir de la découverte, elle avait gardé un œil sur sa mère, qu'Elizabeth soulève ses jupes pour examiner un buisson ou écoute M. Englethorpe leur parler de graines volantes et d'alizés. Elle décryptait assez facilement ses réactions : la façon dont son petit doigt se contractait, la couleur de son cou. Cet après-midi-là, Elizabeth était restée bizarrement sur ses gardes, et Emma craignait, alors que la lumière déclinait dans le merveilleux jardin, qu'elle ne veuille jamais plus revoir cet homme si étrange et si fascinant.

Mais quand M. Englethorpe eut empaqueté leurs livres (ceux de Darwin, un dans chaque main pour Emma), Elizabeth lui toucha le bras. Emma fit mine de ne rien voir et, posant les livres, commença à ranger les vitrines de papillons de nuit dans le petit meuble en cerisier.

« Merci, dit Elizabeth. Tout cela était inattendu et… charmant. Nous avons tant appris de vous.

— Oh, malheureusement, cela ne vous servira sûrement jamais. Je me demande souvent si ces recherches peuvent avoir une utilité au-delà des murs de ce jardin. »

Décontenancée, Elizabeth chercha ses mots quelques instants.

« En tout cas, je pense que je ne regarderai plus jamais les fleurs de ma boutique de la même manière. Et je veux vraiment essayer de trouver ces orchidées, même si elles sont…

— Lunatiques. Capricieuses Elles préfèrent Madagascar à la Nouvelle-Angleterre. Moi aussi ! dit-il en riant.

Nouvelle note en marge :

Appeler Terry

Terry ? Pourquoi ce prénom me disait-il quelque chose ?

– Terrence Yorn. –

M. Jibsen avait employé le même diminutif au téléphone. Chaque fois que les adultes s'appelaient par leur prénom, j'avais l'impression que c'était un code entre eux et qu'ils parlaient une langue mystérieuse, la langue d'un monde où les adultes faisaient des choses d'adultes que je ne pouvais pas comprendre.

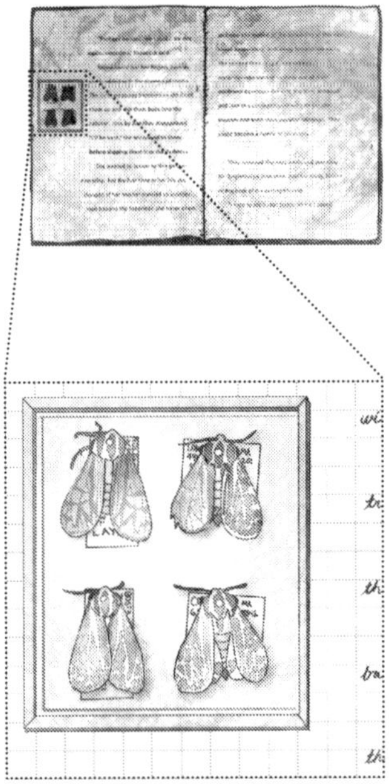

« *Les petites créatures tremblèrent quand elle glissa le cadre dans le meuble.* »

Je connaissais cette vitrine de papillons de nuit. Le Dr Clair avait la même. Je m'interrogeais : comme elle avait dit ne disposer que de très peu d'informations sur l'histoire d'Emma, comment pouvais-je savoir quelle part du récit était vraie et quelle part était inventée, empruntée à notre propre vie ? En tant qu'empiriste, mon premier réflexe était de n'accorder de crédit qu'à ce qui pouvait être vérifié, mais, à mesure que j'avançais dans ma lecture, la distinction entre le vrai et le faux me paraissait de moins en moins importante.

— Nous pourrions peut-être… revenir vous voir un jour ? » dit Elizabeth.

Emma, qui tenait encore à la main une vitrine de papillons, sentit ses doigts se mettre à brûler. Les petites créatures tremblèrent quand elle glissa le cadre dans le meuble. Les unes après les autres, elles disparurent.

« Je reviendrai », leur chuchota-t-elle avant de les pousser dans l'obscurité.

Elle aurait voulu revenir tous les jours dans ce jardin. Pour la première fois de sa vie, elle imagina sa mère mariée à un autre homme qu'au pêcheur qu'elle n'avait pas connu, et elle s'aperçut qu'elle désirait cette union de tout son être. Elle voulait que le mariage soit célébré sur-le-champ, elle voulait quitter le sous-sol aux fenêtres sales où elle vivait avec sa mère et venir s'installer dans la maison d'hôtes, avec son drôle de heurtoir et l'infinité de trésors mystérieux qu'elle semblait receler. Ils pouvaient devenir une famille de collectionneurs.

Elles retournèrent le voir la semaine suivante, et cette fois-ci il les mena dans son bureau, caché tout au fond de sa petite maison.

« Je ne suis pas fier de l'avouer, mais c'est ici que je passe le plus clair de mon temps », dit-il.

Sa voix tremblait, et il jouait avec une sorte de compas dont il pressait et écartait continuellement les branches de métal. Emma avait envie de lui prendre la main et de lui dire :

« Ne soyez pas nerveux, monsieur. Nous vous aimons bien. Nous vous aimons beaucoup. »

Elle se contenta de lui sourire et de lui faire un clin d'œil. Il la regarda un instant, intrigué, comme s'il essayait de décoder un message, puis il lui rendit son sourire et, très vite, lui tira la langue, avant de retrouver un visage neutre comme Elizabeth se tournait vers lui.

La pièce était pleine à craquer. Il y avait des vitrines et encore des vitrines d'oiseaux, de fossiles, de pierres, d'insectes, de dents, de touffes de cheveux. Une pile de tableaux dans des cadres dorés occupait un coin de la pièce ; dans un autre reposait une longue corde enroulée, terminée par une ancre en forme de sirène. Deux des murs étaient tout entiers tapissés de bibliothèques. Les livres étaient vieux, abîmés, certains même trop abîmés pour être lus : il aurait suffi, semblait-il, de les toucher du bout des doigts pour que leurs pages tombent en poussière.

Emma papillonnait dans la pièce, examinant des poignards décoratifs, reniflant l'intérieur de vieilles boîtes.

« Où avez-vous pris toutes ces choses ? demanda-t-elle.

— Emma, ne sois pas impolie », jeta sèchement Elizabeth.

M. Englethorpe éclata de rire.

« Je vois que nous allons nous entendre à merveille, Emma. J'ai acquis tous ces objets au cours de mes voyages. Vois-tu, j'ai ce petit problème… *psychologique*, comme disent certains, qui fait que, lorsque je me trouve dans un lieu, je cherche toujours à le connaître à travers ses objets ; quand je découvre une culture ou un habitat, j'ai besoin d'étudier la multitude de petits éléments imbriqués qui les composent. Le Dr Agassiz me surnomme, affectueusement, "Le Musée ambulant". Et ce que vous voyez ici ne constitue qu'une toute petite partie de ma collection. Le reste est entreposé dans deux réserves que le docteur m'a aimablement réservées au sein de son nouveau musée. Je trouverai peut-être un jour le temps d'aller y faire du tri… Qui sait ? Mais d'ici là ma collection se sera agrandie. Est-il possible de rassembler, dans une collection, tout ce qui existe au monde ? Et si le monde entier est contenu dans une collection, s'agit-il encore d'une collection ? C'est une question qui m'a tenu éveillé des nuits entières.

« Je veux tout voir ! » s'écria Emma, exécutant sur place un petit saut exalté.

M. Englethorpe et Elizabeth dévisagèrent l'enfant qui se tenait au milieu de la pièce, une dent de baleine dans une main et une lance de Papou dans l'autre.

« Cela se confirme : nous avons là une vraie petite scientifique », chuchota M. Englethorpe à Elizabeth qui se taisait, le visage blême.

Puis il se tourna vers Emma.

« Peut-être... peut-être pourrais-je demander à M. Agassiz si sa femme aurait une place pour toi dans son école, dans la grande maison...

— Oh, vous feriez ça ? s'écria Emma. Vous feriez ça, vraiment ? »

C'est à cet instant que les engrenages de son esprit, ébranlés par les premiers récits de voyage de M. Englethorpe, prirent de la vitesse, et ils allaient bientôt tourner à un régime phénoménal, avec tant de ferveur que rien, semblait-il, ne pourrait les arrêter.

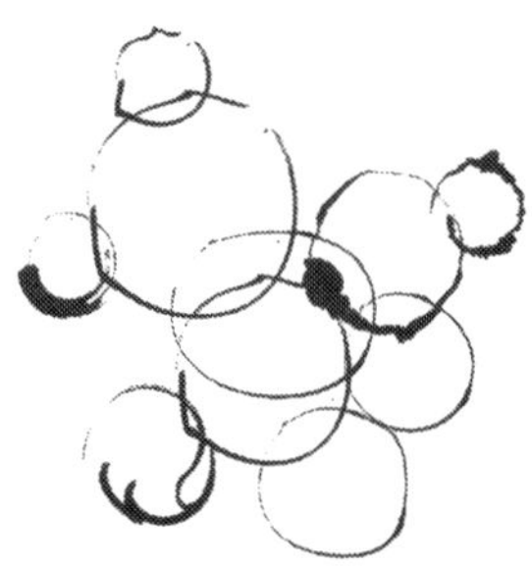

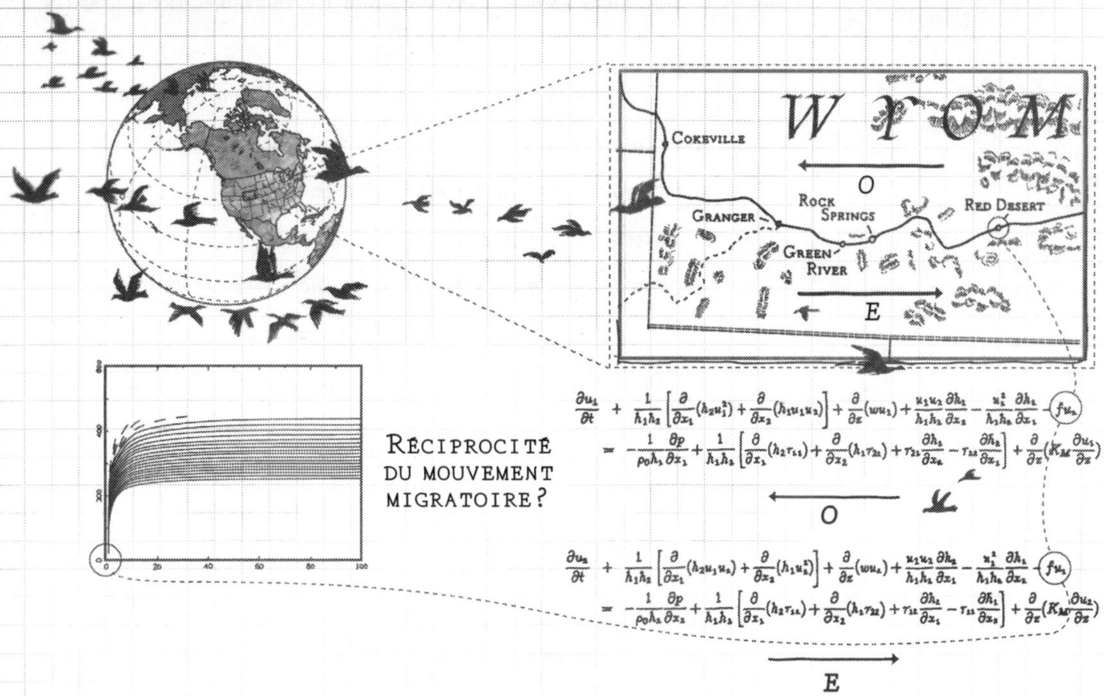

Chapitre 7

J'ai levé les yeux du carnet. Le train s'était arrêté. Les premiers rayons du soleil jaillissaient de derrière les collines arides. J'étais à bord depuis un jour entier.

J'ai quitté le canapé et j'ai fait un peu de gymnastique. J'ai trouvé un bâtonnet de carotte tombé au fond de ma valise et je l'ai croqué sans vergogne. J'ai enchaîné avec quelques échauffements vocaux. Pourtant, je ne parvenais pas à balayer la morne mélancolie qui me rongeait depuis mon départ, cette impression de vide, comparable à celle que j'éprouvais quand je mangeais de la barbe à papa – à première vue, toute cette mousse rose était pleine de promesses et follement séduisante, mais quand venait le moment de l'attaquer, j'étais toujours déçu : il n'y avait presque rien à se mettre sous la dent et, au bout du compte, on avait un peu l'impression de manger une perruque en sucre.

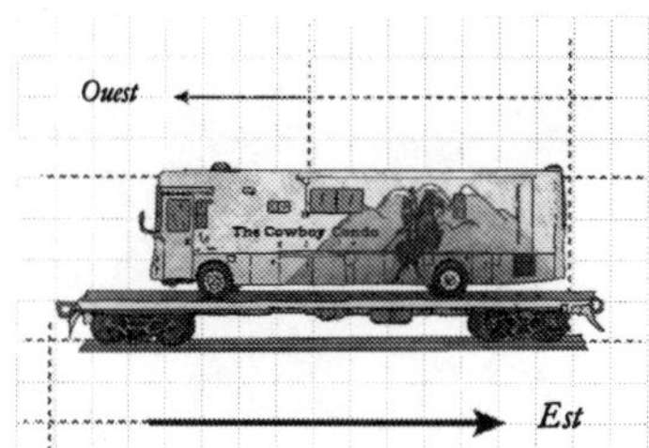

Lancé vers l'est, tourné vers l'ouest
Carnet V101

Peut-être avais-je du mal à retrouver le moral parce que : a) j'avais passé les dernières vingt-quatre heures à voyager dans un train de marchandises, et : b) mis à part le cheeseburger, je m'étais vraiment nourri n'importe comment.

Ou peut-être mon humeur était-elle subtilement influencée par le fait que, bien que mon train se dirigeât vers l'est, le motor-home était tourné dans la direction opposée, ce qui me laissait penser que depuis le début, malgré la vaste distance que j'avais déjà parcourue, je reculais au lieu d'avancer.

On ne devrait jamais voyager trop longtemps dans le sens inverse de la marche. Dans notre culture, le mouvement vers l'avant est positif, lié à la notion de progrès, et le mouvement vers l'arrière est négatif. Ne dit-on pas : « Il a été obligé de faire machine arrière », « Ce délice secret a un arrière-goût désagréable » et « Il est complètement arriéré, ce Johnny Johnson » ?

Mon corps était maintenant si accoutumé à voyager en sens inverse que chaque fois que le train s'arrêtait, j'avais l'impression que mon champ de vision s'avançait vers moi. J'avais remarqué ça pour la première fois dans la salle de bains du Palace du Cow-Boy, pendant l'un de nos nombreux arrêts en gare. Je m'y étais caché une nouvelle fois, convaincu que les gens du train savaient exactement où je me trouvais et n'allaient pas tarder à envoyer un de leurs cognes pour me tuer. Assis sur la cuvette des toilettes de la minuscule salle de bains, j'avais soudain eu l'impression très vive de foncer dans la porte. Ça m'avait donné la nausée de voir mon reflet dans le miroir s'avancer vers moi alors que je ne bougeais pas, comme s'il avait réussi à échapper aux lois de l'optique. Minée par l'influence constante des vecteurs de mouvement arrière, ma confiance en moi commençait à faiblir.

Où donc pouvais-je trouver du réconfort face à ces élans contraires et contrariants ?

➤ C'est Père qui avait dit ça, un jour où nous avions croisé Johnny Johnson sur Frontage Road, chargé de ses cannes à pêche. Johnny habitait une petite masure dans la vallée. J'imagine qu'il incarnait tout ce que les termes « gros péquenaud » peuvent évoquer de pire : il était raciste, inculte, et il avait les dents salement pourries. Quand nous l'avions croisé ce jour-là, je m'étais demandé à quel point l'univers était passé près de faire de moi son fils. Que serait-il arrivé si la cigogne m'avait déposé huit cents mètres trop tôt, dans les bras arriérés des Johnson ? Que se serait-il passé si… ?

Et puis, de manière complètement inattendue, il était venu à l'enterrement de Layton avec sa femme et sa sœur. C'était un geste très simple, un geste de bon voisinage, mais c'était tout de même profondément gentil de sa part. Bien sûr, chaque fois que je l'avais revu ensuite, je m'étais senti coupable de l'avoir jugé. Mais au fond, je crois que cette anecdote n'a rien de surprenant : au cours de ma courte vie, j'ai pu constater que, bien souvent, les gens ne sont pas ce qu'on croit qu'ils sont.

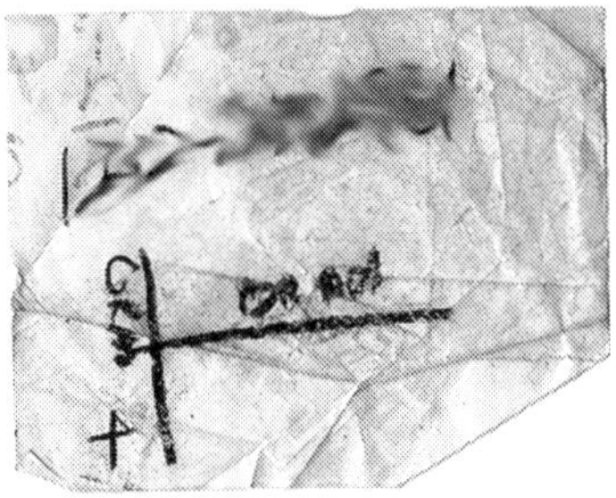

***Plan de l'église de Big Hole,* dressé par Johnny Johnson, apparemment pour sa sœur, récupéré sur son banc à la fin de l'office célébré pour Layton, Boîte à chaussures n° 4**

Sir Isaac Newton! Mon carnet! Je savais bien que je ne l'avais pas emporté pour rien. J'ai fouillé dans ma valise et, quand je l'ai trouvé, je l'ai serré contre mon cœur, comme Gracie serrait son vieux nounours dans ses moments de détresse.

La première fois que je m'étais intéressé aux *Principes mathématiques de philosophie naturelle* de Newton, c'était quand j'étudiais la trajectoire des oies du Canada au-dessus de notre ranch et que je voulais mieux comprendre le phénomène de conservation des forces vives pendant le vol. Plus tard, j'étais revenu à l'œuvre de Newton avec une approche plus philosophique (et sans doute un peu tirée par les cheveux), en imaginant une possible « réciprocité du mouvement migratoire » fondée sur sa troisième loi du mouvement. Autrement dit : *Ce qui va vers le sud retournera vers le nord, et vice versa.* J'avais songé à développer ces recherches dans un essai sur la « Théorie de la réciprocité appliquée au mouvement migratoire de l'oie du Canada », mais je n'avais jamais réussi à le condenser suffisamment, sans parler de trouver un lien thématique, pour l'intégrer à l'un de mes devoirs de sciences sur, disons par exemple, « La salinité du Coca-Cola ».

J'ai ouvert le carnet. En première page, j'avais inscrit les trois lois du mouvement de Newton :

PREMIÈRE LOI : TOUT OBJET AU REPOS DEMEURE AU REPOS ET TOUT OBJET EN MOUVEMENT RESTE EN MOUVEMENT À MOINS QUE QUELQUE FORCE N'AGISSE SUR LUI.

DEUXIÈME LOI : UN OBJET ACCÉLÈRE DANS LA DIRECTION DE LA FORCE QU'IL SUBIT, PROPORTIONNELLEMENT À LA FORCE QU'IL SUBIT ET EN PROPORTION INVERSE DE SA MASSE.

TROISIÈME LOI : LORSQU'UN OBJET A APPLIQUE UNE FORCE SUR UN OBJET B, L'OBJET B APPLIQUE ÉGALEMENT SUR L'OBJET A UNE FORCE DE MÊME MODULE, MAIS DANS LA DIRECTION OPPOSÉE.

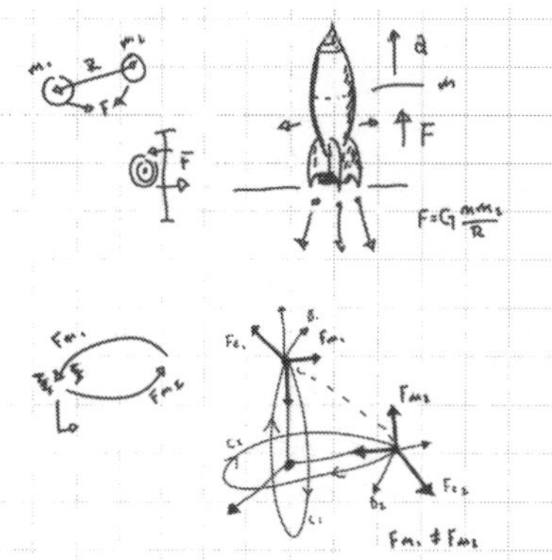

Voilà qui allait m'aider à comprendre les forces qui sous-tendaient mon voyage. Selon Newton, le train exerçait sur le motor-home une force égale à celle que le motor-home exerçait sur le train, mais, en raison de l'énorme masse du train, et surtout du merveilleux phénomène de friction, le motor-home ne discutait pas et se laissait gentiment emmener en promenade. De la même manière, j'exerçais sur le motor-home une force égale à celle qu'il exerçait sur moi, mais je le suivais dans son déplacement en raison de ma faible masse musculaire, de la pesanteur et de je ne sais quelle substance dans laquelle j'avais marché, qui avait rendu mes semelles collantes.

La troisième loi de Newton, ou principe des actions réciproques, s'appliquait à toutes les forces agissant les unes sur les autres : tout mouvement et toute collision impliquait l'existence de deux forces égales et de directions opposées.

Quand Père me tapait un peu trop fort dans le dos pour me dire bonjour, j'étais projeté au moins trente centimètres en avant parce que, du fait de notre différence de masse (mon père pesait bien quatre-vingt-cinq kilos, je ne devais pas en faire plus de trente-trois), je subissais une accélération plus grande. Quand je recevais sa claque, je le faisais moi aussi accélérer, mais pas autant. De la même façon, quand un bus scolaire fauchait un écureuil, l'écureuil et le bus exerçaient l'un sur l'autre une force égale, mais l'immense écart entre leurs deux masses infligeait à l'écureuil une quantité mortelle d'accélération postcollision.

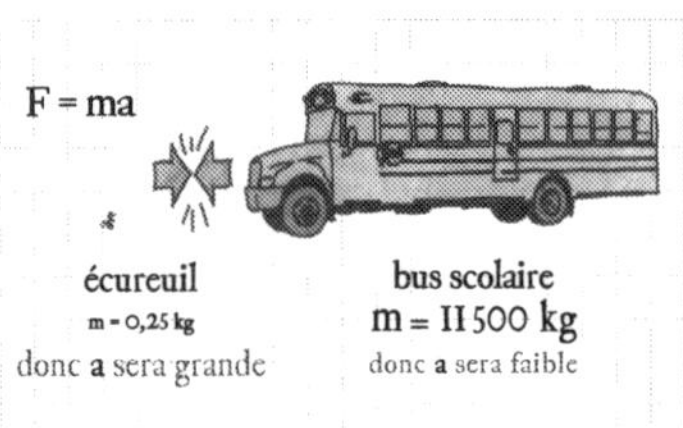

Forces égales de directions opposées
Carnet V29

Même quand on sautait sur la Terre, on la faisait dévier de son orbite, un tout petit peu. Bien sûr, c'était surtout elle qui poussait contre nos pieds, mais notre petit bond avait malgré tout un effet infime, comparable à l'action érosive des pattes d'une guêpe sur une vitre.

Mais cette loi pouvait-elle être étendue au déplacement des gens, au flux et au reflux des générations à travers l'espace et le temps ?

J'ai songé à mon arrière-arrière-grand-père, Tecumseh Tearho, et à sa longue migration vers l'ouest depuis les froids versants morainiques de Finlande. Il n'avait pas rejoint directement les mines de Butte : il s'était d'abord arrêté au saloon de la Sauterelle chantante dans l'Ohio, où il avait hérité d'un nouveau nom (et peut-être d'une nouvelle histoire), puis son train était tombé en panne près d'une petite station-service en plein désert du Wyoming et il était resté travailler là pendant deux ans.

Les rails sur lesquels roulait mon train passaient à moins de cinq mètres de l'endroit où mon aïeul s'était éreinté à remplir les énormes réservoirs des vieilles locomotives. Il avait dû se demander ce qu'il fichait là. Le désert s'étendait à perte de vue, la chaleur était accablante. Et, pourtant, n'avait-il pas eu raison de s'arrêter à cet endroit ? N'était-ce pas là qu'un jour de 1870, dans cette mer de sable rouge et de buttes crénelées, entre les hurlements de la vapeur et le cri enroué des vautours qui planaient en cercle au-dessus de la petite ville de Red Desert, *elle* était apparue, seule femme d'une équipe qui comptait une vingtaine d'hommes ? Ils étaient arrivés en chariot, ou en train – le résultat était le même : Tearho et Emma s'étaient rencontrés et ne s'étaient plus quittés. L'un venait de Finlande, l'autre de Nouvelle-Angleterre, et tous deux, abandonnant la vie qu'ils connaissaient, étaient partis jeter racine dans le nouvel Ouest.

Une clochette tinta dans mon esprit. J'avais déjà dessiné cette histoire quelque part. J'ai tiré de ma valise le carnet intitulé *Père et l'étrange variété de ses schémas de fauchage du foin*. Avec une excitation grandissante, j'ai fait défiler les pages et je l'ai trouvé, à la fin : le set de table généalogique que j'avais offert à mon père pour ses quarante-huit ans.

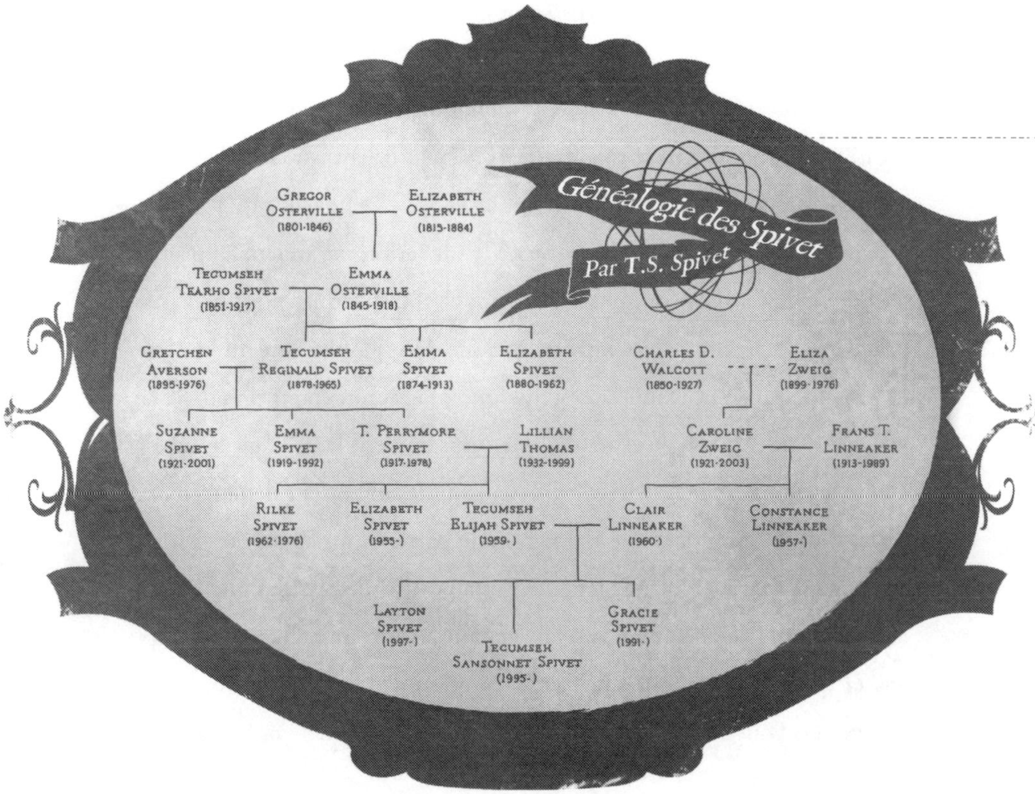

J'avais espéré que l'aversion de Père pour ma tendance obsessive à tout dessiner serait contrebalancée par son goût de la tradition, de la transmission des noms et des repas en famille. Mais, après avoir jeté un vague regard à mon cadeau, il avait levé l'index en un geste simultané de reconnaissance et de rejet, le même que celui qu'il faisait quand il croisait, en pick-up, des gens qui n'étaient pas du coin. Pendant six mois, le set avait langui dans un tiroir qui contenait aussi les presse-papiers en forme de tortue et le numéro de notre pédiatre mort depuis deux ans. Finalement, comme le réveil de quelque synapse de mon subconscient venait de me le rappeler, je l'avais récupéré et je l'avais rangé dans ce carnet.

Peut-être l'arbre n'est-il pas l'image la mieux choisie pour évoquer le retour en arrière de la généalogie, de la petite brindille de notre existence jusqu'aux innombrables racines tracées par nos ancêtres. L'arbre généalogique pousse à l'envers, dans le sens inverse de la marche du temps, ce qui, pour moi, était aussi troublant que le fait de conduire mon motor-home en marche arrière vers le passé et le lieu où mes aïeux s'étaient rencontrés. Il m'aurait paru plus logique de rapprocher la réunion des familles Spivet et Osterville des confluences d'une rivière. Mais cette image-là aussi soulevait des questions : le parcours d'une rivière était-il le fruit du hasard – du vent, de l'érosion, des soupirs nerveux de l'eau sur son rivage granuleux ? Ou était-il préétabli par la constitution des roches qui formaient son lit ?

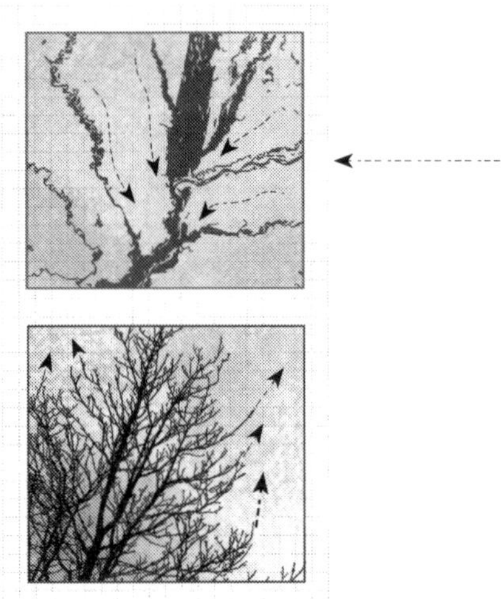

Rivières généalogiques et arbres généalogiques
Carnet V88b

Pour autant que je sache, aucun Spivet n'était jamais retourné en Finlande, pas même à l'est du Mississippi. Tearho avait vu Ellis Island, le saloon de l'Ohio, puis l'Ouest. Rien d'autre. Étais-je en train d'accomplir la réciproque naturelle de cette migration vers l'ouest, pour rétablir l'équilibre du mouvement migratoire ? Ou bien pagayais-je simplement à contre-courant dans mon motor-home ?

Comme moi, bien qu'en sens inverse, Tearho et Emma avaient emprunté le chemin de fer transcontinental, à l'époque tout juste achevé. Nous passions donc exactement aux mêmes endroits. Si on avait placé au bord de la voie un appareil chronophotographique programmé pour prendre une vue par jour, et qu'on avait rembobiné suffisamment la pellicule avant de lancer les images sur un vieux projecteur qui les aurait fait défiler avec le fracas d'un bâton qui traîne le long d'une barrière, on aurait vu Tearho, avec ses grandes oreilles, à la fenêtre du train, suivi de près par une Emma aux mâchoires serrées. Puis je serais apparu à mon tour, cent trente-sept ans et quatre générations plus tard, comme un écho. Moi aussi, j'étais tourné vers l'ouest, mais je me dirigeais vers l'est, et détricotais le temps au fil de mon voyage.

Nous approchions. Nous approchions du désert rouge et de la station-service de Red Desert où Tearho avait travaillé jadis. Je le savais grâce aux relevés que j'avais effectués avec mon sextant et mon théodolite, et à ce que j'avais pu observer de la faune et de la flore. Mais j'avais aussi envie de croire que je *sentais* que nous approchions, par une sorte de reconnaissance spirituelle, d'intuition, due au fait que l'une des grandes rencontres de l'histoire de ma famille s'était déroulée en ce lieu.

Sarcobatus vermiculé
Sarcobatus vermiculatus

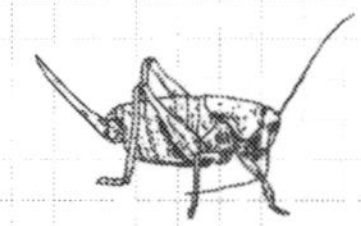

Sauterelle mormone
Anabrus simplex

La vie dans le désert rouge

Cette station-service était située en plein milieu du vaste bassin qui s'étendait des Wind Rivers, au nord, jusqu'aux Sierra Madres au sud. Des géologues avaient nommé ce site bassin du *Great Divide* en raison de sa condition, unique en Amérique du Nord, de bassin endoréique, c'est-à-dire fermé, dont les eaux ne pouvaient couler vers aucun océan. Toute la pluie qui y tombait (et il n'en tombait pas beaucoup) s'évaporait, s'infiltrait dans le sol ou finissait dans le gosier d'une grenouille cornue.

Depuis l'intérieur du motor-home, je scrutais le désert. Les buttes déchiquetées se rassemblaient et se pressaient les unes contre les autres avant de s'élever, à regret, vers les lointaines chaînes de montagnes qui formaient le bord du bassin. Je me demandais si les voyageurs courageux qui avaient réussi à arriver jusque-là cent cinquante ans plus tôt ne s'étaient pas trouvés, comme la pluie, pris au piège dans ce bassin. Peut-être Tearho et Emma n'avaient-ils pas pu résister à l'attraction du vortex. La force centripète du paysage devait s'exercer lentement, en silence, mais de façon irrésistible sur tout ce qui se trouvait à l'entour, si bien que rien, ni ancêtre finnois ni goutte d'eau, une fois tombé dans son champ, ne pouvaient lui échapper. Peut-être les cadres de l'Union Pacific Railway avaient-ils ressenti la force d'attraction de ce trou noir lorsqu'ils s'en étaient approchés, à l'époque où ils tentaient de fixer le trajet de leur ligne, et avaient-ils donc choisi de bâtir là, en plein milieu du désert rouge, un îlot de civilisation pour les milliers d'ouvriers irlandais et mexicains qui allaient poser les rails, jour après jour, au milieu de l'âpre broussaille et des craquelures du sol desséché.

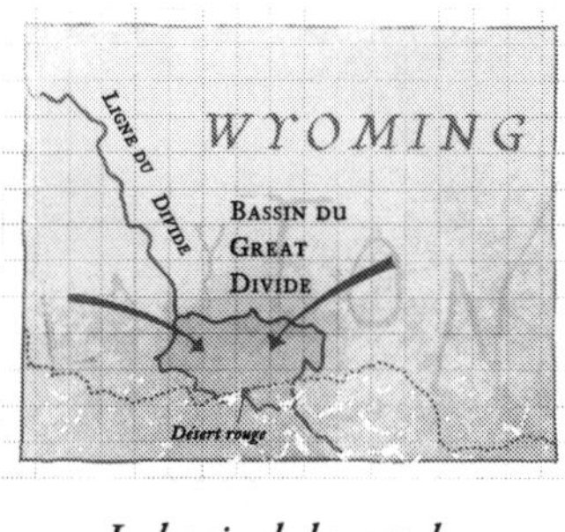

Le bassin de la grande ligne de partage : un vortex
Carnet V101

Je suis sorti du motor-home. Avec précaution, cramponné des deux mains au rebord de la plate-forme, j'ai tendu la tête hors de la rame qui traversait le désert à toute berzingue. J'ai aussitôt été frappé par le souffle d'air le plus violent de ma vie.

Permettez-moi de vous rappeler l'existence d'un phénomène naturel que vous avez peut-être oublié, assis sur le douillet petit canapé en peluche aubergine de votre salon : *le vent.*

C'est l'une de ces choses auxquelles on ne pense pas vraiment jusqu'à ce qu'on les sente sur soi comme je sentais le vent à présent, le genre de chose qu'on ne peut pas vraiment se représenter tant qu'elle ne nous enveloppe pas tout entier, et qui, une fois que c'est le cas, nous ôte tout souvenir d'un monde où elle ne dominait pas encore notre conscience. C'est comme une indigestion, ou comme une énorme tempête de neige, ou comme…

(Je ne trouvais rien d'autre.)

J'ai quand même continué à tendre le cou, centimètre par centimètre, dans l'espoir d'apercevoir parmi les buissons tordus une grappe de bâtiments indiquant l'emplacement de la vieille ville. Je n'avais pas d'attentes extravagantes : je ne cherchais qu'une trace, si modeste soit-elle, de la présence de mon arrière-arrière-grand-père en cet endroit, et j'étais prêt à me contenter d'un simple dépôt abandonné.

Notre train est passé entre deux buttes et j'ai regardé la terre à leur pied : elle était rouge ! Du calcaire couleur de sang dégringolait de leurs flancs. C'était forcément un signe. Un siècle et demi plus tôt, l'un des hommes envoyés sur le terrain pour déterminer la trajectoire du chemin de fer avait dû découvrir ces buttes, s'essuyer le front avec son mouchoir et dire à son compagnon : « Faut qu'on appelle cet endroit le désert rouge. Franchement, Giacomo, t'es pas d'accord ? Ça lui va comme un gant, non ? »

Devant moi s'étendait l'enfilade claquetante des wagons couverts, entraînée à travers le désert par les majestueuses locomotives Union Pacific jaune et noir, dont le corps massif tremblait dans l'air embrumé de chaleur. Le vent me giflait avec tant de malveillance que j'ai vu resurgir dans mon esprit les images d'un documentaire de la chaîne Histoire que j'avais regardé chez Charlie, sur le génie militaire d'Erwin Rommel et l'avancée de son armée en Afrique du Nord pendant la Seconde Guerre mondiale. Toute une partie de ce documentaire était consacrée aux violents simouns que les soldats avaient dû affronter dans le Sahara et à la façon dont ils s'étaient protégés du sable.

Tout à coup, je suis devenu un tireur embusqué qui tentait de protéger Gazala au milieu d'un simoun féroce, assailli de toutes parts par les balles et les éclats de shrapnels. Les nazis devaient être partout, pourtant je n'en repérais aucun dans cet immense désert : des grains de sable et de poussière me volaient constamment dans les yeux et me cinglaient les joues.

Où es-tu, Rommel? Maudit sois-tu, et maudit soit ce simoun! Je voyais tout flou. Des larmes me ruisselaient sur les joues. Je plissais les yeux face aux éblouissantes falaises couleur rouille du Wyoming-Libye.

Où se cachait le Renard du désert ? [Et où était donc cette ville ?]

Je n'en pouvais plus. Acceptant ma défaite, dans ma guerre imaginaire de dix secondes comme dans ma recherche de la mystérieuse ville du désert, j'ai reculé pour échapper au vent et je suis rentré dans le motor-home en me frottant les yeux, le souffle court. C'était fou de voir combien le vent transformait la scène : dehors, dans le tourbillon des éléments, tout était Rommel et shrapnels, mais dès que je me réfugiais dans le cocon rassurant du motor-home, le paysage retrouvait sa sereine beauté de cinéma.

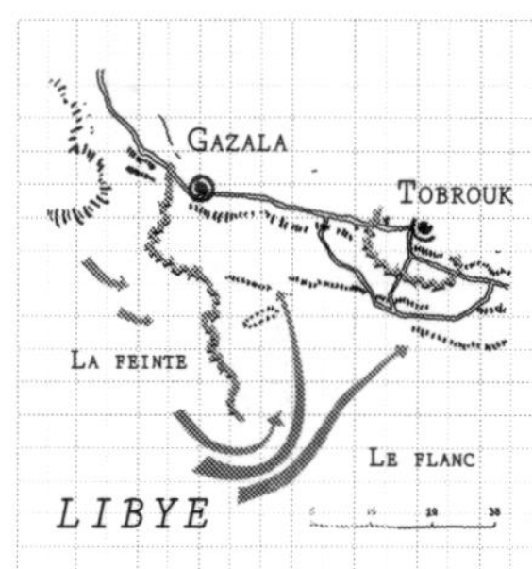

Manœuvres de Rommel pour l'attaque de flanc à la bataille de Gazala
Carnet V47

J'ai vérifié mon atlas, j'ai effectué un nouveau relevé avec mon sextant et ma boussole, et j'ai scruté le désert par la fenêtre. La gare devait être toute proche.

J'étais frappé par le nombre de différentes nuances de rouges présentes sur chaque butte. La roche était magnifiquement striée, comme un grandiose gâteau géologique à couches multiples. Les hautes têtes triangulaires des buttes se teintaient de bordeaux et de brun cannelle ; sur les rives d'une rivière asséchée qui serpentait le long de la voie ferrée, des éclats de calcaire moutarde, marbrés de limon rose, viraient au saumon en descendant dans son lit, jusqu'à se parer, au fond, d'un magenta lumineux.

Je me suis mordu la lèvre, perplexe, et j'ai ressorti la tête pour fouiller du regard les massifs de sauge et la broussaille vert vif. *Se pouvait-il que nous l'ayons dépassée ? Ou qu'elle n'existe plus ?* J'ai revérifié mes calculs. *Non, nous ne pouvions pas l'avoir dépassée… Si ?*

Et puis, soudain, je l'ai vue. Il n'en restait rien d'autre qu'un panneau planté dans le sol, des lettres noires sur un fond blanc : « RED DESERT », semblable à une petite plaque d'information dans un musée. Il n'y avait pas de dépôt, pas de quai, rien que ce panneau et un chemin de terre qui menait à une ferme lointaine, perchée au-dessus d'une ravine asséchée. Juste derrière, on apercevait l'autoroute et, reliée à elle par une sortie désaffectée, une station d'essence abandonnée, dotée de son propre panneau branlant sur lequel on pouvait lire : « SERVICE DU DÉSERT ROUGE. » Cette station avait ouvert et fermé bien après le départ de mon aïeul ; une nouvelle fois, des hommes avaient essayé de maintenir un peu d'activité dans cette zone, mais la spirale annihilante du bassin avait été plus forte.

Quand un panneau cesse-t-il d'être un panneau ?

C'était donc là que Tearho avait passé deux ans de sa vie. Dans quelles circonstances avait-il rencontré Emma ? Qu'avait-il vu en elle, et elle en lui, au milieu des buissons de sauge ? Peut-être ma mère avait-elle découvert leur secret ? Je devais continuer ma lecture.

Je me suis assis à la petite table du motor-home avec le carnet EOE et j'ai sorti mes affaires de dessin. Tandis que nous traversions le Wyoming, j'ai replongé dans le monde d'Emma. Chaque fois que j'en ressentais le besoin, je dessinais une illustration à côté du texte de ma mère. Un jour, nous pourrions publier un livre, elle et moi.

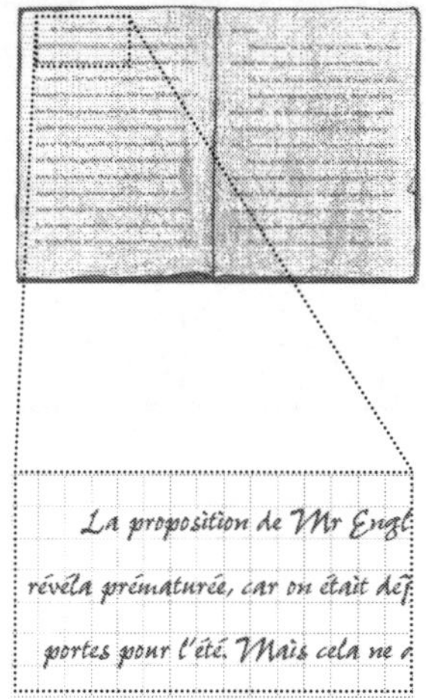

La proposition de M. Englethorpe d'inscrire Emma à l'école Agassiz se révéla prématurée, car on était déjà en juin et l'école allait fermer ses portes pour l'été. Mais cela ne découragea nullement Emma qui, dès qu'elle fut libérée de ses cours au séminaire, commença à se rendre presque tous les jours chez M. Englethorpe. Dans la touffeur du mois de juillet, ils passaient des heures ensemble dans le jardin à dessiner les plantes et, quand il faisait vraiment trop chaud pour qu'ils puissent se concentrer, ils plaçaient sur leur nuque des serviettes fraîches trempées dans de l'eau citronnée et s'allongeaient sur des chaises longues à l'ombre du saule pleureur. Tandis que l'eau lui gouttait dans le cou, Emma écoutait M. Englethorpe lui raconter des histoires sur tous les éléments qui se trouvaient dans la terre.

« Le phosphore, disait-il, est pareil à une femme qui ne sait se satisfaire de ce qu'elle tient entre ses griffes.

— Vous devriez faire un livre avec toutes ces histoires.

— Je suis sûr que quelqu'un s'en chargera un jour. Et je suis sûr qu'il sera perdu au milieu d'une montagne d'autres livres. Nous sommes entrés dans l'ère de la catégorisation. Tous les composants de ce monde seront sans doute décrits d'ici à cinquante ans… disons soixante-dix. Il y a tout de même beaucoup d'insectes, et de coléoptères en particulier. »

Et ils participaient tous les deux à ce grand travail de catégorisation, nommant et étiquetant les orchidées que M. Englethorpe avait rapportées de ses voyages à Madagascar. Il avait expliqué à Emma comment se servir de l'énorme microscope optique qui se trouvait dans son bureau,

Voici l'itinéraire qu'a suivi le train pendant que je lisais le carnet de ma mère. De temps en temps, je levais le nez de ma lecture pour observer notre avancée et je prenais des notes. *Il faut toujours savoir où l'on est :* c'était l'une de mes devises.

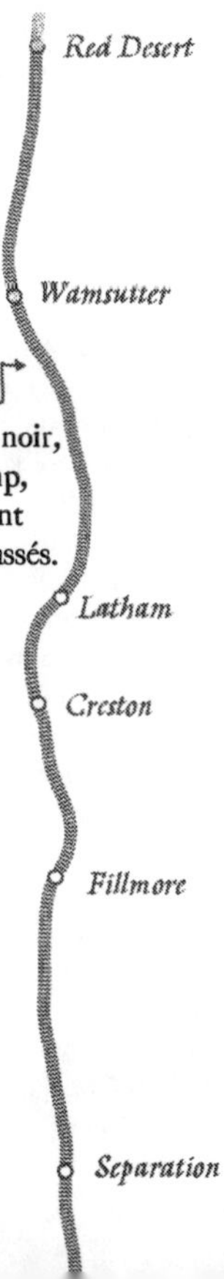

À la sortie de Wamsutter, un cheval noir, tout seul dans un champ, nous a regardés fixement quand nous sommes passés.

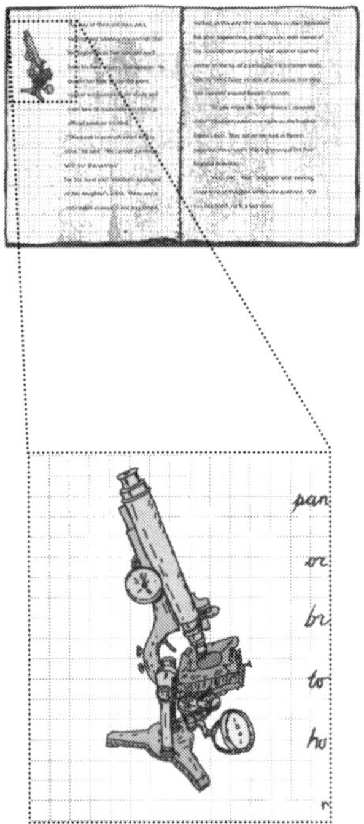

« Il avait expliqué à Emma comment se servir de l'énorme microscope optique qui se trouvait dans son cabinet de travail… »

et lui avait même appris à enregistrer de nouvelles espèces dans le gros livre officiel qui ne quittait pas la pièce.

« Ce livre est autant à toi qu'à moi, lui avait-il dit. Nous devons partager nos découvertes. »

Elizabeth approuvait ces visites à M. Englethorpe. Elle avait remarqué un changement très net dans la démarche d'Emma, et dans son humeur quand elle rentrait le soir à leur triste appartement en sous-sol avec mille choses à raconter sur les schémas réticulaires des nervures des feuilles ou les anthères qui couronnaient les étamines des lis et ressemblaient à s'y méprendre, en plus petit et en plus duveteux, au canoë dans lequel elles s'étaient promenées sur le lac de Boston Common.

« Alors, tu apprécies la compagnie de M. Englethorpe ? » lui demanda-t-elle un soir alors qu'elle lui tressait les cheveux. Elles étaient assises sur leur lit en pyjama de flanelle ; les sauterelles stridulaient au-dehors, dans l'air humide de la Nouvelle-Angleterre.

« Oui… Oh !… Oui ! » s'exclama Emma, sentant que cette question en cachait peut-être une autre. Et toi, l'apprécies-tu ? c'est un excellent homme.

— Tu passes bien des heures chez lui.

— C'est que j'y apprends tant de choses… Par exemple, te souviens-tu de cette idée qu'a eue M. Darwin sur la sélection naturelle des espèces ? Beaucoup de gens aiment cette idée, comme ce monsieur très gentil qui est venu, un certain M. Gray, mais beaucoup continuent aussi de penser qu'il a tort et… Tu n'es pas fâchée que je passe du temps chez M. Englethorpe, n'est-ce pas ?

— Non, bien sûr que non. Je ne souhaite que ton bonheur.

— Et toi, maman, es-tu heureuse ? demanda Emma en s'asseyant sur ses genoux.

— Que veux-tu dire ?

— Eh bien, depuis qu'il est… depuis qu'il a disparu en mer… »

La première fois que j'avais passé un week-end à Bozeman avec le Dr Yorn, il m'avait montré comment me servir du microscope électronique de l'université. Ça, alors, je m'en souviendrai toute ma vie ! Quand nous avions vu apparaître un acarien, nous nous étions topé dans la main en poussant des cris de joie.

Vous imaginez Père me topant dans la main à cause d'un acarien ? Ou Père topant dans la main de qui que ce soit, pour n'importe quelle raison ? Non. Au mieux, il vous donnait un coup d'épaule, et, une seule fois, quand Layton avait abattu un coyote de très loin avec sa Winchester, il avait été tellement content qu'il avait retiré son chapeau et le lui avait flanqué sur la tête en disant : « Bravo, fiston. C' salaud d' coyote viendra plus nous faire suer. » J'avais trouvé ça beau, ce transfert spontané du Stetson du père au fils, même si je savais que jamais ça ne m'arriverait.

Elle ne put terminer sa phrase. Elle leva les yeux avec angoisse, craignant d'avoir franchi quelque limite tacite.

« Je suis heureuse, oui », dit finalement Elizabeth. Toutes deux sentirent soudain la présence des deux Gulliver posés sur l'étagère au-dessus de leur tête. « Nous avons beaucoup de chance, tu sais. Tant de belles choses nous attendent. Et puis, nous sommes là l'une pour l'autre.

— Quel genre de belles choses ? demanda Emma en souriant.

— Eh bien, pour commencer, il y a notre amitié avec M. Englethorpe... Et puis, il y a ton avenir : tu vas grandir, tu vas devenir une belle jeune fille ! Une belle et brillante jeune fille. Tu auras tout Boston à tes pieds !

— Maman ! »

Elles éclatèrent de rire. Elizabeth caressa le nez de sa fille et le pinça gentiment. Emma avait le même nez que son père : pour le rude marin qu'était Gregor, il paraissait beaucoup trop doux, mais, chez Emma, au contraire, son arête légèrement fuselée et la délicate dilatation de ses narines suggéraient une profonde détermination, qui se faisait déjà sentir.

Elizabeth regarda sa fille. Les années avaient lentement tassé les strates de sa mémoire. Comme elle semblait proche, l'époque où elle tenait dans ses bras, à Woods Hole, sur la péniche, cette petite masse fragile et fripée ! Pendant toute la première année de sa vie, Emma avait donné l'impression de vouloir se retirer du monde, comme si elle y était venue trop tôt, et peut-être était-ce le cas. Mais peu à peu le souvenir du nourrisson minuscule s'effaçait pour laisser place à l'image de la fillette aux yeux vifs maintenant assise sur ses genoux, les bras levés, les doigts écartés et ondulant dans l'air comme les tentacules d'une méduse. Elizabeth leva les yeux vers les doigts qui s'agitaient au-dessus de leurs têtes.

Je suis là, maintenant, disaient-ils. *Je suis arrivée.*

Avec une lenteur tortueuse, l'été coulait vers sa fin. Chaque fois qu'une journée se terminait, Emma sentait l'angoisse l'étreindre.

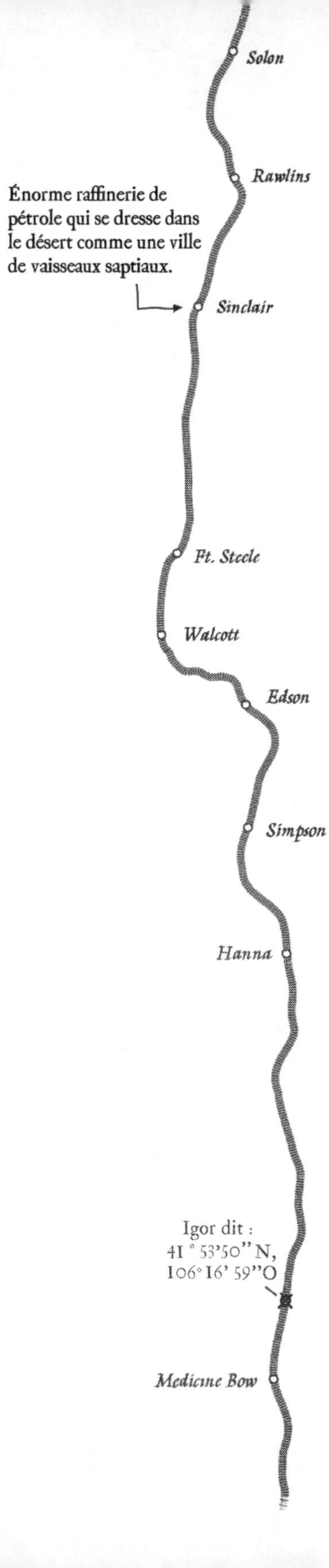

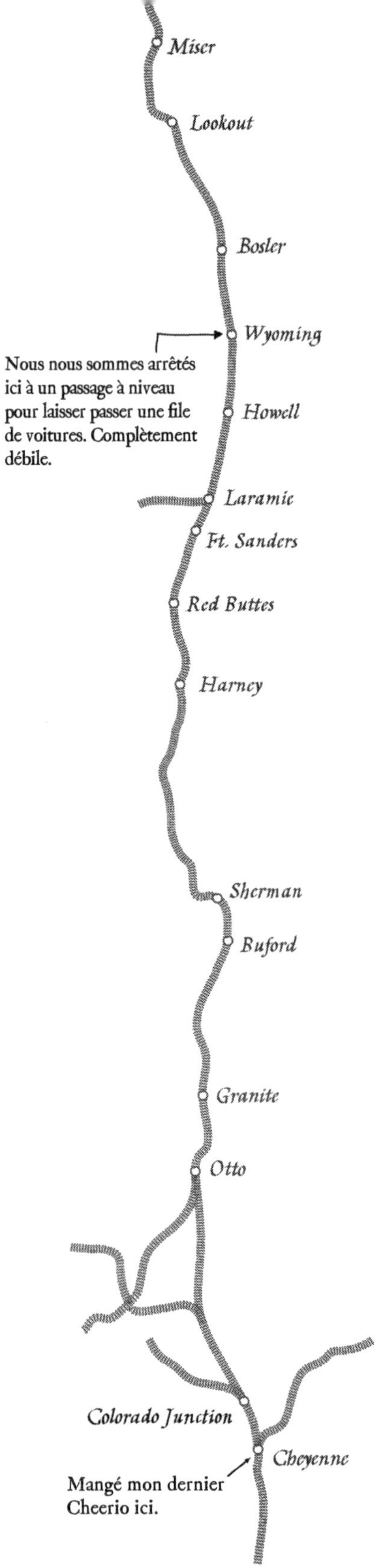

Finalement, un jour d'août où, en fin d'après-midi, elle était assise avec M. Englethorpe sur le petit banc en fer forgé, elle rassembla tout son courage et lui parla.

« Monsieur Englethorpe, pourrez-vous demander au Dr Agassiz s'il veut bien de moi dans son école ? » L'idée de devoir quitter ce jardin magique pour les couloirs sinistres du séminaire et sentir de nouveau les doigts moites d'une nonne contre sa nuque lui était insupportable.

« Bien sûr ! se hâta de répondre M. Englethorpe, la voyant au bord des larmes. Ne craignez rien, mademoiselle Osterville. Chaque matin, vous étudierez dans la grande maison avec les autres jeunes filles, sous la conduite de professeurs triés sur le volet, ainsi que de l'estimé Dr Louis Agassiz lui-même. Et chaque après-midi… eh bien… vous pourrez me rejoindre dans mon humble demeure et m'enseigner tout ce que vous aurez appris le matin. »

Emma sourit. Tout était donc arrangé. Ivre de joie, elle serra M. Englethorpe dans ses bras. « Oh, merci monsieur !

— Monsieur ? »

Il fit claquer sa langue d'un air désapprobateur et tapota ses longs cheveux châtains. À cet instant, tous les regrets et toutes les peines d'Emma s'évanouirent, tous, sans exception, car elle ne pouvait imaginer vie plus parfaite que celle qui allait bientôt être la sienne.

Mais elle se réjouissait trop vite. Quelques jours plus tard, Joséphine contracta la tuberculose et Elizabeth eut soudain besoin de son aide à la boutique. La petite fille passa donc une semaine et demie loin du jardin de M. Englethorpe, ce qui lui parut intolérablement long. Lorsque sa mère, enfin, consentit à lui laisser un après-midi de libre, elle fila sans attendre à Quincy Street. À son arrivée, elle trouva la porte de la maison d'hôtes ouverte.

« Il y a quelqu'un ? » appela-t-elle.

Elle traversa l'enfilade de pièces d'un pas hésitant. M. Englethorpe était assis à son bureau et grattait le papier avec frénésie. Elle ne l'avait jamais vu aussi pâle et ébranlé. Un bref instant, elle se demanda s'il avait attrapé la tuberculose comme Joséphine, si tout le monde était tombé malade et allait se mettre à cracher ses poumons. La bouche sèche, elle se planta au milieu de la pièce et attendit.

Il cessa d'écrire, fit le geste de reprendre, puis posa sa plume. « Il est fou ! Comment peut-il… ? » Puis il aperçut Emma. « J'ai essayé.

— Que voulez-vous dire ? Êtes-vous souffrant ?

— Oh, ma chère enfant… »

M. Englethorpe secoua la tête. « Il m'a affirmé qu'il ne restait plus une seule place dans l'école. Mais je n'en crois pas un mot. Pas un mot ! C'est ma faute, je lui ai posé la question au mauvais moment, nous étions en train de… de nous disputer au sujet de ce, ce… Je suis désolé, mon enfant. Vraiment désolé.

— Que voulez-vous dire ? répéta Emma, qui sentait soudain tout son entrain l'abandonner.

— Bien sûr, tu pourras toujours venir chez moi l'après-midi, si tu le désires… »

Elle n'entendit pas la suite. Elle s'enfuit. Sur le perron de la grande maison, un groupe de fillettes discutaient avidement ; elles se turent à son passage, puis éclatèrent de rire. Mortifiée, Emma redoubla sa course dans les allées de Harvard Yard, déboucha sur la grand-place, se fraya un chemin dans son tumulte de tramways et de vendeurs ambulants. Elle sanglotait à perdre haleine. Les larmes ruisselaient sur son menton et, rassemblées dans le creux de son cou, s'infiltraient sous le galon de dentelle rose qui bordait le haut de sa robe.

Elle se promit de ne plus jamais retourner dans ce jardin.

Ses cours au séminaire pour filles de Somerville reprirent dès la semaine suivante. L'école se révéla encore pire que dans son souvenir.

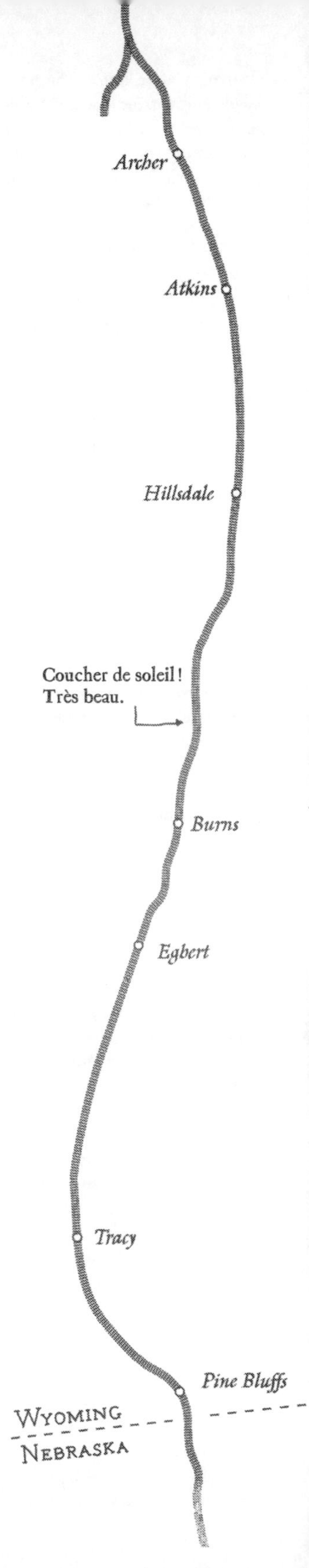

Après un été passionnant, illuminé de véritables découvertes scientifiques (M. Englethorpe l'avait même laissée nommer sa propre espèce d'orchidée, *Aerathes ostervilla* !), elle devait de nouveau subir les rabâchages soporifiques de vieilles bonnes sœurs qui ne semblaient même pas se soucier de ce qu'elles rabâchaient.

Pauvre, pauvre Emma. Se pouvait-il vraiment que le séminaire ait été aussi terrible ? Si je devais parler de mon propre rapport à la religion, je crois que je me décrirais comme un satellite réticent du bon Dieu. Père aurait bien aimé nous faire prendre des cours de catéchisme, mais Gracie avait protesté si violemment quand il avait émis cette idée (*cf.* la crise de colère de 2004) qu'il avait dû y renoncer. Notre famille était peu pratiquante ; mis à part quelques originalités de Père, qui caressait quotidiennement ses crucifix et massacrait les Écritures quand il essayait de nous faire la morale, les manifestations volontaires de notre piété se limitaient à notre visite dominicale à l'église de Big Hole, pour le sermon du révérend Greer.

Je ne veux pas dire que je n'aimais pas l'église. À la différence des nonnes du séminaire pour filles de Somerville, le révérend Greer était adorable. Aux funérailles de Layton, il avait parlé de sa mort de façon si douce et si réconfortante que Gracie et moi nous étions pris la main au milieu de son sermon sans même nous en rendre compte. Ensuite, chez nous, à la réception, il m'avait laissé gagner au rami. Puis, une fois que ma mère avait fini de recevoir les condoléances de tout le monde, il l'avait emmenée dans la cuisine pour lui parler. Elle était revenue très rouge, les joues pleines de larmes, mais appuyée sur l'épaule du révérend avec une confiance et un calme que je ne lui avais jamais vus avec personne.

Père, quant à lui, se servait du révérend comme d'une sorte de quatrième axe de la Sainte Trinité. En accord avec sa pratique inégale et sélective de la religion, lorsqu'il voulait situer un acte dans un système de coordonnées morales, il évoquait le révérend Greer et Jésus de manière interchangeable. Il pouvait dire un jour : « Layton, ess' que Jésus vol'rait un biscuit ? » et le lendemain : « Layton, ess' que le révérend Greer laiss'rait traîner son slip dans la cuisine ? J' peux t' dire que non, fiston. Alors vire-moi ça d' là avant que j' te botte le derrière. »

Pendant tout le mois de septembre, Emma vécut au ralenti, sans volonté, levant la main quand on l'y incitait, se mettant en rang quand les autres filles le faisaient, et marmonnant trois fois par jour les hymnes à la chapelle (quand elle ne répétait pas en boucle « pamplemousse, pamplemousse »). Elle mangeait de moins en moins. Elizabeth, inquiète, lui demanda pourquoi elle ne rendait plus visite à M. Englethorpe. Emma se taisait.

« Il m'a prié de te dire qu'il était désolé, reprit Elisabeth. Et il a proposé que tu ailles le retrouver après l'école. Tu ne dois pas te montrer impolie avec lui, Emma. Il ne nous doit rien, et il est pourtant si affable…

— Tu l'as revu ? demanda la fillette, alarmée.

— Emma, c'est un homme bon. Et il t'aime sincèrement. Que veux-tu de plus ?

— Je ne veux pas… Je… Je… »

Mais sa résistance s'émoussait.

M. Englethorpe leur rendit visite le lendemain soir.

« Emma, je regrette que tu n'aies pu entrer dans l'école d'Agassiz. Mais peut-être est-ce préférable. Tu es une petite scientifique exceptionnelle, et je te donne ma parole que je te formerai bien mieux qu'il n'aurait su le faire. Au moins, nous serons tranquilles. Il ne risquera pas de t'inculquer ses idées pernicieuses. Veux-tu venir chez moi demain après-midi ?

— Je ne peux pas, dit Emma en fixant la table. Nous avons des activités l'après-midi.

— Des activités ? »

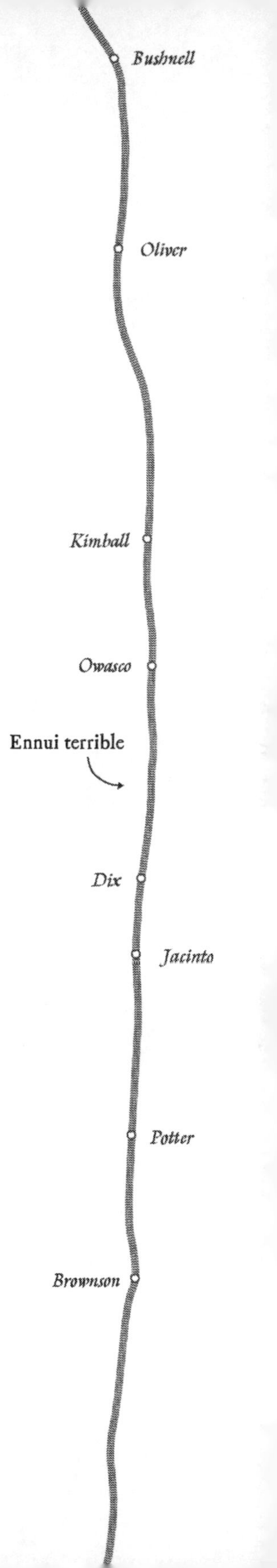

Emma acquiesça de la tête. Les activités de l'après-midi au séminaire de Somerville comprenaient le catéchisme, les arts culinaires et l'éducation physique, qui semblait se résumer à une promenade dans le parc au cours de laquelle les filles, raquette de badminton à la main, cancanaient et pouffaient de rire sous l'œil désapprobateur de sœur Hengle.

« Il y a toujours une façon de contourner les règles institutionnelles, crois-moi, dit M. Englethorpe. Je suis devenu expert en la matière. »

Le lendemain soir, il revint avec une lettre, signée d'un médecin, certifiant qu'Emma était atteinte d'une étrange maladie nommée « ostéopélénie » ou « maladie des os sournois » qui lui interdisait de se livrer à la prière ainsi qu'à toute forme d'exercice physique. « Ce serait très dangereux », dit-il d'une grosse voix pleine d'autorité médicale, en gardant aussi longtemps qu'il le put le visage grave, avant d'éclater de rire.

Emma craignait que le recteur Mallard ne demande confirmation du diagnostic auprès d'un autre médecin, mais, lorsqu'il la convoqua dans son bureau, il l'assura simplement de sa compassion face à une maladie aussi débilitante et la libéra pour la journée, sans savoir qu'il l'envoyait directement au jardin secret.

« Ma petite malade aux os sournois ! » s'exclama M. Englethorpe en lui ouvrant la porte. Il est bien facile à duper, ton recteur, dis-moi !

— Pourrais-je... », balbutia Emma.

Un rêvé avait hanté sa nuit : elle poussait le portail de Quincy Street et se trouvait aussitôt assaillie par une bande de filles qui chantaient méchamment son nom, *Emma, Emma Osterville, personne ne veut d'elle, c'est une imbécile.*

« Oui ?

— Peut-on... accéder au jardin par une autre porte que celle de devant ? »

M. Englethorpe la dévisagea un instant sans comprendre, puis son visage s'éclaira. « Ah, je vois, dit-il. Les grands esprits se rencontrent.

J'ai justement mis en place un accès dérobé au fond du jardin, pour les jours où je suis un peu… en froid avec mon hôte. »

Ainsi, la formation d'Emma reprit. Tous les après-midi, elle faisait basculer une planche secrète dans la palissade et se glissait dans le jardin calme et solitaire. Avec l'aide de M. Englethorpe, elle apprit à se servir correctement d'une boussole, d'un sextant, d'un télescope, d'un filet à insectes, d'un bocal à cyanure. Ils montèrent et étiquetèrent, pour son cours de sciences naturelles, une vaste collection de coléoptères récoltés en bordure d'un champ en jachère. Ce travail lui valut les louanges de sœur McGathrite, son professeur, mais suscita chez ses camarades bien des regards perplexes. Il devenait évident pour toutes les filles de sa classe qu'Emma, avec ses os sournois et son obsession des plantes et des bestioles bizarres, n'était pas du tout comme elles. Elle ne s'intéressait même pas aux garçons !

M. Englethorpe lui fit découvrir le système de classification de Linné et lui conseilla d'être attentive en cours de latin, car c'était la langue des sciences. Ensemble, ils étudièrent dans le détail plusieurs familles de pinsons. Cela semblait être la spécialité de M. Englethorpe, même si Emma s'aperçut vite qu'il s'intéressait plus ou moins à toutes les disciplines, de la médecine à la géologie en passant par l'astronomie. C'était un homme d'esprit universel, et, en apprenant à son contact, Emma en vint à voir la science moins comme une simple collection de disciplines, parmi lesquelles elle aurait dû choisir un domaine d'expertise, que comme un mode d'approche et d'interrogation du monde affectant sa conscience tout entière. M. Englethorpe était animé d'une curiosité scientifique sans limites qui l'accompagnait partout, de la buanderie au laboratoire, comme s'il avait été chargé par une puissance supérieure de démêler le grand nœud de l'existence. En fait, sa ferveur dans l'accomplissement de cette mission ne paraissait pas très éloignée de la dévotion religieuse que le recteur Mallard exigeait de ses jeunes élèves « afin que

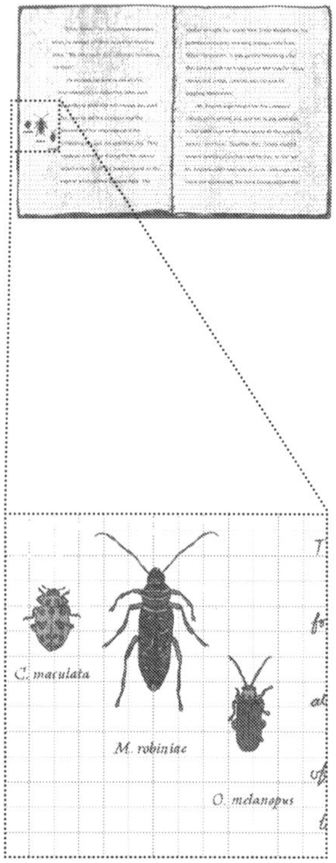

« Ce travail lui valut les louanges de sœur McGathrite, son professeur, mais suscita chez ses camarades bien des regards perplexes. »

Oh, je les connaissais, ces regards. Ils m'étaient toujours lancés par lots, comme si, à partir du moment où l'un des élèves (Éric, en général) se mettait à me dévisager, les autres s'y sentaient eux aussi autorisés, et ensuite c'était à celui qui ferait le meilleur bruit de prout ou sortirait la meilleure vanne pour impressionner les filles. Au fond, les humains ne sont pas très différents des animaux.

de jeunes hommes puissent voir en vous de bonnes chrétiennes, saines d'esprit et de corps, qu'ils voudront demander en mariage ».

Pourtant, au quotidien, Emma était de plus en plus troublée par les contradictions qu'elle remarquait entre le monde de la religion et celui de la science. Tout ce qu'elle apprenait le matin, qu'elle s'imprégnât des enseignements de la Bible ou des superstitions personnelles des sœurs (« On ne doit jamais prendre de bain en plein jour », affirmait sœur Lucille), était, d'une certaine manière, remis en cause par les observations factuelles très précises dont M. Englethorpe remplissait, de son écriture nerveuse, les pages de son journal. L'examen et la description du filet d'une étamine lui semblaient à mille lieues des grandioses proclamations du Seigneur : « Tout reptile qui rampe sur la terre est une abomination », disait-Il à Moïse au quatrième verset du Lévitique. « Car je suis l'Éternel, qui vous a fait monter du pays d'Égypte, pour être votre Dieu, et pour que vous soyez saints, car je suis saint. » Comment pouvait-Il affirmer que tout reptile était une abomination ? Où étaient Ses preuves ? Où étaient Ses notes de terrain ?

Malgré son indépendance, M. Englethorpe lui-même était loin d'ignorer la place qu'occupait la religion dans le monde de leur époque. Emma le voyait souvent ressortir de la grande maison dans un état de nervosité extrême ; il faisait les cent pas, gesticulait comme un marionnettiste, puis finissait par la rejoindre dans la maison d'hôtes. Ils passaient alors plusieurs minutes à travailler en silence, et, incapable de contenir son exaspération, il se lançait dans une harangue sur la sélection naturelle, l'obstination insensée d'Agassiz et le conflit entre la science « pure » et la *Naturphilosophie* personnelle de son ami, qui voyait partout le signe d'une intervention divine.

« En théorie, avait-il expliqué à Emma en piétinant rageusement le gravier de l'allée, la religion et la science contiennent l'une comme l'autre un principe intrinsèque d'adaptation. C'est ce qui permet à leurs idées de se

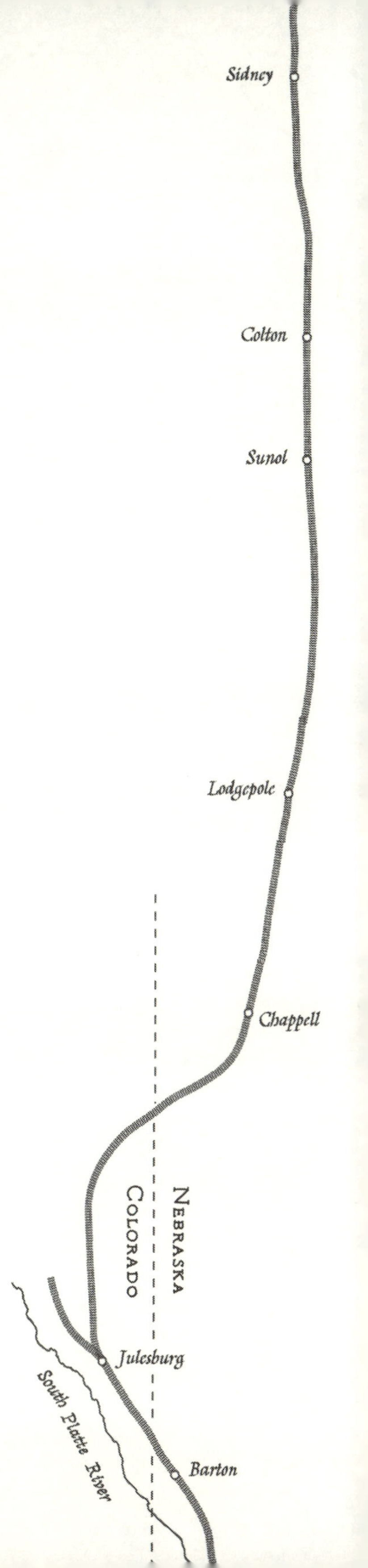

répandre : elles admettent de nouvelles interprétations. Du moins, c'est ainsi que j'imagine la religion dans un monde idéal. Je sais que certaines personnes, si elles m'entendaient, m'accuseraient d'hérésie et aimeraient me voir lyncher par une foule en furie. Mais ce que je voudrais bien savoir, c'est comment on peut mettre toute sa foi dans un seul texte qui n'a jamais été révisé ni amélioré. Un texte est évolutif par nature.

— Mais s'il est déjà parfait ? demanda Emma. Sœur Lucille dit que tout ce qui est dans la Bible est vrai, parce que c'est la parole de Dieu, qui a parlé directement à Moïse. Il n'a pas pu se tromper, n'est-ce pas ? Puisqu'Il est le Créateur…

— La perfection n'existe pas, la coupa M. Englethorpe. On peut juste s'en approcher. Je suis sûr que sœur Lucille est une excellente femme qui ne veut que ton bien…

— Oh non.

— Du moins, qui croit dire la vérité. Mais, à mes yeux, on ne peut faire plus grand honneur à un texte qu'en le reprenant, en réexaminant son contenu et en se demandant : « Ceci est-il toujours vrai ? » Lire un livre puis l'oublier n'a aucun intérêt. Mais lire un livre et le relire, ce qu'on ne fait qu'avec les grands livres, c'est montrer qu'on a foi dans le processus d'évolution.

— Alors pourquoi n'en écrivez-vous pas un, vous, de livre ?

— Je devrais peut-être, murmura M. Englethorpe, songeur. Mais je ne saurais lesquels de mes travaux y inclure. Et je craindrais que personne ne le lise… sans parler de le relire et de le juger digne de révision. Comment savoir quels textes modèleront notre compréhension du monde dans les années à venir, et quels textes seront oubliés ? Oh ! C'est un risque que je ne peux prendre. »

Emma se tut : elle se sentait encore trop attachée à l'Église pour renoncer spontanément à certaines de ses pratiques. Même si elle rejetait la plupart des principes qui régissaient ses études au séminaire, elle trouvait dans l'austérité familière de la vieille institution une sorte de réconfort. Mais l'influence de M. Englethorpe, qui était devenu à la fois son meilleur ami et son mentor, allait peu à peu se faire sentir. En lui enseignant ses méthodes et sa manière d'aborder les questions d'hérédité, de structure, de catégorisation, il allait la préparer, lentement mais sûrement, à reprendre le flambeau qu'il voulait lui transmettre. Comme lui, elle allait devenir empiriste, exploratrice, scientifique et sceptique.

De nouveau, dans la marge :

Appeler Terry

Que signifiaient tous ces coups de fil au Dr Yorn ? Je ne croyais pourtant pas les avoir entendus parler très souvent au téléphone. Ma mère avait dû oublier de suivre son premier pense-bête. À moins qu'elle ait un téléphone secret caché quelque part, relié directement à la maison du Dr Yorn.

Il fallait dire qu'Emma, en plus d'être une collectionneuse passionnée, s'était vite révélée extrêmement douée pour la classification et la description des innombrables échantillons qu'elle récoltait. Son carnet de croquis ne tarda pas à rivaliser, dans son souci du détail, avec celui de son maître, et lorsqu'elle se livrait avec lui à l'examen minutieux de certains spécimens, à la loupe ou sous la lentille du microscope, elle l'impressionnait par sa patience infinie.

Je comprenais encore mieux, maintenant, pourquoi ma mère regrettait de ne pas posséder plus de documents anciens en lien avec la vie d'Emma. Je voulais le voir, son premier carnet de croquis ! Je voulais le comparer aux miens et voir si nous dessinions les mêmes choses.

Que pouvait être devenu ce carnet ? Qu'advenait-il de tous les petits objets qui faisaient l'histoire de ce monde ? Certains, je le savais, rejoignaient les réserves de musée, mais qu'arrivait-il à toutes les vieilles cartes postales, aux photographies, aux plans tracés sur des serviettes en papier, aux journaux intimes scellés par de petits cadenas ? Est-ce qu'ils brûlaient dans des incendies ? Est-ce qu'ils étaient vendus dans des vide-greniers pour 75 cents ? Ou est-ce qu'ils finissaient simplement par tomber en poussière, comme toute chose en ce monde, les petites histoires secrètes qu'ils renfermaient s'effaçant, s'effaçant puis disparaissant à jamais.

Bientôt, Elizabeth commença elle aussi à rendre des visites beaucoup plus fréquentes à M. Englethorpe. Lorsqu'elle avait fini sa journée à la boutique de fleurs, elle rejoignait Emma et son professeur dans le jardin et, toujours discrète, se contentait de les regarder travailler. Du coin de l'œil, tout en dessinant, Emma voyait M. Englethorpe se rapprocher presque timidement de sa mère, assise sur le banc de fer forgé dans la lumière déclinante. Ils parlaient, riaient, et leurs éclats de voix s'éparpillaient dans la pénombre du jardin, perçaient les entrelacs assombris des glycines, retombaient dans les fougères. L'eau du petit bassin se ridait de vaguelettes.

M. Englethorpe était différent quand sa mère était là. « Il est moins lui-même, chuchota Emma à son carnet de croquis. Il est beaucoup plus nerveux, avec elle… »… *qu'avec moi*, avait-elle envie d'ajouter.

Quand il commençait à faire trop sombre pour qu'elle puisse dessiner, M. Englethorpe revenait jeter un œil à ses croquis. C'était étrange de le voir changer de rôle ainsi. Même si Emma souhaitait que sa mère soit heureuse, et qu'il soit heureux lui aussi, elle éprouvait un sentiment d'exclusivité de plus en plus fort à son égard – elle n'avait aucune envie de le partager avec qui que ce soit.

Il est à l'aise avec moi. Toi, tu l'embarrasses.

Elle savait qu'elle devait supporter la présence de sa mère si elle voulait continuer à passer ses après-midi avec M. Englethorpe, même si cela signifiait que chaque fois, à l'arrivée d'Elizabeth, elle entendrait la voix suave, pleine d'intelligence de son maître perdre de sa vigueur, et verrait ses mains soudain tremblantes lâcher la pince à disséquer.

« Merci… merci d'être venue encore une fois, avait-il dit à sa mère. C'est… » La phrase restait en suspens. La tension qui éraillait la voix de M. Englethorpe peinait Emma, mais pas à cause du malaise qu'elle révélait, du ridicule des mots engloutis par l'angoisse – non : à cause du torrent de sentiments qui bouillonnait sous la surface du langage. Pourquoi se transformait-il ainsi en présence de sa mère ? Qu'avait donc fait Elizabeth pour provoquer une réaction aussi puissante et mystérieuse chez un tel homme ?

Un jour d'automne, alors que, assise seule dans le jardin, elle dessinait une feuille de chêne tombée à terre, elle entendit quelqu'un approcher sur le gravier. Elle leva les yeux et aperçut sa mère qui marchait sous une ombrelle. Depuis quand possédait-elle cette ombrelle ? Était-ce un cadeau de M. Englethorpe ? Emma se sentit rougir de colère. Puis elle se rendit compte qu'elle se trompait : ce n'était pas sa mère qui s'avançait vers elle, mais une dame plus jeune qui lui ressemblait beaucoup, malgré des joues plus rondes et un plus petit menton.

Emma la regarda approcher sans bouger.

« Bonjour, dit la jeune dame.

— Bonjour.

— Êtes-vous la petite protégée d'Orwin ?

— Pardon ?

— Le Dr Agassiz m'a dit qu'Orwin avait une élève à lui ici. Comment vous appelez-vous ?

— Emma. Emma Osterville.

— Eh bien, mademoiselle Osterville, je dois dire que je ne comprends pas pourquoi il ne vous a pas fait entrer dans mon école. Mais enfin cet homme est une énigme. »

Elle se tut, regarda le jardin. Emma s'efforçait de ne pas la dévisager.

« Si Orwin devient trop difficile à supporter, venez me trouver. Nous prendrons de nouvelles dispositions. Où êtes-vous inscrite ?

— Pardon ?

— Votre école. À quelle école allez-vous ?

— Ah, au séminaire pour filles de Somerville, dans le quartier de Powder House.

— Et comment vous y trouvez-vous ?

— Oh, très bien. »

Face à cette volée de questions, Emma était sur la défensive.

« Hm, dit la jeune dame en pinçant les lèvres. Bien, j'espère que vous appréciez les fruits de notre petit jardin. Au revoir. »

Comme la jeune femme repartait, elle croisa M. Englethorpe qui sortait de la maison d'hôtes. Ils échangèrent quelques mots. La dame fit un peu tourner son ombrelle, puis reprit son chemin.

« Qui était-ce ? demanda Emma à M. Englethorpe quand il l'eut rejointe.

— Oh, tu n'avais jamais rencontré Mme Agassiz ? dit-il sur un ton distrait. C'est elle qui dirige l'école.

— Elle a dit… que je pouvais peut-être… »

Mais elle n'osa pas continuer.

« Je crois qu'elle ne m'aime pas beaucoup, reprit M. Englethorpe. Elle dit que je donne la migraine à son mari. Ce qui est sans doute vrai.

— Moi, c'est elle que je n'aime pas beaucoup », dit Emma.

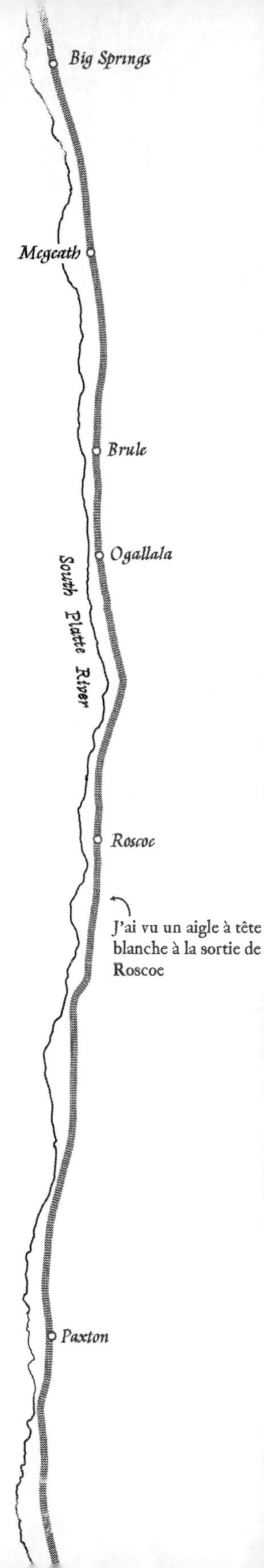

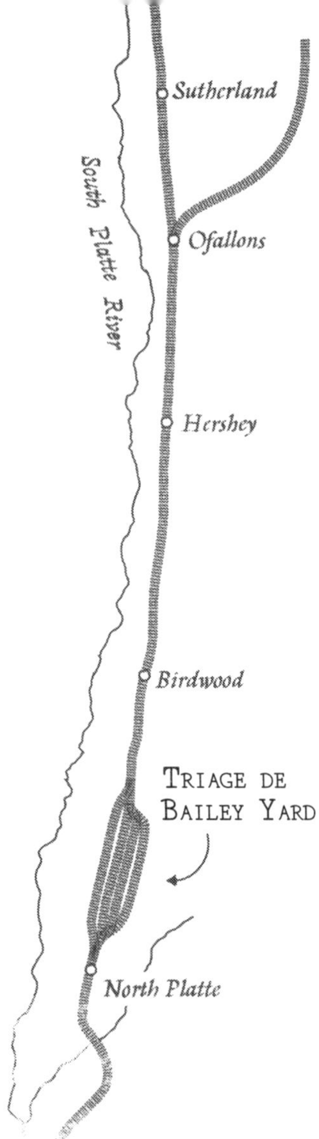

M. Englethorpe sourit. « Ah, toi, il vaut mieux t'avoir avec soi que contre soi, n'est-ce pas ? Il faut que je prenne garde à ne pas te contrarier. »

Un samedi, au milieu du mois d'octobre, M. Englethorpe emmena Elizabeth et Emma dans les collines de Concord pour découvrir la forêt dans ses nouveaux atours d'automne.

« Admirez les anthocyanines à l'œuvre dans les feuilles ! s'exclama-t-il comme ils longeaient en calèche un océan de bordeaux, de brun orangé et de jaune d'or mêlés. N'est-ce pas miraculeux ? »

Ils firent halte dans un verger où Elizabeth remplit un panier de pommes tandis qu'Emma et M. Englethorpe étudiaient la composition rocheuse du sol et prélevaient des échantillons.

« C'est à l'automne que le cycle des saisons se révèle à nous avec le plus d'évidence, dit M. Englethorpe. On sent presque la terre s'incliner, détourner légèrement sa face des rayons du soleil, et les arbres, percevant ce glissement, initient à leur tour un procédé chimique extraordinaire, qui demeure par certains aspects une énigme pour la science moderne. Mon jour favori, chaque année, est celui de l'équinoxe d'automne, quand tout est suspendu dans une transition parfaite, comme si l'on avait jeté une balle en l'air – à l'intérieur de la calèche, il jeta en l'air une balle imaginaire et tous les yeux suivirent son mouvement – et qu'elle se fût immobilisée au sommet exact de sa course. Et comme, bien sûr, la balle de la nature se meut bien plus lentement que celle que nous lançons de notre main, elle nous offre, non pas un instant, mais toute une journée de magie !

— Mais en automne, tout meurt ! Ces feuilles sont mortes, dit Emma en désignant le chemin couleur d'ambre qui craquait sous les roues de leur calèche.

— Ah, mais la mort est belle, ma chère ! La mort, c'est la Grande Récolte ! C'est cette immense épidémie qui nous nourrit. L'évolution repose sur la mort autant que sur la vie. »

Lors de cette excursion à Concord, Elizabeth avait bien apporté sa loupe et sa petite pioche, mais elle ne prenait pas autant de plaisir que sa fille à récolter des spécimens.

« Est-ce vraiment utile ? », demanda-t-elle au déjeuner.

Ils étaient assis tous les trois sur une nappe à carreaux rouges et blancs, sous les sycomores de Concord, et sirotaient une limonade préparée par M. Englethorpe.

« Quoi donc ?

— Tout ceci, dit-elle en désignant leurs carnets et les instruments de mesure éparpillés près du panier de pique-nique.

— Mère ! » s'indigna Emma.

C'était à son tour de s'horrifier de l'impertinence d'Elizabeth. « Bien sûr que c'est utile ! » Puis, saisie tout à coup par le doute, elle implora son compagnon de récolte : « N'est-ce pas ? »

M. Englethorpe parut d'abord décontenancé, puis il éclata de rire. Il tomba sur l'herbe et renversa sa limonade sur son pantalon. Il se mit à rire encore plus fort.

Emma et Elizabeth se regardaient sans comprendre.

Le fou rire de M. Englethorpe ne passait pas. Chaque fois qu'il rajustait son nœud papillon ou lissait les plis de sa redingote, il recommençait à glousser et ne parvenait plus à se calmer. À force de voir cet homme, d'ordinaire si posé, dominé ainsi par le rire, Emma et Elizabeth se laissèrent à leur tour gagner par l'hilarité, comme si rire était la seule chose au monde qu'on pût faire à cet instant, sur cette pelouse.

Puis, finalement, au terme de ce qui leur sembla un long rêve – baigné de la vive lumière de leur joie et imprégné de l'intimité muette qui naît seulement de ces explosions de rire collectives et sans retenue –, quand le calme fut revenu et que l'on n'entendit plus que le vent dans les sycomores, et les chevaux, dans les prés voisins, qui arrachaient

Dans la marge, ma mère avait fait un nouveau gribouillage :

Je me suis arrêté net. Qu'est-ce que ça voulait dire ? Qu'elle n'était pas amoureuse de Père ? Qu'elle ne l'avait jamais aimé ? Mes yeux se sont mis à chauffer. J'ai failli balancer le carnet à l'autre bout du motor-home.

Pourquoi tu t'es mariée avec lui si tu ne l'aimais pas ? avais-je envie de crier. *On ne devrait pas avoir d'enfants avec quelqu'un qu'on n'aime pas.*

J'ai pris une grande inspiration. Ils s'aimaient, ils s'aimaient, ils s'aimaient. Ils s'aimaient *forcément*, n'est-ce pas ? À leur manière, sans jamais parler de rien, ils s'aimaient, même s'ils ne le savaient pas eux-mêmes.

N'est-ce pas ?

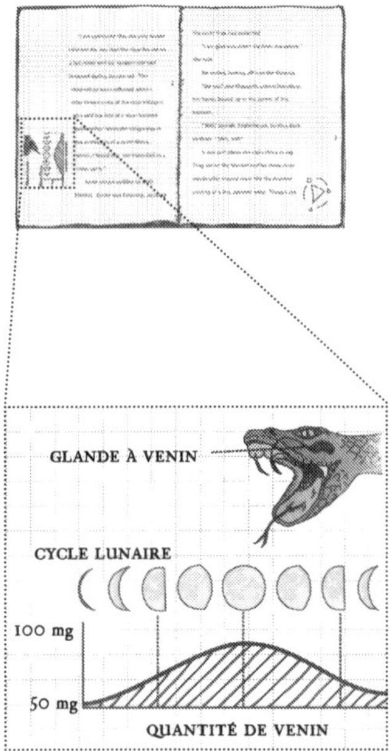

« Je suis convaincu que si je ne suis pas mort quand cette sale bête m'a mordu, c'est parce que c'était la nouvelle lune. »

Moi aussi, j'étais content que M. Englethorpe ait survécu à cette morsure de vipère. S'il était mort, il n'aurait pu devenir le professeur d'Emma et renverser ainsi le premier domino qui allait précipiter tous les autres à sa suite, et mon père ne serait pas né et je ne serais pas né, et Layton ne serait pas né, et Layton ne serait pas mort, et je n'aurais pas dessiné mes croquis, et je ne les aurais pas envoyés au Smithsonian et Jibsen n'aurait pas téléphoné et je n'aurais pas volé ce carnet et je ne serais pas monté dans ce train et je ne serais pas en train de lire à cet instant le récit de cette morsure de vipère. Oh, toutes ces possibilités et non-possibilités me donnaient mal au crâne.

l'herbe vigoureuse et frappaient le sol par à-coups pour chasser les mouches, M. Englethorpe dit doucement :

« Je ne puis affirmer que c'est utile. »

Cette réponse stupéfia Emma. « Mais... ça ne peut pas être inutile... Que voulez-vous dire ? » Elle avait les larmes aux yeux.

« Oh, bien sûr, ça a son intérêt, se hâta de préciser M. Englethorpe. C'est important, bien sûr. Mais c'est le mot "utile" qui me chiffonne. Toute ma vie, ce mot m'a tracassé. Voyager, par exemple, est-ce "utile" ? Je n'en suis pas certain, mais bon Dieu – excusez mon langage, ma jeune séminariste –, bon Dieu que c'est passionnant ! »

Emma sourit à travers ses larmes. Elle s'essuya les joues. Déjà, M. Englethorpe leur contait un nouvel épisode de ses aventures en Papouasie-Nouvelle-Guinée.

« Un jour que je cherchais des phasmes dans la forêt tropicale, je me suis fait mordre par une vipère. Et je suis convaincu que si je ne suis pas mort quand cette sale bête m'a mordu, c'est parce que c'était la nouvelle lune, et que la concentration de son venin est au plus faible à cette période. Des villageois que j'ai interrogés plus tard ont confirmé cette hypothèse en me disant que la morsure des vipères devenait beaucoup plus "douce" quand le village était protégé par la danse des esprits, laquelle, ai-je découvert, coïncidait toujours avec le début du cycle lunaire. »

Des chevaux passèrent à l'amble près de leur nappe à carreaux. Emma écoutait l'histoire en empilant les pierres qu'elle avait ramassées.

« Je suis contente que vous ne soyez pas mort », dit-elle.

Il sourit et détourna le regard vers le lointain.

« Moi aussi, souffla Elizabeth, les mains entortillées dans le coin de la nappe.

— Tant mieux, dit M. Englethorpe en se retournant vers elle. Tant mieux, tant mieux. »

Ils n'avaient pas envie d'entendre autre chose à cet instant. Immobiles, ils se turent et laissèrent ces mots graviter, tournoyer autour d'eux, comme une guêpe ivre un soir d'été. Et même s'il allait falloir attendre encore quarante ans pour que soit découverte la structure de l'atome, ils sentaient, tous trois, qu'ils étaient réunis sur cette nappe à carreaux dans une configuration tout aussi élémentaire. Même s'ils n'auraient pu l'exprimer en ces termes, ils étaient pourtant bien semblables à trois électrons en orbite autour d'un noyau commun, unis par la certitude joyeuse de former bientôt une vraie famille.

~ La boîte à ennui ~

J'avais longuement travaillé avec Gracie pour définir et catégoriser ses cinq types d'ennui :

(1) **L'ennui par anticipation.** Quand l'imminence d'un événement empêche le sujet de se concentrer sur autre chose que cet événement et que, par conséquent, il s'ennuie.

(2) **L'ennui par dépit.** Quand le sujet attend qu'un événement ou une activité se déroule d'une certaine manière et que les choses prennent finalement une autre tournure, ce qui le pousse à se replier dans l'ennui.

(3) **L'ennui signifiant.** Ici, l'ennui est moins un état qu'une attitude active de la part du sujet, qui cherche à transmettre un message à ses congénères. Chez Gracie, il se manifestait souvent par de bruyants soupirs, des gestes, comme celui de s'écrouler sur le canapé, suggérant un épuisement total, et la célèbre lamentation : « Oooooh, je m'ennuiiiiie ! »

(4) **L'ennui refuge.** Pour les personnes souffrant d'ennui chronique comme Gracie, la sensation même d'ennui pouvait être d'un grand réconfort dans les moments de solitude ou de détresse.

(5) **L'ennui de monotonie.** Parfois, l'ennui n'était ni provoqué, ni joué, ni dû à une disparité entre les attentes du sujet et le cours des événements. Parfois, sans raison, on commençait à s'ennuyer. Beaucoup d'ennuis se trouvaient rangés par erreur dans cette rubrique fourre-tout, mais j'ai pu constater que la plupart des ennuis de Gracie, si on les décortiquait un peu, relevaient en réalité de l'une des quatre autres catégories.

Chapitre 8

Ne vous méprenez pas : j'avais beau être emballé à l'idée d'illustrer le récit de ma mère, je n'ai quand même pas passé tout mon temps à lire. Je ne suis pas un de ces fondus de lecture. Souvent, son écriture se brouillait devant mes yeux et… oui, je l'avoue, peut-être même que dans ces moments-là je regardais par la fenêtre, bouche ouverte, bavant un peu, complètement abruti. Il m'arrivait aussi de relire la même phrase en boucle pendant un quart d'heure, comme le disque rayé qu'on laisse tourner indéfiniment dans la pièce d'à côté. Et parfois… je commençais même à *m'ennuyer* un peu. C'était une sensation étrange. Ça ne m'arrivait pour ainsi dire jamais. Je trouvais qu'il y avait trop de choses à dessiner dans ce monde pour se laisser glisser dans les limbes du désœuvrement. On ne pouvait pas en dire autant de Gracie : elle possédait un savoir-faire quasi professionnel pour cultiver ces cinq types d'ennui.

Mais à présent qu'un superbe cas d'ennui de monotonie m'était tombé dessus, je me surprenais à fouiller avec un certain plaisir les plis et les replis de cette sensation nouvelle : *Quel était ce poids étrange juste derrière mes lobes d'oreilles ?* Et pourquoi étais-je devenu légèrement schizophrène ? Toute une partie de mon cerveau ne cessait de demander : « On arrive bientôt ? », « Et maintenant ? », « Et maintenant ? », tandis que l'autre ne se demandait rien, puisqu'elle connaissait très bien la réponse à cette question.

J'ai essayé de stopper le défilement du paysage par la force de ma volonté, de paralyser les petits ouvriers qui se relayaient dans mon cerveau pour tourner la manivelle du décor déroulant. Rien à faire : le paysage continuait à défiler avec, me semblait-il, une détermination de plus en plus sadique.

C'était d'autant plus pénible qu'après une journée et demie sur les rails, le balancement syncopé de notre convoi s'était insinué sous ma peau et jusque dans mes muscles, si bien que quand le train freinait brusquement, devant un aiguillage, par exemple, ou dans une petite gare, tout mon corps continuait à tressaillir. Je m'émerveillais de la façon dont mes millions de fibres musculaires s'étaient synchronisées avec le bringuebalement du train, intégrant discrètement sa symphonie en *thackety-thack*. Mon oreille interne avait dû comprendre que ces turbulences allaient durer, et mes muscles avaient réagi en se lançant dans une contredanse complexe faite de frissons et de soubresauts, destinée à m'équilibrer. C'était étrange de voir mes mains s'agiter au-dessus de mon bureau alors que tout autour de moi s'était immobilisé. Le petit labyrinthe de fluide au fond de mon oreille devait fonctionner en surrégime pour m'empêcher de tomber. J'imaginais très bien le labyrinthe commandant à mes muscles :

« Attention, le train s'est encore arrêté !

— Alors on arrête de trembler ? demandait ma main gauche.

— Non, continuez. *Continuez*, j'ai dit. Attendez qu'il…

— Ça commence à me fatiguer, ce jeu, disait ma main droite. J'ai envie de…

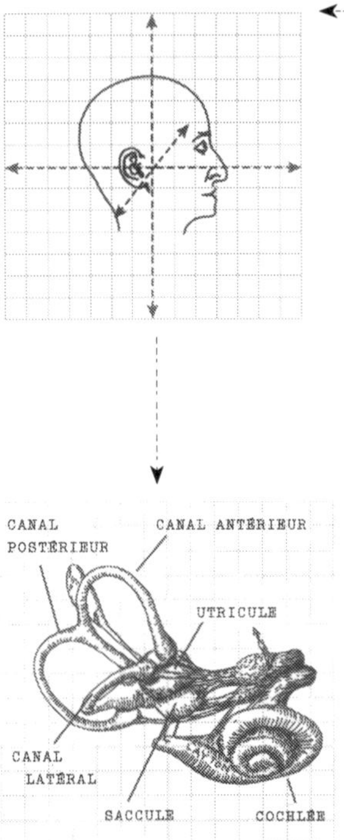

Le labyrinthe de douze ans
Carnet V101

Je comprenais mieux, maintenant, ce que ressentait le cow-boy à la lèvre fendue et aux mains rugueuses quand il descendait de cheval : le contact de la terre ferme devait lui paraître bien curieux après le ballottement organique et cadencé de sa monture. Je pouvais me mettre à sa place, car, dès que le train s'arrêtait, j'attendais avec un mélange d'impatience et de peur qu'il se remette en marche ; je désirais le retour du roulement, tout en m'effrayant des réactions que ce désir déclenchait en moi.

— Et on est repartis ! criait le labyrinthe. Alors, droite : trois cent quatre degrés et deux cinquièmes, *secousse, double secousse, retour* et gauche : quatorze degrés et un cinquième, *double secousse, double secousse, et on tremble.* Voilà, *voilà*, continuez comme ça. »

Et ainsi de suite, un enchaînement complexe de mouvements censés contrebalancer ceux du train, que mes mains exécutaient avec lassitude. C'était comme si mon petit labyrinthe anticipait le tracé exact des rails, du terrain sur lequel nous roulions.

N'était-ce qu'improvisation de la part de mon oreille interne, ou bien possédais-je, comme j'en avais l'intuition, une carte de cet endroit cachée au fond de mon cerveau ? Je me demandais souvent si nous ne naissions pas tous avec la connaissance de tout : de la déclivité de chaque colline, de la courbe de chaque rivière, des ondulations ciselées de chaque rapide et de l'immobilité vitreuse des eaux calmes. Peut-être connaissions-nous en fait la pigmentation des iris de tous nos semblables, le dessin exact des pattes-d'oies sur les tempes de tous les vieillards, le réseau de lignes envolutées de toutes les empreintes digitales, de toutes les clôtures, de toutes les pelouses, de tous les arrangements de fleurs en pot, et puis la réticulation des allées de gravier, l'enchevêtrement des rues, l'efflorescence des autoroutes et des rampes de sortie, des étoiles, des planètes, des supernovas et des galaxies lointaines… Oui, peut-être avions-nous dans la tête une carte exacte et très précise de toutes ces choses, mais aucun moyen d'y accéder consciemment. Et peut-être, à travers les efforts de mon labyrinthe pour neutraliser les effets ballotants du relief, étais-je justement en train d'entrevoir pour la première fois cette connaissance subconsciente de tous les endroits où je n'étais jamais allé.

« *Tu déraillles,* ai-je dit. C'est juste ton corps qui panique à force d'être secoué. Il ne sait pas quoi faire d'autre. » J'ai essayé de reprendre ma lecture, mais je n'arrêtais pas de penser à cette carte secrète. J'espérais vraiment qu'elle existait. En fait, je crois que je l'espérais depuis le début de ma vie de cartographe, depuis le jour où j'avais dessiné le mont Humbug et la façon dont on pouvait monter à son sommet pour serrer la main de Dieu.

J'ai regardé par la fenêtre les buttes et les canyons qui se fondaient de vallée en vallée en un panorama sanglant. S'il y avait réellement une carte du monde au fond de ma tête, comment pouvais-je y accéder ? J'ai essayé de loucher un peu, comme pour voir les images en trois dimensions dans les livres de *L'Œil magique*. J'ai essayé de laisser le relief cortical de mon subconscient épouser celui du terrain. J'ai placé M. Igor GPS près de ma tête et il a trouvé sa position sans problème : 41° 53' 50" N, 106° 16' 59" O. Mais j'avais beau plisser les paupières et me détendre pour laisser l'information venir à moi, je n'obtenais rien de satisfaisant.

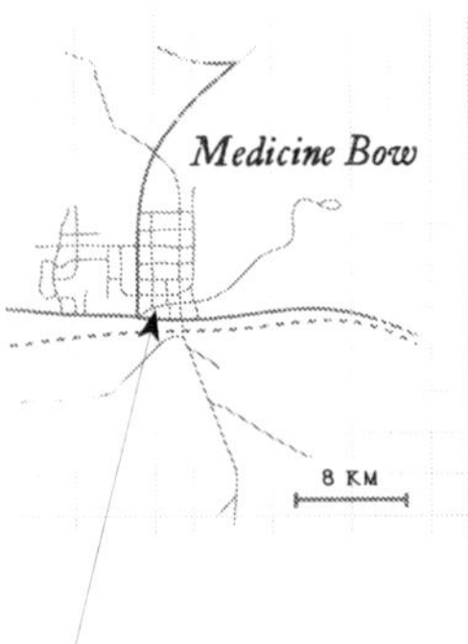

La Cadillac verte était garée juste là.

Crève donc, Igor, avec tes satellites qui sifflent sur nos têtes.

Nous avons traversé une toute petite ville qui s'appelait Medicine Bow, et la poignée de rues que j'en ai vu, la Cadillac verte garée contre un trottoir, la boutique vide du barbier, tout ça m'a semblé un peu familier, mais je n'arrivais pas à savoir si je commençais à accéder à ma carte subconsciente, ou juste à me transformer en hobo halluciné parce que ça faisait tellement, tellement longtemps que j'étais dans ce train.

Un peu plus tard, à la sortie de Laramie, notre train s'est arrêté à un passage à niveau pour laisser passer une file de voitures.

« Non mais c'est une blague? ai-je dit à Valero. C'est complètement débile. »

C'est vrai, quoi, un peu de respect pour le Cheval de Fer! Quand est-ce qu'on allait arriver à Washington si on s'arrêtait chaque fois qu'une voiture, un pousse-pousse ou une bonne sœur voulait traverser la voie? Comme disait Père à propos de tante Suzy quand elle était encore en vie : on avançait « encore moins vite qu'une chenille sur des béquilles ».

À Cheyenne, nous nous sommes arrêtés environ six heures pour changer de moteur et de conducteur. Cette fois, je ne suis pas allé me cacher dans les toilettes, je me suis juste assis par terre avec une couverture sur la tête et j'ai surveillé les fenêtres : si je voyais quelqu'un venir, je n'avais qu'à rouler sous la table façon commando.

Un grand pont autoroutier enjambait les nombreuses voies de la gare de Cheyenne ; j'observais les voitures et les camions qui l'empruntaient. Au bout d'un moment, je me suis relevé et je me suis approché prudemment de la vitre pour mieux voir. Près de la barrière qui longeait les voies, j'ai aperçu un homme et une femme vêtus de gilets de cuir trop grands. Ils marchaient sans rien se dire. Dans leur vie de tous les jours, quand ils discutaient, de quoi parlaient-ils ? Tous ces gens qui vivaient et travaillaient à Cheyenne, je trouvais ça incroyable. Et ils avaient toujours été là ! Quand j'étais en CM1, cette ville existait déjà, au même endroit ! J'avais beaucoup de mal à accepter ce concept de conscience simultanée, à me dire qu'au moment précis où je ramassais sur ma table l'un de mes derniers Cheerios, sept autres garçons de mon âge ramassaient eux aussi un Cheerio, et pas n'importe quel Cheerio : un *Cheerio miel et noix*, comme moi.

Synchronie des Cheerios miel et noix
Carnet V101

Localisation de huit garçons nord-américains de douze ans ramassant un Cheerio miel et noix exactement au même moment.

Ce qui me gênait, c'était que cette synchronie invisible, qu'on ne pouvait pas vraiment observer sans recourir à un million de milliards de caméras et à un vaste système de surveillance en circuit fermé, n'avait aucune rémanence. Le temps sabotait l'équation. Était-il seulement possible d'évoquer ces instants déjà écoulés ? De dire par exemple que, depuis le lancement des Cheerios miel et noix en 1979, il y avait eu 753 362 instants où un garçon de douze ans avait refermé le pouce et l'index sur l'un d'entre eux ? Cela s'était passé, sans doute, mais ce n'était pas en train de se passer, ces instants s'étaient évanouis et cela n'avait donc pas réellement de sens d'en faire la somme. Le passé n'est rien d'autre que ce qu'on choisit de se rappeler. Il n'existe jamais comme existe le moment présent. Ou comme existait Cheyenne à cet instant. Et ce que j'avais du mal à admettre, quand mon train est reparti, c'était que Cheyenne allait continuer d'exister. L'homme et la femme en gilet de cuir vivraient leur vie, vivants comme

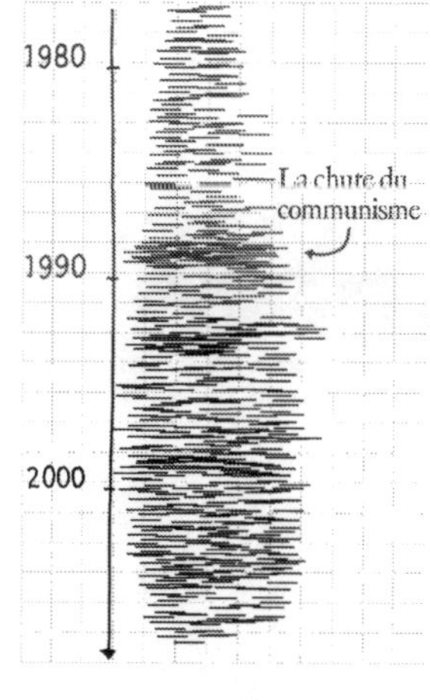

L'héritage de l'Histoire : 753 362 Cheerios miel et noix ramassés entre le pouce et l'index depuis 1979
Carnet V101

moi à chaque instant, dans un monde illuminé par le flambeau de leur conscience, et je ne les reverrais jamais. Nous serions conscients au même moment, mais nous cheminerions sur des voies parallèles destinées à ne jamais se recroiser.

J'avais emprunté un certain nombre de livres sur la mécanique quantique à la bibliothèque publique de Butte (c'est-à-dire que j'avais emprunté les trois livres disponibles), mais ils avaient passé des semaines près de mon lit, puis sous mon lit, sans que je les ouvre. Finalement, je ne sais comment, l'un d'entre eux s'était même perdu et, pour éviter une amende, j'avais dû raconter une histoire à la bibliothécaire, qui s'appelait Mlle Gravillon. Sachant qu'elle avait un faible pour les grandes sagas familiales pleines de déchirements, je lui avais raconté que ma sœur, dans un accès de démence, avait inondé ma chambre d'acide sulfurique. Elle m'avait cru.

Pour en revenir à la mécanique quantique, je pense que certains de ses principes, notamment celui de superposition, qui stipule qu'un objet peut se trouver dans deux états, vivant et mort, de manière simultanée, se situait légèrement au-delà du seuil de ma compréhension. Ce qui me gênait le plus, c'était le fait que ce double état ne puisse absolument pas être observé. Dès l'instant où un observateur intervenait, effectuant bien malgré lui un acte de « mesure », le phénomène de superposition disparaissait et l'objet n'était plus que dans un seul état. Je trouvais cela contrariant. Cette double réalité était fascinante, et je voulais pouvoir l'observer.

C'est pourquoi, si j'avais du mal à appréhender ce concept quantique en lui-même, l'application qu'en faisait Hugh Everett dans sa théorie des mondes multiples, en revanche, me passionnait.

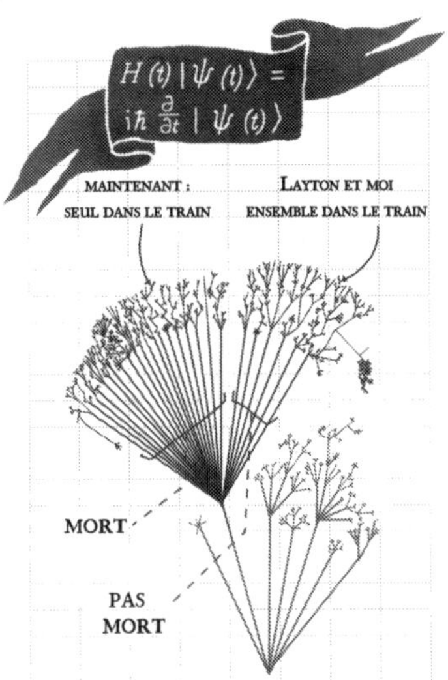

Il existe peut-être de nombreux mondes parallèles
Carnet V101

Au soir tombant, nous sommes arrivés dans les collines de l'ouest du Nebraska. Je n'étais jamais allé dans le Nebraska. C'était quand même la preuve que j'avais fait un sacré bout de chemin. Le Nebraska, c'était presque le Middle West, pays de transition et de trous de vers, ligne de partage immense et rase entre l'ici et l'ailleurs, la véritable *terra incognita*. Dans l'obscurité croissante, je regardais les semi-remorques glisser sur une autoroute lointaine. Par moments, je ne voyais plus que le crépuscule et les champs qui se mêlaient au ciel, l'horizon plat, infini. Alors je songeais que cent cinquante ans plus tôt, Tearho, puis Emma, roulant dans la direction opposée, avaient vu exactement la même chose que moi. Avaient-ils regardé par la fenêtre en se demandant à quoi ce paysage ressemblerait dans l'avenir, et qui emprunterait cette même ligne ? À cet instant précis, tous les futurs possibles se trouvaient-ils rassemblés dans un même lieu ? L'union improbable de Tearho et d'Emma attendait-elle, juste à côté de ma propre existence, elle-même flanquée de milliards d'autres possibilités, d'être appelée à se réaliser ? Attendions-nous tous, en coulisses, de voir comment allait tourner la représentation, pour savoir si on aurait besoin de nous sur scène ? Ah, comme j'aurais aimé pénétrer l'intimité de ces coulisses ! Voir la foule innombrable de tous ceux qui ne joueraient jamais leur rôle !

La nuit s'est installée. Vers trois heures du matin, après plusieurs heures de vague endormissement entrecoupées de brusques réveils, j'arpentais la cabine, au bord du délire, quand j'ai soudain fait l'une des plus grandes découvertes de l'histoire de l'humanité. J'ai ouvert un placard que je n'avais jamais remarqué jusque-là, et qu'est-ce que j'y ai trouvé ?

Un jeu de Boggle.

Ô joie! Mais qui donc avait placé là ce présent délicieux ? Il ne pouvait tout de même pas s'agir de la boîte personnelle du vendeur de motor-homes, passionné de Boggle, qui l'aurait cachée dans ce placard par crainte des moqueries de ses collègues ? Était-ce plutôt un accessoire, qui servait dans certaines circonstances à évoquer l'ambiance joyeuse d'un moment passé, en famille ou entre amis, à jouer avec les mots ?

En m'éclairant, j'ai soulevé le couvercle avec délicatesse, comme si j'ouvrais la boîte d'un élégant gâteau de pâtissier. Et là, tragédie. Il manquait quatre dés sur seize. On ne jouerait pas au Boggle aujourd'hui. En essayant de ne pas me laisser abattre, j'ai renversé sur mon bureau les douze dés restants, et ils se sont éparpillés dans un petit vacarme proche du bruit qu'auraient fait trois poules en picorant très vite le bois de la table. J'ai commencé à faire tourner chaque dé sur toutes ses faces, et, lentement, j'ai écrit :

C'était fou que j'aie toutes les lettres nécessaires pour écrire « The middle » sans aucune faute. J'étais peut-être plus chanceux que je ne croyais. Mais alors je me suis rendu compte que même si, par un hasard incroyable, j'avais eu toutes les lettres qu'il fallait pour écrire « The Middle West », je n'aurais pas pu le faire, parce qu'il me manquait un dé. Je ne sais pas trop pourquoi, cette impossibilité m'a attristé, bien plus qu'elle n'aurait dû, en fait, si l'on considère l'extraordinaire insignifiance du Boggle dans nos vies.

Tout à coup, j'ai eu une idée : il y avait peut-être une solution très simple. Du bout de mes doigts fatigués mais tout frémissants d'excitation, j'ai ramassé le B et je l'ai retourné en espérant que, malgré les apparences, ce soir, dans ce coin inconnu du Nebraska, la chance était de mon côté.

Elle l'était.

Victoire ! Ah ! C'est pour ce genre d'instant que la vie valait d'être vécue. Pourquoi créer un mot de toutes pièces quand on pouvait recycler la matière existante ?

J'ai admiré mon œuvre avec autant de fierté que le gouverneur Kimble, ou Frémont, ou Lewis, ou même M. Corlis Benefideo avaient dû en éprouver un jour devant leurs grands accomplissements. La lumière semblait s'intensifier et palpiter autour des trois mots mêlés.

J'ai regardé par la fenêtre et j'ai remarqué que la voie triple sur laquelle nous roulions jusque-là s'était dédoublée en six voies et que nous approchions d'une zone vivement éclairée. La lumière crue des projecteurs tranchait sur l'incertitude de la nuit. J'avais l'impression de foncer tout droit dans une gigantesque salle d'opération. Je n'étais pas rassuré. Et si c'était l'entrée d'un trou de ver ?

Je me suis dépêché d'éteindre ma lampe torche. Par réflexe, j'ai failli courir me cacher encore une fois aux toilettes, mais je me suis retenu (on ne peut pas passer sa vie à courir aux toilettes quand le danger frappe à la porte !). J'ai pris une profonde inspiration et je me suis approché de la fenêtre.

De nombreux feux de signalisation clignotaient le long des rails, rouge, blanc, rouge. Nous avons dépassé un train plein de charbon qui se tenait immobile sur les rails, puis un autre. De nouvelles voies sont encore apparues. Où étions nous ? Dans un genre de ruche pour tous les trains de l'univers ? J'ai rallumé ma lampe de poche et, posant ma main par-dessus pour qu'elle ne produise pas plus qu'une demi-lune de lumière, j'ai consulté mon atlas des chemins de fer. Ogallala, Sutherland, North Platte… Au milieu de la page, en caractères gros et gras, s'étalaient les mots *Bailey Yard.* Mais bien sûr ! Bailey Yard était la plus grande gare de triage du monde.

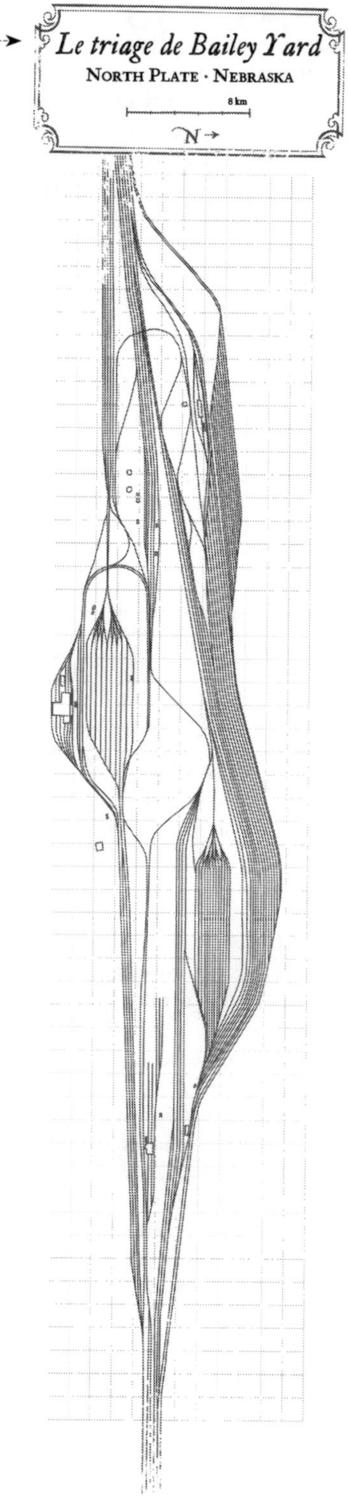

De plus en plus de rames apparaissaient autour de notre train. Nous sommes passés à côté d'une butte au sommet de laquelle se trouvait un centre de contrôle, qui triait les wagons en les faisant tout simplement glisser le long d'une pente sur différentes voies selon leur destination. Génial ! En cet âge du tout technologique, c'était une excellente manière de montrer ce que l'on pouvait faire avec une force basique, gratuite et inépuisable : la gravité. Pas de factures d'électricité. Pas d'énergies fossiles. L'ingéniosité de ce toboggan séduisait en moi à la fois le technophobe, le partisan du développement durable et le garçon de douze ans disposant pour tout revenu d'une maigre allocation hebdomadaire.

Nous roulions toujours. Je m'attendais à tout instant que nous nous arrêtions pour faire étape une journée, peut-être même deux. Des centaines de wagons stationnaient autour de nous. Dès que nous dépassions l'un d'eux, j'entendais ses freins siffler, comme s'il bouillait d'être forcé d'attendre.

Ces petites victoires, je pense que Layton, quand il était en vie, en remportait tout le temps. Ce n'est pas qu'il prenait le temps d'apprécier et de savourer chaque instant : simplement, je crois qu'il avait la certitude de toujours s'en sortir comme un chef. Souvent, quand il finissait de faire quelque chose, ou même avant d'avoir fini, il faisait un grand geste avec le poing, du haut de sa tête jusqu'en dessous de ses genoux. Il allait presque un peu trop bas, à vrai dire, mais en même temps c'était Layton, et Layton poussait toujours tout un peu trop loin – pas jusqu'au point où ça devenait vraiment impossible, mais presque.

Layton et son superpoing de la victoire
Carnet B41

Cette propension à se réjouir de tout était l'un des rares traits de caractère qui distinguait Layton de Père. Père ne savait pas ce que c'était de se réjouir. Il râlait, rageait, regrettait, mais il ne se réjouissait jamais de rien, ou presque. Layton, lui, était un fêtard. De qui il tenait ça, je me le demande. La plupart des Spivet étaient trop pris par leurs recherches, leur bétail, leur ennui ou leurs cartes pour profiter de la vie.

Oh, nous devons repartir, nous devons repartir. Dites-nous, de grâce, ce qui nous retient? sifflait un wagon comme nous le dépassions. Puis ce son s'éteignait, remplacé presque aussitôt par celui du wagon suivant chuintant ses propres doléances.

Maintenant que j'avais formé mes trois mots au Boggle et résisté à mon envie initiale de me réfugier dans les toilettes, je me sentais un peu invincible (comme souvent les garçons de mon âge après une série de petites victoires). Je me pavanais dans le Palace du Cow-Boy, m'installant souvent au volant comme si le triage m'appartenait et que j'avais l'habitude de l'admirer ainsi, à trois heures du matin, depuis mon luxueux motor-home. À ma droite, dans les entrailles obscures d'un énorme bâtiment, j'ai vu se déployer une gerbe d'étincelles. J'ai alors discerné, sous la faible lueur de lampes blanches et bleues pointées vers le plafond, les ombres d'une cinquantaine de locomotives UP serrées les unes contre les autres.

« Bon travail, cheminots, ai-je dit de ma grosse voix de P-DG. Continuez à prendre bien soin de ces locos. Ce sont les bêtes de somme de ma flotte. Sans elles, il n'y aurait pas de chemin de fer. Sans elles, il n'y aurait pas d'Amérique ! »

Silence, pendant que ma phrase tentait de faire son effet sans bien y parvenir. Silence un peu honteux, marqué seulement par le claquettement des rails et la métronomie sifflante des wagons que nous dépassions.

« Gracie, ai-je dit, qu'est-ce que tu ferais si tu étais ici avec moi ?

— C'est qui, Gracie ? a demandé Valero.

— Hé ! Valero ! Où est-ce que tu étais passé, bon sang ? Ça fait presque deux jours que je suis là ! On aurait pu discuter, se tenir compagnie ! »

Pas de réponse. *Claquette Claquette Siffle Siffle Siffle.*

« Excuse-moi, ai-je dit. Excuse-moi. D'accord, c'est à toi de décider quand tu veux parler. Je suis content que tu sois revenu.

— Bon. Alors, c'est qui ?

— C'est ma sœur. Ma sœur unique. Enfin, comme frère et sœur, je n'ai plus qu'elle, maintenant. »

Je me suis tu. Je pensais à Gracie, Layton et moi, puis à Gracie et moi, tout seuls. « On est différents, elle et moi. Je veux dire, elle est plus vieille. Elle n'aime pas la cartographie, l'école, ce genre de choses. Elle veut être actrice et déménager à Los Angeles.

— Pourquoi est-ce qu'elle n'est pas venue avec toi ?

— Eh bien… je ne lui ai pas vraiment proposé.

— Pourquoi pas ?

— Parce que… parce que c'était mon voyage à moi ! C'est moi que le Smithsonian a invité, pas elle. Elle, son truc, c'est le théâtre et… et je suis sûr que le musée ne lui plairait pas. Elle s'ennuierait au bout d'une heure, et puis elle déclencherait sa pire retraite anti-abrutis et il faudrait que je lui trouve des bonbons… Non mais c'est vrai, si elle était dans ce train, elle aurait commencé à s'ennuyer avant même qu'on soit sortis du Montana. Elle n'aurait sûrement pas tenu plus loin que Dillon… Sans vouloir te vexer, Valero.

— Tu me vexes pas. Mais tu l'aimes quand même ?

— Quoi ? Oui, bien sûr. Qui a dit que je ne l'aimais pas ? C'est Gracie. Elle est super. »

Je me suis tu un instant et puis j'ai braillé, la voix tremblante : « Gracie !

— Je vois », a dit Valero.

Je me suis repris. « Si on s'arrête ici assez longtemps, tu voudras jouer aux vingt questions avec moi ? » Mais je savais déjà, rien qu'en lui posant celle-là, qu'il était parti.

Et finalement, nous ne nous sommes pas arrêtés. Dans cet immense carrefour ferroviaire, vers lequel convergeaient toutes les lignes, où chaque rame était dépecée et ses wagons triés avant de pouvoir reprendre leur route, nous sommes passés comme si personne ne nous voyait. Peut-être qu'ici, au cœur du système, les autorités suprêmes nous avaient accordé

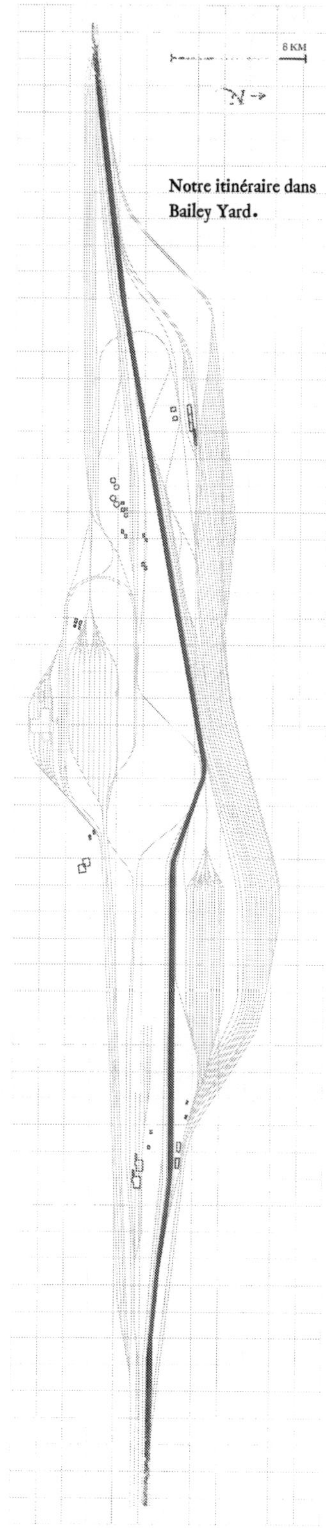

un laissez-passer spécial, parce qu'elles savaient qu'un chargement urgent était caché dans le ventre de Valero le motor-home. Nous avons traversé le triage d'un seul trait. Bailey ne pouvait rien contre nous.

« Ah, merci de nous donner le feu vert, Bailey, ai-je dit en reprenant ma voix de P-DG, le pouce levé vers les feux de sortie, l'autre main sur le volant du Palace. Vous savez de toute évidence que je dois faire un discours au dîner d'anniversaire du Smithsonian ce jeudi soir. »

Juste après avoir prononcé ces mots, j'ai pris conscience de ce qu'ils signifiaient. Jeudi ? *C'était dans trois jours.* Il ne me restait que trois jours pour traverser la moitié du pays, trouver le Smithsonian, me présenter et préparer mon discours. De nouveau, j'ai senti monter la panique. J'ai pris une profonde inspiration et je me suis raisonné. *Un train est un train est un train.* « Je ne peux pas aller plus vite que notre locomotive. J'arriverai quand le train arrivera. »

Je ne sais pas si vous avez remarqué, mais c'est très difficile de se *convaincre* de se calmer une fois qu'un noyau d'inquiétude s'est logé dans votre cerveau. J'essayais de rester décontracté : je sifflotais, je dessinais des cowboys, des insectes, des cannettes de Tab soda, mais quoi que je fasse j'entendais le murmure rythmé des rails qui répétaient : *jeudi, jeudi, jeudi, jeudi*. Je n'arriverais jamais à temps.

Un peu plus tard, comme nous roulions de nouveau en rase campagne, je suis revenu à mes dés de Boggle. Les cahots du voyage les avaient éloignés de leur sens. La clé de la porte magique s'était désintégrée. On lisait maintenant :

Le menton sur la table, les paupières lourdes, j'ai plaqué ma paume sur les dés et je les ai fait tourner, en écoutant le frottement de leurs surfaces polies contre le bois. Les lettres bleu vif étaient étonnamment nettes, elles ne doutaient de rien et surtout pas de leur existence, elles n'avaient pas l'air de savoir qu'elles étaient cernées de concurrentes. Chaque fois que je retournais un dé, une nouvelle lettre apparaissait et enveloppait mon monde, effaçant la précédente. De ce côté-ci, mon monde était un W, et toutes les choses en W paraissaient soudain très à-propos. De ce côté-là, mon monde devenait un B, et le monde de W n'était déjà plus qu'un lointain souvenir.

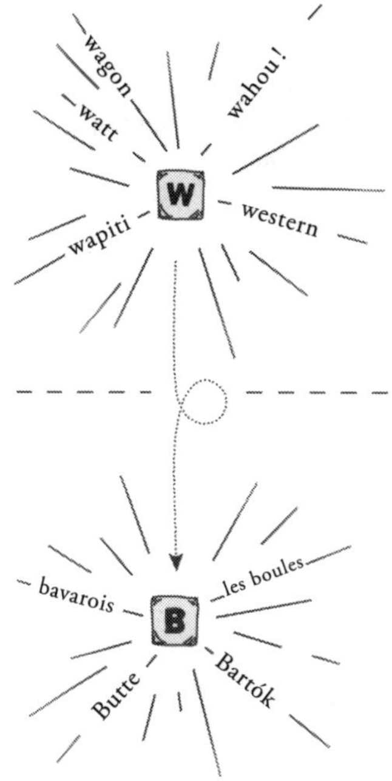

J'ai dormi quarante-cinq minutes sur la chaîne des Rocheuses, puis je me suis réveillé et je n'ai pas réussi à me rendormir. Dans l'obscurité, le cow-boy collé sur l'écran de la télé avait quelque chose de sinistre. À tâtons, j'ai cherché ma lampe de poche et je l'ai allumée. Son faisceau a dansé sur le confort factice du motor-home : le faux bois, les plafonds en lino, les couvertures en polyester.

« Valero ? » ai-je appelé.

Pas de réponse.

« Valero, tu connais une histoire pour dormir ? »

Rien d'autre que le claquètement du train.

Est-ce que ça lui était égal, à Père, que je sois parti ? Est-ce qu'il voulait que je parte ?

J'ai pris le carnet de ma mère et je l'ai pressé contre ma joue. Il dégageait une légère odeur de formol et de citron, la même que son bureau. Tout d'un coup, j'ai eu envie de voir son visage, de caresser les lobes de ses oreilles et ses pendants verts étincelants. Je voulais lui prendre la main et lui demander pardon d'avoir volé son carnet, d'être parti sans sa permission, de ne pas avoir sauvé Layton, de ne pas avoir été un meilleur frère, un meilleur rancher, un meilleur assistant de recherches. De ne pas avoir été un meilleur *fils*. Je ferai tout beaucoup mieux la prochaine fois, *je le promets.*

Je me suis redressé et, à la lumière de ma lampe de poche, j'ai vu que mes larmes avaient fait deux petites taches en forme de poire sur la reliure du carnet.

« Oh, maman », ai-je dit.

J'étais si fatigué, et si absorbé par ma lecture que – j'ai honte de l'avouer – j'ai peu à peu perdu mes repères jusqu'à ne plus savoir où nous étions. Cela, je ne tarderais pas à le regretter.

J'ai ouvert le carnet.

Les trois électrons errants avaient trouvé leur noyau.

Deux ans après le froid jour d'avril où il était venu la trouver à la boutique de fleurs, Orwin Englethorpe et Elizabeth Osterville se mariaient. La cérémonie, modeste, eut lieu dans un pré de Concord. On y lut des passages de *L'Origine des espèces* et de la Bible du roi Jacques. Le Dr Agassiz, qu'Emma n'avait toujours pas rencontré, n'était pas présent. D'après M. Englethorpe, il n'appréciait pas que le mariage ne se déroulât pas dans une église.

« Étrange récrimination de la part d'un naturaliste », ajouta-t-il avec un petit rire. Mais Emma sentait toute sa tristesse.

Peu après le mariage, M. Englethorpe quitta la maison d'hôtes, et il en était grand temps : le Dr Agassiz et lui ne s'adressaient plus la parole.

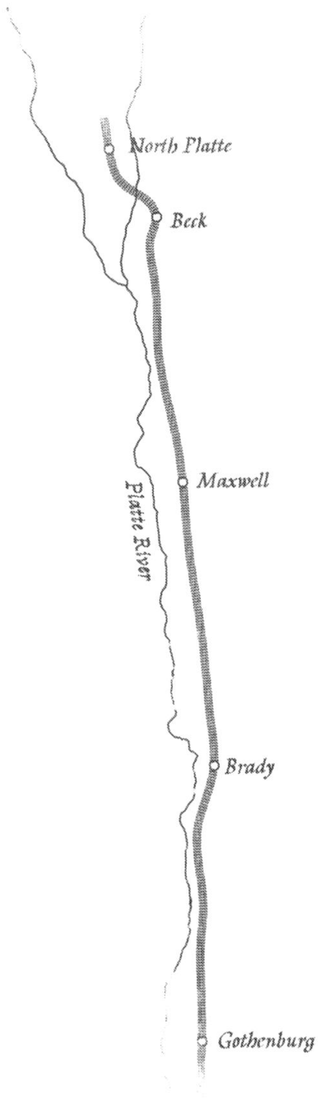

Il avait engagé une équipe d'Italiens pour charger ses milliers de livres et de spécimens dans une grande carriole qui servait d'ordinaire à transporter du foin. Il s'agitait autour d'eux, tirant avec angoisse sur sa moustache, les implorant de faire attention. Puis, de temps à autre, il arrachait brusquement quelque chose à l'un d'eux et se figeait, l'esprit tout occupé par l'objet oublié.

« Tiens, je me demandais justement où était passée cette section de tronc d'arbre, disait-il par exemple. C'est vraiment un témoin tout à fait exceptionnel du réchauffement climatique de l'an mille… »

Emma, assise sur le banc de fer forgé dans le jardin, regardait les hommes vider la maison de son maître. Elle s'efforçait de rester impassible et de faire preuve de maturité : elle savait bien que tout avait une fin. Mais bientôt elle s'effondra, bouleversée de voir ainsi démanteler le monde qu'elle aimait tant. M. Englethorpe s'approcha, hésita quelques instants, posa maladroitement la main sur son épaule, puis, ne sachant ce qu'il pouvait dire ou faire de plus, repartit surveiller la migration de sa collection.

Emma tâta la poche de sa robe, où se trouvait la pointe de quartz qu'elle avait découverte lors d'une excursion à Lincoln. Elle voulait l'enterrer dans le jardin pour marquer son départ, mais les allées et venues perpétuelles des Italiens qui gesticulaient en s'apostrophant dans leur langue exaspérante ruinaient la solennité du moment. C'était son dernier jour dans ce jardin : ne pouvaient-ils pas repartir, maintenant, et la laisser seule ?

Elle décida d'aller s'isoler dans une petite clairière recouverte de gravier et entourée de haies, de l'autre côté de la maison, et de mêler son quartz aux autres cailloux.

Mais quand elle arriva dans la clairière, un homme s'y trouvait déjà. Elle poussa un petit cri de surprise. L'homme se retourna et Emma, bien qu'elle ne l'eût encore vu qu'en portrait dans des livres et sur quelques photographies dans le bureau de M. Englethorpe, reconnut aussitôt le Dr Agassiz. Avec ce qu'elle avait entendu sur son compte, elle l'avait imaginé comme un monstre fou, déchaîné, déterminé à convaincre le monde de sa supériorité. Ce fut pour elle un instant de révélation. Elle comprit qu'elle avait toujours vu le Dr Agassiz à travers le prisme du ressentiment de son maître. C'était en réalité un homme normal, un être de chair fragile, comme elle. Dans son regard, il y avait de la douceur, de la lassitude et presque un besoin de réconfort, comme s'il avait passé sa vie à construire une maison qui n'avait cessé de s'écrouler. Emma avait envie de le serrer dans ses bras.

« Bonjour, mademoiselle Osterville.

— Vous savez qui je suis ? s'exclama-t-elle, stupéfaite.

— Bien sûr. Il est vrai que je sors peu dans le jardin, mais j'ai tout de même des yeux pour voir qui s'y promène.

— Je ne pensais pas que vous seriez ici... que vous seriez ici aujourd'hui », bafouilla Emma.

Il sourit. « C'est ici que je demeure. »

Embarrassée, Emma fit rouler le quartz dans sa poche. Le Dr Agassiz se détourna, les mains derrière le dos. Le gravier crissa sous ses pieds.

« Je viens ici de temps en temps pour penser à mes parents. Ils sont enterrés dans un minuscule cimetière au milieu des montagnes suisses, mais, pour une raison ou une autre, je me sens proche d'eux quand je suis ici. C'est étrange, cette capacité que nous avons d'abattre les barrières de l'espace et du temps, n'est-ce pas ? C'est l'une de nos qualités les plus remarquables. »

Emma se tut quelques instants, puis demanda : « Haïssez-vous M. Englethorpe, monsieur ? »

Il rit. Emma fut frappée par la chaleur de son regard, peut-être parce qu'elle devinait que, d'un instant à l'autre, cette chaleur pouvait disparaître pour laisser place à la colère. « Ma chère, je suis trop vieux pour haïr qui que ce soit. Le Seigneur m'a donné le talent de l'écriture, et il a doté le monde de créatures si complexes et si belles qu'il nous faudra au moins un millénaire pour toutes les décrire. Ressasser les désaccords personnels est une perte de temps.

— En tout cas, monsieur, je sais que quoi qu'il dise, et quoi qu'il fasse, lui vous aime beaucoup.

— Merci, ma chère. J'avoue que vos mots rassérènent le vieil homme que je suis, après tout ce que j'ai fait pour Orwin.

— Et M. Charles Darwin, monsieur ? Le haïssez-vous ? »

Il rit de nouveau. « Quel interrogatoire ! Vous a-t-on fait apprendre toutes ces questions par cœur ? » Puis son visage devint plus grave.

« Mon sentiment concernant Charles n'a aucune importance. Je déplore simplement que les hommes les plus brillants puissent parfois devenir prisonniers de leurs certitudes. L'intelligence d'Orwin n'a hélas d'égal que son entêtement. Quoi qu'il en dise, il n'est pas possible de concevoir une théorie qui exclue tout à fait la main du Créateur. Son empreinte est partout bien trop grande. Il se tut. Puis-je vous poser une question ?

— Oui, monsieur.

— Vous m'avez l'air aussi vive qu'Orwin me l'a laissé entendre. Pourquoi diable n'avez-vous pas voulu entrer dans l'école de mon épouse ? Nous avons besoin de jeunes filles comme vous, intelligentes et intéressées par les sciences.

— Mais… je le voulais ! balbutia Emma. C'est vous qui avez dit que je ne pouvais pas…

— Ma chère, je n'ai jamais rien dit de tel. Au contraire, j'ai imploré Orwin de vous convaincre, mais il m'a assuré que c'était peine perdue. Vous ne vouliez d'aucun autre professeur que lui-même. »

Emma se taisait, abasourdie, incapable de donner du sens à cette nouvelle. Le Dr Agassiz parut s'impatienter.

« Eh bien, ce fut un plaisir, mademoiselle Osterville. Maintenant, si vous voulez bien m'excuser, je dois retourner écrire, puisque j'ai apparemment accepté de consacrer le reste de mes jours à cette tâche infernale. »

Emma ne voulait pas qu'il parte.

« Qu'écrivez-vous, monsieur ?

— Une histoire naturelle exhaustive de ce pays. Parce que ce domaine n'a pas encore été exploré de façon suffisamment approfondie. Pour pouvoir faire sienne une terre, comme me l'a appris mon cher ami Alexander von Humboldt, il faut avoir étudié dans les moindres détails toutes ses richesses naturelles. Mais pourquoi diable me suis-je engagé à écrire dix volumes, plutôt que trois ou quatre ?

— Parce qu'il faut dix volumes pour tout décrire.

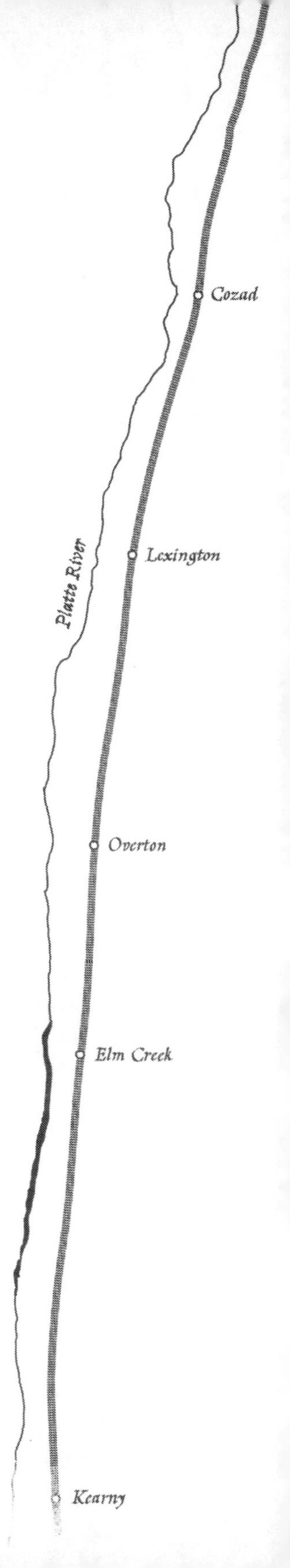

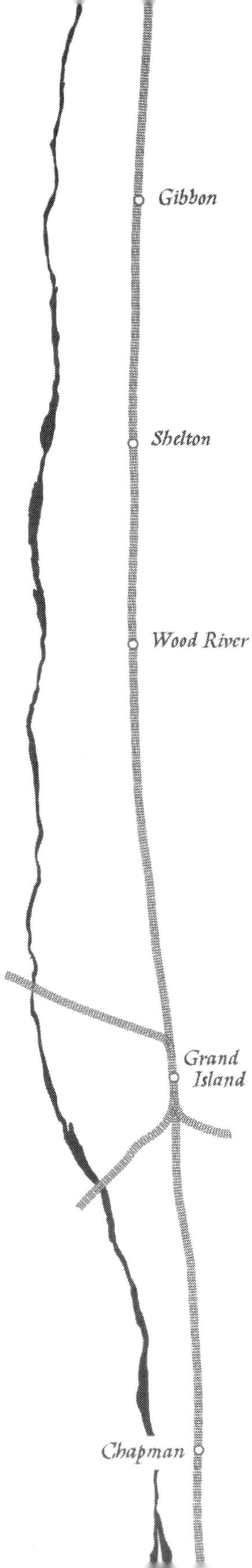

— Oh, il en faut bien plus ! Je pensais simplement que dix, c'était un bon début.

— J'aimerais bien écrire dix volumes, un jour, moi aussi. »

Le Dr Agassisz sourit. Puis ses traits se durcirent. Il regarda Emma droit dans les yeux.

« Mon épouse me dit souvent que de telles activités, des activités dont je n'aurais pas imaginé qu'elles puissent être exercées par des femmes, leur deviendront accessibles un jour, peut-être même dans un avenir proche. Et bien que cela ne me réjouisse guère, je suis forcé d'admettre que le domaine des sciences lui-même est en train de changer. Dans la course à cette créature serpentine qu'on nomme souvent "progrès", il semblerait que la morale se soit perdue en chemin. Puis-je seulement vous avertir que si vous avez vraiment l'intention de vous engager sur cette voie, vous devez être prête à effectuer de nombreuses heures de travail sur le terrain avant d'espérer pouvoir écrire vos dix volumes. On ne sort pas une taxonomie de son imagination ; cela demande des efforts extrêmes que les femmes, en toute honnêteté, me paraissent de constitution trop délicate pour accomplir. »

Emma sentit ses dents se serrer.

« Avec tout le respect que je vous dois, monsieur, répliqua-t-elle en bombant la poitrine, sur ce point, vous avez tort. Et vous avez tort également au sujet de la théorie de M. Darwin. L'évolution vous terrifie, voilà votre problème. Mais les choses évoluent, monsieur, c'est ainsi. » Elle sortit la pointe de quartz de sa poche et la jeta, avec férocité, aux pieds de l'homme qui avait découvert le dernier âge glaciaire, puis, perdant son audace, elle tourna les talons et s'enfuit en courant.

L'atome Englethorpe emménagea dans une maison de campagne à Concord, non loin de la résidence de la romancière Louisa Alcott. Elizabeth se lia lentement d'amitié avec sa voisine qui, bien que lunatique, se montrait toujours d'une grande gentillesse envers elle et Emma. Quand Louisa n'était pas en voyage, elle leur lisait des extraits de son dernier manuscrit à l'ombre des sycomores.

La demeure des Englethorpe était modeste, mais elle aurait sans doute paru plus vaste si toutes les collections de M. Englethorpe ne s'y étaient trouvées entreposées. Le Dr Agassiz l'avait prié de libérer entièrement les réserves de son musée ; des dizaines de caisses s'entassèrent donc dans la maison et la remise, et pendant des mois personne ne les ouvrit. Tout le monde évitait de les déplacer, de crainte de déranger un ordre qui n'existait pas.

Au lieu d'inventorier le contenu de ces caisses, M. Englethorpe entreprit d'écrire le livre qu'il avait toujours rêvé d'écrire : un compagnon à *L'Origine des espèces* consacré au Nouveau Monde, qui devait étudier les principes de l'évolution à travers les différentes espèces d'herbes, d'hirondelles et d'oiseaux marins présentes en Amérique du Nord.

Il expliqua son projet à Emma un jour où, assis dans son nouveau bureau, ils réparaient ensemble un sansonnet empaillé endommagé pendant le déménagement. « Je veux apporter la parole de Darwin à l'homme pensant d'Amérique, dit-il. Faire traverser l'océan à des idées n'est pas chose aisée, mais je sais que je suis capable de retranscrire son message sous une forme que ce pays saisira parfaitement. Ce livre sera un immense succès, ma chère, et nous pourrons acheter une maison beaucoup plus grande, avec un parc qui s'étendra à perte de vue. Tu imagines ?

— Tant de gens se souviendront de vous ! dit Emma en rattachant avec délicatesse l'aile du sansonnet.

— De moi, non : seulement de la théorie. Mais la recherche de la vérité naturelle a bien plus d'importance que nos petites personnes.

— Voilà, dit Emma en posant le sansonnet debout sur le bureau.

— Un bon petit travailleur, celui-là, n'est-ce pas ? dit M. Englethorpe en tapotant la tête de l'oiseau. Arrivé du vieux continent il y a seulement quelques années, et déjà chez lui dans en Amérique. Je lui prédis un grand avenir.

• • •

Les choses allaient de mieux en mieux pour M. Englethorpe : il semblait sur le point de créer une œuvre essentielle, une œuvre magique ; son esprit bouillonnait d'idées neuves, tant est si bien que, parfois, Emma avait presque l'impression de les sentir flotter dans la maison.

Elle n'était pas la seule à croire en lui : par l'intermédiaire de Louisa Alcott, M. Englethorpe avait fait la connaissance de l'éminent Ralph Waldo Emerson, qui habitait lui aussi dans le voisinage. Le célèbre (et grincheux) transcendantaliste s'était tout de suite pris de sympathie pour ce grand échalas qui vivait entouré d'une foule d'animaux naturalisés, et bien souvent on pouvait les apercevoir marchant côte à côte au bord de l'étang de Walden, conversant avec passion. Emerson, qui était un vieux monsieur, n'aimait semblait-il pas beaucoup les enfants, aussi Emma était-elle rarement invitée à se joindre à eux pour ces longues promenades, à sa plus grande déception.

Au début d'un mois de mars exceptionnellement chaud, un nouveau président prêta serment et les boutons des chrysanthèmes, croyant la belle saison venue, pointèrent leur nez dans le jardin de Concord. La semaine suivante, il neigeait de nouveau, et tous les boutons gelaient. Elizabeth était horrifiée. « C'est terrible ! répétait-elle. Terrible, terrible, terrible. »

Un mois plus tard, par un pluvieux matin d'avril, le laitier leur apporta, en même temps que leur bouteille de lait, la nouvelle que Fort Summer avait été attaqué par les confédérés. La guerre de Sécession avait commencé.

Dans tous les hameaux environnants, des hommes s'engageaient et quittaient leurs fermes, portés par le souvenir encore vivace de la guerre d'Indépendance, trois générations plus tôt. Même dans le calme du cabinet de travail, on entendait le martèlement sourd des bottes de la troupe locale qui s'entraînait un peu plus haut sur la colline, où une caserne avait été construite à la va-vite. Les premiers temps, M. Englethorpe dévorait les journaux, mais, comme la guerre se prolongeait, le printemps laissant place à l'été, l'été à l'automne, il s'en désintéressa peu à peu et recommença à étudier ses herbes des prairies.

« Cette guerre rend mon travail encore plus important. Si ce pays a décidé de s'autodétruire, autant savoir ce que nous risquons d'anéantir.

— Allez-vous vous engager ? demanda Emma.

— On ne peut faire que ce à quoi l'on est destiné, dit M. Englethorpe. Pour l'instant je suis destiné à écouter ces bottes frapper le sol et à m'éberluer de la férocité des hommes tout en me consacrant à mes recherches. Et puis, voudrais-tu me voir réduit en charpie par un blanc-bec du bayou ne possédant qu'une idée très vague des raisons pour lesquelles il se bat ? Je préfère démontrer que ce garçon descend directement du singe.

— Mais nous ne sommes pas des singes, Père.

— C'est vrai. Et pourtant, nous nous acharnons à prouver le contraire.

— Je ne voudrais pas que vous mouriez pour cette bêtise », dit-elle en lui prenant la main.

Les saisons se succédaient, la guerre continuait. Louisa Alcott avait quitté Concord pour aller travailler dans un hôpital de guerre à Washington. Privée de l'agréable compagnie de son amie, Elizabeth se tourna vers son jardin et, pour tenter d'oublier le désastre des chrysanthèmes, se mit à cultiver des légumes, qu'elle vendait le samedi au marché de la ville.

Elle trouvait bien étrange de voir où la vie l'avait menée. Elle avait donc quitté la mer pour cela – non pour les vastes et grandioses territoires

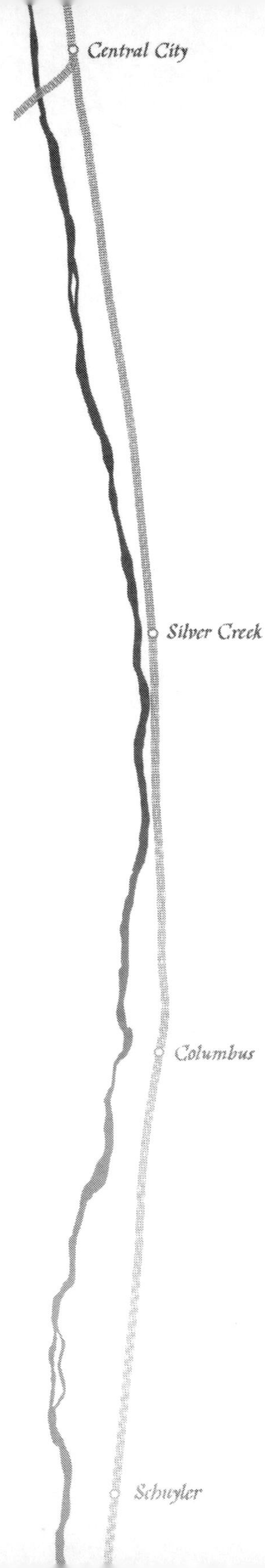

de l'Ouest mais pour les pentes douces, la terre légère et la brève saison de récolte d'une ferme de Nouvelle-Angleterre. C'était tout de même un grand compromis. Depuis son remariage, quelque chose s'était durci en elle. Oh, elle était plus heureuse qu'elle ne l'avait jamais été, mais elle avait le sentiment de ne pas avoir accompli sa destinée. Elle n'avait pas traversé le col de Cumberland pour rejoindre la Frontière. Elle n'avait pas senti la terre, ses montées, ses descentes, ses cahots sous les roues d'un chariot bâché. Elle avait choisi cette autre vie, ici. Et c'était une vie très agréable. Son nouvel époux était un homme délicieux, bien qu'un peu distrait et désordonné, et il apprenait à la tenir dans ses bras le soir, non comme un scientifique manipule un spécimen empaillé, mais comme un homme tient sa femme. Et pourtant, il ne lui donnait aucun enfant.

Il écrivait. Un an après avoir commencé la rédaction de son livre, il ne semblait pas beaucoup plus près de le terminer qu'au premier jour. Emerson écrivit à certains de ses amis à l'Académie nationale des sciences, à Washington, et fit en sorte qu'ils invitent M. Englethorpe à venir donner une conférence préliminaire sur les indices de la sélection naturelle en Amérique du Nord.

L'Académie s'efforçait de tenir séance régulièrement et de poursuivre sa mission, bien qu'à cette époque terrible l'attention du public fût davantage tournée vers les premières photographies, effroyables, des corps cireux qui jonchaient les champs glacés de Virginie, que vers la question de l'origine de l'homme. Néanmoins, les vieux académiciens trouvaient un certain réconfort à continuer leur exploration de la grande lignée du vivant, comme si le fait d'envisager nos origines simiesques leur permettait de réduire la guerre à un événement ordinaire et de ne pas y voir, comme ils le redoutaient tous en secret, la menace de la fin de la civilisation moderne.

Une semaine avant de partir donner sa conférence à l'Académie, M. Englethorpe proposa à Emma de l'accompagner.

« Moi ? demanda Emma.

— Tu es dans ce livre, tout autant que moi. »

Emma comprit alors que le pouvoir d'écrire et de changer le monde n'avait pas été accordé qu'à son père d'adoption, qu'elle avait toujours considéré comme un homme affectant naturellement le cours de l'Histoire. Cette symbiose de la cause et de l'effet, elle pouvait l'incarner elle aussi : elle pouvait elle aussi parler au monde et le faire réagir.

Ils voyagèrent en train, dans un compartiment de première classe. L'un des agents de la compagnie donna des bonbons à Emma, un autre, dans l'après-midi, lui apporta des serviettes chaudes juste au moment où la fumée de la locomotive allait lui déclencher l'une de ses terribles migraines. M. Englethorpe était très élégant dans son costume de voyage, et plus calme qu'à l'ordinaire. Il avait taillé et ciré sa moustache et gardait les mains posées sur le pommeau de sa canne.

Pendant le voyage, Emma trouva le courage de l'interroger sur un sujet qu'elle n'avait jamais osé aborder jusque-là. « Vous avez dit au Dr Agassiz que je ne voulais pas entrer dans son école. »

Le visage de M. Englethorpe se figea. Il lissa sa moustache du bout du doigt. Il posa furtivement les yeux sur elle, puis les tourna vers la fenêtre.

« Tu regrettes de ne pas y être entrée ? demanda-t-il finalement.

— Vous m'avez menti. Pourquoi ne vouliez-vous pas que j'y entre ?

— Tu ne dois pas m'en vouloir. Agassiz n'a pas conscience de son aveuglement ! Dieu me pardonne, mais tu avais un trop grand rôle à jouer dans notre cause pour que je t'abandonne à sa folie pontifiante !

— Notre cause ? »

Emma bouillait de rage. Elle avait envie de le gifler, mais ne savait pas comment s'y prendre.

« Oui, dit-il. Notre cause. Tu sais que je t'ai toujours aimée et traitée comme ma fille, mais cet amour ne m'a pas empêché d'apprécier de manière objective l'ampleur de tes talents. Tu es ma fille et mon élève, et tu représentes aussi l'avenir de la science dans ce pays. »

Emma sentait ses yeux lui brûler. Que devait-elle faire ? Sauter du train en marche ? Serrer cet homme dans ses bras ? Elle lui tira la langue. Il la regarda, surpris, puis éclata de rire.

« Attends donc qu'ils te rencontrent, dit-il en lui tapotant le genou du bout de sa canne. Ils seront médusés, comme je l'ai été. Et à mon avis, ce ne sera pas la dernière fois qu'ils te verront. »

Ce furent les quelques jours les plus mémorables de sa vie. Elle rencontra des scientifiques issus de toutes les disciplines imaginables, qui s'amusaient beaucoup de l'entendre annoncer, avec une petite révérence : « Bonjour, je m'appelle Emma Osterville Englethorpe, et, plus tard, je voudrais être scientifique.

— Vraiment ? Et quel genre de scientifique, petite ? lui demanda un homme rondouillard, en jetant un regard souriant aux rubans de gaze de son chapeau, cadeau d'Elizabeth pour le voyage.

— Géologue. Je m'intéresse beaucoup aux dépôts volcaniques, en particulier à ceux de l'époque du Miocène et de toute l'ère du Mésozoïque. Mais j'aime aussi la botanique, surtout quand il s'agit de décrire les familles d'orchidées du rivage de l'océan Indien, et je crois que je suis assez douée pour la topographie, en tout cas c'est ce que Père me dit quand je me sers de son sextant. »

L'homme fit un pas en arrière, stupéfait.

« Eh bien, mon enfant, bafouilla-t-il, j'espère te voir un jour sur le terrain ! » Et il s'éloigna en secouant la tête.

Le général Robert E. Lee rendit les armes à Appomattox en avril 1865. Moins d'une semaine plus tard, Lincoln mourait assassiné. Personne, dans la maison, ne prêta grande attention à ces deux événements.

M. Englethorpe s'était séquestré dans son bureau et l'on ignorait ce qu'il y faisait, car sa folie ne répondait à aucune logique : il avait éventré six ou sept des grosses caisses qui contenaient sa collection et laissé gisantes sur le sol des dizaines de planches de spécimens. Il commença à s'emporter contre Emma, ce qui n'était jamais arrivé auparavant. La première fois qu'il lui ordonna, d'une voix exaspérée, de le laisser en paix, elle fondit en larmes et courut s'enfermer dans sa chambre, où elle resta jusqu'au soir. Peu à peu, elle apprit à travailler seule, sur ses propres projets. Elle dressa une carte géologique du terrain de leur propriété et commença à faire des randonnées avec leur voisin Harold Olding, un jeune homme un peu dur d'oreille qui avait été blessé à la guerre et qui, depuis qu'on l'avait renvoyé chez lui, s'était découvert une passion pour l'observation des oiseaux.

Un jour qu'elle rentrait de l'une de ces randonnées, Emma vit sa mère sortir à sa rencontre.

« Il est souffrant », dit-elle.

Personne ne parvenait à identifier la maladie. M. Englethorpe émettait sur son propre cas des diagnostics qui changeaient quotidiennement, de la dengue à la maladie du sommeil. Emerson lui rendait visite presque tous les jours et écrivait aux médecins de toute la côte Est en décrivant l'état de son ami. Et les médecins venaient : c'étaient toujours des messieurs en chapeau haut de forme, avec des mallettes remplies d'instruments, qui montaient dans sa chambre d'un pas déterminé et redescendaient en secouant la tête. « J'ai bien quelques idées, dit un médecin de New York. Mais je n'ai encore jamais observé cette réunion de symptômes chez un patient. Je vais vous laisser ces comprimés. Qu'il en prenne deux par jour. »

Les flacons commencèrent à s'entasser sur sa table de chevet, mais l'abondance même des remèdes devint accablante, et comme aucun d'entre eux ne semblait efficace, après quelque temps, il cessa d'en prendre un seul. Quand il en avait l'énergie, il descendait dans le salon, s'étendait sur le divan et passait quelques minutes à couvrir des pages de notes fiévreuses, puis s'endormait des heures entières. Il avait toujours les joues rouges de fièvre, les yeux creusés. Comme il perdait du poids, ses traits changeaient : peu à peu, il devint méconnaissable, bien qu'il restât dans ses yeux des traces de son inextinguible curiosité. Elizabeth le nourrissait de soupe d'écureuil et de jus de betterave. Emma lui proposa de l'aider à organiser ses notes sur les pinsons, mais il l'éloigna d'un geste las.

« Emma, lui dit-il finalement un après-midi. Il est temps que nous t'envoyions à Vassar.

— À Vassar ?

— C'est une université qui vient d'ouvrir, dans l'État de New York. Matthew Vassar est un de mes vieux amis. Cette université était le rêve de toute sa vie, et ce qui la rend encore plus exceptionnelle, c'est qu'elle est entièrement réservée aux femmes ! »

À cette idée, le cœur d'Emma fit un bond. Elle s'était souvent demandé si elle parviendrait, comme elle l'avait elle-même prophétisé, à devenir scientifique de profession et à acquérir son indépendance, ou si elle devrait se contenter de rester l'assistante de M. Englethorpe. Récemment, peut-être parce qu'elle le voyait s'enfoncer dans la démence causée par sa maladie, elle en était même venue à douter de cette seconde possibilité.

Avec le projet de son entrée à Vassar, ils recommencèrent à travailler ensemble. Ils passèrent des heures à constituer un dossier de candidature contenant un vaste échantillon de ses notes et de ses dessins. C'était formidable de voir ainsi réuni dans un beau portfolio l'essentiel de son travail. Cet effort se révéla inutile, cependant, car M. Englethorpe aurait pu se contenter d'écrire à M. Vassar, comme il le fit au bout de quelques mois pour lui demander des nouvelles de la candidature d'Emma.

M. Vassar répondit sans délai, déclarant qu'il ne pouvait imaginer plus beau départ pour son université, et dans sa lutte pour l'égalité des sexes dans l'éducation supérieure, que la présence parmi ses élèves de la fille « si vive et douée » de son vieil ami. Emma Osterville Englethorpe aurait sa place dans la première classe de Vassar College.

Mais M. Englethorpe ne verrait pas son rêve se réaliser. En cette fin d'après-midi du mois d'août, juste après avoir reçu la réponse de Vassar et annoncé la réjouissante nouvelle à sa femme et à sa fille, il fut pris d'une fièvre dont il ne put se remettre. Emma et Elizabeth restèrent auprès de lui cette nuit-là, à regarder le second homme avec qui elles avaient formé une famille s'effacer lentement de ce monde. Emerson vint le voir, ainsi que Louisa May ; ils dirent quelques mots à Elizabeth, puis repartirent.

Emma regardait son père, étendu sur le lit. Elle n'arrivait pas à imaginer que toute son énergie puisse simplement disparaître. Cet homme que ses pas avaient mené tout autour du globe, de saillies granitiques en bosquets brumeux, qui avait examiné chaque érable majestueux, chaque bouleau frissonnant, les yeux toujours grands ouverts, toujours émerveillés, se posant sur toute chose avec un désir effréné de comprendre comment le monde était devenu ce qu'il était...

Où passait donc toute cette curiosité ? Plus tard, Emma songerait que, peut-être, elle s'évaporait, s'échappait par la fenêtre entrouverte, flottait vers les arbres, vers les champs, et se déposait dans l'herbe comme un voile de rosée.

Il s'était éteint au matin.

Chapitre 9

C'est arrivé quelque part dans le Nebraska.

Ou peut-être dans l'Iowa. Je ne pouvais le dire avec certitude. Ah, si seulement j'avais pu être éveillé, pour voir comment c'était arrivé (ou même juste pour repérer une borne kilométrique !) Qui sait ? J'aurais pu devenir célèbre en un clin d'œil. Manque de chance, à ce moment-là, je dormais de l'un de ces rares sommeils voluptueux que j'avais tant de mal à trouver depuis le début de mon voyage, et j'étais plongé dans un rêve où je marchais au milieu du bassin du Lincoln Memorial en sirotant du Tab Soda, sauf que le bassin faisait plusieurs kilomètres de long et était bordé des deux côtés par une foule en délire qui me hurlait des encouragements.

Quand j'ai ouvert les yeux, cependant, j'ai très vite eu la sensation que quelque chose clochait. Vous me direz peut-être que ça n'avait rien d'étonnant, vu que je venais de me réveiller la joue collée contre la table dans une flaque de ma propre bave – mais ce n'était pas ça.

Je me suis redressé, gêné, en essuyant ma bave comme si Valero risquait d'être dégoûté par mon laisser-aller.

« Désolé », ai-je dit.

Valero n'a pas répondu.

Et c'est à cet instant-là que la sensation de malaise m'a envahi de ses picotements caractéristiques. Tout était calme. Beaucoup trop calme.

J'ai baissé les yeux vers les lettres du Boggle. Je ne me souvenais de rien, mais j'avais dû les réarranger dans un demi-délire, puisqu'elles étaient maintenant disposées ainsi :

Les dés me paraissaient étrangement plats. À vrai dire, toute la cabine du Palace me faisait cet effet-là, comme si ma perception du relief était neutralisée. Le monde n'était plus qu'en deux dimensions : j'avais l'impression qu'en tendant la main j'aurais pu toucher tous les objets situés dans mon champ de vision, qu'ils soient proches ou lointains.

Est-ce que j'étais soûl ? Je n'avais jamais été soûl de ma vie, donc c'était difficile à dire. Est-ce que Deux Nuages m'avait drogué ? Mais notre rencontre datait déjà de plusieurs jours…

J'ai regardé par la fenêtre du motor-home pour essayer de me faire une idée de l'heure qu'il était. Nous roulions, c'était bien la seule chose dont j'étais certain : je m'en rendais compte au léger tremblement des objets qui m'entouraient, mais je ne voyais rien à travers les vitres. Rien du tout. Ce que je veux dire, ce n'est pas juste qu'il faisait noir. L'obscurité est toujours relative. Même dans le noir complet, on sent la présence des choses qui existent *au-dehors*. Là, ce n'était pas le cas. Il n'y avait *rien* au-dehors, rien sur quoi mes pensées puissent se répercuter. La confirmation muette d'un monde qui nous dit : « Oui, je suis là, la vie continue », je ne la recevais plus.

Lentement, je me suis levé de mon siège et je me suis approché de la portière du motor-home. J'entendais mes baskets qui couinaient sur le sol en lino. Je mentirais si je prétendais que je n'ai pas envisagé, l'espace de ces quelques pas lents et lourds, que la portière puisse comporter un joint de fermeture ultrahermétique et que, si je l'ouvrais, je serais aspiré dans un monde de ténèbres privé d'oxygène, comme le type qui se fait avoir par HAL dans *2001, l'odyssée de l'espace*.

J'ai scruté l'obscurité à travers la vitre. Rien. Rien de rien. Pourtant, quelque chose me poussait à tenter le coup. Si je devais mourir, m'envoler par la portière d'un motor-home qui avait réussi à rejoindre l'espace intersidéral était la fin la plus chouette que je pouvais imaginer. Peut-être mon corps deviendrait-il l'un de ces objets perdus de l'espace qu'une race de singes intelligents recueillerait dans mille ans, parfaitement conservé, et érigerait en prototype du spécimen humain. Et par la suite tous les humains seraient comparés à moi.

La poignée n'opposa pas de résistance. *Attends, attends…*

Rien. La portière fit le même bruit que d'habitude quand le caoutchouc se décolla. Il n'y eut pas de violent appel d'air, je n'eus pas la sensation que toutes mes mitochondries explosaient d'un seul coup. Je ne fus pas aspiré. HAL, si grand que fût mon désir de lui parler et de me laisser bercer par son étrange voix calme et symphonique, n'existait pas.

En fait, l'air du dehors était frais et sec, d'une température et d'une densité comparables à celles d'un soir d'automne dans le Middle West. Sauf qu'il n'y avait pas de Middle. Pas d'Ouest. Pas d'Est. Rien du tout.

J'ai plongé mes regards dans la profondeur de l'éther. À présent, l'obscurité me paraissait légèrement bleuâtre, comme si quelqu'un avait trifouillé les réglages couleur de la télévision. Et non seulement tout s'était teinté de bleu, mais le sol n'était plus visible ! On aurait dit que le train flottait au milieu d'un grand vide.

Le plus troublant, peut-être, c'était que je n'entendais même plus le claquetis-claque des roues sur les rails. Le train continuait de tanguer comme s'il suivait toujours la courbure irrégulière de la voie, les ondulations des traverses et du ballast, mais nul frottement ne se faisait entendre, nul entrechoc de métal, nul résidu de ce vacarme constant et infernal que j'en étais arrivé à aimer autant qu'à haïr.

« Ohé ! » appelai-je. Pas d'écho. Rien que l'obscurité plane et bleutée. Privé de cette reconnaissance sonore, le cri semblait perdre toute justification.

J'ai couru chercher Igor à l'intérieur du motor-home. La technologie allait m'aider à résoudre ce mystère une fois pour toutes. De retour sur la plate-forme, j'ai levé Igor au-dessus de ma tête pour qu'il détermine nos coordonnées. Je l'ai tenu à bout de bras, comme ça, jusqu'à ce que je commence à fatiguer, puis je l'ai posé à côté de moi sur la plate-forme et je l'ai regardé chercher, chercher, chercher sans rien trouver.

« Tu n'es qu'un crétin, Igor », ai-je dit, et je l'ai jeté dans les ténèbres. Je dois avouer que ça m'a procuré un étrange soulagement.

Est-ce que j'étais mort, en fait ? Est-ce que le train avait déraillé ?

Face à cette possibilité, j'ai aussitôt senti le regret lester mon cœur. Je ne terminerais jamais mes cartes du Montana. Je ferais faux bond à M. Benefideo, que notre brève rencontre dans l'amphithéâtre de Montana Tech avait peut-être empli d'espoir, au point que ses quatorze heures de voyage pour rentrer dans le Dakota du Nord s'étaient envolées sans même qu'il ait besoin d'écouter un seul livre enregistré, béat qu'il était de savoir qu'une jeune âme de bonne volonté allait poursuivre le travail qu'il avait commencé. Qu'éprouverait-il en apprenant, à peine six mois plus tard, que son futur protégé avait péri ? Un air de lasse résignation passerait-il sur son visage quand il reposerait le journal relatant l'accident de train ? Le grand projet qu'il avait formé de cartographier le pays dans ses moindres détails retomberait dans le royaume des rêves solitaires, des hobbys raffinés, des commencements inachevés.

Et pourtant, je ne peux le nier : en plus du regret, de la culpabilité et de la sensation de brûlure sur la langue que j'éprouvais, j'ai été pris d'un vif frisson de soulagement à l'idée qu'au moins le moment sordide de l'agonie était derrière moi. Si ça se trouve, mon corps avait été réduit en charpie, et même si ça me rendait triste de penser à la peine qu'auraient mes parents et Gracie en apprenant ma triste fin, j'étais content aussi, parce que ça signifiait peut-être que j'allais revoir mon frère. Oui, le train s'arrêterait et Layton monterait à bord ; je voyais ça d'ici : j'apercevrais une petite gare vieillotte suspendue au milieu des ténèbres dans une douce lumière, et il serait là, debout sur le quai avec sa valise, à côté d'un agent à grosse barbe, de mine bienveillante, qui tiendrait un chronomètre dans sa paume ouverte.

« Tous les voyageurs, en voiture ! » crierait l'agent tandis que le train s'immobiliserait doucement devant eux.

« Helllooo Layton ! » m'écrierais-je, et il serait aussi ravi que moi et me ferait un grand signe de la main, avec la main qui tiendrait sa valise, si bien qu'il se la prendrait dans la figure, et l'agent rirait et lui ferait signe d'embarquer, alors Layton me rejoindrait, et le train sifflerait sous nos pieds.

« Tu devineras jamais tout ce que j'ai fait ! crierait-il en jetant sa valise sur la plate-forme et l'ouvrant avec fougue. Regarde tout ce que j'ai rapporté ! »

Ce serait comme si nous ne nous étions jamais quittés. Nous pourrions commencer par faire quelques parties de Boggle et j'en profiterais pour lui dire toutes les choses que je regrettais de ne pas lui avoir dites, parce que j'avais trop peur, et parce que je n'imaginais pas que nous aurions si peu de temps à vivre ensemble lui et moi. Et puis très vite le Boggle le barberait et il se mettrait à grommeler et à faire des petits bruits de pistolet avec sa bouche, comme il le faisait souvent, et peut-être qu'à ce moment-là nous déciderions de décorer le Palace du Cow-Boy avec nos cartes indiennes de la bataille de Little Big Horn ou alors de jouer à « On a rétréci : que faire ? »

Et puis, qui sait s'il n'y avait pas encore des milliers d'autres façons de s'amuser dans ce nouveau monde ? On pouvait peut-être faire descendre le motor-home du train et explorer le monde des morts, Layton et moi, comme deux cow-boys solitaires dans la prairie métaphysique. On pourrait aller voir Billy the Kid, ou le président William Henry Harrison. Ou Tecumseh ! On pourrait demander à Tecumseh s'il avait vraiment maudit le président Harrison. En fait, on pourrait déterminer, une fois pour toutes, si les malédictions existent ! On pourrait confronter Tecumseh et le président Harrison et leur dire : « Écoutez, on connaît les règles du jeu, maintenant : les malédictions n'existent pas ! Allons, faites la paix et jouons tous ensemble au Boggle. Vous pouvez même trinquer au whisky, tous les deux, si vous voulez… Comment ? Ah non, monsieur… On est peut-être morts, Layton et moi, mais on est toujours trop jeunes pour boire… Comment ? Juste une goutte ? Bon, si vous insistez… Ça ne peut plus nous faire grand mal. » Ah, ce serait génial.

Après avoir passé un certain temps assis au bord de la plate-forme à remuer mes pieds dans le vide, je savais qu'il y avait tout de même peu de chances pour que je sois mort ; ç'aurait été trop facile. J'avais peut-être été propulsé dans un Nebraska/Iowa parallèle, mais j'étais bien vivant. J'ai balancé encore une fois mes jambes dans le vide et, de nouveau, j'ai tenté de voir quelque chose autour de moi. « Valero, ai-je dit. Tu es là ?

— Oui.

— Où est-ce qu'on est ?

— Je ne sais pas. On roulait normalement, et puis, tout d'un coup, on s'est retrouvés ici.

— Alors il n'y a pas eu de tunnel ? Ni de changement de voie ? On n'est pas passés près d'une vache magique, ou quelque chose comme ça ?

— Non, désolé.

— Tu crois qu'on va finir par être renvoyés dans le monde réel ?

— Oui, je pense. Je n'ai pas l'impression qu'on approche d'un terminus. Ça ressemble plutôt à une salle d'attente.

— Peut-être… peut-être qu'on a remonté le temps, ai-je dit.

— Peut-être. »

J'ai attendu. J'ai compté jusqu'à cent, puis j'ai perdu le fil et je me suis contenté d'attendre. Ma respiration s'est ralentie. Le train a disparu. J'ai senti le vieux Middle West – enfin, le lieu où je me trouvais, quel qu'il soit – m'envelopper. J'attendais. Au bout d'un moment, quand je me suis senti prêt, je me suis levé, lentement, je suis rentré dans le Palace du Cow-Boy, et j'ai repris le carnet de ma mère pour terminer l'histoire.

Emma ne voulait plus aller à Vassar. Elle ne voyait plus de raison d'y entrer à présent que M. Englethorpe l'avait quittée. C'était pour lui qu'elle avait fait tout cela. Puisqu'il n'était plus là, elle retournerait à ce qui aurait dû l'occuper depuis le début : la fréquentation des salons de Boston et la recherche d'un bon mari chrétien.

Le lendemain de la mort de M. Englethorpe, au dîner, elle annonça à sa mère sa décision de rester à la ferme et de se marier le plus vite possible, afin de ne pas devenir une charge pour ses finances. « J'aurais dû le faire bien plus tôt, mais j'avais du mal à lui résister. »

Elizabeth posa sa cuillère avec un geste si brusque que le métal heurta deux fois le bois de la table.

« Emma, dit-elle, je ne t'ai jamais demandé grand-chose. J'ai joué mon rôle du mieux que j'ai pu, en m'efforçant de te montrer le chemin avec douceur, et, depuis la mort de ton père à Woodshole, je t'ai élevée seule, ce qui, en dépit de ta bonne grâce, ne fut point tâche facile. Tu es la joie de ma vie – l'idée que tu me quittes maintenant, alors que nous sommes de nouveau seules pour la première fois depuis ce qui me semble des siècles, je ne puis la supporter ; je n'en dors plus la nuit. Rien ne me terrifie davantage, hormis ceci : que tu ne partes pas. Si tu n'as pas mis tout ton trousseau, tes dessins, tes carnets et ton nécessaire d'écriture dans une malle avant la fin de la semaine et que tu ne prends pas le train, je ne te le pardonnerai jamais. Tu ne dois pas gâcher ta chance. Te fermer à ce qui t'est offert, c'est tuer une part de toi-même, une part qui ne renaîtra jamais. Tu peux te marier et donner le jour à de beaux enfants, mais quelque chose en toi sera mort et chaque matin, à ton réveil, tu en sentiras sur ton cœur le poids glacé. Tu es sur le point de t'ouvrir au monde : qui sait quelles grandes et belles choses t'attendent dans cette université ? C'est un monde nouveau, inexploré, un monde que personne n'aurait imaginé possible. » Elizabeth reprit son souffle. Son visage s'était empourpré, jamais elle n'avait parlé aussi longtemps de sa vie. « Fais-lui honneur et pars. »

Et Emma partit. Elle ne le fit pas pour lui, cependant, mais pour elle, pour Elizabeth, sa mère, qui, depuis tout ce temps la guidait en silence sur les eaux de la vie, capitaine discret qui n'aboyait jamais d'ordres et manœuvrait le gouvernail d'une main légère sans que personne semble s'en apercevoir.

Elizabeth disparaît de cette histoire comme les abeilles mâles qui, une fois accompli leur devoir de procréation, rampent sous une feuille, replient leur tête et leurs antennes contre leurs pattes et attendent la mort. M. Englethorpe évoquait toujours ces faux-bourdons avec une sorte d'admiration, comme s'il s'agissait des héros d'une histoire.

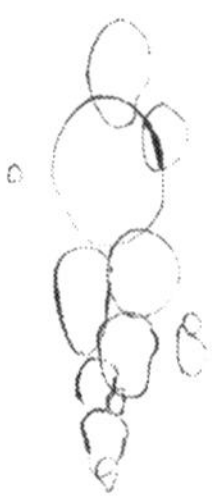

« Et ils ne se plaignent jamais, disait-il. Ils ne se plaignent jamais. »

Il est probable qu'Elizabeth ne concevait pas ainsi sa modeste sortie de scène. Elle ne se remaria pas, mais vécut aussi pleinement qu'elle le put dans sa fermette de Concord : elle cultivait de succulentes tomates et écrivit même quelques poèmes assez ordinaires qu'elle fit lire timidement à Louisa May, laquelle les proclama « pleins de sentiment et d'éloquence ». Mais ses poumons fragiles l'empêchaient de voyager, et elle ne put jamais voir l'Ouest, ni faire la connaissance de ses trois petits-enfants nés à Butte. Elle mourut paisiblement, bien que dans la solitude, en 1884, et fut enterrée à côté d'Orwin Englethorpe, à l'ombre des sycomores.

À Vassar, Emma trouva un mentor important en la personne de Sanborn Tenney, son professeur de sciences naturelles et de géologie, mais ce fut avec Maria Mitchell, son professeur d'astronomie, qu'elle noua l'amitié intellectuelle qui fut son refuge pendant ses années d'études. Bien qu'elle n'eût pas choisi de se spécialiser en astronomie, elle passa maintes soirées avec Mme Mitchell à étudier le cosmos et à débattre de la composition de l'univers.

Emma lui dit tout de M. Englethorpe. « J'aurais aimé le connaître, dit Mme Mitchell. Il t'a permis de prendre conscience de tes grands talents et t'a appris à ignorer les voix qui s'élevaient pour les nier. Je me suis battue toute ma vie contre ces voix, et malheureusement, tu devras sans doute en faire autant. » Elle attira Emma vers le télescope. « Regarde, ce sont les Gémeaux. »

Emma colla son œil contre l'oculaire glacé du télescope et vit apparaître, côte à côte, les deux personnages en étoiles. Mais comme ils étaient différents, ces jumeaux ! Qu'est-ce qui avait poussé l'astronome de la Grèce antique à les nommer ainsi ? Avait-il découvert les Gémeaux par hasard, en observant le ciel, ou avait-il scruté le ciel dans l'espoir de les y trouver ?

Emma écrivit un mémoire sur les dépôts de sédiments gréseux dans les Catskill Mountains et reçut son diplôme au bout de seulement trois ans. Elle sortit major de sa promotion, et consacra sa quatrième année d'études à enrichir son mémoire pour en faire une thèse, qui fut publiée par l'Académie nationale des sciences au mois de septembre, quatre ans jour pour jour après la disparition de M. Englethorpe. La semaine suivante, M. Tenney appelait le Dr Emma Osterville Englethorpe dans son bureau. Il commença par lui offrir un brandy, qu'elle refusa poliment, puis il lui offrit un poste de professeur de géologie au sein de l'université. Emma était surprise et flattée.

« Pensez-vous que je sois prête ? lui demanda-t-elle avec inquiétude.

— Ma chère, vous l'étiez déjà à votre arrivée dans cette université. Déjà, à l'époque, votre travail s'appuyait sur une méthode plus rigoureuse que celle de la plupart de membres de cette faculté. De toute évidence, vous avez été formée par d'excellents professeurs avant votre arrivée à Poughkeepsie – je regrette qu'ils ne travaillent pas ici, eux aussi, même si nous sommes plus que ravis de devoir nous contenter de vous. »

L'année suivante, en 1869, Emma retournait à l'Académie, triomphante, pour présenter sa thèse et donner un discours sur la question de la place des femmes dans l'éducation supérieure, coécrit avec Mme Mitchell au cours d'un week-end qu'elles avaient passé ensemble dans les Adirondacks. La plupart des académiciens firent le lien entre la petite fille à l'air vif rencontrée sept ans plus tôt et la jeune femme pleine d'assurance qu'ils avaient devant eux à présent. Ces messieurs, qui s'étaient amusés, autrefois, des ambitions de l'enfant, souriaient moins de la réussite exceptionnelle de cette nouvelle consœur. Ils l'écoutaient avec froideur, hostilité, même. Emma fit mine de pas s'en émouvoir. Maria Mitchell l'avait préparée à ce genre de réaction.

Elle arrivait à la fin de son discours :

« … Il ne s'agit donc point de se demander si un scientifique est homme ou femme, mais seulement si sa méthode est bonne, s'il, ou si elle, fait preuve de la rigueur nécessaire dans la pratique de la science moderne, s'il, ou si elle, participe à l'avancée du grand projet d'accroissement de la connaissance humaine. Car ce projet compte bien plus que toutes les distinctions de sexe, de race et de croyance. Si je suis venue devant vous aujourd'hui, ce n'est point pour revendiquer l'égalité des sexes dans le domaine des sciences sur la base de quelque grand principe moral, mais pour vous dire que l'absence d'une telle égalité compromettra sévèrement le succès de ce projet : il y a trop à découvrir, trop d'espèces à décrire, trop de maladies à vaincre, trop de mondes à explorer. Sacrifier la scientifique parce qu'elle est femme revient à réduire de manière significative les rangs de l'armée du savoir. Mon cher maître m'a dit un jour qu'en cet âge de catégorisation, il nous faudrait soixante-dix ans pour faire l'inventaire du monde naturel. On sait aujourd'hui que ce travail demandera sans doute dix fois plus de temps, si ce n'est davantage; nous avons donc besoin des services de tous les scientifiques, qu'ils soient hommes ou femmes. Ce qui nous définit comme scientifiques dans cette quête de la connaissance, c'est, bien sûr, notre attention au détail, mais plus encore notre ouverture d'esprit. Sans elle, nous ne sommes *rien*. Je vous suis reconnaissante de m'avoir accueillie ici comme l'une des vôtres, et vous remercie du fond du cœur.»

Elle salua son auditoire. Quelques mains applaudirent – les plus enthousiastes, et les plus moites, appartenant à un homme grassouillet qui avait déjà fait les yeux doux à Emma dans le couloir avant son discours. Le président de l'Académie, Joseph Henry, qui était aussi le premier secrétaire du Smithsonian, la rejoignit sur l'estrade et lui serra la main, sans chercher à cacher l'antipathie qu'elle lui inspirait. Il lui adressa même un sourire si sournois qu'elle faillit dégager sa main sur-le-champ, devant tout le monde, mais elle se contint, les dents serrées, et quitta calmement cette estrade sur laquelle elle savait qu'elle ne remonterait jamais.

À cet endroit, il y avait un blanc dans le texte, et brusquement je me suis souvenu que c'était ma mère qui avait écrit cette histoire, et pas juste le passé qui se racontait tout seul. D'ailleurs, était-ce vraiment le passé ? Dans sa première note, le Dr Clair s'était inquiétée du manque d'informations avérées concernant la vie d'Emma, et ici cela soulevait en effet une question. Comment connaissait-elle ses pensées les plus intimes ? J'avais du mal à croire que l'empiriste stricte, presque paralysante de rigueur qu'était le Dr Clair ait pris la liberté de supposer – non, d'inventer – toutes ces émotions chez nos ancêtres. Bien que cette impossibilité de vérifier le récit me rendît nerveux, elle me poussait aussi à tourner les pages. Je ne savais pas si je devais croire ou ne pas croire ce que je lisais, mais c'était justement cette incertitude qui me captivait. Peut-être étais-je en train de devenir adulte.

L'accueil glacial des académiciens renforça sa détermination. Elle n'était pas femme à se laisser congédier ainsi; elle n'allait pas reculer dans l'ombre pour laisser la place à ces gros vieillards et à leurs cigares. Lors d'une réception, le lendemain soir, où elle portait une robe grise austère et avait noué dans ses cheveux un simple ruban noir, elle entendit que le célèbre géologue Ferdinand Vandaveer Hayden était lui aussi en visite à l'Académie et recherchait des membres pour sa nouvelle expédition dans le Wyoming. Emma pinça les lèvres et hocha la tête, puis but une gorgée de son thé en feignant de prêter attention à la conversation sur les fossiles en Nouvelle-Écosse à laquelle elle avait pris part. Mais une idée avait germé dans son esprit, une idée qui ne la quitterait plus, ni ce jour-là ni le suivant. Elle ne parla de cette idée à personne, puis, le matin de son dernier jour à l'Académie, elle sollicita un entretien avec Hayden.

À sa surprise, il accepta.

Il la reçut dans l'un des élégants salons qui donnaient sur le parc de l'Académie, et dont les murs s'ornaient de deux portraits géants de Newton et d'Agassiz, lequel avait un air beaucoup plus menaçant en peinture qu'en personne. Emma, la gorge serrée de sentir qu'elle prenait place dans l'Histoire, se hâta de demander à Hayden une place dans son expédition.

« En quelle capacité ? demanda Hayden sans se troubler une seconde.

— Géologue. Je peux aussi travailler comme géomètre et topographe. Il est vrai que je n'ai encore publié qu'un seul ouvrage, mais je peux vous montrer des échantillons de ma collection dont la qualité, j'en suis sûre, vous convaincra de mes compétences. Je m'enorgueillis de ma méthode et de mon exactitude. »

Emma ignorait que Hayden avait justement besoin d'un géomètre pour compléter son équipe, mais n'avait plus assez d'argent pour en embaucher un. Il tétait son cigare, les yeux fixés sur le parc. Quelles pensées lui traversaient l'esprit, Emma n'en savait rien, mais finalement il se retourna vers elle et consentit à la prendre avec lui, après l'avoir avertie des périls du voyage, qui n'inspirèrent à Emma qu'un geste de mépris, ainsi que du fait, regrettable mais indubitable, qu'il ne pouvait pas la rémunérer, ce qui la fit réfléchir, mais qu'elle finit par accepter. On devait choisir ses combats.

Ainsi, à l'été 1870, le professeur Emma Osterville Englethorpe retournait à Washington avec une malle remplie d'instruments de topographie hérités de M. Englethorpe ou empruntés à la collection de Vassar, et, contre toute attente, embarquait le 22 juillet dans un train à destination de l'Ouest, qui empruntait la ligne fraîchement achevée de l'Union Pacific Railroad, en compagnie de Ferdinand Vandaveer Hayden et de la seconde expédition américaine annuelle de recherche géologique et topographique sur le territoire du Wyoming. Quelle était la probabilité pour qu'une femme participe à ce genre d'entreprise ? Emma avait presque du mal à y croire. Et elle devinait que certains, déjà surpris et honorés d'avoir été choisis pour prendre part à une expédition aussi exceptionnelle, étaient tombés des nues en découvrant que Hayden avait recruté une femme, une femme géomètre, qui allait les accompagner au cœur de cette aventure virile dans les vastes territoires de l'Ouest.

Ils arrivèrent dans le chaos de la ville de Cheyenne après deux pénibles semaines de voyage. Leur locomotive était tombée en panne à deux reprises dans le Nebraska et Emma avait souffert de migraines pendant tout le trajet. Elle était soulagée de respirer l'air pur de l'Ouest.

Ils passèrent la nuit à Cheyenne. La ville grouillait de cow-boys lubriques avides de dépenser leur paye et de toutes sortes d'individus louches, spéculateurs ou colporteurs de produits miracles ou de la plus belle affaire du siècle. La moitié des hommes de l'expédition, y compris Hayden, quittèrent l'hôtel pour aller visiter les célèbres bordels de Cheyenne, laissant Emma seule avec ses pensées et ses notes de terrain. Elle était ravie de quitter la ville le lendemain. Il lui tardait d'être entourée des roches gréseuses du Crétacé, d'explorer les cirques béants des légendaires Wind River Mountains et de voir de ses yeux les grandioses plissements tectoniques qui, aux dires de tous, éclipsaient les plus hautes montagnes de Nouvelle-Angleterre.

Mais la suite du voyage ne fut pas plus plaisante. Pendant dix jours, ils bivouaquèrent à quelques kilomètres de Cheyenne, à Fort Russel, camp de base de l'expédition. La deuxième nuit, l'un des hommes, soûl, l'empoigna par les cheveux et tenta d'abuser d'elle. Elle lui donna un coup de genou dans les testicules et il s'écroula comme une marionnette aux fils coupés, évanoui, le nez dans la poussière. Le lendemain matin, quand ils se rassemblèrent tous autour de la table pour prendre le café, il ne desserra pas les dents.

Photographie collée dans le carnet, accompagnée de la légende : « Expédition Hayden, 1870. »

J'ai cherché Emma sur la photo, mais je ne l'ai pas trouvée. Peut-être était-elle déjà sur le terrain, occupée à prendre des notes dans son carnet vert. J'ai brusquement haï tous les hommes sur la photo. J'aurais voulu leur donner à tous un bon coup de genou dans les testicules.

Finalement, ils partirent en direction de l'ouest. Emma apprit à boire son café très tôt le matin et à se rendre sur le terrain avant que les hommes se réveillent. Peu à peu, ils prirent l'habitude de s'éviter autant que possible.

Hayden était le pire de tous. Ce n'était pas ce qu'il disait, mais ses silences. C'était tout juste s'il ne l'ignorait pas. Chaque soir, elle lui déposait ses notes de géologie sur la table devant sa tente, et, chaque matin, elle voyait qu'il les avait prises, mais il ne la remerciait jamais, ne commentait jamais aucune de ses observations. Elle ne pouvait plus l'approcher sans sentir sa mâchoire se crisper. Lui et les membres de son expédition étaient pourtant *a priori* de grands hommes de science, capables de discuter avec aisance des thèses de Humboldt, de Rousseau, de Darwin, c'étaient, pouvait-on croire, des hommes de caractère, des hommes d'observation, mais, sous ce raffinement apparent, ils nourrissaient une sorte d'aveuglement encore plus répugnant que la concupiscence bestiale des cow-boys de Cheyenne. Au moins, ces cochons-là vous regardaient dans les yeux.

Au bout de deux mois et demi, ils avaient parcouru toute l'étendue du Wyoming d'est en ouest, depuis Cheyenne jusqu'à Fort Bridger et la gare de Green River, et ils repartirent dans l'autre sens en suivant la voie ferrée. William Henry Jackson, le photographe du groupe, qui rangeait ses plaques de verre dans les sacoches de son fidèle mulet, Hydro, prit de nombreuses vues des trains de l'Union Pacific filant au milieu des collines désertiques. Jackson était le seul allié d'Emma dans ce voyage. Il ne feignait pas de ne pas la voir, ne crachait pas à ses pieds, ne marmonnait rien dans sa barbe quand elle passait près de lui. L'une des seules joies d'Emma était de discuter avec lui le soir, tranquillement, à l'écart du groupe et des regards indiscrets. Ensemble, ils revenaient sur les découvertes de la journée et se perdaient dans la contemplation du sublime panorama. Si seulement elle avait pu trouver sa place dans ce paysage…

Le 18 octobre, toute l'équipe partit de Table Rock, longea le chemin de fer qui serpentait au creux d'une vallée de buttes rouge vif et arriva en fin d'après-midi à l'avant-poste solitaire de Red Desert. Il fallut un certain temps à Hayden pour obtenir du sémaphore, qui parlait mal anglais, qu'il lui indique un endroit où les membres de son expédition pouvaient camper sans danger pendant quelques jours. Le site qu'il leur désigna était bordé de quelques collines au sud, mais ouvert, au nord, au-delà du chemin de fer, sur l'étendue infinie et ondulante du désert rouge.

Au coucher du soleil, Emma était avec M. Jackson, qui préparait son appareil. Non loin d'eux, Hydro frappait du sabot le sol d'argile tiédissant. Dans le campement, les hommes venaient d'entonner un air. Ils avaient dû trouver du whisky, fourni peut-être par le sémaphore : avec eux, une chanson était toujours synonyme d'humeur spiritueuse. Ils auraient été capables de se soûler dès le matin, avant d'aller effectuer des relevés essentiels au bord d'une falaise. Tout cela parce qu'ils n'avaient pas le courage de regarder la mort en face. Elle ne voulait plus jamais les voir. Elle laissa M. Jackson à ses réglages sans fin et marcha vers la gare. Le château d'eau jetait en travers de la voie une ombre longue et mince.

Quand elle arriva, il dormait. Elle s'arrêta sur le pas de la porte et le vit qui ronflait sur sa chaise, la bouche ouverte. C'était vraiment un sauvage.

Elle allait repartir quand il se réveilla en sursaut et croisa son regard. Il écarquilla les yeux et s'essuya les lèvres du revers de la main, avec une douceur surprenante pour un homme aussi fruste.

« Mam'zelle ? » dit-il avec un fort accent en se levant de son siège. Il serra les paupières un instant, comme pour chasser une vision, mais, quand il les rouvrit, elle était toujours là.

Emma soupira. Un léger vrombissement, dans sa tête, se tut avec une lenteur lasse, comme à regret.

« J'ai soif, dit-elle. Auriez-vous de l'eau ? »

Le texte s'arrêtait là. J'ai tourné les pages du carnet. Les vingt dernières étaient blanches.

J'ai paniqué.

C'est une blague ou quoi ?

Comment avait-elle pu s'arrêter là ? C'était justement le moment qui l'intéressait ! Elle voulait comprendre pourquoi Emma et Tearho s'étaient mariés. Et moi aussi, je voulais comprendre ! OK, je l'avoue, quelques petits détails croustillants ne m'auraient peut-être pas déplu (même moi, j'étais allé lire la page 28 du *Parrain* au CDI).

Et puis, *« J'ai soif »* ? *« Auriez-vous de l'eau ? »* Apparemment, on n'avait pas besoin d'être très doué pour la drague au Far West ; c'était la femme qui prenait les devants et *boum* : tout d'un coup elle n'était plus la première géologue du pays, mais l'épouse d'un Finlandais. *Mais qu'est-ce que c'était que cette histoire ?* Est-ce qu'Emma, excédée par les brimades perpétuelles des autres scientifiques, avait vraiment renoncé à son rêve et choisi un chemin moins ardu, abandonnant la science pour le confort simple des bras de Tearho ?

Je savais qu'on pouvait tomber amoureux de n'importe qui, que la profession des gens avait peu d'importance, mais tout de même : pourquoi, tant de fois, dans notre famille, une grande empiriste s'était-elle éprise d'un homme qui exerçait un métier on ne peut plus différent du sien, un homme qui, dans son activité quotidienne, n'était guidé ni par la théorie, ni par l'observation, ni par la comparaison, mais par le poids d'une lourde masse ? Fallait-il en déduire que deux individus d'occupation similaire se repoussaient, comme deux aimants de même polarité ? L'amour vrai, l'amour ombilical, celui qui liait deux personnes jusqu'à la fin de leurs jours exigeait-il une certaine disjonction intellectuelle entre les amants, qui leur permît de dépasser leur besoin de rationalisation et d'ouvrir à l'autre l'espace rugueux et incertain de leurs cœurs ? Est-ce qu'il était exclu que deux scientifiques éprouve l'un pour l'autre ce genre d'amour naturel, cette *dévotion* ?

Tandis que le motor-home continuait de flotter dans le monde des ténèbres, je me suis demandé si ma mère avait fini par écrire cette scène fatidique où Emma et Tearho tombent amoureux. Peut-être que non. Peut-être qu'elle s'était sentie tout aussi incapable d'exposer les raisons pour lesquelles ils s'étaient choisis que d'expliquer pourquoi elle avait elle-même choisi Père. Ou peut-être que l'épisode était caché dans un autre de ces carnets EOE que j'avais pris pour des notes de recherche. *Oh, Mère, qu'es-tu en train de faire de ta vie ?*

J'étais sur le point de refermer le carnet quand mon regard est tombé sur la toute dernière page. En haut, le papier était griffé d'encre, comme si on y avait exercé la plume asséchée d'un stylo. Et en bas, un mot était écrit.

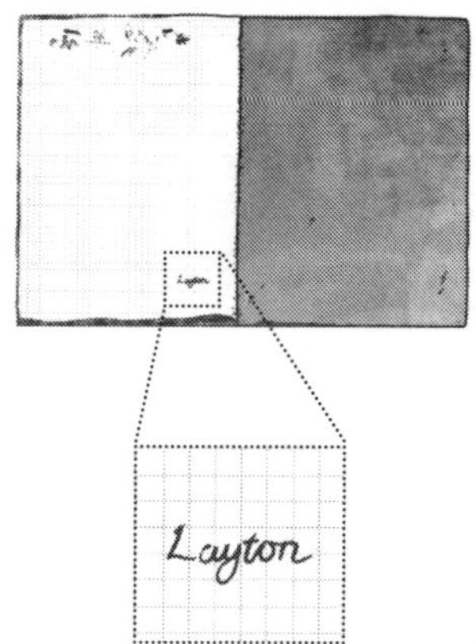

La dernière page du carnet EOE

Je n'en revenais pas de trouver son nom là. *Comment est-ce qu'elle avait pu le connaître ?* L'image que j'avais de Layton, avec ses bottes de cow-boy, son fusil et son pyjama de cosmonaute me paraissait si éloignée du monde d'Emma et de Hayden et des expéditions scientifiques du XIXe siècle que je me suis demandé si quelqu'un avait volé ce carnet avant moi et y avait écrit ça. J'ai regardé le mot de plus près. C'était l'écriture de ma mère.

Ma mère. Non seulement elle l'avait connu, Layton, mais *elle lui avait donné naissance*. Il y avait entre eux un lien biologique unique que je ne pourrais jamais comprendre. Son chagrin avait dû être immense, et pourtant, comme tout le monde au Coppertop, jamais ou presque elle n'avait prononcé son nom depuis son enterrement.

Mais elle l'avait écrit.

Je gardais les yeux fixés sur ces six lettres assemblées. J'étais en train de comprendre que le déni qui entourait la mort de Layton et même son existence dans ma famille n'avait rien à voir avec lui : c'était une fortification que nous édifiions autour de nous en son absence. C'était un choix, rien ne nous obligeait à réagir ainsi. Pourquoi nous épuiser de la sorte à une tâche aussi vaine ? Layton avait existé en chair et en os. Les souvenirs que j'avais de lui en train de monter trois à trois les marches de la véranda ou de pourchasser Merveilleux jusque dans la mare, tellement vite qu'on avait l'impression qu'ils allaient la traverser sans couler, en courant à la surface de l'eau, ces souvenirs étaient réels, ils n'étaient pas le fruit de mon imagination. Et pourtant, je restais partagé face à eux, je ne savais qu'en faire : j'avais en même temps envie de les rejeter pour me concentrer exclusivement sur mon présent, et envie de m'y plonger tout entier en oubliant ce que je vivais.

Layton ne se serait jamais laissé prendre dans ce genre de dilemme téléologique. Il aurait dit : « On n'a qu'à poser des boîtes de conserve sur cette barrière et les dégommer avec le fusil. » Et je lui aurais demandé :

« Mais pourquoi est-ce que tu t'es tiré dessus dans la grange ? Est-ce que c'était un accident ? Est-ce que c'est moi qui t'ai poussé à le faire ? Est-ce que tout est de ma faute ? »

Mon regard s'est fixé sur les six lettres que ma mère avait tracées. La réponse à mes questions ne viendrait jamais.

Layton

Chapitre 10

Je me suis réveillé à l'intérieur du motor-home couvert d'une fine couche de sueur. L'air dans la chambre était chaud et lourd, comme celui d'un grenier où personne ne serait entré pendant très longtemps. Étendu sur le lit *king-size*, le paysage des Rocheuses entortillé entre les genoux, je regardais autour de moi et il me semblait, sans que je puisse préciser cette impression, qu'un changement très net s'était produit.

Du bout du pouce, j'ai recueilli sous mon nez la mince goutte de transpiration qui s'y était formée. Alors que la gouttelette s'étirait, j'ai compris que si je n'arrivais pas à mettre le doigt sur ce qui avait changé autour de moi, c'était parce que *tout* s'était animé. Le monde était de retour ! La chaleur, les flots de lumière magnifique qui entraient par les stores vénitiens, les basses rythmées qui faisaient frémir les muscles de mes joues. Chaque pulsation agitait le Palace tout entier, les bananes en plastique frissonnaient dans leur petit saladier. Ô joie suprême ! La thermodynamique avait repris ses droits ! Et la cause, et l'effet ! *Bienvenue, les enfants, bienvenue !*

M'approchant de la fenêtre, j'ai écarté les lattes avec le pouce et l'index et j'ai poussé un murmure de stupéfaction.

Un panorama d'échangeurs autoroutiers.

Bon, oui, d'accord, j'avais déjà vu des photos d'échangeurs dans ma vie. J'avais même vu un film où un type sautait en voiture d'un échangeur à l'autre, mais je restais un garçon de la campagne, et rencontrer en personne cette confluence d'autoroutes flottantes m'a sidéré. Je pense qu'une partie de ma paralysie mentale à cet instant tenait aux longues journées que je venais de passer coincé dans un trou de ver du Middle West (si c'est bien ainsi qu'on nomme cette anomalie quantique), dans un état de privation sensorielle avancée. Reprendre contact avec n'importe quelle sorte de réalité tangible à la suite de cette expérience m'aurait déjà causé un violent choc synaptique, alors me retrouver face à face avec *ça* ! Sous mes yeux se déployait la géographie serpentine du monde civilisé : un labyrinthe de six échangeurs répartis sur trois niveaux, d'une belle et fascinante complexité et néanmoins très fonctionnel, de construction admirable, et un flot constant de voitures tournant les unes au-dessus et en dessous des autres sans que leurs conducteurs paraissent conscients de la grandiose alliance de béton et de physique théorique qui les soutenait dans leurs circonvolutions.

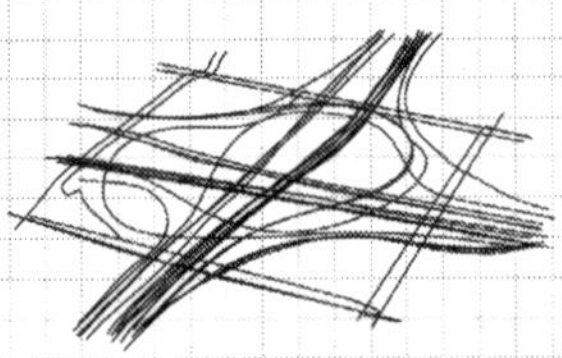

Trafic véhiculaire (30 s)

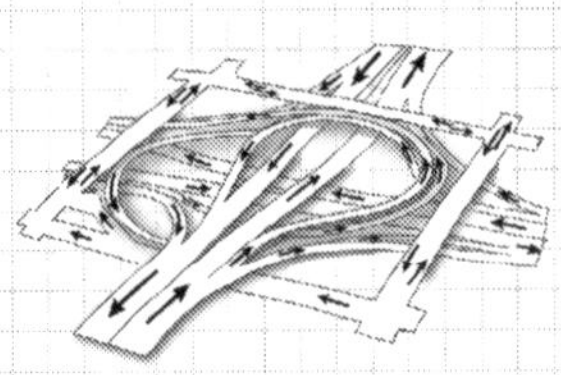

Sens du trafic

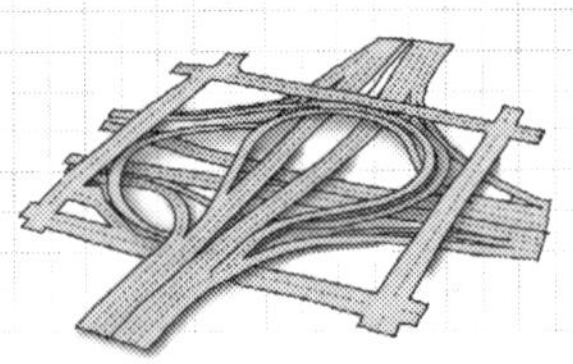

Le miracle du béton
Carnet V101

Et derrière cet entrelacs d'échangeurs s'étalait un tohu-bohu de grands immeubles, d'escaliers de secours, de réservoirs et de rues immenses qui semblaient se dérouler sans fin, dans un lointain peuplé seulement d'autres grands immeubles, escaliers métalliques et réservoirs. La profondeur de cette vue, le dense réseau de lignes superposées, l'accumulation de matériaux m'entraînaient vers les prémices d'une crise d'hyperventilation. Chacun de ces grands immeubles, chaque grille, chaque corniche, chaque brique, chaque paillasson était là parce que, à un moment donné, quelqu'un l'y avait construit ou placé de ses mains. Ce paysage tout entier était une création humaine phénoménale. Les montagnes qui enlaçaient le Coppertop avaient peut-être plus de majesté que ce foisonnement d'immeubles, mais je savais que leur existence n'était qu'un effet secondaire de l'érosion et de la tectonique des plaques. La disposition de ces immeubles, en revanche, n'avait rien de naturel : partout, dans le quadrillage des rues, des câbles téléphoniques, dans la forme des fenêtres et l'entassement des cheminées et des paraboles orientées avec soin, s'exprimait une obsession collective pour la logique réconfortante de l'angle droit.

Et tous ces grands immeubles qui cachaient l'horizon me faisaient l'effet d'immenses décors peints, disposés de manière stratégique pour me boucher la vue, afin que j'oublie à quoi ressemblait le reste du monde.

Rien n'existe en dehors de ceci, me criaient les immeubles. *Tout ce qui compte se trouve sous tes yeux. Peu importe d'où tu viens, ça n'a plus d'importance. Oublie tout.* J'ai opiné de la tête. Oui, c'était sûr : dans une ville comme celle-ci, le Montana ne semblait vraiment pas avoir beaucoup d'importance.

Sur le devant de la scène, un gros 4 x 4 noir était arrêté à un feu, et je me suis aperçu que c'était de ses entrailles que provenait le martèlement de basses. Il produisait la musique la plus étrange que j'aie jamais entendue : une version masculine et sous amphétamines de la pop sucrée de Gracie, si forte qu'il en frissonnait comme un gros pudding gélatineux. Ses vitres et son pare-brise étaient noirs eux aussi et me cachaient ce qui se trouvait à l'intérieur. Juste au moment où je me demandais comment le conducteur pouvait voir où il allait, le feu est passé au vert et le 4 x 4 a démarré en trombe. À ma stupéfaction, j'ai remarqué qu'alors même qu'il avançait, ses gros enjoliveurs argentés tournaient dans le sens inverse de la marche.

La voiture aux vitres noires qui roule vers l'arrière tout en avançant
Carnet V101

Le cumul paradoxal de ces deux vecteurs me donnait le tournis. J'ai songé un instant que les lois du mouvement n'étaient peut-être pas en vigueur dans une ville comme celle-ci. Est-ce que tout y était possible ? Est-ce que les citadins pouvaient choisir dans quel sens tournaient leurs roues en appuyant simplement sur le bouton anti-Newton de leur tableau de bord ? Est-ce que toutes les voitures possédaient un pilote automatique, si bien qu'on n'avait même plus besoin de voir où on allait ?

Le train progressait lentement dans ce luxuriant paysage sensoriel. J'ai entrouvert la portière du motor-home pour faire entrer un peu d'air frais dans la cabine. Le soleil a brillé sur mon visage ; on sentait que c'était le matin, assez tôt, mais déjà la chaleur s'intensifiait, et c'était une chaleur épaisse et moite que je ne connaissais pas. On aurait dit que d'infimes éclats de béton et de câbles caoutchoutés, et même quelques particules de chiche-kebab s'étaient vaporisés dans l'air et fixés sur les atomes d'oxygène de la ville, trop affaiblis pour leur résister.

Un fracas de chantier retentit non loin de moi. Une odeur de gaz d'échappement et d'ordures en décomposition me monta aux narines, puis se dissipa. Tout était transitoire, rien ne durait plus de quelques secondes. Et les hommes qui évoluaient dans ce décor avaient l'air de le savoir : ils marchaient d'un pas rapide, en balançant les bras contre leurs flancs sans y penser, sans rien attendre d'inattendu, comme si seule comptait leur destination. Je pouvais voir en un seul coup d'œil plus de gens que je n'en avais rencontré de toute ma vie. Ils étaient partout : ils marchaient sur les trottoirs, s'appuyaient sur les capots des voitures, agitaient les bras, sautaient à la corde, vendaient des magazines, des journaux, des chaussettes. De nouvelles notes de basse me parvinrent, venues d'un autre 4 x 4 (sans roues inversées, celui-là) qui passait dans une rue, puis ce son s'évanouit à son tour, ne laissant derrière lui qu'un écho de l'écho de la première voiture, et ainsi les deux 4 x 4 joueurs de basse se confondirent dans mon esprit et il n'en resta plus qu'un, avec des roues qui tournaient à la fois vers l'avant et vers l'arrière, à cheval sur le continuum espace-temps. Ah ! là là ! cette ville était vraiment bizarre.

Quelque part, un chien s'est mis à aboyer : cinq aboiements brefs, puis j'ai entendu un homme crier dans une langue qui ressemblait à de l'arabe. Trois adolescents noirs, sur de tout petits vélos qui roulaient très vite, ont débouché au coin d'une rue, et ils ont tous sauté le trottoir, le dernier en manquant de se casser la figure, ce qui a bien fait rire ses collègues, qu'il rejoignait l'instant d'après. Leurs vélos étaient si petits qu'ils étaient obligés d'écarter les jambes en un très large V s'ils ne voulaient pas se cogner les genoux contre les coudes.

De la même façon qu'on peut s'apercevoir que toute sa vie on a employé un mot sans connaître son sens exact, je me suis rendu compte que jusqu'ici, je n'avais jamais vu une vraie ville. Peut-être qu'il y a cent ans, Butte était une vraie ville elle aussi, où se mêlaient dans un grand bourdonnement le claquement régulier des quotidiens fraîchement imprimés, le tintement d'un millier de transactions, le soupir perpétuel de la laine frôlant la laine sur les trottoirs couverts de monde. Mais ce n'était plus le cas. Une vraie ville, c'était *ça*. Et ça, comme l'annonçait un grand panneau bleu du *Tribune*, c'était « Chicagoland ».

Plus je regardais la ville, plus je me sentais faiblir devant le sortilège du multiple et de l'éphémère. On ne pouvait appréhender un paysage urbain comme celui-ci à travers la somme de ses détails. Toutes mes facultés d'observation, de mesure et de synthèse visuelle m'abandonnaient les unes après les autres. Pour combattre la panique, j'ai essayé de me replier en territoire familier, de me raccrocher aux motifs que je pouvais identifier, mais mon attention était sans cesse happée par un élément de nouveau.

Dans l'Ouest, on pouvait passer des jours entiers à étudier les particularités de la migration nord-sud des oies du Canada, mais ici, un détail comme la coupe étrangement longue des shorts en jean de ces trois cyclistes inspirait à lui seul une ribambelle étourdissante de questions. Quel écart de tissu séparait ces shorts d'un de mes pantalons, et d'ailleurs, quand est-ce qu'une jambe de quelque chose devenait une jambe de pantalon? Quelle était la longueur officielle? Combien d'années avait-il fallu pour que ces longs shorts trouvent leur place dans notre culture? Et que signifiaient les variations de longueur entre les trois garçons? Est-ce que c'était toujours le chef qui portait le short le plus long?

Quand un short devient-il un pantalon? (et autres questions insolubles des temps modernes)
Carnet V101

Je voyais mille cartes s'élever dans les airs comme les échos fantomatiques de la ville qui se tordait sous elles : proportion des voitures par rapport au nombre de passants sur chaque block, variations des espèces d'arbres du sud au nord de la ville, nombre moyen de mots échangés entre inconnus de quartier à quartier. J'avais de la peine à respirer. Jamais je n'aurais le temps de dresser toutes ces cartes. Les fantômes s'évaporaient aussi vite que la ville les avait exhalés, et toutes ces bonnes idées se perdaient dans le néant…

Comme je ne savais pas quoi faire, j'ai sorti de ma valise mon Leica M1 et je me suis léché les doigts pour retirer le cache de l'objectif. J'ai commencé à prendre des photos de tout ce que mon train dépassait : une large fresque représentant un guitariste de blues avec de grandes lunettes noires, un immeuble avec, accrochés aux escaliers de secours, dix drapeaux portoricains qui claquaient au vent, une femme chauve qui tenait un chat en laisse. J'ai aussi fait une série de photos de réservoirs, en essayant de capturer la variété des styles de leurs toits coniques.

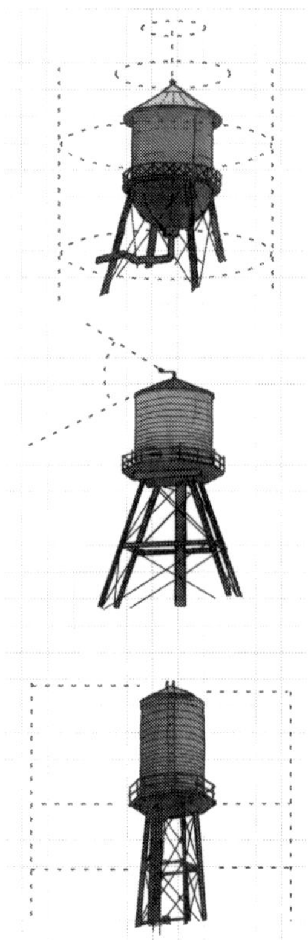

T. S. Spivet
Réservoir n° 1, n° 7, n° 12
2007 (crayon et encre de chine)
Dessins exposés
au Smithsonian Museum
en décembre 2007

La simplicité du cadrage de ces photos me calmait un peu, mais, au bout de cinq minutes, je n'avais déjà plus de pellicule. Je n'aurais peut-être pas dû m'exciter à ce point sur les réservoirs. Je ne pouvais pas photographier tout ce que je voyais : je devais me montrer beaucoup plus sélectif, réfléchir à ce qui avait vraiment de l'intérêt.

« OK, cerveau, ai-je dit. Filtre. »

J'ai ouvert mon carnet et, parmi les milliers de possibilités qui s'offraient à moi, j'ai fait mon choix et j'ai écrit : « Schéma du regroupement des passants, ou : *Solitude en transit.* »

Pendant les sept minutes suivantes, j'ai compté les gens qui passaient dans la rue, à pied ou en voiture, en les classant selon qu'ils étaient seuls, à deux, ou en groupes de trois, quatre, cinq ou plus. Chaque fois que je notais le passage d'une personne, il y avait un bref instant où son monde s'ouvrait à moi et où je sentais l'urgence de son déplacement, où j'anticipais avec elle le contact, sous ses pieds, de la moquette tuftée ou de l'escalier aux marches égales vers lesquels elle se dirigeait. Et puis cette personne disparaissait dans le quadrillage de la feuille, réduite à un point parmi d'autres sur mon graphique.

Mais ce qui se dessinait peu à peu avec ce relevé en disait plus sur le monde de l'homme qu'il n'y paraissait de prime abord : sur 93 personnes

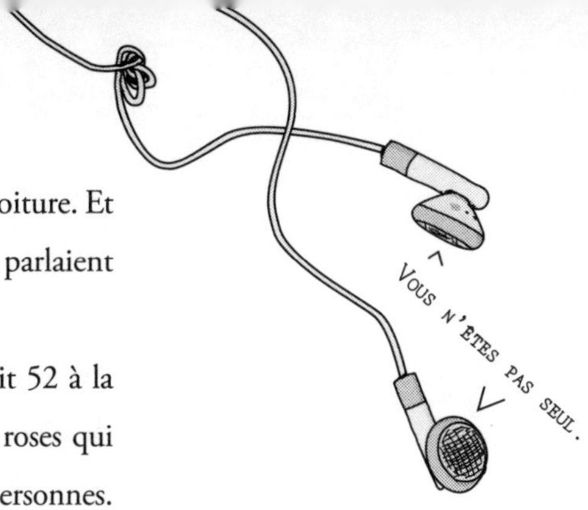

observées, 51 marchaient seules, ou se trouvaient seules dans une voiture. Et sur ces 51 personnes, 64 % avaient des écouteurs sur les oreilles ou parlaient au téléphone, peut-être pour oublier le fait qu'elles étaient seules.

J'ai réfléchi un instant, puis j'ai gommé le chiffre 51 et j'ai écrit 52 à la place, en chassant du bout du pouce les minuscules vermisseaux roses qui s'étaient formés sur la page. Moi aussi, à présent, j'étais l'une de ces personnes.

Notre train a continué sa route, laissant derrière lui la zone habitée de la ville pour longer une succession d'énormes usines en béton. Et de rues vides. Des clochards s'étaient construit de petites maisons en carton. J'ai vu un pied bleu, en chaussette, qui dépassait de l'un de ces abris. Un homme s'était même arrangé une petite propriété close de murs sur un terrain vague semé de mauvaises herbes – il avait disposé six caddies en cercle autour d'une bâche et décoré les abords de sa demeure avec une douzaine de flamants roses en plastique. Les flamants roses avaient un air triste mais alerte au milieu de tout ce béton, comme s'ils rongeaient leur frein en attendant de repartir pour leur Floride natale, où ils pourraient ronchonner à loisir sur le temps qu'ils avaient perdu à faire le pied de grue dans ce désert industriel. Mais au bout de quelque temps, pourtant, à l'ombre de leurs palmiers, ils finiraient sûrement par s'ennuyer, et regretteraient en secret leur ancienne vie plus âpre, plus authentique, dans la crasse du terrain vague.

Je voyais de plus en plus de détritus par terre, dans tous les coins. Il y en avait de toutes sortes : bouteilles, sachets de chips, pneus, caddies sans roues, sacs en plastique, emballages de bâtonnets de bœuf séché. Chacun de ces objets avait été fabriqué dans une usine, sans doute en Chine, puis importé aux États-Unis dans un cargo piloté par un Russe renfrogné, puis acheté et jeté par un habitant de Chicago, et gisait à présent par terre, voletant dans la brise légère (à l'exception des pneus, qui ne voletaient pas). Qu'observerait-on si l'on cartographiait une ville selon la seule répartition de ses détritus ? Dans quels endroits seraient-elles le plus concentrées ?

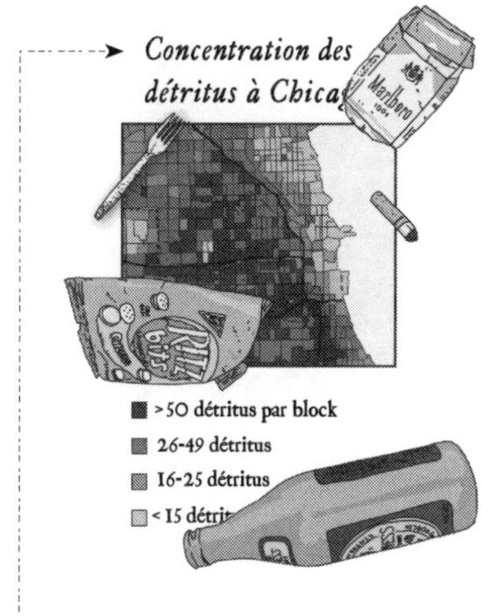

Soudain, dans un long sifflement de freins, nous nous sommes arrêtés. Arrêtés ! J'avais oublié ce que ça faisait d'être à l'arrêt. Mon corps tremblait dans le motor-home immobile, s'efforçant de contrebalancer par son vacillement nostalgique le mouvement d'un trajet qui, j'en avais l'intuition de plus en plus nette, était maintenant terminé. J'étais arrivé à Chicagoland, capitale de la *terra incognita*, grand mystère où j'allais me jeter ; il était temps pour moi de quitter le Palace du Cow-Boy. Valero, mon fidèle destrier, m'avait emmené par-delà les montagnes Rocheuses, le Grand Bassin et le désert rouge, par-delà les Plaines et le centre névralgique de Bailey Yard, par-delà le trou de ver et jusqu'ici, dans la Ville des Vents, à un jet de pierre de ma destination. Tout ce que j'avais à faire, c'était suivre le conseil de Deux Nuages et chercher ces splendides locos CSX bleu et jaune, qui allaient m'emmener à l'est, à la capitale, chez notre président, dans un monde de diagrammes, de gloire et de fortune. (Et peut-être qu'il fallait aussi que je me soucie de ma subsistance, puisque l'état de béatitude parfaite dans lequel j'avais dévoré ma dernière barre de céréales laissait peu à peu la place à la sourde angoisse de mourir de faim.)

« Au revoir, Valero », ai-je dit, et j'ai attendu.

« Au revoir, ai-je répété. Je ne sais pas comment tu nous as sortis de ce trou de ver, enfin de ce truc bizarre, là. Mais merci beaucoup, mon cher. J'espère que ce seront des gens bien qui t'achèteront, avec un bon sens de l'orientation, parce que tu es vraiment le plus incroyable des palaces de cow-boys. »

Toujours pas de réponse.

« Valero ? Mon ami ? »

Dans la grande ville, les machines comme les motor-homes ne parlaient pas. Cela n'arrivait apparemment que dans le grand Ouest sensible et romanesque. Les choses étaient différentes, ici.

J'ai essayé de me décrasser un peu. Pendant mon voyage, prendre des bains s'était révélé difficile, mais le ballon du motor-home contenait tout de même un peu d'eau, ce qui m'avait permis de prendre quelques toutes petites douches dans la minuscule salle de bains. Près du lavabo, il y avait un autre cow-boy géant en décalcomanie qui disait, moqueur : « Prenez de vraies douches au beau milieu de la prairie ! » tandis que je me frictionnais à une vitesse frénétique sous le bavouillis mince et gelé qui tombait de la pomme de douche. J'étais un dur, comme mon père, qui n'avait jamais utilisé une seule goutte d'eau chaude de toute sa vie. J'ai entonné une petite chanson pour me remonter le moral et j'ai serré les orteils dans la flaque glacée pour m'empêcher de frissonner.

Ceci est la seule chanson que je connais par cœur :

Le Petit Cow-Boy

Où es-tu parti,
Mon petit cow-boy ?
Maman est dans la cuisine
Et les vaches n' sont pas rentrées.

Où es-tu parti,
Mon petit cow-boy ?
L'herbe est de plus en plus haute
Et l'hiver va arriver.

Où es-tu parti,
Mon petit cow-boy ?
On se sent bien seul ici
Quand les coyotes s' mettent à hurler.

Où es-tu parti,
Mon petit cow-boy ?
J' suis parti r'trouver l' Seigneur,
Je ne reviendrai jamais.

- T.Y.

Pourtant, même une fois lavé et changé, j'avais toujours l'air débraillé ; peut-être pas autant que Hanky le Hobo, mais c'était évident qu'à côté de ces citadins à la pointe de la mode, je ne ressemblais à rien. J'ai passé l'un de mes pull-overs gris foncé sans manches. Pour l'instant, ma priorité, c'était de me fondre dans la masse des habitants de Chicago. J'ai failli emporter Barbe-Rouge, mais finalement je l'ai laissé là où il était sur le tableau de bord. Si Valero revenait à la vie, il serait peut-être content de trouver un ami.

Après m'être assuré que la voie était libre, j'ai traîné ma lourde valise jusqu'au bord de la plate-forme et je l'ai fait glisser à terre avec précaution, en la retenant de mon mieux. Il y avait des centaines de wagons autour de moi. J'ai cherché du regard les locos bleu et jaune. Il me semblait en distinguer un groupe plus loin sur les voies.

J'ai essayé de traîner ma valise. Ce n'était pas facile. Il m'en coûtait de l'admettre, mais il allait sûrement falloir que je la laisse cachée là le temps d'explorer les lieux et de décider de l'étape suivante.

Sacrebleu, comment abandonner cette sélection d'objets essentiels à ma survie que j'avais mis des heures à constituer ? Comme je me sentais de nouveau à deux doigts de l'hyperventilation, j'ai vite sorti mon sac à dos et je l'ai garni du strict nécessaire : trente-quatre dollars et vingt-quatre cents, mes jumelles, mes carnets, une photo de ma famille, ma boussole porte-bonheur et, allez savoir pourquoi, le squelette du sansonnet.

Ah, c'était horrible, horrible! Qu'allais-je devenir sans mon théodolite et Tangentielle la Tortue? Il ne fallait pas trop que j'y pense. J'avais quand même l'âge de comprendre qu'on ne pouvait pas toujours avoir tous ses instruments à disposition, et que trimbaler un théodolite ancien dans les rues de Chicago était pour le moins incommode, en plus d'être une invitation à me casser la figure. J'ai tâché d'éviter de penser à ce qui arriverait si je me perdais et que je n'arrivais pas à retrouver ma valise. Les adultes prenaient des décisions déchirantes tous les jours, dans ce monde, et il était temps que je commence à me comporter comme un adulte.

Je me suis mis à remonter les voies d'un air aussi nonchalant que possible, en tripotant mon pull-over du bout du pouce comme si j'avais toujours vécu dans cette gare de marchandises et que j'étais juste en train de faire ma promenade de santé au milieu des wagons et des commutateurs – comme si je n'étais pas à mille six cents kilomètres de chez moi, du ranch, de la barrière et de ces ignares de chèv'es.

Les locos étaient bien des CSX. Je les avais perdues de vue ; je suis retombé dessus comme on tombe sur un géant endormi. C'étaient de grosses et belles machines pleines d'élégance. Elles me paraissaient plus fuselées, plus modernes que celles de l'Union Pacific qui m'étaient devenues si familières. À côté de ces engins raffinés, la cohorte de l'UP faisait l'effet d'une bande de ploucs. Les locos attendaient sur les rails, sifflantes, impatientes, l'air de dire : « Tu veux voyager avec nous ? Tu n'es sans doute jamais monté dans un train de cette classe. Est-ce que tu en es digne ? Nous sommes des locomotives de l'Est. Si nous le pouvions, nous porterions toutes un monocle et parlerions de Rousseau. Tu as lu Rousseau ? »

Je devais pouvoir m'entendre avec ces locos mégalos. J'étais peut-être fils de rancher, mais, si elles avaient envie de pérorer sur l'héritage problématique des Lumières, j'étais capable d'en discuter avec les plus brillantes d'entre elles, ou du moins de faire semblant. La vraie question, c'était : comment savoir où se rendaient ces orgueilleuses ? Fallait-il que je trouve le courage d'interroger un cheminot ? Devais-je aller à sa rencontre les bras chargés de bière et de revues cochonnes ? Peut-être pouvais-je lui troquer ma carte de la solitude contre un tableau horaire des trains ? Layton, lui, aurait abordé n'importe lequel de ces types sans se poser de questions et n'aurait eu aucun mal à engager la conversation. Pff, je suis même sûr qu'au bout de quelques minutes passées à discuter avec ce petit cow-boy enjôleur, les machinistes l'auraient laissé conduire la loco jusqu'à Washington.

Et puis je me suis souvenu : la hotline des hobos. C'était une solution beaucoup moins terrifiante, puisqu'elle n'impliquait pas d'approcher un de ces gros balèzes de cheminots. Cela dit, j'avais quand même besoin de trouver un téléphone mobile, ce qui impliquerait sûrement de demander à un inconnu si je pouvais emprunter le sien. Je choisirais un monsieur très élégant avec un foulard de soie, un petit chien et un petit nez, qui aimerait la musique classique et la télévision publique. J'ai fouillé dans mon sac à dos et j'en ai tiré mon carnet V101. J'avais scotché le numéro de la hotline des hobos au revers de la couverture. J'allais employer la technologie comme une force bénéfique. Tout ce qu'il me fallait, c'était un résident de Chicagoland porteur de foulard de soie et assez affable pour aider un garçon du Montana.

J'ai commencé à relever les numéros de trois wagons reliés chacun à l'une des trois locos CSX.

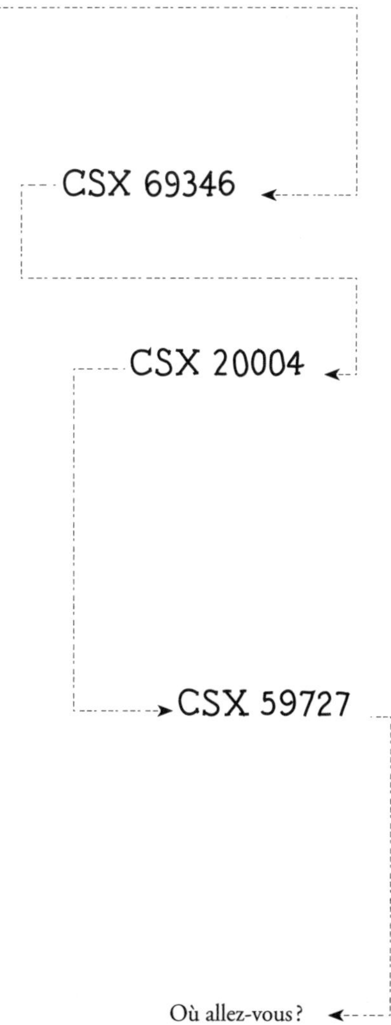

Puis j'ai essayé de trouver un monsieur avec un petit chien. Ce n'était pas ce qu'il y avait de plus courant dans cette gare de marchandises perdue en pleine zone industrielle. Les gens ne promenaient pas leur petit chien dans ce coin-là. À vrai dire, personne n'avait l'air de se promener soi-même dans ce coin-là, sauf peut-être le temps d'y jeter son emballage de bœuf séché et de repartir.

J'étais près de la barrière qui fermait l'accès aux voies, à me demander si je devais monter au hasard dans l'un des trois trains CSX et prier pour que tout se passe bien, ou si j'allais finir par prendre mon courage à deux mains et aborder l'un des cheminots tatoués, quand j'ai vu arriver une voiture noire, avec des vitres teintées, qui s'est arrêtée près de moi. La portière s'est ouverte sur un homme trapu. Je ne me suis pas demandé une seule seconde qui c'était : c'était un cogne. C'était l'ennemi.

« Qu'esse-tu fais là, le trousse-pet ? a-t-il dit en sortant. Tu cherches les problèmes ?

— Non, monsieur. »

J'ai failli lui demander ce que c'était qu'un « trousse-pet », mais son multiple menton et sa matraque d'au moins soixante centimètres pendue à la ceinture m'en ont dissuadé.

« T'as pas le droit d'être ici. Qu'esse-t'as dans ton sac ? Des bombes de peinture ? T'es un vandale, le miston ? Si je découvre que t'as salopé un seul de ces wagons, t'es mort, tu le sais, ça ? Allez, viens avec moi, le trousse-pet, je t'embarque. T'as mal choisi ton jour, petit fils de pute. » Il a marmonné ces derniers mots comme s'il parlait tout seul.

J'ai paniqué. Je ne savais pas quoi faire, alors j'ai dit : « J'aime bien Chicagoland.

— Quoi ? a-t-il grogné, surpris.

— Il y a un peu beaucoup de monde partout, mais en même temps c'est bien, ça met de l'ambiance. Enfin, il faut s'y habituer. Enfin, c'est que moi, je n'ai pas l'habitude : au ranch, c'est beaucoup plus calme, vous voyez, il n'y a que Gracie et sa musique, et puis il n'y a pas autant de basses. Mais c'est sympa, ici, vraiment. Au fait, vous auriez téléphone pour me prêter, peut-être ? »

J'avais perdu la tête, je parlais n'importe comment. Je n'avais pas la moindre idée de ce que j'étais en train de dire.

« D'où tu viens ? » m'a-t-il demandé en plissant les yeux et en caressant la poignée de sa matraque.

J'ai commencé à répondre la vérité, puis j'ai changé d'avis en plein milieu : « Du Mont… ténégro.

— Ah ouais ? Eh bien, welcome dans le merveilleux État de l'Illinois, espèce de petite raclure. Je peux te dire que tu vas apprendre à le connaître, dès qu'on aura averti tes parents des charges qui pèsent contre toi : violation de la propriété privée, détérioration des biens du chemin de fer, et sûrement d'autres conneries. Ah, ça, pour connaître l'Illinois, tu vas le connaître, monsieur Montagnégro !

— Mon-*téé*-négro, ai-je dit.

— T'es un petit malin, en plus, pas vrai le trousse-pet ? Allez, dans la voiture. »

Là encore, j'avais deux solutions :

1. Je pouvais m'écraser devant le triple menton suant de l'autorité et suivre cet homme jusqu'à son bureau pour qu'il me dresse un PV et me mette à griller sous des lampes éblouissantes qui grinçaient quand on les tournait. J'étais sûr de craquer et de lui révéler que je venais du Montana et pas du Monténégro, et alors il appellerait mes parents et tout serait fichu.
2. Je pouvais m'enfuir. Je crois que ça se passe d'explication.

J'ai dit : « D'accord, laissez-moi juste attacher mon lacet. »

Il a hoché la tête d'un air bourru et a fait le tour de la voiture pour m'ouvrir la portière.

Alors, j'ai détalé. La plus vieille ruse du monde. J'entendais le bruit précipité de ses bottes sur le ballast derrière moi. Je suis sorti de la gare dès que j'ai pu, et une fois dans la rue, j'ai pris à gauche, à droite, à gauche et encore à gauche, j'ai monté les marches d'une passerelle qui enjambait les voies sans prendre le temps d'en saisir toute la beauté utilitaire. Je ne savais pas du tout où j'allais ; j'aurais aussi bien pu me fier à la boussole porte-bonheur cassée que j'avais dans mon sac à dos. J'ai encore tourné à gauche, à gauche, à droite, j'ai traversé un champ plein d'herbe encombré de deux grosses bennes à ordures, l'une à l'envers, l'autre à l'endroit, j'ai sauté par-dessus une barrière et, finalement, juste avant que mes poumons explosent, je suis arrivé sur la rive d'un canal industriel empli d'une eau laiteuse et jaunâtre. Des remorqueurs à l'air arrogant sommeillaient de chaque côté du canal, amarrés à des plots de fonte à l'aide de cordes géantes, aussi grosses que mon cou.

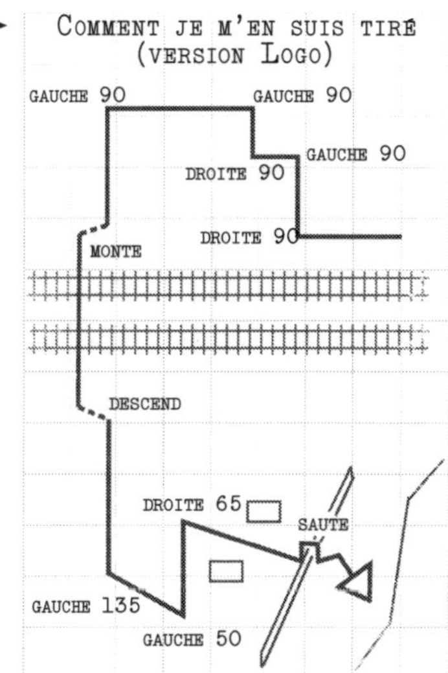

T. S. en tortue
Carnet V101

Le cœur battant, je me suis accroupi sur la bordure de briques mal alignées du canal. Il faisait chaud. Des relents de gazoline et d'algues putrides sourdaient de l'eau. Autrefois, il avait dû y avoir là un petit ruisseau ou un canal d'écoulement naturel, mais maintenant… Ce lieu mélancolique, corseté par l'homme, et qui portait les marques de son audace délétère, me rappelait ce que j'avais ressenti au sortir du tunnel d'observation du Berkeley Pit, à Butte, en découvrant l'immense lac métallisé, couleur d'aubergine, qui montait lentement vers les bords du cratère. Au début, j'avais cligné des yeux, croyant me trouver devant une vision qu'un simple battement de paupières pouvait suffire à dissiper. Puis une solitude mêlée de fatalisme s'était insinuée en moi : la réalité insistante de ce gouffre, de ce canal, et de l'eau telle qu'elle se présentait au regard, non point mer imaginaire mais eau véritable capable de me submerger, de m'envelopper, de me noyer – la réalité de cette eau invraisemblable me mettait face aux choix sur lesquels était bâtie ma civilisation, et me forçait à les accepter comme miens.

Je ne savais pas du tout où j'étais ni ce que j'allais faire. J'ai sorti ma boussole de mon sac à dos. J'ignore ce que j'espérais. Un miracle, peut-être. Elle était toujours cassée, l'aiguille coincée sur est/sud-est, comme d'habitude.

Je me suis mis à pleurer. Mon père n'était pas là pour me le reprocher, alors j'ai sangloté sans retenue devant l'entêtement de ma boussole à rester dans l'erreur. En ne m'indiquant qu'une seule direction, elle m'en indiquait mille ; l'imperturbable aiguille avait perdu son secret. L'objet magique n'était plus qu'un outil impuissant, et moi un géomètre égaré à la recherche d'un sens au sein de cette défaillance. Le sentiment de détermination que j'avais éprouvé toute ma vie, la conviction que tout allait bien se passer, qu'une force supérieure veillait sur moi et guidait mes pas et mon crayon, s'étaient évanouis. Cette disparition me laissait dans la bouche un arrière-goût métallique : j'étais seul, englouti par la démesure de la ville infinie.

Assis sur un banc près du canal, je fixais mon squelette de sansonnet. Il n'avait pas très bien supporté le voyage : sa cage thoracique s'était brisée par endroits, sa tête avait tourné, l'une de ses pattes s'était détachée. Et ses os semblaient plus fragiles, presque transparents, comme s'il était devenu difficile de dire où s'arrêtait le calcium et où commençait l'air.

« Si tu te désintègres, monsieur Sansonnet, ai-je dit, est-ce que, moi, je continue à vivre ? Est-ce que je garde mon prénom ? Comment est-ce qu'on est liés, exactement, toi et moi ? En tant qu'ange gardien, quelles sont tes obligations contractuelles ? Est-ce que tu pourrais me prendre sur ton dos et m'emmener loin de Chicagoland ? »

« As-tu abandonné *Chhhé-sus* ? » a dit une voix.

J'ai levé les yeux. Un géant en trench-coat était penché sur moi. Sa soudaine apparition était extrêmement déconcertante ; je ne l'avais vu arriver de nulle part, je m'étais cru seul, alors le découvrir comme ça, tout près de moi, et l'entendre me parler de Jésus… J'ai eu l'impression qu'il me dérangeait dans un moment très intime, et d'ailleurs c'était le cas, je pense.

La première chose que j'ai remarquée chez cet homme, c'était sa barbe. Ce n'était pas une de ces longues barbes en cascade comme on en voyait sur les hommes qui sortaient du bar M&M de Butte au milieu de l'après-midi : elle était juste énorme, mousseuse et très large. Elle donnait l'impression que l'homme avait le visage plus large que haut, comme si un pouce et un index géants le lui avaient légèrement écrabouillé. Au milieu de cet effrayant buisson de poil, il avait un œil qui louchait, et qui louchait tellement qu'on avait l'impression qu'il regardait au loin, vers le bout du canal, alors qu'en fait c'était moi que l'homme regardait. J'avoue que j'ai quand même jeté un coup d'œil par là-bas, juste pour voir si je n'étais pas en train de rater quelque chose d'important.

« As-tu délaissé la parole du Seigneur ? » a-t-il dit en élevant la voix. Il a pointé un ongle d'une longueur impressionnante sur mon squelette de sansonnet. « Est-ce là le corps du Diable ? Le Lévitique nous dit que nous devons avoir le faucon en abomination. En abomination ! Celui qui touche sa carcasse est impur, et est le serviteur du Diaaable ! »

Il était sale, mais pas trop, à peu près comme moi, peut-être. Ses cheveux avaient été rabattus avec soin sur le dessus de son crâne chauve, mais ils étaient gras et poussiéreux et faisaient de vilains frisottis près de ses oreilles. Sous son trench-coat, j'ai vu qu'il portait une espèce de vieux smoking blanc dont le col était taché de ce qui ressemblait à du

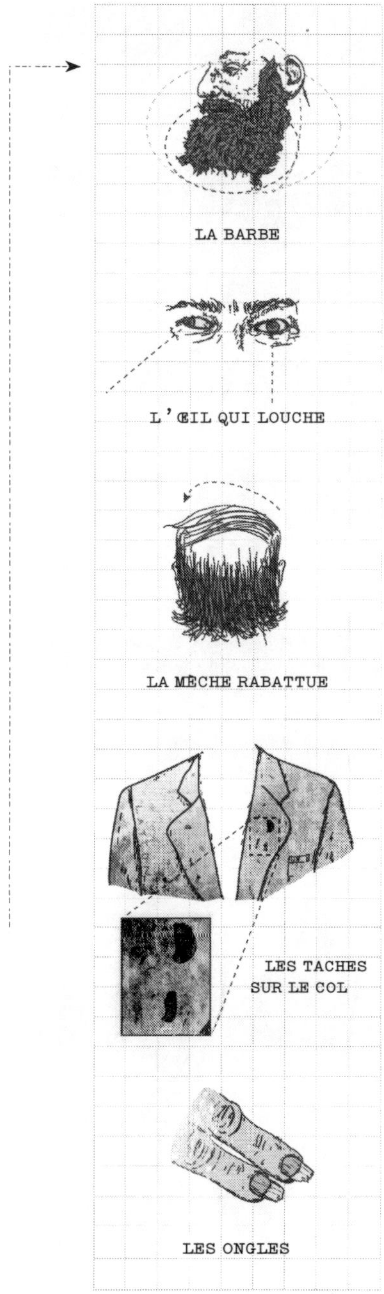

La peur est la somme de nombreux détails sensoriels
Carnet V101

ketchup. Dans sa main, il tenait une bible, ou du moins une reliure du genre biblique. Tous ses doigts s'achevaient par les mêmes ongles longs et macabres. De toutes ses particularités physiques, c'était celle-là qui me mettait le plus mal à l'aise. S'il y avait bien une chose que le Dr Clair m'avait apprise, c'est que des ongles, c'est fait pour être coupés.

« Ce n'est pas un faucon, ai-je répliqué, sur la défensive. C'est un sansonnet.

— Lorsqu'il profère le mensonge, le Diable parle de son propre fonds, car il est menteur et le père du mensonge.

— Vous sauriez où il y a une cabine téléphonique, par hasard ? » ai-je demandé en essayant de transformer ce renverseur de ketchup à l'œil mort et aux ongles longs en amateur de musique classique à petit chien.

J'ai soudain pensé au révérend Greer, si doux, si attentionné, qui s'exprimait comme cet homme dans un langage religieux, mais le faisait de telle manière que les muscles de nos pieds se détendaient et qu'on n'éprouvait plus aucune crainte, aucune crainte, et qu'on se laissait submerger par le chant des hymnes. Qu'est-ce que le révérend Greer aurait dit à cet homme ?

« Tu ne peux Le fuir car Son œil te suit partout, a dit l'homme. Il sait quand tu t'es tourné vers Satan. Tu dois prendre la main qu'Il te tend en ce jour, et Le louer en ce jour, et le Tout-Puissant te sauvera.

— Non, c'est bon, ça ira, ai-je dit. Merci, hein, mais il faut que je trouve un téléphone maintenant. J'ai un appel urgent à passer.

— La tentation et le mensonge, a-t-il grondé.

— La quoi ? »

Tout à coup, il m'a arraché des mains mon sansonnet et l'a jeté contre les briques. Le squelette a explosé. « Détruis cette carcasse impure ! a-t-il crié. Purifie ton âme ! Appelle le Seigneur à ton secours ! » Les frêles os se sont disjoints avec une facilité extrême, comme si, depuis tout ce temps, ils n'attendaient que cette occasion pour se séparer de leurs frères. Ils res-

semblaient à des petites rognures d'ongles de pied éparpillées sur la brique, frissonnant dans la brise tiède et acide.

J'ai poussé une exclamation étouffée, incrédule. Les os ! Ces os tenaient ensemble depuis ma naissance ! J'ai attendu, persuadé que mon propre squelette allait lui aussi s'affaisser, mes os se briser.

Il ne s'est rien passé.

« Abruti ! C'était mon cadeau de naissance ! » ai-je hurlé. J'ai bondi de mon banc et je l'ai poussé. J'ai senti à quel point il était maigre sous ses vêtements.

Ce n'était pas la chose à faire. Il est resté hébété un instant, et puis il m'a attrapé par le col et m'a soulevé de terre. Comme il me tirait vers lui, je voyais son œil valide s'agiter en tous sens tandis que l'autre continuait de dériver vers le lointain sans se fixer sur rien.

« Le Diable s'est insinué dans ton cœur », a-t-il grincé en me soufflant dans le nez. Il avait une haleine de vieux chou rance.

« Non, non, non, ai-je dit en gémissant. Excusez-moi de vous avoir poussé. S'il vous plaît. Il n'y a pas de Diable ici. Il n'y a que moi, T. S., un simple cartographe…

— Si nous déclarons : “Nous n'avons pas péché”, nous faisons de Lui un menteur, et Sa parole n'est pas en nous.

— S'il vous plaît ! ai-je crié. Je veux juste rentrer chez moi.

— Tu as côtoyé le Diable, mais tu n'as rien à craindre, car tu as croisé la route de Josiah Merrymore, révérend des enfants de Dieu, ancien prophète du peuple élu d'Israël, seigneur des seigneurs, et il te libérera de l'emprise du Menteur !

— Me libérer, moi ? »

Il s'est mis à trembler et son œil vif s'est révulsé, rejoignant son œil mort à l'intérieur de sa tête. Sa bible est tombée sur les briques à côté du squelette brisé, mais il continuait de tenir fermement mon col dans son poing serré. Je ne pouvais rien faire. Malgré ses airs grisonnants, ce Josiah

Merrymore semblait posséder une force surhumaine. Et puis, de la poche de son trench-coat, il a sorti un couteau de cuisine gargantuesque, long de trente centimètres et d'une saleté repoussante, la lame couverte de points de rouille et de petits morceaux de nourriture.

« Seigneur tout-puissant, chasse le Diable du cœur de ce garçon, ouvre sa poitrine et lave-le de ses péchés terrestres, de son contact avec la carcasse défendue, de toutes ses pensées mauvaises, de sa fraternité avec l'Ange des Ténèbres – accueille-le parmi Tes brebis, ô Seigneur, car il est béni, sitôt que nous l'aurons libéré de son fardeau. »

Il a approché le couteau de ma poitrine et il s'est mis à découper mon pull-over à petits coups lents, méthodiques. En même temps, il se mordait la langue, comme faisait Layton quand il laçait ses chaussures.

C'était donc mon destin. Toute force entrée en action réclamait l'intervention d'une contre-force. Depuis ce jour de février où Layton s'était tué, j'avais toujours suspecté que, pour que les choses reviennent à la normale, j'allais devoir compenser ma responsabilité dans sa mort soudaine en quittant moi-même ce monde de manière tout aussi foudroyante. Et j'avais donc trouvé ma contre-force, en la personne d'un prêcheur fou qui m'ouvrait la cage thoracique au bord d'un canal de Chicago. Un peu différent de ce que j'avais imaginé, mais les voies de Dieu (ou de je ne sais quoi) sont impénétrables. J'ai fermé les yeux et j'ai essayé d'être courageux.

C'est pour toi que je fais ça, Layton, ai-je pensé. *Je suis désolé de tout ce que j'ai fait.* Je sentais l'air frais sur ma poitrine à l'endroit où mon pull-over et ma chemise avaient été découpés et je sentais la caresse huileuse de mon sang qui s'accumulait au creux de mon sternum puis me coulait le long du ventre. J'étais en train de mourir et sans doute mort maintenant.

Mais nous sommes des êtres nés pour vivre à tout prix. La douleur déclenche en nous des réactions très étranges. J'avais beau vouloir endurer mon pénible châtiment pour rejoindre mon frère au Paradis… *ça faisait vraiment un mal de chien !*

Au bout de quelques secondes seulement, je n'ai pas pu m'empêcher de me rebiffer. C'était peut-être juste mon instinct de conservation. Ou c'était peut-être que moi, T. S. Spivet, je n'étais pas prêt à accepter ce destin : je n'avais pas accompli tous mes devoirs sur cette terre. Des gens comptaient sur moi, j'avais un discours à faire à Washington. Je n'avais même pas fini la série de cartes du Montana pour M. Benefideo !

Moi aussi, j'étais acteur sur la scène du monde – je pouvais bouger, parler, réagir de mon propre chef. L'inévitable contre-force allait devoir patienter un peu.

Toujours suspendu dans les airs, j'ai pris dans ma poche mon multioutil Leatherman (modèle spécial cartographe), j'ai sorti le couteau et j'ai poignardé Josiah Merrymore là où j'ai pu, c'est-à-dire dans la poitrine, sur le côté, juste en dessous du bras gauche. Je l'ai poignardé comme j'aurais dû poignarder le serpent à sonnette, et comme mon père tirait sur les coyotes : avec beaucoup d'assurance et sans un instant d'hésitation.

Il a poussé un cri et a reculé en chancelant. Son couteau a heurté les briques. J'ai porté la main à ma poitrine ; je l'ai retirée couverte de sang. Ma bouche s'est asséchée. J'ai levé les yeux et j'ai vu Josiah Merrymore qui titubait devant moi, cherchant à localiser la source de sa douleur.

« Pourquoi, démon ? Pourquoi me frapper alors que je m'apprête à te libérer de ton fardeau ? Ô, Seigneur, pourquoi infliger cela à Ton serviteur ? Pourquoi infliger cela à Josiah, quand il porte Ta parole ? »

Soudain, il a trébuché sur l'un des plots d'amarrage et il est tombé dans le canal. Comme il tombait, je me suis rendu compte qu'il portait des bottes de combat, et que ces bottes n'avaient pas de lacets. J'ai couru vers le bord du quai. Il se débattait dans l'eau.

« Je ne sais pas nager ! Seigneur tout-puissant ! Sauve-moi, Seigneur ! » Son sang se mêlait à l'eau laiteuse ; je voyais les flaques roses s'élargir autour de lui, et il a fini par couler, puis il est remonté, puis il a coulé de nouveau, et finalement le calme est revenu.

J'ai baissé les yeux sur ma blessure. Je saignais sacrément. Tout mon pull-over était en train de virer au rouge sombre. J'ai commencé à avoir le vertige.

« Non, ai-je dit. Les cow-boys n'ont pas le vertige. Jésus n'avait pas le vertige. »

Mais je n'étais ni un cow-boy ni Jésus, apparemment, parce que j'avais quand même le vertige. Je suis tombé sur un genou. Je sentais le sang qui coulait dans mon nombril et commençait à s'infiltrer sous la ceinture de mon pantalon. Peut-être que, malgré mes efforts pour lui résister, la contre-force avait atteint son but ; peut-être que, sans le vouloir, Merrymore et moi venions d'exécuter l'antique rituel du duel, joué et rejoué des millions de fois dans les rues balayées par les vents et les champs enneigés de l'Histoire, par Pouchkine, Hamilton, Clay et, aujourd'hui, nous-mêmes. Dans cette danse éternelle, nous nous étions infligé l'un à l'autre des blessures fatales, exécutant ainsi la décision sans appel formulée en secret par le destin.

Quand j'ai levé les yeux, je les ai vus qui arrivaient ; dans le lointain, ils ressemblaient à un tourbillon de poussière, une foule compacte de mains qui s'ouvraient et se fermaient et fendaient l'air en bourdonnant, filant au-dessus de l'eau, s'avançant sur moi. Je n'avais pas peur. Comme ils se rapprochaient, j'ai vu que c'étaient des oiseaux, des centaines d'oiseaux, peut-être des milliers, qui volaient si près les uns des autres qu'il me semblait impossible qu'un seul d'entre eux batte des ailes de sa propre volonté. Cet amas d'ailes, de corps et de becs se mouvait comme un seul être, l'extrémité de chaque aile retombant dans l'infime espace laissé libre, le temps d'un éclair, par l'extrémité d'une autre, formidable enchevêtrement d'engrenages dont on voyait confusément tourner les dents huilées. Ils arrivaient, et j'entendais à présent le vrombissement de l'air qu'ils soulevaient et le froufrou incessant de leurs plumes. Leurs yeux regardaient dans toutes les directions à la fois, ils jetaient des fils de conscience vers tous les objets alentour, ils voyaient tout et rien. Le crachotement de mille radios émanait de leurs becs. De temps en temps, leur essaim frissonnait et décrochait d'un coup vers la gauche ou la droite, avant de reprendre sa route vers moi. Le nuage de sansonnets s'est arrêté juste au-dessus de l'endroit où Josiah Merrymore avait sombré, et j'ai vu la surface du canal se fendre et s'ouvrir là où plusieurs oiseaux avaient dû plonger dans ses eaux opaques. Ils étaient au-dessus de moi maintenant, autour de moi. Certains descendaient en piqué et picoraient les débris du squelette de mon sansonnet. Au milieu de ce tourbillon centripète, j'ai aperçu l'un d'eux en train de gober un os, sa gorge se crispant et se dilatant autour du minuscule bâtonnet.

J'étais noyé dans le bruit blanc de leur appel chuintant ; leurs cris ondulaient de fréquence en fréquence comme s'ils rejouaient la somme de toutes les conversations tenues depuis le commencement des temps, et je les ai écoutés et j'ai entendu mon père, et j'ai entendu Emma et le finnois roucoulant de Tearho qui résonnait dans le désert, et j'ai entendu Pouchkine, et des berceuses italiennes, et un jeune Arabe qui pleurait la mort de son fils.

Mais déjà les sansonnets me laissaient, ils descendaient le canal et le vacarme de leurs pépiements s'estompait peu à peu. Mes tempes se sont mises à battre. Le vertige est revenu. Les petits flocons noirs s'évaporaient dans le ciel. Je me suis élancé derrière eux en trébuchant.

« Où est-ce que je dois aller ? ai-je hurlé. Où est-ce que je... ? »

Mais ils avaient disparu. Il ne restait que le silence du canal et le ronflement de la ville au loin. Je suis resté là à tanguer sur mes pieds. J'étais seul.

Comme je ne savais pas quoi faire d'autre, j'ai marché dans la direction que les oiseaux avaient prise. Après ce qui m'a paru des siècles, je suis arrivé au bas d'un escalier de pierre. Le tournis m'a repris. J'avais la gorge desséchée. À deux mains, j'ai agrippé la rampe en métal et je me suis hissé de marche en marche. À chaque pas, ma blessure à la poitrine me lancinait un peu plus. Je n'arrivais plus à tenir ma tête droite. Arrivé en haut des marches, je suis tombé à genoux et j'ai vomi dans une bouche d'égout.

J'ai relevé les yeux, en m'essuyant les lèvres. J'étais sur une sorte de parking rempli de camions. Avec effort, en titubant, je me suis dirigé vers un homme qui se tenait adossé contre un énorme dix-huit-roues violet. Il fumait une cigarette sur laquelle il tirait très fort.

Quand il m'a vu, il a craché de la fumée en toussant, s'est frotté l'œil du revers du doigt et a fait une grimace. « La vache, mon petit gars, qu'est-ce qui t'est arrivé ?

— C'est un homme qui m'a blessé.

— Eh mais, il faut que t'ailles à l'hôpital, mec. Sérieux, faut que t'y ailles tout de suite.

— Non, ça va, ça va, ai-je dit en tressaillant de douleur. Je peux vous demander un service ?

— Bah oui, mec, bien sûr. »

Je savais très bien que ça n'allait pas du tout, mais je savais aussi qu'aller à l'hôpital maintenant impliquerait de renoncer à mon voyage. Et je n'avais pas fait tout ce chemin, je n'avais pas, si ça se trouve, tué un homme pour m'arrêter là. Je me rendrais au Smithsonian, même si je devais en mourir.

Il a tiré une nouvelle bouffée de sa cigarette.

« Vous pouvez m'emmener à Washington ?

— Non mais… Attends, mec… faut vraiment que tu voies un docteur.

— Je veux juste aller à Washington. S'il vous plaît, mec.

— Ah… bon sang… »

Il a regardé sa cigarette et il s'est gratté l'œil. Je me suis aperçu que ses bras étaient tout couverts de tatouages.

« T'es un vrai petit dur, toi, pas vrai ? Écoute, moi, c'est à Virginia Beach que je vais, mais je vois bien que tu as besoin d'un coup de main, et quand il faut se battre pour un frère, Ricky ne se défile jamais, tu vois ce que je veux dire ? Si un frère est blessé, Ricky est là pour l'emmener où il veut aller, n'importe où.

— Merci, Ricky.

— Pas de problème, mec. »

Il a pris une dernière longue bouffée de sa cigarette, et il l'a éteinte avec soin contre l'une des énormes roues du camion. Puis il a sorti de sa poche une petite boîte cylindrique et il y a glissé son mégot. Il devait être très soucieux de l'environnement. Je n'avais jamais vu personne faire ça avec ses vieux mégots.

« Yo, Rambo, tu veux pas au moins qu'on essaye de te trouver des pansements, ou quelque chose comme ça ?

— C'est bon. »

Je retenais mon souffle pour ne pas me mettre à pleurer.

« Bon, alors on te ramène chez toi. Saute dans le Grand Vorace Violet. »

J'ai essayé de sauter dans la cabine, mais je suis retombé sur le bitume en suffoquant.

« Eh ben, ils t'ont mis dans un sale état », a dit Ricky. En fredonnant ce qui ressemblait à l'hymne des combattants de la République, il m'a soulevé avec douceur et m'a déposé sur le siège passager de son camion.

« C'est la guerre, dehors, a-t-il dit, mais, ici, tu es en sécurité, mon petit gars », et il a claqué la portière.

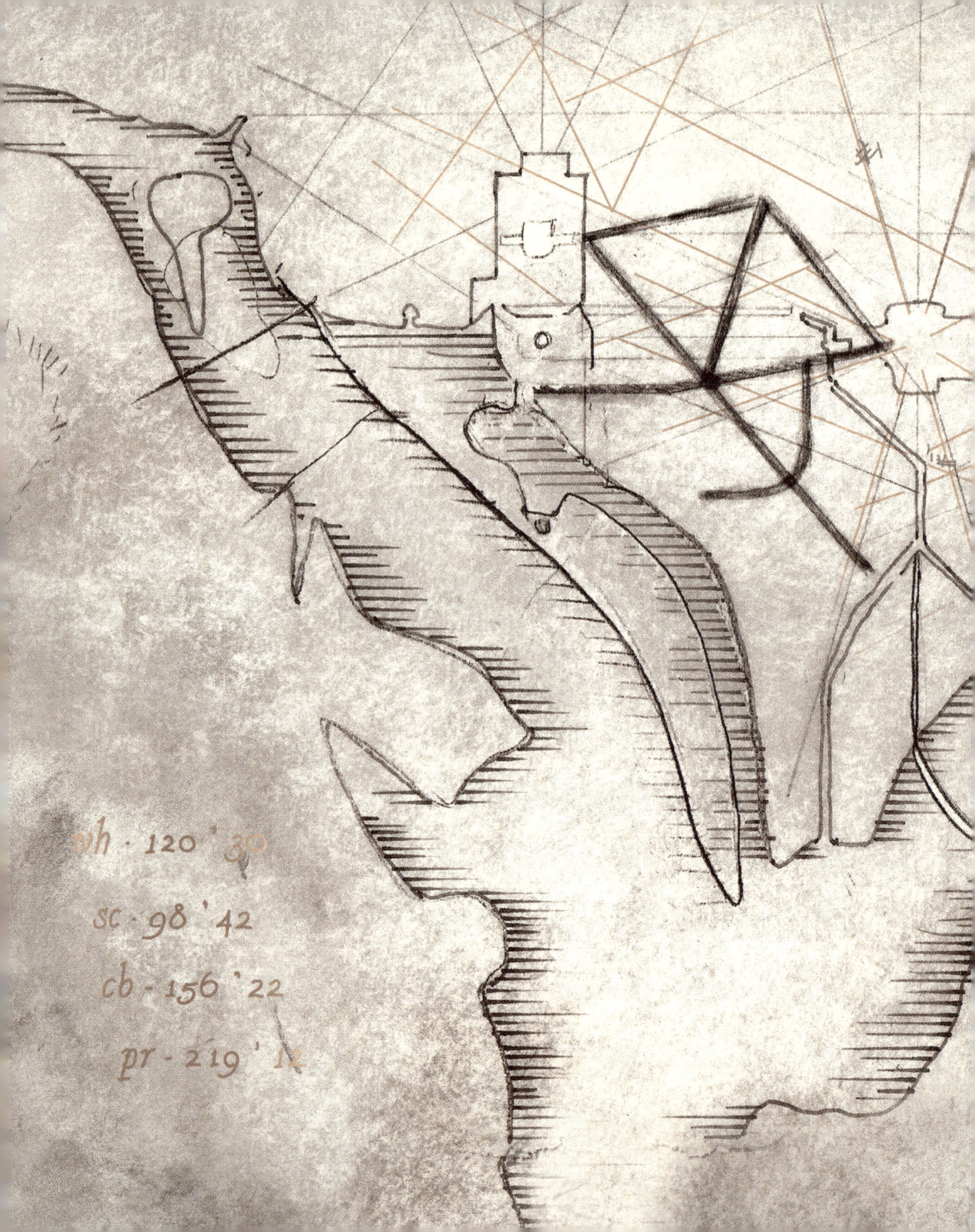
wh · 120 ' 30
sc · 98 ' 42
cb - 156 ' 22
pr - 219 ' 12

PARTIE 3 : L'EST

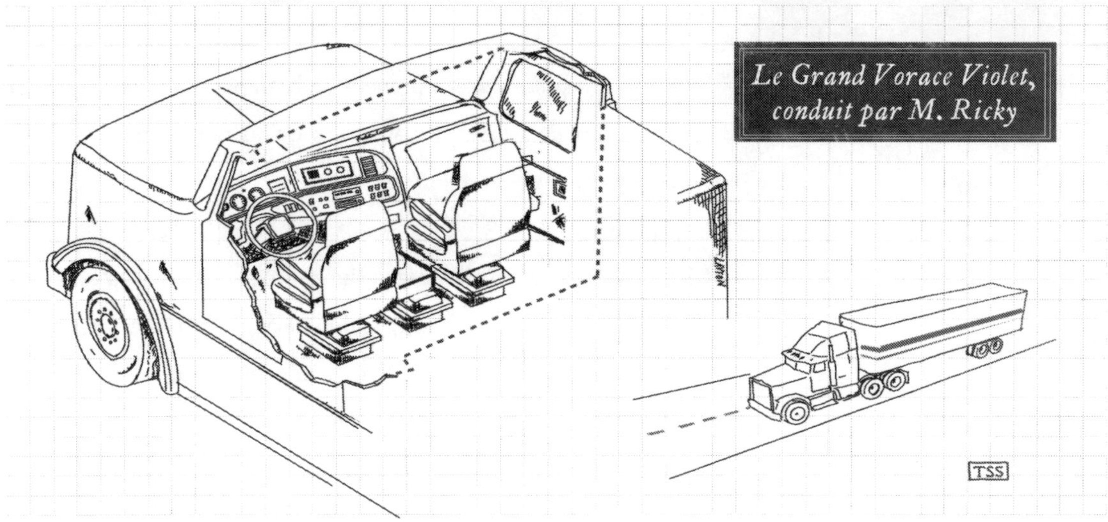

Illustration retrouvée dans la boîte à gants du GVV.

Chapitre 11

« Le truc, disait Ricky, et je plaisante pas, mec – c'est de savoir qui sont tes amis et d'envoyer tous les autres se faire foutre. Je veux dire, t'as pas le choix – le monde est tellement énorme, et ça fait qu'empirer de jour en jour, et puis il y a tellement de croisements de races que dans pas longtemps on saura plus à qui faire confiance. Je veux dire, y a tous ces bridés qui débarquent, et puis des Arabes, des Mexicains, et moi je suis là et je me dis : *C'est pour cette blague que je me suis battu ?* C'est *ça*, le modèle américain ? Nan mais attends, ils rêvent. Il a craché dans son Thermos de la famille Pierrafeu. Eh, ça va, mec ? »

Ma tête a fait oui contre le siège du camion. Il faisait nuit. J'avais dormi pendant presque tout le trajet, réveillé de temps en temps par d'insoutenables élancements dans la poitrine. Mais, en fait, j'avais mal tout le temps, partout. Je me sentais fiévreux.

« Tu veux du bœuf séché ? m'a demandé Ricky en me tendant le paquet.

— Merci, ai-je répondu, en en prenant un bout par politesse. Père disait qu'il ne fallait jamais refuser la nourriture qu'on nous offrait, même si c'était quelque chose qu'on détestait.

— Capri-Sun ?

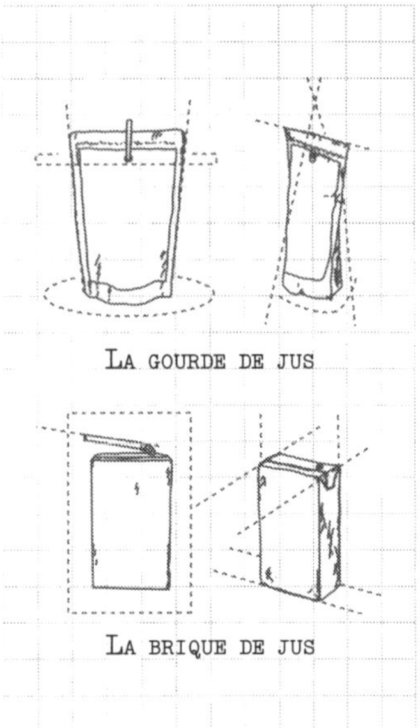

Le match gourde-brique
Carnet V63

Je m'étais pas mal tourmenté pour tenter de décider quel emballage je préférais. Chacun avait ses avantages : la brique était plus stable, la gourde plus facile à glisser dans la poche.

— Merci, ai-je dit en saisissant la petite gourde argentée. Où est-on ?

— On est dans le superbe État plat du cul de l'Ohio, mon petit gars. C'est là que je suis né, tu le sais, ça ? Mais je m'y suis jamais senti chez moi, parce que mon père était un putain de salopard. M'a pété le nez avec une batte. Le genre de truc qui te fait filer en camp d'entraînement dès que tu peux, sans repasser par la case départ. »

Il a tapoté le tableau de bord. « C'est le GVV mon chez-moi, maintenant. Hein, mon grand. »

J'ai essayé d'imaginer Père en train de me frapper avec une batte. Je n'ai pas réussi.

« Mais tu vois, T. S., reprenait Ricky, moi, j'ai une théorie sur les Mexicains, parce que je peux te dire que j'en vois tous les jours, hein, dans mon boulot, et je crois qu'au fond ils seraient pas si mauvais s'ils étaient pas si... »

Et il continuait, intarissable. Entre mes paupières mi-closes, je voyais la lueur du tableau de bord et les feux follets rouges et filants des voitures qui nous dépassaient. J'ai imaginé que j'étais dans le cockpit d'une fusée qui m'emmenait dans une lointaine station spatiale où l'on guérirait ma blessure en deux secondes avec un appareil du futur qui ressemblerait à une lampe torche en forme de L.

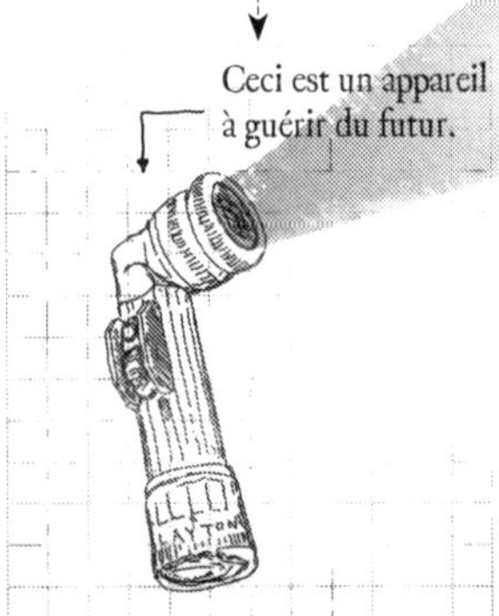

Quand je me suis réveillé, les lueurs de l'aurore perçaient à l'horizon. Deux heures s'étaient écoulées, mais Ricky dégoisait toujours, comme si je n'avais pas dormi. « Je dis pas ça pour être salaud, mec ; je suis juste réaliste. Si on en laisse rentrer rien que quelques-uns, comment on pourra savoir à qui faire confiance ? Tu comprends ce que je veux dire ? Parce que tu vois, le Pedro, il va te raconter une histoire pour obtenir ce qu'il veut, et puis après, vlan, il va retourner sa veste et te planter un putain de poignard dans le dos. Non non, y a pas moyen. Il faut leur mettre des barrières pour les empêcher de rabouler, et surtout pas se retourner. » Et il martelait ça en pointant deux doigts vers le pare-brise, entre lesquels se consumait une nouvelle cigarette.

Il s'est tourné vers moi. « Comment ça va, mec ? »

J'ai levé le pouce, mais même ce geste m'a causé un douloureux tiraillement dans la poitrine.

« Tu sais quoi, T. S. ? J'ai eu pas mal de merdes, dans ma vie, je sais ce que c'est. Eh ben je peux te dire que tu m'impressionnes, mec. T'es un sacré dur. Sérieux, c'est de mecs comme toi qu'ils auraient besoin dans l'armée. »

J'ai souri malgré la douleur. J'imaginais Ricky s'avançant vers mon père et lui serrant la main avec vigueur en lui disant que son fils était « un sacré dur ». Père sourirait, peut-être, mais il ne le croirait jamais.

Je m'étais rendormi quand Ricky m'a tapoté l'épaule. « On y est, mec. »

J'ai levé la tête et j'ai regardé les immeubles en béton autour de nous. Il faisait grand jour.

« C'est Washington ?

— Capitale de notre beau pays. Ou de ce qu'il en reste.

— Où est le Mall ?

— Par là, à deux blocks d'ici. Mais les flics laisseront pas le GVV s'approcher plus que ça. Attends, bouge pas deux secondes. »

Il a disparu un instant derrière les sièges du camion et en est ressorti avec un mouchoir imprimé camouflage.

« Je l'avais toujours avec moi, au combat. C'est pour le sang. » Il l'a approché de ma poitrine en faisant le geste de l'essuyer. « Histoire de pas déclencher la panique chez les civils, tu vois ce que je veux dire ? »

J'ai baissé les yeux. Mon pull-over était tout marron de sang séché. Je sentais que la peau de ma poitrine était brûlante et boursouflée.

« Merci, Ricky. » Je ne savais pas quoi ajouter. Comment deux soldats se séparaient-ils sur le champ de bataille ?

J'ai un peu honte de l'avouer, mais même si j'étais à peu près sûr que tout ce qu'il disait était très raciste et très grave, je crois que j'aimais bien Ricky. Pour un homme avec des tatouages aussi menaçants, il était très attentionné : il n'arrêtait pas de me demander comment ça allait, tout en me nourrissant d'un flux permanent de Beef Jerky, de Capri-Sun et d'Advil. Il y avait quelque chose de réconfortant dans son babil rauque et incessant, ponctué de crachats dans son Thermos Pierrafeu et, à l'occasion, d'un gros éclat de rire quand il riait de ses propres blagues. Je n'écoutais pas ce qu'il disait : je me laissais juste réchauffer par l'aura rassurante de la cabine. Est-ce que c'était mal ? Que se passe-t-il quand les mots sont mauvais mais que le sentiment qui les enveloppe est bon ? J'aurais peut-être dû lui dire de la fermer et descendre illico du camion, mais j'étais tellement fatigué, et il faisait si bon à l'intérieur…

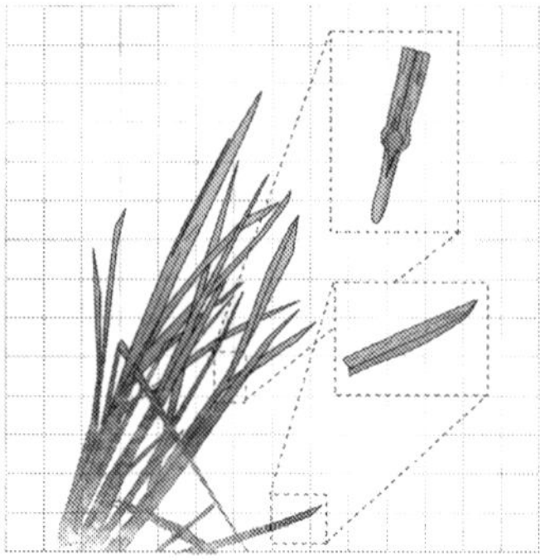

Les brins d'herbe bleue du Kentucky me dépaysent
Carnet V101

Quand on arrive dans un lieu qu'on ne connaît pas et qu'on découvre son aura, il peut être difficile de mettre le doigt avec précision sur ce qui fait naître en nous cette impression subtile et un peu flottante de dépaysement. Ce n'étaient pas les grands monuments, les musées, les cathédrales qui me donnaient ce sentiment d'être en terre étrangère, mais une accumulation de petites choses nouvelles : la palette variée de l'herbe bleue du Kentucky, la nonchalance avec laquelle les milliers d'ormes d'Amérique déployaient leur ample ramure, très différente de la rectitude austère des pins gris de chez moi, la pigmentation légèrement plus foncée du fond vert des panneaux indicateurs, l'odeur douceâtre, mélancolique des cacahuètes en train de caraméliser dans les petits stands ambulants.

« J'espère que tu trouveras ton pin », ai-je dit, et j'ai fait la grimace tellement c'était ridicule. Avant qu'il puisse se moquer de moi, j'ai attrapé mon sac à dos, j'ai ouvert la portière et j'ai péniblement descendu les deux marches en métal jusqu'au trottoir.

Ricky a passé la tête par la fenêtre de son camion. « Je t'aime bien, mon petit gars, m'a-t-il lancé. Garde les yeux grands ouverts et la tête haute. Une mangouste reconnaît toujours le cobra. » Puis il a donné un coup de klaxon, il a démarré et il est parti.

Il bruinait. J'ai essayé de tamponner ma poitrine avec le mouchoir camouflage, mais chaque fois que j'y touchais la douleur était si intense que je manquais de m'évanouir, alors je me suis contenté de le coincer dans mon col comme un bavoir et de le laisser pendre devant ma blessure. J'avais sûrement l'air un peu débile, mais, au point où j'en étais, je m'en fichais. Je voulais juste être arrivé.

En boitillant, j'ai longé un interminable cortège de façades sans fenêtres, qui devaient être celles de bâtiments gouvernementaux. Alors que je commençais à penser que je m'étais trompé de chemin, j'ai tourné au coin d'une rue et je me suis soudain trouvé face à une immense pelouse rectangulaire qui s'étendait, resplendissante, en plein milieu de la ville. Le National Mall.

L'herbe, ici, n'était pas la même que dans le Montana. De loin, on aurait dit une herbe normale, verte et touffue, mais quand je me suis accroupi pour examiner la forme des limbes et des ligules, j'ai bien vu que ce n'était *pas* de l'herbe à foin, comme celle que mon père faisait toujours pousser dans les prés du bas du Coppertop, mais de la douce herbe bleue du Kentucky.

Trois mille kilomètres plus tard, j'avais finalement atteint ma destination.

Et il était bien là. S'avançant sur le Mall, parfaitement équilibré dans son asymétrie, avec ses tourelles toutes différentes, l'énorme château rouge était aussi grandiose et complexe que les plans que j'en avais tracés dans mon esprit. Mais, comme je m'y attendais, ce que j'en avais imaginé n'était rien à côté de ce que j'éprouvais en le voyant de mes yeux. Il fallait s'approcher des murs de briques et se sentir vibrer de toutes ses molécules pour comprendre l'aura qui émanait de ce lieu. Et une grande émotion m'envahissait, une profonde gratitude envers le passé qui ne se laissait jamais effacer, envers les greniers, les vitrines d'exposition, le formol, et envers M. James Smithson, fils illégitime d'un lord anglais, qui avait légué tous ses biens aux jeunes États-Unis d'Amérique dans le but de promouvoir « l'accroissement et la diffusion du savoir » dans le Nouveau Monde et avait permis la création de cette noble institution.

Le château du Smithsonian : Quelle asymétrie ! Quelle beauté !
Carnet V101

Debout sous la pluie, je contemplais la tour octogonale, avec son drapeau américain qui pendait mollement au bout de son mât, et j'imaginais tout ce qui s'était passé entre ces huit murs : tous ces instants de vérité, d'amour, de nomination, de désaccord, de découverte.

Un Chinois s'est approché de moi en traînant les pieds. Il tirait avec difficulté sur le gravier de l'allée un chariot rempli de parapluies.

« Parapluie ? a-t-il dit. Très humide, aujourd'hui. »

Il m'a présenté un énorme parapluie, beaucoup trop grand pour quelqu'un de ma stature.

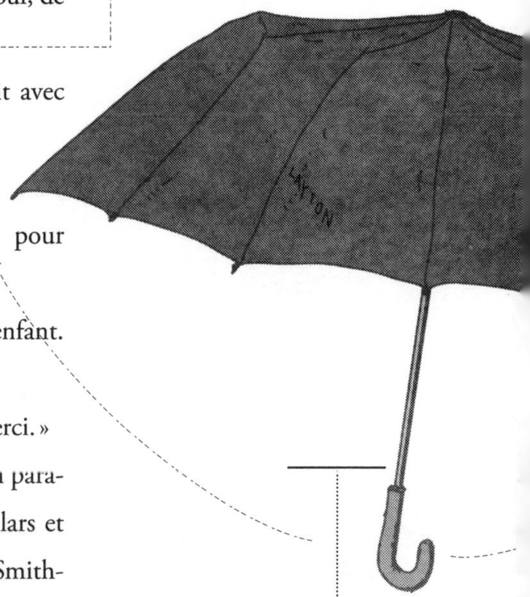

« Vous n'avez pas autre chose ? Celui-ci est très grand et je suis un enfant. Vous en auriez un qui pourrait convenir à un enfant ? »

L'homme a secoué la tête. « Enfant. Très humide, aujourd'hui. Merci. »

C'était un merci prématuré, mais je lui ai quand même acheté son parapluie, ce qui fait que je me suis retrouvé avec seulement deux dollars et soixante-dix-huit cents en poche. S'il fallait un billet pour entrer au Smithsonian, je n'aurais pas de quoi le payer. Je pourrais peut-être essayer de marchander avec le caissier, et de lui troquer ma boussole cassée contre un billet d'entrée dans son temple de la Connaissance. On allait bien voir.

J'ai pris une profonde inspiration et je me suis mis à marcher avec mon parapluie géant vers l'entrée principale du château. Des touristes flânaient le long des larges allées de gravier. Un petit garçon surexcité, qui tenait à la main un tigre en peluche, m'a montré du doigt et a dit quelque chose à ses parents. Je me suis regardé. J'étais sale, vêtu d'un pull-over déchiré et d'un

Je suis haut comme ça.

bavoir camouflage, couvert de sang, et à moitié caché sous un énorme parapluie. Ce n'était pas tout à fait l'entrée en fanfare que j'avais imaginée, avec troupe de pages, cortège d'éléphants, cartes anciennes déroulées sous l'œil de grands savants ajustant leurs monocles et frappant le sol du bout de leur canne en signe d'appréciation. Mais ce n'était peut-être pas plus mal.

J'ai rajusté mon pull-over et mon bavoir du mieux que j'ai pu pour dissimuler la déchirure et ma blessure pleine de sang.

« Oh, une égratignure, ai-je dit pour me donner de l'entrain et des forces. C'est une histoire bête comme tout : j'étais en train d'ouvrir une lettre très importante avec mon coupe-papier quand j'ai trébuché, et voilà. Cela m'arrive tous les jours, mon bon monsieur. J'ai tant de lettres importantes à ouvrir... »

Le hall du château était impressionnant. Dans cet espace immense, tout était plus silencieux qu'au-dehors ; on entendait le couinement des semelles sur les dalles polies, amplifié par l'écho vertigineux qui tombait du plafond. Tout le monde, même le petit garçon surexcité avec son tigre en peluche, semblait maintenant tenir à mi-voix d'importantes conversations sur la science et l'histoire. Au milieu de la pièce, il y avait un bureau d'information surmonté de nombreux dépliants à destination des visiteurs. Le reste du hall était rempli de vieilles photos, de cartes et de frises chronologiques sur l'histoire du Smithsonian. Il y avait aussi un diorama du National Mall, avec des boutons qui permettaient d'éclairer différents points d'intérêt. Le petit garçon surexcité avait découvert ces boutons, il avait éclairé un à un tous les bâtiments et il entreprenait à présent de se coucher en travers des boutons pour tout éclairer à la fois. J'avais un peu envie de le rejoindre et de m'abandonner, moi aussi, à cette activité jubilatoire.

Je me suis dirigé vers le bureau d'information. La vieille dame assise derrière le comptoir, qui discutait avec une collègue, s'est tournée vers moi et m'a dévisagé. Je me suis aperçu que je n'avais pas refermé mon énorme parapluie.

« Désolé, ça porte malheur », ai-je dit en essayant de le fermer, mais il résistait et n'arrêtait pas de se rouvrir. Mon bavoir camouflage est tombé par terre. J'avais l'impression d'être un personnage de film muet en plein gag jusqu'à ce qu'un visiteur à côté de moi me prenne doucement le parapluie des mains, le replie et me le rende.

« Merci », ai-je dit. J'ai ramassé le mouchoir de Ricky, je l'ai rangé dans ma poche et je me suis retourné vers la vieille dame, qui avait les yeux fixés sur ma poitrine.

« Dis donc, ça va, mon bonhomme ? Tu es blessé ?

— Non, ça va. »

Épinglés au col de sa veste, la dame portait un badge qui disait : « Laurel », et un gros rond rouge qui disait : « Besoin d'une information ? »

Je n'arrivais plus à réfléchir, alors j'ai bafouillé : « Laurel, j'ai besoin d'une information.

— Tu as surtout besoin de voir un médecin. Tu veux que j'appelle quelqu'un ?

— Non, c'est bon… »

Je recommençais à avoir le tournis. Le hall bruissait d'importantes conversations scientifiques. J'ai lutté pour me ressaisir. « Merci. Mais j'aimerais m'entretenir avec M. G. H. Jibsen. »

La dame s'est dressée sur son siège.

« Avec qui ?

— M. Jibsen. C'est le sous-secrétaire à la conception graphique et aux illustrations au Smithsonian.

— Où sont tes parents ?

— À la maison. »

Elle m'a regardé, puis elle s'est tournée vers sa collègue, une femme plus jeune (nom sur le badge = Isla) qui portait elle aussi le gros disque rouge offrant des informations, mais avait choisi, pour sa part, de l'attacher à un cordon plutôt qu'à son col, de façon à pouvoir l'enlever plus facilement et à ne pas être obligée d'offrir des informations à tout bout de champ. Isla a haussé les épaules.

Laurel s'est retournée vers moi. « Tu es sûr que ça va ? Tu as l'air de t'être fait vraiment mal. »

J'ai acquiescé d'un signe de tête. Plus elle me disait que je m'étais fait vraiment mal, plus je me disais que ce devait être le cas. Ma blessure s'est remise à m'élancer.

« Vous pensez que vous pourriez appeler M. Jibsen pour le prévenir que je suis là ? Je suis censé faire un discours demain soir. »

Laurel avait l'air complètement perdu. Elle a poussé une sorte de sifflement muet, puis elle a dit : « Un instant, s'il te plaît » d'une voix professionnelle. Elle a consulté des papiers derrière son comptoir et a décroché le téléphone. « Comment t'appelles-tu ? » m'a-t-elle demandé, le combiné coincé sous le menton.

« T. S. Spivet. »

Elle a répété mon nom, puis, plaçant sa main devant sa bouche, elle a dit quelques mots à voix basse dans le combiné. Pour m'occuper, j'ai pris sur le comptoir un dépliant qui parlait d'une exposition sur les Indiens Pieds-Noirs.

Quand Laurel s'est retournée vers moi, elle avait les sourcils froncés, comme si elle essayait de résoudre une équation très difficile. « C'est toi, T. S. Spivet ? Ou tu es le fils de T. S. Spivet ? »

— C'est moi. Je suis le fils de T. E. Spivet. »

Elle a recommencé à parler au téléphone. « Mais je n'en sais rien, moi ! » a-t-elle dit à voix haute au bout d'un moment, puis elle a raccroché.

« Je n'en sais rien, moi, a-t-elle répété, à la cantonade. Bon, il descend de toute façon. Il va tirer ça au clair. Tu peux patienter ici. Tu as besoin de quelque chose en attendant ? De l'eau ?

— Oui, s'il vous plaît. »

Elle vous donne des informations. C'est une dame très serviable.

Elle ne vous donne pas d'informations. Ce n'est pas une dame très serviable.

Le cordon porte-badge nous permet de rester maîtres de nos vies
Carnet V101

Laurel est revenue avec de l'eau dans un minuscule gobelet en carton. Je voyais qu'elle fixait de nouveau ma poitrine. Elle s'est rassise derrière son comptoir et a échangé quelques mots inaudibles avec Isla, qui a ajusté son cordon porte-badge d'une main nerveuse. Puis un groupe de Japonais s'est approché du bureau, et les deux femmes ont disparu.

Je me suis assis sur un banc et j'ai lu mon dépliant sur les Indiens Pieds-Noirs, mon énorme parapluie posé à côté de moi. Pour tout vous dire, même si, en temps normal, tout ce qui concernait les Pieds-Noirs m'intéressait beaucoup, j'avais du mal à me concentrer et je décrochais malgré moi.

« Je suis monsieur Jibsen », a prononcé une voix émergeant du brouillard, une voix dont les *s* s'enroulaient sur eux-mêmes comme des chats et réveillaient en moi des souvenirs familiers. Tout à coup, j'aurais voulu pouvoir retrouver ma cuisine, et le long cordon du téléphone, et les baguettes chinoises, et le bruit que faisait la boîte à gâteaux quand on essayait de l'ouvrir discrètement.

« Puis-je vous aider, jeune homme ? »

J'ai levé les yeux. M. Jibsen ne ressemblait en rien à ce que j'avais imaginé au téléphone. Il n'était pas du tout grand, élégant, avec un costume trois-pièces, une barbiche pointue et une canne. En fait, il était trapu et chauve, et portait des lunettes à épaisse monture noire, qui lui donnaient l'air d'un matheux coincé, mais dénotaient en même temps un souci de l'apparence suffisant pour lui conférer une aura de branchitude. Col roulé noir, veste noire ; la seule concession qu'il faisait au passé que je m'attendais à le voir incarner était un étrange anneau piqué dans le lobe de son oreille gauche, comme s'il sortait tout juste d'une fête de pirates et avait fait disparaître toute trace de son costume, à l'exception de celle-ci.

« Puis-je vous aider ? » a-t-il répété.

Avec le temps, j'avais appris que lorsqu'un événement longuement anticipé comme celui-ci se produisait enfin, la rumination angoissée qui l'avait précédé et avait inventorié tout ce qui pouvait arriver était toujours beau-

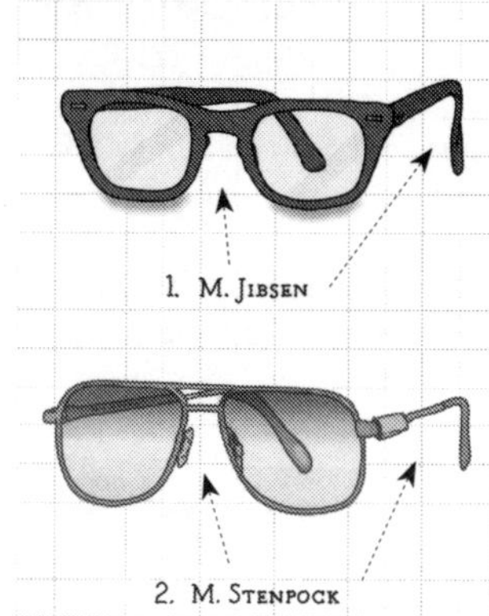

La mode, c'est compliqué
Carnet V101

Les lunettes de M. Jibsen, par un double effet magique et néanmoins très calculé, accomplissaient l'exploit de suggérer à parts égales l'obsession de la science et une certaine nonchalance (image 1). Pour ma part, comme M. Stenpock, je n'avais jamais été capable de me préoccuper de mon apparence plus de quelques minutes d'affilée. Tout effort dans ce sens me demandait une concentration si grande que cela me distrayait forcément de mes cartes ou de ce que j'étais en train de faire à ce moment-là (en général, des cartes).

Gracie, assez gentiment, m'avait offert pour Noël un treillis vert avec quatorze lanières de tissu qui pendaient devant, derrière et sur les côtés. Elle disait que c'était la dernière mode, et quand je lui ai demandé pourquoi il y avait toutes ces lanières qui pendaient comme ça, elle a levé les yeux au ciel et elle m'a dit : « Je sais pas… Enfin, sans vouloir faire trop de psychologie, l'idée, c'est peut-être : wahou, j'ai plein de lanières sur mon treillis, parce que normalement je fais du saut en chute libre ou un truc vachement intense comme ça, mais là je fais une pause, tu vois, avec toutes mes lanières défaites… Enfin, elles sont juste cool, OK ? »

→ J'ai porté le treillis une journée, mais j'étais tellement perturbé par ces lanières et l'idée de tout ce qu'on *pouvait* faire avec que j'ai fini par toutes les boucler. Quand je suis descendu dîner, Gracie m'a hurlé dessus en me disant que je ressemblais à un malade mental échappé d'un asile. Sur cette nouvelle confirmation de ma place en ce monde, j'ai rangé le treillis dans mon placard et ne l'en ai jamais ressorti. Je crois que Gracie m'en veut toujours.

coup plus impressionnante que l'événement lui-même. Bien des nuits, à la veille d'une visite chez le dentiste ou d'un contrôle important, je m'étais tourné et retourné dans mon lit des heures durant, les yeux grands ouverts, pour ne me trouver confronté, le moment venu, qu'au geignement assourdi et décevant de la fraise du Dr Jenks, ou au regard morne de M. Edwards tandis que je dessinais des schémas compliqués de la conquête de l'Ouest dans les marges de mon cahier d'examen.

Qu'est-ce qui m'a pris de me mettre dans un état pareil? me demandais-je alors, et pourtant, quand venait le contrôle suivant, j'étais de nouveau dans mon lit, à trois heures du matin, dans un état d'excitation incompréhensible.

Maintes fois, au cours de mon interminable voyage vers l'est, pris dans les sombres griffes du trou de ver et livré, dans ce purgatoire, à mes propres scénarios apocalyptiques, j'avais réfléchi à toutes les manières dont je pourrais rassurer M. Jibsen au sujet de mes compétences, par des allusions désinvoltes à la glycolyse, par exemple, ou aux controverses entourant le système métrique. Mais en fin de compte je n'ai pas recouru à ce genre de déclaration, ni aux explications complexes visant à justifier mon aspect enfantin et mêlant interruption de croissance, voyage dans le temps, développement cognitif accéléré et consommation de céréales superpuissantes.

J'ai juste dit : « Bonjour, je suis T. S. Spivet. J'ai réussi à venir. » Et j'ai attendu que quelqu'un comprenne.

M. Jibsen a penché la tête sur le côté, a regardé Laurel derrière son bureau, puis s'est retourné vers moi. Il a porté sa main à son anneau d'oreille et s'est mis à le tripoter nerveusement.

« Ce doit être... » Il s'est tu ; il regardait ma poitrine.

« Vous êtes blessé ? »

J'ai fait oui de la tête, au bord des larmes.

Il m'a toisé. Jamais de ma vie on ne m'avait dévisagé aussi ouvertement. Père, lui, me dévisageait en prenant soin de ne jamais me regarder en face.

« C'est à vous que j'ai parlé au téléphone vendredi dernier ? »

J'ai fait oui de la tête.

« T. S. Spivet ? » a-t-il dit comme si on le forçait à enfiler un nouveau manteau. Il s'est pris le visage dans les mains et s'est écrasé le nez entre les paumes, et il a soufflé par les narines en faisant beaucoup de bruit. Il a laissé retomber ses mains contre ses cuisses.

« C'est vous qui avez dessiné le bombardier ? a-t-il demandé, très lentement.

— Oui.

— Et aussi… le schéma du comportement social du bourdon ? Le triptyque sur les égouts ? La frise chronologique des engins volants ? Le… le schéma du système sanguin de la limule ? Les cartes à superposer, là, des rivières les plus tortueuses ? C'est vous qui avez dessiné tout ça ? »

Je n'ai même pas eu à acquiescer.

« Je rêve… », a-t-il dit, et là-dessus il a pivoté sur ses talons et m'a abandonné. J'ai cru qu'il allait marcher jusqu'au diorama et se mettre lui aussi à appuyer sur les boutons, comme ça, histoire de faire de la lumière, mais finalement il est revenu vers moi, la main crispée sur sa boucle d'oreille.

« Je rêve, a-t-il répété. Quel âge avez-vous ?

— Treize ans, ai-je dit. Puis : Euh… douze, en fait.

— Douze ans ?! Mais c'est sss… »

Il s'est arrêté sur ce *s* zozoté et il a secoué la tête.

« Monsieur Jibsen, je ne voudrais pas être impoli, mais je ne me sens pas très bien. Peut-être qu'on pourrait juste demander à quelqu'un de regarder ce que j'ai, et ensuite on parlera de demain soir ?

— Ha ! Vous plaisantez ? Tout est ann… *Oh !* »

Il s'est tu. « Vous examiner… bien sûr… nous allons appeler quelqu'un. »

D'un pas élégant, il a rejoint le bureau d'information et a glissé deux mots à Laurel, puis il est revenu. Il me dévisageait.

« Quelqu'un arrive, a-t-il dit sans cesser de me fixer de cet air étrange.

— Merci, ai-je dit. Je vais vite me rétablir. Et nous pourrons parler de… »

J'ai soudain ressenti une violente douleur au sternum qui m'est montée à la tête et m'a enserré le front comme un bandeau. C'était une douleur inconnue, encore plus intense que la fois où Layton m'avait planté une fléchette dans la tête sans le faire exprès, ou celle où nous étions rentrés dans un arbre avec la luge et que je m'étais cassé le bras alors que Layton, qui avait pourtant heurté l'arbre en premier, s'était relevé sans une égratignure. Sans plus me soucier de Jibsen et des règles de courtoisie, j'ai poussé un grognement.

Jibsen n'a pas eu l'air de m'entendre. « T. S. ! a-t-il dit. Douze ans ! Où avez-vous appris à dessiner avec une telle virtuosité ? »

Je n'en savais rien. Au lieu de chercher une réponse, je suis tombé dans les pommes.

Quand j'ai repris mes esprits, un secouriste était en train de m'examiner. J'avais sur le nez un masque à oxygène qui sentait fort le plastique. J'étais couché sur un brancard, et ils m'ont fait rouler jusqu'à une ambulance qui était venue se garer juste devant l'entrée du château. Quand je l'ai vue qui attendait, gyrophare en marche, portières arrière grandes ouvertes, je me suis senti assez fier à l'idée que j'allais réussir à perturber, à ma modeste manière, le flux de la capitale.

Il pleuvait plus fort que quand j'étais entré dans le musée. M. Jibsen marchait près du brancard et tenait au-dessus de moi mon grand parapluie, ce qui était très gentil de sa part. Il est monté dans l'ambulance avec moi et m'a pressé la main. « Ne vous inquiétez pas, T. S. Je vous expédie directement auprès du médecin attitré du Smithsonian. Nous n'aurons pas de paperasse à remplir. Ça va aller très vite. Nous allons bien vous soigner. »

Comme l'ambulance filait dans les rues de la capitale, on m'a introduit un cathéter dans le bras. Je regardais la poche à perfusion se balancer au-dessus de moi. Même si son contenu était transparent, je savais que, dissous à l'intérieur, il y avait toutes sortes de délicieux petits nutriments, et que je les mangeais par le trou qu'on avait percé dans mon bras. Je trouvais ça plutôt chouette.

Au Washington Hospital Center, le médecin du Smithsonian, le Dr Fernald, m'a examiné. Il a chargé deux de ses assistants de me recoudre. Ils m'ont écouté raconter ce qui m'était arrivé à Chicago en secouant la tête avec des yeux ronds. J'ai laissé de côté le moment de l'histoire où je poignardais Josiah Merrymore et où il tombait dans le canal, et le fait qu'il était peut-être/sûrement mort. Je savais, même si cela contrariait mes réflexes de cartographe, qu'il est certaines choses dont personne n'a besoin de connaître l'existence.

Tandis que les infirmiers s'appliquaient sur leurs points de suture, M. Jibsen faisait les cent pas dans le couloir en parlant au téléphone. J'avais l'esprit embrumé et j'étais persuadé qu'il parlait au Dr Clair, qu'ils avaient une longue conversation au sujet de mon comportement inquiétant et en particulier de ma tendance à laisser des Cheerios dans mes poches. Je savais qu'elle allait surgir d'un instant à l'autre et me ramener dans le Montana. Et je m'y résignais. Après tout, j'étais quand même allé jusqu'à Washington ; c'était drôlement loin pour un garçon de douze ans.

Après m'avoir fait passer une série d'examens pour s'assurer que je n'avais pas de problèmes internes majeurs (ce qu'ils ont dit, mot à mot : « pas de problèmes internes majeurs »), ils m'ont fait une piqûre antitétanos et m'ont administré deux antibiotiques différents. Finalement, autour de minuit, nous avons quitté l'hôpital. Je me suis demandé si Jibsen m'emmenait à l'aéroport.

« Je vais vous déposer à la maison d'hôtes, a-t-il dit en me tapotant la jambe. Vous ne risquez plus rien, maintenant.

— Merci », ai-je répondu, en me demandant de quoi il parlait.

À l'instant où ma tête s'est posée sur l'oreiller, j'ai sombré dans le sommeil le plus profond de ma vie. Je pouvais enfin me reposer en paix.

Quand je me suis réveillé le lendemain matin, ma poitrine me faisait mal. J'ai cligné des yeux ; je m'attendais presque à être de retour dans ma chambre au Coppertop, à émerger du rêve le plus réaliste de ma vie, mais je n'ai pas vu mes carnets sur trois des quatre murs de la pièce, ni les contours familiers de mes instruments de cartographe. J'étais dans une chambre que je ne connaissais pas, où tout était propre, en chêne et rempli d'objets très décoratifs. Il y avait plein de chaises partout. Les murs étaient couverts de tableaux, dont un énorme qui représentait une grande scène de bataille près d'un fleuve. Je crois qu'au milieu de tous les soldats il y avait George Washington, mais, pour tout vous dire, à ce moment-là je me moquais de savoir si c'était lui ou pas et je me moquais de cette peinture. J'étais dans un sale état.

J'ai essayé de m'asseoir dans le lit et j'ai aussitôt senti ma poitrine se contracter. J'avais l'impression de m'être fait « botter d'dans par une mule », expression que Père utilisait souvent, lui qui savait ce que c'était de se faire botter dedans par une mule. Je n'avais jamais eu conscience jusque-là de la justesse de cette comparaison.

« Sale mule, ai-je râlé, et ça m'a donné de la force. Elle m'a bien botté, Père. »

Après avoir songé à quel point ça allait sûrement me faire mal de me lever, j'ai fini par repousser la couverture et par me lever quand même. J'avais la sensation de porter un plastron de métal qu'on m'aurait vissé à la peau. J'ai commencé à faire le tour de la maison d'hôtes en marchant comme un casse-noisette, le torse tout raide, les bras droits le long du corps. J'étais en train d'examiner les meubles en chêne de la pièce, signe que je récupérais un peu de ma curiosité habituelle, quand on a frappé à la porte.

« Oui ? » ai-je dit.

M. Jibsen est entré. Son émoi de la veille avait disparu. Il parlait de nouveau, comme au téléphone, avec l'amabilité zézayante du Vieux Continent.

« Ah, T. S., vous êtes levé ! Mon Dieu, comme nous étions inquiets hier soir. Vous ne pouvez pas imaginer. Qu'une chose aussi horrible vous arrive… Je suis désolé – je savais que Chicago était devenue une ville dangereuse, mais à ce point ! Ça a dû être un choc terrible, pour vous, tout juste débarqué des vertes prairies du Montana !

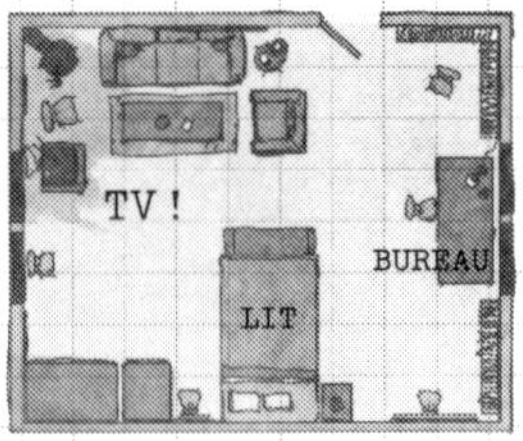

La maison d'hôtes

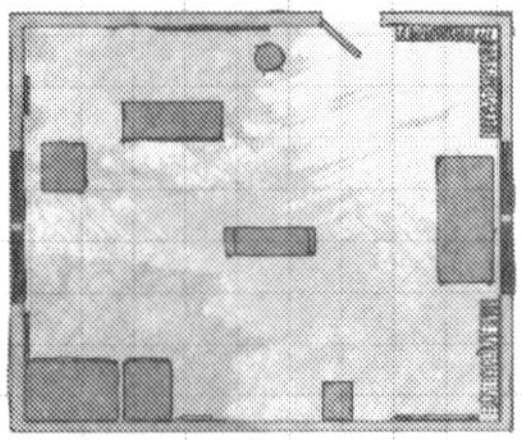

Meubles en chêne dans la pièce

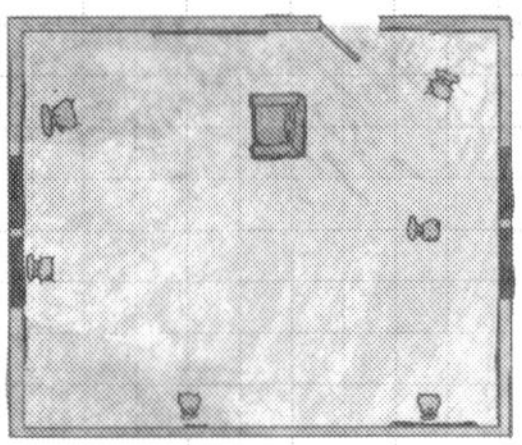

Toutes les chaises de la pièce

Tous les tableaux

Vues de la maison d'hôtes
Carnet V101

— Pas trop », ai-je répondu, même si, tout à coup, j'éprouvais un besoin désespéré de lui dire : *J'ai tué un homme, il est dans un canal de Chicago, mort, et il s'appelle…*

— Écoutez, a dit M. Jibsen, je voudrais m'excuser de la façon dont j'ai réagi hier – c'est que je n'avais aucune idée de votre âge, vous comprenez ? Aucune idée. Depuis, j'ai eu votre ami Terry au téléphone et il m'a tout expliqué. Je dois dire qu'au départ je me sentais un peu floué, mais je me rends compte à présent du caractère exceptionnel – idéal, vraiment – de la situation. Et de toute manière ce prix vous a été décerné sur la seule qualité de votre travail. »

Il s'est tu et m'a jeté un regard inquiet. « C'est bien *votre* travail ?

— Oui, ai-je dit avec un soupir. C'est le mien.

— Parfait ! Formidable ! s'est-il exclamé, retrouvant soudain tout son allant. Donc même si, au départ, nous envisagions pour notre lauréat un certain type d'activités… car d'habitude le Blair est attribué à… *un adulte*, vous comprenez… Mais peu importe, je pense qu'au final tout va s'arranger pour le mieux. Une dernière question… Vos parents ? Je suis confus, mais, dans la précipitation, j'ai oublié de dire au Dr Yorn de les contacter. Puis-je vous demander pourquoi ils ne vous ont pas accompagné ? »

J'étais encore dans le cirage, c'est vrai, mais ce serait trop facile de dire que c'est pour ça que j'ai répondu comme je l'ai fait.

« Ils sont… morts. Je vis avec le Dr Yorn.

Quoi ?! Est-ce que j'avais perdu la tête ?!

— Oh, mon Dieu. Je suis navré.

— Et avec Gracie. Je veux dire, on vit tous les deux avec le Dr Yorn.

Oui, apparemment, j'avais bien perdu la tête. Mais en même temps, quelque part, j'avais toujours rêvé que ce soit la vérité, et proclamer ce rêve, comme ça, dans ce nouveau monde, cela le rendait presque réel.

— Eh bien, cela rend les choses d'autant plus remarquables, n'est-ce pas ? Je dois vous dire que Yorn n'a pas précisé ce détail, mais il est… trop modeste, je suppose.

— Oui. C'est un excellent père adoptif. »

M. Jibsen a eu l'air gêné. « Vous devez être encore fatigué. Je vous laisse vous reposer. Cette maison d'hôtes est réservée au titulaire du prix Baird :

vous y êtes donc chez vous. Excusez la simplicité du lieu et la décoration plutôt… hideuse, a-t-il ajouté en désignant le tableau où l'on voyait George Washington ou je ne sais qui. Mais vous devriez y être à votre aise.

— Merci, ai-je dit. C'est très joli.

— Si vous désirez quoi que ce soit, n'hésitez pas à m'en parler, et je verrai ce que nous pouvons faire pour vous être agréables.

— Ah…, ai-je dit en cherchant des yeux mon sac à dos et en l'apercevant avec soulagement posé sur une chaise près du lit. J'ai perdu presque tous mes instruments à Chicago. Est-ce que le musée aurait du matériel de dessin technique à me prêter ?

— Je suis sûr que nous pourrons vous procurer tout le matériel qu'il vous faut. Donnez-nous une liste et vous l'aurez cet après-midi.

— Cet après-midi ? »

Un petit rire s'est échappé de ses lèvres. « Bien sûr ! Souvenez-vous, vous êtes le premier illustrateur du pays, maintenant.

— Vraiment ?

— Bien que ni les chiffres de fréquentation ni les budgets ne le reflètent, nous ne devons jamais perdre de vue le fait que nous sommes une grande institution. Nous existons depuis cent cinquante ans ! Nous incarnons l'histoire de la tradition scientifique de ce pays. Cependant, la richesse de notre passé, si admirable soit-elle, ne doit pas nous empêcher de toujours garder les yeux tournés vers l'avenir, et c'est pourquoi je me réjouis de votre arrivée spectaculaire d'hier. Personne ne s'attendait à cela !

— Je suis désolé, ai-je dit, soudain très fatigué. Je ne voulais pas…

— Non, non, non, au contraire : il y a des chances pour que cet imbroglio, en fin de compte, se révèle très bénéfique pour l'institution. J'ai déjà parlé de vous à quelques collègues et ils en sont restés babas, donc, vous voyez : il se pourrait que vous soyez l'instrument idéal pour attirer l'attention sur nous et faire de nouveau du Smithy, aux yeux du public, un lieu moderne et palpitant.

— Le Smithy ?

— Oui. Vous comprenez, tout le monde aime les enfants ; enfin, c'est ce qu'on dit. Non pas que vous ne soyez qu'un enfant : je continue à considérer votre travail comme celui d'un scientifique ; c'est jussste que... »

Il semblait de nouveau à court de mots. Ses doigts sont remontés vers sa boucle d'oreille.

J'ai imaginé le Dr Clair en train d'écrire, dans son bureau, l'histoire d'Emma et de son discours prononcé devant l'Académie nationale des sciences près de cent cinquante ans plus tôt. Assise dans une pièce au milieu de ses propres écrits, ma mère avait imaginé la vie d'une autre : le dos courbé d'Emma appuyée sur le pupitre, le regard désapprobateur de Joseph Henry qui pesait, brûlant, sur sa nuque, le visage hostile des hommes au premier rang tandis qu'elle prononçait le discours écrit avec Maria Mitchell en une nuit, sous les étoiles, dans une cabane des Adirondacks :

« ... Il ne s'agit donc point de se demander si un scientifique est homme ou femme, mais seulement si sa méthode est bonne, s'il, ou si elle, fait preuve de la rigueur nécessaire dans la pratique de la science moderne, s'il, ou si elle, participe à l'avancée du grand projet d'accroissement de la connaissance humaine. Car ce projet compte bien plus que toutes les distinctions de sexe, de race et de croyance... »

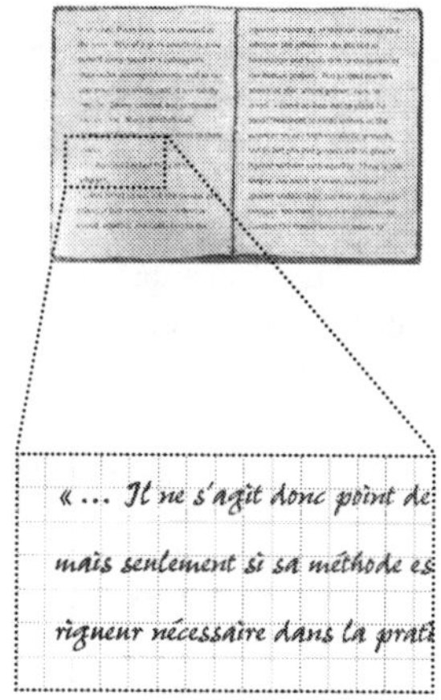

En réalité, pourtant, ces mots n'étaient ni ceux de Maria Mitchell ni ceux d'Emma Osterville.

Oh ! Mère. Pourquoi avais-tu inventé tout cela ? Qu'espérais-tu accomplir ? Avais-tu vraiment abandonné ta carrière pour te pencher sur le passé d'une autre Spivet dont les aspirations s'étaient perdues au milieu des buttes sèches, craquelées de l'Ouest ? Étais-je moi aussi condamné à l'échec par métaréciprocité ? Était-ce dans notre sang d'étudier la vie d'un autre et de négliger la nôtre ?

J'ai pris une profonde inspiration.

« Qu'est-ce que vous voulez que je dise au dîner d'anniversaire, ce soir ?

— Ce soir ? s'est exclamé Jibsen en riant. Mais, vous n'aurez pas à parler, ne vous inquiétez pas ! Le discours, c'était avant... avant que tout cela arrive et...

— J'aimerais dire quelque chose.

— Vous aimeriez dire quelque chose ? Vraiment ? Mais... Vous vous en sentez la force ?

Recette de
« La gourmandise d'hiver de Gracie »
Extraite du livre
de recettes du Coppertop

1. Faire trop cuire une petite boîte de haricots verts.
2. Placer avec délicatesse les haricots verts bien mous et des rondelles de saucisse sur un lit de ketchup et de mayonnaise.
3. Passer brièvement au micro-ondes (25 s) deux tranches de fromage Kraft.
4. Placer le fromage sur les rondelles de saucisse et les haricots verts.
5. Servir chaud.

— Oui. Que voulez-vous que je dise ?

— Que vous disiez ? Eh bien, nous… nous vous concocterons quelque chose. À moins bien sûr que vous ne préfériez l'écrire vous-même ?

Chacun des plateaux que faisaient circuler dans la salle les serveurs en gants blancs était rempli d'un assortiment varié de succulents petits mets qui ne ressemblaient à rien de ce que je connaissais. Malgré la douleur que me causait encore ma blessure, j'éprouvais un plaisir fou face à cet étalage de friandises, cet excès en libre accès. C'était beaucoup mieux, et de loin, que ce qu'on mangeait d'habitude au Coppertop, que le délice secret ou « la gourmandise d'hiver de Gracie ».

Par exemple : un serveur en gants blancs s'arrêtait devant la chaise sur laquelle j'étais assis et me disait très poliment : « Bonsoir, monsieur. Désirez-vous un minitartare de thon sur asperge grillée, moucheté d'une réduction de vinaigre balsamique ? »

Et je répondais : « Oui, merci », et je voulais ajouter quelque chose au sujet de ses gants blancs, mais je résistais à la tentation, et il me posait dans la main une petite serviette, puis, sur la serviette, le succulent petit mets, à l'aide d'une pince de service miniature.

« Merci », disais-je.

Et il me répondait : « Je vous en prie. »

Et là je lui disais : « Merci », encore une fois, parce que j'étais vraiment reconnaissant.

Et il me faisait une petite révérence et repartait.

J'avais envie de goûter à tout ce qu'on me proposait, mais à un moment donné j'ai commencé à me sentir très fatigué et j'ai dû m'asseoir. Juste avant que nous partions pour l'Académie, M. Jibsen m'avait donné des calmants qui venaient d'un flacon sans étiquette.

« Voilà, c'est bien », avait-il dit d'une voix très douce en me regardant les avaler avec un grand verre d'eau.

L'espace d'un instant, je m'étais demandé si les cachets contenaient un sérum de vérité et s'il allait se mettre à me poser toutes sortes de questions compromettantes, mais il s'était contenté de sourire en disant : « Un remède miracle, vous allez voir – ça va vous remettre sur pied en un rien de temps. C'est le dîner de votre vie, ce soir. Nous ne voudrions pas que vous vous sentiez mal pour le dîner de votre vie. »

M. Jibsen s'était aussi arrangé pour me louer, au tout dernier moment, un smoking très chic. Un tailleur était passé vers quatorze heures et avait pris mes mesures avec délicatesse. C'était un monsieur très gentil, il me touchait le bras de temps en temps et me parlait de son cousin qui vivait dans l'Idaho. Je lui ai demandé si je pouvais garder une copie de mes mensurations, et il m'a dit bien sûr et me les a écrites sur un bout de papier, à côté d'un petit croquis de mon corps. C'était l'une des choses les plus gentilles qu'on ait faites pour moi : une carte à main levée de mes dimensions.

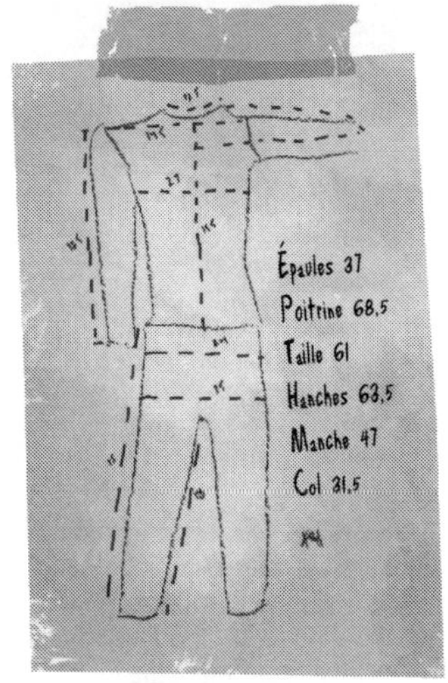

Carte à main levée de mes dimensions
Scotchée dans le carnet V101

J'adorais les cartes à main levée parce qu'elles n'étaient qu'improvisation et découverte et venaient au monde en réponse à un besoin immédiat. J'ai rangé dans ma poche la petite carte de mon corps avec l'intention de l'encadrer et de la garder toute ma vie.

Quand nous étions arrivés, Jibsen m'avait fait asseoir à une table près de l'estrade et m'avait dit : « Vous n'avez qu'une seule chose à faire, T. S. : saluer les gens. Les discours ne commenceront pas avant une demi-heure. Si vous vous sentez accablé, tapez-moi deux fois sur l'épaule, comme ça.

— D'accord », avais-je dit.

J'ai baissé les yeux sur mon couvert. Une quantité incroyable d'instruments avait été arrangée autour de mon assiette. Ça m'a rappelé la disposition de mes outils de cartographie sur le mur de ma chambre. J'ai soudain éprouvé une brusque sensation de manque, comme un lancinant rappel du passé dans le présent, à suffoquer. J'aurais voulu respirer l'odeur de mes carnets, suivre du doigt le contour de mes instruments.

Il y avait : trois fourchettes, trois couteaux, quatre verres (tous de forme légèrement différente), deux assiettes, une serviette, et un machin-chose. Devant les assiettes, il y avait un carton de table avec *T. S. Spivet* écrit dessus en cursives dorées.

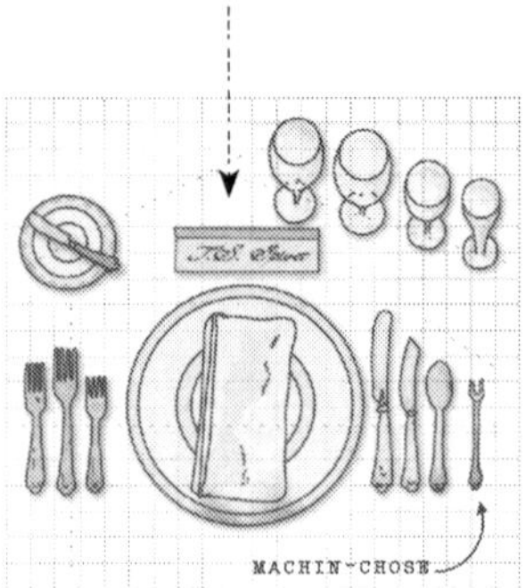

Schéma d'un couvert, ou
« Je fais maintenant partie de ce monde »
Carnet V101

Ce carton de table était l'une des choses les plus extraordinaires que j'ai jamais vues de mes douze années de vie. Quelqu'un, sachant très bien ce qu'il faisait, avait pris cette petite carte aux bords dentelés et l'avait glissée dans une machine à imprimer pour y inscrire mon nom en cursives dorées. (*Mon nom !* T. S. Spivet ! Et pas le nom d'une autre célébrité comme un danseur ou un maréchal-ferrant qui se serait aussi appelé T. S. Spivet !) Et l'organisateur du dîner avait posé la carte à cette place, près de tous ces verres et de tous ces couverts, avec la certitude que moi, T. S. Spivet, j'allais m'y asseoir et que je saurais me servir de tous les verres et de tous les couverts. Je faisais maintenant partie de ce monde.

La salle de réception était vaste et pleine d'échos ; j'avais compté une cinquantaine de tables de huit couverts, chacune avec trois fourchettes, trois couteaux, quatre verres, une cuillère et un machin-chose autour de chaque assiette. Environ mille deux cents fourchettes. Et quatre cents machins-choses, alors que je n'avais toujours pas compris à quoi ils pouvaient servir. Pour éviter de me retrouver dans une situation embarrassante, j'ai fait glisser mon machin-chose vers le bord de la table et je l'ai mis dans ma poche d'un air décontracté. Si je n'en avais pas, je ne risquais pas de l'utiliser n'importe comment.

Presque personne n'était encore assis et je suis resté tout seul pendant un certain temps, à dessiner sur un bout de papier des petites cartes qui retraçaient les déplacements des gens dans la salle, comme je le faisais souvent quand j'étais nerveux. Personne n'avait l'air de remarquer ma présence. On aurait pu me prendre pour le pauvre enfant dont les parents n'avaient pas réussi à trouver de baby-sitter.

Juste devant moi, il y avait une grande estrade avec un pupitre. Sur les murs, plusieurs de mes schémas et de mes illustrations avaient été accrochés, et je devais admettre qu'ils faisaient de l'effet – ils étaient beaucoup plus jolis comme ça, encadrés et bien éclairés, qu'étalés sur le sol de ma chambre. Des petits groupes d'adultes flânaient dans la salle en bavardant et s'arrêtaient devant mes dessins, je les voyais sourire, et brusquement j'ai eu envie de me lever et d'aller leur expliquer ce que chaque dessin représentait, mais j'avais trop peur des adultes, en particulier quand ils étaient en groupe et qu'ils souriaient de cette manière et qu'ils tenaient leur verre de travers, d'une main étourdie, comme s'ils voulaient tous renverser une goutte et une goutte seulement.

Jibsen est revenu avec un badge à mon nom qu'il a épinglé sur mon smoking. « J'avais oublié ça. Vous imaginez ? Les gens vous auraient pris pour un simple gamin. » Puis il a aperçu quelqu'un à l'autre bout de la salle, a frappé dans ses mains et a disparu au milieu de la foule.

J'étais en train de songer à ressortir le machin-chose de ma poche pour l'examiner de nouveau et tenter de déterminer son usage quand une dame

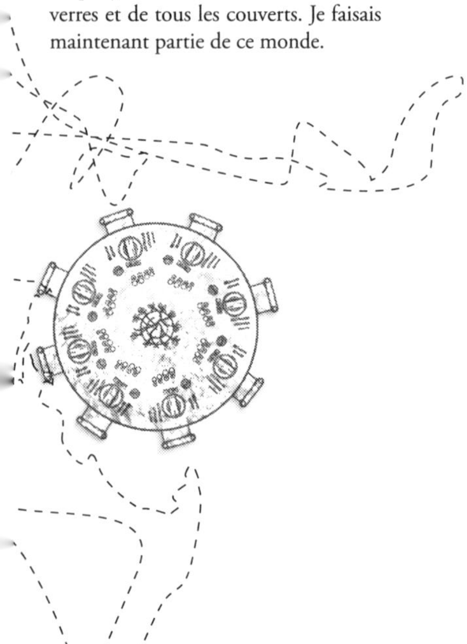

blonde un peu vieille s'est approchée de moi et m'a dit : « Je voulais être la première à vous féliciter. Nous avons tant de chance d'avoir un petit garçon comme vous. Tant de chance. »

— Quoi ? » ai-je dit.

Elle avait un visage bizarre, la peau épaisse et flasque comme le ventre d'une chèvre qui vient de mettre bas.

« Je suis Brenda Beerlong. De la Fondation MacArthur. Vous nous intéressez beaucoup. Encore quelques années… » Elle a ri. Ou plutôt, son visage a ri, mais pas ses yeux.

J'ai souri, parce que je ne savais pas quoi dire, mais déjà elle se perdait dans la foule d'où elle avait émergé et quelqu'un d'autre s'avançait vers moi.

« Beau travail, mon garçon. » C'était un vieux monsieur. Il sentait les brindilles pourries. Quand il m'a serré la main, j'ai senti que tout son bras tremblait de façon incontrôlée. Il ressemblait un peu à Jim, l'un des poivrots de Butte, sauf qu'il portait un smoking.

« Très, très beau travail. Et alors c'est dans le Montana que tu as appris à dessiner comme ça ? Comment est-ce possible, ça ? Il y a quelque chose dans l'eau, là-bas ? Ou juste rien d'autre à faire que dessiner ? » Il a gloussé et a scruté la salle. Ses mains tremblaient toujours.

« Dans l'eau ? ai-je dit.

— Pardon ? »

Ses doigts ont bondi vers son oreille ; il triturait un appareil auditif.

« Qu'est-ce qu'elle a, l'eau ? ai-je dit plus fort.

— L'eau ? a-t-il répété, l'air de ne rien comprendre.

— Qu'est-ce qu'elle a ? » ai-je demandé.

Il m'a souri et son regard a dérivé vers les petites cartes que j'étais en train de dessiner. « Oui, j'imagine », a-t-il dit d'une voix lointaine, comme s'il se remémorait de vieux souvenirs de guerre.

J'ai attendu.

« Ah ! là, là », a-t-il fait, et il est reparti.

Après ça, j'ai vu déferler un flot constant de gens qui venaient me féliciter. Leurs remarques souriantes se mélangeaient dans ma tête et je ne savais jamais bien quoi répondre. Je crois que Jibsen s'en est aperçu, parce qu'au bout d'un moment il s'est planté à côté de moi et s'est mis à répondre à tout le monde avec ses phrases qui avaient l'air de décider de ce qu'était la réalité.

« C'est-à-dire que, quand j'ai appris qu'il était aussi jeune, j'étais sceptique, bien sûr. Mais nous avons voulu tenter le coup, et voyez comme nous avons bien fait ! N'est-il pas adorable ? Je veux dire, le potentiel est là, c'est évident.

« Eh bien, nous ne le savions pas à proprement parler, mais nous le pressentions… et nous avons décidé de prendre le risque.

« Mais oui, c'est formidable. Les possibilités sont infinies. Le ministère de l'Éducation ? Écoutez, laissez-moi votre carte, nous pourrons en discuter lundi.

« Oui, oui, c'est ce que nous nous sommes toujours dit. Juste avant de lui téléphoner au ranch, j'étais dans mon bureau et je me souviens d'avoir pensé : "Il a douze ans, mais on va le faire venir quand même." Et on voit que cela en valait la peine… »

Au fur et à mesure qu'il parlait, le récit de ce qui s'était passé se métamorphosait en quelque chose d'entièrement différent. J'ai commencé à me sentir mal à l'aise. Sans que personne s'en aperçoive, mon histoire était en train de devenir son histoire à lui. Je l'écoutais parler, et ça me faisait le même effet que si quelqu'un avait lentement monté le volume d'une rengaine très agaçante – à la fin, j'étais aussi crispé que si j'avais attrapé le tétanos. Soudain, je trouvais même un air sinistre aux serveurs gantés de blanc. Quand une dame est venue me reremplir mon verre, je lui ai fait signe de partir ; j'avais peur qu'elle ne veuille m'empoisonner.

À un moment donné, M. Jibsen s'est penché vers moi et m'a chuchoté : « Ils vous adorent, ils vous mangeraient tout cru… »

Je ne me sentais pas bien. J'ai tapé deux fois sur l'épaule de M. Jibsen, mais il m'a tapoté le bras et a continué à discuter avec une dame très attentive, qui portait un cache-œil.

« Oh, oui, oui, bien sûr, il y aura tout un programme d'interventions à l'extérieur. Il est ici pour au moins six mois, mais tout est négociable. »

Je me suis levé et j'ai commencé à marcher avec raideur vers le fond de la pièce. Les gens me fixaient. Chaque fois que je passais près d'une de leurs petites poches de conversation, ils se taisaient et faisaient mine de rien, mais je n'étais pas dupe. J'essayais de continuer à sourire. Dès que j'étais passé, je sentais chaque groupe se rétracter et se remettre à parler avec animation. Si ça vous est déjà arrivé, vous devez savoir à quel point c'est étrange ; j'avais l'impression de flotter derrière mon corps.

« Où sont les toilettes, s'il vous plaît ? » ai-je demandé à l'une des serveuses. Elle paraissait très gentille, même si elle se tenait contre le mur et cachait ses gants blancs derrière son dos.

Elle m'a désigné une porte à deux battants. « Au bout du couloir à droite.

— Merci, ai-je dit. Pourquoi est-ce que vous restez debout comme ça ? Vous cachez vos gants blancs ? »

Elle m'a regardé d'un drôle d'air et a sorti ses mains de derrière son dos. « Non… Elle les a remises derrière son dos. C'est comme ça qu'on doit se tenir. Si je fais autrement, mon patron va me renvoyer.

— Ah, ai-je dit. D'accord. En tout cas, j'aime bien vos gants blancs. Vous ne devriez pas les cacher. »

Et j'ai quitté l'immense salle. Dans le couloir, il y avait deux hommes qui riaient très fort ; on aurait dit deux vieux amis qui ne s'étaient pas vus depuis longtemps. L'un des deux a pointé du doigt son entrejambe et l'autre lui a donné une bourrade dans l'épaule, et ils ont éclaté d'un rire tonitruant, puis ils se sont adossés au mur, la tête renversée, en essayant de reprendre leur souffle. Ils semblaient bien s'amuser. Heureusement, ils ne m'ont pas regardé quand je suis passé.

Il s'est trouvé que les toilettes avaient un préposé. Je n'avais jamais rencontré de préposé aux toilettes – ils n'étaient pas légion dans le Montana. J'en avais vu un une seule fois, dans un feuilleton à la télé, et ce n'était même pas

Toilettes = Sécurité

Quand c'était arrivé, j'avais fixé des yeux le sang qui coulait de sa tête dans le foin d'hiver, puis j'étais parti en courant chercher Père dans le pré du bas. Son visage s'était crispé quand je lui avais dit que Layton s'était fait très mal, qu'il s'était tiré dessus, et il s'était mis à courir vers la grange. Je ne l'avais jamais vu courir avant ce jour-là. Il ne courait pas avec beaucoup de grâce. J'étais resté debout au milieu du champ, sans savoir où aller. Je m'étais accroupi et j'avais juste arraché des brins d'herbe, et puis j'avais couru jusqu'à la maison et je m'étais caché dans les toilettes. Les yeux rivés sur les cartes postales de bateaux à vapeur que j'avais collées sur les murs, j'avais guetté le rugissement de la vieille Georgine, signe que Père emmenait Layton à l'hôpital. Mais le moteur n'avait pas rugi. Au bout d'un moment, j'avais entendu des pas sur la véranda, puis la voix de Père qui parlait au téléphone dans la cuisine. J'avais serré les paupières et j'avais imaginé les bateaux à vapeur voguant non pas sur l'océan mais sur la terre, sur les collines rocailleuses qui entouraient le Coppertop, et venant nous chercher tous les cinq devant notre ranch pour nous emmener au Japon. Chacun à notre tour, nous montions à bord, traînant nos bagages avec peine jusqu'en haut de la passerelle avant de poser le pied sur le vaste pont du bateau.

Finalement, j'avais entendu le bruit de pneus écrasant la terre caillouteuse, et, à travers la vitre dépolie de la petite fenêtre, j'avais distingué les contours flous d'une voiture de police. Mon père parlait avec deux policiers. Puis j'avais vu une ambulance gravir notre allée en lacet. Même là, j'étais resté dans les toilettes avec les bateaux à vapeur ; même après le départ de l'ambulance, gyrophare éteint. Je pensais qu'ils allaient venir me poser des questions mais ils ne l'ont pas fait. Il n'y a que Gracie qui m'a rejoint au bout d'un moment, et elle pleurait, et elle est juste entrée et elle s'est assise à côté de moi et elle m'a serré dans ses bras, et on est restés couchés sur le sol des toilettes comme ça pendant longtemps, et on ne parlait pas, mais jamais de toute ma vie je ne me suis senti aussi proche de quelqu'un.

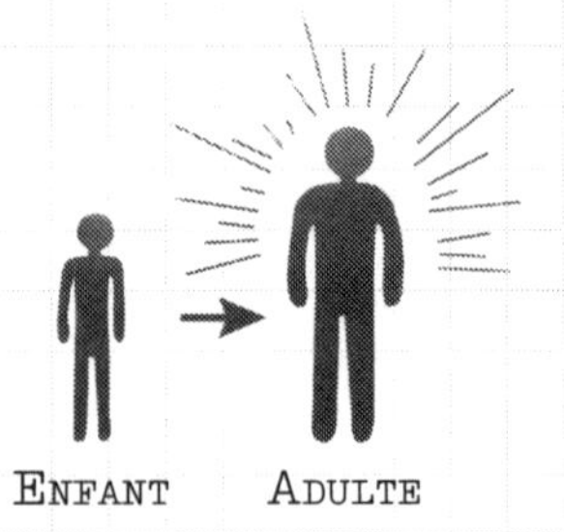

Quand un enfant devient-il un adulte ?

Ce schéma-là, bien sûr, je ne pouvais pas encore le dessiner, parce que je n'étais pas impartial. Mais c'était une question que je me posais souvent : il y avait plein de jeunes gens, à Butte, qui avaient l'air encore plus vieux que ce préposé aux toilettes, mais que je n'aurais pas non plus définis comme des adultes. Comme Hankers St. John. Il n'y avait pas *moyen* que ce type-là soit un adulte, et pourtant il avait bien, quoi… trente-cinq ans ? Ce n'était donc pas une question d'âge. Qu'est-ce qui faisait un adulte, alors ? Tout ce que je savais, c'est que je n'avais jamais de mal à en reconnaître un vrai. Il y avait des indices qui ne trompaient pas. On est un vrai adulte si :

1. On est toujours fatigué.
2. On n'a pas hâte que ce soit Noël.
3. On a très peur de perdre la mémoire.
4. On travaille dur toute la semaine.
5. On porte des lunettes de vue autour du cou et on oublie toujours qu'on porte des lunettes de vue autour du cou.
6. On prononce les mots : « Je me rappelle quand tu étais grand comme ça » et on secoue la tête en faisant une UA-1, UA-24, UA-41, qu'on peut traduire grossièrement par : « Je suis très triste parce que je suis déjà vieux et que je ne suis toujours pas heureux. »
7. On paie des impôts et on aime bien s'énerver avec d'autres adultes en se demandant « ce qu'ils peuvent bien faire avec tout le fric qu'on leur file ».
8. On aime boire de l'alcool tous les soirs tout seul devant la télévision.
9. On se méfie des enfants et de ce qu'ils peuvent avoir derrière la tête.
10. On ne se réjouit de rien.

un vrai préposé aux toilettes, mais un espion qui se faisait passer pour tel et assassinait sa victime en lui offrant un bonbon à la menthe qui n'était autre que du poison.

Mon préposé aux toilettes à moi avait l'âge d'un garçon qui va à l'université et l'air de s'ennuyer. Il ne ressemblait pas à un espion susceptible de m'empoisonner. Sur le col de sa veste, il portait un minuscule pin's rouge avec un « M ». Quand il m'a vu entrer, son regard s'est éclairé.

« Comment c'est, là-bas ? m'a-t-il demandé sur un ton un peu conspirateur.

— Assez horrible, ai-je dit. Les adultes sont bizarres, des fois. »

Par cette déclaration, je prenais le risque de l'exclure de la catégorie « adulte », mais, ce faisant, je l'incluais aussi dans la camaraderie du cercle des non-adultes, et j'avais le sentiment que c'était ce qu'il voulait, qu'il soit adulte ou non dans les faits.

« Sans blague, a-t-il approuvé, me confirmant ainsi qu'il était bien de mon côté. Mais comment tu as pu te laisser traîner dans cette soirée, de toute manière ? Tu n'as pas réfléchi ? Ce sont des vampires, ces types-là : ils survivent en suçant ta force vitale. Quand tu penses que ce sont eux qui représentent la science aujourd'hui… Pas étonnant que les gens la croient morte et enterrée. »

Après avoir brièvement envisagé de mentir, pour tenter de rester cool aux yeux de ce type à qui j'avais de plus en plus envie de ressembler quand je serais grand, j'ai changé d'avis.

« En fait, je suis l'un des invités d'honneur. J'ai gagné le prix Baird du Smithsonian. » En m'entendant parler, je me suis soudain trouvé atrocement rasoir. Sans doute ce jeune se moquait-il bien de ce que je pouvais lui raconter sur le prix Baird, les égouts, les trous de ver ou les changements climatiques : il me faisait juste la conversation, comme il incombe à tout préposé aux toilettes.

Mais ses yeux se sont mis à briller. « Oy. M. Spencer Baird, notre premier chef suprême. » Il m'a adressé un étrange salut en pointant trois doigts vers sa tête puis vers le plafond. « Félicitations. Qu'est-ce que tu fais ? »

J'étais tellement déconcerté que je n'ai pas su quoi répondre. J'ai juste laissé la salive s'accumuler dans ma bouche. Puis, voyant qu'il attendait et qu'il avait vraiment l'air de vouloir savoir, j'ai dit : « Eh bien, on peut dire que je fais des cartes.

— Des cartes ? Quel genre de cartes ?

— Oh, plein de genres… Des cartes de gens en train de couper du bois… Des cartes qui montrent comment… couper… »

Pour une raison qui m'échappait, je n'arrivais à penser à rien d'autre qu'à des gens en train de couper du bois.

« Des cartes qui montrent comment couper du bois ? a-t-il répété en haussant le sourcil.

— Non, non, non… Enfin, je fais aussi des cartes qui montrent l'emplacement des McDonald's dans le Dakota du Nord, des cartes des méandres des ruisseaux et des réseaux hydrographiques, des cartes des différences de consommation électrique au sein d'une ville, des cartes des antennes de cicindèle…

— Oy », a-t-il dit.

Il avait de nouveau son air de conjuré. Il s'est approché de la porte, a regardé dans le couloir, à gauche, puis à droite. C'était peut-être bien un espion, en fin de compte. Peut-être qu'il allait me tuer, finir le boulot commencé par le révérend Merrymore qui, sous sa couverture de prêcheur-clochard psychopathe, était lui aussi un espion. Et maintenant, comme en plus j'avais tué l'un des leurs, tout le cercle était furieux et mobilisé pour me liquider, et c'était ce type qui allait s'en charger, là, dans ces toilettes, en m'étouffant avec une ventouse.

Le soi-disant préposé aux toilettes a tourné le verrou de la porte et il est revenu vers moi. Je dois l'avouer, j'étais terrifié. J'ai voulu prendre mon multi-outil Leatherman (modèle spécial cartographe) dans ma poche, mais je me suis aperçu que je l'avais laissé sur le lieu du crime, près de ce canal solitaire et glacé de Chicago.

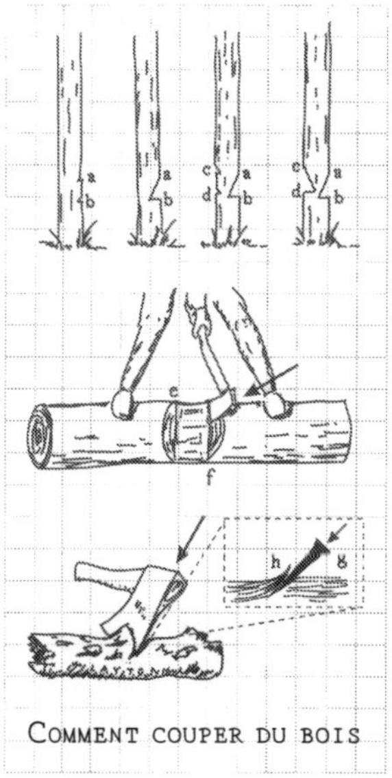

Comment couper du bois
Carnet B43

J'avais bien dessiné un schéma qui montrait comment couper du bois après avoir regardé Père abattre d'une hache experte les pins au bas de la colline pendant un jour et demi. Ah ça, vraiment, il savait couper du bois.

« Dis-moi, a-t-il murmuré, est-ce que tu as entendu parler du club du Mégathérium ?

— Le… le Mégathérium ? »

Je tremblais. Il a acquiescé d'un signe de tête et m'a désigné l'étagère à côté du miroir, sur laquelle étaient disposées les petites serviettes-éponges, l'eau de Cologne et les bonbons à la menthe potentiellement empoisonnés. À côté du bol de bonbons, il y avait un petit animal en plastique qui ressemblait à une sorte de paresseux de la préhistoire. J'ai compris que cette créature était un Mégathérium.

La figurine du Mégathérium

« Fabriqué en Chine. Mais, d'après les données fossiles, d'une surprenante exactitude anatomique.

— Ah, oui…, ai-je dit en relâchant ma respiration. Je connais ce club. Je voulais absolument en faire partie quand j'étais petit, jusqu'à ce que je comprenne que j'étais né cent cinquante ans trop tard.

— Il n'est pas trop tard, a-t-il chuchoté. Puis, encore plus bas : Nous continuons de nous réunir.

— Le club existe encore ? »

Il a opiné du chef.

« Et vous en êtes membre ? »

Il a souri.

« Mais comment ça se fait que je n'en ai jamais entendu parler ?

— Oy, a-t-il dit, il y a bien des choses, dans cette ville, dont tu n'as jamais entendu parler. Si qui que ce soit apprenait leur existence, elles cesseraient d'exister.

— Quelles choses, par exemple ?

— Suis-moi. »

Il a mis dans sa poche la figurine du Mégathérium et a placé sur son comptoir un élégant petit carton. « Parfois, je récolte plus d'argent en laissant ce carton qu'en restant là, m'a-t-il dit. Les gens aiment bien l'idée de donner, mais ils n'aiment pas l'acte lui-même. »

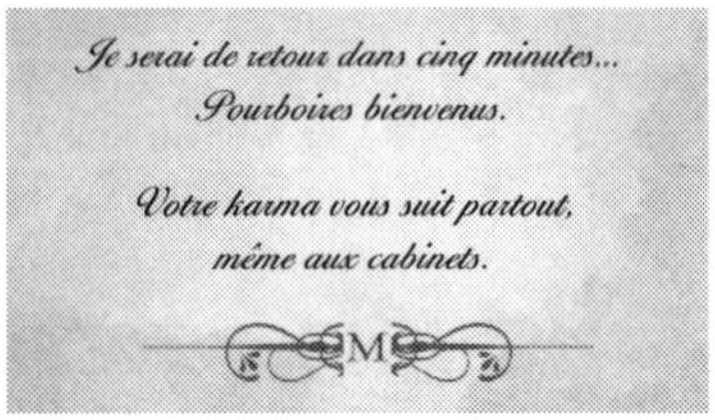

Nous sommes sortis des toilettes et nous avons longé le couloir. Les deux hommes hilares avaient apparemment regagné la salle à manger.

J'ai dit : « Je crois que je dois y aller. J'ai un discours à donner.

— Il n'y en a pas pour longtemps. Je veux juste te montrer quelque chose.

— D'accord. »

Nous avons marché jusqu'au bout du couloir et nous avons descendu un escalier qui menait au sous-sol.

« Comment vous vous appelez ? ai-je demandé.

— Boris.

— Enchanté, ai-je dit.

— Moi de même, T. S.

— Comment est-ce que vous connaissez mon nom ? » ai-je demandé, méfiant.

Il a pointé du doigt mon badge.

« Ah, ai-je fait, et j'ai ri. D'accord. Mon badge. Je suis bête. C'est que d'habitude, vous comprenez, je ne me promène pas...

— Qu'est-ce que ça veut dire, ces initiales ?

— Tecumseh Sansonnet.

— Joli. »

Au sous-sol, après avoir dépassé plusieurs chaudières, nous sommes arrivés devant un placard de service. À nouveau, des images de meurtres et de cadavres enfouis se sont bousculées devant mes yeux.

Boris m'a regardé et il a souri. Mais ce n'était pas un sourire du style *« Et maintenant, je vais te tuer »* ; ça ressemblait plutôt aux sourires conspirateurs que me faisait Layton juste avant de me dévoiler sa dernière invention aérienne ou sa nouvelle bombe artisanale.

Puis Boris a tapé deux fois dans ses mains, comme les magiciens en chapeaux hauts de forme aux fêtes d'anniversaire de Gracie quand elle était petite, et il a ouvert la porte du placard. J'ai jeté un coup d'œil prudent à l'intérieur, m'attendant à me trouver nez à nez avec un alligator géant ou un

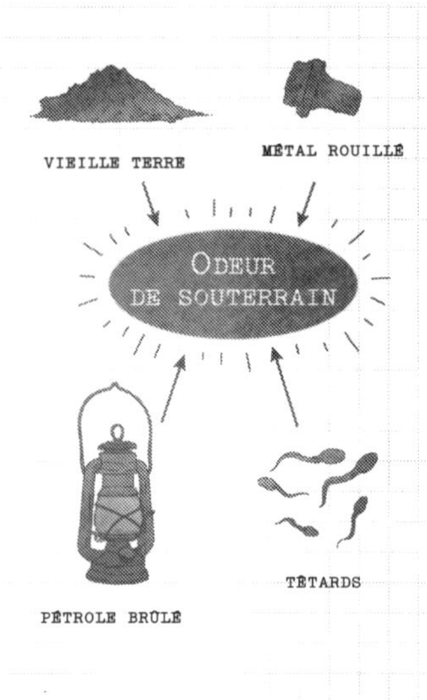

Les odeurs sont faciles à reconnaître, mais difficiles à décrire
Carnet V101

Je me demandais s'il existait des odeurs pures et irréductibles, ou si toutes les odeurs pouvaient être décomposées en plusieurs petites odeurs et ainsi de suite à l'infini. L'odorat me semblait être le sens le plus mystérieux, et les odeurs les sensations les plus insaisissables, car nous n'avions pas de véritable langage pour les décrire. Dans ma famille, les odeurs étaient toujours associées à des aliments, des souvenirs ou des images. Un jour, Père était entré dans la cuisine alors que l'un des grille-pain du Dr Clair était en train de brûler et il avait dit : « Qu'esse-c'est qu' cette odeur ? On s' croirait dans l' quatrième cerc' de l'Enfer ici ! Femme ! Tu veux tous nous faire griller ? »

Et Layton avait crié depuis l'étage : « Ouais, ça sent le caca qui crame ! »

Et Gracie avait levé les yeux de son ordinateur en forme de siège de toilettes et avait soupiré : « Ça sent mon enfance. » Et elle n'avait pas tort.

monstre de ce genre. Mais c'était un placard normal, avec ses balais-éponges, ses seaux. Tout avait l'air en ordre.

« Qu'est-ce que c'est ? ai-je demandé.

— Regarde », a-t-il dit en me désignant le fond du placard.

Et là, dans l'ombre, j'ai aperçu une porte en fer qui devait mesurer un mètre vingt de haut, avec une grosse poignée qui la faisait ressembler à la porte d'un grand four ancien. Nous avons écarté les manches des balais-éponges et nous nous sommes agenouillés devant la porte. Boris s'est craché dans les mains et a pesé sur la poignée. On voyait qu'il y mettait vraiment de la force. Ça le faisait même grogner. Finalement, la poignée a émis une faible plainte et a tourné, dans le sens inverse des aiguilles d'une montre.

Boris a poussé la porte, révélant un petit souterrain qui plongeait en pente raide dans l'obscurité. Le tunnel était trop bas pour qu'un adulte puisse y marcher sans avoir à se recroqueviller, mais je crois qu'il était juste de la bonne taille pour moi. Je me suis penché. Les vagues d'air frais qui m'arrivaient au visage étaient étonnamment sèches, pas du tout moisies comme je m'y attendais. J'ai fermé les yeux et j'ai essayé de distinguer les différents composants de leur odeur : un relent âcre de fer rouillé, une fraîcheur matelassée de vieille terre, et peut-être, derrière, la légère odeur de brûlé d'une lampe à pétrole. Et maintenant que je humais l'air de manière aussi attentive, je sentais tout de même une once d'humidité, un discret parfum de têtard. Toutes ces odeurs s'unissaient pour former l'odeur « *souterrain* ». Je m'en suis rempli les poumons.

« Qu'est-ce que… ?

— Un réseau de souterrains, a dit Boris en glissant la tête à l'intérieur. Ils datent de la guerre civile. Nous avons trouvé une paire de bottes de cavalerie dans l'un d'eux. Il relient la Maison-Blanche, le Capitole et le Smithsonian. »

Il a dessiné un petit triangle dans sa main. « Ils ont été construits pour permettre aux gros bonnets de s'échapper facilement en cas de siège. L'idée, c'était qu'ils pouvaient se réfugier au Smithsonian, puis se tirer de la ville avant que les confédérés sachent où les chercher. Ils ont été murés peu de temps après la fin de la guerre, mais un Mégathérium les a découverts dans les années quarante, et, depuis, nous les utilisons. Bien sûr, c'est un secret. Donc si tu en parles à qui que ce soit, il faudra que je te tue. » Il a souri.

Je n'avais plus peur. « J'ai étudié toutes les cartes des sous-sols de Washington quand j'ai fait ma carte des égouts, et je n'ai jamais vu ces souterrains.

— Ah, excuse-moi, mon frère, mais il y a beaucoup de choses qui n'apparaissent pas sur les cartes. Et ce qui n'apparaît pas, c'est justement ce qui nous intéresse.

— Est-ce que vous vous y connaissez en trous de ver, par hasard ? »

Il a plissé les yeux d'un air suspicieux. « Quel genre de trous de ver ?

— Eh bien, quand j'étais dans le train, je crois qu'on est passé dans une espèce de truc bizarre…

— À quel endroit ?

— Vers le Nebraska. »

Boris a hoché la tête comme s'il voyait exactement de quoi je parlais. « Enfin, je ne suis pas complètement sûr que c'était un trou de ver, ai-je repris, mais c'est l'impression que ça m'a fait, parce que le monde a disparu pendant un long moment et qu'ensuite, tout d'un coup, on s'est retrouvé à Chicago. J'avais lu quelque chose, un jour, au sujet d'une étude sur les trous de ver dans le Middle West et…

— Le rapport de M. Toriano, a dit Boris avec un nouveau hochement de tête.

— Vous connaissez ?

— Oh ! oui, Toriano est célèbre au Mégathérium. Une vraie légende. Il a disparu il y a une quinzaine d'années, alors qu'il tentait d'enquêter sur l'instabilité du continuum espace-temps dans l'Iowa. *Il s'est fait prendre et on ne l'a plus jamais revu*, si tu vois ce que je veux dire. Mais je peux facilement t'obtenir une copie de son rapport. Où est-ce qu'ils t'hébergent ?

— Dans la maison d'hôtes.

— Ah ! la maison d'hôtes. C'est là qu'ont séjourné tous nos visiteurs distingués. Tu sais, tu dors dans le lit où ont dormi Oppenheimer, Bohr, Sagan, Einstein, Agassiz et William Stimpson, notre fondateur. Tu t'inscris dans une grande lignée.

— Agassiz ? »

Je voulais lui demander : « *Et Emma Osterville ?* », mais j'avais peur qu'il n'ait jamais entendu parler d'elle. Personne n'avait jamais entendu parler d'elle. C'était une dégonflée.

« Nous te ferons livrer une copie du rapport Toriano dès demain matin. C'est un dénommé Farkas qui s'en chargera. Tu n'auras pas de mal à le reconnaître. »

Je voulais encore lui poser tout un tas de questions sur les souterrains, les trous de ver, l'identité de ce Farkas et ce que je devais faire pour avoir un pin's « M » comme le sien, mais une alarme s'est déclenchée dans ma tête.

« Merci, ai-je dit. Il faut que j'y aille, maintenant. Ils m'attendent, je suis censé leur expliquer ce que je suis venu faire à Washington.

— Tu vas les épater. Souviens-toi juste d'une chose : pas de bobards. Ne te laisse pas prendre à leurs jeux. Même s'ils ne l'admettront jamais, ils t'ont fait venir ici pour que tu les secoues. Ce qu'ils veulent, c'est qu'on leur ouvre les yeux.

— OK, ai-je dit. Où est-ce que je dois aller, si je veux vous revoir ?

— Ne t'inquiète pas. Nous irons à toi. »

Là-dessus, il a refait le même petit salut compliqué en pointant, à la fin, trois doigts vers le plafond du placard de service, et j'ai fait de mon mieux pour le lui rendre, même si je savais que mon salut à moi était sans doute loin d'être parfait.

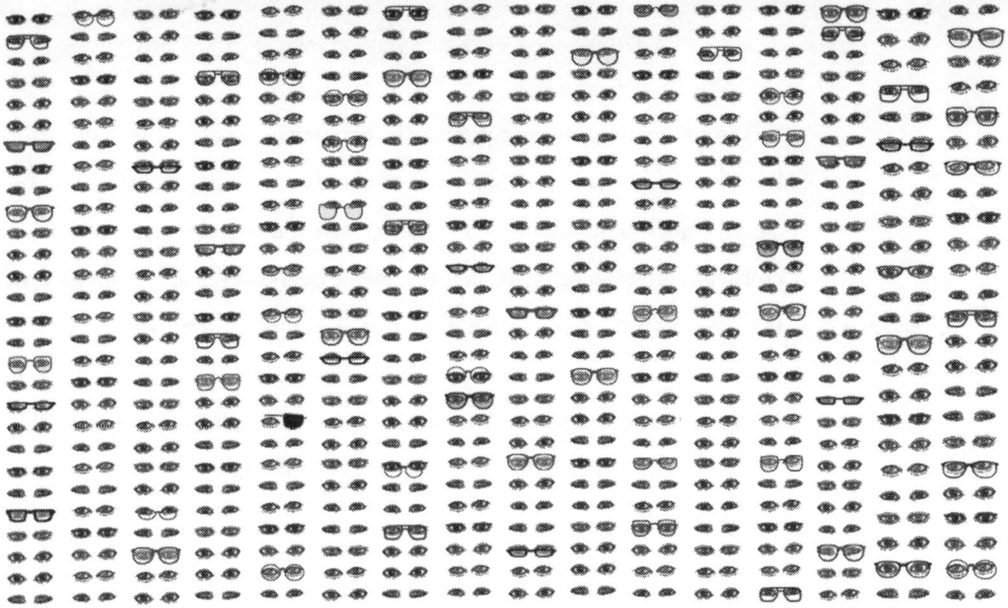

Ceci est l'aura qui émane de la salle de réception du Smithsonian, avec ses 783 yeux fixés sur moi
Carnet V101

Chapitre 12

Quand je suis rentré dans la salle, ils avaient déjà baissé la lumière. Les gens finissaient de regagner leurs sièges. Tout à coup, j'ai paniqué : j'étais tellement accablé par la conflagration de manches noires, d'alliances en or et de mauvaises haleines que je n'arrivais plus à me rappeler où était ma place.

Quelqu'un m'a attrapé par le coude et m'a tiré en arrière. Un éclair de douleur m'a traversé tout le corps, comme si mes points de suture venaient de s'arracher et de me déchirer la poitrine.

« Où étiez-vous ? » m'a sifflé Jibsen à l'oreille. J'ai grimacé de douleur.

« *Où étiez-vous ?* » Ses yeux s'étaient transformés. J'ai cherché dans son visage une trace du Jibsen que je connaissais, du gentil Jibsen, mais il n'en restait rien.

« Je suis juste allé aux toilettes », ai-je dit, les larmes aux yeux à l'idée de déjà le décevoir.

Il s'est radouci. « Je suis désolé. Je ne voulais pas… Je veux juste que tout se passe bien ce soir. »

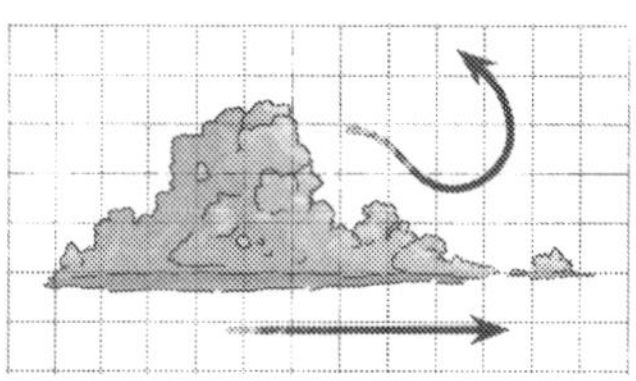

La fugacité de la colère, des giboulées orageuses
Carnet V101

Je n'avais jamais entendu ce ton de voix. Il correspondait à une colère vocale et ciblée, à l'opposé du ressentiment diffus que Père pouvait manifester face aux imperfections de ce monde. Chez Père, la colère s'exprimait par des grommellements, des gestes et des mots de rejet, et parfois un déferlement de remarques cinglantes qui s'arrêtait aussi vite qu'il avait commencé, comme les giboulées orageuses du début de printemps.

Il a souri, mais son regard conservait les marques de sa colère. Elle était encore là, nichée derrière ses dents blanches, et au fond de ses yeux, prête à resurgir. J'ai alors compris que les adultes, à la différence des enfants, étaient capables de s'accrocher à certains sentiments négatifs, même quand l'événement qui les avait suscités était passé depuis longtemps, même quand les cartes postales avaient été envoyées, les excuses présentées, et que tout le monde avait tourné la page. Les adultes étaient des entasseurs pathologiques de vieilles émotions inutiles.

« Comment vous sentez-vous ? m'a demandé Jibsen.

— Ça va.

— Tant mieux. Allons nous asseoir. »

Il parlait d'une voix sucrée, à présent, cajoleuse. Il a relâché son étreinte sur mon coude et m'a guidé à travers la salle. Nos voisins de table m'ont adressé un demi-sourire quand je me suis assis. Je leur ai demi-souri en retour.

Une minuscule salade était posée dans mon assiette. Il y avait des quartiers de mandarine au milieu des feuilles vertes. J'ai regardé autour de moi, et j'ai vu que tous les autres avaient commencé à picorer leur salade, comme des petits oiseaux. Dans la salade d'une dame, il manquait tous les quartiers de mandarine.

Puis un monsieur s'est levé à la table voisine et est monté sur l'estrade, sous les applaudissements discrets de la salle. Je savais qu'il était venu me serrer la main un peu plus tôt, dans la mêlée des présentations, mais ce n'était qu'à présent que je comprenais qui c'était : le secrétaire du Smithsonian ! *Devant moi, en chair et en os !* Je ne sais pas trop pourquoi, mais de le voir là-haut, avec ses cheveux bien peignés, son visage grassouillet et ses bajoues qui clapotaient comme il hochait la tête, souriant, en attendant le silence, ça a donné à toute mon expédition, à ces 3 984 kilomètres que j'avais parcourus sur le sol américain, une réalité tangible.

Dès qu'il a commencé à parler, néanmoins, mon cerveau s'est mis à grincer et, sans même que je m'en rende compte, à dissocier l'institution admirable qu'était pour moi le Smithsonian de cet homme porcin au sourire hypocrite.

Une courte note sur la médiocrité

Le Dr Clair détestait la médiocrité. Et pour autant que je sache, à ses yeux, presque tout était médiocre.

Un matin, elle avait brusquement replié notre exemplaire du *Montana Standard* en disant : « Oh, médiocre, médiocre, médiocre, médiocre. »

« Médiocre, médiocre, médiocre » avait aussitôt commencé à répéter Layton au-dessus de son bol de céréales. Je n'avais pas tardé à l'imiter.

« Arrêtez ça, avait dit le Dr Clair. Ça n'a rien de drôle. La médiocrité, c'est la moisissure de l'esprit. Nous devons constamment lutter contre elle : elle essaiera de s'insinuer dans tout ce que nous faisons, mais nous devons lui résister. Oui, lui résister. »

Layton avait continué de répéter « médiocre, médiocre » à voix basse, mais je ne pouvais plus l'accompagner, parce que je croyais ce que ma mère avait dit. En silence, je jurais fidélité à sa cause et l'embrassais, jusque dans ma façon de manger mes Cheerios miel et noix, à petites bouchées consciencieuses et déterminées.

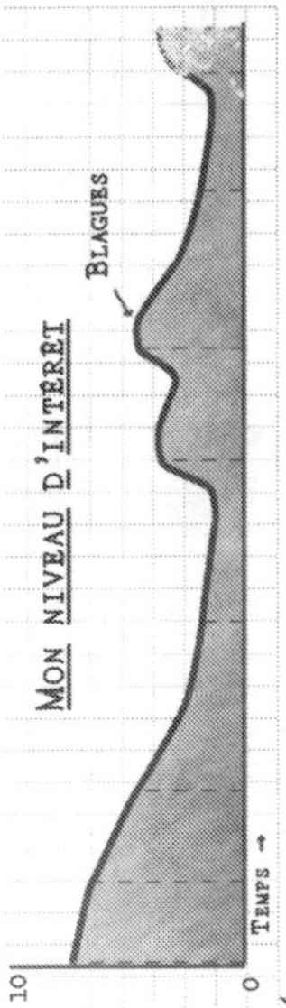

Déroulement du discours très ennuyeux du secrétaire

Temps	Ce qu'a dit le secrétaire	Ce qu'a fait le vieux monsieur à côté de moi	Mon niveau d'intérêt (de 1 à 10)
0:05	« Nous sommes très heureux d'avoir... »	Il a souri ; il a bu une gorgée dans son verre	8
0:32	« L'état actuel de la science a de quoi nous réjouir... »	Il a pris une bouchée de salade	7
1:13			5
2:16	« ... au Smithsonian, nous élargissons nos horizons... »	Il a fixé le plafond ; il a tapoté la cuisse de sa femme	2
3:12	[d'autres choses]...	Il a souri à sa femme (j'espère que c'est sa femme)	4
3:45, 4:01	« ... et cela me rappelle une histoire.. »	Il a ri (mais plus à la deuxième blague)	5
4:58	[blague]... [autre blague]...		2
5:48	[encore d'autres choses]...	Il s'est essuyé le nez avec son mouchoir ;	3
6:03	[silence calculé]...	il a bu une gorgée dans son verre	4
	« ... et en effet, mesdames et messieurs, l'avenir, c'est maintenant. Merci. »	Il a applaudi ; il a souri à sa femme/la dame	

Son discours était d'une médiocrité effarante : ses mots flottaient dans la pièce, puis s'en allaient, procurant à tout le monde un certain bien-être, mais rien de plus.

Au bout d'une minute, déjà, je me demandais si je pouvais réussir à faire sauter dans mon verre à vin un bâtonnet de carotte qui traînait dans ma salade. Quand les adultes, comme lui, ne pensaient pas vraiment ce qu'ils disaient, j'avais toujours du mal à les écouter parler : c'était comme si leurs mots me coulaient dans les oreilles et ressortaient aussitôt par une petite bonde située derrière ma tête. Mais à quoi voyait-on que quelqu'un n'était pas sincère ? Ça faisait partie des choses, comme les expressions de mon père, que je n'arrivais pas à schématiser. C'était une combinaison de beaucoup de détails : gestes désincarnés, sourires forcés, longs silences ponctués de froissements, haussements de sourcils intempestifs et un ton de voix changeant, très mesuré et calculé. Et, en même temps, ce n'était rien de tout cela.

J'ai commencé à avoir le trac. J'avais écrit un discours que j'avais glissé dans la poche intérieure de ma veste de smoking, mais je n'avais jamais fait de discours de ma vie, j'avais seulement imaginé que j'en avais déjà fait un, et je me demandais si j'allais réussir un seul de ces demi-sourires mielleux et de ces suaves mouvements de sourcils.

Gestes désincarnés
Carnet V101

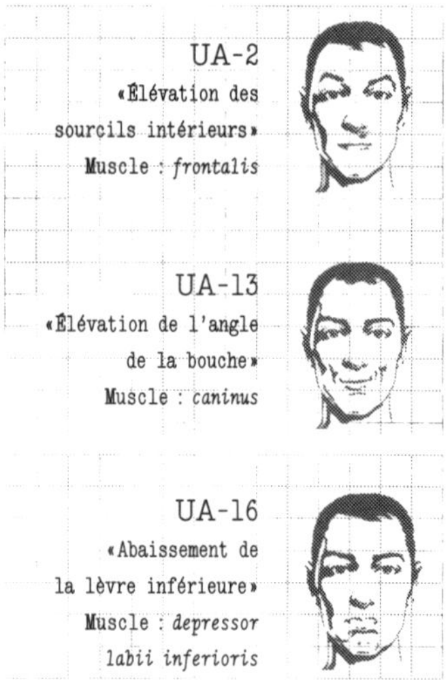

Unités constituantes du sourire-grimace traduisible par : « *Merci, maintenant allez-vous-en.* »

Un autre homme a alors bondi de son siège et, rejoignant le secrétaire sur l'estrade, lui a serré la main avec une expression qui laissait deviner, sous des dehors poliment enthousiastes, un léger mépris – une expression (UA-2, UA-13, UA-16 pour être précis) que le Dr Clair avait affichée quand tante Doretta était venue nous voir au printemps dernier pour nous réconforter, avec un Tupperware rempli de sa célèbre soupe d'écureuil. Cet homme était le président de l'Académie nationale des sciences.

Il a agrippé le pupitre à deux mains et a salué de la tête, encore et encore, pour remercier le public de ses applaudissements. Il avait une barbe et des yeux tout à fait différents de ceux du secrétaire. En fait, plus il saluait, plus son visage me faisait penser, par ses tics et sa nervosité pétillante, à celui du Dr Clair. Dans son regard, je reconnaissais l'avide désir de savoir, celui qui faisait luire les yeux de ma mère dans ses moments de recherche les plus voraces, quand rien ni personne ne pouvait l'arracher à ses efforts pour résoudre l'énigme taxonomique que constituait l'aspect inhabituel d'un élytre ou d'un exosquelette. En résumé : le monde avait disparu pour ne laisser place qu'à un seul problème, et la survie de chaque mitochondrie du chercheur dépendait de sa résolution.

Le président a salué encore une fois, embarrassé par les applaudissements prolongés. J'applaudissais avec tout le monde. J'avais l'impression que nous ne savions pas trop pourquoi nous continuions à applaudir ; nous savions juste que c'était agréable, agréable d'exprimer notre admiration pour quelqu'un que nous connaissions, ou non, mais dont nous savions qu'il méritait notre admiration.

Quand le silence est finalement revenu, le président a dit : « Merci beaucoup, mesdames, messieurs, cher invité. » Il m'a regardé droit dans les yeux et m'a souri. Je me suis tortillé de gêne.

« Mesdames et messieurs, j'aimerais vous raconter une petite histoire. Elle concerne notre confrère et ami le Dr Mehtab Zahedi, qui est, je vous le rappelle, l'un des principaux chercheurs, et l'un des plus éminents, à travailler sur les usages médicaux du sang de la limule. Hier, j'ai lu dans le *Washington Post* que le Dr Zahedi avait été arrêté par le service de sécurité de l'aéroport de Houston parce qu'il transportait dans ses bagages cinquante spécimens de limules. Aucune règle n'interdisait le transport de ces spécimens, mais le Dr Zahedi, qui se trouve être pakistano-américain, a été gardé à vue parce que suspecté de terrorisme, puis interrogé pendant *sept heures* avant d'être relâché. Ses spécimens, qui représentaient six ans de recherche et un financement de près de deux millions de dollars, ont été confisqués puis "accidentellement" détruits par la police de l'aéroport. Le lendemain, le quotidien local titrait : "Un Arabe arrêté à l'aéroport avec cinquante crabes dans ses bagages". » Un petit rire a fait ondoyer la salle.

« Oui, vu comme ça, c'est une anecdote amusante, qui a dû divertir un certain nombre de couples sur le chemin de l'église. Mais je vous en prie, mes chers confrères, notez tout de même qu'il y a moins drôle : le Dr Zahedi est l'un des plus grands biologistes moléculaires du monde, un confrère dont les recherches ont déjà sauvé des milliers de vies, et en sauveront peut-être des millions d'autres à une époque où la pénicilline se révèle impuissante contre de plus en plus d'infections bactériennes. Dans l'histoire que je viens de vous conter, cependant, le Dr Zahedi n'est rien d'autre qu'"un Arabe avec cinquante crabes" que la police harcèle avant de détruire son travail.

« Pour ne pas ruiner votre bonne humeur par trop de gravité – mais je serai honnête : après avoir lu cet article, j'étais tellement hors de moi que j'ai balancé violemment le journal à travers la pièce –, je me contenterai de dire que l'épreuve traversée par Zahedi souligne bien les obstacles complexes qui se dressent devant nous aujourd'hui. À vrai dire, "obstacles" n'est même plus le mot juste : dans le climat actuel de xénophobie et face à l'essor de la pseudo-science, c'est de véritables "attaques" qu'il faut parler. Et je ne fais pas seulement allusion à ce qu'on enseigne dans les écoles du Kansas : chaque jour, dans tout le pays, des coups subtils et moins subtils sont portés à la méthode scientifique, des coups venus de la droite, de la

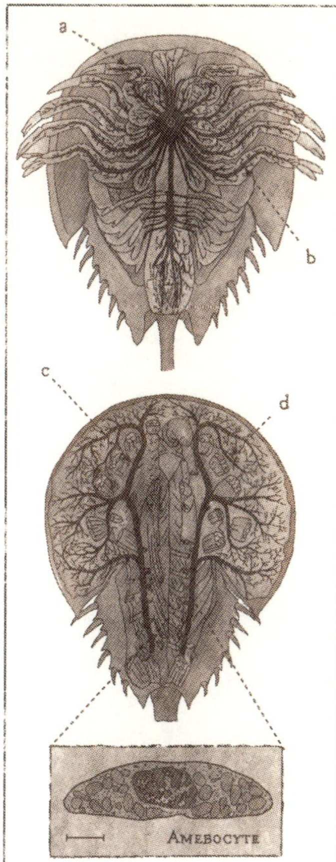

Le système circulatoire de *Limulus polyphemus*

Le Dr Mehtab Zahedi ?! J'avais illustré un de ses articles l'année dernière ! Nous avions correspondu pendant plusieurs mois par lettres, ce qui semblait être le mode d'échange qu'il préférait, comme moi, et quand je lui avais envoyé les dernières épreuves de mes dessins, il m'avait réécrit en disant : « Ils sont magnifiques. Je les croirais sortis de mes rêves. La prochaine fois que je viens dans le Montana, il faudra que je vous offre un verre, T. S. – MZ » Et je me souviens d'avoir pensé que MZ étaient la paire d'initiales la plus cool qui soit.

gauche et du centre, de groupes de défense des droits des animaux, de cadres de l'industrie pétrolière, d'évangélistes, de groupes d'intérêt particulier, et même, j'oserai le dire, de grandes entreprises pharmaceutiques. » Un léger brouhaha, un frémissement d'impatience a agité la salle.

Le président a souri d'un air entendu et a attendu que le silence revienne avant de continuer : « J'espère que le Smithsonian, l'Académie nationale des sciences, la Fondation nationale des sciences et toute la communauté scientifique sauront s'unir, dans ce contexte hostile, pour venir à bout de la dérision et de la bêtise qui prévalent actuellement. Si forte soit notre envie de nous retirer dans nos laboratoires et sur nos terrains de recherche, nous ne pouvons rester sans réaction, car c'est, et pardonnez-moi si j'use ici d'un terme tristement galvaudé, d'une *guerre* qu'il s'agit. Ne vous y trompez pas. Nous sommes en guerre. Ce serait se voiler la face que de le nier et, au point où nous en sommes, un tel aveuglement serait criminel, car, alors même que nous parlons, nos ennemis gagnent du terrain.

« Récemment, des scientifiques ont fait une découverte capitale, une découverte *monumentale*, celle d'un gène susceptible d'expliquer le phénomène d'évolution cérébrale qui a conduit à la divergence entre la lignée des hommes et celle des grands singes. Et que trouve à dire le président de notre grand pays le lendemain même de cette découverte ? Il nous engage à rester sceptiques face à la "théorie" de l'évolution, en prononçant le mot "théorie" comme s'il disait : "mensonge". J'ai bien peur que nous ne devions combattre le feu par le feu et entrer dans l'arène publique : nous devons jouer le jeu des médias et présenter notre message de manière attrayante, faute de quoi il finira par se flétrir à l'ombre d'autres messages plus séducteurs et d'explications démagogiques fondées seulement sur la foi et la peur. Je ne veux pas dire que la foi est notre ennemie – il y a beaucoup de croyants parmi nous, dont beaucoup ont toutefois choisi de placer leur foi dans les tests en double aveugle plutôt que dans une puissance supérieure. »

Un gloussement a parcouru la salle. Tout le monde riait. Je riais avec les autres. Ça faisait du bien de rire avec eux. *Dans les tests en double aveugle! Quelle bonne blague!*

« Oui, mes amis, la foi en elle-même est une belle chose, peut-être la plus belle de toutes, mais la foi que j'accuse est une foi devenue folle, une foi qui obscurcit notre jugement, une foi qui ignore la rigueur et encourage la médiocrité, une foi dénaturée, manipulée. C'est cette foi-là qui nous a amenés à ce point critique. Nous tous qui sommes rassemblés ici, nous avons foi dans l'absolue nécessité du processus scientifique, dans le triptyque de l'hypothèse, de l'expérience et du rapport, qui régit la grande marche vers la vérité. Mais ce qui nous semble une évidence n'a rien de naturel. Cette méthode, ce système de valeurs, nous en sommes les créateurs et, comme toute création humaine, ils peuvent nous être retirés. Il n'y a rien d'immuable dans notre civilisation, si ce n'est la certitude de sa destruction finale. Si nous ne réagissons pas, le monde de la science aura beaucoup changé quand la prochaine génération y fera son entrée, et peut-être sera-t-il méconnaissable dans un siècle, à supposer, bien entendu, que notre civilisation n'ait pas été engloutie d'ici là par la crise imminente des énergies fossiles. »

Il s'est penché en avant avec détermination, les mains sur les bords du pupitre. C'était un homme comme ça que je voulais être plus tard.

« C'est pourquoi je suis impatient de faire la connaissance de notre invité d'honneur, qui appartient à cette jeune génération en laquelle nous mettons, par la force des choses, toute notre foi. Et je crois que nous n'avons pas de souci à nous faire, car comme vous avez pu le constater, ce petit homme, par sa capacité à illustrer avec une clarté lumineuse les phénomènes les plus complexes, contribue déjà à la santé et à la survie de la science de manière plus active que beaucoup, et ce, me semble-t-il, avec un très grand succès. »

La salle a applaudi et le président a tendu la main vers moi. Les gens se sont redressés sur leurs sièges et j'ai senti tous les regards converger dans ma

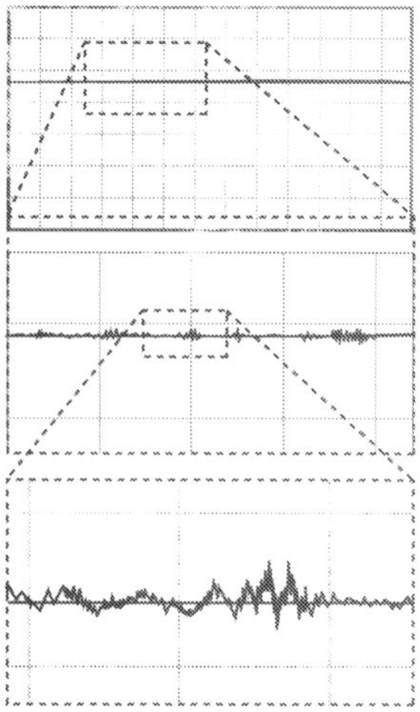

Les sons du silence

Il existait beaucoup de types de silence sur cette terre et presque aucun d'entre eux n'était réellement silencieux. Quand on disait qu'une salle était silencieuse, ce qu'on voulait dire, c'était que personne ne parlait, mais bien sûr tout un tas de bruits infimes continuaient à se faire entendre : petits craquements du parquet, tic-tac des horloges, tintement de gouttes solitaires à l'intérieur des radiateurs, bruissement velouté des voitures au-dehors. Ainsi, alors que je me tenais sur cette estrade et tentais de voir quelque chose à travers toute cette lumière, ce qui était au départ un silence s'est décomposé en une multitude d'éléments et j'ai entendu distinctement le sifflement des projecteurs au-dessus de ma tête, et les efforts assemblés de 392 personnes pour ne pas faire de bruit alors même que l'impatience faisait frétiller leurs pieds, que diverses maladies neurologiques agitaient leurs bras, que leur cœur se contractait sous le revers de leur col de veste et que l'air s'échappait de leurs narines pincées en chuintant doucement. J'entendais des bruits de vaisselle et des voix dans la cuisine au loin, la porte de la cuisine qui s'ouvrait et retombait en battant, les voix de la cuisine plus fortes tout à coup, puis de nouveau assourdies. Et, derrière tout cela, il y avait le ronronnement de basse des ventilateurs au plafond, que je n'avais pas remarqués jusque-là. L'espace d'un instant, je m'étais demandé si le calme *hoouuwoouuwoouu* que j'entendais était le bruit de la terre qui tournait sur elle-même, mais non : c'étaient juste les ventilateurs.

direction. C'était tellement exaltant que j'ai commencé aussi sec à hyperventiler. Les lumières ont vacillé. J'ai agrippé mon petit doigt.

Jibsen s'est penché vers moi et m'a touché l'épaule. « Ça va ?

— Oui, oui.

— Mettez-leur en plein la vue », a-t-il dit en me donnant un coup de poing dans l'épaule.

Ça m'a fait mal.

Lentement, sous les 783 yeux (à vue de nez) de l'assistance, je me suis levé et j'ai slalomé entre les tables, remarquant au passage, sur les nappes, les dizaines de machins-choses toujours pas utilisés. Arrivé devant les marches qui menaient à l'estrade, je les ai montées une par une. À chaque pas, j'avais l'impression que ma blessure se rouvrait un peu plus. Dès que j'ai posé le pied sur l'estrade, la salle a disparu derrière l'éclat des projecteurs. J'ai cligné des yeux. J'entendais, au-delà des lumières, un grand silence fébrile.

Paupières plissées, tentative de sourire aux lèvres, j'ai serré la main du président de l'Académie, exactement comme Emma avec Joseph Henry.

« Félicitations », m'a-t-il dit, et c'était le premier mot dénué de sincérité qu'il prononçait de toute la soirée. Il m'a fait une UA-17. Cet homme aimait l'idée qu'il s'était faite de moi, mais maintenant qu'il me voyait de près, il devait trouver que je ressemblais un peu trop à un enfant de douze ans.

Caché derrière le pupitre, je ne voyais pas grand-chose. Le président s'en est aperçu et a remédié à ce problème en m'apportant un petit repose-pied, ce qui a provoqué un bruissement et quelques rires dans l'assistance. Je suis consciencieusement monté sur le repose-pieds et j'ai sorti de ma poche mon discours tout froissé.

« Bonsoir tout le monde, ai-je dit. Je m'appelle T. S. Spivet. Je porte le nom de Tecumseh, le grand chef shawnee qui a tenté d'unir les tribus de toutes les nations indiennes avant d'être abattu par l'armée américaine lors de la bataille de la rivière Thames. C'est mon arrière-arrière-grand-père, Tearho Spivet, qui a pris ce nom peu de temps après son arrivée aux États-Unis et, depuis, le fils aîné de chaque génération s'appelle Tecumseh… et donc parfois, quand je dis à quelqu'un que je m'appelle T. S., je sens la présence de tous mes ancêtres dans mon nom. Je sens T. T. et T. R. et T. P. et même T. E, mon père, qui est très différent de moi. Peut-être que Tecumseh lui-même est là, quelque part, et qu'il se demande vraiment pourquoi toute cette lignée de fermiers venus d'ailleurs a tenu à prendre son nom. Bien sûr, je ne pense pas tout le temps à mes ancêtres quand je dis mon nom, surtout quand je le dis juste comme ça, par exemple quand je dis : "Oui, c'est T. S." quand je laisse un message sur un répondeur ou ce genre de chose. Si je pensais tout le temps à mes ancêtres – oh ! là là, ça deviendrait ridicule. Je me suis tu. Mais j'imagine que vous vous demandez ce qui se cache derrière mon autre initiale. »

Je suis descendu du petit repose-pied et je me suis dirigé vers l'écran, derrière moi, sur lequel était projeté l'énorme soleil du Smithsonian. En croisant les pouces, j'ai fait de mon mieux pour reproduire le sansonnet dont Deux Nuages avait fait surgir l'ombre sur la paroi d'un wagon à Pocatello.

« Vous devinez ce que c'est ? » ai-je demandé, loin du micro. J'ai entendu les gens bouger dans la salle. J'ai plissé les yeux et j'ai vu Jibsen, sur sa chaise, qui souriait avec gêne. Ses yeux étaient implorants : *Bon sang, T. S., qu'est-ce que vous faites ? Ô Seigneur, je vous en prie, ne le laissez pas tout foutre en l'air.*

Je me suis retourné vers l'ombre et je me suis rendu compte qu'elle ne ressemblait pas à grand-chose. Il lui manquait le frémissement de vie qui animait la créature de Deux Nuages.

« C'est un genre d'oiseau », ai-je dit d'une voix nerveuse.

Quelqu'un a crié : « C'est un aigle ! »

J'ai secoué la tête. « Ça ne commence pas par un *s*, un aigle. À moins que vous vouliez parler du *Spizaetus lanceolatus*, l'aigle des Célèbes. Mais non, mon deuxième prénom n'est pas *Spizaetus lanceolatus*. » Une dame a ri. Les gens commençaient à se détendre.

Le **Spizaetus lanceolatus**
aime bien voler
Carnet V77

« C'est un sansonnet ! » a dit quelqu'un au fond de la salle. Sa voix m'a paru incroyablement familière. J'ai essayé de voir d'où elle venait, mais la lumière m'éblouissait trop et je ne distinguais qu'une foule de smokings et de robes du soir dans l'obscurité.

« Oui, ai-je dit, en me creusant la tête pour tenter de me souvenir où j'avais entendu cette voix. Tecumseh Sansonnet Spivet. Vous avez trouvé. J'imagine que ça fait du sansonnet mon animal totem. Il y a certainement des ornithologistes parmi vous qui pourraient m'en apprendre beaucoup sur le sansonnet, et j'en serais ravi. »

J'ai pris une profonde inspiration et j'ai continué : « Vous êtes sûrement tous des gens très intelligents avec des doctorats et tutti quanti, donc je ne vais pas essayer de vous parler de choses que vous ne connaissez pas, vu que moi je viens seulement de terminer ma cinquième et que je ne suis pas aussi savant que vous. Mais, en dehors de mon nom, il y a trois choses que j'aimerais vous dire ce soir. »

J'ai levé mon premier doigt. J'ai baissé les yeux vers les gens du premier rang et je leur ai montré mon doigt. Je voyais Jibsen. Il a souri et il a levé le doigt comme moi. Alors les autres ont compris et ils ont levé le doigt à leur tour. Puis j'ai entendu un grand remue-ménage dans l'assistance, et j'ai imaginé 392 doigts se lever tous ensemble en l'air. « La première chose que je veux vous dire, c'est merci de me donner la parole, et merci de ne pas avoir annulé ma bourse parce que je suis plus jeune que ce que vous pensiez. Souvent, je m'aperçois que je suis plus jeune que ce que je pensais moi-même, mais ça ne m'empêche pas de faire mon travail. Vous savez, être ici ce soir, c'est un rêve qui se réalise. J'ai toujours voulu découvrir l'aura du Smithsonian, et maintenant je suis là. Je tâcherai de travailler très dur pour vous montrer que vous n'avez pas eu tort de me choisir. Je passerai chaque seconde de mes journées à faire des cartes et des schémas pour le musée, et j'espère que tout le monde les aimera bien. »

J'ai levé un deuxième doigt. Ça m'aidait à garder le fil. Jibsen et toute la salle m'ont imité religieusement. Il y avait des deux partout. « La deuxième chose que j'aimerais vous dire, c'est pourquoi je fais des cartes. Beaucoup de gens m'ont déjà demandé pourquoi je passais tout mon temps à dessiner au lieu de jouer dehors avec les garçons de mon âge. Mon père, qui est rancher dans le Montana, ne me comprend pas vraiment. J'essaie de lui montrer comment les cartes peuvent lui servir dans son travail, mais il ne m'écoute pas. Ma mère est scientifique comme vous autres, et je regrette qu'elle ne soit pas là ce soir, parce que même si elle dit que le Smithsonian est un club de vieux bonshommes, je suis sûr qu'elle aurait pu vous parler de plein de choses intéressantes, et en apprendre, aussi, sur la manière d'être une meilleure scientifique. Par exemple, elle aurait pu se rendre compte qu'elle devrait arrêter de chercher la cicindèle vampire, parce qu'il y a plein de choses beaucoup plus utiles à faire que de chercher un insecte qui n'existe pas. Mais vous savez ce qu'il y a de bizarre ? C'est qu'elle ne me comprend pas non plus. Même si elle est scientifique, elle n'arrive pas à comprendre pourquoi je fais des cartes de tous les gens que je rencontre, de tous les endroits où je vais, de tout ce que je vois et de tout ce que je découvre dans les livres. Elle n'en voit pas l'intérêt. Mais moi, je ne veux pas mourir sans avoir essayé de comprendre comment tous les petits morceaux du monde tiennent ensemble, comme les pièces d'une voiture très compliquée, une voiture très compliquée en quatre dimensions… ou peut-être six, ou onze, je ne sais plus combien il est censé y avoir de dimensions. »

Je me suis tu. Il y avait probablement beaucoup de gens dans la salle qui savaient combien de dimensions il y avait. C'étaient peut-être même eux qui avaient découvert ces dimensions. J'ai avalé ma salive, j'ai consulté mes notes et je me suis aperçu que je n'avais pas rédigé de troisième point. J'avais dû m'arrêter quand le tailleur était entré et que Jibsen m'avait donné ces calmants sans étiquette. Toute la salle attendait avec deux doigts en l'air.

« Euh…, ai-je dit. Il y a des questions ?

— Quelle est la troisième chose ? a demandé quelqu'un.

— Oui, ai-je dit, quelle est la troisième chose ?

— T. S. ! » a crié un homme de derrière les lumières. C'était la voix que je connaissais. « Ne pense pas à la mort ! Il te reste cinquante ans de plus que nous! C'est nous qui devrions nous inquiéter de finir notre travail. Tu as toute la vie devant toi. »

Ses mots ont causé un nouveau bruissement dans la salle. Les gens chuchotaient.

« OK, ai-je dit. Merci. »

« OK », ai-je répété. Les gens chuchotaient toujours. J'ai regardé Jibsen. Il se tortillait nerveusement sur son siège. Il m'a fait signe de continuer. Je les avais perdus. J'étais nul. J'étais un enfant. Je faisais n'importe quoi.

« Mon frère est mort cette année », ai-je repris.

La salle a fait silence. Un vrai silence.

« Il s'est tiré dessus dans la grange... Ça me fait drôle d'en parler parce que personne ne l'a jamais fait. Personne n'a jamais dit : "Layton s'est tiré dessus dans la grange." Et pourtant c'est exactement ce qui s'est passé. Ce n'était pas prévu. On travaillait ensemble sur un sismogramme. Ça me faisait vraiment plaisir, parce que, vous comprenez, Layton, il collectionnait les fusils, et on avait toujours beaucoup de mal à jouer tous les deux. Je crois qu'il trouvait ça très bizarre que je sois toujours en train de faire des dessins et des relevés, et souvent il me filait des coups de poing et il me disait : "Arrête d'écrire!" Il n'a jamais compris. Il n'était pas comme moi... Lui, il faisait tout sans se poser de questions. Il adorait ses fusils. Il passait des journées entières à tirer sur des boîtes de conserve ou à chasser le campagnol dans les fossés. Alors j'ai eu une idée... on pouvait jouer ensemble avec ses fusils. Il tirerait, et j'enregistrerais l'onde sonore de chaque coup de feu, et ensuite je pourrais mettre les résultats en relation avec toutes sortes de paramètres comme le calibre du fusil, la précision et la distance. Je pensais juste que c'était une bonne manière de nous amuser tous les deux. De jouer comme font les frères, sans qu'il y en ait un qui s'ennuie. Et c'était génial. On a travaillé comme ça pendant trois jours. Layton adorait tirer des coups de feu pour moi, et je recueillais plein de superdonnées. On n'imagine pas à quel point deux coups de feu peuvent être différents l'un de l'autre... Et puis, à un moment, sa Winchester s'est

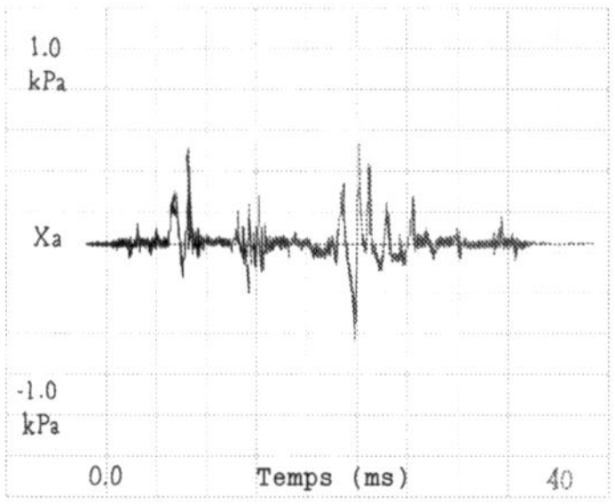

Mousquet à silex, modèle de 1815. Cal. 72

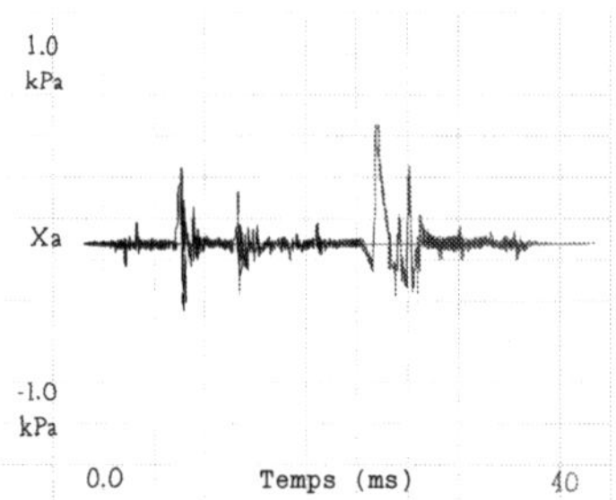

Fusil de style Kentucky à double canon, modèle de 1860. Cal. 40

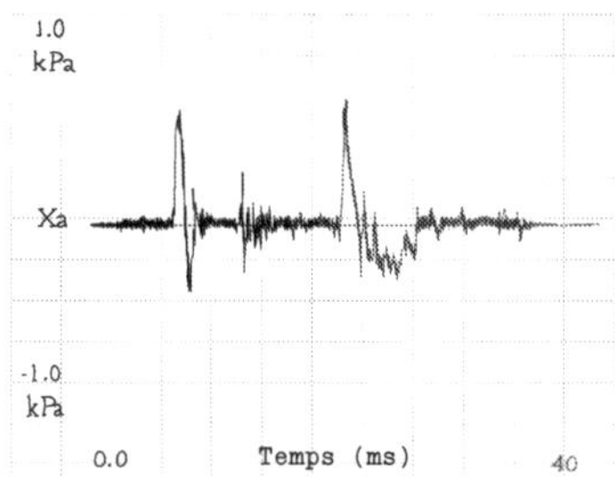

Carabine Winchester, modèle de 1886. Cal. 40-82

enrayée, et il a voulu nettoyer la gueule du canon, ou peut-être vérifier qu'elle n'était pas bouchée, je ne sais pas, et je suis allé tenir la crosse, juste pour l'aider, pour que le fusil ne bouge pas, vous comprenez ? Et je n'ai même pas touché la détente, mais il y a eu une explosion. Et Layton est parti en arrière. Je l'ai regardé et à ce moment-là j'ai… Il saignait, et il avait la tête tournée, mais je sentais que ce n'était plus mon frère. Ce n'était plus personne. Je me rendais compte rien qu'au bruit de ma respiration que nous avions été deux et que maintenant j'étais tout seul. Et j'ai… » J'ai suffoqué. « Je n'ai pas fait exprès. Je ne voulais pas, je ne voulais pas. »

La salle était silencieuse. Tout le monde attendait. J'ai pris une profonde inspiration. « Et depuis le moment où je l'ai regardé et où j'ai entendu ma respiration et où je n'ai plus entendu la sienne, j'ai l'impression que quelque chose va m'arriver à moi aussi. Il le faut, c'est scientifique. Sir Isaac Newton dit que chaque force appelle une force contraire d'intensité égale. Alors j'attends. En venant ici, j'ai failli mourir, peut-être pour équilibrer les choses. Parce que Layton n'aurait pas dû mourir. Moi, peut-être, j'aurais dû. Lui, il devait hériter du ranch. Il allait en faire une merveille, de ce ranch. Vous imaginez Layton à la tête du Coppertop ? »

J'ai imaginé ça pendant quelques secondes, puis j'ai repris :

« Quand ce couteau me découpait la poitrine à Chicago, j'ai pensé : "Ça y est, T. S. C'est ton tour, cette fois. C'est la fin." Et je me suis dit que je n'aurais jamais l'occasion de vous parler comme je vous parle en ce moment. Et c'est là que je me suis rebiffé. J'ai fait du révérend la force contraire. Il est tombé dans le canal et ça a rétabli l'équilibre. Ou alors… est-ce que tout est encore plus déséquilibré maintenant ? Tout ce que je sais, c'est que j'avais la conviction que je devais venir ici, que c'était mon destin. C'était le destin de mes ancêtres de partir à l'ouest et c'était le mien de venir ici. Est-ce que ça signifie que c'était le destin de Layton de mourir ? Vous voyez ce que je veux dire ? »

Je me suis tu. Personne ne parlait. « Est-ce que quelqu'un pourrait me dire si les millions de choix minuscules que nous faisons chaque jour ont vraiment une influence sur notre destin ? Si le hasard a le moindre rôle dans le cours des événements ? C'est juste que, parfois, j'ai l'impression que tout est décidé à l'avance et que, quoi que je fasse, mon existence continuera de suivre un plan déjà tracé. Je me suis tu de nouveau. Je peux vous poser une question ? »

Je me suis rendu compte que c'était idiot de demander ça à 392 personnes en même temps, mais c'était dit, alors j'ai continué. « Est-ce que vous avez parfois l'impression de posséder en vous la connaissance de tout ce qui existe dans l'univers ? D'être nés avec une carte complète du monde greffée dans les replis de votre cervelet, et de passer toute votre vie à essayer d'y accéder ?

— Oui, a dit une dame. Comment fait-on pour y accéder ? »

Ça m'a fait sursauter d'entendre une voix de femme. Tout d'un coup, ma mère s'est mise à me manquer.

« Euh, ai-je dit. Je ne sais pas trop, madame. On peut peut-être y arriver en restant assis sans bouger pendant trois ou quatre jours et en se concentrant très fort. J'ai essayé dans le train, mais j'ai fini par m'ennuyer. Je suis trop jeune pour rester concentré aussi longtemps. Mais vous comprenez : c'est juste cette impression que j'ai tout le temps, qui est là comme un tout petit bourdonnement derrière chaque chose, que nous savons tout, et que nous avons seulement oublié comment accéder à ce savoir. Quand je fais une carte qui capture exactement ce que je voulais représenter, j'ai toujours la sensation que cette carte existait déjà quelque part dans ma tête et que je me suis contenté de la recopier. Alors je me pose des questions : si cette carte existait déjà, est-ce que ça veut dire que le monde existe déjà dans ma tête, et l'avenir aussi ? Ceux d'entre vous qui ont un doctorat en sciences du futur, qu'en pensez-vous ? Est-ce que notre rencontre, ce soir, était prédéterminée ? Est-ce que ce que les mots que je vais prononcer figurent déjà sur une carte ? Je n'en suis pas sûr. J'ai l'impression que je pourrais dire beaucoup d'autres choses que ce que je suis en train de dire. » Silence. Quelqu'un a toussé. Ils me haïssaient.

« Enfin tout ça pour vous assurer que je ferai de mon mieux pour honorer la confiance que vous m'accordez. Je ne suis qu'un enfant, mais j'ai mes cartes.

Je ferai de mon mieux. J'essaierai de ne pas mourir et j'essaierai de faire tout ce que vous voudrez que je fasse. Je n'arrive pas à croire que je suis enfin au Smithsonian : c'est un nouveau départ, un nouveau chapitre pour ma famille. Peut-être que j'ai le pouvoir de décider, après tout. Et je décide de continuer l'histoire d'Emma. Je suis très heureux d'être ici. Et peut-être qu'ils sont tous là avec moi, tous les Tecumseh, et Emma, et M. Englethorpe, et le Dr Hayden, et tous les scientifiques qui, un jour dans leur vie, ont ramassé une pierre et se sont demandé comment elle était arrivée là.

« Voilà, c'est tout ce que j'avais à dire. Merci. » J'ai replié ma feuille de papier et je l'ai rangée dans ma poche.

Il n'y a pas eu de silence, cette fois-ci. Les gens ont applaudi, et je voyais bien à la façon dont ils battaient des mains que leur enthousiasme était sincère. J'ai souri, et Jibsen était debout, et tout le monde au premier rang était debout comme lui. C'était un moment formidable. Puis le secrétaire du Smithsonian m'a rejoint sur l'estrade et m'a serré la main avec vigueur et, tandis que le public continuait à applaudir, il a brandi mon bras comme une coupe et j'ai entendu un craquement, ma blessure qui explosait. J'ai poussé un cri étouffé. Les gens m'acclamaient et le secrétaire me tenait le bras en l'air comme si j'étais un champion de boxe, et j'avais du mal à respirer. Je sentais mes jambes flageoler. Puis Jibsen a surgi à côté de moi. Il me soutenait. Le bras enroulé autour de mon dos, il m'a aidé à descendre de l'estrade. La tête me tournait violemment.

« Il faut que nous vous sortions d'ici avant de déclencher la panique.

— Qu'est-ce qui se passe ? ai-je demandé.

— Vous saignez, c'est en train de traverser votre smoking. Nous devons éviter de leur faire peur. Je vous ramène à la maison d'hôtes. »

J'ai baissé les yeux et j'ai vu une tache de sang juste au-dessus de ma grosse ceinture en tissu noir. Sans me lâcher, Jibsen nous a ouvert un chemin à travers la foule. Tout le monde se pressait autour de nous en parlant très fort.

« Appelez-moi, a dit quelqu'un.

— Pardon, pardon, nous devons partir », s'excusait Jibsen.

Les gens lui tendaient des cartes de visite et il les prenait d'une main et les fourrait dans sa poche, tout en m'enveloppant la tête de l'autre bras pour me protéger de la foule. J'ai tourné un peu la tête pour regarder autour de moi et j'ai découvert une mer de sourires effrayants, puis il y a eu le flash d'un appareil photo et j'ai cru apercevoir le Dr Yorn au milieu de la foule, mais ça n'a duré qu'un très bref instant et déjà Jibsen m'entraînait en m'étouffant. Je me suis dit que j'avais dû avoir une hallucination : des scientifiques à moitié chauves avec des énormes lunettes, il y en avait plein. Et puis le Dr Yorn n'aurait jamais porté de smoking.

Finalement, nous avons réussi à passer les portes de la salle de réception et nous nous sommes retrouvés dans le couloir. Les bruits de la fête s'estompaient derrière nous. Plusieurs serveurs se tenaient là et nous ont regardés passer. Ils portaient encore leurs gants blancs.

Quand nous sommes arrivés au vestiaire, je chancelais tellement que Jibsen a dû littéralement m'adosser contre un grand palmier en pot pendant qu'il récupérait nos manteaux. J'ai aperçu Boris à l'autre bout du hall. Il était seul, appuyé contre le mur. Je lui ai souri faiblement. Il m'a fait le salut, mais j'étais trop épuisé pour le lui rendre.

Une fois son manteau mis, Jibsen m'a porté dehors sous une pluie légère. J'étais heureux qu'il me dépose presque aussitôt, dans un couinement de cuir, sur la banquette de la voiture noire qui attendait devant le bâtiment. Ça me plaisait bien d'être l'invité d'honneur et d'avoir une voiture à mon service, comme ça. Bercé par le flip-flap des essuie-glaces, j'ai regardé les gouttes d'eau rouler le long des vitres et se rejoindre les unes les autres. Une goutte d'eau est une chose admirable : elle choisit toujours le chemin offrant le moins de résistance.

Fig. 1 Fig. 2 Fig. 3 Fig. 4

CHAPITRE 13

Le lendemain, en me réveillant, j'ai constaté que quelqu'un était entré dans ma chambre pendant que je dormais et avait déposé un plateau sur le bureau. Le plateau contenait : un bol de Cheerios miel et noix, un petit pichet en porcelaine rempli de lait, une cuillère, une serviette, un verre de jus d'orange et un exemplaire du *Washington Post* soigneusement plié en deux.

Ayant fait cet inventaire, je me suis demandé comment l'inconnu responsable de l'apparition de ce petit déjeuner connaissait mon obsession quasi philosophique pour les Cheerios, mais je dois dire que je ne me suis pas posé la question très longtemps. Rien n'est comparable à l'appel d'un bol de céréales. J'ai arrosé mes Cheerios de lait et j'ai plongé avec délice dans le monde des tout petits donuts croustillants. Après les avoir tous mangés, j'ai bu le lait qui restait. C'était toujours mon moment préféré : le miel avait infusé et parfumé mon lait, comme si on avait trait une vache à miel magique directement dans mon bol. Puis je me suis assis dans mon lit et je me suis mis en devoir de « terminer » les BD du journal, ce qui me remontait toujours le moral.

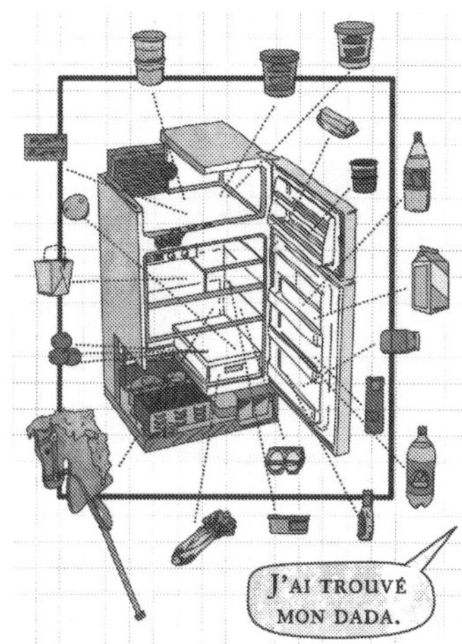

La cinquième case
Carnet V101

Juste après la mort de Layton, j'ai commencé à dessiner une cinquième case à toutes les petites BD du journal du matin. Je ne sais pas trop pourquoi, ça me réconfortait. C'était agréable de pouvoir entrer dans ces mondes imaginaires et d'avoir toujours le dernier mot, même si la case que j'ajoutais diluait souvent l'humour des quatre premières. Et puis c'était satisfaisant de dessiner à l'intérieur d'un cadre, où rien ne pouvait interférer avec ce que je créais. En même temps, c'était aussi cette absence d'interférence qui m'empêchait de me sentir complètement ressourcé, même après avoir terminé toutes les BD du journal. Mais ça ne changeait rien : je recommençais le lendemain matin, je n'arrêtais jamais de dessiner.

Tandis que je dessinais, les événements de la veille au soir me sont revenus en mémoire. Je me suis revu, faisant mon discours devant des centaines d'adultes en tenue de soirée attablés dans cette salle de réception, et cette image m'a semblé si incongrue que j'ai commencé à me demander si elle n'était pas le produit d'une grande hallucination déclenchée par les calmants de Jibsen, et si j'avais aussi imaginé Boris, la dame borgne et les serveurs en gants blancs.

J'ai aperçu ma veste de smoking par terre, avec ma chemise blanche toute froissée encore à l'intérieur. Un peu honteux, j'ai pendu le tout sur un cintre et j'ai essayé de camoufler les taches de sang en croisant les manches de la veste devant la chemise et en les faisant tenir sur les épaules. J'ai fait un pas en arrière pour voir ce que ça donnait. On aurait dit un homme invisible qui s'enlaçait lui-même avec amour.

J'étais encore en train d'admirer ce bel effet quand quelqu'un a frappé à la porte.

« Oui, entrez ! » ai-je dit.

Un jeune homme doté d'une moustache étrangement aux aguets a poussé la porte. Il portait des caisses.

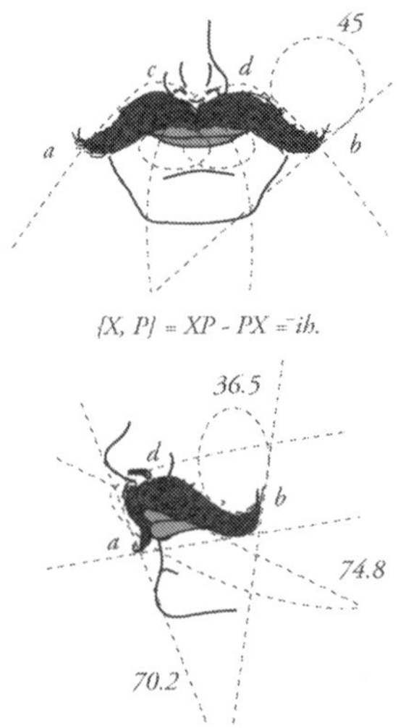

La moustache étrangement aux aguets
Carnet V101

« Bonjour, monsieur Spivet. Voici vos fournitures.

— Ah bon ? Mais comment avez-vous su… ce qu'il me fallait ? Je n'ai pas encore donné de liste. »

Je ne voulais pas paraître snob, pourtant j'avais vraiment mes préférences dans ce domaine. C'était gentil de leur part de m'apporter du matériel, mais il y avait peu de chances qu'ils aient deviné de quels stylos ou de quels sextants, par exemple, j'avais besoin exactement.

« Oh, ce n'était pas très difficile. Le coffret Gillot, série 300 ? Un théodolite Berger ? Nous vous avons déjà vu travailler. »

J'en étais bouche bée. « Une seconde, ai-je dit. C'est vous qui m'avez apporté les Cheerios ?

— Pardon ?

— Euh, non, rien. »

Je me suis soudain souvenu que je n'avais que deux dollars soixante-dix huit cents en poche. « Vous savez, je ne suis pas sûr de pouvoir payer tout ça maintenant.

— Vous plaisantez ? C'est le Smithy qui banque – il faut bien qu'il serve à quelque chose, des fois.

— C'est vrai ? Génial, des cadeaux !

— Y a rien de mieux au monde. S'il vous manque quoi que ce soit, notez-le sur ce bon de commande et on vous le livrera illico presto.

— Et, par exemple, des bonbons ? ai-je demandé, testant les limites de mon pouvoir.

— Oui, on peut vous en procurer. »

Il a fini d'empiler les caisses près du bureau, puis il est sorti quelques instants et il est revenu avec plusieurs cartons à dessins.

— Voilà vos dessins. Ils viennent d'arriver de l'Ouest.

— De l'Ouest ?

— Oui. Le Dr Yorn les a fait expédier.

— Vous connaissez le Dr Yorn ? »

L'homme à la moustache a souri.

J'ai ouvert l'un des cartons à dessins. Il contenait tous mes projets les plus récents, des projets dont je croyais être le seul à connaître l'existence. Il y avait le début de ma grande série sur le Montana : anciennes voies de migration des bisons et réseau autoroutier, altitude et microrelief, et un grand folioscope expérimental qui montrait la lente transformation des petites exploitations et des ranches familiaux de la High Line en gigantesques complexes agro-industriels.

C'étaient mes cartes. C'était mon monde à moi. J'ai caressé les transparents superposés, j'ai suivi du doigt les minces traits d'encre, j'ai frotté mon pouce contre le papier à l'endroit où je me rappelais avoir gommé une erreur. J'ai entendu dans ma tête le couinement qu'émettait ma chaise, *yii-hon*, chaque fois que je me penchais en avant. *Oh, retrouver ma maison !* Je pouvais presque sentir le café de mon père en train de goutter dans le percolateur, et, mêlées à l'arôme puissant des grains torréfiés, les légères exhalaisons de formol venues du bureau du Dr Clair.

« Ça va ? »

Le jeune homme me regardait fixement. « Oui, ai-je dit, gêné, en m'essuyant vite les joues et en refermant le carton à dessins. Très bien. C'est très bien, tout ça.

— Eh ben, si ça suffit à vous mettre dans cet état, qu'est-ce que ça va être quand ils vont vous apporter vos carnets !

— Mes carnets ?

— Oui. Yorn va vous les faire envoyer. Avec vos étagères, aussi, et le reste de votre équipement.

— Quoi ? Toute ma chambre ?

— J'ai vu des photos. Elle est chouette, votre chambre. On dirait un QG. Mais méfiez-vous, à mon avis, le Smithy va vouloir mettre la main sur vos petites affaires et les exposer au plus grand nombre. Personnellement, je leur dirais d'aller se faire mettre. Ils se jettent sur tout ce qu'ils trouvent. Ils ont oublié que l'intérêt de la science, c'était de repousser les limites et de prendre des risques, pas de flatter vilement les masses. »

Je me taisais. J'essayais d'imaginer comment le Dr Yorn avait pu vider ma chambre sans que mes parents s'en aperçoivent. *Mais ils s'en étaient forcément aperçus, non ? Gracie leur avait forcément parlé du mot dans la boîte à gâteaux ?*

« J'ai quelques lettres pour vous », a dit le jeune homme.

Il m'a tendu deux enveloppes de taille normale et une plus grande, en kraft. La première était adressée à :

M. T. S. Spivet
Smithsonian Institution
Maison d'hôtes, MRC 010
Washington, DC 20013

J'ai reconnu l'écriture du Dr Yorn. J'ai aussi remarqué que le cachet de la poste indiquait la date du 28 août, jour de mon départ du Montana. J'allais déchirer l'enveloppe quand le jeune homme m'a tendu un coupe-papier argenté.

« Merci », ai-je dit. Je n'avais jamais utilisé de coupe-papier de ma vie ; ça donnait un côté très officiel à l'ouverture de cette lettre.

Cher T. S.,

Je sais quel choc la nouvelle a dû te causer. Quand j'ai déposé une candidature en ton nom pour le prix Baird, j'aurais aimé te le dire, bien sûr, mais je craignais de te donner de trop grands espoirs. La plupart des candidats à ce prix attendent des années avant de passer seulement la première sélection. Et le Smithsonian t'a choisi, et ils m'ont appelé pour me prévenir juste après t'avoir appelé toi, et quand j'ai téléphoné au ranch, tu étais déjà parti !

Imagine un peu ! Quelle peur tu as faite à tes parents ! J'ai eu une longue conversation avec ta mère au téléphone. Je crois qu'elle était sous le choc ; et moi aussi, je dois dire, car à ce moment-là nous ne savions pas encore que tu étais bien arrivé. Dis-moi, est-ce que c'est vrai que tu as traversé tout le pays à bord d'un train de marchandises ? Quel danger ! Pourquoi ne m'as-tu pas appelé ? Je t'aurais réservé un billet d'avion. Bien sûr, je me sens responsable. Et ta mère ne veut plus me parler. J'ai dû lui avouer que ça faisait longtemps que nous travaillions ensemble, toi et moi, et, de façon compréhensible, elle s'est sentie trahie, ou peut-être qu'elle était jalouse ou inquiète pour toi ; j'ai parfois du mal à savoir avec Clair. J'aimerais juste qu'elle se rende compte de la chance extraordinaire que ce prix représente pour toi...

Je t'appellerai bientôt. Félicitations et bonne chance pour tout.

Bien à toi,
Dr Terrence Yorn.

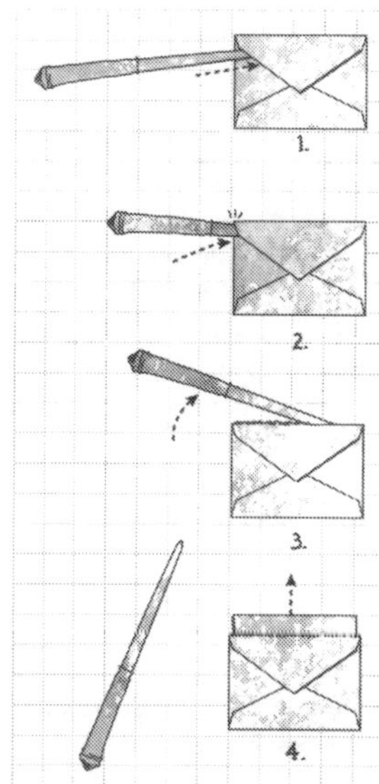

Comment couper le papier avec un coupe-papier
Carnet V101

Le moment vraiment jouissif, ce n'était pas l'étape 3 mais l'étape 2, celle où la lame pressait déjà contre le pli de l'enveloppe et où l'on anticipait avec certitude le trajet de l'incision.

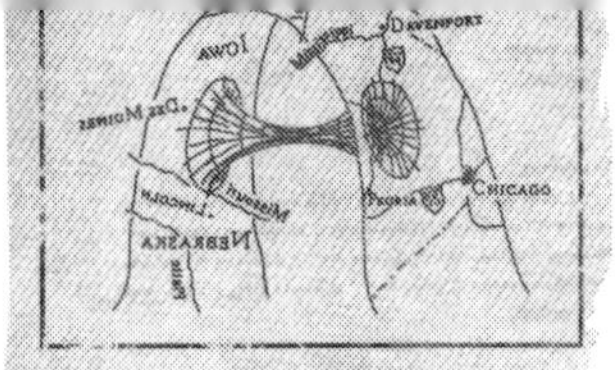

Fig. 1

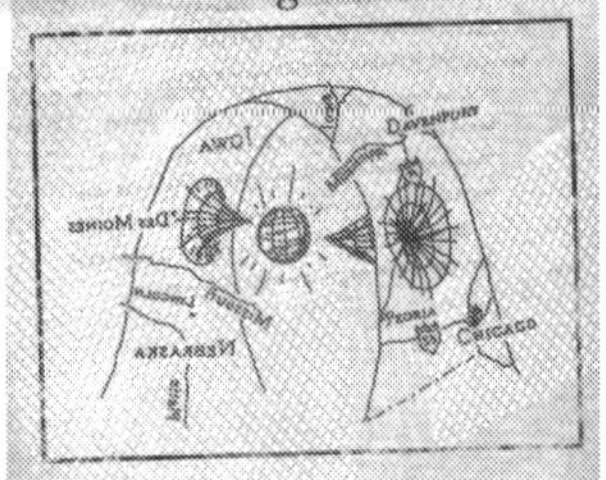

Fig. 2

Épincement d'un trou de ver dans l'Iowa

Extrait de Toriano, P. « Prépondérance des trous de ver de Lorentz dans le Middle West américain, 1830-1970. » p. 4. (Non publié.)

Apparemment, le rapport était un article de vulgarisation adapté de la thèse présentée par M. Toriano à l'université d'État de Southwest Indiana, thèse qui, pour des raisons inconnues, n'avait cependant pas été acceptée. Dans son rapport, M. Toriano affirmait qu'au cours des cent quarante années considérées, près de six cents personnes et huit trains de l'Union Pacific avaient disparu dans la vallée du Mississippi entre les 41ᵉ et 42ᵉ parallèles. Le rapport incluait en annexe des copies de notes de service de l'Union Pacific qui priait ses employés, pour étouffer un scandale qui risquait d'être dévastateur, de classer l'affaire en imputant ces disparitions à « diverses catastrophes naturelles ».

Ce qui m'intéressait le plus, bien sûr, c'était la description des raccourcis spatio-temporels empruntés par certains convois à destination de l'ouest. Seule une fraction de ces cas de voyages accélérés étaient vraiment documentés, ce qui était surprenant : j'aurais pensé que ceux qui avaient fait ces séjours dans ces trous de ver se seraient précipités pour raconter leur aventure. Mais j'imagine qu'au dix-neuvième siècle, personne ne les aurait crus. Et au vingt et unième siècle ? Pas plus ! D'ailleurs, moi-même, je n'en avais pipé mot à personne d'autre qu'à Boris. Il y avait juste quelque chose d'un peu embarrassant à s'être retrouvé coincé dans un trou de ver.

Alors, elle savait.

J'ai levé les yeux de la lettre. Le jeune homme était toujours là et me souriait. Il semblait n'avoir aucune intention de partir. J'ai essayé de ne pas avoir l'air de penser que tout était peut-être fichu, que ma mère allait venir me chercher, me ramener au ranch et me priver de sortie jusqu'à la fin de mes jours. Pour donner le change, je me suis intéressé à la grande enveloppe en kraft. Comme tampon, elle portait juste un M imprimé à l'encre rouge. Je me suis alors rendu compte que la même initiale était gravée sur le coupe-papier.

« C'est vous… ?

— Farkas ? J'ai cru que tu n'allais jamais me poser la question. Farkas Esteban Smidgall, à ton service. »

Il m'a fait une petite révérence et a lissé le bout de sa moustache.

J'ai ouvert la grande enveloppe avec le coupe-papier. Je commençais à prendre le coup de main. À l'intérieur, j'ai trouvé le rapport de M. Toriano, le même que celui que j'avais découvert par hasard au milieu des archives de Butte, puis perdu dans les toilettes : « Prépondérance des trous de ver de Lorentz dans le Middle West américain, 1830-1970. » L'encre était juste plus pâle, on voyait que c'était une photocopie de photocopie.

« Merci », ai-je dit.

Farkas a regardé autour de lui, puis m'a fait signe d'approcher. « On ne peut pas parler tranquillement ici, a-t-il chuchoté. Le Smithy a toujours une oreille qui traîne… Mais j'espère qu'on aura l'occasion de vraiment discuter un de ces jours. Boris m'a dit que t'étais tombé dans un trou de ver en venant ici ?

— Oui », ai-je chuchoté.

J'adorais ce ton de secret. « Enfin, je crois. Je n'en suis pas sûr à cent pour cent. C'est pour ça que je veux lire ce rapport. Pourquoi est-ce qu'ils sont concentrés dans le Middle West ? »

Farkas a jeté un regard suspicieux à la peinture de George Washington. « Je te mettrai au courant de tout ce que nous savons, a-t-il chuchoté, mais pas ici. J'ai récemment repris les recherches de Toriano là où il les a abandonnées…

À ce stade, rien ne permet d'expliquer avec certitude cette concentration dans le Middle West. Toriano s'est limité à des hypothèses : la plaque continentale présente, à cet endroit, une courbure particulière qui déclencherait une sorte de hoquet dans le continuum espace-temps. La théorie, c'est que la composition du substrat rocheux dans la vallée du Mississippi, combinée à certains facteurs subatomiques complexes, crée une concentration anormalement élevée d'écume quantique entre les 41ᵉ et 42ᵉ parallèles… ce qui génère bien sûr un plus grand nombre d'épincements et d'irrégularités. Mais la vraie question, c'est d'où vient la *matière négative*, et comment elle parvient à maintenir les galeries ouvertes assez longtemps pour que quoi que ce soit puisse les traverser. Parce que je peux te dire… un trou de ver, ce n'est pas une chose facile à créer.

— Est-ce que Toriano est mort ? ai-je chuchoté.

— Personne ne le sait », a-t-il chuchoté.

Puis, d'une voix forte : « Eh bien, monsieur Spivet, c'est un plaisir de vous avoir parmi nous.

— Oh, je vous en prie, appelez-moi T. S.

— Un plaisir, T. S., a-t-il repris à voix basse. Ça faisait longtemps que nous t'attendions.

— Vraiment ? ai-je dit.

— Tu trouveras des instructions au dos des sansonnets, a-t-il chuchoté.

— Quoi ? »

Il m'a fait le salut et il s'est éclipsé, en refermant la porte derrière lui.

Dérouté, j'ai rouvert l'enveloppe en kraft et j'ai découvert à l'intérieur un autre dossier : « Comportement grégaire de l'étourneau sansonnet », de Gordon Redgill. Cet article-là aussi ressemblait à une photocopie de photocopie ; certaines pages étaient déjà presque effacées.

« Farkas ! » ai-je crié.

Comment est-ce qu'ils savaient pour la nuée de sansonnets qui m'avait sauvé à Chicago ? Je n'en avais parlé à personne. S'ils savaient pour les san-

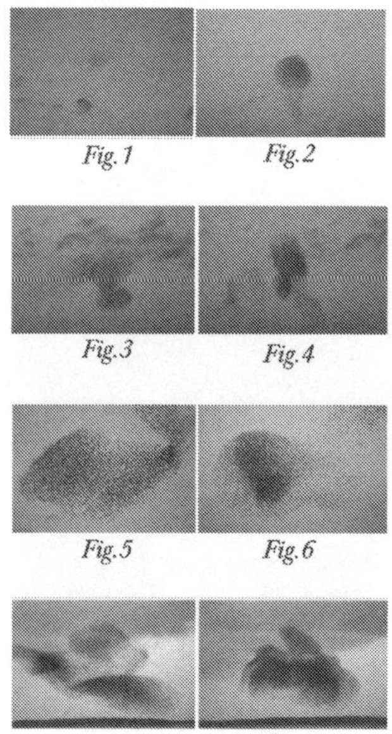

Nuées de **Sturnus vulgaris**
près de Davenport, dans l'Iowa
Extrait de Redgill, G.
« Comportement grégaire de l'étourneau sansonnet. »
(Non publié.)

sonnets, est-ce qu'ils savaient aussi pour Josiah Merrymore? Est-ce qu'ils savaient que j'étais un assassin? Est-ce qu'ils allaient me faire chanter?

J'ai retourné le dossier. Au dos, quelqu'un avait écrit :

Lundi, minuit
HALL DES OISEAUX
de Washington.

« Farkas! » ai-je hurlé.

Je me suis rué vers la porte et je l'ai ouverte à la volée au moment précis où Jibsen, de l'autre côté, s'apprêtait à tourner la poignée.

« Ah, T. S., vous êtes debout! Formidable! Et je vois que vos affaires sont arrivées.

— Où est Farkas? ai-je demandé.

— Qui ça?

— Farkas, ai-je répété avec impatience en tendant le cou pour essayer de voir derrière lui.

— Le livreur? Je l'ai vu sortir. Pourquoi? Vous avez besoin de quelque chose?

— Non… Non.

— Comment ça va aujourd'hui, mon garçon? Vous souffrez? »

Je me suis soudain rendu compte que dans l'effervescence de la matinée, entre la livraison de mes dessins, les rapports, les lettres, j'avais complètement oublié ma blessure. Maintenant que Jibsen m'en parlait, néanmoins, de douloureuses pulsations recommençaient à tendre ma poitrine.

« Oui », ai-je soupiré. *Hall des oiseaux? À minuit?*

« Je m'en doutais, a dit Jibsen. C'est pour ça que je vous ai apporté d'autres pilules magiques. »

J'ai consciencieusement avalé deux nouvelles pilules et je me suis recouché.

« Eh bien, a dit Jibsen. Nous nous en sommes sortis à merveille hier soir. » Ses mots étaient moelleux et presque dénués de zézaiement. Sa diction semblait plus calme le matin. Peut-être que les muscles de sa mâchoire étaient sensibles à l'attraction gravitationnelle de la lune, comme l'eau des océans.

« Je n'aurais pas pu rêver mieux, vraiment, a-t-il dit. Ils ont adoré. Bon, c'est une bande de scientifiques, je vous l'accorde, mais si leur réaction est un tant soit peu indicatrice de celle du grand public, nous tenons une mine d'or. Enfin, je veux dire, vous êtes une mine d'or. Je veux dire, je suis navré de ce qui vous est arrivé. Ça a dû être… »

Il s'est assis sur le lit. Je lui ai faiblement souri. Il en a fait autant. Nous nous souriions. Puis il a tapoté le lit et il s'est levé.

« Mais vraiment, quelle histoire ! Mon portable n'arrête pas de sonner. Ils ont adoré, *adoré* ce qu'ils ont vu hier ! Le chagrin, la jeunesse, la science. Ah, c'est le trident du succès !

— Le trident du succès ?

— Le trident du succès. Les gens sont tellement prévisibles, c'est ridicule. Je devrais écrire un livre sur l'art de déchaîner la passion des foules. »

Il est allé se planter devant la peinture de George Washington et l'a contemplée, l'air songeur. « Washington avait son propre trident et regardez le succès qu'il a eu.

— Qu'est-ce que c'était son trident ?

— Oh, je ne sais pas, a dit Jibsen avec irritation. Je ne suis pas historien.

— Pardon », ai-je dit.

Jibsen a paru s'adoucir un peu. Il s'est rassis près de moi sur le lit. « Bon, je ne voudrais pas vous surmener. Vous êtes sûr de vous sentir d'attaque pour tout ça ?

— Je crois.

— Formidable ! a-t-il dit avec un grand sourire. CNN veut la primeur. Le communiqué de presse est sorti et Tammy vient de recevoir un appel… et je ne voudrais pas vous donner de faux espoirs, mais la Maison-Blanche a l'air intéressée.

— La Maison-Blanche ?

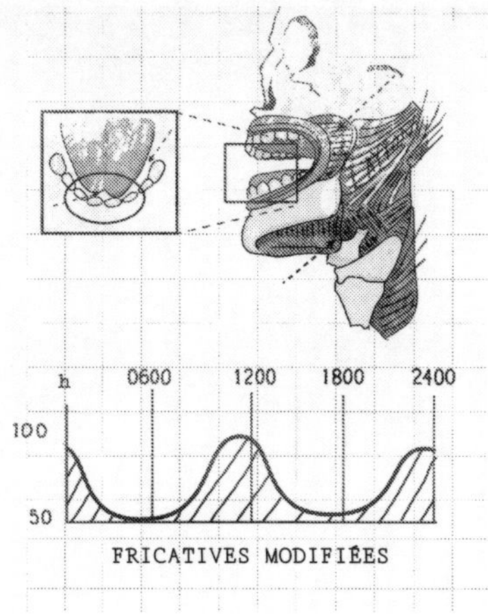

Les muscles de la mâchoire de M. Jibsen se contractent et se détendent comme l'eau des océans
Carnet V101

Combien de choses sur cette terre étaient en fait régies par l'attraction lunaire ?

Le trident du succès
Carnet V101

Et combien de tridents y avait-il sur cette terre ? Pourquoi groupions-nous toujours tout par trois ? (La réponse était sans doute profondément neurocognitive et explicable par l'existence, quelque part dans notre cerveau, d'une zone des grandes idées comportant trois quais de chargement.)

— Le Président doit donner son discours devant le Congrès la semaine prochaine, et son équipe de com adore placer dans le public des invités qui incarnent les sujets abordés. Non pas que notre chef suprême se soit jamais soucié de la science, mais il faut admettre que vous, on ne peut pas vous laisser passer. Je l'entends déjà : "Regardez comme il fonctionne bien, notre système d'éducation ! Nous fabriquons des petits génies pour l'avenir de notre pays !" Bah, laissons-le profiter de sa minute de gloire scientifique. Ça pourrait lui donner l'idée d'augmenter notre budget.

— Incroyable », ai-je dit.

Le Président. Ce n'était quand même pas n'importe qui. J'ai essayé d'imaginer ce que ça me ferait de lui serrer la main.

— Bon, je suggère que vous téléphoniez à votre… euh… Je suggère que vous téléphoniez au Dr Yorn et à votre sœur et que vous leur disiez de nous rejoindre ici tout de suite.

— À Gracie ?

— Oui, à Gracie, et il nous faut aussi des photos de vos parents et de… votre frère. Vous avez des photos où vous êtes tous ensemble ? »

Je me suis souvenu de la carte de Noël, que j'avais mise dans mon sac à dos à Chicago et n'avais donc pas perdue avec tout le reste. Mon sac était là, pendu dans un coin de la pièce. Mais tout à coup j'ai senti que je n'avais pas du tout envie de donner cette photo à Jibsen ni à personne du Smithsonian. Je ne voulais pas que les gens voient mes parents dans les journaux et à la télé et croient qu'ils étaient morts. Gracie aurait été ravie de venir et de prendre la pose sur le tapis rouge scientifique, sur n'importe quel tapis de couleur rouge, en fait, et ça ne l'aurait sûrement pas dérangée de devoir jouer les orphelines, mais je ne voulais pas m'embourber dans ce mensonge.

« Non, ai-je dit. J'avais une photo, mais je l'ai perdue à Chicago.

— Ah, dommage. Bon, dans ce cas quand vous aurez votre… le Dr Yorn au téléphone, dites-lui de nous envoyer des photos par Fedex. Nous lui rembourserons tous les frais. Et qu'il n'oublie surtout pas de joindre une photo de votre frère.

— Oh, il n'a pas de photos, ai-je dit en sentant aussitôt mes molaires m'élancer.

— Pas du tout ?

— Non, il dit que les photos de gens ne sont bonnes qu'à faire de la peine, alors il les brûle toutes.

—Vraiment ? C'est dommage… Je donnerais n'importe quoi pour une photo de votre frère, de préférence avec un fusil et vous à l'arrière-plan. Oh, ce serait parfait, parfait ! Comment est-ce qu'il s'appelait, déjà ?

— Layton. »

Nous sommes restés un moment les yeux dans les yeux. ----➤ ***Les rêves communs nous rapprochent.***

Son portable a bipé.

« Est-ce que beaucoup de gens célèbres ont dormi dans cette chambre ? ai-je demandé.

— Quoi ? a dit Jibsen en tripotant son portable. Peut-être. D'autres lauréats du prix Baird, en tout cas. Pourquoi ?

— Comme ça, ai-je dit en me redressant contre mon oreiller.

— Allô ? Allô ? a dit M. Jibsen dans son téléphone. Vous m'entendez ? Ah, oui, ici monsieur Jibsen, du Smithsonian. »

Il a bondi du lit et s'est mis à faire les cent pas.

« Oui… Comment ? Mais vous m'aviez dit… C'est ridicule ! Il a regardé sa montre. Tammy m'avait dit… Oui, je comprends, mais… oui, mais… nous ne pouvons pas… »

Je regardais ce drôle de petit homme arpenter la pièce en gesticulant et en tirant sur sa boucle d'oreille.

« Bon, bon, *d'accord*. Oui, oui, non, je comprends. On va s'arranger. D'accord… Je vois… Au revoir, madame. »

Il s'est tourné vers moi.

« Habillez-vous, ils ont changé l'horaire. Ils veulent vous interviewer en direct dans deux heures.

— Je dois mettre le smoking ?

En fait, il existait une photo comme celle-ci, prise par Gracie pour son cours de photographie, dans un élan d'innovation bienvenu après sa série de cent vingt-cinq autoportraits. J'avais tout juste réussi à entrevoir le tirage quand elle s'était installée sur la table de la cuisine pour composer son book. Ce jour-là, je lui avais demandé si elle voudrait bien me le donner quand elle n'en aurait plus besoin. Comme toujours avec Gracie, des promesses avaient été faites et des promesses n'avaient pas été tenues, et la photo avait finalement disparu dans l'enfer de sa penderie. Et voilà que je rêvais de la retrouver, exactement comme Jibsen qui, lui, ne savait même pas qu'elle existait. Mais nous visualisions tous deux le contraste entre ma silhouette floue, presque abstraite, et l'image très nette de Layton au premier plan, la main serrée avec détermination sur le canon de son fusil. Savoir que nous rêvions de la même chose m'a fait me sentir proche de Jibsen pour la première fois de ma vie.

— Non, ce n'est pas la peine de mettre un *smoking*. Enfilez juste quelque chose de présentable.

— Je n'ai rien d'autre, en fait.

— Rien d'autre ? Bon, d'accord, mettez le smoking, mais… »

Il s'est approché de la veste et a décroisé les manches. « Oh, Seigneur, il est tout… Bon, mettez-le et nous tâcherons de vous trouver autre chose sur le chemin. »

• • •

J'étais dans une nouvelle voiture noire, conduite par un homme tout droit sorti d'un film de gangsters. J'avais senti son eau de Cologne quand il m'avait tenu la portière et l'odeur était tellement forte que j'avais cru qu'il essayait de me chloroformer. J'étais obligé de respirer par la bouche, même avec la fenêtre ouverte.

« Je t'emmène où, champion ? m'a-t-il demandé en me faisant un clin d'œil dans le rétroviseur. Vegas ?

— CNN, Pennsylvania Avenue, s'il vous plaît, a dit Jibsen.

— Ça va. J'sais bien où vous allez. J'essayais de faire marrer le petit. »

Jibsen a remué sur son siège, mal à l'aise. « CNN, s'il vous plaît, a-t-il répété. Ah, et on s'arrêtera sur le chemin pour acheter un costume à T. S.

— Y a rien sur le chemin, pour sa taille. Holloway a fermé y a deux ans, et Sampini, c'est au nord-ouest.

— Rien ? Même pas un K-mart ? »

Le chauffeur a haussé les épaules.

Jibsen s'est tourné vers moi. « OK, T. S., on n'a pas le choix : vous gardez le smoking. Mais tenez-le fermé, c'est compris ? Bien fermé.

— Oui, ai-je dit.

— Alors, directement à CNN », a dit Jibsen d'une voix forte.

Le chauffeur a levé les yeux au ciel et m'a refait un clin d'œil. Il avait les cheveux abondamment brillantinés. Il ressemblait un peu à Hetch, notre coiffeur à Butte. Ses cheveux, modelés d'une main experte, avaient la forme d'une grosse vague figée juste au-dessus de son front. On avait l'impression qu'ils défiaient le vent, la pesanteur ou n'importe quelle force de la nature.

Tout en conduisant, il s'est mis à fredonner avec la radio et à taper sur le dessus du tableau de bord avec l'index et le majeur. Il me plaisait, cet homme. C'était un navigateur.

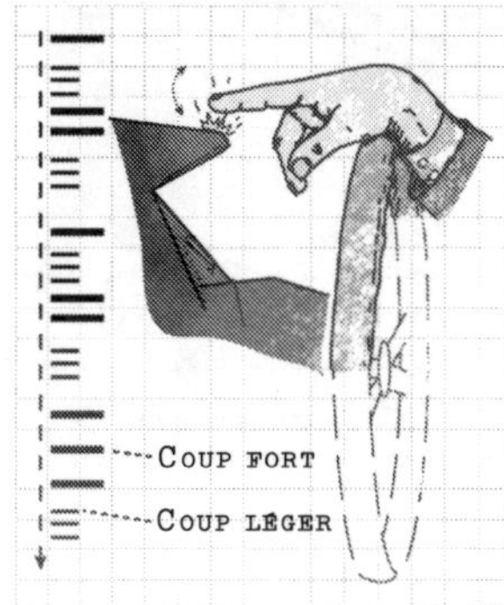

Le chauffeur bat son petit rythme, c'est un navigateur
Carnet V101

Je regardais défiler les bâtiments en béton. *Nous roulions vers une station de télévision.* Une vraie. Là où ils créaient le signal télé puis l'envoyaient dans tout le pays vers des paraboles affamées et des petits boîtiers noirs. Et, en plus, c'était une chaîne du câble. *Ah! le câble!* L'un des plus grands rêves de Gracie. L'un des miens aussi, je dois dire.

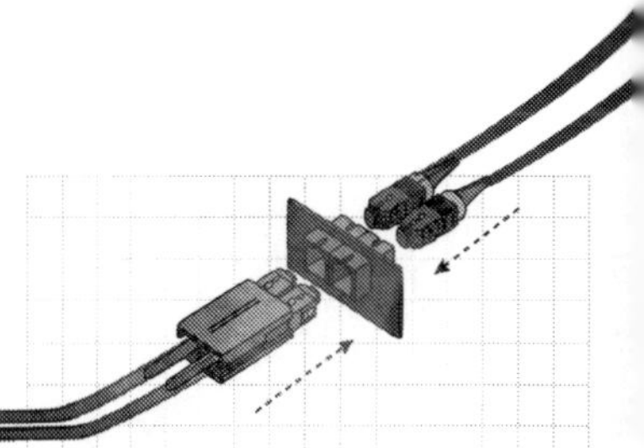

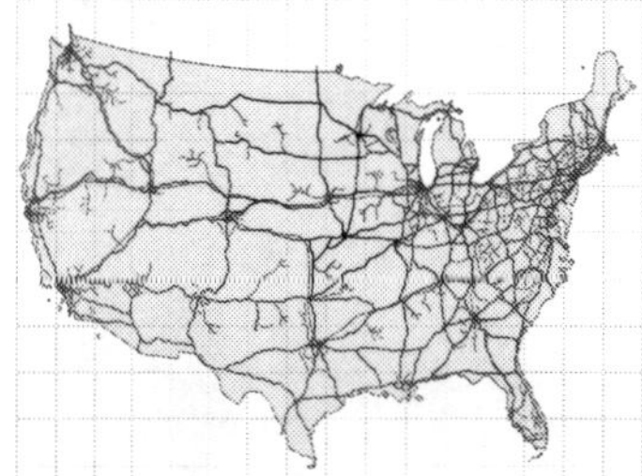

Le réseau de fibre optique aux États-Unis
Carnet V78

« Bon, vous avez compris ?

— Quoi ?

— Écoutez un peu ce que je dis. C'est important. Je ne veux pas que vous fassiez d'erreur. »

En zozotant plus que jamais, il a commencé à m'expliquer ce que j'allais devoir répondre aux questions du présentateur. C'étaient des petits mensonges, a-t-il concédé, mais ils rendraient toute l'histoire bien plus facile à raconter.

« De toute façon, ces journalistes passent leur temps à tout simplifier, alors autant leur donner nous-mêmes la version simple. Au moins, on est sûr qu'elle nous convient. »

Donc voilà comment les choses s'étaient passées : le Smithsonian avait toujours su quel âge j'avais. À la mort de mes parents…

« Quand sont-ils morts ?

— Il y a deux ans. »

À la mort de mes parents, il y a deux ans, le Dr Yorn m'avait recueilli, et j'avais entamé une collaboration extrêmement enrichissante et formatrice avec le Smithsonian. J'avais toujours rêvé d'y travailler. À la mort de Layton, dévasté, j'avais ressenti un besoin plus

Au Coppertop, nous n'avions que des westerns pour assouvir notre appétit de télévision, mais Charlie, lui, avait Direct TV (Charlie ! Mon seul ami au monde ! Comme il me manquait, avec sa tignasse blonde et ses bonds de chèvre !). La première fois que j'étais allé chez lui, dans sa caravane, j'avais fait trois fois le tour des 1 001 chaînes du poste, le doigt collé au bouton « programme » de la télécommande, incapable d'arrêter mon choix sur quoi que ce soit.

Et penser, maintenant, que dans seulement une heure et quart Charlie serait peut-être en train de regarder la télé dans sa caravane avec sa flemmarde de mère et que tout à coup, bam! il me verrait moi, son ami T. S., apparaître à l'écran! Je me suis dit qu'il faudrait que je pense à lui dire bonjour à tout hasard, même s'il y avait peu de chances qu'il me voie, car sa mère ne regardait jamais CNN. Elle regardait surtout les séries avec les juges. Je détestais ces séries. Il n'y avait rien à cartographier.

impérieux que jamais de quitter le Montana, et j'avais décidé sur un coup de tête de poser ma candidature pour le prix Baird, même si j'avais du mal à croire qu'on puisse m'accorder une récompense aussi prestigieuse.

« Oh, et un dernier détail : tant que nous n'avons pas parlé à nos avocats, évitez d'exprimer le moindre sentiment de culpabilité par rapport à la mort de votre frère. Nous ne voulons pas de complications. Vous avez assisté à l'accident et vous avez couru chercher de l'aide. D'accord ?

— D'accord », ai-je dit.

Nous nous sommes garés dans le parking en sous-sol d'une grande structure en béton sur Pennsylvania Avenue.

« Et voilà, a dit le chauffeur avec un petit rire, nous y sommes. La seconde fabrique des mensonges. La première est juste un peu plus haut sur l'avenue.

— Merci, a dit Jibsen en se dépêchant de descendre.

— Comment est-ce que vous vous appelez ? ai-je demandé au chauffeur juste avant de sortir.

— Stimpson, a-t-il répondu. Mais on s'est déjà vus. »

Comment nouer une écharpe pour camoufler une tache de sang située au milieu de la poitrine
Carnet V101

Ils m'ont donné une sucette et m'ont assis sur une chaise de coiffeur, et ils se sont mis à me tartiner le visage à toute allure avec du fond de teint et de l'eye-liner. Gracie serait morte de rire si elle avait vu ça. Ils m'ont arrangé les cheveux et les ont bien peignés, et la dame qui dirigeait les opérations a reculé pour me regarder et a dit : « Adorable, adorable, adorable. » Très vite, plein de fois. Elle n'était pas américaine, je crois, mais quand je me suis regardé dans le miroir, j'ai dû admettre qu'elle était douée. Je ressemblais à un personnage de télévision.

Quand elle a vu le sang sur ma chemise, elle a eu l'air contrarié et a hurlé à une de ses assistantes de me trouver des vêtements propres. La jeune fille est revenue au bout de quelques minutes, les mains vides.

« Ils ne nous laissent pas assez de temps », a dit la dame en secouant la tête. Elle a pris un morceau de tissu bleu et l'a drapé autour de ma chemise

Ce que je voyais quand je me regardais dans la glace me donnait envie de connaître le grand-père de cette femme. Il avait dû être soit soldat, soit prêtre, soit acteur. Je me suis demandé s'il était fier de sa petite-fille et de ses incroyables talents de maquilleuse. Moi, je l'aurais été.

comme une écharpe, puis elle m'a remis ma veste par-dessus. Elle a hoché la tête d'un air approbateur. « Comme mon grand-père. »

Les gens n'arrêtaient pas de venir vers moi, de me presser le bras juste au-dessus du coude et de me caresser la tête. Une dame avec une tablette et un casque m'a même serré contre elle et s'est mise à pleurer. Elle s'est éloignée en s'essuyant les joues du revers de la main.

Je l'ai entendu dire : « Il est à croquer, ce gamin. »

Après ça, il y a eu une controverse, car Jibsen a demandé à être assis à côté de moi pendant l'interview, et le présentateur a refusé. Il me voulait seul, « au naturel », ce qui a contrarié Jibsen et l'a fait zozoter de plus belle.

« Quand on dit que vous êtes à croquer… », ai-je commencé, mais à cet instant quelqu'un a crié et une main m'a agrippé le coude et m'a entraîné sur le plateau.

Je me suis assis dans le grand canapé à côté du bureau de M. Eisner – c'était comme ça qu'il s'appelait, le présentateur. Les lumières étaient extrêmement fortes. Avant que les caméras se mettent à tourner, M. Eisner m'a demandé quel était mon film préféré. J'ai eu l'impression que c'était une question standard qu'il posait à tous les enfants qu'il recevait. Je lui ai parlé du Sellon, puis je lui ai dessiné une carte de mes neuf films préférés. Je crois que ça lui a bien plu.

Un jeune homme avec une tablette et les cheveux coiffés façon porc-épic a dit : « Antenne dans cinq, quatre, trois, deux, un », et à l'instant où le voyant rouge s'est allumé au-dessus de la caméra, M. Eisner s'est métamorphosé en une créature de télé. Sa voix est devenue comme synthétique et il s'est dressé sur son siège. J'ai essayé de l'imiter.

« Mon premier invité ce matin est le tout récent lauréat du prestigieux prix Baird du Smithsonian, M. T. S. Spivet. M. Spivet, cartographe, illustrateur et scientifique accompli, réalise depuis un an des illustrations pour le magazine du Smithsonian. Ses dessins témoignent d'une maîtrise technique et d'un sens du détail époustouflants – un simple coup d'œil suffirait à vous en

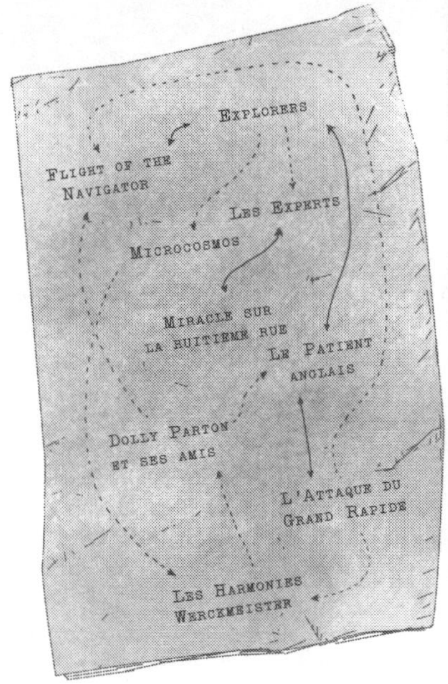

Top 9 de mes films préférés et leurs relations thématiques.
Sur une serviette.
(Propriété de M. Eisner.)

Nous n'avons pas eu assez de temps pour trouver un dixième film, mais *a posteriori* je pense que j'aurais choisi : *Aguirre, la colère de Dieu*, de Werner Herzog. Je crois que, de la même manière que j'étais fasciné par la tragédie du Berkeley Pit, je trouvais quelque chose de médusant au conquistador orgueilleux et insensé interprété par Klaus Kinski.

Le Dr Clair avait failli ne pas me laisser louer ce film à cause des scènes de violence envers les animaux, et c'est vrai qu'elles étaient choquantes. Il y en a une en particulier que je n'ai jamais pu oublier : les conquistadors, menés par un Kinski de plus en plus irrationnel, descendent l'Amazone en radeau quand, tout à coup, terrifié par les violents remous, l'un de leurs chevaux tombe à l'eau. Et bien qu'il réussisse à nager vers le rivage, les conquistadors ne font aucun effort pour retourner en arrière : le cheval reste seul au milieu de l'immense jungle, à fixer les radeaux qui s'éloignent avec un désespoir trop vrai pour qu'on se dise qu'il est juste bien filmé.

« Qu'est-ce qui est arrivé à ce cheval ? » avait hurlé le Dr Clair à la télévision. Puis, de façon moins explicable : « Je hais ces Allemands ! »

convaincre. Mais le plus remarquable, c'est que T. S. Spivet n'a que douze ans. La caméra a pivoté vers moi. J'ai essayé de sourire.

« T.S., qui est orphelin, et qui vient aussi de perdre son frère dans des circonstances tragiques, nous fait l'honneur d'être avec nous ce matin pour lancer notre série en trois épisodes sur les enfants prodiges, leurs origines et leurs ambitions au sein de notre société. »

Il s'est tourné vers moi.

« Alors, T. S., tu as grandi dans un ranch, dans le Montana, c'est bien ça ?

— Oui.

— Et ton père… je suis navré… quel âge avais-tu quand il est décédé ?

— J'avais… neuf ou dix ans.

— C'était un genre de cow-boy, n'est-ce pas ?

— Oui.

— Et il avait transformé votre maison en décor de western.

— Euh, c'est… »

Je sentais que Jibsen me regardait. « Oui, c'est vrai, ai-je dit. Je crois qu'il voulait vivre dans le monde du *Dernier cow-boy* ou de *La Poursuite infernale.*

— La poursuite infernale ?

— C'est un western avec Machin, là… En fait, c'est l'un des…

— Et alors quelle est la chose la plus importante que ton père t'ait apprise avant de mourir ? » m'a coupé M. Eisner.

Quelque chose me disait que j'allais mal répondre à cette question. Ce n'était pas le genre de question auquel on peut bien répondre du premier coup. En même temps, assis là, le regard fixé sur le voyant rouge de la caméra, je savais aussi que je ne pourrais pas m'en sortir par le silence. J'ai dit la première chose qui m'est passée par la tête. « Je crois qu'il m'a appris l'importance des rituels…

« Non, attendez, je peux dire autre chose ?

Trois rituels

C'était vrai : si j'avais dû ne jamais revoir mon père, je crois que je me serais souvenu toute ma vie de ses rituels. Il y en avait beaucoup. Si ça se trouve, chacune de ses journées n'était même en fait qu'une longue suite de rituels compliqués. Mais il y en avait trois, surtout, qui me resteraient en mémoire :

1. Chaque fois qu'il entrait dans la maison, il touchait le crucifix accroché près de la porte, deux fois, puis il attendait quelques secondes, et alors seulement il allait s'asseoir dans le Sellon et enlevait ses bottes. Il faisait ça *chaque fois*. Ce n'était pas le geste lui-même, mais sa répétition, la précision métronomique de son exécution et la fidélité absolue avec laquelle il l'accomplissait qui donnaient son sens au rituel.

2. Chaque année, à Noël, il nous écrivait à chacun une lettre très courte où il était en général question du froid glacial et de la vitesse à laquelle « une autre année était passée sans nous jeter un regard », expression qu'il tirait d'un de ses westerns. Je ne m'étais jamais interrogé sur l'intérêt d'écrire des lettres à des gens vivant sous le même toit que soi : j'avais toujours vu ces enveloppes sur le sapin, et elles ne constituaient pour moi qu'un indice supplémentaire, à cette époque de l'année, de l'arrivée imminente des cadeaux.

3. Avant chaque repas (du moins ceux où il était présent), Père nous faisait prier. Il ne disait jamais rien : il se contentait de baisser la tête, et nous savions que nous devions nous aussi baisser la tête et attendre, les yeux fermés, une sorte de marmonnement bourru qui ressemblait vaguement à un « amen » pour pouvoir commencer à dévorer notre rata. Quand Père ne dînait pas avec nous, c'était Layton qui se chargeait de diriger ce rituel, mais après sa mort, Gracie, le Dr Clair et moi l'avons discrètement abandonné.

— Bien sûr, bien sûr. Tu peux dire ce que tu veux. Tu es le lauréat du prix Baird.

— Je crois que ce qu'il m'a appris de plus important, c'est pourquoi la famille compte autant. Nos ancêtres, je veux dire. Notre nom. Tearho Spivet. »

Le présentateur a souri. Je voyais bien qu'il ne savait pas du tout de quoi je parlais, alors j'ai expliqué : « Mon arrière-arrière-grand-père venait de Finlande, et c'est vraiment un miracle qu'il soit arrivé jusqu'au Montana et qu'il ait épousé mon arrière-arrière-grand-mère, qui participait à une expédition dans le Wyoming...

— Dans le Wyoming ? Je croyais que tu venais du Montana.

— Oui, c'est ça. Mais les gens bougent, j'imagine. »

M. Eisner a consulté ses notes. « Et alors... comment diable est-ce qu'en grandissant sur ce ranch, au milieu des vaches, des moutons et tout ça, tu en es venu à te passionner pour l'illustration scientifique qui n'a quand même pas grand-chose à voir avec la traite des vaches !

— Eh bien, ma mère collectionne... »

Je me suis arrêté.

« Je suis navré, a dit le présentateur.

— Merci, ai-je dit en rougissant. Ma mère collectionnait les insectes, alors c'est ce que j'ai dessiné en premier. Mais mon arrière-arrière-grand-mère était aussi l'une des premières femmes géologues du pays. Donc peut-être que c'est dans mon sang.

— Dans ton sang, tu crois ? Alors tu as toujours voulu être un petit "cartiste" ? » a-t-il demandé en souriant.

Un petit « cartiste » ? Cartiste n'était même pas un mot. « Je ne sais pas, ai-je répondu. Est-ce que vous avez toujours voulu être présentateur télé ? »

M. Eisner a ri. « Non, non, quand j'étais petit je voulais être une star de la musique country... *Hey lil' darlin'...* »

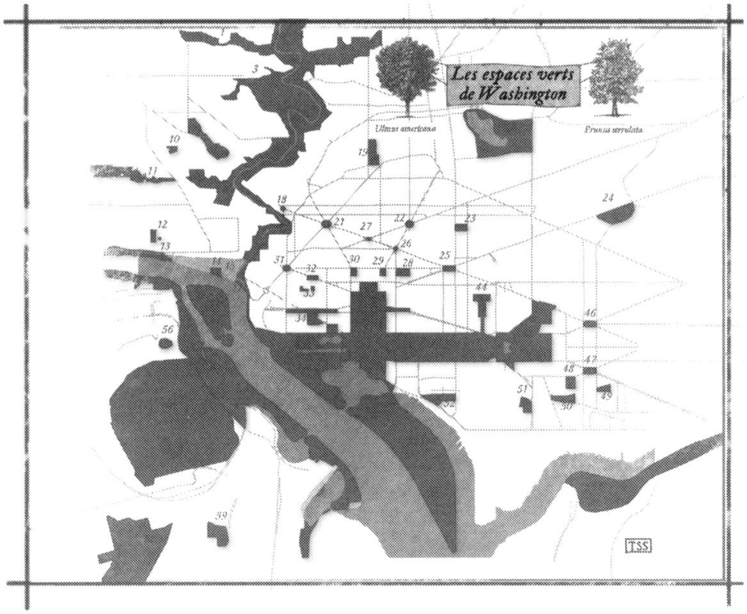

Les espaces verts de Washington
Carnet V45

Cette carte m'avait été commandée pour une exposition organisée par le Muséum d'histoire naturelle à l'occasion de la journée de la Terre. C'était l'une des premières cartes que j'avais réalisées pour le Smithsonian.

Comme je ne réagissais pas, il s'est tu et a réarrangé ses notes. « Donc… la première question que nous allons nous poser dans ce cycle d'émissions est la suivante : Comment apparaît un enfant prodige ? Toi, T. S., est-ce que tu avais une prédisposition innée, je veux dire est-ce que c'est quelque chose que tu avais dès le départ dans ton cerveau, ou est-ce que c'est quelqu'un qui t'a tout appris ?

— Je pense qu'on naît tous avec une carte du monde dans notre cerveau. Une carte du monde entier. »

M. Eisner a ri. « Voilà qui serait bien pratique. Évite juste d'en parler aux fabricants de GPS. Je pense cependant qu'il serait plus exact de dire que *certains* d'entre nous naissent avec une carte du monde dans la tête, parce que je peux t'assurer que ce n'est pas le cas de mon épouse. Bon, mais justement, en parlant de cartes, j'ai ici quelques-unes des tiennes. » Il a levé une carte au-dessus de son bureau et l'a présentée à la caméra. « Alors celle-ci, c'est une carte de… des parcs de Washington ?

— Oui. De Washington et de la Virginie du Nord.

— Bon, alors déjà, superbe travail. Simple et élégant.

— Merci.

— Et alors, ma première réaction quand je vois cette carte, c'est de me dire : "Quoi, il y a cinquante parcs dans le centre-ville de Washington ?" Et ça me fait voir la ville sous un jour un peu différent, ce qui est ton objectif, j'imagine. Mais ce qui m'échappe, c'est la manière dont tu t'y prends pour établir une carte comme celle-ci avec exactitude. Parce que, moi, mon cerveau est incapable de ce genre de prouesse. Je me perds rien qu'en venant au studio le matin. »

Il a ri de lui-même. J'ai essayé de rire aussi. « Je ne sais pas trop, ai-je dit. Je ne fais rien de spécial. Le monde est là, j'essaie juste de le voir. Tout le travail est déjà fait. Les schémas existent, et quand j'arrive à les voir dans ma tête, je les dessine.

— De sages paroles de la part d'un jeune savant. Nous pouvons nous réjouir que l'avenir du monde repose sur tes épaules. »

Je me suis soudain senti très fatigué.

« À venir, dans notre programme, une discussion avec le Dr Ferraro, qui a étudié les IRM d'enfants prodiges et fait de passionnantes découvertes. Je suis sûr qu'elle voudra jeter un coup d'œil dans ton cerveau pour voir si elle trouve la carte dont tu nous as parlé. »

Après mon interview, j'ai mangé des donuts dans les coulisses pendant que Jibsen prenait rendez-vous avec le Dr Ferraro pour une IRM le lendemain. Puis j'ai parlé un certain temps à un monsieur très gentil qui portait un microcasque et qui m'a expliqué comment marchait le prompteur. M. Eisner est passé près de moi et m'a ébouriffé les cheveux ; enfin, il a essayé, parce que mes cheveux étaient pétrifiés par le gel.

« Appelle-moi si tu veux venir jouer avec mes enfants », m'a-t-il dit.

Puis nous avons quitté CNN dans un tourbillon. Dans les heures qui ont suivi, j'ai donné quatre autres interviews à des chaînes de télévision. Nous avons sillonné Washington dans tous les sens avec Stimpson et nous avons fini la journée dans une station de télé de Virginie du Nord.

En repartant vers Washington, nous étions tous épuisés, même Stimpson qui, depuis un bon moment déjà, ne m'adressait plus de clins d'œil dans le rétroviseur. Nous sommes arrivés sur le pont qui enjambait le Potomac.

« Bienvenue dans le district, a dit Stimpson. Washington, DC, la ville où on ne te fiche jamais la paix, même quand on t'a assez vu.

— Comment vous sentez-vous ? m'a demandé Jibsen en l'ignorant. Nous n'avons plus qu'un seul rendez-vous, aujourd'hui. Une séance photo pour

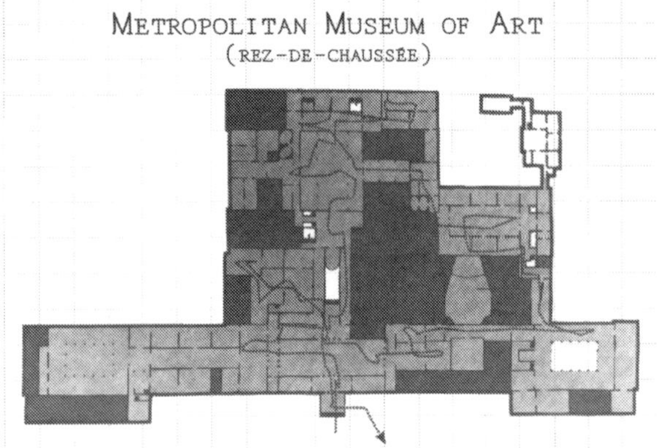

Metropolitan Museum of Art
(rez-de-chaussée)
FAM – Carte n°4 : Première journée de Clara et Jamie au musée
Carnet B45

C'était le rêve de tous les enfants de s'attarder dans les salles d'un grand musée au moment de la fermeture, de laisser partir la foule et d'attendre, caché sous un banc, que le gardien ait fermé toutes les portes à clé. J'avais lu *Fugue au Metroplitan* de E. L. Konigsburg en une journée, assis sous l'arbre à coton. Quand j'avais tourné la dernière page et que j'étais tombé sur le carton entoilé de la couverture, je m'étais brusquement souvenu que c'était une fiction, qu'aucun des événements dont je venais de lire le récit ne s'était vraiment produit.

J'avais alors dressé une série de cartes qui retraçait les déplacements de Clara et de Jamie dans le musée. Au commencement, j'avais éprouvé un sentiment de vide, comme souvent quand je me confrontais à des paysages imaginaires (j'avais eu la même impression la fois où j'avais essayé de cartographier *Moby Dick*), mais j'avais peu à peu compris qu'en fait, l'espace du roman de Mme Konigsburg était libéré de toutes les contraintes du réel. Je pouvais dessiner ces cartes de mille façons différentes, sans jamais me tromper. Cependant, au bout de quelque temps, j'ai commencé à trouver cette liberté paralysante et j'ai préféré retourner à ma tâche première, déjà bien assez lourde : celle de cartographier le monde dans son entier.

notre magazine. Vous faites la couverture le mois prochain. Nous avons quelques idées, mais je voulais vous laisser une chance de nous faire des propositions… Où est-ce que vous aimeriez qu'on vous photographie ? »

Où est-ce que j'aimerais qu'on me photographie ? En un sens, c'était une question de rêve, mais c'était aussi une question très difficile, car ce que Jibsen me demandait, en substance, c'était de choisir, parmi tous les endroits du monde, le décor dans lequel j'avais le plus envie d'apparaître et que je trouvais le plus représentatif de mes espoirs, de mes envies et de l'architecture de mon projet de vie. J'avais assez envie de prendre un avion, de rentrer chez moi dans le Montana et de me faire photographier sur le piquet de la clôture, de me faire photographier devant le bureau du Dr Clair, de me faire photographier sur les marches qui mènent au grenier de Layton. Ces photos-là m'auraient plu. Mais je n'étais pas dans le Montana. J'étais dans le monde de l'image et de la représentation.

« Pourquoi pas dans le Hall des oiseaux de Washington ? ai-je suggéré. Devant l'étourneau sansonnet ?

— Oh, quelle bonne idée, a dit Jibsen. Devant le sansonnet. C'est subtil et brillant. Beaucoup mieux que tout ce que nous aurions pu trouver. Heureusement que nous vous avons. »

J'ai levé les yeux et j'ai vu Stimpson qui me souriait. « Bon choix, a-t-il dit. Mais l'oiseau s'est envolé. »

Alors que nous attendions les photographes dans la rotonde du Muséum d'histoire naturelle, il s'est passé un drôle de truc : tous les visiteurs ont commencé à migrer vers la sortie. Le musée fermait. J'ai regardé Jibsen, mais il n'avait pas l'air inquiet et nous n'avons pas bougé.

Deux petites filles noires, qui marchaient à côté d'une dame en combinaison de mécano rouge et tenaient toutes les deux la même aigrette en peluche, se sont soudain ruées vers les grandes portes. La dame leur a crié après et sa voix s'est répercutée contre le haut plafond de la rotonde. Une fois tout le monde parti, le silence s'est installé. Il ne restait plus que le gardien dans le grand hall. Jibsen est allé lui parler. Il est revenu. Nous pouvions y aller.

Le délicieux sentiment de transgression que j'éprouvais à me trouver dans un musée fermé pour la nuit était tempéré par le fait que je m'y trouvais avec un chaperon, et que j'avais parfaitement le droit d'être là. Je savais quand même, grâce à Boris, qu'il y avait quelque part l'entrée d'un passage secret, ce qui était excitant, même si je me rendais compte que mes chances de la découvrir étaient bien minces.

Les deux photographes ont fini par arriver avec leurs gros sacs en bandoulière et nous sommes descendus tous les quatre dans le Hall des oiseaux de Washington, qui, en vérité, n'était rien de plus qu'un grand couloir coincé derrière l'auditorium.

« Où est-ce qu'il est, ce sansonnet ? Où est-ce qu'il est ? marmonnait Jibsen en marchant de vitrine en vitrine. Quoi ? Il n'y est pas !

— Pourtant, c'est bien un oiseau de Washington, ai-je dit.

— Oui, j'ai trouvé sa vitrine, mais il n'y est pas. »

Et c'était vrai. Une petite plaque indiquait : « Étourneau sansonnet (*Sturnus vulgaris*) », mais le socle avec sa branchette était vide. « Comme par hasard, il faut qu'ils décident de le réparer juste au moment où nous en avons besoin », a grommelé Jibsen. Nous sommes maudits. Bon, tant pis, vous allez devoir poser ailleurs. Retour au plan A. On va vous prendre en train de contempler avec émerveillement l'éléphant de la rotonde et de le dessiner dans votre carnet.

— Mais je n'ai pas mon carnet.

— George, a dit Jibsen à l'un des photographes, donne-lui un carnet.

— Mais il n'est pas de la bonne couleur. Je ne dessinerai jamais dans un carnet comme ça.

— T. S. ! Tout le monde s'en moque ! a sifflé Jibsen, son zézaiement resurgissant au milieu de la volaille statufiée. La journée a été longue. On va prendre ces photos, et ensuite tout le monde pourra rentrer chez soi. »

Dans la voiture, sur le chemin du retour, le portable de Jibsen a sonné encore une fois. Il a répondu d'une voix lasse, puis, au bout de quelques secondes, son visage s'est éclairé. J'ai essayé de comprendre ce qui se passait, mais j'étais trop fatigué pour suivre la conversation. J'avais décidé que ça ne me plaisait plus, d'être là. Peut-être que si je pouvais installer mon atelier dans la maison d'hôtes et me remettre à dessiner, les choses seraient différentes, mais, jusqu'ici, je ne voyais vraiment pas le rapport entre le prix Baird et mon travail de cartographe.

Jibsen a raccroché.

« C'est bon, nous y sommes.

— Quoi ?

— C'était M. Swann, le directeur de communication de la Maison-Blanche. Nous sommes dans le discours, aux septième et seizième points, cités deux fois, dans la section sur l'enseignement *et* dans celle sur la sécurité intérieure. Les caméras de la télévision nationale vont nous filmer *deux fois*. Oh ! c'est merveilleux, T. S., c'est merveilleux. Vous pensez peut-être que les choses se passent toujours comme ça ici, mais ce n'est pas le cas ; c'est *vous* qui ouvrez toutes ces portes.

— Le Président est une merde, a dit Stimpson.

— On ne vous a rien demandé », a rétorqué Jibsen.

Il s'est retourné vers moi. « Je sais que tout ça doit être un peu fatigant, mais ce que vous faites pour nous est inestimable. Et je suis sûr que les choses vont se calmer d'ici quelques jours.

— Pas de problème », ai-je dit.

Dans le rétroviseur, Stimpson a tiré la langue et a articulé sans un bruit : « Des conneries. » Ou peut-être que c'était : « Quel connard. » Quoi qu'il en soit, j'ai souri et j'ai rougi à cause du gros mot. Comme Ricky, Stimpson était un vrai adulte qui disait des gros mots quand il voulait.

Juste avant de me coucher, je me suis souvenu de la troisième lettre que Farkas m'avait apportée ce matin. L'enveloppe était toujours sur mon bureau. Elle était fermée, mais il n'y avait dessus ni adresse, ni tampon, ni rien du tout.

Je suis allé chercher le coupe-papier et j'ai glissé la lame dans le pli. Le papier s'est fendu.

À l'intérieur, il n'y avait qu'une courte note :

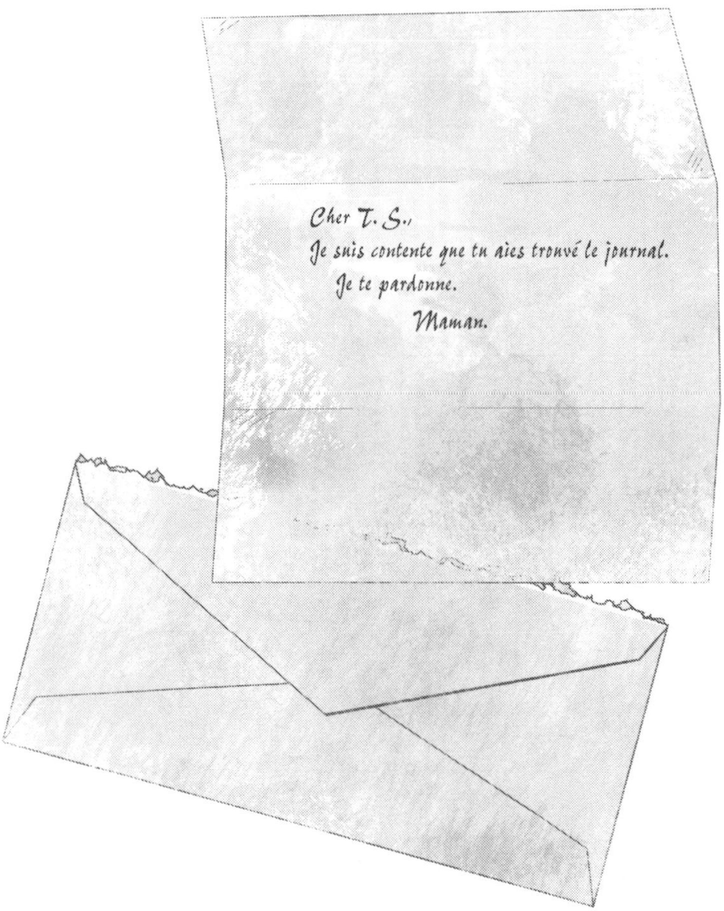

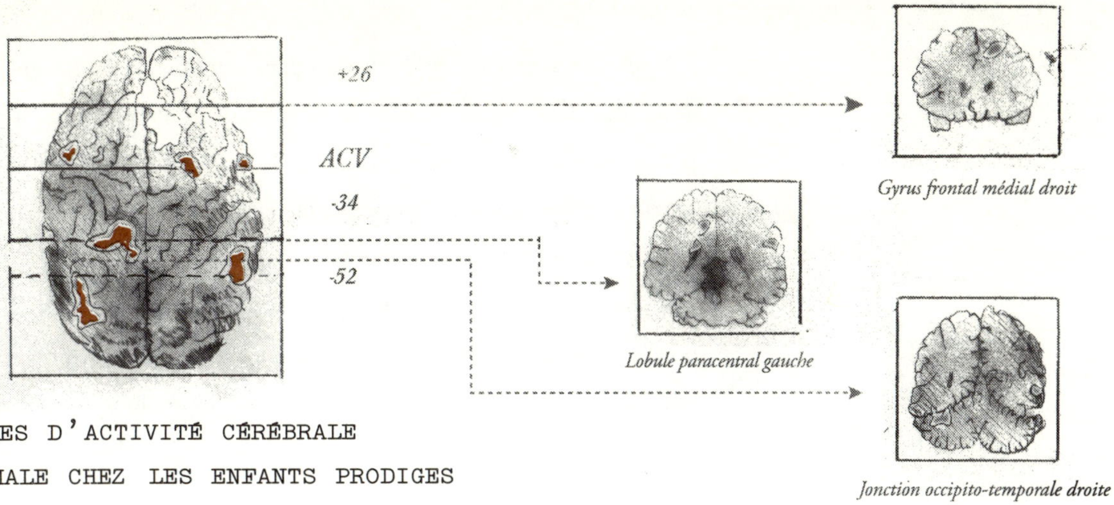

ZONES D'ACTIVITÉ CÉRÉBRALE ANORMALE CHEZ LES ENFANTS PRODIGES

CHAPITRE 14

Le lendemain après-midi, c'était samedi, Stimpson nous a emmenés au Washington Medical Center pour que le Dr Ferraro me fasse passer son IRM.

Le centre-ville de Washington était presque entièrement désert. Un homme tout débraillé, avec une longue barbe, se tenait sur un tapis indien étalé au milieu d'un trottoir, les mains sur les hanches, comme s'il s'apprêtait à exécuter un numéro époustouflant, bien qu'il n'ait personne à époustoufler. Nous roulions dans les rues vides ; des sacs plastique volaient au vent, s'accrochaient aux parcmètres, aux feux tricolores. On avait l'impression que toutes les âmes de la ville étaient brusquement entrées en hibernation collective.

« Où sont passés les gens ? ai-je demandé à Jibsen.

— Ne vous faites pas de souci, ce n'est que le calme avant la tempête, m'a-t-il répondu en tripotant sa boucle d'oreille. Ils vont revenir. Tous les lundis, malheureusement, ils reviennent. »

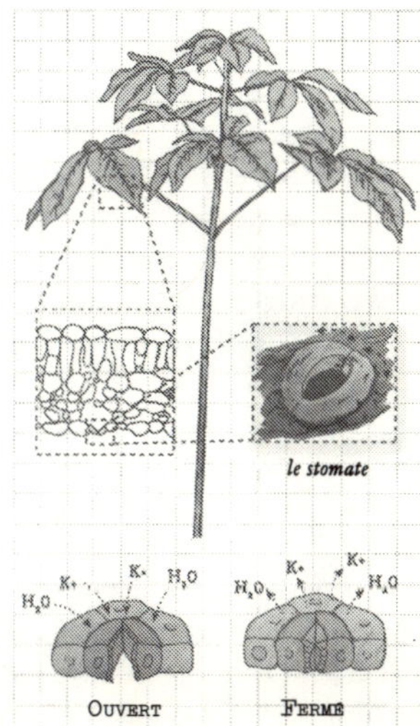

Ouverture et fermeture du stomate
Carnet V45

Ce cycle hebdomadaire de silence et de renouveau urbain me rappelait l'ouverture et la fermeture des stomates d'une plante, que j'avais schématisées en cours de sciences naturelles quand nous avions étudié la photosynthèse avec ma classe. Je n'avais récolté qu'un C à ce devoir, M. Stenpock ayant jugé que je n'avais pas respecté ses consignes, mais j'ai eu ma vengeance un peu plus tard quand mon dessin a été publié dans *Discover*.

➤ Ceci est le silence des villes américaines le week-end.

Nous avons retrouvé le Dr Ferraro dans son bureau, puis nous sommes descendus dans la salle d'IRM, au sous-sol de l'hôpital. Dans l'ascenseur, je n'arrêtais pas de regarder le docteur. Je ne pouvais pas m'en empêcher. Quelque chose dans sa façon d'être me faisait penser au Dr Clair. Elle ne portait pas de bijoux et elle avait l'air un peu plus calme que ma mère, un peu plus sévère, peut-être, parce qu'elle fronçait les sourcils tout le temps, qu'elle regarde les boutons de l'ascenseur, sa tablette ou mon smoking, mais sa façon d'avancer le menton et de tenir la tête un tout petit peu penchée de côté, l'œil étincelant, me rappelait le Dr Clair dans ses plus grands moments d'investigation scientifique. Le Dr Ferraro ne plaisantait pas, ça se sentait ; elle avait des objectifs sérieux, et voir d'aussi près une scientifique avec des objectifs sérieux, ça m'emplissait d'une excitation particulière et tout à fait nouvelle.

➤ ***Les femmes adultes et le café***

Je me demandais si le Dr Ferraro se serait bien entendue avec le Dr Clair, s'il y aurait eu entre elles assez de respect intellectuel pour qu'elles puissent se lier d'amitié. J'aurais vraiment voulu que ma mère ait des amies, des consœurs avec qui elle aurait pu prendre un café de temps en temps, rire du caractère capricieux des mitochondries et critiquer la mascarade purement politique qu'était devenu le processus d'évaluation par les pairs. Peut-être qu'avec le Dr Ferraro, le Dr Clair aurait pu décortiquer le silence de mon père, ou faire ce que faisaient les femmes adultes, allez savoir, quand elles étaient entre amies. Mais est-ce que le Dr Ferraro ne risquait pas de froncer les sourcils lorsqu'elle découvrirait que la carrière de ma mère ne reposait sur rien de sérieux ? Elle poserait sa tasse de café et hocherait la tête sans plus rien écouter, en guettant le moment où elle pourrait échapper à cette ratée. Elle arrêterait de lui téléphoner. J'ai songé que, en fait, ce rejet collégial avait sans doute déjà eu lieu : toute la communauté scientifique avait déjà posé sa tasse et décidé que ma mère était une ratée.

Chromosomes X

Quand nous sommes arrivés dans la salle d'IRM, le Dr Ferraro m'a donné un bloc et un crayon à papier. J'ai remarqué que le crayon n'avait plus sa gomme au bout ni son petit cercle en métal rainuré : il se terminait juste par un petit carré de bois tout nu.

Pour le premier test, le Dr Ferraro m'a demandé d'imaginer un endroit que je connaissais bien, puis d'en dessiner la carte sur le bloc. Je me suis dit que j'allais dessiner la carte de notre grange, parce que, même si je la connaissais bien, elle me paraissait très lointaine, et c'était pour ça, en général, que je dessinais mes cartes : pour rendre le lointain plus proche, l'étrange plus familier.

Je pensais que ça allait être assez simple, comme exercice, jusqu'à ce que le Dr Ferraro me fasse allonger sur la table d'IRM et commence à m'attacher. Attendez, comment est-ce qu'elle voulait que je dessine *quoi que ce soit* si, a.) je pouvais à peine bouger les bras et, b.) je devais porter cette espèce de casque en plastique qui m'appuyait (de plus en plus fort) sur les tempes ?

Le Dr Ferraro a dit quelque chose à l'infirmière qui manipulait la machine, et la table a commencé à rentrer dans le grand tube blanc derrière ma tête. Comme je disparaissais à l'intérieur, le Dr Ferraro m'a dit que le plus important, c'était de ne surtout pas bouger la tête pendant l'examen, *même pas d'un millimètre, ou je pouvais tout faire rater.*

Malgré les courroies qui me maintenaient les bras en place, j'ai réussi à lever le bloc et à le plaquer contre le plafond du tube, qui n'était qu'à quinze ou vingt centimètres au-dessus de moi. En baissant les yeux, j'arrivais à peu près à voir le papier. Ça n'allait pas être ma meilleure carte, mais au moins je pouvais faire ce que le docteur m'avait demandé. J'ai essayé de ne pas bouger la tête, même pas d'un millimètre.

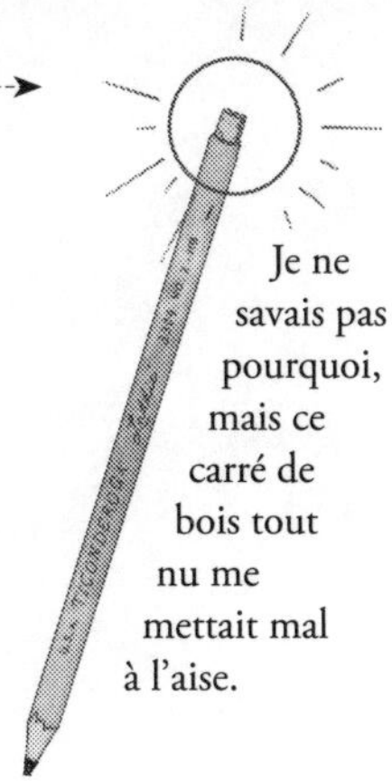

Je ne savais pas pourquoi, mais ce carré de bois tout nu me mettait mal à l'aise.

Mais alors la machine s'est mise en marche et a commencé à émettre toute une gamme de sons très aigus et assourdissants qui se répétaient en boucle, comme une alarme de voiture. *Ah, je peux vous dire que c'était vraiment pénible.* Un de ces tintamarres ! Et ça ne s'arrêtait pas… Je n'arrivais pas du tout à me concentrer sur ma carte de la grange ; tout ce que j'avais envie de dessiner, c'étaient les ondes hurlantes d'une alarme de voiture et les dégâts qu'elles pouvaient causer sur les fragiles synapses de notre cerveau.

Au bout d'un très long moment, la machine s'est arrêtée. Quand le docteur m'a sorti du tunnel, j'avais l'impression d'être devenu fou ; je me sentais profondément perturbé, incapable de reprendre contact avec le monde civilisé. Mais le Dr Ferraro n'a pas eu l'air de remarquer ma confusion : elle m'a pris le bloc, elle a souri et elle a fait signe à l'infirmière de me renvoyer dans la machine.

Cette fois-ci, il fallait que je résolve de tête une série de problèmes mathématiques très difficiles. Je ne voyais pas *du tout* comment résoudre un seul de ces problèmes. Je venais juste de terminer mon année de cinquième. Et je n'avais même pas choisi l'algèbre comme spécialité. Je crois que le Dr Ferraro était déçue.

« Rien ? » m'a-t-elle demandé de l'extérieur de la machine.

Je me sentais misérable. Mais pour qui est-ce qu'elle me prenait, aussi, une espèce de monstre génial surdoué en mathématiques ?

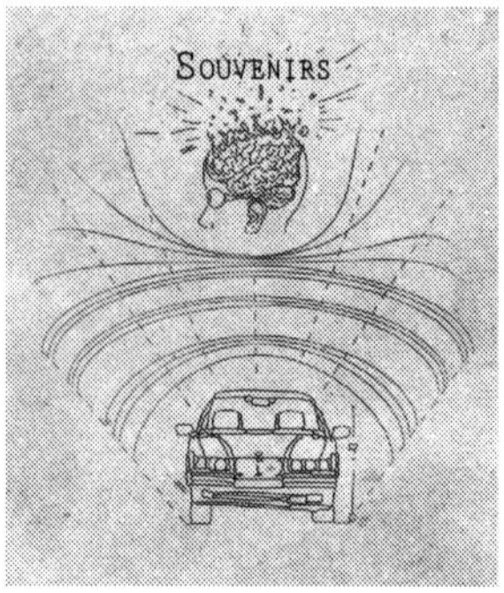

Les alarmes de voiture et leurs effets sur notre cerveau (schéma non scientifique)
Extrait des dossiers du Dr Ferraro

Après, elle m'a dit de ne penser à rien, mais bien sûr je ne pouvais m'empêcher de penser à des alarmes de voiture. J'espérais que ça n'allait pas fausser toutes ses données : et si elle montrait mon IRM à ses collègues, à une grande conférence, en la présentant comme celle d'un « garçon ne songeant à rien », alors que c'était celle d'un « garçon songeant à sa haine des alarmes de voiture » ?

Mais avant que je puisse la prévenir que j'avais beaucoup de mal à ne penser à rien, elle s'est penchée dans le tube pour me redonner le bloc et elle m'a dit de dessiner ce que je voulais, donc j'ai finalement pu faire mon petit schéma de l'alarme de voiture et de ses effets sur notre cerveau.

Quand j'ai eu fini, le Dr Ferraro m'a remercié et m'a même fait un sourire.

J'étais sur le point de lui demander si elle avait envie de rencontrer ma mère quand je me suis souvenu que ma mère n'était plus officiellement en vie, donc j'ai dit : « Ma mère vous aurait bien aimée.

— Qui est-ce, ta mère ? a-t-elle demandé.

— Ses deux parents sont décédés », s'est hâté de répondre Jibsen.

Il a désigné mes dessins. « C'est possible d'avoir des photocopies ?

— Bien sûr », a dit le Dr Ferraro.

Pendant qu'ils discutaient, je suis allé voir l'infirmière qui commandait la machine. Il y avait son nom sur son badge : « Judi ».

« Merci d'avoir scanné mon cerveau, Judi », ai-je dit.

Elle m'a jeté un regard bizarre.

« Je voulais vous demander : je me disais quand même que… avec tous les progrès de la technologie, on devrait pouvoir trouver un moyen de scanner le cerveau des gens sans ce côté alarme de voiture. »

Comme elle me regardait d'un œil vide, je lui ai montré la machine. « Pourquoi est-ce qu'il faut que ça fasse un boucan pareil, là-dedans ? Vous savez : *err err err err err wi woou wi woou i woou…* »

Judi a semblé presque insultée par ma question.

« Ce sont les *aimants* », a-t-elle dit lentement, en articulant de manière exagérée, comme si elle parlait à un enfant.

Ce dimanche-là, il a plu toute la journée. Assis à mon bureau dans la maison d'hôtes, j'ai essayé de me remettre au travail. Jibsen m'avait demandé un schéma moléculaire de la souche H5N1 de la grippe aviaire. Comme je n'avais rien de mieux à faire, j'ai commencé à dessiner la molécule de H5N1 et le processus par lequel la tempête de cytokines qu'elle déclenchait dans l'organisme provoquait la détérioration fulgurante de certains organes vitaux et la mort rapide du malade, ce qui pouvait, dans des zones densément peuplées, donner lieu à des pandémies. Mais je me suis vite rendu compte que je n'avais pas envie de dessiner ça. Je n'avais pas envie de dessiner quoi que ce soit.

J'ai fixé la feuille un moment, puis j'ai décroché le téléphone et j'ai composé le numéro du Dr Yorn à Bozeman. Je ne saurais pas vous dire pourquoi j'ai fait ça, je n'ai jamais été doué pour parler au téléphone, mais voilà, le combiné était dans ma main et, déjà, ça sonnait.

À mon soulagement, le Dr Yorn n'a pas décroché. Le téléphone a sonné, sonné, et finalement, pour la seconde fois en un peu plus d'une semaine, je me suis retrouvé à laisser un message à un adulte à l'autre bout du pays. Sauf que cette fois-ci, j'appelais de l'Est, monde des idées, vers l'Ouest, monde des mythes, de la boisson et du silence.

« Bonjour, docteur Yorn. C'est T. S. »

Silence. Il fallait que je continue à parler. Il n'y avait personne à l'autre bout du fil. « Euh… je suis à Washington, mais je crois que vous le savez déjà, en fait. Euh… en tout cas, merci d'avoir proposé mon travail pour le prix Baird. C'est plutôt chouette, ici, je crois. Peut-être que vous pourriez venir me voir un de ces jours. Bon, et puis… j'ai bien reçu votre lettre, et je voulais vous parler du Dr Clair, parce que… euh… parce que, ici, j'ai raconté des choses qui ne sont pas vraies… »

Silence, toujours.

« Bon, voilà, j'ai dit que mes parents n'étaient plus tout à fait en vie et que je vivais avec vous. Et Gracie. Je ne sais pas trop pourquoi j'ai dit ça,

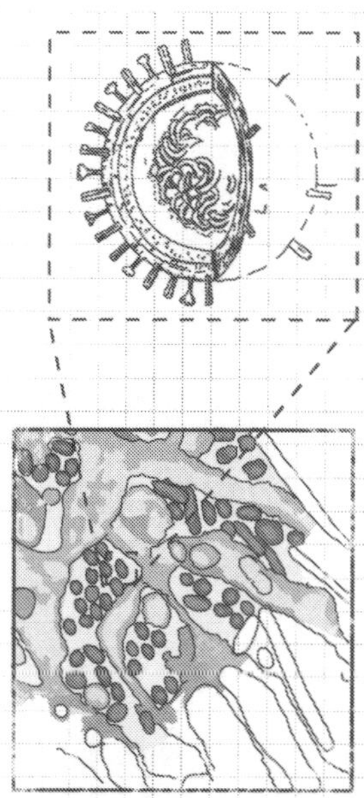

Virus H5N1 de la grippe aviaire

Ce schéma n'a jamais pu être achevé. Comme la Seconde Étoile de la mort, il a été détruit, même si, à la différence de la Seconde Étoile de la mort, il l'a été par accident, victime d'une femme de ménage un peu trop généreuse dans sa définition de ce qui était bon pour la poubelle.

mais peut-être que je préférais raconter ça que la vraie histoire, et puis je ne voulais pas que le Smithsonian appelle le Dr Clair et mon père pour les mêler à tout ça, parce que ce qui se passe ici, c'est fou. Vraiment, c'est fou. Je ne suis pas sûr que… »

J'ai pris une profonde inspiration.

« Bon, d'accord. Je suis désolé d'avoir menti. Je ne voulais pas, mais est-ce que vous pourriez m'aider et me dire ce que je dois faire maintenant, parce que vraiment je ne sais pas du tout… »

Le répondeur a bipé et j'ai été coupé. J'ai failli rappeler pour laisser un autre message, juste pour dire au revoir, mais je me suis ravisé. Il pouvait compléter lui-même.

Je suis revenu à mon schéma du virus H5N1 de la grippe aviaire. J'ai essayé de le continuer, mais je ne me sentais toujours pas bien. J'ai regardé le téléphone.

J'ai composé le numéro de chez moi.

Ça a sonné dix fois, vingt fois. J'imaginais le téléphone qui braillait dans la cuisine, et les baguettes chinoises qui vibraient, juste un poil, à chaque sonnerie. La cuisine, vide. Toute la maison, vide. Où étaient-ils ? À cette heure-ci, ils étaient forcément rentrés de l'église. Est-ce que mon père était aux champs, en train de filer des coups de pied aux chèv'es et de réparer les clôtures comme si son premier-né n'avait pas disparu ? Est-ce que le Dr Clair était encore partie chasser la cicindèle fantôme ? Ou est-ce qu'elle était en train d'écrire la suite de l'histoire d'Emma ? Pourquoi était-elle contente que j'aie pris son carnet ? Et de quoi est-ce qu'elle me pardonnait ? D'être parti ? D'être plus connu qu'elle ? D'avoir tué Layton ?

Mon dernier espoir, c'était Gracie, si elle consentait à abandonner deux minutes son cocon de pop sucrée, son vernis à ongles et ses monologues pour venir répondre au téléphone. *Allez, Gracie ! Descends ! J'ai besoin de toi tout de suite. Tu dois combler l'espace qui nous sépare.*

Le téléphone continuait à sonner. Nous n'avions pas de répondeur.

J'attendais. Comme pendant l'IRM, je sentais les synapses de mon cortex auditif se raidir un peu plus chaque fois que le timbre du téléphone retentissait dans mon oreille :

drinng *drinng* *drinng* *drinng*

(Ça commençait à m'hypnotiser.)

drinng *drinng* *drinng* *drinng*

Et en même temps, la sonnerie me permettait de recréer un lien avec ma cuisine : je réquisitionnais tout l'espace avec mon déluge de son, je faisais frissonner les baguettes dans leur petit pot.

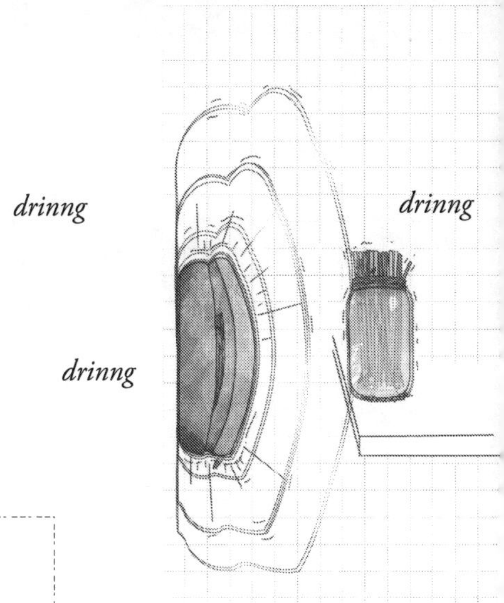

Le pot de baguettes frissonne, la sonnerie du téléphone prend possession de la cuisine
Carnet V101

Et puis, finalement, j'ai raccroché. Ils ne viendraient plus.

Le lendemain, lundi, jour où devait avoir lieu, à minuit, mon rendez-vous avec le Mégathérium, Jibsen m'a acheté trois costumes. « Nous avons trois conférences de presse aujourd'hui.

— Et j'ai besoin d'un costume différent pour chacune ?

— Non, si vous me laissiez finir, j'allais dire que nous avons trois conférences de presse aujourd'hui, puis, demain, le discours devant le Congrès, et qu'ensuite nous partons deux jours à New York pour faire le *Letterman*, le *Today Show* et, normalement, *60 Minutes*, qui ne nous a toujours pas donné de réponse ferme, mais bon il va falloir qu'ils arrêtent leurs conneries parce que je n'ai vraiment pas de temps à perdre avec eux. On a une liste longue comme le bras de gens qui se battent pour vous avoir, donc s'ils veulent rater leur chance, c'est leur problème. Ils ont du pot que je les aie pas déjà envoyés se faire foutre. *Espèce de connards prétentieux.* »

Je l'entendais parler, parler, et je me rendais compte que je n'avais aucune envie de faire tout ça. Je ne voulais plus donner de conférences de presse. Je ne voulais plus aller à la télévision, je ne voulais plus m'asseoir sur des plateaux trop éclairés et raconter des mensonges à des inconnus au visage maquillé. Je n'avais même plus envie de rencontrer le Président. Et je ne voulais pas non plus rester dans cette maison d'hôtes à dessiner des cartes pour le Smithsonian. Je voulais rentrer chez moi. Je voulais pleurer et je voulais que ma mère me prenne dans ses bras, et je voulais sentir ses boucles d'oreilles contre mes paupières, et je voulais remonter notre route et arriver au ranch et apercevoir Merveilleux sous le pommier en train de ronger un petit os qu'il avait trouvé. Qu'est-ce que j'avais comme chance d'avoir grandi sur ce ranch, dans ce temple de l'imagination, où les grands chiens rongeaient des os et où les montagnes, en soupirant, portaient sur leur dos le poids des cieux.

« Vous savez quoi ? a dit Jibsen. Ça faisait quelques secondes qu'il fixait ma garde-robe. Oublions les costumes. On va rester sur le smoking. Pour toutes les occasions. Oui, ça vous convient mieux, comme image. Toujours élégant. On va vous en commander deux autres. »

Il y avait quand même une bonne nouvelle dans tout ça : c'était que ma blessure avait l'air de guérir peu à peu. Les moments où, après un simple faux mouvement, la douleur me transperçait si violemment que je croyais perdre conscience étaient devenus beaucoup moins fréquents. Au moins, je n'allais pas mourir de la gangrène. Je crois que ça doit toujours être réconfortant de se dire qu'on a évité la gangrène.

Aux conférences de presse, je souriais et je hochais la tête. Jibsen me faisait lever et saluer quand il me présentait, puis il racontait, de manière de plus en plus déformée, tout ce qui s'était passé : il était lui-même né dans le Montana, il s'était toujours intéressé à la région et à ses habitants, il m'avait découvert quand j'étais venu assister à une conférence qu'il donnait à Montana Tech, il était devenu mon mentor depuis Washington, il avait pris l'avion dès qu'il avait appris la mort de mes parents dans l'accident de voiture, il avait trouvé le Dr Yorn, il avait révolutionné ma vie, *merci beaucoup*.

Ça m'était égal. Je hochais la tête. Chaque nouveau flash, chaque nouveau geste désincarné me donnait juste un peu plus envie de partir. Les journalistes me prenaient en photo et me posaient des questions, et je

C'est ici que mes parents sont morts.

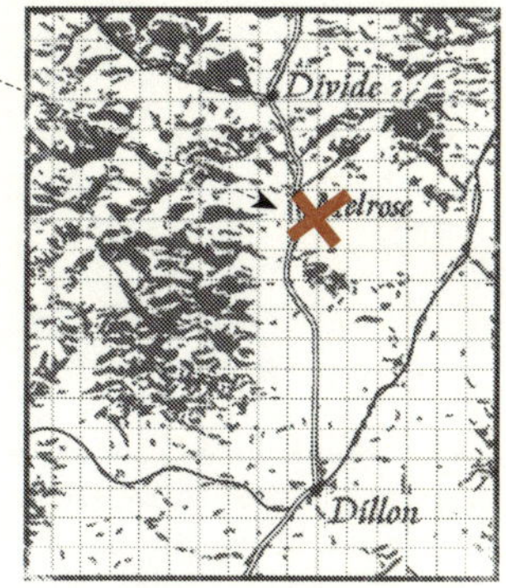

regardais Jibsen chaque fois et je savais exactement ce que je devais répondre, rien qu'en regardant ses yeux. J'avais appris à lire dans ses yeux, j'entendais presque sa voix zozotante me dicter ce que je devais dire, alors je le disais, et les gens avaient l'air de me croire, et mes parents restaient morts. À présent, j'arrivais à visualiser l'accident de voiture qui les avait tués tous les deux : Georgine, renversée sur le bas-côté de l'I-15 juste avant Melrose, ses feux arrière illuminant les vagues des genévriers dans la pénombre du petit matin.

De l'inutilité de la cartographie

Quand on dessinait une carte de quelque chose, ce quelque chose devenait vrai, du moins dans le monde de la carte. Mais n'était-il pas évident que le monde de la carte n'était jamais le *vrai monde*? Rien de ce qui était vrai sur une carte ne pouvait donc être vrai de vrai. Mon métier était donc voué à l'échec. Je crois que je le savais, et que c'était justement ce qui m'attirait dans ce métier. Tout au fond de mon cœur, j'éprouvais un certain réconfort à l'idée que je ne pouvais pas réussir.

Jibsen était absolument ravi.

« Vous êtes un vrai génie, T. S., m'a-t-il dit après la deuxième conférence. C'est la gloire, qui nous attend, vous le savez, ça ? La gloire, T. S. »

Le soir est enfin arrivé. Sans cesse je regardais l'horloge et pressais les aiguilles de se dépêcher d'atteindre minuit, tant j'avais hâte de rencontrer les membres du Mégathérium. Quelque chose me disait que c'étaient les seules personnes au monde sur qui je pouvais encore compter, et qu'elles prendraient soin de moi.

Mais d'abord, je devais endurer un long dîner dans un restaurant chic avec une tripotée d'adultes, parmi lesquels le secrétaire du Smithsonian, aussi mou de la bajoue et rasoir que d'habitude. Il m'a pincé le menton quand je suis arrivé, puis il ne m'a plus adressé la parole de la soirée.

J'ai commandé du homard. Ça, c'était drôlement chouette. J'ai cassé toutes les petites parties de son corps (même celles dans lesquelles il n'y avait rien à manger) et j'ai pu me servir du machin-chose pour piquer la chair à l'intérieur, avec autant de naturel que si je m'en étais servi toute ma vie. C'était satisfaisant de faire correspondre un outil à sa fonction particulière.

De retour à la maison d'hôtes après le dîner, j'ai allumé la télévision pour passer le temps. J'ai regardé une émission sur des reconstitutions de la guerre civile. Les gens qui faisaient ça ne plaisantaient pas : ils l'aimaient, la guerre civile. Ils se déguisaient et ils couraient dans les champs, et ils s'effondraient par terre en tressautant et faisaient semblant d'être morts. Mon père aurait trouvé ça ridicule. Moi aussi, je crois que je trouvais ça ridicule. J'ai éteint la télé.

22 h 30… 22 h 45… 23 h 00… 23 h 05…

23 h 09.

23 h 12.

23 h 13.

23 h 15.

23 h 23. Il était temps que j'y aille.

J'ai réalisé que je n'avais plus ma tenue de hobo/ninja ; elle était restée, comme presque tout ce qui comptait dans ma vie, sur les voies d'une gare de marchandises quelque part à Chicago. Je n'avais que mes trois costumes et mon smoking. J'ai revêtu le costume le plus sombre et j'ai enroulé l'écharpe bleue de CNN autour de ma tête.

Dans le garage attenant à la maison d'hôtes, j'ai trouvé un vieux vélo poussiéreux avec un panier. Il était beaucoup trop grand pour moi, même avec la selle baissée au maximum. Tant pis, j'allais devoir m'en contenter. J'ai quitté la maison d'hôtes et je suis parti à la rencontre des Mégathériums.

Après avoir pédalé un certain temps dans les rues désertes de Washington, j'ai commencé à regretter de ne pas avoir repéré mon chemin sur un plan avant de partir. Je m'étais dit que je n'aurais pas de mal à m'orienter, vu que la plupart des rues de Washington portaient des lettres ou des numéros, mais j'avais le cerveau engourdi et je ne savais plus du tout si les lettres allaient vers le nord, le sud, l'est ou l'ouest. La nuit, le monde était déformé.

J'ai tourné en rond pendant un moment et j'ai fini par arriver sur un parking. Je suis descendu de vélo et je me suis approché de la guérite du gardien, où brillait une petite lampe. Le gardien dormait. En m'approchant, j'ai aperçu derrière la vitre une figurine de paresseux préhistorique

Étais-je diabolique ou seulement en pleine puberté ?

Après avoir fini mon homard, j'ai écouté mes voisins de table qui parlaient et riaient sans faire attention à moi, et tout à coup j'ai été pris d'une impulsion étrange et tout à fait nouvelle : une violente envie de planter mon machin-chose dans les bajoues du secrétaire. J'étais frappé par le décalage entre le surgissement presque innocent de ce désir et le carnage épouvantable qui résulterait forcément d'une telle action.

Est-ce que ça signifiait que j'étais un être foncièrement mauvais, ou est-ce que c'était seulement un élan passager et fortuit, banal symptôme de croissance cérébrale typique de la prépuberté ? (Ah, mais vraiment, ces bajoues !)

Le passage du temps
Carnet V101

Le temps passe à une vitesse relativement constante (du moins tant que notre propre vitesse reste inférieure à celle de la lumière), mais notre *perception* de la vitesse à laquelle passe le temps n'est en revanche pas du tout constante.

identique à celle que Boris m'avait montrée dans les toilettes. Mon cœur a fait un bond. J'ai frappé à la vitre. Le gardien s'est réveillé en sursaut et m'a regardé avec des yeux noirs.

Comme je ne savais pas quoi dire, j'ai essayé de faire le salut du Mégathérium, que j'ai sans doute massacré. Le visage du gardien s'est transformé.

« Oy, a-t-il dit. Longévité et récursion. Qu'est-ce que tu fabriques ici ?

— Je m'appelle T. S....

— Je sais comment tu t'appelles. Tu devrais être à la réunion.

— Comment est-ce que vous savez ?

— Les nouvelles circulent vite, sous terre. Qu'est-ce que tu fais ici ? Qu'est-ce que c'est que ce turban ? »

J'ai touché l'écharpe sur ma tête. « Je suis perdu », ai-je dit. Je me sentais tout penaud.

« Oh, le cartiste s'est perdu.

— Je ne crois pas que "cartiste" soit un mot.

— C'en est un, puisque je viens de le dire. C'est ça qui est magnifique : tu le dis, et ça existe. »

Je ne savais pas si j'étais vraiment d'accord, mais j'ai décidé de ne pas me disputer avec cet homme. Moi aussi, j'inventais des mots tout le temps, mais ce n'était pas pareil : j'étais un enfant.

Donc j'ai dit : « Jolie guérite.

— Oui, c'est pratique pour garder un œil sur ce qui se passe à la surface. Voir qui va et vient. Il y a beaucoup de gens puissants qui garent leur tire ici. »

Il m'a désigné le parking avec sa langue, ce qui était assez bizarre.

J'ai baissé les yeux sur mon énorme vélo, avec son panier et sa selle baissée au maximum. Je devais lui paraître bien minable à côté de tous ces gens puissants.

« Mais il faut vite que tu ailles au Muséum ! » s'est-il exclamé. Il m'a expliqué comment rejoindre le Mall. « Ne sois pas en retard... » Et il a refait le même geste étrange avec sa langue.

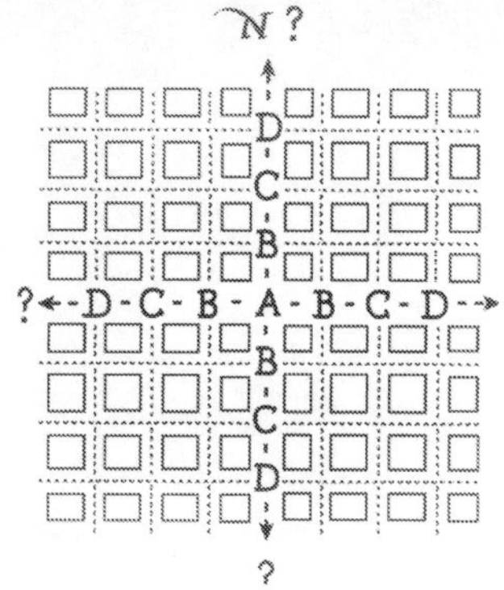

Si vous étiez l'alphabet, dans quelle direction iriez-vous ?

J'allais partir, mais je me suis retourné vers lui. « Combien est-ce qu'il y a de Mégathériums dans cette ville ? J'ai l'impression que vous êtes partout.

— Oh, pas beaucoup. C'est juste que nous sommes au bon endroit au bon moment. Mais nous préférons rester entre nous. Il y a peu de gens qui savent garder les secrets. »

À minuit passé d'environ dix-sept minutes, je suis arrivé devant le Muséum d'histoire naturelle. Je suis descendu de vélo et j'ai regardé le vaste escalier de pierre qui menait à l'entrée, avec ses colonnes grandioses. Très haut au-dessus des marches, des banderoles annonçant de chouettes expositions sur les Vikings et les plus belles pierres précieuses du monde pendaient mollement dans l'obscurité. Une voiture est passée.

Comment allais-je m'y prendre pour entrer dans le musée ? Ce n'était pas comme si je pouvais juste sonner à un interphone : *Oui, bonsoir, merci de m'avoir répondu, je m'appelle T. S. et je suis là pour la réunion secrète à minuit…*

Juste au moment où j'allais me lancer dans une pitoyable tentative d'effraction qui impliquait de monter dans un arbre et probablement d'en tomber, j'ai vu une lumière blanche clignoter deux fois dans l'obscurité, juste en dessous d'une statue en pierre qui représentait une tête de tricératops. J'ai appuyé mon vélo contre un arbre et j'ai marché vers la lumière. Derrière la tête, il y avait un escalier qui descendait dans un parking. En arrivant au bas des marches, j'ai de nouveau aperçu la lumière, cette fois dans un petit tunnel de service creusé sous l'énorme escalier de pierre. Quelqu'un avait calé la porte avec un gros caillou (ou une des plus belles pierres précieuses du monde ?).

Une fois dans le musée, j'ai longé à pas de loup un couloir obscur, je suis passé devant des toilettes dont l'entrée était gardée par un panneau « Attention sol humide », et puis, tout d'un coup, j'ai débouché dans le Hall des oiseaux de Washington. Les rangées de vitrines, faiblement éclairées, projetaient sur les murs d'étranges ombres aviaires. Il n'y avait pas à dire : tous ces oiseaux empaillés vous fichaient vraiment les chocottes.

À l'autre bout de la pièce, dans la demi-lumière barrée d'ombres d'oiseaux, j'ai distingué une silhouette. La silhouette m'a fait signe de la rejoindre. À mi-chemin, j'ai vu que c'était Boris. J'étais soulagé.

Il y avait quatre autres personnes avec lui, assemblées autour de la vitrine du sansonnet. En arrivant à leur niveau, j'ai vu que l'oiseau avait reparu.

« Ha ho, T. S., m'a dit Boris. Longévité et récursion. Content que tu aies pu venir. »

J'ai tenté de le saluer.

« Trois doigts, a-t-il dit.

— Quoi ?

— Trois doigts. Pointe le cœur, puis les yeux, puis l'esprit, puis le ciel.

— Pourquoi trois doigts ? » ai-je demandé.

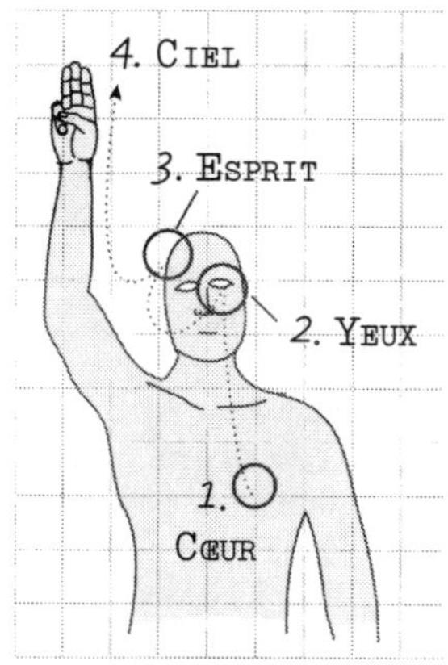

Le salut du Mégathérium
Carnet V101

Mais pourquoi trois doigts ?

Boris a réfléchi. « En fait, je ne pourrais pas te dire pourquoi exactement. » Il s'est tourné vers les hommes regroupés derrière lui. « Quelqu'un sait ?

— C'est à Kennicott qu'il faudrait le demander : c'est lui qui l'a inventé », a dit un homme en s'avançant dans la lumière.

C'était le Dr Yorn. « Dommage qu'il soit mort… Un suicide, le pauvre.

— Docteur Yorn ?

— Hello, T. S. Joli turban.

— Ah, merci, ai-je dit. Je viens de vous laisser un message sur votre répondeur dans le Montana.

— Oh, vraiment ? Qu'est-ce que tu disais ? »

J'ai regardé les autres hommes, brusquement gêné. Il y avait Boris, Farkas, Stimpson, un jeune homme avec une barbe que je n'ai pas reconnu, et le Dr Yorn. Ils me regardaient tous en souriant et en sirotant une boisson dans

De la manière de tenir le mug
Carnet V101

On tenait toujours à deux mains les boissons les plus délicieuses. C'était peut-être parce qu'on avait peur que le mug manque à son devoir de contenant : si ça arrivait, dans cette position, on pouvait joindre les mains beaucoup plus vite et espérer récupérer ainsi une partie du précieux liquide.

Ma mère vue comme ma mère

J'ai senti les rouages de mon esprit s'ébranler en grinçant pour tenter de faire une place à cette troisième version du Dr Clair. Apparemment, elle n'était donc pas seulement *écrivain* en plus d'être *scientifique* : elle était aussi *mère* et se souciait bel et bien de l'avenir de ses enfants. Elle savait depuis le début? Elle voulait que je réussisse? Que je devienne célèbre à sa place? Alors même que je commençais à accepter cela, j'étais un peu ennuyé, parce que je n'étais pas sûr d'aimer beaucoup l'idée du Dr Yorn et du Dr Clair élaborant ensemble un plan secret pour mon avenir, surtout vu comme ce plan me réussissait. Entendre qu'elle avait fait toutes ces choses derrière mon dos, cela me faisait regretter mon ancienne mère, distraite, obsédée par ses cicindèles, peu soucieuse de savoir qui téléphonait à ses enfants. C'était cette mère-là qui avait fait de moi ce que j'étais.

des mugs tous identiques. Ça devait être leur fameux lait de poule corsé! Ça avait l'air délicieux, à en juger par la façon dont ils tenaient leur mug, à deux mains, tout contre leur poitrine.

Le Dr Yorn s'est raclé la gorge. « Écoute, T. S., je crois que je te dois des excuses. Je n'ai pas été tout à fait honnête avec toi…

— J'ai menti, l'ai-je coupé.

— Oh, “menti” est un bien grand mot. Et puis la gravité d'un mensonge dépend de son motif. Nous avons menti, c'est vrai, quand nous avons soumis ton travail, mais nous avions de bonnes intentions. Parfois, pour accomplir de grandes choses, il faut savoir s'autoriser de menues entorses à la vérité.

— Non, mais, moi, j'ai dit…

— Écoute, ta mère savait depuis le début.

— Quoi?

— Elle savait ce que nous faisions. Elle savait que ton travail était publié dans les magazines. Elle a tous les numéros dans son bureau, tous : ceux de *Science*, de *Discover*, du *Scientific American*… Tu pensais vraiment qu'elle pouvait ne pas savoir? C'est elle qui a parlé la première du prix Baird…

— Pourquoi est-ce qu'elle ne m'a rien dit? »

Il a posé sa main sur mon épaule et il l'a pressée un instant. « Tu sais, Clair est une femme compliquée. Je l'adore, mais parfois elle oublie que le reste du monde ne peut pas lire dans ses pensées.

— Mais pourquoi est-ce qu'…?

— On s'est laissé dépasser. Je ne pensais pas qu'ils t'appelleraient directement; d'ailleurs je ne sais même pas comment ils ont eu ton numéro au ranch. Je pensais que si tu gagnais le Baird, ce serait l'occasion d'arrêter les cachotteries, et d'aller tous ensemble à Washington. »

J'avais chaud. J'ai cligné des yeux. « Où est maman?

— Elle n'est pas venue.

— Où est-elle?

— Elle n'est pas là. Je lui ai *dit* qu'il fallait qu'elle vienne. Tu te doutes bien que je lui ai dit… mais elle faisait cette *tête*, tu sais, et… et elle a dit que ce serait mieux si c'était moi qui venais. Je crois qu'elle ne se considère pas comme une bonne mère.

— Une bonne mère ? »

Il m'a regardé. « Elle est tellement fière de toi. Elle t'aime, et elle est vraiment fière de toi. C'est juste que, parfois, elle a peur de ne pas réussir à être la personne qu'elle voudrait être, et pourtant je sais qu'elle en est capable.

— Je leur ai raconté que mes parents étaient morts, ai-je dit.

— Quoi ?

— Aux gens du Smithsonian, je leur ai dit qu'ils étaient morts. »

Il a penché la tête de côté, s'est tourné vers Boris, s'est retourné vers moi et a hoché la tête.

Je n'arrivais pas à décrypter son expression. « Vous n'êtes pas fâché ? ai-je demandé. Vous ne trouvez pas que c'est mal ? Vous ne croyez pas que je devrais leur dire que j'ai menti ?

— Non, a-t-il dit lentement. On va attendre de voir. C'est peut-être mieux comme ça.

— Mais je leur ai dit que vous étiez mon père adoptif et que Gracie vivait avec nous.

— Je vois. »

Il a souri et m'a fait une petite révérence. « Je suis flatté. Qu'est-ce que tu leur as dit d'autre ? Que je sois sûr de ne pas faire de gaffe. »

J'ai réfléchi quelques instants. « Je leur ai dit que vous détestiez les photos de gens et que vous les brûliez toutes.

— Je déteste les photos de moi, c'est vrai, mais j'ai plutôt tendance à faire des triplicatas de tout. Enfin, je peux embrasser le rôle du pyromane. Autre chose ?

— Non, ai-je dit.

— Bon, dans ce cas… *mon fils*, notre réunion peut commencer.

— Attendez, vous êtes un Mégathérium, vous aussi ?

— Capitaine-commandant de l'Ouest, a-t-il dit en avec un claquement de langue. Longévité et récursion. »

Boris a frappé sur l'une des vitrines. « Bienvenue à tous. Nous avons décidé de la tenue de cette séance extraordinaire en raison de l'arrivée à Washington de notre ami ici présent. Et nous aimerions, cher ami, démarrer cette réunion en t'invitant officiellement à rejoindre le club du Mégathérium. Normalement notre cérémonie d'intronisation est un peu plus… rigoureuse, mais étant donné les circonstances, je pense que, pour cette fois, nous nous dispenserons de la course en sac à patates.

— La course en sac à patates ?

— Si ça te chagrine, nous pouvons toujours la remettre à plus tard. Cependant, je dois t'avertir que tu seras notre plus jeune membre. Mais il est évident que tu es fait pour le Mégathérium.

— Vraiment ? » ai-je dit en me mouchant, rayonnant.

J'en oubliais presque ma mère et son absence. J'ai gonflé la poitrine.

« J'accepte votre invitation.

— Formidable », a dit Boris.

Il a sorti un livre de sa poche. J'ai entrevu son titre : *Cosmos, Essai d'une description physique du monde,* vol. 3, de Alexander von Humboldt. « Pose la main gauche sur ce livre et lève la main droite. »

J'étais tellement nerveux que je me suis trompé de main. Boris a patiemment attendu que je corrige mon erreur avant de continuer. « Tecumseh Sansonnet Spivet, jures-tu de toujours rester fidèle à l'esprit et aux principes du club du Mégathérium, de remettre en question tout dogmatisme, d'explorer la Terra Incognita de l'Existentia, d'honorer nos aïeux en ne te laissant jamais convaincre par aucun État, aucune organisation, aucun homme de trahir le secret de notre confrérie, et en n'oubliant jamais que la véritable fraternité est dans le mug, de te dévouer de tout ton être à la longévité et à la récursion ? »

J'ai attendu, mais il semblait avoir fini, donc j'ai dit : « Je le jure. »

Tout le monde a applaudi.

Ce ne serait pas le premier club dont je deviendrais membre, mais ce serait le premier dans lequel je serais intronisé en personne, ce qui le rendait beaucoup plus clubesque.

Liste des clubs, groupes et sociétés dont j'étais membre :

- Société géologique du Montana
- Société historique du Montana
- Association des auteurs et illustrateurs de livres pour enfants du Montana
- Société américaine d'entomologie
- Société de cartographie d'Amérique du Nord
- Association des amateurs de Tab soda du Nord-Ouest
- Société nationale des apiculteurs
- Association des nostalgiques des bateaux à vapeur
- Association pour la promotion du monorail
- Fans de Leica des États-Unis !
- Club des jeunes scientifiques
- Club Ronald McDonald
- Société des amateurs de westerns
- Musée de la technologie jurassique (carte jeune)
- Coupe de sciences du collège de Butte
- Club d'ornithologie des dames de Butte
- Amoureux de la nature du Montana
- Camp des Jeunes Pionniers (division du sud-ouest du Montana)
- Alliance pour la préservation de la piste du *divide*
- Cicindèles d'Amérique du Nord
- Club du *National Geographic Kids*
- Les Fondus du Maglev
- Fan-club officiel de Dolly Parton
- Association des porteurs d'armes à feu (NRA - adhésion jeune)
- Famille Spivet

« Ha, ho, T. S., bienvenue », a dit Stimpson. Ils sont tous venus me taper dans le dos. Le Dr Yorn m'a pressé l'épaule.

Boris a repris : « Bienvenue, bienvenue, tu es un Mégathérium, maintenant. Il semblerait que, depuis ton arrivée à Washington, l'intérêt du public pour ta personne ait crû de manière exponentielle. Tu es en train de devenir une vraie petite – sans vouloir te vexer – une vraie petite célébrité locale, et je suis sûr que tu seras bientôt connu dans tout le pays. Puisque tu es désormais membre de notre club, il est de notre devoir de protéger tes intérêts. Si tu as besoin d'aide, à quelque moment que ce soit, n'hésite pas à nous appeler.

— Où est-ce que je peux vous joindre ?

— Oh, nous ne serons jamais loin, mais, si c'est très urgent, appelle la hotline des hobos.

— La hotline des hobos ? »

Je n'en revenais pas. Il m'a tendu une carte. « Oui, les appels arrivent directement à notre QG, qui est situé dans une guérite de gardien de parking, au nord-ouest d'ici. Il y a toujours quelqu'un, vingt-quatre heures sur vingt-quatre. Appelle si tu as besoin de quoi que ce soit et quelqu'un te viendra en aide.

— Sauf si c'est Algernon qui est de service : là, t'es dans la merde », a dit le jeune homme barbu.

Stimpson lui a donné une claque derrière la tête. « Pas de gros mots devant le petit, Sundy, s'il te plaît. On n'est pas des sauvages. »

Tout le monde a ri et a bu une petite gorgée dans son mug. J'avais l'impression que c'était ça, la bonne attitude, quand on était Mégathérium : rire, et boire une délicieuse petite gorgée dans son mug.

« Je peux en avoir ? ai-je demandé en montrant du doigt le mug du Dr Yorn.

— Mais oui, bien sûr, a dit Sundy. Il lui faut du jus magique, à ce petit.

— Qu'est-ce que c'est, du jus magique ? ai-je demandé.

COSMOS:
A SKETCH
OF
A PHYSICAL DESCRIPTION OF THE UNIVERSE.
BY
ALEXANDER VON HUMBOLDT.
BY E. C. OTTÉ.
VOL. III.
NEW YORK:
HARPER & BROTHERS, PUBLISHERS,
1858.

Cosmos, Essai d'une description physique du monde,
de Alexander von Humboldt

J'appréciais la modestie que suggérait le sous-titre du chef-d'œuvre de Humboldt. Il avait essayé de donner une bonne description physique du monde, mais il n'était pas sûr d'y être parvenu, parce que c'était tout de même une tâche herculéenne. Ce *Cosmos* constituait la première tentative scientifique pour décrire l'univers dans son entier en recourant seulement à l'observation empirique, et même si c'était un échec sous certains angles (car Humboldt ne connaissait évidemment pas les théories unificatrices élaborées depuis), c'était aussi une œuvre capitale, qui avait eu une influence profonde dans de nombreux domaines. Humboldt était un peu le père de tous les taxonomistes, de tous les Drs Clair qui essayaient de décrire le monde à travers les petites antennes de tous ses coléoptères.

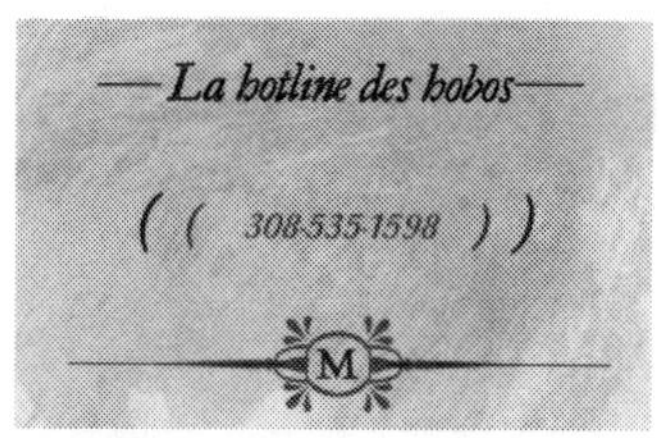

— Ça va pas, non ? a dit Stimpson en regardant Sundy d'un air atterré. Dis donc, je plains tes enfants.

— Est-ce que c'est du lait de poule corsé ? ai-je demandé, plutôt fier de connaître un mot comme "corsé".

— Mais qu'est-ce que tu connais aux enfants, toi ? » a dit Sundy à Stimpson.

Farkas s'est penché vers moi en lissant sa géniale moustache. « Oui, c'est le lait de poule de Sundy, avec une goutte de sirop de pirate dedans.

— Une goutte ? a dit Sundy en se tournant vers nous, abandonnant Stimpson juste au moment où je me disais qu'il allait se reprendre une baffe. J'aimerais protester contre les allégations de M. Smigdall concernant la quantité d'alcool contenue dans mon breuvage. C'est moi qui ai fait le mélange, et je peux vous assurer…

— Fermez-la, je vous prie, monsieur Sunderland », a dit Boris d'une voix calme. Il s'est retourné vers moi et m'a souri. « La prochaine fois, nous tâcherons de prévoir un plus grand choix de boissons. Qu'est-ce qui te ferait plaisir ?

— Euh… du Tab soda.

— Du Tab soda, ça marche, a dit Boris.

— Tu sais que c'est un ordinateur qui a inventé ce nom ? a dit Farkas. L'IBM 1401. Il y a un bail, en 1963, Coca-Cola voulait créer un soda light *différent*, alors ils ont demandé de l'aide à un ordinateur. À l'époque, les gens croyaient que les ordis détenaient toutes les réponses. Donc ils lui ont demandé de formuler toutes les combinaisons possibles de trois consonnes et d'une voyelle, et l'IBM 1401, qui faisait la taille d'une petite voiture, leur a craché une liste de deux cent cinquante mille noms, pour la plupart complètement pourris. »

Il a fait un bruit d'ordinateur avec sa langue et il a agité les doigts pour mimer (je crois) les feuilles de papier en train de sortir de l'IBM 1401. « L'effort fourni par l'ordinateur a fait monter la température de la pièce de trois degrés. Et donc l'équipe, qui à ce stade devait être en sueur, s'est enfilé toute cette liste et a sélectionné vingt noms qu'elle a remis au patron. Et l'patron a choisi "Tabb". Avec deux "b". Et finalement ils ont abandonné le deuxième "b" pour obtenir la merveille de beauté et d'efficacité que nous avons aujourd'hui : grand "T", petit "a", grand "B".

— Un bel exemple d'évolution, a dit Sundy.

— Ça n'a *rien* à voir avec l'évolution, a dit le Dr Yorn. Ce n'est pas le résultat d'une sélection naturelle. C'est un type du marketing qui…

— Ça a tout à voir avec l'évolution ! C'est…

— Merci, Farkas, pour cette passionnante anecdote », a dit Boris.

Il s'est retourné vers moi. « Donc voilà, T. S., nous serons toujours là pour toi, mais de ton côté il y a aussi une chose que tu peux faire pour nous.

— Bien sûr. »

J'aurais fait n'importe quoi pour ces types avec leurs mugs pleins de jus magique et leurs histoires de vieux ordinateurs.

« En tant que nouveau membre du club du Mégathérium, tu as déjà accepté la règle du secret, mais je dois insister sur ce point : ce que je vais dire ne doit être répété à personne. C'est bien compris ? »

J'ai hoché la tête.

« L'un de nos principaux projets en ce moment a pour nom : *Des yeux partout/ Des yeux nulle part*…

— C'est le *Projet de renforcement de la sécurité intérieure*, l'a coupé Sundy.

— … ou… *Projet de renforcement de la sécurité intérieure*. Nous avons un membre dans le Nebraska qui coordonne les flux – enfin, pour résumer, il s'agit d'une action de déstabilisation qui va prendre la forme d'un happening dont le déclenchement est prévu pour le 11 septembre prochain. Une mosaïque d'images sera projetée sur le Lincoln Memorial depuis la camionnette MCPM de Stimpson.

— Avec des sabots sur les deux roues arrière, a dit Stimpson. Très difficile à déplacer.

Swot
Swub
Swud
Swug
Swuk
Swul
Swum
Swun
Swup
Swur
Swut
Swuz
Sync
Syph
Tabb
Tabu
Tadd
Tada
Taff
Taft
Tahr
Tail
Taik
Tain
Taiq
Tait
Tags
Taka
Talc
Talf
Talk
Tame
Tamm
Tamp
Tank
Tang
Tann
Tarn
Tarp
Tart
Tase
Task

TaB

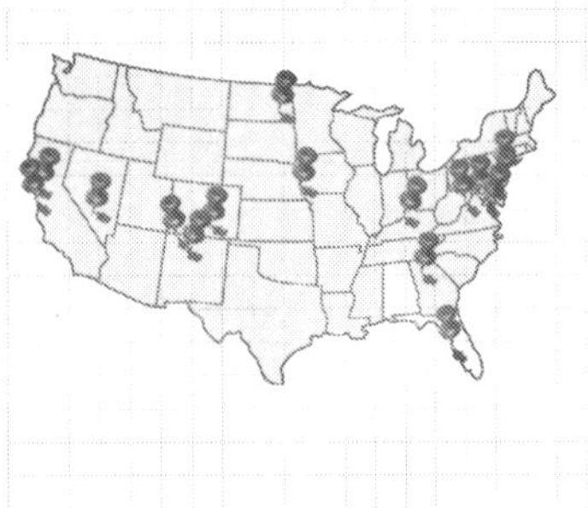

Emplacement des seize sites les mieux gardés d'Amérique
Carnet V101

L'original de la carte a été confisqué par le FBI

— Voilà, a dit Boris. Donc, cette mosaïque sera composée de seize flux d'images retransmis en direct depuis les toilettes de certains des sites les mieux gardés du pays : la prison d'État de San Quentin, le labo de Los Alamos, les sièges de la CIA et de la NSA, le labo de niveau 4 du CCPM, les bases de Fort Knox et du Mont Cheyenne, la zone 51, le STRAT-COM, la base souterraine de Dulce, le bunker secret du Greenbrier et celui d'Eiseinhower sous la Maison-Blanche… Nous sommes en train de cacher des webcams dans les toilettes messieurs de tous ces sites.

— Comment vous vous y prenez ? » ai-je demandé.

Boris a médité un instant sa réponse. « Disons que beaucoup de gens ont le sens du défi et trouvent très amusant de placer de minuscules caméras dans des endroits où elles n'ont rien à faire. Du moment qu'il s'agit d'une mission non violente, convaincre les bonnes personnes n'est pas très difficile. Quelques bières, un petit restau, et hop, on est tous dans la même équipe.

— Et pourquoi est-ce que vous faites ça ?

— Eh bien, chacun peut interpréter notre action comme il le souhaite. »

Sundy a ri. « Mais non, pas du tout. Il faut la voir comme un commentaire sur notre complicité permanente avec un État totalitaire qui ose se présenter comme une démocratie libre et ouverte. C'est une représentation visuelle des barrières qui visent à tenir les citoyens à l'écart des machinations de leur propre gouvernement, et c'est une façon de montrer que nous pouvons renverser ces barrières si nous le voulons, mais que, et c'est ça le plus triste, nous choisissons de ne pas le faire. Nous redoutons tant l'éclat de la vérité que nous préférons continuer à regarder les ombres de fantoches s'agiter sur les murs de la caverne.

— Voilà, a dit Boris, donc certains d'entre nous, apparemment, ont des idées très arrêtées sur le sens de ce happening, mais ça ne veut pas dire que leur version est la seule qui vaille, n'est-ce pas, Sundy ? »

Sundy lui a jeté un regard furieux, puis il a regardé Stimpson, qui avait toujours l'air de vouloir lui en retourner une, et il a haussé les épaules. « Oui, chef suprême, ça veut dire tout ce que vous voulez. Vive le relativisme et la disparition du sens ! »

Je ne comprenais pas vraiment ce qui se passait, mais je crois que cela ne changeait pas grand-chose au débat.

« Alors voilà le service que tu peux nous rendre, m'a dit Boris : demain, quand tu rencontreras le Président, nous aimerions que tu le convainques de prononcer son discours devant le Congrès avec ce stylo accroché à la poche de sa veste. Il m'a tendu un stylo. Il contient une minuscule caméra télécommandée. Si les images sont bonnes, elles pourront être le clou de *Des yeux partout*...

— Du *Projet de renforcement*...

— ... *Des yeux nulle part* », a sifflé Boris.

Sundy et lui ont échangé un regard hargneux. Boris a reniflé d'un air mauvais.

« Mais comment est-ce que je peux le convaincre de faire ça ? me suis-je hâté de demander, pour les empêcher de se battre.

— Oh, *allez*, tu inventeras bien quelque chose... », a dit Sundy.

Il a posé le menton sur ses mains jointes, il a penché la tête sur le côté et, d'une voix très aiguë, comme une fille, il a dit : "Euh, s'il vous plaît, monsieur le Président, est-ce que vous voudriez bien mettre ça dans votre poche, s'il vous plaît ? C'était à mon père qui est mort... Ça me toucherait tellement... Il vous adorait, vous savez... Il trouvait que la guerre en Irak, c'était super... et blablabla." Ils avaleront tout.

— C'est vrai que c'est le genre de conneries qu'ils avalent, a dit Farkas.

— Ha ! Ho ! a clamé Sundy.

— Ha ! Ho ! a dit le Dr Yorn.

— Ha ! Ho ! a dit Farkas.

— *Oh howdy ha ho !* » a crié Sundy, et il a commencé à danser de manière très étrange, en roulant des hanches au ralenti comme s'il faisait tourner un cerceau imaginaire.

En sixième, pour un dossier de classe sur les grottes et la spéléologie, nous avions tous dû écrire un petit texte sur une grotte célèbre. J'avais choisi la caverne de Platon. Maintenant que j'y repense, je me dis que ce n'était peut-être pas un très bon choix, parce que je crois que la caverne est une étape nécessaire sur le chemin de la connaissance et de la raison. On ne doit pas se reprocher d'y avoir passé trop de temps dans son enfance. Moi-même, je ne suis pas sûr d'être sorti de cette caverne et d'avoir vu la lumière. Je ne sais même pas si je m'en rendrais compte, si je la voyais. Quel effet est-ce que ça fait ? Est-ce que, tout à coup, tout paraît différent ? Est-ce que c'est comme émerger d'un trou de ver ?

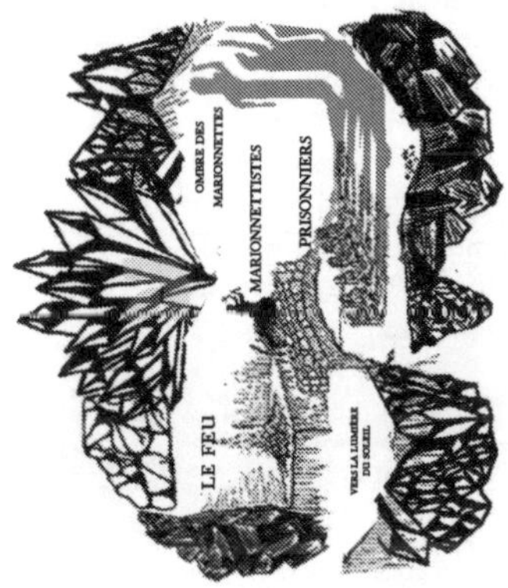

Les enfants ne devraient pas lire Platon
Carnet V46

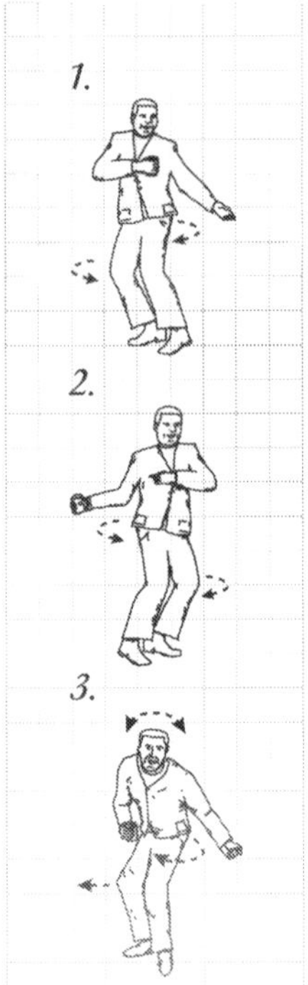

Hommes adultes dansant
Carnet V101

Ça me faisait plaisir de voir des hommes adultes danser aussi joyeusement, mais ça me mettait aussi un peu mal à l'aise, un peu comme avant, à l'école, quand je voyais un petit de CE1 se mettre innocemment un doigt dans le nez en attendant son tour pour aller aux toilettes.

Bientôt les autres l'ont imité : ils faisaient tous du houla hop et s'avançaient vers moi les uns après les autres, en hochant la tête comme s'ils savaient quelque chose que j'ignorais.

Boris était le seul à ne pas danser. « Tiens », m'a-t-il dit. Il a laissé tomber quelque chose au creux de ma paume. C'était un pin's « M ».

« Ah, trop bien, ai-je dit, et j'ai épinglé le M sur le revers de mon col. Merci. » *J'étais des leurs, à présent.*

Boris m'a désigné le sansonnet, de retour dans sa cage en verre. « On lui a installé une caméra dans la tête, qui enregistre tout ce qu'il voit. » Nous avons regardé l'oiseau figé sur sa branchette. Il a soutenu notre regard.

« Dites, ce rapport que Farkas m'a donné… Comment est-ce que vous avez su pour la nuée de sansonnets à Chicago ?

— Des yeux partout, a répondu Boris en fixant le sansonnet.

— Alors… »

J'ai serré les paupières et j'ai froncé le nez pour ne pas pleurer. « Est-ce que vous savez aussi pour… ?

— Merrymore ? Il est vivant. Il faudrait bien plus qu'un petit plongeon pour le tuer, celui-là, tu sais.

— Ah bon », ai-je dit.

Il m'a regardé dans les yeux. « Ce n'était pas ta faute. Ce n'était pas du tout ta faute.

— Ah bon », ai-je répété.

Les larmes me montaient aux yeux. J'ai pris une grande inspiration. *Au moins, je pouvais rayer « meurtrier » de la liste.*

Je suis :

* **Un voleur** –
  Un jour, j'ai volé 21,75 $ dans la vache-porte-monnaie de Gracie pour m'acheter un kaléidoscope (Après, je l'ai remboursée, mais le mal était fait.)

* **Un menteur** –
  Ces dix derniers jours, j'avais menti sur mon âge, sur l'endroit d'où je venais, sur la mort de mes parents… Est-ce qu'il restait une seule chose sur laquelle je n'aie pas menti ?

* **Un meurtrier** –
  (Josiah Merrymore ? Layton ?)

* **Un méchant garçon** –
  À cinq ans, j'ai caché les bottes de mon père dans le sous-sol du ranch. Il a passé la journée à les chercher, en grommelant et parfois en explosant et en cassant des choses dans la maison. Je ne sais pas trop pourquoi j'ai fait ça, mais je me souviens que, sur le moment, ça m'a donné beaucoup de plaisir de penser que j'étais le seul sur terre à savoir où ses bottes se cachaient.

« Elle ne va vraiment pas venir, ma mère ? ai-je demandé.

— J'aimerais pouvoir te dire que si, mon pote. Mais ça fait au moins dix ans qu'elle n'est pas venue à une réunion. »

Jibsen et moi attendions dans la maison d'hôtes. J'étais couché sur le lit dans l'un de mes nouveaux smokings (avec le « M » épinglé sur le revers de mon col) et Jibsen allait et venait devant moi, frénétique. Je ne l'avais jamais vu aussi nerveux. Son zozotement était plus marqué que jamais et, pour la première fois, je crois que cela l'embarrassait : il s'interrompait sans cesse pour tenter de lisser les mots qu'il n'arrivait pas à bien prononcer, et il était à bout de souffle.

Toutes les deux secondes, il allumait la télévision, zappait comme un fou pendant quelques secondes, puis l'éteignait d'un air dégoûté.

« Qu'est-ce que vous essayez de savoir, ai-je finalement demandé. Si le discours a été annulé ?

— Vous ne connaissez *rien* à cette ville, a dit Jibsen en éteignant encore une fois la télévision. Les choses changent à toute allure, ici. Vous comprenez ? Un scoop tombe, et boum, on nous vire du programme. Des gosses crèvent, quelqu'un de connu a un accident, et c'est fini, la science n'a plus d'importance. C'est pour ça qu'il ne faut jamais rater une occasion de se montrer. »

À ce moment-là, son téléphone s'est mis à sonner. Il était tellement excité à l'idée que ce soit « eux » qui appellent qu'il a fait tomber son mobile en essayant de l'ouvrir. Et en fin de compte, c'étaient bien « eux ». Jibsen m'a hurlé dessus en me disant de me lever, qu'il fallait qu'on y aille, et ça m'a énervé parce que j'étais prêt, moi, et que j'allais me lever, mais les muscles humains ont quand même besoin de deux secondes pour réagir. Jibsen était un salopard.

Stimpson nous attendait dans sa voiture. Quand je suis monté, il a pointé sa poche de poitrine et a posé un doigt sur ses lèvres. J'ai confirmé d'un signe de tête. Le stylo-caméra était dans ma poche de pantalon. Je l'ai serré avec détermination. J'allais au moins essayer de faire la fierté des Mégathériums. Je ne pouvais plus compter que sur eux. Même si je ne comprenais pas très bien leur projet, j'allais m'efforcer de faire de l'opération *Des yeux partout / Des yeux nulle part* un succès éclatant.

Nous avons franchi deux postes de contrôle. Chaque fois, Stimpson a marmonné quelques mots en présentant un laissez-passer, et chaque fois

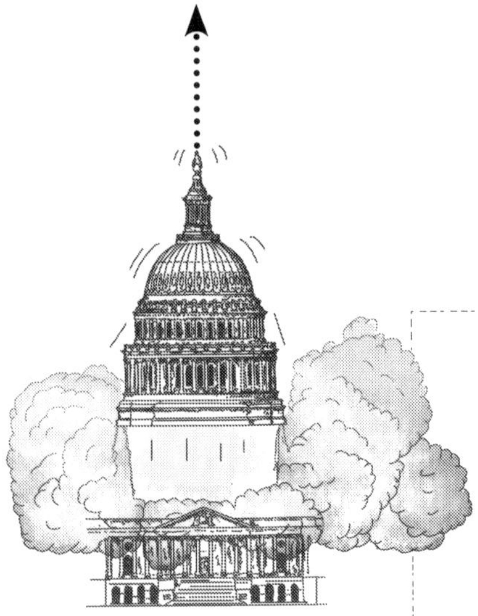

Le dôme du Capitole d'envol dans l'espace
Carnet V101

En réalité, ce serait très difficile.

les policiers nous ont laissés passer. La police avait fermé toute la zone du Capitole. L'énorme dôme recevait un éclairage spectaculaire ; on aurait cru un vaisseau spatial dans un film, et je me suis demandé s'il serait difficile de le transformer pour qu'il puisse vraiment s'envoler dans l'espace en cas de guerre.

Nous sommes arrivés devant un portail gigantesque, au sud du Capitole, gardé par deux malabars en gilet pare-balles armés de grosses mitraillettes noires. Bien sûr, quand je les ai vus, j'ai tout de suite pensé à Layton. Il aurait adoré ces types. En fait, il aurait tout adoré dans cet endroit : les mitraillettes, le dôme qui allait peut-être décoller comme une fusée et le Président qui attendait notre arrivée avec impatience. J'aurais tant aimé qu'il soit là avec moi.

Stimpson a baissé la vitre et a échangé quelques mots avec l'un des colosses à mitraillette. Il avait l'air très calme, pas du tout perturbé par la présence d'une mitraillette si près de son visage. Un autre garde a inspecté le dessous de notre voiture à l'aide d'un grand miroir de dentiste pour vérifier que nous n'y avions pas caché d'explosifs. Quelqu'un a fouillé le coffre. Finalement, les policiers nous ont fait signe d'avancer, et nous avons roulé jusqu'à une porte située sur le côté du Capitole.

Voici comment on se sert d'un grand miroir de dentiste
Carnet V101

Dès que nous sommes descendus de la voiture, un homme avec une tablette à pince et une liste clippée dessus s'est précipité sur nous. C'était M. Swan. Il s'est accroupi près de moi et il m'a dit avec un accent du Sud : « Bienvenue au Capitole des États-Unis, mon petit ami. Le Président est très heureux de te compter parmi les invités d'honneur de ce 217ᵉ discours devant le Congrès. » Il avait un regard gentil, mais pas du tout sincère.

À présent, il hochait vigoureusement la tête en réponse à une question que Jibsen lui avait posée, en répétant : « Oui, voilà, voilà, c'est ça », et, en même temps, il a commencé à m'appuyer doucement sur le dos avec sa tablette pour me pousser vers la porte. Ça m'a fichu en rogne. Je savais très bien où était l'entrée, merci.

Nous devions passer par un détecteur de métaux. J'ai sorti le stylo de ma poche et je l'ai mis dans un petit bac en plastique, qui a avancé tout seul vers la machine à rayons X. Quand le bac est ressorti de l'autre côté, l'un des gardes en gilet pare-balles a pris le stylo. J'ai senti mon cœur se décrocher. À coup sûr, il allait m'accuser d'être un espion et me jeter en prison, et le *Projet de renforcement de la sécurité intérieure* ne pourrait pas aboutir, et Sundy serait furieux parce que rien n'obligerait les gens à prendre conscience qu'ils vivaient dans une caverne, et Boris serait déçu. *Je mettais tant d'espoirs dans ce petit*, raconterait-il avec mélancolie des années plus tard. *Mais il n'avait pas les épaules pour ce genre de mission. Il se prenait pour quelqu'un qu'il n'était pas.*

Le garde a fait tourner le stylo entre ses grands doigts.

« Joli stylo, a-t-il dit, et il me l'a rendu.

— Oui, le stylo est joli », ai-je répondu, complètement abruti, et je me suis vite éloigné.

Jibsen n'a pas eu autant de chance. Il n'arrêtait pas de faire sonner le détecteur. Il a vidé ses poches et il a même retiré sa boucle d'oreille, mais la sonnerie continuait de hurler chaque fois qu'il passait.

« Non mais c'est pas vrai, c'est une blague ! » s'est écrié Jibsen. Le garde a dû le fouiller, et Jibsen était furieux, et le garde a dû lui expliquer plusieurs fois que c'était le règlement. Il avait l'air de détester Jibsen. Ça me faisait plaisir.

En attendant qu'ils finissent, j'ai jeté un coup d'œil à la boîte qui contenait les objets confisqués aux visiteurs. Il n'y avait quand même rien de très dangereux dedans : des tubes de crème pour les mains, des cannettes de soda, un sandwich à la jelly et au beurre de cacahuètes… Mais peut-être qu'un terroriste digne de ce nom connaissait plein de trucs ingénieux pour fabriquer une bombe avec de la crème pour les mains.

Le garde a fini par relâcher Jibsen, qui m'a rejoint, rouge vif, en jurant dans sa barbe. Nous avons suivi M. Swan dans une succession de longs couloirs. Il nous désignait certaines salles au passage, mais il ne s'arrêtait jamais de marcher, marcher, marcher. Tous les gens que nous croisions avaient autour

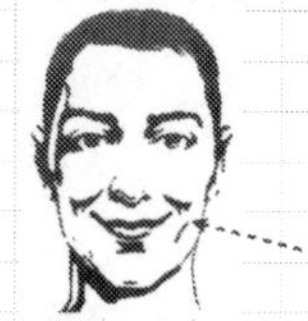

Faux sourire
(UA-12)

Sourire de Duchenne
(UA-12, UA-6)

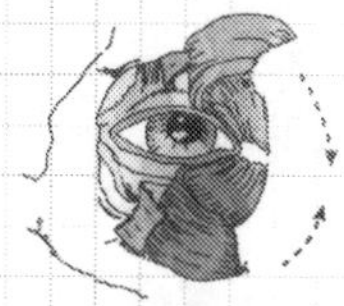

—UA-6—
Orbicularis oculi
pars lateralis

À quoi on voit que les adultes font semblant
Carnet B57

Il y a longtemps, en 1862, un Français du nom de Guillaume Duchenne a découvert la différence entre les vrais et les faux sourires, et il l'a fait en provoquant un sourire chez un patient par une stimulation électrique de ses grands zygomatiques. Duchenne a comparé ce sourire artificiel à un vrai sourire de joie, et il a remarqué que dans le vrai sourire, en plus des zygomatiques, les muscles des yeux se contractaient par réflexe et soulevaient les joues, abaissaient légèrement le front et formaient des petites pattes-d'oie au coin des paupières. Plus tard, le Dr Paul Ekman nommerait ce vrai sourire, qui combinait l'UA-12 (*Zygomaticus major*) et l'UA-6 (*Orbicularis oculi, pars lateralis*), « Sourire de Duchenne ».

Le sourire de M. Swan ne déclenchait pas ou peu d'action orbiculaire au coin de ses yeux. Comme la plupart des adultes que j'avais rencontrés à Washington, il était 100 % zygomatique.

du cou un cordon porte-badge et à la main une tablette. Ça faisait vraiment beaucoup de cordons et de tablettes. Vraiment beaucoup d'allées et venues. Et personne n'avait l'air heureux. Personne n'avait l'air non plus écrasé de tristesse, mais plutôt empli d'une légère désillusion mêlée de mépris : le Dr Clair faisait souvent cette tête-là à l'église le dimanche matin.

Finalement, M. Swan nous a fait entrer dans une pièce et nous a dit d'attendre là, que le Président viendrait nous saluer dans trois quarts d'heure environ. La pièce sentait le fromage.

« Donc, ils nous enferment ici, a dit Jibsen. C'est charmant ! »

Peu à peu, d'autres gens ont commencé à nous rejoindre dans la pièce. Sont d'abord entrées deux dames noires, qui portaient des tee-shirts identiques sur lesquels était écrit « 504 » en gros chiffres blancs. Puis six ou sept hommes en uniforme, dont un qui n'avait plus de jambes. Puis un pasteur, un prêtre, un rabbin, un imam, un moine bouddhiste, qui parlaient tous avec animation de quelque chose d'important.

Lieux de naissance des grandes religions du monde.
Eh ben alors, l'Amérique ?

Cette carte faisait partie d'un dossier sur les grandes religions du monde que j'avais réalisé en classe au printemps dernier. Après avoir fait mes recherches, je m'étais demandé s'il ne valait pas mieux supprimer tout simplement l'Amérique de ma carte : on ne pouvait vraiment pas dire qu'elle fournissait au monde beaucoup de grandes religions. Mais je préférais ma carte comme ça : l'Amérique était le monde vierge que des aventuriers avaient rejoint depuis ces continents lointains. Je crois que ma professeur de sciences humaines, Mme Gareth, n'avait pas trop apprécié que je laisse l'Amérique toute vide. Elle était mormone.

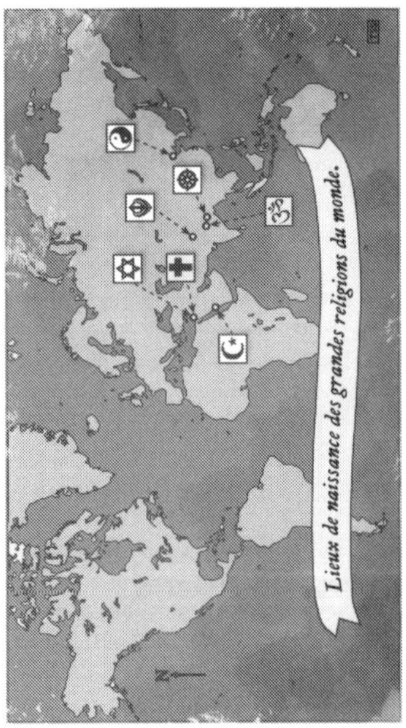

La pièce a commencé à ressembler aux coulisses d'un théâtre qui s'apprêtait à donner un très grand spectacle sur la guerre et la religion. Et ce n'était pas une bonne chose : l'air se chargeait de chuchotements et de regards mauvais. Je ne me sentais pas bien. Ma blessure s'est remise à me faire mal.

« Vous voulez des petits sandwiches ? m'a demandé Jibsen en me montrant du doigt le buffet, qui offrait effectivement un vaste choix de petits sandwiches triangulaires sur de grands plateaux argentés.

— Non merci.

— Vous devriez manger un peu. Je vais vous en chercher quelques-uns.

— Je ne veux pas de petits sandwiches. »

Peut-être ai-je dit cela trop sèchement, car Jibsen a levé les mains comme pour que j'arrête de lui crier dessus, et il est parti tout seul vers le buffet. Je ne voulais vraiment pas de petits sandwiches. Je ne voulais pas rester là. Je ne voulais pas donner le stylo de Boris au Président. Je voulais juste me rendormir. Me pelotonner dans un coin et m'endormir pour très longtemps.

Je suis allé m'asseoir dans un coin de la pièce, à côté du soldat sans jambes.

« Salut, m'a-t-il dit, et il m'a tendu la main. Moi, c'est Vincent.

— Salut, ai-je dit en la serrant. T. S.

— D'où tu viens, T. S. ?

— Du Montana… Je voudrais bien y retourner.

— Moi, je suis de l'Oregon. Je voudrais bien y retourner aussi. Chez moi. Y a rien de tel que son chez-soi, et t'as pas besoin d'aller à Fallujah pour t'en rendre compte. »

On a commencé à discuter et, pendant quelques instants, j'ai oublié où j'étais. On a parlé de ses chiens chez lui dans l'Oregon, et je lui ai parlé de Merveilleux, et puis on a parlé de l'Australie et on s'est demandé si les chasses d'eau tournaient à l'envers, là-bas, à cause de la force de Coriolis. Il ne savait pas. Puis j'ai trouvé le courage de lui demander s'il avait le syndrome du membre fantôme et sentait encore ses jambes.

« Tu sais, c'est drôle, m'a-t-il dit. La droite, je sais que je l'ai perdue. Je veux dire, je sens bien que je ne l'ai plus, je ne me pose même pas la question – mon corps le sait, je le sais. Mais la gauche me revient. Alors j'ai l'impression d'être unijambiste, et puis, tout d'un coup, je me regarde et je me dis : *Merde, même pas.* »

On a entendu des cris dans le couloir.

« Est-ce que ce serait très mal si je décidais de tout arrêter là ? ai-je demandé.

— Arrêter quoi ? »

Je lui ai montré la pièce, le buffet. « Tout ça. Le Président, le discours. Je veux rentrer chez moi.

— Ah, a-t-il dit en regardant autour de nous. Tu sais, il y a plein de moments dans la vie où on ne peut pas faire ce qu'on veut. Où il faut penser à sa famille, à son pays… Mais si toutes les saloperies que j'ai vécues m'ont appris un truc, c'est que dans les moments critiques, ta priorité *numero uno*, c'est toi. Tu vois ce que je veux dire ? Parce que si tu ne penses pas à toi, qui va le faire, hein ? »

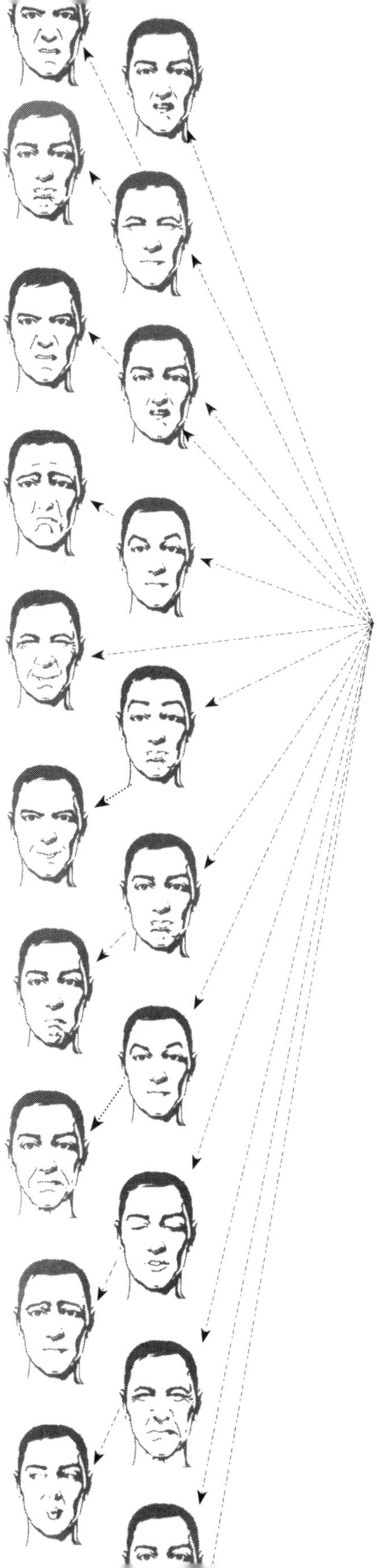

Il a bu une gorgée d'eau dans son verre et il a eu l'air de regarder au loin. « C'est pas Dieu, je peux te le dire. »

À ce moment-là, la porte s'est ouverte d'un coup sur un Jibsen aux yeux furibonds. Apparemment, il s'était éloigné du buffet pendant que je discutais. À quelques pas derrière lui, son chapeau de cow-boy dans les mains, se tenait mon père.

Je n'avais jamais rien vu qui me mette le cœur plus en joie, et ce que j'ai lu sur son visage, quand il est entré dans cette pièce du Capitole des États-Unis et qu'il m'a vu assis dans ce fauteuil, a changé pour toujours l'idée que je me faisais de lui. Même avec mille de ses dessins, le Dr Ekman n'aurait pu donner une idée du soulagement, de la tendresse, du très grand amour qui ont éclairé le visage de mon père à ce moment-là. Et j'ai compris, en plus, que ces émotions avaient *toujours* été là, qu'elles étaient simplement cachées derrière le lourd rideau de son silence de cow-boy. À présent, il avait abattu ses cartes et je savais. *Je savais.*

Jibsen a marché droit sur moi. « T. S., est-ce que cet homme est votre père ? Un seul mot de vous, T. S., *un seul mot*, et je le fais arrêter pour intrusion, usurpation d'identité, et tout ce qu'ils pourront lui mettre sur le dos. » Il hurlait, et tout le monde avait les yeux fixés sur nous. « J'aurais dû me douter que des gens tenteraient ce genre de chose, mais je n'aurais jamais imaginé qu'ils s'y prendraient de manière si insisididiaah… » Le mot n'a pas voulu sortir.

Le rabbin et l'imam nous dévisageaient.

J'ai regardé Père. Il me regardait. Son visage, à nouveau, n'exprimait plus qu'une lassitude impénétrable, et il se balançait d'une botte sur l'autre, mal à l'aise, comme toujours lorsqu'il était enfermé entre quatre murs, mais cela ne pouvait suffire à effacer ce que j'avais vu. Je rayonnais, peut-être aussi que je pleurais, je ne savais plus.

« … parfffe que, il a évoqué fertaines foves que nous n'avons pas encore rendues publiques, zozotait Jibsen. Mais votre père est mort, n'est-fe pas ? Tout fa n'est qu'une plaivanterie cruelle inventée par fe… fffet impofteur ?

— Non, c'est bien mon Père», ai-je dit.

Jibsen est resté muet. Il chancelait.

«Allons-y, papa», ai-je dit.

Père a lentement hoché la tête. Il a rabattu d'un poil son chapeau sur son front et m'a tendu la main, celle avec le petit doigt abîmé. Je l'ai prise.

Les yeux de Jibsen se sont exorbités. «Quoi? Votre père… est… quoi? Attendez… *Où est-fe que vous allez? Où est-fe que vous croyez que vous allez, là?*»

Nous marchions vers la porte.

Il s'est précipité et a agrippé le bras de Père. «Monfieur, ve fuis désolé, mais vous ne pouvez pas partir maintenant, monfieur… monsieur Fffpivet. Votre fif doit affifter au difcours du…»

Je n'ai rien vu venir. Jibsen non plus. Mon père lui a décoché un de ces coups de poing! Il l'a envoyé valdinguer «cul par-dessus tête», comme il disait à Layton quand il lui apprenait à lutter. Jibsen a titubé et il s'est écroulé sur le buffet, et les petits sandwiches ont valsé. Je crois qu'il est tombé par terre, mais je ne pouvais pas vraiment voir, nous étions déjà devant la porte.

«Mon père», a dit mon père en adressant un signe de tête au prêtre juste avant de sortir. Le prêtre a souri humblement.

Nous étions dans le couloir. «Comment on va s' tirer d'ici? ai-je dit, savourant mes retrouvailles avec la langue de mon père.

— Ça j'en sais rien de rien.»

Ah, me laisser envelopper par cette grosse voix rude, c'était comme me glisser dans un vieux manteau adoré.

Et tout à coup Boris a surgi devant nous, tiré à quatre épingles, en smoking et gants blancs. J'ai dû avoir l'air surpris de le voir, parce qu'il m'a fait une petite révérence et m'a dit : «Même les membres du Congrès doivent couler un bronze de temps en temps. Et là où il y a des bronzes, il y a des préposés aux toilettes. Puis-je vous être utile en quoi que ce soit, messieurs?

— Je vous présente mon père. Papa, je te présente Boris. Ne le frappe pas. Il est avec nous.

— Un plaisir, a dit Boris en serrant la main de Père.

— Excusez-nous, Boris, mais il faut qu'on y aille, maintenant. Vite. »

Une porte s'est ouverte derrière nous. M. Swan est sorti avec sa tablette. Nous nous sommes dépêchés de partir dans l'autre sens.

« Je suis désolé, Boris, mais je ne peux pas remplir la mission que vous m'avez confiée », ai-je dit tandis que nous marchions.

— Tu es sûr de savoir ce que tu fais ? m'a demandé Boris d'une voix calme.

— Oui. Je veux rentrer chez moi. »

Boris a approuvé de la tête. « Alors, suis-moi. »

Nous avons marché jusqu'au bout du couloir, puis, par un escalier étroit, nous sommes descendus au sous-sol, trois paliers plus bas. Là, un autre couloir, une chaufferie et son panneau de contrôle, et, juste après, une petite porte. Boris a sorti un jeu de clés. J'ai jeté un regard derrière nous, mais personne n'avait l'air de nous suivre. Il a ouvert la porte, et nous sommes entrés dans une sorte de débarras rempli de vieux tuyaux, de planches, de seaux de peinture et de chiffons. Quelques bureaux poussiéreux étaient empilés dans un coin. La pièce sentait le renfermé.

Au fond, devant le mur en briques, il y avait une brouette que Boris a déplacée. Puis il a tiré sur quelque chose (je n'ai pas réussi à voir quoi) et le mur entier a commencé à pivoter en grinçant. En un instant, un souterrain s'est ouvert devant nous.

Boris m'a tendu une lampe torche. « Dans deux cents mètres environ, le tunnel va bifurquer. Prenez la branche de gauche. De là, il faut compter à peu près quinze cents mètres jusqu'au château. Le tunnel débouche dans un placard de service, au sous-sol. Ensuite, le plus discret, pour sortir, c'est de passer par l'aile sud. Surtout, à la bifurcation, ne prenez pas la branche de droite. Elle mène à la Maison-Blanche, et je ne peux pas garantir votre sécurité de ce côté-là. »

Père a examiné le souterrain d'un air sceptique. « Il tient, l' plafond ?

— Pas sûr », a reconnu Boris.

Père a touché du doigt le mur du souterrain et a haussé les épaules. « Bah ! J'ai bien passé un jour et demi sous des gravats près d'Anaconda. C'était pas si terrible.

— Boris, ai-je dit en sortant de ma poche le stylo-caméra, je suis désolé...

— Ne t'en fais pas, a-t-il dit en me le reprenant. Nous avons un autre allié. Tu l'as peut-être vu là-bas, il s'appelle Vincent, un type très gentil. Superjoueur de billard. Le stylo pourra être celui de son père à lui. Une bonne histoire, ça s'adapte toujours. »

J'ai commencé à décrocher le pin's du Mégathérium du revers de mon col, mais Boris m'a arrêté.

« Garde-le. Tu es membre à vie.

— Merci. »

J'ai allumé la lampe torche. Boris nous a fait le salut, puis il a lentement repoussé le mur derrière nous. Le loquet s'est enclenché. Nous étions seuls.

Ensemble, nous nous sommes avancés dans l'obscurité. Le souterrain était profond et sentait la terre fraîche. Au début, j'ai eu peur qu'il ne s'effondre sur nos têtes, mais à mesure que nous descendions la pente, le monde, autour de nous, a semblé se dissoudre.

Nous avons marché en silence pendant un certain temps. On n'entendait que le crissement de la terre sous nos pas.

Puis j'ai demandé : « Pourquoi tu ne m'as pas arrêté, le matin où tu m'as vu partir, sur la route ? »

Il n'a pas répondu. Peut-être, finalement, avais-je exagéré l'affection que j'avais cru lire sur son visage quand il m'avait retrouvé au Capitole. Peut-être la tête qu'il avait faite à ce moment-là n'avait-elle rien à voir avec moi. Peut-être ne m'aimait-il pas vraiment et ne m'avait-il jamais vraiment aimé. En même temps, il avait quitté son ranch pour venir jusqu'à Washington. Et ce n'était pas pour Layton qu'il l'avait fait, ni pour personne d'autre. C'était pour *moi.*

Et soudain, il s'est mis à parler. « Tu sais, toute cette histoire, c'était une idée à ta mère. Pour moi, c'était de la bêtise, mais c'te femme a l'air d'en savoir plus que moi sur c' genre de choses, alors j' la laisse faire. Bien sûr que j'étais fichtrement surpris quand j' t'ai vu descend'e la route à c'te heure-là, avec tout ton barda dans l' chariot de Lay, mais je m' suis dit que c'était un d' ses plans. J'aurais bien voulu m'arrêter pour t' souhaiter bon voyage, tout ça, hein, ça m' remuait de voir mon fiston partir dans l' monde, mais j' voulais pas tout gâcher pour elle. Elle t'aime drôlement fort, tu sais ? Elle le mont'e peut-êt'e pas… Faut dire qu'on est pareils, elle et moi, on est pas très papouilles, mais c'te femme… tu sais pas comment que tu comptes pour elle. Sauf que maintenant, j' vois bien que tout ça c'était de la bêtise, elle m'a raconté des salades et ils t'ont pas traité comme il faut. Et nous v'la à trois cents miles sous War-shing-ton, à nous enfoncer dans c' boyau comme une bande de r'belles sudistes partis faire exploser une bombe sous les fesses de Lincoln. Mais tu vas bien… tu vas bien, et c'est tout ce qui m'importe. Mon fiston va bien. »

Au cours de mes douze années de vie, je n'avais jamais entendu mon père faire un aussi long discours.

Il s'est léché le pouce et l'index et il a retiré son chapeau, puis il me l'a posé sur la tête et il m'a donné un coup de poing dans l'épaule, un coup de poing un peu trop fort. Je m'émerveillais du poids du chapeau sur mon front, de la fraîcheur de la sueur qui imbibait sa couronne.

Nous avons continué à marcher, le faisceau de la lampe torche rebondissait dans l'obscurité, nos semelles crissaient très fort sur le sol du souterrain, mais ça n'avait pas d'importance. Plus rien n'avait d'importance. Nous n'étions plus sur aucune carte.

Quand le sol sous nos pieds a commencé à remonter, je me suis surpris à souhaiter ne jamais sortir de ce tunnel. Je voulais marcher toute la vie côte à côte avec mon père.

Puis, tout à coup, mes mains étaient sur la porte. J'ai regardé mon père. Il a fait claquer sa langue et a approuvé d'un signe de tête. Alors, j'ai poussé la porte, et je me suis avancé dans la lumière.

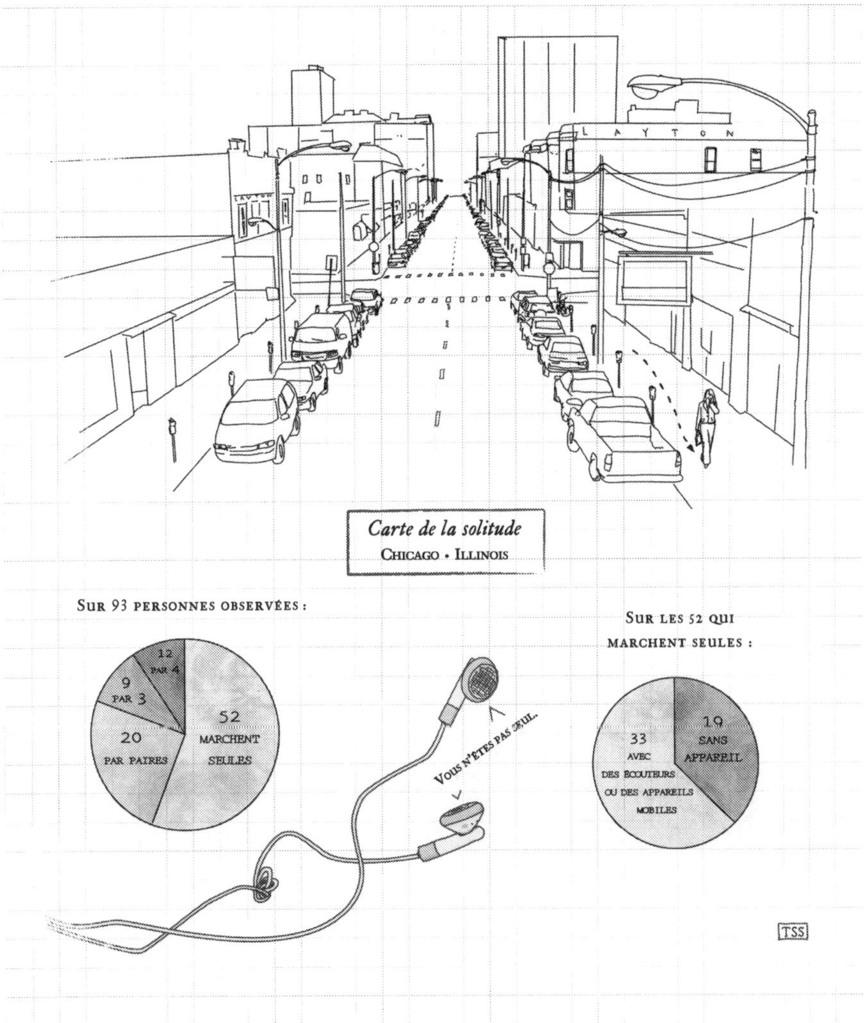
LAYTON
Carte de la solitude
CHICAGO • ILLINOIS
SUR 93 PERSONNES OBSERVÉES :
12
PAR 4
9
PAR 3
20
PAR PAIRES
52
MARCHENT
SEULES
VOUS N'ÊTES PAS SEUL.
SUR LES 52 QUI
MARCHENT SEULES :
19
SANS
APPAREIL
33
AVEC
DES ÉCOUTEURS
OU DES APPAREILS
MOBILES
TSS

T.S. remercie :

Jason Pitts et Laurence Zwiebel, pour leur aide dans ses recherches sur l'anatomie d'*Anopheles gambiae*. Le Dr Paul Ekman, qui lui a permis de mieux comprendre le fonctionnement des adultes grâce à son système de codage des actions faciales. Ken Sandeau du Bureau des mines et de la géologie du Montana, pour les cartes et photographies aériennes de Butte. Le *Minneapolis Institute of Art* et la fondation Christina N. et Swan J. Turnblad, qui l'ont aimablement autorisé à reproduire un détail de la bataille de Little Big Horn par Taureau Solitaire sur la paroi de la benne de Georgine (même si cette fresque n'a jamais pu être achevée). Le Centre de ressources de l'eau du Missouri, pour les schémas de la nappe phréatique, et l'équipe de ce centre, pour son amour de l'eau en général. Sa correspondante Raewyn Turner, qui a fait preuve d'une grande patience devant sa mauvaise orthographe et l'a laissé reproduire son « Image des sons de la *Danse hongroise n° 10* de Brahms ». M. Victor Shrager, qui lui a offert en inspiration ses magnifiques photos d'oiseaux, de mains et d'oiseaux perchés sur des mains, notamment « sylvette du Canada », © Victor Shrager. Max Brödel, pour son dessin de l'oreille interne, dont l'original est conservé dans les archives Max Brödel du département des Arts appliqués à la médecine, *John Hopkins University School of Medicine*, Baltimore, Maryland, États-Unis. Le musée du parc national de Scotts Bluff, pour la photographie de William Henry Jackson représentant les membres de l'expédition de Hayden en 1870. La famille Autry, qui l'a autorisé à citer le *Code du cow-boy* de Gene Autry, © *Autry Qualified Interest Trust*, reproduit avec autorisation. Martie Holmer, pour ses cartes, ses conseils pleins de sagesse et son croquis de la disposition des couverts aux réceptions élégantes, extrait de la 17e édition de *L'Étiquette* d'Emily Post, augmentée par Peggy Post. Emily Harrison, pour ses dessins de maïs en cours d'épluchage et de trous de ver du Middle West. La société Paccar, qui lui a permis de reproduire le schéma du camion et a enrichi sa connaissance des choses en mouvement. Bjarne Winkler, pour ses sublimes photos, prises au Danemark, de sansonnets en « soleil noir ». Le laboratoire de biologie marine, la bibliothèque de l'institut océanographique de Woods Hole et Alphonse Milne-Edwards, pour les fabuleux dessins anatomiques de *Limulus polyphemus*. Publications International Ltd., pour le schéma de fonctionnement d'un réfrigérateur, © Publications International Ltd. Rick Seymour de *Inquiry. Net* et l'ouvrage de Daniel Beard, *Shelters, Shacks, and Shanties*, qui l'ont bien aidé à comprendre comment on coupe du bois et lui ont fourni des croquis. Et, bien sûr, le Dr Terrence Yorn, qui a rassemblé ces pages.

Merci à tous les êtres sensibles, et plus spécifiquement à la bande du Montana, si généreuse de son temps et si efficace : merci à Ed Harvey, Abigail Bruner, Rich Charlesworth, Eric et Suzanne Bendick, et merci aux âmes laborieuses des archives de Butte-Silver Bow.

Merci à Barry Lopez d'avoir créé le personnage de Corlis Benefideo.

Merci aux professeurs et aux étudiants du MFA de l'université de Columbia pour leurs conseils avisés et leur aide infatigable. Merci en particulier à Ben Marcus, Sam Lipsyte, Paul La Farge et Katherine Weber pour leurs commentaires précieux. J'ai eu une chance immense de pouvoir travailler avec vous.

J'ai en outre le bonheur de compter dans mon entourage de brillants lecteurs : Emily Harrison, Alena Graedon, Rivka Galchen, Emily Austin, Elliott Holt et Marijeta Bozovic. C'est une véritable armée : ils ne laissent rien passer !

Je suis profondément redevable à mon agent, Denise Shannon, peut-être le meilleur agent du monde, qui a tenu la barre d'une main ferme tout au long de notre périple, qu'il pleuve ou qu'il vente, ainsi qu'à la formidable Ann Godoff, qui m'a énormément appris sur le processus de publication. Merci aussi à Nicole Winstanley, Stuart Williams, Hans Juergen Balmes, Claire Vaccaro, Veronica Windholz, Lindsay Whalen, Darren Haggar, Tracie Locke, et Martie Holmer : je vous suis infiniment reconnaissant de votre patience et de votre bonne volonté. Le plus grand merci de tous va sans doute à Ben Gibson, qui a travaillé sans relâche sur cet ouvrage, l'a immensément embelli et a supporté sans broncher toutes mes petites pinailleries.

Merci à Lois Hetland, mon professeur en classe de cinquième, de m'avoir appris (presque) tout ce que je sais.

Et à Jasper, maman, papa et Katie : merci. Je vous aime. C'est grâce à vous que ce livre existe.

Gasho.

MOBY-DICK
1.
2.
3.
4.
5.
7.
THE
SPOUTER
INN
PETER COFFIN
N
W
S
SOUTH

CURSE!
CURSE!
6.
8.
9.

10.
Tout est fiction.

RÉALISATION :

CASSI EDITION

Vanessa Blondel, Catherine Bonifassi, Céline Trouvé

Cet ouvrage a été achevé d'imprimer en mars 2010
dans les ateliers de Normandie Roto Impression s.a.s.
61250 Lonrai (Orne)

ISBN : 978-2-84111-409-2
Dépôt légal : mars 2010
N° d'édition : 50731/02
N° d'impression : 101257

Imprimé en France